鲸歌

带灯的人

张莉 主编

2021年
中国散文
20家

四川人民出版社

图书在版编目（CIP）数据

带灯的人：2021 年中国散文 20 家/张莉主编. 一成都：
四川人民出版社，2022.6
ISBN 978-7-220-12698-7

Ⅰ.①带… Ⅱ.①张… Ⅲ.①散文集-中国-当代
Ⅳ.①I267

中国版本图书馆 CIP 数据核字（2022）第 068890 号

DAIDENG DE REN 2021NIAN ZHONGGUO SANWEN 20JIA

带灯的人：2021 年中国散文 20 家

张　莉　主编

出 版 人	黄立新
策划组稿	张春晓
责任编辑	王　雪
版式设计	戴雨虹
封面设计	李其飞
责任印制	祝　健

出版发行	四川人民出版社（成都市三色路 238 号）
网　　址	http://www.scpph.com
E-mail	scrmcbs@sina.com
新浪微博	@四川人民出版社
微信公众号	四川人民出版社
发行部业务电话	(028) 86361653　86361656
防盗版举报电话	(028) 86361653
照　　排	四川胜翔数码印务设计有限公司
印　　刷	成都东江印务有限公司
成品尺寸	145mm×210mm
印　　张	12.5
字　　数	385 千
版　　次	2022 年 6 月第 1 版
印　　次	2022 年 6 月第 1 次印刷
书　　号	ISBN 978-7-220-12698-7
定　　价	72.00 元

张莉 北京师范大学文学院教授，博士生导师。北京师范大学第五届最受研究生欢迎十佳教师。著有《中国现代女性写作的发生》《小说风景》《持微火者》等。主编《人生有所思》《2021中国女性文学选》《生活风格：2020年中国短篇小说20家》《即使雪落满舱：2020年中国散文20家》《我认出了风暴》等。获唐弢青年文学研究奖，中国女性文学研究优秀成果奖。中国作家协会散文委员会副主任，茅盾文学奖评委。

散文，灯塔处的远游

——《带灯的人：2021 年中国散文 20 家》序言

张　莉

一

每个学年，在当代散文研读课上，我都会讲到《我与地坛》。这部作品常常引起本科生们的热烈讨论。我喜欢听他们谈感受，在这些 00 后一代充满热情和富有活力的发言中，能真切感受到一篇优美、雅正的散文在年轻的心灵中所引起的持久激荡。

他们几乎都会提到作为地理意义上的"地坛"。很多同学还未去过地坛，但却从这部作品里认识了那个四百年的园子，认识了它的古旧清幽。也有同学是读完后去看地坛的，所看到的地坛和在文字中所感受到的地坛并不一样。这让人想到，作为写作者，史铁生是远方之地的向导，他的散文是引领我们探见广大和幽微的远行，他使我们看到地域之远，也看到风景之远。

我们和坐在轮椅的他一起看地坛里来来往往的人们。看到一对散步的中年夫妻，十五年风雨，他们后来成为互相搀扶的老年夫妇。看到长跑先生，看他一次次自我超越；看到穿过园子的女知识分子和她的风衣。还看到那个漂亮的女孩子，但她的智力有缺陷；他看到别人欺侮她，也看到那位哥哥对妹妹的保护……我们和他一起观察，想象。我们和他一起看故事上演，和他一起想象这些陌生之人，慢慢熟悉他们，发现他们原来是我们的朋友，我们的亲人。当然，我们都会看到那位母亲。母亲远远追随着失魂落魄的坐轮椅的儿子。每个人都感受到了母亲之于儿子的深情。许多年轻人会说起自己的情感如何被裹挟，它让人沉静，让人感觉时间变慢，不经意间会发现，那情感的风暴已从心底涌起，席卷而来。

在史铁生构建的"纸上地坛"里，他最终带领我们思考的是，世界为什么会有残缺、失败、落寞，他和我们一起学着接受那些落寞，认识世界的参差不齐。——这是一场时间深处、灵魂深处的远游，他要确认的是"我"为什么是"我"，以及"我"为什么存在。要想许多。要克服许多。要认领人生和命运，咽下不能咽下的，尤其是，要面对那些不想面对但又不得不面对的：人活着是什么，死去又是什么。最终，他面对了深渊并平静地直视："我在这园子里坐着，园神成年累月地对我说：孩子，这不是别的，这是你的罪孽和福祉。"

课堂上的年轻人，发言也不一定经过深思熟虑，表达有时候也不流畅，说到动情处常常带着迫切，那是我们时代的带着真气的声音，青春、热情、诚挚。他们的声音让我多次想到什么是好散文：好散文可以暂时"劫掠"我们的此在，好散文让我们在白纸黑字中徜徉；好散文引导我们跟随作品一起同呼吸共命运……《我与地坛》中，我们看到文字之光，思想之光，存在之光。《带灯的人：2021年中国散文20家》中所收录的散文，关于远方之地、远方之人、远方之思，是作家们带领我们去往无穷之远的远游。

二

"有一年，我们开车去阿勒泰，从天山脚下的乌鲁木齐出发，穿过茫茫准噶尔盆地，往天边隐约的阿尔泰山行进。"在《远路上的新疆饭》里，我们和刘亮程一起去往新疆，想念那里的大盘鸡："我全忘了坐在一桌的人是谁，我们因什么事踏上了去阿勒泰的这趟旅行，只记得吃着大盘鸡的瞬间，我侧脸看着窗外荒天野地里的彤红晚霞，地平线清晰地勾勒出大地的边沿，那是我在千里之外的小县城，时常看见的天边，我们开车跑了一整天，她还是那么远。仿佛比我在别处看见的更远。那一刻，一顿荒远的晚饭，就这样长久地留在了回味里。多年后再走那条路，有意把时间磨到黄昏，想再坐在那小店的窗口，吃着大盘鸡看荒野落日。想再听那恍惚的一句'你来了'，沿路经过一个又一个路边饭店，一直把天走黑，那土房子再找不见，屋外摆着永远擦不干净也支不稳当的圆桌，除了路，四周是沙漠荒野。有时刮起风，空气中呼呼啦啦地响，一阵沙尘草叶扬过来，大盘里的鸡肉也随之味道丰富起来。"

我喜欢刘亮程在远路上关于时光的追念，那是关于地理与时光之远的双重感叹："那几年我常坐在路边饭馆喝茶，道路坑坑洼洼，汽车远去后，扬起的尘土缓缓落下来，像岁月一样，落在身上头上，我不管不顾地坐着。那时我年轻迷茫，看着远去的汽车会莫名伤感，仿佛什么被带走了，让我变得空空荡荡，又满眼惆怅。多少年后我还喜欢在路边的小饭店吃饭，望着往来车辆，想找到年轻时的那份忧伤。我二十多岁时，在尘土飞扬的路边，想望见四十岁、五十岁的自己，到底走到了哪里。如今我年近六十岁，知道已走在人生的远路上，此时回头，看见二十岁的自己还在那里，我在他远远的注视里，没有迷路，没有走失。"

《沉入热汤》中，王恺则带领我们去往远方的温泉："温泉不是纯黑，是半透明的棕褐色，没什么添加物，像是一个古怪的药汤，把自己扔进去浸泡需要一定勇气。进入其中，但觉身体滑爽，终归是不同的温泉啊，今天的男汤位于户外，几个不太规则的池子，泡着些过于随意的身体，既没有黑社会型的大哥，也没有模特型的美少年，都是疲惫的中年，头顶就是山坡，开败的山茶花瓣有掉下来的，落在温泉里，也没有人打捞，我们是谁，居然也能泡上满是花瓣的温泉，这个古风真实又尴尬，可是一点不网红，却又是真实悍然地美丽着。也有一棵大山茶，正当盛时，粉色的大骨朵，开在我们的头顶上，任是谁走过，都会瞬间面色发亮。"无论是那开失败的山茶花还是正在盛开的山茶花，都如此让人心中暗暗惊叹。

三

有一种远游关于历史，在无涯的时间深处，有我们的民族故事，又或者是秘密。李敬泽讲述了春秋时代的生活和人的颠沛流离："催魂的鼓，一捶捶撞在心上，大风吹火，火的声如旌旗猎猎。他不能动，他是冰冷的尸体架在火上。他对自己说：我醒了，我醒了！刀与剑锵然相击，锐厉的金声贯彻头颅，他猛地坐起——我醒了。我在这里，这是我的宫我的殿我的身体，我是鲁公，我是息姑。"

杨潇的《重走：在公路、河流和驿道上寻找西南联大》是2021年度深有影响的非虚构著作，但限于篇幅，年选选了其中的一章《诸位此时的神情不是还要向前走吗》。读这部作品会想到何为"重走"，"重走"是作家从长沙到昆明，重走1600公里联大西迁路；"重走"也意味着纸上追踪，是从时间意义上回溯过往；也是从历史观照当下。切实、充实、发人深省、引人深思，《重走》里，不仅记下了历史上的行走，也写下了当代人之于历史的一次远游。

还有一种远行是在电影院里，赵荔红在《电影院》里记下了黑暗电影院里的神游以及神游之后的"恍惚"："从黑暗电影院出来，进入阳光鲜艳的南方街市，有短暂的眩晕。市声喧哗，人车流过，现实如幻象，似与我全不相干。我还沉浸在电影中的悲欢、险境，那颗含愁多感的少女心，还在怦怦悸动着。有时因为流了太多的泪，眼睛红肿肿的，生怕撞见人，也不好意思回家，我就顺着十字街走。那是一条青石板路老街，尽头是古谯楼，街两边排着各种吃食店面摊点，燕皮馄饨、香菇炒米粉、油炸春卷，以及海蛎锅边糊的香气，我就是闭着眼睛，也能分辨出不同香气。但少女时代的我，对饮食并不怎么感兴趣，只为了稍稍平复一下看电影后的情绪。有时我会拐进十字街与凤山街交界的一个小人书店，租一本小人书，缩在角落里看起来。"

周晓枫则领我们看到了人群之外，与那些昆虫，那些幻兽相逢："昆虫环绕着我们，丰富、喧嚷又无声。随时随地，它们在我们身边，密集地，爱恨生死。我喜欢观察各种昆虫，它们呈现着一个袖珍而真实的魔法世界。我有时觉得写作者之间的竞争，商业店家之间的竞争，莫不如此……为了转瞬即逝的声名或利益，时不我待地角逐不休，却是在相互倾轧中丧失真正的财富。无论是哑巴的鱼，还是鼓噪的人，大抵如此——既急功近利又舍近求远，一场你争我夺的忙碌下来，也是一场一无所获的空欢。"

四

我以为，无论远方之地还是精神远游，说到底是看见那些看不见的，是听到那些听不见的，要认出一个个生活中被我们视而不见的人。《赞美课》里，我们随李修文看到了那个女人，那个失语的、被生活压垮的女人。作为同样生活困苦之人，文中的"他"和女人一起渴望自救，逃离痛苦。他指给她看眼中的一切，赞美眼中的一切，想用眼前的一切安慰那个苦命女人。"她却越走越慢，终于忍不住，打手势告诉他，在她的四川老家，也有一片看不到头的芦苇荡。所以，她其实害怕眼前的这片芦苇荡，一走进来，她就想家，想她父母还没死的时候。说着说着，她竟然号啕大哭了起来，他想上前去劝她，但她却推开手，捂着脸，压低哭声，踉跄着跑出了芦苇荡。"《赞美课》是关于两个受苦人的"精神远行"。我们看到他们互相上"赞美课"，其实是互相取暖、互相陪伴、互相催眠。只有给对方讲故事或者童话《丑小鸭》才能度过荒芜岁月，才可以让人人暂时告别暴力、羞辱、苦痛。

在邰筐《胡冬林和他的森林王国》，我们看到了作家胡冬林，这位生态散文作家生前几乎让自己长在了原始森林："几乎每个晴天他都会进入原始森林，认花识鸟记树辨蘑菇；寻访前猎手、挖参人、采药人、采野生菌和采野菜的人，听他们讲述放山打猎和野生动物的故事；体验观察自然四季美景和动植物生活，了解森林生态奇妙而复杂的关系……而晚上则在海拔 1200 米的暗针叶林中休息。"草白的《带灯的人》里，我们看到了那位带给我们温暖的老祖母。"她习惯在喂柴的时候吸烟，火光和烟雾在她脸上聚拢起来，又慢慢散逸开去。她对木柴、灶台和烟熏火燎的岁月的挚爱，是一个从小使用电炒锅、以吃外卖为主长大的人所无法体会的。她本能地弃绝电饭煲、燃气灶等一切可以使饭菜快速熟透的烹煮工具，并表现出顽固的对抗姿势。那张皱纹密布的苍灰色的脸因长期暴露在烟雾之中，而分辨不清到底属于哪朝哪代。"

编选散文年选，我希望收录那些表现遥远而广阔大地上普通人们的生活：梁鸿笔下的"吴桂兰"，乔叶笔下的"北京的某"，杨献平笔下的南太行生活，徐风《天工开壶》里的手艺人，苏沧桑笔下的船娘，陈年喜笔下那些在大地上奔波着的、信奉着"活着就是冲天一吼"的人们，傅菲笔下那位画师，塞壬笔下无尘车间里的人，向迅《南方故事集》里的母亲；孙蒨麦《对岸》和羌人六《蝴蝶效应》笔下的父亲……这些人既是遥远的也是切近的，我们从作品中可以看到他们的欢乐、甜蜜，可以看到他们的脆弱、悲伤以及失意。我以为，这些奔波和劳作的普通人，才是我们时代真正的"带灯的人"，这也是我将年选定名为"带灯的人"的原因。

五

那已经变成有趣的文学史掌故了。《我与地坛》最初写于 1989 年 5 月，后来史铁生多次修改，于《上海文学》1991 年 1 期发表。据说，编发前，编辑与作家商量是否应该发在小说栏目，但史铁生坚持认为这是一部散文。最后的结果是，《我与地坛》发表在了"史铁生近作"这一栏目——也就是说，它既不是在小说栏目，也不是散文栏目。而深有意味的是，《我与地坛》一经发表便被读者认取为散文，作品不仅席卷了读者们的内心还刷新了人们对散文这一文体的理解，发表三十年来，《我与地坛》多次被选入中学语文阅读篇目，被视为中国当代散文最具代表性的名篇之一。

想到新式散文的历史。尽管现代意义上的散文已经有一百年历史，但它的边界依然需要去触摸，去拓展。一百年来，不同的作家在尝试将不同门类的写作手法杂糅，尤其是近四十年来，我们会看到巴金、孙犁、汪曾祺、杨绛、史铁生、刘亮程对"叙事笔法"的引入，会看到余秋雨、李敬泽、鲍尔吉·原野、周晓枫、李修文、塞壬对于戏剧、戏曲、蒙太奇手法的借用……他们写的是散文，但又有点不像那种传统散文。我以为，那是以散文为器，杂糅其他写作手法的实验，是散文写作的一次次隐秘变革。《带灯的人：2021年中国散文20家》里所收录的散文，也许某一篇或某几篇并不属于一般意义上的散文，而我却愿意将之纳入散文系列，因为，在我看来，所谓"灯塔处的远游"既指散文的写作内容，也包括了对文体的拓展。

每个写作者都在书写的海洋中遨游，渴望游得更远，渴望与更绝美的风光相见，但是无论走到哪里，心中依然会有"灯塔"——就写作内容而言，散文的"灯塔"是为读者点燃心之光亮；就写作形式而言，灯塔则是"真"，所有的文本实验都是围绕如何表现"现实"与"真实"。

2022年2月10日

目　录

奔鲁——息姑、州吁、与夷传之二

李敬泽

一

催魂的鼓，一捶捶撞在心上，大风吹火，火的声如旌旗猎猎。他不能动，他是冰冷的尸体架在火上。他对自己说：我醒了，我醒了！刀与剑锵然相击，锐厉的金声贯彻头颅，他猛地坐起——

我醒了。我在这里，这是我的宫我的殿我的身体，我是鲁公，我是息姑。

火熄灭，风停住，那双狐眼收回光芒，那黑袍的神灵缓缓消隐，烟在他的颅内缭绕，那些话正在散去，倾诉、祈祷、哭泣、抚慰、告诫、应允，鲁公息姑，他和他的神说了多少话啊。

冰凉的泪，滴落于干涸的土。这个梦只剩下两行泪在脸上。现在，他完全记不起，刚才在梦里，他说了什么，他的神说了什么。每读《尚书》，他都惊叹于武王、周公，他伟大的祖先，他们在梦中与上天与神灵对话，竟每一次都在醒来时清晰地记得对话的内容，他们在梦里携带着史官，在旁记录着每一句话。

但是，他孤身前往，无人替他记下。每一次，他都是在醒来的那一刻忘记。十几年来，多少次梦见钟巫，这戴着青铜面具、通身黑袍的神灵，那双狐狸的眼睛，金碧、荡漾，注视着他穿过他。祖先和诸神皆不入梦，我的神只有钟巫。

十几年前，他还是鲁国的公子，在与郑国的战争中兵败被俘。囚车在泥泞的平原上颠簸，太阳在前方沉落，他从来没有见过这么大的太阳，却是白的、冷的，他感到这辆车就要走进冰封的太阳里去。但是车停下，他看见那个人站在一列士兵前边，他一眼就看见了他，那个人和此间的一切离得很远，那个人从天上无声地落下，缓缓收起雪白的翅羽，对着他躬身行礼。

——这里是狐壤，那个人是尹氏。大夫尹氏世守狐壤，看管战俘是他的职责。

狐狸之壤有狐，庭院里常有狐狸出没。那只赤色的大狐，每个夜晚都端坐堂前，与他默然对视。这双眼就是梦里的那双眼，池塘生春草，江海起妙音，只要睡去，他就会陷进这双眼里。

然后，他醒了，天亮了，尹氏来了。尹氏每日都携着酒肴来访。尹氏如玉如鹤，他的眼睛、整个人都那么干净，让息姑觉得，此身是浊物、人间是浊世。每次相见，尹氏都端敬行礼，如同初见，这不是看守来探囚犯，是两位周大夫相见在朝堂外、春阳里。

与尹氏的交谈令息姑困惑不安。每一次，尹氏都会谈论几句天气、狐狸，然后，他感到尹氏的身体在宽大的袍服下绷直，尹氏注视着他，开始向他提出一个又一个问题，比如，鲁国人如何进食，宴饮之时，堂上的座位如何安排，食器如何摆列，上的是什么样的酒肴，夏季和冬季有何不同，何时奏乐奏什么乐，参与饮宴的人们都是怎样的服色，如何行礼……

一开始，息姑完全懵了，他不知道这个人要干什么，为什么要提这样的问题，这个人逼着你回忆你的生活，从星象历法到四时农事，从祭祀乐舞到宴飨骑射，从穿什么衣裳怎么行礼到城郭、宫殿、家宅、钟鼎，是这样的吗是那样的吗？如果不是这样那样那么应该怎样？他要你把这一切都记起来，巨细无遗地向他描述，你说了，你以为你已经回答他了，但是他从你的回答中又生出了新的问题，每一次你都感到被他带入了记忆的迷宫，你发现你的记忆破碎零散，你对自己的生活对自己的过去其实所知甚少……

汗水已经湿透了你的衣裳，麻帛的袍子粘贴着你的脊背，你实在说不下去了，你已经不是在记忆而是在胡说，这时，尹氏看着你，终于长叹一声：大雅久不作，连你都忘了！

息姑终于明白了尹氏是什么人。尹氏是郑人是郑国大夫，但在此之上，尹氏更是一个周人，郁郁乎文哉，吾从周，他确信自己属于周的世界，那日渐漫漶模糊，正在破碎、正在失去的礼乐世界。困守在这阴冷泥泞的小邑，尹氏觉得他是活在天下的尽头，没有人可以说句话，没有人可以和他谈论遥远的周礼。尹氏一直在等待息姑这样的一个人，他是周公的后裔、鲁国的公子，他来自文明之壤，来自周礼的渊薮，他是鹰，他见过山河历历、至善至美。尹氏对着庭院里那只火红的狐狸说：有朋自远方来，不亦快哉不亦乐乎！

息姑很后悔没有一开始就告诉他，我不知道，别来烦我，我是个鲁国公子，但我只是每天过我的日子，我过的是天经地义的日子我过的不是周礼啊，我并不知道这日子里有这么多的规矩讲究。但是，他不能说我不知道，尹氏望着他，尹氏的目光是望着远方、望着天上，他不能让尹氏失望，不仅因为他是尹氏的囚徒，不，不是因为这个，是因为，他意识到，他本来应该是尹氏所遥望的那个人，他不能让尹氏失望，不能让自己对自己失望。

就这样，在尹氏的追问下，他在记忆中把有生以来重过了一遍，开始时，他是一条久已干涸的河道，尹氏端坐于前，向他问水，他实在想不出啊，他不是不记得，他是真不知道。看着铜簋中热气腾腾的肉，他回想着从小到大吃过的肉，似乎只是肉，但是他听见自己缓慢清晰地说，按礼法，肉炖好了，须割成一寸见方，大了不合礼，君子不食，小了也不合礼，君子不食。——然后，他看见尹氏羞惭地把送到嘴边的一块形状随便的肉放了下去。渐渐地，土地湿润、大河汤汤，在尹氏的追问和启发下，他渐渐发现，原来生命里的一切必有繁复的意义，那点点滴滴、零散琐碎的事都应该有、都必有礼与乐暗自运行。他不仅是回忆，他在回忆中发现和创造，让那些精微的礼法和节律和道理从他生活中浮现出来，好像剔去骨肉而呈现闪亮的经络。

就这样，息姑和尹氏，他们在狐壤这个地方、在狐狸的土地上合作建立一个礼乐王国。他们就像是天下的最后两个人，什么都没有了，白茫茫大地真干净，文明的存续完全依赖于这两个人的记忆。他们、至少是息姑，从没有想到竟会承担如此的重任，似乎如果他想不起、他忘了，文明的火就会就此熄灭。最后一个人、两个人会后悔自己为什么不懂物理、化学、高等数学，不懂音乐不懂哲学文学，他痛悔自己为何什么都不懂，但是，渐渐地，他会让自己什么都懂，他会创造和虚构，他们恢复和重建那个周公完美地创造的王国，不知不觉中，这个王国广袤的天下已经遍布他们的发明，他们常常为礼乐制度的某个细节争辩不休，最终，尹氏和息姑会相视一笑，好吧，就这样吧，这样是最好的。

那些日子里，息姑有时还会想起鲁国，鲁国何其远，他也许永远回不去了。父亲不会把他的不归当作大事，他不过是诸多庶子中的一个。他将一直待在这儿，他被父亲忘了，也被郑人忘了，他看着庭院里那只火红的狐狸，狐狸正回首望他，他想，这样也好。

直到有一天，尹氏端坐于前，沉默良久。他们的王国已经规模大备，有时，他们会这样对坐，不说话，看着日影在地上移动。尹氏终于开口了，他说，他要送他回鲁国，要和他一起回到鲁国去。

息姑愕然：为什么要回去？你要离开郑国吗？你知道，我并没有多少家财，我无法报答你，我也可以一直留在这里。

尹氏说，这是神灵的旨意，这是我的神为我指的路。

你的神？息姑蓦然想起梦里的神：是他吗？戴着青铜面具，那个黑袍狐眼的神？

尹氏深深地看着他，缓缓站起来，沉声说：随我来。

他走在尹氏身后，穿过后庭，进入一间幽暗的内室。他看见案上供奉着神主，他认出，上面写着四个字：钟巫之位。

尹氏跪下，对着神主说：这是我尹氏世代供奉的家神。他对我说，他要去鲁国，我和你，我们都要回到鲁国去。

息姑跪下了，他无声地说：钟巫，我的神。

二

隐公十一年，公元前712年，会当凌绝顶，一览众山小，鲁隐公息姑的君王生涯抵达巅峰或者极限。周历七月，隐公率鲁军联同郑庄公、齐僖公，围攻许昌东部的许国，破之灭之。

这一事件无可置疑地确立了春秋早期的天下强权，那就是郑、齐、鲁三国的联盟。州吁发动的围攻郑国的诸侯混战至此大势已分，郑国赢得了齐鲁两大东部诸侯的支持，卫宋两个中原强国正在疲惫地喘息。

隐公息姑，当他率师逼近许国时，他必想起当年的狐壤。狐壤在许国之北，在某一处歧路，息姑停车遥望，通向狐壤的路依然泥泞狭窄，路边的柳如同故人，他和尹氏在那条路的尽头曾经想象一个井然有序揖让有礼的天下，而现在，他在另一条路上，在弱肉强食的乱糟糟的原野上，他必须是强者胜者，他要为鲁国攫取权势、利益和荣耀。

他的胜利之路始于六年前，隐公五年，公元前718年。那一年，州吁已死，他所扇起的战火并未平息。宋、卫依然是郑国的敌人，但攻守之势大变，从四月到六月，郑人击溃了入侵的卫燕联军，随后大举侵宋，攻入宋都商丘的外城，这就是史书所载的"入其郛"。

宋殇公与夷遣使向鲁国求援。到目前为止，隐公息姑虽然勉强、犹豫，但鲁国一直支持宋国。这一日，大殿上，隐公翻阅着国书，他把那一卷简册拉开来卷起来再拉开来，殿内只有竹简相错的脆响。

息姑忽然问：郑人现在打到哪儿了？

沉默。息姑当然知道，郑人已经入郛，攻入了商丘外城，但他还是这么问了。宋使懵了，一时不知如何回答——如果如实说，已经入郛，只怕人家接着就是一句，都打进外城了，救也来不及了。

宋使答道："未及国。"

这是答非所问啊，问你到哪儿，你说没到哪儿。

息姑继续哗啦啦翻着简册，忽然，他声音陡地拔高，直贯整个大殿："君命寡人同恤社稷，今问诸使者，曰'师未及国'，非寡人之所敢知也！"

不是十万火急让我去救命吗？现在却说什么"师未及国"！人家郑人已经打进外城了，还在这儿跟我没实话，这事儿，我还就不管了，不是"师未及国"吗？那还救什么救，不必救！

宋使的血都凉了，他这才意识到，他面对的是一个不可回答的问题，他如果说师已入郛，那又怎样？那会一拍案子：已经入郛，还救个屁啊！

隐公息姑被自己勃然而起的脾气吓了一跳，他看着他的话脱缰野马一般冲了出去，竟有一种排泄般的快意，这正是我要的，我不想再跟着宋国，我不想再被我的臣下裹挟。

他看向羽父。这骄横的家伙，屡次抗命，领兵助宋，现在，他在羽父的脸上看到了惶恐。

——这是春秋早期改变鲁国命运的一怒。隐公息姑终于做出了一个决断，这个决断后来被证明是正确的。但这种行事方式也暴露了息姑的弱点，他不能像一个君王那样富于权威地公开施行他的意志，他把一个重大的决断变成了一次无端的脾气：不是我要抛弃宋国，也不是我在权衡利弊之后做出了选择，而是宋国的使者不真诚不老实。他本能地回避一个权力者的决断，他把如此重大的政治问题变成了琐碎的德行和礼仪问题。

机敏如郑庄公，立刻抓住了机会，第二年春天，郑国使者来访，双方弃旧怨而修新好。五月，隐公与齐僖公会盟，一直支持郑国的齐国与鲁国实现了关系解冻，郑、齐、鲁针对宋、卫的联盟至此形成。

形势急转直下，新的联盟具有显而易见的优势。四年后，隐公十年，公元前 713 年，正月，隐公息姑与郑庄公、齐僖公举行盟会，五月，羽父率领鲁军与齐郑联兵伐宋，六月三日，隐公率军与齐僖公、郑庄公会合，七日，联军败宋师于管，十五日，郑师入郜，十六日，"归于我"，二十五日，郑师入防，二十六日，"归于我"。

那个六月，真是春风得意马蹄疾，"入郜""入防"，"归于我""归于我"，《春秋》和《左传》中少见如此喜形于色、轻快敏捷的行文，史官之笔挟着进军战鼓，鲁军紧跟在郑人后边，将郑人所掠的宋地麻利地收入囊中。

无端一怒收获了报偿，此时，隐公息姑必定想起了同为摄政的先祖周公，周公东征扫平天下，他不能与周公相比，但是，很多年了，鲁国从未像现在这样耀武扬威。

第二年，完成了对许国的征伐，隐公息姑回到曲阜，等来了隐公十一年那个阴晦秋日。

三

羽父说："百姓便君，君其遂立，吾请为君杀子允。君以我为相。"

这个人是隐公息姑的异母弟弟，自他摄政以来，一直是鲁军的统帅。现在，这个人站在他的背后，对他说，鲁国的百姓爱您、拥戴您，您应该成为名副其实的国君。是啊您是君子，君子不能弄脏自己的手，这件事我来办，我替您杀掉姬允，然后您将一直坐在这里，而我，将成为执掌国政的太宰。

天凉了，隐公息姑持一柄铜匕，正在修剪花枝，他听着，眼看着枝头那朵萎谢的花。几句话，说完了，羽父如一匹猛禽，羽毛奓起，这个最没有耐心的人，死死地盯着他的后背，等待着。

也不知过了多久，息姑说话了："为其少故也，吾将授之矣。使营菟裘，吾将老矣。"

当初我坐在这个位子上，说是"摄政称公"，就是因为姬允他还小啊还是个孩子。现在，姬允也大了，这个国君之位我要还给他，还给咱们的这个弟弟。我打算，让他们在泰山脚下，菟裘那地方建个园子，以后我就在那儿养老，逍遥自在，做个隐士。

想做隐士的隐公息姑向前走去。此时，息姑心里只有自己，他确认了自己不是谁，他将不会成为那个背信之人，他不会违背他对先君、对臣民、对自己的承诺。对他来说，先祖周公的形象和事迹绝非漶漫的传说，周公是楷模是典范，即使面对着权力这件世间至重之物，人也必须进退有礼。他知道，羽父说出的是很多很多人的预期，很多很多人都等待着一场公开的谋杀。是啊，他已经在这个位子上坐了十一年，所有的人都确信，他必是他们所预想的那个人，羽父为他指出了一条最简单的路，只要他点点头，羽父会为他办妥一切，他会成为真正的鲁国之君，他将把君位传给自己的子孙，人们对此不会有口头上的异议和肚子里的非议。但是，他想，如果我是这样的人，这件事我早就做了。不，他不想让双手沾上兄弟的血——姬允，那个孩子，他眼看着他长大，他甚至觉得自己其实就是这孩子的父亲。

羽父，还有后世的人们惊骇地注视着他的背影。这个隐公，这个隐晦的人，他令人困惑，他的选择明白决绝，他做出选择的方式却如此草率，他是一个执政十一年的权力者，他应该知道，羽父向他提出了大逆不道的建议，这种建议一旦出口，就必须抽刀见血，绝不能不了了之，他怎么能云淡风轻地随口回绝随手放下？

一千多年后，苏轼痛惜地说："使隐诛翚而让桓，虽夷、齐何以尚？"

——隐公如果当机立断，诛杀羽父，归政于姬允，那么，他将是伯夷、叔齐都不能望其项背的圣贤。

伯夷、叔齐，是商代孤竹国君的儿子，伯、仲、叔，兄弟三个，父亲看中的是小儿子叔齐。等到父亲死了，叔齐却说：我不干，让大哥干。大哥伯夷连忙推辞：使不得，父命也。兄弟两个相推不下，伯夷索性一走了之，叔齐正推着，忽见大哥跑了，拔腿就追，伯与叔、老大老三都没了人影儿，国人只好立仲老二为君。孤竹国在河北卢龙，现属秦皇岛，伯夷叔齐一口气跑到陕西，正赶上武王起兵伐纣，二人拦住马头苦劝：以臣弑君、以暴易暴，不仁不义啊！武王当然不听。兄弟二人义不食周粟，掉头又跑到河南洛阳的首阳山，采薇而食，最终饿死。后来有人问孔子，伯夷叔齐愤怒吗哀怨吗是气死的吗？孔子答道："求仁得仁，有何怨？"

当苏轼将隐公息姑与伯夷叔齐相比时，他忽略了一个内在的断裂，隐公或许会成为伯夷，但姬允断然不是叔齐，伯夷叔齐的饿死其实包含着一个隐喻：如此清洁、绝对、纯粹的精神，与人的肉身、与世俗生活不能相容。孔子之说高明，伯夷叔齐有何怨？他们必须逃、必须隐，为葆有如此清洁的精神就必须逃离浊世。当苏轼希望隐公息姑成为超越伯夷叔齐的圣贤时，他实际上首先要求隐公成为一个强大的权力者，但是，他忘了，如果隐公是这样的人，他还能否成为伯夷叔齐？

隐公息姑，他在那个秋天的选择令人困惑，他向世人证明了他不是什么，但是他似乎没有足够的行动力去证明自己是什么，他沉吟着，他遥望远山。

但羽父不能等了。羽父必须行动。剑已出鞘，他不能让这件事悬而不决，或者隐公死，或者姬允死，或者羽父自己死。羽父决然转身，去见姬允：

息姑让我杀你。咱们现在先杀了息姑，然后，我当相国。

姬允这时应该是十六七岁了，这俊美的少年，他看着羽父，说，成交。

四

于是，隐公薨。隐公十一年周历十一月壬辰，息姑前往城外祭拜钟巫，在途中留宿时被暗杀。

钟巫，这来自狐壤的神，息姑和尹氏把他的神主带到鲁国。这邪僻、非法的神不能进入国都，他们将他供奉在曲阜郊外一处名为社圃的园苑。春夏秋冬，每个季节第二个月的那天，尹氏立于社圃门外，望着息姑的车马在路的尽头遥遥而来。但是今年此日，息姑没有来。

最后一个夜晚，息姑又梦见了钟巫，那戴着青铜面具的狐眼的神，息姑在梦中一遍一遍地对自己说，我要记住神的话，我要在醒来时记起他的话，我要把他的话一字字写在简册上。

他听到了钟巫的声音，如钟如磬，清越明亮，他甚至看见钟巫揭开了面具，那张青铜面具丝帛一般缓缓垂下，他想，我将看见他的脸，我将记住这一切。

然后，一柄剑刺入他狂跳的心。

最后时刻的息姑，眼睛是亮的，是注视着什么地方，似乎看见了什么，他似乎有什么话要说，微笑凝固在他的脸上。

五

姬允终于正式成为鲁国的国君，史称鲁桓公。桓公元年是公元前711年，这一年，有一件大事发生。

那是一次偶遇——

"宋华父督见孔父之妻于路，目逆而送之，曰：'美而艳'。"

华父督是宋国太宰，执掌民政，孔父是司马，领有兵权。作为宋穆公临终的唯一顾命之臣，孔父是宋殇公与夷的庇护者，他是强人，正色立于朝，没有谁能够与他争辩，华父督也不能。但是那一日，太宰华父督在路上远远望见司马夫人的仪仗隆重而来，他连忙吩咐车马停在道边；越来越近，他惊愕地看见司马夫人的车上竟然没有张挂帘帷，他看见了她，他的目光陡地热了硬了，他直直地盯着她，她的车缓缓驶过，然后，他的目光送她送到长街的尽头，送到她的车马消失。

他叹道："美而艳！"

目送，美艳。这两个词就在此时在汉语中结晶，美是容颜，艳是光，一种危险的、牵引着和吸附着一切目光的光。

六

这一年，公元前711年，宋殇公与夷已在位九年。当初，宋穆公为了报答兄长的恩德，放逐了亲儿子公子冯，传位于侄子与夷。与夷不放心啊他不安于位，被郑国收留的公子冯是他的心病，郑国因此成了他的死敌。从公元前720年开始到现在，整整九年，宋与郑兵连祸结，前后十一战。前期宋国还能占得上风，到后来，却被郑、齐、鲁的联盟反复碾压蹂躏。幸亏春秋早期的战争彬彬有礼，点到即止，但即使如此，宋国已经民不堪命，怨声载道。

与夷和孔父，他们已经无法停止。九年十一战，最初是为了遏制郑国的称霸野心，防止郑国利用公子冯觊觎宋国君位，到后来，这已经是无法停止的赌博循环，假如公子冯死了，宋郑能否息争罢战？不，不能，不能停止于一连串的失败，必须在这一次失败之后立即奔向下一次可能的胜利。他们无法告诉自己也无法告诉国人，这一切意义何在。孔父是威严的，正色立于朝堂，无人敢问一句。

华父督面无表情地看着，他知道，这一切最终总会停下来，他只是不知道，是谁、在什么时候让这一切停下来。当他在大路偶遇孔父的夫人时，他忽然知道了，让这一切停下来的那个人就是他自己，他为自己找到了一个行动的理由，这个理由如此美艳如此不可抗拒，他动手了。

大路上、密室里，流言如风而起，四面八方的风都向着孔父而去："司马则然。"都是他，都是孔父的错，是他让宋国陷入了泥潭！

次年正月，华父督率领家臣和愤怒的国人围攻孔父的宅邸，孔父被杀，孔父的夫人被强掠而去。一不做二不休，他们接着杀死了殇公与夷。

——这一年是鲁桓公二年，公元前 710 年，整个春秋天下松了口气，终于可以停下来，虽然注定是暂停。华父督立即与郑、齐、鲁三巨头达成和解，在郑国的公子冯终于回到宋国，登上君位，是为宋庄公。

七

现在，站向高处，纵目远眺——商丘城外，一粒微尘，那辆车正狂奔而去。那是孔父嘉的儿子木金父，他逃出宋国，奔向鲁国。

宋国为子姓，乃商王后裔，孔父是宋潜公五世孙，五世亲尽，从此姓孔。他的儿子在鲁国，一百六十九年后，孔氏得一子，名孔丘。

——这才是公元前 710 年真正的、唯一的大事。若无华父督之乱，孔丘还是宋人，如果不是鲁人，孔丘必定不是孔子。

孔子说：郁郁沪文哉，吾从周。

孔子说：有朋自远方来，不亦乐乎。

（《十月》2021 年 9 月刊）

赞美课

李修文

这天早晨，去学校的路上，他忍不住想要赞美整个世界：沿途的一棵棵枫树，全都在一夜之间变红，像巨大的火炬直插在田野上，又像母亲的心来到了身前，正伴随着他度过越来越寒凉的秋天；仍然是一夜之间，漫无边际的芦苇们也都开出了花，那些芦花，一簇簇被风吹动，却始终低着头，像姑妈，像刚刚死去的语文老师，像世上一切受了苦却不诉苦的人。通往学校的路在芦苇荡里继续向前延伸，因此，他还将在芦苇荡里看见几只正在学走路的白鹤，一只干涸了好几年的泉眼里重新涌出了泉水，所以，他一边往前走，一边开始回忆自己知道的、所有用来赞美的词，结果，他还是觉得，那些词配不上他在这个早晨经过和经历的一切。

那颗被赞美包围的心，甚至忘记了必然到来的危难——这一年，他十岁，被寄养在一个远离父母的村子里，他所栖身的这户人家，只是父母的远亲，反正他也没有被饿死，如此，在给他一碗饭吃之外，其他的他们也就一概不闻不问了。当然，他一直知道自己身处在什么样的境地中，所以，他完全可以当得起乖巧二字：因为无亲无故，打起架来也没有帮手，在学校里，他便隔三岔五地要挨上一顿打，挨打就挨打了吧，不过是毫不声张地钻进芦苇荡里，奔跑，哭，躺下，在湿漉漉的地上翻来覆去，最后，还是得乖乖站起来，将自己收拾好，再挂着一脸的笑回到寄养的人家里去。是的，对于挨打之后毫不声张的好处，他比任何人都更加了解。

但是今天却不同于往常。今天挨的这顿打，几乎令他痛不欲生：他身上穿着一件母亲刚织完就寄来的毛衣，挨打的时候，因为急于挣脱，毛衣上的线头松开了，但他顾不上，只能拖着线头夺路而逃，这样，打他的人便不再追赶他，而是攥紧了线头，再嬉笑着看他跑远，而他，一边狂奔，一边却心疼得喘不过气来：他的确是越跑越远了，可是，他毛衣上的毛线也在被他们拉扯得越来越长，等他终于痛下决心，咬着牙将毛线扯断的时候，他的毛衣，已经缺了半截胳膊了。

所以，在虎口脱险之后的芦苇荡里，他怎能不怀抱着难以消除的怨愤呢？但又别无他法，他只好折断了一根芦苇后，再去折断另一根芦苇。然后，和以往一样，奔跑，哭，躺下，在湿漉漉的地上翻来覆去，无非是这些，让他觉得自己动了起来，陷入了虚妄的、根本不存在的还击，就好像，唯有如此，他才能将怯懦和耻辱一点点从身体里清除干净。可是，越是不停地动起来，他又越是觉得自己的身体开了一条口子，那些怯懦和耻辱，正像涌向大地的黄昏和夜幕一般涌进那条口子，更何况，还有不同于往日的心疼正在持续和加深——一看见缺了半条胳膊的毛衣，他的心脏便狂跳着像是要离开他的身体，他只好紧紧捂住它，站也不是，坐也不是。当然，他知道自己不会死，他知道：自己只是在绝望。

好在，她来了。那时候，天色快要黑定了，隐隐约约地，月亮已经升上了天空，终于，怨愤和怯懦，心疼和羞耻，正如一天终将过去，他将它们全都接受了下来，转而拨开芦苇，踏上回到寄养人家的路。结果，他一转身便看见了她，不知道她是什么时候也进了这片芦苇荡的，只怕是已经来了好久，果真如此的话，他在芦苇与芦苇之间的那些行径自然全都被她看见了。一想到这里，他便愈发羞愧难当，吓了一跳之后，他一刻也不停地掉头就跑。见他要跑，她才终于嗯嗯呀呀地叫喊起来，她越叫喊，他越不敢停，可是，她的叫喊声竟然越来越大，直到他下意识地担心自己似乎对她也犯下了一桩什么过错，这过错又可能会给自己带来灭顶之灾，这才心惊胆战地止步，一会儿去看她，一会儿又不敢看她。

实际上，他早就认得她。跟他一样，她也三天两头都要挨上一顿打：她是个哑巴，四川人，最早，她是被自己的哥哥带过来的，一开始，兄妹二人在村子中的油坊里做工，后来，油坊垮了，开不下去了，哥哥就跑了，跑掉之前，把她卖给了本地最穷的一户人家做儿媳，因此，她虽说是被卖掉的，却也谈不上是拐卖。据说，她不但是个哑巴，脑子也不太好，做活计的时候免不了笨手笨脚，如此一来，挨婆家的打便成了家常便饭。他其实目睹过一次她挨她丈夫的打，那是个下雨天，她去放牛的时候把牛给丢了，那牛又是借来的，她丈夫气疯了，漫山遍野地呼叫和奔跑，终于找回了牛，接着再找她，她却像是预见到了即将到来的厄运，不知道躲在哪里，就是不出来。但显然，躲避是没用的，最终，她丈夫从柴火堆里找到了她，拳打脚踢之后，她丈夫的怒气仍然没有消，按着她的脑袋往墙上撞，很快，她的脸，她的眼睛和鼻子，全都肿胀了起来，这一切，被远处的他尽收眼底。就在他以为她丈夫快要结束殴打的时候，哪知道，她丈夫竟然拽着她的头发，来到了池塘边，又飞起一脚，将她踢倒在了池塘里。那池塘并不深，淹不死人，然而她的眼睛肿成了一条缝，又睁不开，便只好站在齐腰深的淤泥里，怎么也爬不起来。直到很久以后，他还一直记得她站在淤泥里挥着两只手一点点向前挪动的样子。

不仅她婆家的人打她，村子里别的人也打她。谁叫她是个哑巴，脑子还傻呢？有一回，是在割稻子的时节，她挑着一百多斤的稻子回家，一路上，不断有妇女们从她的稻子中抽出几束来放进自己的担子里，她当然未能反抗，只敢讪笑着加快步子往前走，却很快又被妇女们追上，渐渐地，妇女们愈加明目张胆，几近于硬抢，她的稻子越来越少。终于，她忍耐不住，停在原地，嘴巴里"嗯嗯呀呀"地冲她们比画着手势，这一切，都被走在放学路上的他远远看见了。即使是只有十岁的他也能看出来：她与其说是在发怒，不如说是在哀求，因为她的脸上一直都在讨好地笑着。也不知道是怎么了，他继续远远地看见：妇女们没再硬抢她的稻子，却对她动了手，她左躲右闪，又想护住稻子，于是，每一回，当她几乎已经躲过了推搡时，为了那些稻子，她只好又跑回来，趴在稻子上，然后再一次被推搡。

现在，芦苇荡里，她竟然来到了他身边。按理说，他不应该怕她，可是，经年累月的挨打早已让他吓破了胆子，万一，他想，她比自己大那么多，万一自己跑掉了，激怒了她，她也对他动起手来可如何是好呢？更何况，她还有一个几乎没有一天不暴怒的丈夫。这样，他便在原地站住，一会儿去看她，一会儿又不敢看她。这时候，夜幕真正降临了，但月亮大得很，芦苇荡里明晃晃的。终于，她朝他走近了几步，"嗯嗯呀呀"地比画起了手势。他盯着她，却看不懂她在比画着什么，她便只好变作往日里的她，讪笑，不停地讪笑。最后，她恐怕是明白过来他怎么也不会看懂她的手势了，这才离他更近，急切地伸手，先指了指自己身上那件油腻的毛衣，再去指他的胳膊，紧接着，"嗯嗯呀呀"的声音大起来，她一边含混不清地叫喊着，另一边，手势却变得激烈了，既像是在比画着穿针引线，又像是在威胁着他什么。

也不知道她比画了多久，他总算明白过来，她是在跟他说：她会织毛衣，而且，她自己身上那件油腻的毛衣，跟他缺了半截胳膊的毛衣颜色差不多，也是凑巧，她恰好还有一点毛线，所以，她想让他将毛衣脱下来，交给她，只要一个晚上，她就可以帮他把那半截胳膊补起来。他当然不信，也下定了决心不听她的，可是，芦苇荡之外，远远的地界里，她丈夫大声喊起了她的名字，而且，叫喊声还越来越近，那声音，于他而言，不是别的，是说到就到的灭顶之灾，所以，鬼使神差一般，他竟然乖乖听话，脱下自己的毛衣，递给她，然后发了疯一般跑远了。跑着跑着，他想起了母亲，想起了自己可能就此与母亲寄来的毛衣作别，不禁哽咽了起来。等他彻底将她抛在身后，跑出了芦苇荡，再看月光下变得更白的芦苇花们，还有那些红彤彤的枫树，禁不住恶狠狠地想：早晨，那些被他硬生生回忆起来用来赞美它们的词，他要一个不剩地全都收回来。

然而，事情并不像他想象的那样。第二天晚上，她便给他送来了补好的毛衣。白天里，他已经好多次看见了她，她也看见了他，但是，他们好似两个被圈禁又放弃了逃脱的奴隶，俯首于可能的恐吓，都没敢走向彼此的所在——学校正在新盖几间教室，为了挣上几个钱，村子里腾得出手的人大多都在这里帮工，她和她的丈夫也在帮工，难怪昨天他挨打的时候，她会看见他，而且还追到了芦苇荡里。上课的时候，他不停地向外张望，她走到哪里，他的眼神便跟到哪里，他看着她搬砖和拌石灰，又看着她挑担子和知趣地躲在一边吃午饭，可是，他就是没看见自己的那件毛衣。要命的是，课间的时候，老师递给他一封信，信是母亲写来的，母亲在信里问他，毛衣合不合身。他拿着信，有那么一刹那，他想不管不顾地冲出去，径直去找她，要回自己那件缺了半截胳膊的毛衣，但终究还是没敢。

放学的时候，天又快黑了，跟昨天一样，月亮早早升上了天空，天大的委屈一直跟随着他，他无法推开它，便又在芦苇荡里狂奔不止，那一根根芦苇，抽打着他的脸，生疼生疼。可是，唯有这疼，才能让他原谅自己，到了这时，他再也忍不住，哭了出来。好在，她又来了。而且，她不仅来了，手里还拿着他的那件毛衣，只一眼，他便看得清清楚楚：那件缺了半截胳膊的毛衣，竟然真的被她补上了。他停下了步子，愣怔着，喘息着，对眼前所见难以置信。反倒是她，应该是早早埋伏在这里等了他很久了，要是再耽误，丈夫的拳脚就又要等着她去自投罗网。所以，她并没有多跟他"嗯嗯呀呀"，而是麻利地将毛衣递给他，又笑着指了指毛衣的袖子，意思是，已经补好了。他刚想对她说几句话，还没想好，她却急促地跑开，转瞬之间便从芦苇荡里消失了。

芦苇荡里，那颗被赞美包围的心又回来了——他想赞美一根根芦苇，它们全都像壮士一般挺立，护卫住了他和她的接头之地；还有高高在上的月光，不明不暗，让他们看见彼此，却藏住了她朝向他的奔跑，又藏住了她朝向丈夫的奔跑。一想到她在跑，他也跑起来，一直跑到气都喘不过来，尽管她在跑向自己的丈夫，他在跑回寄养的人家，但他觉得，唯有跑得气都喘不过来，他才对得起她，而他仍然要赞美：一棵棵枫树，仍然像巨大的火炬直插在田野上，还有那些芦花，一簇簇被风吹动，却始终低着头，仍然像世上一切受了苦却不诉苦的人。不仅如此，一路上，风平浪静的池塘，让他想起母亲抱着他的时候；突然飞出的磷火，让他想起过年时灶膛里的火苗；还有，就连黑黢黢的竹林，也让他不断想起春天里持续涌出地面的笋尖。而这些远远不够，他仍将迷惑于更多的赞美：为什么，人人都说她是傻的，她却给他送来蜂蜜一般的好？为什么，月光和芦苇荡让她送来了她的好，又体贴地掩住了她的好？也许，它们都是好？既然如此，但凡他看得见的地方，是不是都有他看不见的好？

半夜里，他一直舍不得睡过去，就好像一旦睡着，那些赞美，那些蜂蜜一般的好，就会消失得再无影踪，而他实在舍不得它们。此刻，被褥是单薄和残破的，天气也在急速地转凉，但是，他的体内，他的身外，全都缭绕和充盈着巨大的暖意，他无须再像往日那样瑟缩和咬紧牙关。还有，这暖意，不光让他喜悦，甚至让他想入非非：也许，他和她，这两个在此处挨打和在彼处挨打的人，只要胆大包天，偷偷地，只是偷偷地，他朝她走过去，她再朝他走过来，他和她便也能像旁人一样活着，除了坏，还有好，除了逃避不开的沮丧，更有源源不断的赞美？一定是这样。这时候，夜幕里下起了雨，雨滴轻轻敲打着屋顶，他便在雨声里告诉自己：一定是这样。他一定要将那些好与赞美抓在手中，再牢牢装进自己的口袋。

他说到做到。打第二天起，看上去，他还是那个在拳脚之下忍气吞声的人，可是暗地里，他却变成了一只四处搜寻着她的气味的野狗——冬天里，她家里几乎断粮了，每天只能吃上一顿饭，所以，他每天都要花费好多心思寻找埋伏之地，那埋伏之地，既要不为人知，又要能让自己省下的口粮顺利地交到她手上；春天里，小河涨水，她去油菜地里施肥的路上，脚底下一滑，跌进了河中，幸亏他蹑手蹑脚地跟在她身边，不管不顾地大喊大叫，终于引来了一个好心人将她从河水里捞了上来。一开始，面对他的疯狂，她吓坏了，总是躲着他，而他依然故我，能见她，便要见她，能给她好，便要给她好。渐渐地，她也终于明白过来，在这村子里，唯有他和她才是匹配的，她当然从来没有幻想过任何匹配，可是，要是真正的匹配来了，她只怕也是不忍心推开的吧？就好像两个同时落水的人，除了伸出各自的手去触向对方，满世界，哪里还有第三个人向他们伸出手来呢？所以，并没有过多久，她就不再躲着他，甚至，有点工夫的时候，她也像他一样，躲藏在各种不为人知之处等着他：还是在那片芦苇荡里，她截住了放学后的他，递给他几只已经煮熟了的鹌鹑蛋。芦苇荡里没有石头，他找不到敲碎蛋壳的地方，还是她，一只一只用手轻轻地去捏，蛋壳被捏碎了，一只只蛋却都圆滚如初，她再像捧着宝贝疙瘩一般递给他，看着他吃，他知道，她并没有吃，但她愿意看着他吃。

这样一个她，怎么可能是傻子呢？她当然不是傻子。很快，他就看清了她，她其实是故意想让别人认为她傻——反正是个哑巴，那么，干脆再拿傻瓜当作借口，以此来逃避自己是个哑巴吧。是啊，在旁人眼中，一个傻瓜，总要比一个哑巴更要可怜，那么，莫不如让更可怜的自己罩住一个可怜的自己吧，果然如此的话，在彻底的被轻贱中，她反倒活得更像一个人了？可惜，他只有十岁，无法再往深里想，但是，再往后，一旦她打着手势告诉他说自己的脑子傻，他便立即止住，也胡乱打着手势对她说：你一点都不傻，你不过是想让身边的人放过你，就像你身上那件油腻的毛衣，它不过是让你自己相信，你活该受罪，实际上，你比谁都更爱干净，对不对？——每一回，只要他这么说，她便再也说不出话来，而他却没有停止，继续告诉她：和枫树一样，和芦苇荡一样，她配得上任何赞美。

赞美，这个手势可真难打给她啊。可她竟然非要问清楚，他所说的、经常在身体里横冲直撞的赞美究竟是什么？既然如此，他便下定了决心，从现在开始，他来给她上一堂赞美课，这课堂也不在他处，就在眼前的芦苇荡里。他指引着她，在一眼看不到头的芦苇荡里穿行，再对她说，你看，这些芦苇的根部，看起来平平常常，实际上却是一味中药。从前，和母亲住在一起的时候，他发烧了，嗓子痛了，母亲就会挖了芦根回去给他煮水喝。所以现在，他想母亲的时候，就会折一截芦根放在嘴巴里嚼，越嚼，母亲就离他越近；还有那些白色的芦花，你以为它们全都是白色的吗？不，它们其实什么颜色都有，淡青的，微微发红的……每一回，当他辨认清楚了每一种颜色，他便想，待他回到父母身边的时候，他又多了一桩可以让自己对他们炫耀起来的本事；你再看，前面还有一口泉眼，去年彻底干了，今年又活了过来，好多人都没注意到它活了过来，不过这样最好，这样，这口活过来的泉眼就成了他一个人的秘密，如此，他就和他看过的小说主人公一样，也变成了怀揣着秘密却守口如瓶的人了。是的，他指引给她看的这一切，在他的心底里，全都当得起任何赞美。可是，她却越走越慢，终于忍不住，打手势告诉他，在她的四川老家，也有一片看不到头的芦苇荡。所以，她其实害怕眼前的这片芦苇荡，一走进来，她就想家，想她父母还没死的时候。说着说着，她竟然号啕大哭了起来，他想上前去劝她，但她却推开手，捂着脸，压低哭声，跟跄着跑出了芦苇荡。

第二堂赞美课到来得实在太晚了一些。上课之前，有好多天，他故意避开芦苇荡，在村子里四处游荡，既磨刀霍霍，又小心翼翼，终于选定了课堂，但是，他却怎么也见不到她了——听人说，她被她丈夫带到邻县的小煤窑里挖煤去了。听到这个消息，他当然失魂落魄，只要放了学，就去她家附近远远地张望一阵子，自然，他一直都没有看见她。大概过了两个月，有天晚上，村子里有人结婚，去镇上请来放映队放了一场电影。他去看电影的时候，又挨了一顿打，所以，电影还没完，他就忍不住伤心，离开了放电影的地方，一个人，在刚刚下过雨的路上深一脚浅一脚朝前走。突然，他看见了她，她回来了，却不再是他认得的那个她：她以前就瘦，现在更比以前瘦了许多，最让他受不了的是，以前，她的脸，她的手，都是那么白，是再脏再油腻的衣服都遮不住的白，而现在，她是那么黑，不是被煤灰暂时盖住了白的黑，而是实实在在的黑，是连月光也照不白的黑。尽管如此，一见到她，他还是忍不住扑了过去，扑上去了，又说不出话来，她却打着手势告诉他，她明天就要再回邻县的小煤窑，现在，她想让他抓紧时间，再给她上一堂赞美课。见他还愣怔着，她便又对他说：虽然她仍然不知道他所说的赞美到底是什么，但是，她也想跟他一样，哪怕远在小煤窑里，身上，心里，都有他所说的赞美。

好吧，那么，就让他们赶紧开始这一堂赞美课吧。说起来，这一堂课的课堂，根本不是什么隐秘的所在，它仅仅只是一本书，对，就是那本《安徒生童话》。满村子的一草一木都可以作证，为了找到一座合适的课堂，他的脚底都磨出了水泡，但是最终，他决定放弃那些隐秘的所在，转而给她好好讲完《安徒生童话》里的每一个故事。只因为，正是这本书，自他寄养之初就一直被他压在枕头底下。它是他的兄弟，让他知道在这世上，在更加广阔的地方，也有挨打、眼泪和四处流浪，却也有相逢、欢乐和迟早都要出现的偿报，比如他和她的亲近，于他便是偿报，便是《安徒生童话》里的故事搬到了他们活命的村子里。也因此，还有什么比这本书更适合当作课堂，还有什么比让她跟他一样读完这本书，无须再借助旁人，仅凭自己就能让自己的心脏被赞美包围，更令他放心呢？

好吧，赶紧开始吧，他拽着她，两个人一起朝前跑，一直跑到了她曾经跌进去的那条小河边，这才坐下，然后，他便开始了——此后多年，他一直记得，并将终生记得，他给她讲的第一个故事，是《丑小鸭》。这一晚的月光，比往日里都要亮，亮得像白天，她看他的手势便毫不吃力，再加上，为了这堂课，他几乎茶饭不思，所有可能艰难的手势，他都已经仔细地排练过了，所以，他有十足的把握将那只最后变成天鹅的丑小鸭带到她的眼前来。事实上，她也和他想象的一样，无论他打出什么手势，她全都能看得明白，当他讲到丑小鸭在沼泽地里看见那两只调皮的公雁被猎人开枪打死时，她的身体禁不住颤抖了一下，他刚止住手势，她却催促他赶紧往下讲。然而，天上下起了雨，这场雨啊，早不来，晚不来，偏偏这时候来，而且，一下起来就再也收不住，一想到她明天早晨就要离开，他便不甘心，非要把故事讲完不可。他骗她，故事很短，他马上就能讲完，紧接着，也不管她同意不同意，冻得瑟瑟发抖的他继续往下讲，只有上天和他自己知道，他是多么想尽快地告诉她，那只丑小鸭，最后不仅变成了一只天鹅，而且，因为吃过的苦，它终生都有一颗赞美和不肯骄傲的心。只是，雨下得更大了，他没办法不停下来，看着她，讲也不是，不讲也不是，最终，还是她站起身来，拽着他，一起跑回了村子里。

第三堂赞美课，是在半个月后。前几天，他在挨打的时候逃进了一片竹林，哪知道，竹林里到处都是蜂窝，在误撞了蜂窝之后，哪怕他使出了吃奶的力气，野蜂们也没有放过他，他跑到哪里，野蜂们便追到哪里，最后，他的全身上下至少被蜇了几十处。等他跑回寄养的人家，眼前一黑，一头栽倒在地，好半天都没有力气从地上爬起来。一连好几天，他躺在床上，几乎奄奄一息，疼痛无休无止，有好多次，他都疑心自己已经不在这个世界上，所有的声音都忽远忽近：寄养人家说话的声音，赤脚医生前来出诊的声音，一切都在，一切又都不在，他还听见寄养人家的小孩子跑到了他的床前，但是很快就吓得赶紧跑了出去，也难怪，虽说他看不见自己，却也能猜出来，现在的他，大概和一个满身肿胀的鬼魂差不多。正是在这样的忽远忽近之中，他听见了她的死讯，对，就是她，远在邻县小煤窑里的她。前几天，在小煤窑里，她的丈夫喝多了酒，又追着她打，她开始逃，她的丈夫却一直追到了山冈上，刚一追上，就飞起一脚，将她从山冈上踹了下去，等到有人在山冈底下找到她时，她早已断了气。

而他竟然没有哭，一来是，他的眼睛还在肿胀中，就算泪水再多，也涌不出他的眼眶；二来是，当世界以骇人的模样告诉他，我们的生活到底可以坏到何种地步时，他反倒在闪电般稍纵即逝的震惊与怨愤中长大了。原来，当赞美开始，又或在赞美的尽头，等待着我们的，未见得只有欢乐、相逢和偿报，同样还有死亡、永无相逢和再也说不出话的沉默。但是，他已经做出了一个决定：越是如此，越是要赞美。对，在沉默中，他对自己一遍又一遍地说：要活下去，要赞美，只因为，在你的活下去中，还有她的活下去，在你的赞美之中，还有她从未得到过的赞美。从此以后，他又对自己说，无论什么时候，什么境地，都不要忘了继续上赞美课，无非是，从今以后，他既是讲课的人，也是听课的人。还等什么呢？第三堂赞美课，就从现在开始吧。也许，她还并未走远，而他的双手也刚刚可以动弹，她还能像在明晃晃的月光下一样看得毫不吃力，还等什么呢？开始吧。于是，他缓慢地、轻轻地挪动着左手和右手，让它们破镜重圆，让它们凑在了一起，然后，他开始讲课，这一课，仍然从《丑小鸭》讲起，从上一回中断的地方讲起："天快要暗的时候，四周才静下来。可是这只可怜的小鸭还不敢站起来。他等了好几个钟头，才敢向四周望一眼，于是他急忙跑出这块沼泽地，拼命地跑，向田野上跑，向牧场上跑……"

（《雨花》2021 年第 3 期）

幻兽之吻

周晓枫

幻兽之吻里，

有致命的爱，致死的美，致残的深情，

有致意的问候，致歉的告别，致敬或致哀的命运……

1

海南三亚，下过小雨。晚餐后，我下楼散步。

小区道路的光线渐渐暗淡，通过路灯的映照，能看到一条反光而湿黑的路。我沿着这条混沌的小路向前，突然地上的什么东西动了一下，像个被风吹得滚落的果子。我吓了一跳。低头看，原来是个小家伙。

我没有立即判断出到底是青蛙还是蛤蟆，像是两者的混血儿。我蹲下来观察，它坐姿端正，表情庄严，雕塑似的一动不动。个头不大，大概只有我的拇指那样的长度。它像揉过的纸巾，乍看松垮地团在一起，仔细看各部分的衔接又是紧凑的，双腿并拢在体侧，融成的整体不容缝隙。哦，这是遍布中国南方的常见品种：沼蛙。

它长久蹲坐，仿佛在思考何去何从。溪流在另一侧，而它正朝着人类的院落瞻望。这种迷失可能导致丧命。我想帮助它抵达正确的方向，又很怕两栖类鼓起的眼睛。犹豫之后，我放弃了，决定继续向前散步，它自己会做出选择的。我想，等我折返的时候，如果它还在这儿，无论如何，我将克服恐惧，回家去拿长柄的扫帚和簸箕，把它拯救到彼岸。

这条路有一二百米，走到头，我看了一会儿月亮，再返回来。返程只到半途，远未到刚才见到沼蛙的地点，可我惊讶地发现，它停在大路中间，依然保持着刚才的姿态。这只懂得魔法的青蛙，它怎么不动声色地跟了我这么远？像童年那个游戏：我们都是木头人——在你蒙起眼睛的时候，他们不知不觉地靠近你，并在你睁开眼睛的瞬间，凝固动作。我低下视线，看它，它不动；离得再近些，它还是不动。我靠得太近了！毫无征兆，它的动作如此之快，几乎是侵犯式地向我冲过来，带着恼怒，带着超过挑衅的绝杀态度。我吓得连连后退两步，才保持了距离。它没有善罢甘休，直勾勾地盯着我，余怒未消。我不明白这只沼蛙的矛盾态度，为什么如此厌恶我靠近，又执意地追踪我？

我很快得知了谜底。我见到了它的孪生兄弟，不，是兄弟们。就在我看月亮那会儿，它们有许多只，个头几乎一致，偶尔有两三只能目测出有体积差。隔上数十米，就有这么一位伫立的"小矮人"……小得像不起眼的土块或卷起一半的落叶。这是一条人类铺设的步道，虽然夜晚人迹寥落，但依然危险，几十公斤的体重可能随时从天而降，而沼蛙的个头儿不过是一小摊垫脚的湿泥。我有一次险些踩中，即使鞋底与沼蛙差之毫厘，但它岿然不动。

我终于发现，它们为什么有如此表现。

我见到一对沉浸爱欲的情侣，雄性比雌性壮硕，却由弱者背负着蹦跳，发出很大的鸣声。我不知道这是正在进行的欢情时刻，还仅仅是前戏中的仪式，总之被我的唐突打扰，两只抱团的蛤蟆分开，各奔东西——雄性不忘冲着我的方向示威性地叫了几声。

原来，这么多沼蛙聚集，因为这是雨后的求偶时刻。体内的生物钟精确催促，它们如约赶往聚合地点，参加盛大的集体婚礼。

可惜，相遇似乎并非易事。多数时候，为了等待心仪者，它们就像抱柱的尾生那样漫长到无望地各自等候。似乎一直在倾听和分辨，众生喧哗的合唱中，会有一个歌喉，让它怦然心动。它那么凝神，那么专注，长久得仿佛忘了时间和等待的目的。每一只都坚决地压在自己的影子上，只有以极低的角度观察，才能在某个特别的角度，看见草地上的地灯把它的影子斜斜地拉长，像个小型的埃菲尔铁塔。我把手电筒的光源打在它身上，上下移动，它的影子一上一下地跳跃，但除了明显外凸的眼睛里反射出的光点，它丝毫不受影响，你看不到它有任何变化。头颅的角度没变，坐姿纹丝不动，像个古代人盘腿在蒲团上。是的，它的腿折叠得多么好，贴合完美，隐藏着饱满而弹力十足的肌肉线条。它的内肘微弯，形成空置的弧形，像是随时抱拢伴侣。它自己是个多么有耐心的爱人啊，像思恋或失恋到了绝望那样，停在那里，没有任何表情与动作，不知道能够等多久。

我对两栖动物的脸，一贯怀有恐惧。但此时这些痴情者，使我产生好奇和兴趣。我再次靠近，观察另外一只沼蛙，它好像刚刚和爱侣分开。这只沼蛙没有脖子和腰窝，从头到胯骨，几乎可以拉成笔直的斜线。无论从正面，还是上方，都会发现它有个简直是符合严格几何学的三角脸。它也没有下巴，它的嘴是一道如此深的切痕，把它的脸一劈两半。这使它的头，由两个部分组合而成：像个浅盒子，带着隆重的盔盖。它夸张而有些老龄化的双眼皮，给人以复杂的感受，说不清更靠近天真者还是纵欲者。这回，它不叫了，呼吸似乎很轻，我看见它似乎潮湿的鼻孔像两个既不扩张也不收缩的针眼。也许，它是靠隔夜茶色或锈铁皮色的皮肤呼吸的，可以不动声色。我的鼻子快贴到地面了，才发现它的喉结部分快速抽动，频繁鼓起和收缩，像个正在漱口或吃药的老人。似乎一场欢爱过后，它已耗尽体能。

这场盛大的婚宴里，每一个它，都是冷静的、耐心的、克制的；每一个它，都是痴情如水、激情似火的爱人，迎接着身体的狂欢节……未来的每一个蝌蚪，都是它长着一条尾巴的美人鱼孩子，继承着基因里的遗传：随时为爱等待，随时为爱枯竭，为爱赴死。

2

　　还是在三亚。早晨六点五十分，我下楼晨练，遇到行动中的蚁群。

　　它们体只极小，蚁流保持一厘米左右的宽度，数蚁并行，速度很快，像摄影机下六车道的高速公路。奇怪，队伍中每隔几厘米，就有一只体形硕大的蚂蚁，以同样的速度，奔行在"车流"里，但一定是隔离带般出现在队形中间的位置。它们大得像属于另外的种群和部落，但左右都有小蚂蚁随行，我不能判断这是战俘、指挥官还是队伍里的篮球巨人。这些大家伙，就是所谓的兵蚁吗？兵蚁在蚁类社会中具有特殊职能，个头大，它们的颚部发达，可以粉碎坚硬食物，也是保卫群体或发动攻击时的战斗武器。

　　我发现这条蚁流中有条醒目的肉虫，呈现半透明的焦金色，它作为蚂蚁的猎物在进行转运，就像一节储备粮食的车皮。除了小蚂蚁们，几只巨蚁先是出现在"车头"的位置，纤夫般承受着吃重的压力；后来，它们改变策略，均匀分布在肉虫的各个位置，就像是出现在长条箱子的角铁部位……乍一看，像是隆重的抬棺队伍，不过速度一点都不慢。

　　被高高抬起，肉虫始终保持僵硬的弦月般的弧度；在翻越一个沟坎时，它突然流畅地翻转了一下身体，像活了似的——可见蚁群完美的团队配合能力，能够克服路途上的坎坷，而不摔落它们的猎物。再仔细看，那条肉虫好像真的还活着。它只是浑浑噩噩的，任由大大小小的蚂蚁把它搬到新的家园或仓库。

　　蚂蚁的队伍很长，竟有四五十米之远，直至它们的行踪隐入繁密的草丛。我在距它们的终点十厘米左右的地方，发现一只不知死活的紫褐色蜗牛，上面攀爬着稀疏的侦察兵，似乎是瞭望和接应。这肯定不是蚂蚁倾巢搬迁的原因，因为从蜗牛这点硬壳里掏取的肉，根本不值得兴师动众地移动整个庞大的军团。我抬头看天，好像说今天有雨，这意味着多少千帕的滚滚雷声，此时就隐藏在透光的雪山般巍峨的云层后面。微不足道的蚂蚁，它们生活在地下的黑暗里，却远比自以为是的人类更敏感于天上的发生。它们预知，所以它们行动。

等那只金黄发光的肉虫被一路运输，消失在地层之下，我才突然醒悟：也许并非食材，那正是它们至为尊贵的蚁后！它不动，并非因为麻木或受伤，而是它正被自己的奴隶们舒适地抬起、小心地呵护、安全地转移。它几乎是以半睡眠的状态，统治着自己子孙众多的世界。

最不像蚂蚁的，是它们的蚁后。

王所催生的，是不像自己的兵；兵也长得不像自己的王，像是毫无基因的传递——它们之间不是有些不像，它们之间是一点儿也不像。而这，或许正是统治的秘密。

3

如果有什么是美、暴力与王权的融合，那就是虎。斑斓的皮毛，沉着的眼神，生杀予夺。老虎同时可以做到非常低调，野外捕猎时，这头体重达两百公斤的猫科动物可以潜行于半人高的枯草间，丝毫不会引起注意……直到，猎物细狭的瞳孔突然放大，善于弹跳的四肢被死死拖住，带血的喉咙被吻到窒息，身体轰然倒下，陷入比地球引力更无法摆脱的死亡深渊。

我看到过一只流浪猫捕食，看到它在好奇心和食欲之间犹豫了一会儿，才上去咬碎了猎物的脸。猫科动物大多如此，天真又残暴，简单又华丽。老虎也许由于体形的缘故似乎没有那么顽皮，除了捕猎和进食，老虎多数时候处于厌世般的懒散中。无论是在纪录片里看到的在荒野巡行的虎，还是动物园里隔着栅栏看到的——铁条和虎皮自身的纹路，它像被砍下很多刀、尚还连缀为一体的活刺身——虎总是步态懒散，神情游离，目光苍茫，它像是很难聚焦于某个目标。虎不像豹那么线条清晰而肌肉紧致，松懈的步态，总让人误以为老虎是乏力的——然而，王的凛然，也许必须保持在这种不屑一顾的倦意里。

有个朋友热衷探险，他给我讲过年轻时的一次相遇。那时少年得志，他十几岁时得了全国作文竞赛的金奖。为了纪念荣誉和奖励自己，他与银奖获得者乘兴从颁奖现场直接去了神农架寻找野人。莽撞的激情，他们贸然进入森林深处，却没有随身携带基础装备。他们迷路，几乎弹尽粮绝，食物只剩一个苹果。黄昏时分，不安的他们突然听到一声环绕着的低吼——回头，正看到一头老虎那张密布条纹的脸，忧闷又焦躁地凝视着他们。朋友说，他们在感到恐惧之前腿已经开始飞奔，狂泻千里地跑下山去。唯一的苹果飞快滚落，像他们的脑袋一样躲过了被啃咬的命运。他长大以后坚信，虎的闲散给他带来的震慑胜于狼的攻击。

我近距离接触过的，只有动物园的小老虎。泰国动物园里，不耐烦的它们被惊喜而陌生的游客轮番抱住合影，这种热爱独居的动物被迫裹入它们不擅长并且反感的亲昵。我作为志愿者饲养过动物园里的小老虎、小狼和小狮子，三个小家伙生活在一起。小老虎憨直，玩起来不管不顾；小狼非常像小狗，激动起来会失禁；相比之下，小狮子害羞得多，面对面的时候它总是躲避着眼神和身体；等你回过头去，它会在你身后磨爪子……磨刀霍霍准备扑向你毫无防范的后背。它们与人建立信任之前，要经过谨慎的试探；等熟悉以后，三个小家伙就像撒娇的婴儿那样叫唤，欢呼着进食与玩耍。无论多么凶残的掠食者，在幼弱时期都是让人怜爱的，因为它们要保护自身潜藏着的破坏力，使之不受损地成长为杀伤力。

我倒是有过一次与狮散步的经历，还是在毛里求斯，那是当地著名的旅游项目。我站在一片很大的空场中间，向四周瞭望。到处是杂生的高高低低的植丛。这片土地面积很大，我看不到周遭的铁丝围栏。只是越过等同膝盖高度的灌木杂丛，隐约遥望到园区的一个铁门，提示这里只是仿造的自然，并非真正的旷野。我们这组游客大约十人，一起站在那里等待狮子，每人手握所谓用以自卫的武器——一根比拐杖还要细短的小木棍。等了许久，什么也没有，但空气中的不安气息越来越强烈。

远处的铁门打开。几个非洲裔园区工作人员的形影靠近，然后在隐约的草莽之间，我看到一前一后两条微浪般起伏的脊线——那是和驯养者走在一起的两头狮子。一头褐色雄狮，鬃毛披覆，它边走边舔舌，咽下驯兽者手里的肉块。另一头是神话般的白色母狮，保持着冷漠的悠闲和微妙而傲慢的抗拒。狮子们靠近……仅有一头狮子,都给人以复数的错觉。我捏紧木棍,即使知道徒劳无功。游客们都不由自主绷紧脊柱和四肢,侧目注视走过的巨兽。我们被提示:不要走在狮子的前面,以免被当作猎物扑倒。所以站得笔直的游客,看起来像在接受狮子王的检阅;只不过,狮子漠视我们,保持着缓步的懒散。

大家很快就放松了,两头狮子在我们眼里渐渐成了两头可以接近的哺乳动物。我贴上去嗅它们的皮毛,没有任何体味。我想象的那种浓烈而生猛的腥膻在它们身上荡然无存,它们似乎有着毛绒玩具的化学性干燥,像刚刚被浴液和吹风筒处理过。也许,这些狮子从来没有直接处理过猎物,像人类一样,它们的食物都是从类似厨师那里获得的。没有杀伐之气,它们被安置在介乎王者和宠物之间的某个奇怪位置上。

游客与狮子合影,来显示虚彰的勇气。那些驯养者手里也拿着和我们类似的小木棍,这个道具必是狮子曾经的教鞭,才会让它畏怯,以至于他们把木棍抵在狮子腋下,狮子就能始终面向前方,从不回头张望。刚才狮子在草丛间跳跃,跳过溪涧,轻捷得令人惊诧,庞大的体重丝毫没有形成阻碍,它依然拥有杀伐者的果断与矫健——然而,微不足道的木棍对它竟然构成威胁,以及包裹在人类肌肉后面细若木棍的骨骼。它安详而沉静,配合着镜头。除了打哈欠,狮子不会张开它气吞山河的嘴,它像个失忆老人似的忘了撕扯和咀嚼。它们嘴里的肉块,切得像点心,更符合被豢养者的教养。

生命,不仅被未来引领,更重要的是被记忆所统治。一根木棍,是狮子关于权力的记忆,如同驯养者在狮子面前轻驰的自信同样来自记忆。驯养者以昵称呼唤他们的猛兽奴隶,而狮子奴隶抬起挂有隐约泪腺的面庞——被颠倒的等级,被置换的能量。狮子和人类游离了各自的领域,它们和他们都靠记忆和想象存活,遗忘了自己的能力与限制。

关于虎和狮子,我有个恍若幻觉的记忆——童年见到的狮虎兽。

那是一个动物园里的春天。狮虎兽独自伫立树下,大得诡异,仿佛幻觉中的动物。巨兽一动不动,混凝土制成的雕塑般,它被树冠投下的密如织网的阴影所笼罩。春天开始发亮的叶柄被风晃动,每片树叶的齿缘都精湛而一丝不苟，展现了神的缝纫工艺，它们将酝酿花朵、果实和种粒。春天开始发情的器官逐渐肿胀，动物们带着暴躁而激烈的情欲交配——这是性别之间的盟约，幼崽将由此诞生。春天的空气，弥漫花粉与某种暖腥的气息，这是一个混沌而充满秩序的难以解释的神秘世界。那头狮虎兽厚阔的爪子踩在地上，却看似与这个世界毫无瓜葛。

狮子生活在草原，老虎生活在丛林，自然环境下相遇概率极低；但在动物园的环境，在人工猎奇心理的驱使下，两者交媾产下混血的巨婴：狮虎兽或虎狮兽。陆地上体形最大的食肉动物是北极熊，然后才轮到老虎和狮子；但狮虎兽的体内没有抑制成长的基因，所以它会一直生长。蛇是终身成长的，它不断复制自己；狮虎兽是越来越重地负载自己，直到无法承受自身的体积。狮子和虎都是各自领域的王者，但权力的叠加未能使狮虎兽更为强大——它被自身压垮和摧毁。尤其，狮虎兽不仅没有成皇成帝，成为王权的象征，反而成为被奴役的屈辱象征——它的角色，相当于食肉动物里的骡子。我们习惯骡子，出于实用功能——作为马和驴的后代，它高大有力，兼具父母的优势。骡子擅长负重，只是不会生育繁殖自己的后代——"骡"，这个字拆解下来，完美提示了它的悲剧，它是"更累的马"和"失户的驴"。然而，狮虎兽呢？它的存在何用之有？

神话传说中的灵兽与妖怪多是拼贴之物，像为人熟知的龙、麒麟、貔貅、凤凰，或者更为冷僻的毕方、帝江、陆吾、鹿蜀、嬴鱼等，不外是蛇的身子贴有鱼的鳞片，鱼的身子粘了鸟的翅膀，或者是狗的身子长了牛的角，虎的身子长了狐狸的尾巴。它们是应该停留在传说而不应显形的动物，唯此才能维护神秘的能量。自然界也有天生具有拼贴感的动物，比如"四不像"的麋鹿，说它头脸像马、角像鹿、蹄子像牛、尾像驴；比如貘，体形有点像猪；幼麋鹿身上有鹿那样的花斑，脸有点像去掉了长鼻子的小象。也许因为麋鹿或貘等都是素食者，所以即使显形，也不具备可怖的法力。素食的拼贴动物即使进入传说，也带有美妙的色彩。比如说麋鹿，原产于中国，但百年前就在本土几近绝迹，后来一个英国公爵重金将饲养在巴黎、柏林、科隆等地动物园中的十八头麋鹿悉数买下，放养在庄园，竟然复活了整个种群——十八头麋鹿，是今天地球上所有麋鹿的祖先。比如说貘，它在中国和日本传说里，说它会在月夜走出幽深的森林，来到人们枕边，因为貘以梦为食。它害羞又温柔，怕惊醒入睡者，所以会发出摇篮曲一样的哼唱，吞下梦境之后，它又悄无声息地隐居丛林。我们知道动物有拟态行为，它们常常模仿自然环境，为了隐蔽自己；其实拟态不仅是模仿环境，动物之间也相互模仿，比如无毒动物会模仿有毒动物来保全自己——动物之间的这种拟态，既是相互的形象抄袭，也算是相互赞美的证据吧。

然而，狮虎兽是吃肉的、拼贴的、显形的真实动物，它既与传说中的龙凤，又与现实中的麋鹿与貘都不同——它的产生没有什么实用之功，是一次被蓄意安排的杂交，是一场源于孤独并去往孤独的悲剧，只为证明人的自大。

我们把狮虎豺豹描述为残忍，因为它们有破腹的利爪、碎骨的牙，因为它们从汹涌的血泊中撕扯肉块。其实这些食肉动物算不得残忍，因为种种作为乃是生存所需。之所以说人类最为残忍，因为他们是精神上的食肉动物——他们的暴力出自快感，他们的作恶出自享乐。人类之所以创造狮虎兽，他们扭曲、控制和决定并非简单出自畸形的审美，也许隐藏着并未被自己清晰认识的潜心理。活生生的狮虎兽，这头从幻想中直接诞生为现实的巨物，有如一个成真的噩梦，给人带来无以名状的双重欢乐。狮虎兽，是成功僭越的证明，是渎神的典范，它的存在，是因为人类既篡夺了造物主的王权，又剥夺兽王的王权……由此，人类由智力上的弱者和体力上的侏儒，跃升为超能的巨人——不，巨神。

地球存在了亿万斯年，像腔棘鱼、锯鳐、鳄龟、鲨、鸭嘴兽，从古老的时代延续到现在，但更多的动物加速度地消失和灭绝，像旅鸽、斑驴、袋狼、袋狸、巴厘虎等，人类甚至来不及观察和了解，它们就消失在地层之下。我们每个人的短短一生里，都目睹或听闻数种动物成为遗迹与传说。但，狮虎兽的灭亡，却是令我欣喜的——我愿，那种动荡而危险的美，永远消失在它原本就不应该出现的地方。

那个童年的春天，我第一次看到狮虎兽。看到它长久呆立。看到它进食——不像老虎或狮子，狮虎兽吃东西时吞咽得特别慢，像掉牙的老人那样。看到它死了般的睡眠。在壮观的骨架下面，它像是中空的，显得特别脆弱。狮虎兽来自一场跨越物种的爱情，我迷惑——它的样子，到底更靠近杂交优化基因带来的勇猛，还是更像近亲繁殖带来的愚痴？

孤独的狮虎兽。

某个瞬间，我看到那个来去匆匆的短暂访客——一只不知从哪里冒出来的老鼠，左探探，右探探，路过可能被它视作老虎的庞然大物。也许由于体量的落差根本看不见，也许由于老鼠小到根本不配成为巨兽的食屑，狮虎兽无动于衷，任凭老鼠在自己的领地里蹿动。也许狮虎兽缺乏匹配的领地意识，那是捕猎和求偶才能唤醒的竞争——它根本用不到。狮虎兽被关在这里，将被豢养至死。动物园关着的，多是平时罕见的珍贵动物。所有高贵、独特与稀有的生命，都是人类的囚禁之物——他们关押，他们制造，他们展览，他们剿杀。像老鼠麻雀一类庸常之物，无人在意，它们随意来去，拥有为所欲为的权利。跑来偷窃食物的老鼠，衔起一粒残渣，然后奔向它生来醒腚的自由。

4

蜻蜓的形态至为优美，但它们仿佛先天经过风干处理，仿佛没有体液，仿佛是夏天的金属钨丝——我记得那年以前的夏天，蝉声如瀑，蜻蜓如织，到处通电般的发烫。小孩子没有什么同情心，我童年捕捉过很多只蜻蜓，它们在我的掌心里痉挛般颤抖……这么多年，也许是因为愧悔，我才没有忘记它们的挣扎，没有忘记它们的翅脉如何被禁锁在我的掌纹里。但我想说的，是豆娘。

豆娘的体形娇小纤细，看似袖珍版的蜻蜓，但它不是蜻蜓——如同有朴素的蝴蝶，也有艳丽的蛾子，但它们不一样。一只弱不禁风的豆娘，让我认识到，帮助幼小也并非易事。

我在楼体的墙角看到它：一只豆娘，大约两厘米长。它不断弯曲身体，以头部碰触尾尖，像是在尝试瑜伽动作，又像是模拟一个交配结。

蜻蜓或豆娘交配时，雌雄会完美配合，衔接身体，两两组成一个"心"形的闭合环。不过，这回它所缔结的，是与死神的婚姻。这只豆娘被蛛丝捕获了，它几条黄绿色的腿细如丝线，也被缠缚。

我把豆娘从缭绕的蛛网上摘取下来，除去它躯干和胸腔之间的丝缕。蜻蜓的后翅宽于前翅，而豆娘有四片几乎同等大小的复制般的翅膀，停栖时它们叠合在一起，看似一个单片，像刃口斜切入案板的刀那样耸立在背部。豆娘飞行时，翅膀分成左右两组，犹如音乐指挥那样在空气中美妙划动。被解救下来的豆娘，翅膀近乎透明，但它不飞。

我发现，它的两只右翅没问题，它左侧的两只翅膀牢牢贴合，末端那里更是有个小米粒大的白斑，像钙化或者胶粘似的。我试了试，根本分不开。豆娘的身体和腿都纤细得失真，它的翅膀太薄太透太弱，精致而如若无物。我的手太笨，它的翅膀太灵巧，我难以处理两片已经融合为一体的翅膀。稍不小心，一场拯救，就容易变成即刻的杀戮。避开它的指爪，我用一根食指抵住它的袖珍头颅，用另一根食指尖触及伤翅的末端，极其小心地控制着位置、方向和推力，终于使严密闭合的膜翅裂开细如发丝的一线。我重复这个动作，依然无法分离黏合的末端。

我从随身背包里找到一袋零食，因为里面装的豆粒富含油脂，所以这类食物的包装会在内层使用铝箔，这种材质有种超出预期的硬挺。撕开包装，取边角，用单层。铝箔反射出银光，这角斜裁的薄片就像把简易手术刀——我终于把它探入豆娘两翼的一线缝隙中。对我这样眼花手笨的人来说，分开豆娘又薄又小又透明到几乎不存在的膜翅，这项工作堪比一个钟表匠学徒修理复杂精密的发条，甚至更难。因为袖珍金属元件具有足够的硬度，豆娘细弱得让人不敢设想它针尖般的心脏。响晴的正午，阳光灼烈，我花了远比预期更长的时间，在怀疑到绝望的心理中，终于使这只豆娘获得新生。

我由此猜测，那法力无边的造物之神，也许他解救每个陷入困境的挣扎中的生命，都绝非易事；也许并非因他无能，一切，乃是由于我们的脆弱。

5

昆虫环绕着我们，丰富、喧嚷又无声。随时随地，它们在我们身边，密集地，爱恨生死。我喜欢观察各种昆虫，它们呈现着一个袖珍而真实的魔法世界。

比如螳螂。螳螂抬起前肢，像太极高手那样拉开搅动风云的阵势。很多螳螂是拟态高手，擅长易容，穿着华丽的戏装，煞有介事地虚张声势——其实，螳螂是个狠角色，爪子堪比猛禽，何况部分雌螳螂还有杀夫的嗜好。

比如独角仙。独角仙举着鹿叉般的角，它的个头巨大，壳体厚且油亮，走起来的步伐沉重，孔武有力，简直相当于昆虫里的公牛。它的肌肉太有力了，竟然能够支撑这么沉笨的身体从容起飞。

只是蜣螂，在我视力下降的情况下，它的只形看起来就像螳螂，它的外形看起来就像小体的独角仙——其实，它都不是。奇怪，我总是难以清晰记住蜣螂的样子，它长得太混沌了。也许作为人类的我们太过势利，因蜣螂的食性而忽略它，把它仅仅当作用来嘲笑的符号。

学名蜣螂，听起来似乎有几分书卷的雅气，但它俗称屎壳郎。我觉得它的存在，体现出上帝的幽默感。有一次，我看一部关于环境保护的科普纪录片，注意到一些有趣的画面。蜣螂把人类观念里肮脏不堪的屈辱工作，当作毕生热爱的事业。在搬运粪球的过程中，我发现蜣螂有些似无必要的动作，滑稽而令人迷惑。比如，它一边滚着粪球，一边忽然向上伸起空置的前肢，不知这个举重运动员是在热身、休息，还是庆祝。它间或表演体操，向前推动粪团时，突然倒置身体，改为蹬踏——虽然蜣螂缺少表情丰富的五官，但它依然像个登台的杂技演员一样，传递着兴高采烈的表演氛围。

蜣螂如获至宝，它抱住粪团的狂喜，与女明星戴上珠宝的陶醉，别无二致。蜣螂滚动屎球的喜悦，与人类获得财富的兴奋，仿佛强度等值。它是如此的知足、欢乐与感恩，即使得到的只是一团肮脏的秽物，一粒散发臭味的屎球。除了标明领地的作用，多数动物往往会嫌弃自己的排泄物，尽量让屎尿远离自己的巢穴和活动区域。弄蝶在毛毛虫形态的时候，可以把粪球射到一米五的空中，相当于一个成年人把屎甩到七十多米的高空。即使不嫌弃自己的排泄物，也会厌恶别人的，只有挚爱者才能克服障碍。比如羚羊的母亲会吃掉自己孩子的屎尿，这样做是为了防止给饥饿的肉食动物留下追踪的气味；一旦孩子长大，母亲就不再这么做，因为它的孩子已经能够通过快速奔跑的方式来保护自己了。然而，蜣螂，小而密布世界的大自然清道夫，它竟凭本性做到了观念上的平等与行为上的牺牲。它的行为，体现了某种超越物种和立场的公正，曲折的公正，易被忽略的公正……竟然，近乎造物主那种道德意义之外的冷淡到宁静的公正。

说不出是令人啼笑皆非还是肃然起敬，这卑微又神圣的蜣螂，全世界据说有两万多种，分布在南极洲以外的任何一块大陆。

6

我在动物园当志愿者的时候，迷上了一只长臂猿。

它的名字叫小弹簧，品种是银白长臂猿，出生不久就被母亲遗弃，它在动物幼儿园里改由人工喂养。它那时七个月大，体重只有一公斤多点儿，有着老人般华贵的银色毛丝和儿童般晶亮的眼睛。这么幼小，我已能看出它未来的天赋，它将在不久之后拥有橡皮筋的胳膊、弹簧的脚。我每天给它喂食，陪它玩耍。虽然作为一只树居动物，小弹簧永远有种略带忧郁的表情，但它那种摧毁意志的可爱，简直令人涌起把它偷回家的犯罪念头。

长臂猿是种害羞的动物，喜欢生活在隐蔽的密林中。在薄雾弥漫的清晨，我们能够听到它们婉转起伏的歌唱。飞檐走壁是人类对侠客的想象和传说，但对长臂猿是常态。它轻盈、敏捷而灵巧，就像果实一样在枝条上自然悬吊和摆荡，保持一种下落的危险感。它能够利用树枝的弹性，把自己抛向空中，完成短促的飞行……优雅流畅，如空中芭蕾。树枝间的长臂猿，草原上的猎豹，它们的动作里都包含着一种奇怪而美妙的飘浮感，仿佛在某个瞬间，时间和重力对它们是失控的。必要时，长臂猿出手如闪电，在错综的丛林里它令人眼花缭乱地飞行。仿佛每棵树都是伸长的手指，它可以快速完成转移。对于猿猴来说，担心它没有看准树杈掉下来，就像担心鸟儿会飞累掉下来一样。长臂猿钢琴家一样修长的手指，之所以能在吊荡的绳索或树枝行走，因为它的每一步都是抓握而不是覆盖在上面。

照顾小弹簧一周之后，我离开动物园，我惊讶自己竟然因为想念它而哭过几回。这就是为什么时隔一年多后与小弹簧的重逢，让我欣喜若狂。即将成年的小弹簧早已离开幼儿园，离开了独自生活的展示橱窗，它被郝姓饲养员照顾得很好，甚至完全克服了它原来那种不停颠坐的刻板行为。不过，在蓬松银亮的毛皮之下，它还是保持着长臂猿特有的苗条体态和玲珑骨架。不知道是我的热情吓着了它，还是它对往日的记忆早已生疏，小弹簧紧紧靠着自己的饲养员，只允许我抚摸它的后背和手指，不肯被我抱着。

我几乎带着强制把小弹簧转移过来，并让饲养员郝先生躲避起来。失去了靠山的小弹簧，惊慌地寻找无果之后，似乎被唤醒了记忆。它在我的怀抱里渐渐松弛下来，安静又惬意。吃了几颗葡萄之后，它长手长脚地挂在我身上——体重真轻啊，两岁多的它只有 2.55 公斤，轻如一只毛绒玩具。我甚至觉得，纤手纤脚、甲丁质外壳里面似乎只有空气的蜘蛛假设放大到同样体积，都比它沉。

我和小弹簧度过了一个幸福的午后。我特别理解它刚才的拒绝，也因它的接纳而温暖。即使是野外生存的长臂猿，它们生活在小型家族里，也极度渴望安全感。不会四处随意留宿，对成员和地域都有着近乎可怜的归属渴求。它们情感丰富，会用手搭在对方的臂膀上寻求彼此的和解。猿猴不仅有着强烈的妒火，它们对地位有着神奇的直觉。据说，它们会对官阶更大的人员示好，对其他人置若罔闻。如果它的饲养员在场，我想小弹簧未必会这么快地释放它的友谊。

第二天，我又来到游人禁入的动物园后区看望小弹簧。郝先生外出了，只有代班饲养员在。他负责喂食小弹簧，此外还有数只灵长类动物，还有一只金雕和一只蜜獾，都需要他照顾。在我的要求下，代班饲养员打开小弹簧的笼门，试图把它交给我。

隔了一个夜晚，小弹簧似乎又有所生疏，经过它的几次拒绝和我的几次努力，我才把它抱到自己怀里。我一边抱着它轻声细语，一边抚摸它蓬松的背毛，然后把变得安静的它抱到饲养员的办公室。这里数米见方，空荡荡的，地上有张桌子、有把条凳，墙上有黑板和悬在钉子上的值班记录本。此外，这里还连接一间储备食物的厨房以及一个杂物间——两个分室和主区之间，分别隔着一道金属门。我给小弹簧喂了两颗葡萄、半颗青椒，然后关上三个大门，放任它在室内空间里自由活动。

小弹簧开始略感迷茫，它很快体会到某种特权带来的快意。它在地面来回走路，需要举起并轻微摆动双臂，用以调节平衡，像人类走在钢索上那样。因为臂长，它走起路来头重脚轻，有时仿佛重心前倾到几近跌撞，这使它经常需要蹲伏下来。过了一会儿，小弹簧突然原地飞起，垂长的单臂吊在金属门的格栅上，然后又跳下，利用桌椅落差，在有限的空间里闪转腾挪……两岁多的小弹簧身手矫健，就像李小龙那么厉害。

在狂欢般玩耍之后，小弹簧和我的关系变得亲密，它格外信任我，并且对代班饲养员都态度隔膜起来。它原本有着"制服信赖"，小弹簧在穿工装的饲养员怀抱中长大，现在，似乎是为了表达对我的感激，它躲避进入室内的饲养员试图的拥抱，并间歇地躲到我的怀抱里，或者抱住我的小腿，依偎在我的体侧。这只可爱的小长臂猿对我极尽容忍和接纳，即使在躲避饲养员的短暂时间里，它允许我抚弄它的皮毛，抓挠它的四肢和颈背，并在饲养员的手靠近之前，横空飞越饲养员和我的间距。对饲养员的排斥愈演愈烈，它对我的投靠越来越强烈。我的眼睛离它只有一厘米距离，因为猿类瞳孔的虹膜周围没有白色巩膜，所以它的盯视不会令人不安，原来，全黑的眼睛同样胜任内容微妙的沟通。小弹簧努力用深邃而全黑的眼珠凝视我，表达着一种近乎深情的专注。

我们亲昵玩耍……直到，一个小时，它真正的饲养员郝先生来了。然而，郝先生非常意外——从未出现过类似情况——小弹簧竟然在拒绝他，并且，逃难似的寻求我的庇护！

过了几分钟，小弹簧突然从惯性中大梦方醒，它愣在自己的处境之中。小弹簧焦虑地吮吸着自己的拇指，不知所措地蹲在与我们等距的某个中间位置上——既不靠近我，也不靠近饲养员，只是仰起脸，轮流观察着郝先生和我，眼神游移不定。它恍惚而迷惑，不知如何选择立场；它犹豫，陷入分裂般的痛苦，它不知在两个老大之间如何判断和选择。

时间，就这样按下暂停键。

郝先生弯下腰，略带强制性地把它揽过。小弹簧终于明白：这个郝先生，才是能给自己带来长期实惠的老大，而我不过是带来短暂喜悦的过客。

这时，我惊讶地发现，小弹簧就像受了多大委屈般，紧紧缩在郝先生的胸前，不再抬头看我。它又变成那个羞怯而紧张的小长臂猿，深埋它的小脸，紧缩它的小手。甚至在郝先生的劝说下，小弹簧才试探性地触碰了我的指尖……尽管这样，似乎依然难以克服它的害怕似的，小弹簧的黑眼珠里流露着陌生，脸上的表情更见勉强中的忧郁。

天啊，时隔几分钟，它判若两猿——完全不像此前我们友好到全然放松的关系——它赖在我的身上，舒服得几乎睡着了。小弹簧变得如此之快，令我瞠目结舌。是否，动物也有道德？小弹簧平日受益于饲养员颇多，但在临时诱惑下，它曾经选择了背叛——现在的转折态度也许并非出于势利，而是出于忏悔？

不，我承认，这是动物乃至人类的本能和天性。小弹簧要投靠一个老大，表达绝对的忠心以寻求保护；它并不是真的怕我，它只是需要表演出对我生分、畏惧和被迫的样子，以博得老大的欢心……真是影帝级的表演。问题是，小弹簧一出生就离开不会养育孩子的母猿，在漫长时间里，它都是独自生活，丝毫没有从同类借鉴经验的机会，它从哪里懂得利益的权衡、生存的势利？它从哪里懂得这种对权力的依附之技？

我们对灵长类动物抱有复杂而古怪的态度，是因为它们的样子、它们的情感方式，映照出与人类极其相似的影子……令我们熟悉而不安。同为灵长类，猴子比猿多了尾巴，没有尾巴的猿更聪明，也更接近人类。猿比猴子不仅多了阑尾，据说，两者之间还有个像阑尾那样秘而不宣的区别：自我认识——猿能够辨识出镜中的自己，而猴子则不能。这是多么重要的能力，即使是经纶满腹的所谓精英知识分子们，假设缺乏自我认知以及与此相关的反省能力，那我们就没有进化到猿类的水平，不管我们表面看起来有多么聪明。是的，习惯阿谀，从灵长类到人类，数代基因积累，我们直接生下谄媚的婴儿。经常有成人因为缺乏独立性被称作巨婴……其实我们今天，依然是长大以后的幼猿。

7

对我们来说，鱼是最为常见的动物，无论是在水塘里，还是在餐桌上。

我常去散步的地方，有条半清不浑的溪流。里面的鱼不多，大多色泽灰暗，便于隐蔽。这些游鱼不怕水流由于地势落差形成的响溅之声，却怕一口馒头掉下来的微弱动静，总是惊散之后，才嗅得食物的气息再次聚拢——因为日日夜夜，它们习惯了水流的拍击。习惯的音频，让听者耳聋。

我曾以为，这条溪里的鱼任意游动，后来怀疑，它们的自由也受到限制。有人撒下喂食的面包屑，我看到一条鱼因为追逐面包屑，或许误入另一条鱼的领地，而遭到后者愤怒的驱逐。被领主啄击的鱼，一边躲避以防被咬住尾巴，一边试图快速吞食水面的残渣。涟漪荡漾，一直吹拂的微风把食物残屑吹向下游，吹到广阔的河面。两条鱼的冲突逐渐升级为缠斗，而引发战争的面包屑已不能成为任何一方的获胜奖品，因为它们越漂越远，进入其他鱼的领地，进入其他鱼的肠胃，进入彻底消失的虚无之中。

我有时觉得写作者之间的竞争，商业店家之间的竞争，莫不如此……为了转瞬即逝的声名或利益，时不我待地角逐不休，却是在相互倾轧中丧失真正的财富。无论是哑巴的鱼，还是鼓噪的人，大抵如此——既急功近利又舍近求远，一场你争我夺的忙碌下来，也是一场一无所获的空欢。

我曾去国外的热带海岛潜泳。船上看不清楚，游入其中才能见识水里的珍宝。鱼体多么鲜艳，光斑多么耀眼，之所以在水面之上难觅踪迹，是因为它们依靠鱼鳞的反射隐蔽自己，仿佛被融解，以防海鸟的空袭。鱼群绚丽，原来，在海底深蓝的秘而不宣的寂静中，每时每刻都在施放盛大的烟花。

当晚我顺着海岸线散步，看到当地人钓起用于熬汤的小鱼。它们比彩虹和霓虹还艳异，甚至比岛上那些毛羽鲜艳得像过狂欢节的鸟儿还艳异。可惜，通常吃鱼的时候，看不见它美丽的图案和斑点，它只是躺在那里颜色或苍白或微黄、纹路或清晰或隐约、肉质或紧实或松软的一团蛋白质。鱼的美色溶解在盘子上的牺牲里，就像曾溶解在海水中它的活力里。

浓密的鱼群，使水面显得黏稠——这样的场景总能给人带来丰收的喜悦；但我们的情绪会被骤然改写，假如，那是食人鱼。食人鱼是群居生活的，时常几百条甚至上千条聚集在一起，同时用视觉、嗅觉和对水波震动的灵敏感觉来寻找进攻目标。我们给予肉食动物隆重的尊敬，轻视、欺凌和屠戮草食动物，因为后者没有伤害我们的能力。同理，我们畏惧鲨鱼而无视其他……其他鱼就像水里长出来的没有痛感的庄稼。然而，食人鱼，体形虽小，但它们的凶狠性情以及围绕着它们的种种残暴传说，让人类不寒而栗。食人鱼的颈部特别短，头骨尤其腭骨坚硬，咬合力大到可以穿透牛皮和木板，甚至咬断金属钓钩。尤其受伤的猎物，会让它们兴奋到疯狂，它们用手术器械般的利齿撕咬和切割，使之很快变成一堆剔净肉屑的骸骨。

这个世界，本来不存在什么绝对的公正，就像绝对意义的圆只存在于物理世界，现实生活中并不存在一样。一个人一生可以吃掉无数条鱼，吃掉无数头牛羊；但他只要被动物吃掉一次，无论是被群聚的食人鱼还是被孤行的狼吃掉，都让人感觉格外残忍，哪怕他的身体是在死后被吃掉的。二者不可能画上等号，我们不能接受这种能量平衡，因为，这个世界是被人类所统治的。因为我们是王，我们是法，我们可以在犯罪的同时宣判他者罪行。虽然，人类个体在自然界中非常孱弱，他甚至对付不了一条鞋带似的毒蛇。人类对有能力伤害自己的狮虎熊狼之类的猛兽，怀有敬畏；对没有能力伤害自己的牛羊马鹿，毫不怜惜。食人鱼的习性，似乎超出人类的惯有认知，因而格外可憎。

事实上，即使你掉进水族馆的食人鱼缸里，也不必慌张。尿液或血液这种体液性的刺激会招致危险，不过，在一般情况下，食人鱼更愿意捕猎昆虫或者与自己大小相似的动物，它们没有传说中那么不自量力，除非是在极度饥饿的情况下。一般来说，它们并不会对远大于自己体量的动物贸然下嘴。然而，一旦猎物受伤，溢出血液，食人鱼就容易一拥而上，用自己错乱的尖牙，撕扯和切割猎物。

食人鱼既然这么凶狠，为什么在水族馆之外，还有爱好者饲养它呢？食人鱼还有一个独特的禀性：只有成群结队时，它才凶狠无比。这就是为什么鱼类爱好者在玻璃缸里养上一条食人鱼，为了在客人面前显示自己的勇敢，故意把手伸到水里，但大多数情况下，他会安然无恙。

难道不是吗？我们都是食人鱼。单独的人是怯懦的，面对稍大一些的猎物，我们会估量、盘算和退缩，迅速收敛自己的利齿和野心。然而，当我们成为乌合之群，就能够释放集体性的、远比勇敢更为狂野的凶残；尤其面对受伤的猎物，在合谋与合力的剿杀中，每一个人都如战士，骁勇无比。

8

我在美国旅行时，朋友自驾，带着我去圣地亚哥看海豹。浪涌里远远近近的斑点都是它们的身影，沙滩和礁岩上，哪怕四周都是游客的脚，它们呼呼大睡，袒露布满斑点的腹部。有只造型感强烈的海豹，它雕塑般立在高处的平台上，享受合影者朝拜般涌来。我蹲在一只晒太阳的海豹旁边，观察了很长时间，我不知道它几岁，因为它的表情就像婴儿，好奇、无辜又无所事事。别看它们纺锤形的身体脂肪肥沃，在陆地上行动笨拙；可一旦回到海洋，它们就像丧失地球引力和自身重力。它们游弋、下潜、旋转，无比流畅灵活。

我小时候看马戏团的动物表演，惊讶于海狮海豹的聪明伶俐，经过训练，它们可以学会不少高超的技艺：顶球、投篮、鼓掌、跳舞、倒立。我的面颊，留下过海狮一个湿漉漉的亲吻——尽管这个所谓的吻对它来说，与情感无关，对我来说却是难忘的记忆。那只海狮有着大烟鬼一样的黄牙，半圆形的大头骨不仅是外观标志，也像回音室般给它的叫声增加了共鸣腔。

海洋中的哺乳动物，总是令我迷惑。比如鲸，能在海里待那么久，不会在高盐度下闭上眼睛，寒冷也不能击透它们宽厚的脂肪，它们巨大的胸腔里会涌现歌声；而海豹啊、海狮啊、海象啊，它们却能在陆地上待那么久，睡眠、求偶、养育幼崽，它们简直像有了两栖动物的神功附体。

上帝命名人类，让亚当和夏娃有着性别对称。人类效仿神迹，对动物命名，不仅有性别之分，还有陆地与海洋的对称、淡水与咸水的对称等。有陆龟就有海龟，有地上的蛇也有海里的蛇，有河里的鲈鱼也有海里的鲈鱼。两者之间，有时是逼真的模仿，有时是牵强的附会。比如河马和海马，一个壮硕，一个玲珑；比如大象和海象，从体形到习性都不像。大象有着沧桑者的眼睛，海象的瞳仁发红或者蒙着晶片似的，就像有了轻微的眼科炎症——我近距离观察过两者，觉得它们除了弦月形的长牙之外，找不到什么类似点。狮和海狮，狗和海狗，我觉得能找到的相似性更少——能说神似吧，但多少夹带了一点勉强。

然而，象、狮、豹、狗这些在陆地上截然不同的物种，到了海里，却让脸盲症者傻傻分不清楚。海象长牙；海狮有很小的外耳；海狗也有小耳朵，很像海狮，不过脸比较短……海狗比海狮的体表毛丛更多一些，不过雄海狮的颈部密生漂亮的鬃毛；海豹没有耳朵，它不能像海狮或海狗那样靠鳍状后肢在陆地上行走，退化后只能像虫子般蠕动前进，浑身脂肪就像涟漪那样一路荡漾；海象、海豹和海狗，都比海狮难以驯服，有登台表演技能的多是海狮。怎么样，脸盲了吗？记忆混乱了吗？糊涂了吗？

在水族馆，我曾被安排给海狗喂食。海狗是食肉动物，野外生存时食物来源十分广泛，它们吃鱼，也吃头足类的软体动物。无法咀嚼的海狗并非直接吞咽大鱼，它把食物撕成小块，是以凌迟的办法处理猎物的。动物园发给游客的小桶里，装几条一拃长的冰鲜小鱼，正适合海狗的胃口。

我想起以前看过的资料，说在海狗的胃中常发现石块，科学家却难以确定其生物学的用途。有人说，是为了降低其脂肪浮性——那么，这是自沉计划的需要？有人说，就像鸟的嗉囊里有用以磨碎谷物的沙粒一样，是用来帮助处理食物的——那么，海鲜是难以消化的食材？然而，尚以母乳为食的幼海狗胃中也发现相当数量的石子，这让事情变得扑朔迷离，难以自圆其说。在没有找到信服的答案之前，我们可以任意猜测。一个热衷维护身材的女友甚至告诉我，她猜这是海狗海狮们限制饮食的办法，因为它们已经过度肥胖。

当我拿着鱼桶出现，几只海狗立即从水中浮起。它们瓢形的头颅上升，露出浑为一体的肩颈，湿亮发黑的身体上有些微弱的色斑，它们专注而肃穆地凝视着我。

有个黑影跃起，它从反复游动也找不到食屑的清洁泳池里上岸，几乎撞上我的腿。这只海狗体形比其他稍大，我分不清，这意味着它的强壮还是衰老。左侧鳍肢按在身体漫出的水迹里，它用右侧鳍肢急切地拍打着自己，发出很大的声响。但，这不是最大的声响。另外一只在我几米之外的海狗，身体大部分沉浸在水里，只露出前胸，发出极其高亢的连续叫声，分不出是呼救还是愤怒，总之，当我喂大海狗吃鱼的时候，它像目睹一桩谋杀那样失控而吓人地嚎叫不已。它成功引起我的关注，或者说我畏惧那种可怕的噪声，所以向它扔出了鱼食。这只让它在抢夺和吞咽的间歇保持了短暂的停顿，因为奏效，它高分贝的惨叫声持续，有如恐吓。

亲近，示好，求乞，抗议……它们湿亮而黝黑、离得太近的脸让我恐惧。以致，我在后来的回想里有所犹豫，不能准确描述它们的眼珠和眼眶的关系，到底是微凸还是陷落，瞳仁到底是明亮还是有种隐隐白内障的感觉。

这些聪明、讨巧、很少顽劣的海狗们，甚至甘愿配合日常训练，甚至习惯某种程度的节食。这种狗一样的温驯，让我几乎忘了常识地把它们误当作某种食草动物。不，它们食肉，活生生的肉。我们之所以认为海里的狮与豹没有地上的狮与豹那么可怕，一是因为，它们吃鱼……鱼，就像海里的草，哪怕被撕碎，也哑言得仿佛缺乏痛感神经；二是因为，它们对人不构成威胁。只因为我们的指尖捏着一点散发腥气的食物，海狗就永远不会得知，它们仅仅是靠近，就足以暴露我们作为王者那虚拟的骄傲、真实的软弱。

9

邻居家的男孩是个恐龙迷，迷恋远古时代统治世界的王。房间里到处都是恐龙的形象，他对自己的收藏如数家珍。

他写作业的时候，都会在旁边放一只恐龙模型。由塑料制成的模型体态袖珍，只有两三寸的长度，但它身上仿佛携带着旷远的白垩纪：蕨类，沼泽，巨兽横行。这是什么品种？原角龙还是别的什么？它在鼻骨上方生出突起，有着沉重的脑袋和头盾，它头颅和脖颈上方硕大的褶边装饰，看起来就像驯鹿角的变异。它还有鹦鹉的嘴，外露的鼻孔，老年恶棍般褶皱而杀气腾腾的皮，布满粗糙的条纹刺青……令人望而生畏。

我怀疑，恐龙傲慢，宁可作为霸主灭亡，也不成为弄臣苟且偷安，因此它才能灭绝又活在永生的神话里。我们很难想象竟然存在翼展超过十米的恐龙，难以想象负载那么沉重的肉身它是怎么飞起来的——这种想象，大概跟原始人类难以设想飞机是同一个道理、同一种难度吧。尽管我们喝掉的每杯水里，含有一个曾被恐龙喝过的水分子的可能性，接近百分之百，然而翼龙存在过的事实，还是令人难以置信。

邻家的小男孩收藏许多模铸恐龙摆件，在自己的房间里营造侏罗纪公园的微型视效。他不仅收集恐龙资料和模型，热衷参观各种展览，也许是对巨兽的爱屋及乌，他还养了一个特别的宠物……天哪，鬣蜥简直就是恐龙的微缩景观。样子古怪：鳞皮和棘丛，皱缩的囊状喉袋，沉重眼睑下冷漠而不可一世的傲慢眼神……背了那么多的刺，它的造型太复古，穿着冷兵器时代的金属铠甲，每个鳞盾都坚硬无比，牢不可破。

我们容易误判鬣蜥，它的习性与样貌反差很大。鬣蜥经常像电影里的定格或慢动作镜头，但如果需要，一身重甲无碍于动作迅捷，它会像中世纪的剑客般闪电出手，它甚至长着一张复仇者的脸，行动之前被冷漠的表情覆盖。鬣蜥看似小型恐龙，丑陋、凶悍而嗜血，其实大多数野生鬣蜥只在幼年进食过昆虫，成年以后就像出家了一样成为素食主义者。它们吃树叶、草、花朵和水果，喝植物上的水滴……吃得跟童话中的仙女一样，性情也像仙女一样害羞、温柔、喜欢安静。吃饱喝足之后，它们会懒洋洋地停顿下来，做个舒服的日光浴，用以温暖身体和消化食物。

鬣蜥沉静得像个哲学家，最初父母同意饲养，据说不仅由于它以素食为主，还因为想法浪漫的他们希望让多动症的小男孩学习它的专注。的确，这只鬣蜥像个禅修的隐士那么宁静而克制，它同时又能满足孩子对恐龙复活的想象。直到，外出旅行的朋友把自己的爬宠——一条任人蹂躏的好脾气的红鬃狮蜥蜴放在这里寄养。不知出于嫉妒、蔑视还是发情期的孤独，一贯持重的鬣蜥，突然张嘴咬了主人一口。

是鬃狮蜥蜴的鲜艳色彩构成了挑衅吗？还是说，鬣蜥成年了，它们在交配季节会唤起竞争本能？因为野生环境下，强壮的雄鬣蜥占有领地和成群的妻妾，其他雄鬣蜥如果不能以制胜的武力击败王者，就根本得不到繁殖的机会。这条勃然变色的闯祸鬣蜥事后毫无怯意，摆出喜怒不形于色的一副臭脸，威风凛凛地高昂着头——不过，它平常也是这样。在人类眼里，爬行动物的特点就是没有面部表情；我们无以判断，它的无动于衷是出于反应迟钝，还是宠辱不惊。那只寄养的红鬃狮蜥蜴同样无动于衷，披着一身熟蟹壳色的外皮，闭着眼睛，继续自己漫长的午后睡眠。

一眼望去，你能迅速区别鬣蜥与鬃狮蜥蜴吗？蜥蜴目是爬行纲动物中种类最多的：在鬣蜥亚目、壁虎亚目、石龙子亚目和蛇蜥亚目之下各种的科、属、种令人眼花缭乱。我同样会产生类似辨别海狮与海狗的脸盲症反应，最后干脆放弃。对我来说，就像奶油蛋糕的制作过程一样：壁虎就像基础的蛋糕坯子，加了奶油和水果变成光彩闪耀的蜥蜴，再加翻糖造型变成波光粼粼的变色龙，或者加上拉花拉丝等复杂工艺变成鬣蜥。

除了脸盲症，还有海陆命名的问题，在这里同样存在：鬣蜥与海鬣蜥。我们甚至把"渡渡鸟灭亡，蜂鸟存在"的例子，改为"恐龙死亡，蜥蜴繁多"，运用的不过是"巨人离开，侏儒留下"的公式。如此想来，这个近乎无限的辽阔世界，法则是有限的，最为重要的不过那么几条：繁殖法则、生存与淘汰的法则等——这是神的基础意志，所有都围绕着它们旋转，并不断将其验证。

鬣蜥，和它曾经吃过的虫子、现在依靠的人类、未来面对的死神……一切，始终，都置身于重复而伟大的循环之中。

10

鬣蜥的棘刺，在真正的"刺客"面前，相形见绌。刺猬、豪猪、针鼹、海胆，这些插针的刺球让掠食者难以对付；肉身像是专门用于戳扎的针垫，它们简直是动物界的仙人掌。看似浑身都是暗器和凶器，其实不过自我保护的策略，并且略显防卫过度……它们没有狮子那种王者特有的懒散，也没有豹子那样慈善家般悲伤的眼睛。

鱼的体内有刺，体表通常光滑，但刺豚把刺长出了体表。除了嘴、鳍和尾巴，刺豚全身都被隐藏的骨针覆盖——这层严密的防御机制，使掠食者望而生畏，但这挡不住人类中的饕餮之徒。

海南有家顾客络绎不绝的渔家餐厅，漂浮在海上，这里的刺豚粥享有盛名。被熬煮之前，渔民用拇指和食指抠它的眼睛，或者用网抄的铁圈边缘连续挤压它的身体。一旦受到威胁，会给自己泵气，使身体膨胀得像个气球，体积惊人。在食客看来，刺豚的愤怒和恐惧都不无滑稽。是的，我们残忍，在于可以把他者垂死而绝望的反抗都视作助兴的节目；因为它们的反抗并不能改变受辱和被消灭的命运，我们只会尊重那些能够突然伤害到我们的俘虏。微量的毒，些许的刺，我们享用它们带来的额外功效——养胃，或娱乐眼睛与身心。

我在岸上餐厅也吃过刺豚，它们游动在并列的玻璃水箱里，还在进食。一个牺牲品被选中，被捞出水，它气力很大，浑身尖利的刺丛让人难以碰触。它从网抄里直接摔到地上，"砰"的一声，从它嘴里吐出半片被嚼碎的贝壳。厨师并未让刺豚表演临死的绝技，木棒打下来，一击致命，它半透明的头骨清晰地脆裂。被剁成块的刺豚经过烹调，每根鱼刺的硬度还在。这些袖珍的小三角形骨头，排列得步步为营……食客得小心地摘除鱼皮上密集的刺丛，使之成为美味而无害的胶质饱满的一团颤动的动物蛋白质。

我其实有一点心理障碍，因为，那条刺豚鼓着一双婴儿般纯真而略带惊讶的眼睛。果冻般晶亮的无辜眼睛，至死都保持该死的好奇；这样圆亮的眼睛，即使由天真转为惊恐，也无迹可寻。之所以觉得是孩子般的眼睛，因为它们在脸上所占的比例更大。所有动物，幼年当然都有儿童的眼睛，但刺豚到了成年，还保持着这种要命的天真。

动物中能活到成年的，是化险为夷的个体，是少数的幸存者，多数动物会在幼年夭折，死于自己或他人的饥饿。生命停留得如此短暂，它们很快消失，从母亲的子宫到掠食者的肠胃。

11

鸟类的名字有时与习性相关，有时毫无联系。比如紫胸佛法僧是非洲一种非常美丽的鸟，羽毛颜色多达八种，但它极具攻击性，不仅捕食昆虫和蜥蜴，也捕食其他小鸟和小型哺乳动物，甚至敢于驱赶侵犯自己地盘的猛禽。别看名字有佛、有法、有僧，杀伐却是它的日常。蜂鸟，这个名字就特别形象恰切，它的确袖珍得比蜜蜂大不了多少，振翅发出的"嗡嗡"声也仿若蜜蜂。

不过，蜂鸟显得行动更为准确和精确。蜜蜂在稠密的花丛之间，那么多张可以直接取用的丰盛餐台，它们简直不知道自己应该在何处落座才是心仪之选，这些毛毛糙糙的访客，只好心慌意乱、跌跌撞撞地从一朵花跌到另一朵花上。蜂鸟呢？它不仅能快速飞行，还能悬停和倒飞，迅捷得像是经过动画片的剪辑，有时几乎看不到连贯的动作，它就已移动到另一丛花蕊前——太快了，当你还分不清它是一只刺蜂还是毒蛾的时候。纪录片里放慢动作的蜂鸟会炫技般展示出，它如何用微型螺旋桨般的高频，完成飞行的魔法。蜂鸟小小的心脏，每分钟能够支撑八百甚至上千次的跳动。为了每秒五十次以上的振翅，蜂鸟一天之内可吸食相当于甚至超过体重的花蜜。这相当于一个人每分钟喝掉三罐红牛饮料，或是每天至少吃下一百多斤食物。

为了适于啜饮管形花的蜜源，有些蜂鸟的喙长得超出想象——这根比例失调的长针简直不便携带，但蜂鸟依然能够把它当作一根篦梳上的齿针，别进毛丛中梳理自己。蜂鸟璀璨，就像发光的宝石。我想象蜂鸟豌豆一样精巧的蛋，觉得神秘不已……尤其，里面还能睡下一位比昆虫还小的天才。

蜂鸟是最小的鸟，让我想起一种著名的大型鸟——渡渡鸟，它被称为除恐龙之外著名的已灭绝动物之一。1681年，在被人类发现后仅仅两百年，它就灭绝了。渡渡鸟，是被自然气候和人类鼓胀的消化系统合谋消灭的。虽然渡渡鸟留下了真实的骨骼，也留下了人类的一些文字记录，但我们依然只能依靠想象去恢复它的样貌。我们看旅游商店的图片、木雕与玩偶的渡渡鸟形象：身躯臃肿，翅膀退化，一副蠢肥的样子，没有什么比它长得更像肉禽。它几乎就是超市里的某种肉质半成品，几乎生前就长成了标本。庞大、沉实、温顺……在人类眼里，渡渡鸟的样子几乎等同愚蠢的天真。蜂鸟微小、轻盈、不可驯服……它几乎是作为渡渡鸟的反义词活着。这就是小的力量，小的韧性。

恐龙灭亡，而昆虫繁盛。昆虫是地球上数量最多的动物，已发现的有一百多万种，比所有其他动物种类加在一起还多。最小的，组成最大的群落。这个世界，没有什么值得矜傲，也没有什么真正卑微。看吧，蚂蚁爬行在象冢上……伟大是被最细小的东西所肢解的。

12

我骨质疏松，却懒得服用钙片，只是喝牛奶、吃虾皮。有一次，被朋友带去吃牛窝骨，据说，这颤抖在盅碗里半透明的胶状物，最能补充钙质。吃着吃着，我忽然想起悲伤的一幕。

那是一次长途旅行，我们坐在越野车中——速度很慢，是因为天气不好，山间的大雾弥漫。道路盘盘转转，精神高度紧张的司机开了很长时间，终于开出群山。在一个相对开阔的平坦路段，他把车停到安全区域，抽口烟，缓缓神。我们站在路肩旁边的一块空地上休息。雾气散去一些，依然很重，但能见度稍好一些。空地旁边，是不高的山坡，绵延漫长。其实站在这里，我并不怎么舒服，我不敢像其他同行者那样到几十米外去一探究竟。

浓雾中的山坡上，霜冻的草茎已有两尺多高。稠而温的一片混沌中，我看到两三头牦牛的轮廓，它们驻足于草坡，是几团不动的深棕色斑块。我仔细观察，才发现在更远的背景里还有更多的牦牛，隐约在浓白的雾气深处。山坡上离我最近的那头牛，就像一座庞大的锈铁雕塑那样一动不动，就像它的肉被它的血冻住似的。它不移动，也许是恐惧不允许它从自己的命运中跑开——草坡之下，它目力所及之处，是现场屠宰的售卖点。那里，每天都要杀掉两头牦牛。刚才同行者跑去看那个栩栩如生的牛头，而我不敢离得那么近，想想就止步了。我怯于看到那双还未熄灭光亮的眼睛，怯于闻到那股雾气里混裹的血腥。所以我和另一个同行者站在一起，看山坡上那头活着却像死牛一样的牦牛……的剪影。

那头牛似乎是在凝望——眼皮底下，是自己同伴的屠体。昨天一起吃草，今天已被砍剁成大小不一的尸块。其实刚才停车之前，我从车窗里看到了那个刚刚完成现场宰杀的牛肉铺。

有弧度的肋排，看得见其中近乎平行排列的骨头……那具被发白筋膜包裹的深红肉身，挂在硕大而弯曲的铁钩上。那具尸体因毫无支撑而下坠着重量，拉长的体积几乎瘫吊到案板……案板上面，有溅落的肉屑和细碎的骨渣。案板之下的地面，半头牛面目全非。曾经，活着，它是自己的墙、自己的山峰、自己的碑，现在倒伏下去，成了一摊隆起的体积、撕裂的皮毛和剥开一半的漾血的赤红到刺目的肉。死去的牦牛比活着的屠夫体积大，半个它，已足够堆成壮观的一座，任人收拾——像无法自理的老者和他动作粗糙的护工，任由着，脱去身上的外衣、抬起松弛下来的胳膊和腿。

有雾是幸福美好的，草坡上咀嚼的牦牛们不必看清杀戮。不过即使没有雾，它们也会白内障般自觉升起眼里的雾，这样就不必看清明天的命运。每天杀掉两个同伴，恐惧已成为它们每天的常态；只要没杀掉自己，杀戮就是别人的厄运，就是在证明自己的好运。它们更专注地啃食草根，囫囵吞咽挂在上面的土粒。即使站立的草坡后面，就是连绵的群山和密林，它们也不会向着自由逃亡。

对死不胆怯吗？不，说它们勇敢不如说是一种懒惰。它们拒绝吉凶未卜的改变，在被动的命运面前，它们注定是无辜者。即使明天被杀，它们似乎更愿意接受这种懒惰里的无辜，它们害怕为自己选择的命运承担后果，这是过于沉重的负担——从某种意义来说，它们做自己主人的恐惧，大于做别人奴隶的恐惧。它们在宿命的听从里，获得一种放弃思考带来的舒适，就像缺氧濒死之前短暂的美妙。

何况，牦牛是被熟悉的主人所杀，这使悲剧看起来没有那么狰狞。养育之恩就是杀戮之仇，如何化解二者之间的亲情与宿怨？这些自由咀嚼和自由走动的并非自由的生命，它们用给人类制衣制鞋的皮暂时包裹着自己，只是为了延长自己血肉的保质期。

……我疑惑地啜饮似乎已经液化的牛窝骨。是的，牦牛所缺乏的骨气和钙质，我不知道同样匮乏的自己能否从中夺取。

13

洛杉矶的三月下旬，已进入春季，早晨依然有凉意。尽管贪恋睡眠，我还是挣扎着起床，去看那瑰丽的海。玫瑰色与品青色的晨光交叠下，大海壮阔无边。这个峡湾里几乎没有浪，洋面就像田畴那么平展，除了碰触岸礁的波涛，你看不到任何汹涌。

海边的路上，经常能看到野兔。它们的体形小巧，面貌清秀，褐灰的毛色并不匀整，甚至有些斑杂，但看起来依然干净。野兔的尾巴特别可爱，像是男人刮胡须前用于涂抹膏沫的球刷；有些兔子的绒球尾巴白得耀眼，可明显装歪了。它们在海滨悬崖上进餐，扯断短小的草茎，不停咀嚼，口腔频繁地快速抖动，像是含了满满的漱口水。有的兔子半直立着身体，遥望陡崖下的海浪；有的兔子竖起耳朵，开始出于警戒，很快就在僵滞中陷入了长久的空虚。如果有人靠近，这些树皮色的可爱小驼背，会弓起弧度剧烈的腰背，飞快逃遁，有时中途突然完成一个芭蕾般的跨跳。

兔子灵活而警觉，因为危险来自天上地下。空中阴云一样掠过的鹰隼，草丛里隐匿的郊狼和狐狸，从猫科动物的老虎猞猁到爬行动物的蛇蟒。有的动物对食物挑剔到相对单一，像考拉、熊猫；有的掠食者无肉不欢，只要是带血的脂肪和蛋白质便来者不拒，不在意它们被怎样的皮毛包裹。从热带到极地，到处都有兔子，它们繁殖迅速，被掠食者当作基础的口粮。兔子没有刺和毒，没有鳞和盾，没有寒光四射的齿锋和爪尖，它甚至没有什么表情。因柔软无害而遭到普遍的杀戮……友好的兔子，天敌最多。

但兔肉在人类食谱上无足轻重，与其他家禽家畜的地位不可等同。其中一个原因是，兔肉本身没什么鲜味，口感偏柴，跟鸡肉煮就是鸡肉味，跟牛肉炖就是牛肉味，是调料作用下的陪葬者。在人类的味蕾面前，乏味是种安全的自保手段。教科书说，动物和人的区别是动物不会使用工具，没有语言。我存疑，因为猩猩用树枝夠取白蚁，海獭用石块击碎贝壳，乌鸦甚至会在基础物理学的起点上掌握综合运用工具的秩序；狗叫、鸟鸣、蜜蜂跳舞，其功用近似，只是没有人类的语言那么丰富和复杂。我倒觉得，可以说动物不会书写，它们没有走上文字的高端进阶……还有，就是不会烹饪。我甚至觉得，因为不会烹饪，动物所理解的食物更平等；人类因为掌握了烹饪，那些生前得不到尊重的动物遑论死后能获得什么尊重，我们肆意改变食材的味道和质地——甚至因为这种改变，我们把厨师都分为三六九等。

啊，小兔子乖乖，把门开开……最温顺的小动物，没有谁会反感和畏惧。兔子在人类生活中得到卡通化的理解并受到宠物般的欢迎。它藏在魔术师的帽子里充当道具；它住在月亮上成为嫦娥的陪伴；它在漫画里扮演角色，在《伊索寓言》中阐释人类的道理，又在《爱丽丝漫游仙境》里，手持怀表把我们引向魔幻的黑洞。

形象可爱，兔子有著名的短尾和长耳。除了无尾动物，在我的印象里，自然界里多是尾巴比耳朵长的动物，像兔子这样耳朵比尾巴长的不多。其实，兔子尾巴并不像想象中那么短，它只是把尾巴藏起来，只露出末端罢了。长耳朵当然是真的，像天线收集着环境中的各种声音，辨别声音后面潜在的杀机，兔子因此得以躲避无数尖牙利爪。兔子进行激烈的繁殖，以应对捕食者突然打开的陷阱和深渊。它们不知道，过多献出自己的孩子也是招致杀戮的理由……当一只巨大的鹰隼从远处起飞，兔子的长耳朵就听到那种难以忍受的鸣啸，像被魔法定住，它们将无处可逃——一个国外飞行员向我讲述，野兔繁衍过度，超出食材所需，也超出猎枪的射杀能力，所以当地被迫用直升机来播撒毒饵。他从驾驶舱里俯瞰，看到那些被诱食的兔子。整个大地就像一柄炒锅，野兔就像油爆的豆粒一样，密集而频繁地跳荡。有千百只野兔，就有千百种同时发生的剧痛，正在撕裂它们的内脏。飞行员如果不是洞晓其中秘密，他会迷惑，未必能理解野兔垂死的行为——它们疯狂挣扎，却像在蹦床上无休无止沉迷于弹跳的小孩子。

我们是谁手里的兔子，在祈求怎样的垂怜和赦免？高空的神看地下的人，大同小异。我们被宠爱，我们被毒害。我们乖巧，我们疯狂。我们爱，我们疼，我们告别。我们的一切看起来像在游戏之中。

14

辽宁锦州，有条天路。它每天从海水中上升，裸露曾被覆盖的砂石，数小时之后，又蛟龙般再次潜入海底。天路上的石块之间，有时积存浅浅的水洼。赶海者穿着雨靴，戴着防护手套，在石头之间翻翻捡捡。

涨潮的海，总会解救自己那些迷路或避难的孩子。不过，也总有些小家伙回不去了。

一个足球那么大的透明水母，黏长的触丝粘挂在石头上，不知是死是活。我想移动它非常困难，因为伞盖无比顺滑又要回避那些凶吉未卜的触丝。隔着塑料袋，我把它吃力地拿捏起来，扔回海里……随波逐流，触丝松散，我等了许久，它也没有恢复心跳的频率。

水母没有那条小鱼的幸运。当我轻握小鱼有着斑点和横向条纹的身体，掌心里是一阵神经质的痉挛。我心里偷偷劝它，留着力气去海里游吧——当我张开手，小鱼就像一截蓄力已久的弹簧那样弹射出去。那些游弋的生命，谁会搁浅，谁又能躲过频繁的钩与网，在大海中自由成长？但愿那些鱼，长得比桨还长，让退潮的浪不足以把它们推上歧途。

一个商贩正在售卖八爪鱼：水桶里全是密集的身影，我估计得有一两百条。水，刚刚浸过它们半个指肚的高度。这些害羞的独居动物，现在无处搁放自己，它们光滑而垂坠的头囊拥挤着，不知去往何处——因为触手可及，都是繁多的和自己一样的触手。像是半流质的液化身体，如此稠密，它们活着已像一盆汤羹。八爪鱼会变色，会喷墨，会断腕求生并复生断腕，它们以足智多谋著称……在大海内腔似的内部，有着许多闪光而身怀绝技的马戏团演员，每时每刻都在狂欢节里，而一旦离开剧场，就坠入灾难。一时的恻隐之心，让我买下被俘获的它们，放生。

据说八爪鱼一旦被捉到岸上，从来不会搞错海在哪个方向，至今尚未得到科学的明确解释。当我斜倾塑料桶，海水漫灌进来，有些八爪鱼立即展现出章鱼式的完美游动，它们像戴着泳帽的运动员，八条腿做出蛙泳运动员那样的屈膝动作，收束在一起，然后把自己发射出去。然而，有些竟不离开，即使水桶几乎完全浸在海里，它们还是紧紧扒住桶底，像捍卫着唯一可靠的家园，像是在寻求最后的庇护。我把它们取出来，要经过一种小心翼翼的轻度撕扯，才能克服它们腕足上遍布的吸盘的力量。剩余最后的两只撑开自己，因为腕足间有蹼膜连接，因此它们看起来就像谢幕演员拉开致意的裙摆。

重获自由的八爪鱼，有些就像融解了那样消失，有些选择就近躲避。一只最小的八爪鱼以两条触腕缠缚着我的手指，握牢，让我的指端有种微刺感——当我从石缝里捞起它，它几近信任地立即与我建交。意外的是，这时另外一只竟主动从隐身处跃至海面，经过两度转折，奔向我的掌心。这只返场的小家伙在我的掌心里停留了几秒，才调整方向，彻底消失。它飞离的样子，像海里的空中飞人那么妙曼。

随后的数只八爪鱼体验了真正的"空中飞人"。因为看到一个捡海者靠近，我担心小家伙们因聚集而再被捕获，就把目力所及的八爪鱼尽量抛向远处，扔出连续的抛物线。也许因为此生从未经历飞行，这种惊悸让它们入水后弹出一腔墨液。这里那里，海面一时像写着神秘的草书，有着我不解其意的抽象之美。

无论它们撑开谢幕的斗篷，还是告别时施放墨团，我视之为一种交流，并心怀隐秘的感激。是的，是我在感谢得以目睹它们的魔法，而不是它们在感谢我。我并不把自己的放生理解为所谓的慈善。我不能因一次偶然的赎罪，而忘记自己常年的杀手身份，事实上我嗜好海鲜，经常把八爪鱼当作佐餐的美味。何况，八爪鱼本身就是足智多谋的杀手，有些小虾小蟹将因此丧生。这就是大自然的循环，八爪鱼擅长猎杀，但它也会成为鲸、鳗、鲨鱼和海龟的食物。这个世界自有它残酷中的平等与公正，也自有它无情中的爱与美。

海面的墨痕，随浪涌而消散……如同一场短暂而美好的即兴写作。

15

孔雀，浓墨重彩。

即使这个季节，繁殖羽还没有那么怒放，它的美也足够嚣张。在昆明动物园开放区域里，孔雀或立或卧，珐琅质般，展示着五光十色的蓝——繁华而复古，华丽到了铺张和挥霍的程度，它简直是有着蕾丝和流苏的鸟。蓝孔雀色羽斑斓，在轻微的"簌簌"声中打开流光溢彩的尾屏，上面幽深的眼斑会让凝视者陷入恍惚……孔雀开屏时就像自己在施放身体的焰火，以至于我觉得它是远离真实的幻觉动物。蓝孔雀旁边的白孔雀即使穿了婚纱，也贫血似的相形见绌。

我觉得，孔雀是进化论的异数，几近悖论。它奢靡的晚礼服只适合摆拍，行动起来是多么沉赘碍事。在尼泊尔，我们坐敞篷吉普去野外观察野生动物——这是个旅游项目，不知道会与什么动物不期而遇，所以我们一路怀有带着轻微紧张感的兴奋。富有经验的司机一旦停车，我们立即在一人多高的草丛间搜寻……运气好的时候，会看到弦月形的犀角从雾金色的草间显现并靠近，易于惊飞的牛椋鸟甚至没有在犀牛背上扑动翅膀。然而司机数次停车，是因为孔雀。求偶季的孔雀频繁占据车行道，因为只有这条经轮胎碾轧的道路附近没有灌丛生长，算得上相对开阔，孔雀才能不阻于草丛地顺畅开屏，像牌局老手那样得意亮出自己极度完美的花色。我们最初见到沿途炫耀的孔雀欢呼不已，听任它们挡在道路前方，从容完成整套求偶仪式；遗憾的是，其中多以失败告终，姿色平平的雌孔雀极其挑剔，不过这也是雄孔雀之所以绚丽到变态的原因。一次次停车，面对站在道路中间的孔雀……美，已用于打劫。我们后来熟视无睹，恨不能躲过那些花团锦簇的身影，它们的美让人疲倦。孔雀沉默而执拗，依然一遍遍释放着身体的彩焰。好在，是沉默的，孔雀的叫声难听如哭婴。

我在昆明孔雀园的角落，发现一只孤独的家伙，离聚群的伙伴们很远。这只雄孔雀的嘴，细看有点歪。它有浓密而微蹙的眉毛，眼睫附近也是磷光闪动。它像动画片一样，流畅中又略带卡顿地摆动汤勺形的头颅，顶部数根火柴棍般的翎毛却纹丝不动。它的胸前汹涌着大片层次丰富的蓝，有些地方带着铜绿色，层次堆叠，光感如丝缎。背部覆羽，在褐底子上排布炭色的波浪横纹，状如鹰隼。孔雀把一生中的大量时间用于整理缤纷的羽枝，我看到它频频别过脖子，把头埋入颈后或翼下，沉浸在自己披覆一身的卓越美色之中。随着高频度的啄噬，它的羽毛如渐深的夜色，划过光的涟漪，一些极为细小的残屑难以察觉地掉落下来。

它的腿干枯而有力，腿上还有根马靴那样的后刺。它的脚踝部位，套着草绿色的金属环志：0114，这是它的编号，但它从未尝试碰触，就像它从未尝试越出孔雀园低矮的竹篱。也许，早就尝试过了，是昼夜之间千百次的努力，给了它永久的教训。也许，它出生于动物园，这里就是它被终身囚禁的摇篮，就是给它永久庇护的故乡。

我凝视着这只蓝孔雀，隔着只有二三十厘米高的竹篱，它也回敬式地凝视着我，长达近十分钟。它毫无征兆地奔跑起来，带着突然的加速，直到另一个角落才停下来——那里没有人也没有孔雀，它可以继续它的孤独。当它跑起来我才发现，它有点跛足，原来不仅因为喙角的偏曲而离群索居。我开始怀疑，嘴和脚是打斗或意外受伤所致，难道，这只蓝孔雀是因为羞耻或自卑才拒绝回到集体之中？它会有这样清晰的自我意识和完美主义倾向吗？对美的极端追求，能否伴生出极度的敏感和特别的反馈，以致自身些微的残缺，都会成为走不出去的困境与牢狱？

美，永无尽头……因此，我们将终身被囚禁途中。

16

就像很难分清海狗、海豹和海狮一样，常人也很难分清麋鹿、驯鹿和驼鹿。给姜子牙当坐骑的是麋鹿，给圣诞老人拉车的是驯鹿。驼鹿体形最大，扁铲形的角就像划桨板镶上仙人掌的刺边。

有的鹿非常容易识别，比如梅花鹿，它的眼睛仿佛盛纳童话和梦境，还有降雪般落在它身体上的花期。长颈鹿作为现存最高的陆生动物，有着显著的身高和耀眼的几何斑块……神造物时是走神还是蓄意，使它有着与身体似乎不成比例的长颈，和脖颈短粗的猪或者头部直接焊接在肩胛上的河马相比，长颈鹿凭空多了出世的高贵与优雅……不过严格来说长颈鹿不能算作鹿，就像河马不是马、蜗牛不是牛一样；它是鹿科动物，但老虎狮子也不能因为是猫科动物而被算成一种猫。长颈鹿的拉丁文名字，意思是"长着豹纹的骆驼"。

想起鹿，给人的印象是芭蕾舞演员那样小巧的头颅和纤长而强韧的腿，如体操运动员般保持优雅的平衡，又如田径运动员般充满活跃的能量……鹿，美且有力，才能成为如此性感的生物，但并非所有的鹿都灵巧温柔。

每年在北美辽阔的草原上，都有许多脱落的鹿角。草是海绿色的，那些聚集的角叉如一片珊瑚丛；而雄鹿伫立，身体优美如岛屿。夜晚来临，月色弥漫，依稀还是能看到角枝的轮廓，像被取走了火焰的烛台。雄鹿每年更换的角，从隐约的隆起开始，以每天几厘米的速度生长。最初的鹿茸中具有丰富的血管、神经和软骨，后来骨质变质，柔软如天鹅绒般的表层开始剥落，伴随着流血。失去痛觉的鹿并无不适，但挂着丝丝缕缕皮膜的肉红色的角枝，看起来就像做了一半手术跑出来的患者。雄鹿在树干或石头上蹭除角叉的表皮，亮出头顶用于决斗的剑柄。繁殖季过后，林地和草地像重归安静的战场，散落着曾经的武器。

驯鹿的雌雄都有角，不像其他的鹿只有雄性有角。驯鹿还以它们伟大而壮观的迁徙著称，寒冬到来之前，它们就开始别无选择的远征……鹿群就像被缓慢吹动的落叶，区别在于落叶漫无目的，而它们去意已决。渡河时鹿角林立，使水面萌生出大片灌木丛林；落雪时踢踏的步履不停，穿越漫无际涯的冰原，它们是地球上迁徙路线最远的生物。

驯鹿，曾是人类主要的食物。从前因纽特人用鸟皮制作一种内衣，工序繁复，需要缝上细密的几千针。缝衣线用驯鹿背骨上多筋的肌腱制成，先要弄干、磨平、搓扭，才能制成一条粗拙的线。它的优点是遇水膨胀，因此衣缝基本不透水；另外还含有一小层脂肪，极端的饥饿条件下，人们可以吮吸缝衣线以短暂续命。

我曾前往中国北方的冷极地根河，探访居住在白桦林深处的鄂温克民族以及他们的驯鹿。我喂食苔藓，手心感受驯鹿翕张的鼻孔喷出的"咻咻"鼻息。不过它们最迷恋的，也许是盐。钱袋里晃动金币的声音，在人类听来最为悦耳；盐袋里晃动晶体的声音，在驯鹿听来最是动听……为此，野外放养状态的它们不惜定期返回养殖场。奇怪，羊或鹿之类的食草动物都迷恋盐的味道——就像食肉的熊迷恋蜂蜜的甜。驯鹿漫游，它们明明可以走得最远，却还是要回到宰杀者的怀抱。这些驯鹿如何看待人类，把他们当作恩人还是凶手？它们回归的行为是愚蠢还是勇敢？难道并非愚蠢，而是一种包含着恩义的勇敢与慷慨——仅仅因为它们尝过人们掌心里的盐，就用自己身体里有咸度的血来回报？

　　林地中间，那些回归的驯鹿正在休憩，熏蚊的烟雾让它们免受叮咬。幼鹿也因人类的庇护而相对安全，每年新生的幼崽常常被熊吃掉一半。也许以驯鹿的角度，既然身体总是要奉献的，不如交给曾给予自己盐粒和蚊烟的人类。当然以人的角度，驯鹿的选择简直不可理喻，违反常规和理性。然而，大自然中的众生，亿万年来都是遵循这样的原则：吃别人，也被别人吃。即使素食动物啃食草叶，也会吃下许多寄生植物的昆虫。再残酷的法则，假设对所有人一致，那它就是公平的——比如，默许彼此之间的易子而食。动物幼崽只有少数幸存，多数夭折，生出来只是为了给其他生命作为食粮。人类不再遵循这样的法则，他吃别的生命，但不允许被吃，哪怕是在死后；众生平等中的彼此尊重，被演变为一己之私的侵略。人类的进化史，是人类的发迹史，其实也是人类的暴力史。在自然界的公平交易中，唯有人类，撕毁上帝的契约，做了无本万利的好生意——他是疯狂、狡诈而成功的商人，但不是好的合作伙伴。

　　驼鹿也有舔食盐碱的习性，不过相比驯鹿，它们体形更大。驼鹿——驼加鹿，一种动物的名字是由两种动物的名字组成的。这种名称，并不少见。有我们熟悉的狗熊、鱼鹰、蜂鸟。也有常人不太熟悉的鹤驼、蜂虎、熊狸、貂熊。它们类似偏正和并列的结构，以前一种动物修饰后一种动物或者互为补充：熊猫、羊驼、燕隼、凤蝶、鲸鲨、鳄龟、鳄蜥、狐猴、蜂猴、狐蝠、猫鼬……我猜其中部分隐含物种之间性的试探。许多动物没有任何越界的可能，情欲止步于自己的物种；有些尝试带来了短暂的未来，无论是骡子还是狮虎兽，这些杂交动物不会拥有自己的后代，它们其实是违背上帝意志又得到上帝宽容的物种。

驼鹿具有史前动物的风貌，肩部高耸，喉部下方生有颔囊。成年驼鹿加上鹿角高达三米，据说最重的驼鹿能达到八百公斤，比一头棕熊还要庞大。它因此取得草食动物通常难以企及的荣誉，被人称为"森林之王"。发情的雄鹿低吼，双眼充血，焦躁地用角磨砺树干或豁开泥土。"噼噼啪啪"，激烈的击角声不绝于耳，仙人掌般的巨角甚至绞缠在一起，使无法脱身的两只雄兽因饥饿和疲顿而同归于尽。

我养过鱼，养过猫狗，养过黑尾土拨鼠，我经常牵挂和想念这些宠物，可假设计算连续专注于某个动物的时间，赢得其中之最的，竟然是驼鹿。我曾连续数小时，时时刻刻，无法把这个词从自己的意识里驱除。

那是加拿大的自驾游旅程。从贾斯珀国家公园出来，本来要在外面住一晚，但临时计划变更，我们连夜赶回温哥华。地广人稀的加拿大，夜晚的城市有如孤岛。我们很少时间是在穿越城市灯火，多数时间是行驶在没有路灯照明的丛林。眼前只有前车灯照耀下的有限路面，反射着雨后的幽光。几乎遇不到车辆。车灯撕开前方的黑暗，身后尾随的黑暗迅速弥合……因为弱光，仿佛世上所有的黑暗都向此聚集，让人既害怕向前开，又害怕停下来。道路两旁的针林与阔叶的混交林，同样融入浓稠的夜色。漫长的安静和黑暗……这时的安静，本身就是一种黑暗。车轮驶过路面传来微弱的沙沙声，但愿，这点敏感的声响不会惊扰什么，不会打破夜晚的平衡。是的，经常看到的三角警示牌，让我们提心吊胆。

从某种意义上说，驼鹿是美洲最危险的动物，远远超过熊和狼。肉食动物牙齿的切口有限，而驼鹿的整个身躯都可以成为凶器。在发生的汽车交通意外中，与驼鹿相撞占了相当的比例。驼鹿有壮硕的头角和庞大的身躯，四肢偏细，一旦发生碰撞，骨头很容易断裂，沉重的身体重击挡风玻璃，车体会被压扁或碎裂——在美洲每年有数百人死于与驼鹿相撞。驼鹿的性格刚猛,不仅会死于与同类的击角,还会死于与玻璃、金属和橡胶的惨烈撞击。所以,我们随时警觉丛林中任何的风吹草动,担忧突然跃出的身影。

黑暗而静寂的丛林,从未改变,就像古老的驼鹿。原本驼鹿不会给人造成伤害,几乎不会发生与人体相撞的事件,而汽车的速度,改变了二者之间的平静与平衡。与大多数动物相比,人类行动迟缓,不具备上天入地的灵活身手,但我们凭借交通工具,得以高效而频繁地自由穿梭。人类曾经脆弱,个体根本无法与野兽抗衡,但我们从拿起盾牌开始,渐渐,武装到牙齿……而今人类的牙齿已成为这个世界上最大的武器。当再次穿越丛林,我们躲进汽车,躲进宽大的金属甲盾里,却保持着矛的杀伤力。可我们无法摆脱恐惧,因为运速的提升,原本无害的素食动物也成了我们的敌人,甚至是庞大的杀手。当驼鹿与汽车相撞,当血肉与金属相撞,当古老生命与工业产物相撞……我们并非公平的竞争者,但我们依然要付出惨烈的代价。

光,像一把刀捅入夜晚的内脏。不过,车头亮而前方黑,像是刀柄在未知里而锋芒一直抵住我们。刀锋前面,是悬而未决的生死。我高度紧张,屏气凝神,虽然目力无法在黑暗中辨识,但我知道,驼鹿可能就在附近,它们的角枝就隐藏在丛林中,像雨藏在河流,燃料藏在火苗中。可能在我转头的瞬间,它"嘭"的一声到来,像沉着赴死的宣判者。

长达十个小时的车程里,我时时刻刻想着驼鹿,想着这个素食者里的草莽英雄……导致我在丛林边缘参差的黑暗里不断看到仿佛中的幻影。然而湿黑的雨夜里,驼鹿不动声色,从未真正显露行踪,哪怕是巍峨角叉的一个剪影。

丛林里的驼鹿,丝网上的蜘蛛,梦境里的鱼和神话中的独角兽……它们的鼻息、它们的毒液、它们闪耀的鳞斑和发光的皮毛,正在隐匿或靠近。人类的命运将被影响、被改变——被有如幻觉的动物,那销魂或惊魂的一吻。

远路上的新疆饭

刘亮程

一

有一年，我们开车去阿勒泰，从天山脚下的乌鲁木齐出发，穿过茫茫准噶尔盆地，往天边隐约的阿尔泰山行进。原打算在黄沙梁吃午饭，那里的路边有几家卖拌面和大盘鸡的野店。所谓野店，就是前后不着村，饭馆的矮房子淹没在路边野草中，四周是沙梁起伏的荒漠。那时这条穿越荒野的道路旁人烟少，饭馆更少，南来北往的人，行到这里早都饿了，都会停车吃饭。我们却没饿，行车到半中午时，见路边一片瓜地，便沿便道开车到瓜地边，想买个西瓜解渴，一地西瓜明晃晃熟在地里，却找不到看瓜人，没办法买，只好自己摘了吃，吃饱了在瓜皮下压了一块钱，算是付费。这顿西瓜把我们的午饭耽搁了，到黄沙梁的野店时，都饱着，就说再往前赶，结果一直赶到了黄昏，车里人饥肠辘辘，这时候的大漠落日，就像挂在天边永远吃不到嘴的圆馕。司机说，这段路上再不会有饭馆，也不会有西瓜地。我们穿过沙漠腹地已经到了更加干旱荒凉的阿尔泰山前戈壁。

这时，荒无人烟的路边突然冒出一间矮土房子，土墙上歪歪扭扭写着"沙湾大盘鸡"。赶紧刹车拐进去，车停在院子。所谓院子，就是土屋前一小片修整平坦的戈壁，和屋旁辽阔起伏的戈壁滩连在一起。店里只一张桌子，七八个板凳。女店主的表情也跟戈壁滩一样漠然，不冷不热地说一句"你来了"，那语气像似认得你。你似乎也觉得认识她，只是记不起来。她提着大茶壶，给每人倒一碗茶，那茶仿佛泡了一天，跟外面的黄昏一般浓酽。

忐忑地要了一个大盘鸡，问多久炒好。说快得很，一阵阵。果然喝几碗茶工夫，做好的大盘鸡端上来了，那盘子占了大半个桌子，鸡块、土豆块、辣子满满堆了一大盘。四双筷子齐刷刷伸过去，没人说一句话，嘴全忙着啃鸡，忙着吃里面的皮带面。太阳什么时候落山的都不知道，小店里渐渐暗下来时，我们才从贪吃中抬起头来，彼此看看，谁学着女店主的腔冷冷地说了句"你来了"，大家都笑起来。

我全忘了坐在一桌的人是谁，我们因什么事踏上了去阿勒泰的这趟旅行，只记得吃着大盘鸡的瞬间，我侧脸看着窗外荒天野地里的彤红晚霞，地平线清晰地勾勒出大地的边沿，那是我在千里之外的小县城，时常看见的天边，我们开车跑了一整天，她还是那么远。仿佛比我在别处看见的更远。那一刻，一顿荒远的晚饭，就这样长久地留在了回味里。

多年后再走那条路，有意把时间磨到黄昏，想再坐在那小店的窗口，吃着大盘鸡看荒野落日。想再听那恍惚的一句"你来了"，沿路经过一个又一个路边饭店，一直把天走黑，那土房子再找不见。

二

大盘鸡是我家乡沙湾发明的一道大菜，说是菜，其实也是饭。新疆饮食大多饭菜不分，拌面、抓饭、手抓肉都是饭里有菜，菜饭合一。大盘鸡也一样，主菜鸡，配料辣子、洋芋、葱姜蒜，外加特制皮带面，搅拌在一起，结实耐饿，适合在路途中吃，也方便在偏远路边店炒制，剁一只鸡，配一把辣皮子，一只铁锅便能炒制出来。

大盘鸡发明那些年，我在沙湾城郊乡农机站当管理员，常被拖拉机驾驶员拽去吃大盘鸡，那些跑远路的司机，吃遍天山南北，还是觉得大盘鸡好吃。好在哪，可能就是盘子大，可以放开吃。不像那些小碟子小碗的吃法，都不好意思下筷子。那时大小酒桌上的主菜都是大盘鸡。一大盘子鸡肉摆在面前，红辣皮子青辣椒，白葱绿芹黄土豆，满满当当堆一盘，能让人胃口大开，平添大吃大喝的豪气来。

沙湾大盘鸡在上世纪九十年代沿公路传到全疆各地。

到现在，好吃的大盘鸡都在路上。后来大盘鸡传到城郊僻街陋巷，生意依旧红火。城里人纷纷开车来吃，城郊乱糟糟的环境能和大盘鸡相匹配。再后来大盘鸡进了城，乌鲁木齐繁华区开过许多大盘鸡店，没多久都倒闭了。不是城市厨师手艺不好，大盘鸡本是一道乡间野路子大菜，在乡村饭馆和路边的简陋餐桌上，它一盘独大，其他菜都围着它转。到了城里的大餐桌上，七碟子八碗，大盘鸡失去了霸主位置，自然就寡味了。

有几年我们在和丰做工程，常走呼克公路，早晨从乌鲁木齐出发，到黄沙梁那一片刚好中午，在路边沙包下的饭馆吃大盘鸡。那几家店我们轮换着吃过，味道都差不多，好不到哪里，只是那个环境，太适合吃大盘鸡了，屋外摆着永远擦不干净也支不稳当的圆桌，除了路，四周是沙漠荒野。有时刮起风，空气中呼呼啦啦地响，一阵沙尘草叶扬过来，大盘里的鸡肉也随之味道丰富起来。

我有一个亲戚，就在黄沙梁北边的沙漠里，开荒种了几千亩地，说了几次让我去他的农场玩。一次我路过黄沙梁，突然想去看看这个当地主的亲戚，打手机接不通，没信号，便驱车往沙漠里开，在岔路纵横的荒漠中凭感觉行驶了三个小时，最终盯着远远的一缕炊烟来到亲戚家的农场。那缕冒着炊烟的矮房子，坐落在一眼望不到边的棉花地边，女主人正在做午饭，见我来了，赶紧让小儿子骑摩托车去喊他父亲。

不一会儿，带着一身农药味的男主人回来了，说在开机子打农药。我说，耽误你干活了。亲戚说，让虫子多活半天吧，没事。说着扭头吩咐女人剁鸡，只听房后一阵鸡叫和扑腾声。又过了一阵子，一大盘鸡便做好端上来。男主人从床底下摸出两瓶沙湾苦瓜酒，我们边吃边喝边聊着棉花收成的事，五个男人，一会儿就把一瓶子酒喝光，第二瓶喝到一半时，主人喊小儿子去买酒，我说喝好了，还要赶路呢。小儿子不听我的，一脚油门，摩托车扬尘远去。

那半瓶酒喝完时，太阳已经西斜到棉花地里。主人看着空了的瓶子，不好意思地说酒很快买来了。我说不能再喝了，还要赶路。男主人说，你来了就不要想走。我说真的有事要走。主人说，你要再说走，我就开挖机去把路挖断。

天色黄昏时，听见摩托车声，小儿子抱来一箱子苦瓜酒。我问去哪买的酒，说公路边的小商店，来回一百多公里。我们等了三四个小时，先前喝上头的酒劲都过去了，主人又吩咐剁鸡炒菜重新喝。我看天色已晚，哪都去不了了，只好任凭主人安排。

第二轮酒是在月亮底下喝开的，酒桌摆在沙地上，白天的闷热过去了，凉风从西边徐徐吹来，月光下轮廓清晰的沙丘像在晃动，月亮也在天上晃动。不知何时，同来的三个人早已躺在沙地上睡着了，司机也在敞开的车门里呼呼大睡，剩下我和亲戚举杯对饮。

荒漠之中，明月之下，两个喝高了的人，嗓音高低不平地说着明早肯定会忘记的涛涛大话，那话随月亮升高，又随沙丘起落。

我就在那时听见屋后面的鸡叫，先是一只，接着三只五只，远远地，沙漠那边的鸡叫也传过来。我看着盘子里剩了一大半的鸡肉，突然嗓子发痒，我从自己一个接一个的打嗝声里，也听见了鸡叫。

三

在新疆，最方便在野外吃的还有手抓羊肉，一锅水，一只羊，煮熟了吃，做起来比大盘鸡还简单。

一次我们到伊犁军马场去游玩，中午约在山谷里一户哈萨克牧民毡房吃煮羊肉。到了毡房，牧民说羊去后山吃草了，主人骑马去驮羊，结果一去半天。到太阳西斜，羊驮来了。招待我们的人说，羊远得很，山路也不好走。我们看着主人宰羊、剥皮，肉放进石头支起的大铁锅里，松树枝在炉膛慢慢烧着，我们耐心地等。

跟我们一起等待的还有盘旋天空的一群老鹰，鹰早在牧民马背驮羊下山时就盯上了，一直追踪到毡房前，看着羊宰了，煮进锅里，它们等着吃骨头。几只牧羊犬也等着吃骨头。还有远近草原上的牧民，他们看着天空盘旋的老鹰，就知道鹰翅膀下面的毡房煮羊肉了，一匹匹的马儿，驮着主人朝着这边溜达过来。

羊肉煮熟端上来时天已经黑了，堆成小山的一盘肉里，仿佛已经煮入了牧民上山驮羊的时间、羊在山上吃草的时间、鹰在天空盘旋的时间，以及我们饥饿等待的时间。

那一餐，我们一直吃到半夜，肉吃了一块又一块，每人面前都堆了一堆羊骨头。酒也喝掉一瓶又一瓶，都没有醉的意思。仿佛我们等了大半天的饥饿，要用大半夜才能吃喝回来。

四

我的朋友刘湘晨说过他最难忘的一顿饭。

那年他在塔什库尔干拍纪录片，要下山买摄像机电池，站在村口等车，等到快中午，路上连个车影子都没有。就在这时，山坡上说说笑笑来了五个姑娘，在路边的平地上支起帐篷，用石头垒起一个炉灶，放上铁锅，便开始架火烧饭。我的朋友不知道姑娘们给谁做饭，也不便过去问，就老老实实坐在路边等。等得快睡着了，过来一个姑娘喊他，让过去吃饭。姑娘说，我们在村里看见你在这里等车，今天不一定会过来车，明天后天也不一定有车过来，我们给你搭了帐篷，做了饭，你住下慢慢等。

我的朋友常年在塔什库尔干拍片子，住在当地的塔吉克族人家，早已领略了塔吉克人的热情好客。但这样的奇遇还是第一次。他感激地吃完姑娘们做的清炖羊肉，正打算在帐篷里住下，远远看见一辆运货的卡车开来。他多么不希望这辆车过来，最好明天后天也不要有车来，他就一直住在路边的帐篷里，每天看着五个姑娘在石头垒的炉灶上给他做饭，晚上躺在帐篷里，望着高原上的星星和月亮，做着美梦，等一辆永远不希望它过来的车。

他可能是塔什库尔干最幸福的路人了。

同样的幸福经历我也遇到过。

那次我们驾车去和布克赛尔蒙古自治县牛石头草原探路，那是一处远离县城的高山湿地夏牧场，没有正规道路，汽车走的都是羊道，羊群踩出的道大坑小坑，要把车颠散架似的。一百多公里的路，走了四个多小时。大中午时，一行人进到一户牧民毡房，男人放羊去了。我们给女主人说，能否给做点吃的，我们付钱。

女主人热情地招呼我们上炕坐下，很麻利地铺上一块白色单子，把烤馕和小油饼放在上面，沏上烧好的奶茶，让我们品尝。然后，女主人架着外面的炉子，开始煮风干牛肉。

我们出去游玩拍照。这里是一片高山湿地牧场，一块块的巨大石头，像卧在草原上的石牛，全头朝西，任由西风吹凿出头、身体和鼻子眼睛。草原上还有两个小湖泊，挨得不远，像两只望向天空的眼睛。我们玩得忘记时间，直到听见女主人站在一块大石头上高喊，声音高高地飘到天上又落在草地的大石头间。

那顿肉我们吃得很仔细，肉被风吹干，再煮熟，还是干硬的，只有小块地咀嚼，肉里有风的悠长干燥，有草从青长到黄的香，有石头的咸，有松枝烧柴的火气。一大盘子牛肉，细嚼慢咽地全吃光了。

临走时问主人需要多少钱。

"不要钱。"蒙古族阿妈说。

同行的朋友掏出五百元钱硬塞给阿妈。阿妈拗不过，就收下了。然后，她俏皮地笑着，一人一张把五百元钱塞给了我们一行五人。

像是塞给她的五个孩子。

五

那年我和一位作家在维吾尔族朋友陪同下，到库车塔里木乡采风。

爱说笑话的乡会计开一辆没刹车的破桑塔纳，拉着我们在渠沟纵横的胡杨林里穿行。矮胖敦实的维吾尔族乡书记坐前面，我们同行三人挤在后排。会计用半生不熟的汉语说，你们不要担心我的车没刹车，刹车多得很，胡杨树、沙包、渠沟都是刹车。确实这样，对面过来一辆拖拉机，眼看撞上了，会计一把方向，直接对在路边沙包上，把车刹住了。

晚饭安排在塔里木河边一户农民家，两间房子，孤孤地坐在胡杨林里。我们进屋脱鞋上炕，炕桌上摆着馕和葡萄干，乡书记让我们坐上席，他和会计坐对面。我们喝着奶茶吃着馕，会计打开自己带来的几包油炸大豆和花生米，乡书记从身后摸出一瓶酒，打开自己倒一杯喝了，又倒一杯给我。维吾尔族喝酒是一个杯子轮流转，转一圈，酒瓶子交给我，我先倒一杯自己喝了，再倒一杯给乡书记，就这样一圈圈地转，几包花生米都吃完了，天上星星出来了，我以为就这样一直喝下去了，突然房门打开，主人端着一大盘煮熟的羊肉进来，接着提来水壶，挨个给我们浇水净手。乡书记说，刚宰的羊。书记带我们双手捧起做了祈祷。然后，他从腰上的刀鞘里抽出一把刀子，刃朝自己，刀把递给我。我在盘子中间最大的那块肉上割一块自己吃了，又割一块给乡书记，然后刀子递给会计，他麻利地把肉削成小块递给我们，自己也不时塞一块肉在嘴里。

肉吃好已经是半夜了，我以为该开着没刹车的桑塔纳回乡上睡觉了。可是，乡书记又摸出一瓶酒，说刚才是白喝，没有菜。现在菜来了，正式喝。

这场酒从半夜开始，往深夜里喝。与我同行的作家喝几杯说醉了，一歪身躺炕上睡着了。我们在他的鼾声里一杯杯地喝，他睡一觉突然坐起来，说该走了吧。乡书记见他醒了，拉住硬给他灌一杯酒，他又倒身睡过去。我们就在他睡睡醒醒间，喝了一瓶又一瓶。中间有一阵子，我有点迷糊，喝了几杯又醒过来。醒过来我突然开始说维吾尔语，他们都惊奇地看着我，这个前半夜不会说半句维吾尔语的汉人，后半夜张口就是维吾尔语。我用维吾尔语跟他们说笑，给他们敬酒，他们都能听懂我说什么，我也知道我在说什么。似乎我几十年来听到耳朵里的维吾尔语都被酒激活，涌到了舌头根上。

喝到东方泛白，我出去方便，看见房后胡杨树林下隐隐约约的水光，一大片，我沿林间小路走过去，宽阔的塔里木河出现在眼前。整个一夜，我们就在塔里木河沉静的涛声里喝着酒，却浑然不知。

我从河边回来时，听见了鸡叫。天渐渐亮起来，从水流中能看见亮起来的天色，胡杨树梢上的叶子也有了亮光。我回到屋里，见他们已经横七竖八躺了一炕，全睡着了，打着呼。那个使劲劝我喝酒的乡会计，还说了两句维吾尔语的梦话，听不清。男主人打着哈欠进来，低声对我说了句话，我听不懂，想回一句，嘴张开，说了半夜的维吾尔语竟半句都找不见。我不好意思地对他笑笑，然后，挤到炕角上和他们一起睡着了。

六

好多年前，我和回族画家张永和在老奇台镇采风，中午坐在路边小饭馆门前吃拌面。过来三辆马车，车上堆着空麻袋，显然刚卖了麦子。赶车人把马拴在门口的杨树上，一伙人吵吵嚷嚷在门口的大桌子坐下，我以为他们要大喝一场，粮卖了，人人口袋里装着钱。

可是，他们什么都没要。

其中一个人往里面高喊："老板，来碗面汤，馍馍自带。"

他们从随身布袋里拿出馍馍，每人拿出的都不一样，有白面的、苞谷面的，有花卷，有馒头，摆在桌子上。老板从后堂抱来一摞子大瓷碗，一人跟前摆一个，拿大水勺挨个地加满冒热气的面汤。

"谢谢啦，老板。"其中一个说。

"喝完了再加。"老板说。

他们用面汤泡馍馍很快吃完了，我和永和吃过拌面，喝着面汤看他们赶马车上路。

问老板他们咋喝个面汤就走了。老板说，今年天灾，粮食收得少，农民都舍不得吃拌面，就要一碗面汤对付了。

"不过，他们收成好的时候会过来好好吃一顿。"老板又说。

面汤是新疆最暖人的汤，不要钱。吃完拌面，最舒服的就是喝碗面汤了，汤里全是面的味道，略咸，喝一口下去，面汤烫烫地穿过刚入胃的拉面，那些香味又被勾回来。

有一个笑话，店小二给老板说："一食客吃完拌面没付钱走了。"老板问："喝面汤没?"小二说："没喝。"老板说："那就没事。"过了会儿，果然食客急匆匆回来，让老板上碗面汤。

我在沙湾金沟河乡农机站工作那两年，每天中午到乌伊公路边的饭馆吃拌面，一次一位种棉花的农民坐在对面，和我一样要了拌面，菜和面端上来时，他先把一小半菜拌在面里，很快吃完，喊一声"老板，加面"。剩下的菜分一半到新加的面里，吃完再喊一声"老板加面"，待面上来，把其余的菜全拌进去，菜盘子拿面掺干净，呼噜呼噜吃了，又喊一声"老板，面汤"。

我被他的吃法感染，也喊了声"老板，加面"，面加了却没吃完。

听老板说，附近种地的农民，天刚亮下地，中午没工夫回家做饭，就到饭馆结结实实吃一顿拌面，然后干到天黑才回家。那一份拌面，要把上半天耗尽的力气补回来，还要撑到天黑。出那么大劲，加几个面都不够的。

路边饭馆的常客多是跑长途的司机，这顿吃了，下顿在千里之外。拌面是最能扛饿的，饭量大的加两三份面，再喝一两碗面汤，弓腰进来，挺着肚子出去。吃拌面的人，吃到加面才是最香的，加面不要钱，最后那碗面汤也不要钱。这是新疆饭的厚道，管吃饱喝好。

进到新疆的大小饭馆，主人先倒一碗烫茶，再问你吃啥。茶水也是免费的。一个不产茶的地方，竟然免费给客人喝茶。

那几年我常坐在路边饭馆喝茶，道路坑坑洼洼，汽车远去后，扬起的尘土缓缓落下来，像岁月一样，落在身上头上，我不管不顾地坐着。那时我年轻迷茫，看着远去的汽车会莫名伤感，仿佛什么被带走了，让我变得空空荡荡，又满眼惆怅。

多少年后我还喜欢在路边的小饭店吃饭，望着往来车辆，想找到年轻时的那份忧伤。我二十多岁时，在尘土飞扬的路边，想望见四十岁、五十岁的自己，到底走到了哪里。如今我年近六十岁，知道已走在人生的远路上，此时回头，看见二十岁的自己还在那里，我在他远远的注视里，没有迷路，没有走失。

（《江南》2021 年第 4 期）

吴桂兰

梁　鸿

第一次见到吴桂兰，是在早晨五点多钟。

吴镇刚刚从睡梦中醒来。

沿着老邮局的那条主路，往街里走，路两旁分岔出一条条路，这些辅路上住的多是吴镇的老居民。自家的门口，打扫得干干净净，放几盆花，有的围一个小花坛，种几棵豆角、辣椒、西红柿，也结得轰轰烈烈，热闹非凡。

快到吴镇中心小学时，突然听到震耳欲聋的音乐声。循声而去，看到一个人正在路中央跳舞。只见这个人头戴一顶艳红的宽沿帽子，帽檐上一个硕大的红色蝴蝶结将飞欲飞，上身穿一件橘红色环卫服的夹克，下身穿一件暗红色长裙，脚踏一双暗红运动鞋。她手拿扫把，脚下滑动着太空步，身体随音乐节奏不断摇摆，动感十足，整个人都沉浸在音乐和节奏里。后退、前进、摇摆，铿锵的鼓点似乎是她的脚步敲击出来的，在大地上肆意回响。她旁边是一辆三轮垃圾车，上面有拖把、大桶，还有一些凸出来的纸盒之类的东西。

我被她的舞姿和她的穿着打扮所吸引，拿出手机，朝她拍了几张照片。略有点怪异的是，那些路过的人，睡眼惺忪从家里出来的人，或就在旁边忙着事情的人，都没有多看她一眼，好像那巨大的声音和她这个人不存在似的。

看到我在照相，她更起劲了，腰挺直，胳膊平伸，脚飞速舞动，最后一个急促而优美的站立，扫把高举，另一只手叉腰，头微仰，凝神盯着我，脸上露出非常满意的笑容。

大约定格有几秒钟，她朝我招手，示意我过去。

那是一张饱经沧桑的脸。五十岁？六十岁？甚至还不止。汗水正顺着她的脸往下淌，她努力屏住呼吸，不让自己身体有太大的起伏。她的环卫服、裙子和鞋子被厚厚的油腻包裹，那暗红不是颜色，而是油和灰混合而成的光泽；但她的帽子却是新的，鲜红、艳丽，上面的蝴蝶结压得帽子几乎要扣住她的眼睛。她不时拿手去扶，努力把蝴蝶结扭到前面。

"让我看看，"她凑到我面前，看我手机里面的相片，"你这样拍不行，效果不好。"

"等下，我再跳一段，你再拍，拍了一定发网上，会有你好处的。"她看着我，露出羞怯又骄傲的笑容，"我是网红。有很多人认识我，很多人拍我。"

她边说边在身旁的垃圾车里翻找东西。各种样式的纸箱纸盒、大大小小的塑料瓶、铁片铜圈，几乎塞满了整个车厢。在角落的地方，放着一个完整的纸箱子，里面堆着五颜六色的衣服和饰品，她从里面扒出两条蓝色的缎带，把头上的帽子摘下来，解掉那个红色的蝴蝶结，把缎带绑紧，留出一个长长的飘带，接着，又从纸箱下面掏出两把金色泛红的扇子，朝自己扇了扇，摆了一个定格姿势。

"你站到这边，这边拍得全。"她让我站到垃圾车旁，背对着正在升起来的太阳。她在我斜对面五六步的地方站住，弯腰调放在地上的黑色播放器，强烈又刺激的 Rap 音乐立刻在空旷的街道响起来。她扭过来看向我，头一昂，一只脚点地，踩着鼓点，身体像突然抽筋似的，开始快速跳动。她的身体大幅度扭动，扇子在空中不断旋转，头上的蓝缎带随着这剧烈晃动飘得很高。一缕朝霞突然照射过来，整条街瞬间从黎明前的微暗朦胧变得明亮灿烂；正在跳动的她被笼罩在舞台般的强光里，身上杂乱破败的颜色幻化成华丽耀眼的色彩，脸上的沟壑清晰深刻，恍如一只苍老的鹰，在倔强地飞翔。

一曲终了，她气喘吁吁跑过来看我的手机，看一遍视频，说："这个可以，你赶紧发到网上，肯定会火。对你有好处。"

我问她怎么知道自己是网红，她说现在不是兴这个吗？有人专门过来拍她，拍着还解说着。她每次都很配合。

逐渐有人站下来，远远地看着我们俩，脸上带着某种了然又淡漠的表情。

"我跳了三十年。三十多年。原来只是喜欢跳，从我老头子瘫痪开始，我见天跳，刮风下雨，都没停过。他们都知道我。"她眼睛环过远远看着她的那些人，继续说，"我见天五点多起来扫地，扫到哪儿跳到哪儿，我啥舞都会。跳舞好啊。你看我，你信不信，我以前快两百斤。我背、腰、腿，都走不动。现在，我背起我那个瘫老公就能走，他一百八十斤。"

我说："我在吴镇也好多年，怎么就没见过你？"

她大笑说："不知道我吴桂兰你算在吴镇住过？你咋能没见过我，没见过我也应该听说过我吧？"

还真奇怪。吴桂兰前面跳舞的三十年，我真的没听说过她，也一次没碰到过她。而在偶遇她的那天晚上，我竟然又见到了她。

吴镇十字街右边的露天烧烤店是整个夏天生意最好的夜宵店，店主在街口拉出电线，挂上几只上百瓦的灯泡，周边十几米亮如白昼，越发衬得街道和周边景物漆黑一片。

吴桂兰在烧烤店的路对面，在那片阴影处，正热烈地跳着。白天的环卫服换作一件绿底红花的缎面宽旗袍，脚上着一双小皮鞋，头上仍戴着帽子，但是换了一个窄檐的绅士帽，绅士帽的两侧绑着两朵小红花。她浑身像上了发条，尤其是那双脚，像机器人，动作准确又迅捷。我这才发现，她的脚踝处已经严重变形，腿朝外弯曲，脚向里扣，跳舞时，这弯度反而增加了她的灵活度。

没有人跟她跳。对面烧烤店里的年轻人发出此起彼伏的喧闹声，有乘凉的人三三两两在路边聊天，一边发出笑声，而她这边，是一个人的喧闹。在疯狂的舞动中，唯有她的裙子配合她，闪耀着艳丽而诡异的光。

她的垃圾车变成了一个服装小车，两侧挂着各式各样的衣服。

看到我们，她停下动作，一把揽过我，说："哎呀，又是你啊，咱们太有缘分了。"

她拉着我和姐姐，让我们和她并排，一起跟着音乐跳。有纳凉的人看到这边加入了新的人，慢慢围了过来。

有人认出了姐姐，惊奇地大叫，又向别人介绍姐姐是谁。吴镇这么一点大的地方，谁和谁，都能找到牵连。而一旦找到牵连，大家就像亲人一样，瞬间放开了自己。姐姐鼓动她们一起跳起来。那些中年人一开始有点羞涩，被周边人推着进到舞圈，她们又把推她的人也拉进去，待跳了几步，发现没有人关注自己，也没那么难，就随着节奏胡乱摆动起来。

人越来越多，大家围着跳圈圈舞，跳到嗨处的，胖的瘦的，高的矮的，年老的年轻的，都叫起来，一边甩头扭胯，一边发出惊奇而开心的大笑声，对面撸串喝啤酒的，也三三两两过来，加入跳舞的人群。

每一曲跳完，吴桂兰就去播放器那儿找曲子，那些舒缓的刚一出来，大家就嚷着，不要这个，不要这个，于是，又换，直到出来惊天动地的鼓点声，大家就跟着曲子又狂跳起来。

吴桂兰也像疯了一样，在人群中卖力跳着，一会儿教身边的人步伐，一会儿带着大家喊节拍；她的眼睛闪亮，像终于得到糖果的小孩，又像拿到渴望已久的奖章，全身上下都激动不已。

连续跳了好几首之后，吴桂兰似乎有些撑不住了，跳出人圈，站在垃圾车旁，斜身靠在车把上，喘着大气，仍目不转睛地盯着跳舞的人，神情非常满足。

"你这裙子看着可不便宜啊。"我说。

吴桂兰扯起胸口的衣服，衣服已经完全湿了，说："这可是真绸缎，我儿媳妇给我买的，说是一件都要七八百呢。我这衣服都是我儿媳妇买的，多得穿不完。"

说着，她拿起车子两侧的衣服，一个个抖开，搭在身上比画。

"他们也在这街上住？"

"没有，他们都在外面。我三个闺女、一个小儿子，都不在家。他们都在外面做生意，宁夏的、甘肃的，我小儿子在郑州，都可不错。"

人越来越多，感觉一首曲子才刚开始，就又结束了，吴桂兰不停跑过去换曲子。

换完也不跳，站到车子旁边，往身上套她带来的裙子，或往头上扎一些奇奇怪怪的饰带，原地比画几下动作，再换套衣服。她浑身都是汗，动作有些迟缓，脸上显出疲乏的神情。

"你在这儿跳舞，你老头谁管啊？"

"我早晨起来先给他熬一锅绿豆汤，再炒个菜，他可能吃，一顿俩馒头，能管到晌午，到四五点再吃一顿就行。他又不动，就这都光长膘。不是能长到一百八？"

她用双手比画着那"一百八"，言语中还带着骄傲："老头死沉，我见天出去时得把他往摇椅子上放，光着身子，摇椅子上面有个洞，不然你说我不在家时他屙尿咋办？我以前也快两百斤，一身病，你看我现在，没病没灾，扛老头没问题。他瘫痪十八年，我扛他十八年。"

"那，孩子们呢？"

她突然停顿了一下，眼睛朝向天空，嘴使劲绷着，好像在控制自己的情绪，"他们都不回来。我说，我不要你们钱，我要你们回来，回来看看你爹。我也不要他们钱，我挣的钱也够花了。我就想他们回来看一下。"

旁边一个站着的中年男人说："可别这样说，你闺女去年不是回来过一趟了吗？"

"那叫回来？回来几天？到她爹跟前几天？我都六十四了，我还能侍候几天？"吴桂兰的嗓门突然提高，带着恼怒。

中年男子没有再搭她的话茬，看了看我，露出意味深长的笑。

吴桂兰拉住我的手，眼神里充满对我这个陌生人的信任："你看，我养他们四个，我仨闺女生孩子时我也去帮她们带。我不想啥，我不要钱，我每个月有工资，我就想着他们回来，替换我一下。他们都不回。"

"工资能养住你和叔叔吗？"

"啥工资，你就别说那工资了，我见天五点多就起来，扫大半个吴镇，一个月九百六十块，就这，工资还不发。说是半年一发，不闹就不给，上半年也是我去告去闹才发的。不过，你也别小看我，我不靠工资，我每天捡东西，一个月下来就一千多块钱，这是主要的。人们不知道这些。"

说到"一个月一千多块钱"的时候，吴桂兰的语气非常骄傲。一边说着，从挂在车把前面的塑料袋里掏出两个馒头，大口啃了起来。

"你晚上就吃这个？"

"也吃不下去别的东西。跳着可累，啥都不想吃。"

"儿女有赡养父母的义务，你可以给孩子们说，他们这样是违背法律的。"

"啥法律？给儿女说法律，谁说得清？我现在还能挪动老头，等挪不动了，两包老鼠药，一人一包，俩人一喝，谁也不拖累。"

一首曲子又完了，跳舞的人们互相取笑着，一边等着吴桂兰找新的曲子。

吴桂兰跑过去，蹲在播放器旁边，一首一首试听，她似乎想找到更激烈的舞曲来烘托这个气氛。

我往远处退了几步，退出人圈外，拿出手机录像。在灯影交错的昏暗之中，巨大的能量正冲破夜色，朝上空发散。蹲在地上的吴桂兰，身体姿势有些疲乏，也有些孤独。人们听着她的音乐跳舞，却并不怎么和她说话。

连续几个晚上，吴桂兰那儿成了吴镇夜晚的中心。镇上热爱跳舞、喜欢锻炼的女人吃过饭以后，都会悠悠过去。吴桂兰一个人跳着舞，她们在一边相互聊天、说话，但不跟吴桂兰跳。等到我和姐姐过去，大家一阵招呼，你推我搡，跟在姐姐后面，开始跳起来：广场舞、快四、水兵舞、恰恰……起先都很拘谨，跳着跳着，就都放开了，甩头、扭胯、大笑，音乐和笑声冲破了吴镇的夜。

每次一看到我们，吴桂兰就大叫着跑过来，声音充满不敢相信的惊喜。

待姐姐和大家一起嗨起来，她就站出来，倚在垃圾车旁，摆弄着自己的服装，一会儿披上一个披肩，一会儿再套上一个裙子；或者，在头上箍一个发卡，再绑上各种装饰，然后，走几步，亮亮相，再换一套。我不知道她是做给别人看，还是做给自己看，也不清楚她是在表演还是在表达。

在很多个瞬间，我看到，她盯着眼前这一群正在跟着她的播放器狂欢的人，眼睛闪亮，神情非常幸福。有好几次，人群跳得正激烈的时候，她会忘情地抱住姐姐，大叫着："你太好了，你太好了啊。"

有时我和吴桂兰聊天，有时也加入跳舞的队伍，可是我太笨拙了，一进去就东撞西碰的。吴桂兰大笑着，把我拉出来，一招一式教我，一边教育我说："跳舞最好了，你看我，现在没病没灾，天天可快乐，还是个网红。"说到"网红"时，她的头会不自觉往上昂一下，又咧开嘴笑，有点自嘲，但又很骄傲。看到我拍照，她就会问："你往网上发了没？一定要发啊，会给你带来流量的。"

有天晚上，我正在拍照，一个中年女人走过来，像特务接头似的，低声说："你明晚七点来看看我们，就在许家街口那儿，你看我们跳的是啥样。"她的语气好像我有什么权力，她想把她们的团体展示给我看，以得到肯定。

"你们是跳啥的？"

她思索了一下，说："最起码是正儿八经的舞吧，她这都是胡跳。"

我说："跳得还不错啊，你看节奏多好啊。"

她斩钉截铁地说："你去看看我们跳的。晚上七点开始，八点半结束，不影响谁。你不知道，人们都烦死她了，早晨四五点就放多响的音乐，扫哪儿放哪儿，扰民。人们说她，她也不听。她那闺女儿子为啥不回来？嫌丢人！"

我认真看了说话者一眼，发现她穿着非常整齐，眼神里带着鄙视，还有一点因愤愤不平而产生的刻薄。

"你不常回来吧?"她迎上我的目光,好像我被蒙骗了,而她有义务和我说清楚事实,说:"一般外地人看见吴桂兰,都可兴奋,觉得可有意思,你看,在吴镇,谁和她说话?他们两口子年轻时都不正经干。她老头好喝酒,中风都是在酒场上中的,正喝着,头一歪,出溜到地上,不行了。吴桂兰也是,年轻时好跑,到处跑,不好好养小孩。到老了,你看天天穿得花里胡哨的,不像个样子。"

她的声音开始高亢起来,带着天然的道德和正义。那是吴镇潜藏很深却又一直被大家遵守的道德,一旦有谁逾越,便会遭受惩罚。这惩罚从来没人说出来过,也从来没人认为自己在执行,但是,你从被惩罚的人身上,一眼便能看出来。

中年女人说完就走,走了好远;又回过身来喊:"明晚你过来啊。"

我扭头看吴桂兰,她正在收拾地上的音响设备,把它们抬到车上,又把衣服一件件收起来。她身边的人们在聊天,两个人,三个人,好几个人,围拢在一起,专心致志地说话。所有人都背对着吴桂兰。

吴桂兰正处在这样的惩罚中。她被整个吴镇孤立和遗忘,被自己的儿女孤立和遗忘。她瘫痪在床的老头,是她被惩罚的显在标记。"谁和她说话?"即使是闲言碎语,吴桂兰也不配。也许,这是我这么多年来从没听说过她名字的原因。

我不知道吴桂兰有没有意识到自己在受到惩罚。她眼神中的渴望,她所弄出来的巨大声响,她三十年如一日地在吴镇大街上跳舞,似乎在反抗,也似乎在召唤。她兀自舞着,显示出自己的力量,也释放着善意和无望的呐喊。

(《梁庄十年》上海三联书店 2021 年 1 月版)

北京的 "某"

乔 叶

某次聊天，和朋友说到熟悉的城市，想了想，除了郑州，竟也就是北京了。熟悉的机缘一是因为来北京学习的机会多，一两个月的，三五个月的都有，最长的一段是在北师大读硕士，集中上课期是一整年，其余两年里也来回跑了有十几趟。短期学习就更多了，三五天的，七八天的，枚不胜举。近年来，因为工作的缘故，又要隔三岔五来开会，它便成为我频率最高的出差地。去年年底，我工作调动到了北京，对于人到中年的我，这座大城又开始延伸出了根的属性。之前的熟悉是过客身份的熟悉，之后的熟悉就是家常的熟悉了。颇有些梦幻似的，我开始在北京过起了日子，可不就是家常么？

北京大，大北京。说到北京的大，在朋友圈里总能听到异曲同工的吐槽，比如说，一般而言，一天只能去一个地方，只能去约见一个人，只能去办一件事，想要提高效率不大现实，因为不好顺路，拐一个弯轻易就能多拐出去一二十公里。不过说实话，对这大，我虽然嘴上也跟着吐槽，却没有什么腹诽，反而有些喜欢。辨析起来，缘由有些变态。一是因为大，恰可以被迫着专注。一天的计划里，去哪里就是去哪里，去见谁就是去见谁，心无旁骛。二是在这大城中的被湮没感，很对我的胃口，虽然这听起来仿佛有些矫情。"唯有王城最堪隐，万人如海一深藏"，这诗其实是有些傲娇的。在王城还想隐的，一定是不太好隐的人。

而如我这样的人，进了人群就找不着，想不隐也不成，因此也恰恰享受到了真自在。常常的，在大街小巷中与那些平朴的面孔擦肩而过时，不由得会想象一下他们的故事。这些藏在如海王城中的人们，都经历了些什么呢？也渐渐理解了为什么绝大多数的北京土著待人接物反而是朗利谦和的，不卑不亢的——见的世面太多了。

不过，既然是过日子，只有大自是不行的。所谓的小日子小日子，日子总是小的，总是得往小处过的。好在这大城中从来都不缺小。比如，初春去北师大听讲座，京师学堂前的玉兰花开得洁白耀眼。悄悄在某间教室外站了一会儿课，瞄到神采奕奕的老师在讲城市文学。曾几何时，作为一枚老学生，我也有过这份惬意，混迹在年轻学子中听着课，窄窄的桌面上摆放着咖啡和茶。再晚些天去，牡丹园的牡丹正姹紫嫣红，启功先生以塑像的方式立在花丛中，一脸慈祥的笑意。国际写作中心是我经常去的地方，凭借着莫名其妙的好运气，还数次与莫言先生邂逅。在学校里消磨到了傍晚，溜达到附近的小西天，在中国电影资料馆随机地看场电影是个不错的选择，完美的一天就这么过去了。

只要有闲，这大城中的小时光简直可以说是享之不尽。再比如去人艺看话剧，去美术馆看展，去单位附近的国家大剧院听音乐会……黄昏时分，我常会跟着熙熙攘攘的人流绕着大剧院散几圈步，水面浅浅的人工湖里有一群野鸭子定居了似的在嬉戏，成了大剧院的一景。周围没有高楼，晴天时，巨幅的晚霞映着波光潋滟，绚丽如画。有时阴天欲雨，大朵大朵的乌云压在头顶，则是另一番雄浑壮阔。

夏初时，一老友因老家有事需要回去长住一段，委托我帮她照顾花花草草，我便有了去房山小住的契机。她的房子在窦店镇的于庄，这大概是北京最典型的乡村了吧，不过，到底是北京，村也不像村，那样貌在别的地方起码也得是个繁华的镇。别墅区，花园洋房，成片的时尚小区，鳞次栉比。基本的生活配套设施也很完善，甚至还有几家宠物医院。好几趟公交线从市内直通到这里，我从核心的西城区到这里只需要转一趟车，一个半小时。

只要在房山住，我便每天都去小区对面的于庄市场买菜，里面也是色色齐全，物美价廉。老板们各种口音，其中有一位一开腔我就知道了。河南的？对，河南的。河南哪里？鹤壁。我老家是焦作，咱们都是豫北呢。是啊，都在黄河北。老乡就这么认下了，结账的时候送了我一小把香菜。隔段时间再去，他问：姐，可长时间没来了呀。嗯，出差啦。生意好吗？唉，撑不着饿不死，就那样。

也会常去小区旁边的郊野公园快走或者慢跑。所谓的郊野公园，倒也实在是郊野得很，紧邻着真真切切的庄稼地，有玉米地，也有菜地。豆角、西红柿、黄瓜、茄子应有尽有，鲜灵灵地垂挂在那里，我总是得格外忍耐，才能克制住去采摘它们的冲动。

在这里我还发展出了意外的社交活动：有了几位能搭话的熟人。最先搭话的是位老先生，夸我走得快，脚下生风。问每天走多久？走多少米？我一一答了。过两天是两位老太太，我越过她们时，听到她们夸：看看人家这身板儿，多直溜！嘿，这步子，飞一样。折返时走了个对过，她们早早地把跑道腾出来，给我让路：您先过。这也太客气了，我只好停下来和她们聊了几句。有一次遇雨，一位老太太带着遮阳伞，亲昵地喊着说可以捎带着把我送到小区门口，反正都在这一片住嘛，捎带脚。我受宠若惊地谢绝了，飞奔而去。所谓的熟，熟的只是一张脸，其他的什么一概不知道。这恰恰也是我中意的分寸：比陌生人多一点点亲切，宛若白水里有一丝丝蜂蜜的甜，刚刚好。

此地还有一些古风古韵的小摊。比如理发的，用旧纸板贴着最朴素的广告：五元一次，没有微信。老爷子坐在一把木椅子上，束着并不白却还挺干净的围裙，旁边立着一个脸盆架，盆里盛着清水，架子上搭着毛巾。每次路过都担心他有没有生意，有一次终于看见他在给人剃头，心里松了一口气。还有一次居然看到一个胳膊刺青的少年坐在那里，成了他的顾客，两人的形象反差映照，也是有趣。

十字街口还常有老太太在卖青菜，待你走近便会问：两块钱一把，要不要？才离地，好着呢。品种不多，韭菜，小白菜，菠菜，大致就是这些，偶尔会改点儿样，多出些嫩玉米，五块钱三穗。或者是离核大桃子，十块钱三斤。有时候也会有卖花的，茉莉，文竹，白掌，绿萝等，比菜稍微贵一些，都是些好搬好运好养的。我有时买，有时不买。更多的时候不买，只是停留片刻，闲话几句就好。

去房山次数多了，就觉得这里并不远。东城西城是北京，这里又何尝不是北京呢？

朋友聚会也是小日子的重要内容。有大聚会，是海吃海喝脑满肠肥的狂欢。也有单个儿的约见，比如盛夏时节，去一个闺密家里。进了屋，我先啃了一个西红柿，又吃了一个香瓜，然后喝着红茶，靠着厨房的门看她在那里笨手笨脚地忙活。她买了一只烧鸡，做了两道菜：油焖茄子，香菇炒洋葱。品相不佳。还有一个西红柿鸡蛋汤，我要她往汤里放点儿醋，她坚决不肯。

为什么？

因为我不习惯呀。

那首先也应该尊重客人嘛。

我没把你当客人。再说，汤盛到碗里，你可以单放醋。

好吧，这么不被尊重的客人确实也不是客人。就这么吃吧。

边吃边聊。菜的味道不怎么样，调料倒是美味无比——就是胡说八道。和她每次见面的基本内容就是一起毒舌，骂骂这个，骂骂那个，当然最主要的是嘲笑对方和鄙视自己。她说，昨天很想给我发个微信，因为很想要去看一个歌舞剧，一看票价是五百多一张，顿时就舍不得了。她恨着自己小家子气，又实在舍不得花钱，同时还那么想看剧，纠结了好一阵子。她问我，要是你，你舍得吗？我说那还用说吗？当然不舍得啦。两个人就傻子般哈哈大笑起来。

就是这样，和她会说很多不体面的话题。说完了，就格外痛快，像一次彻底的排毒。——必须承认，能和你袒露或者能让你袒露内心深处那些丑陋不堪的人，才能称得上是密友。密友的存在，也许就是为了把彼此变得透明，变得单纯，变得幼稚，变得不知羞耻。在他们这里，重要的不是包裹什么，而是剥掉什么。不是炫耀什么，而是卑微什么。不是修饰什么，而是清洗什么。

午饭后告辞，她送我到地铁站。路上继续有一搭没一搭的扯东扯西，扯什么都开心。刚回到家，她的电话就来了，说她那边下雨了，我跑到窗边，看着沉重的天色，说我这边阴得厉害，还没有下。话音没落，玻璃窗上就画出了长长的雨线。就这样，在离得不远的地方，我们各自对着窗外，看着雨，以庸俗的文艺腔感叹着雨，雨越大，我们越有兴致，就像两个小女孩，或者说老女孩——外壳老，可是内心小的女孩。

"我真爱北平。这个爱几乎是想说而说不出的……我所爱的北平不是枝枝节节的一些什么。"老舍先生在《想北平》一文中如此表白。可我所爱的北京就是枝枝节节的一些什么啊。

网络上有几句诗偶尔听过，不知怎的就记下了：

红衣佳人白衣友，

朝与同歌暮同酒。

世人谓我恋长安，

其实只恋长安某。

琢磨起来，觉得挺有意思。"长安"在此可以指代你的任何钟爱之地。"某"呢，则可以指代这个地方你心心念念着的一切。如此说来，北京的"某"对我而言可是太多了。当然，说了归齐，"某"的精髓还是在于人。试问一下：北京，或者这世界上的任何一个地方，对我来说究竟意味着什么？很显然：如果不是因着那些宝贵的朋友和亲人，那地方再美再好，又有什么驻留的意义呢。

（《人民日报》海外版 2021 年 9 月 4 日 07 版）

无尘车间

塞　壬

　　岭南的春天似乎被时光折叠过。它了无痕迹地跳进这万物吐纳旺盛的初夏。黄铃木、三角梅、木棉把花开得到处都是，尽显绽放之美。穿单衣，趿塑料拖鞋骑辆共享单车在花荫里穿行，后背微微地出汗，细细的风把人的骨头吹得酥软。黄金般的时节，只是太短。我是都虚掷了啊。回忆过往的春天，居然没有值得记住的人和事，眼前浮现的不过是花花绿绿的皮囊之乐。年后一上班，单位就开始改制，目前的归属未定。手上的事，做与不做都不太打紧了。似乎只能是宅在家睡觉，读闲书，写诗，看电影，打王者荣耀。潜意识里，我还是非常焦虑的。我还是找不到生命之重。我是说，我与这世界隔离得太久了，以至于没有了切肤感。看网上的新闻，重大的交通事故，森林火灾，血肉模糊的现场，成排的年轻尸体，失去亲人的悲恸画面，都没能让我有锥心的痛感。不知道这是从什么时候开始的，我知道这很危险。不论是对灵魂的质量还是对写作生涯而言，这都是致命的危险。

　　洪水猛兽般的新冠病毒似乎并没有影响世界工厂的运作。在东莞，很多工厂从来没有停工。因为封闭式管理，整个工厂，既无人外出，也无人进入。病毒似乎从来就隔绝在外。

　　逃避着，混着，把它扔进内心的角落。日复一日。可是它竟越长越大，郁结于心。现在，已经没有单位工作这块遮羞布了，于是，一个颓败、虚空、麻木的人就赤裸在众人面前，避无可避。我竟接连读到三位打工作家的作品。一位是东莞作家莫华杰的散文《苦涩年华》，另两位是深圳作家程鹏和顾启淋，一本诗集《装修工》和一本散文集《小人物》。前面说过，我已然丧失了共情的能力。写一个推荐语竟让我有些无措，我实在说不出什么。我甚至羞愧得无从下笔。广东二十多年的打工文学，其关键词依然是铺天盖地的底层苦难。卑微的人，他们形同草芥一样的命运，那种无力的抗争抑或绝望之喊叫，依然是这类作品的主流方向。我知道，对这个群体的书写，作家们做得远远不够，不论是内容还是文本，其丰富性还远远不够。尤其，打工这一时代命题还在发展和变化中，如今的工厂流水线，零零后已经登场了。我的恐惧在于，面对三位作家所写的底层苦难，我竟然不为所动。这些年，我的灵魂已然干枯了，它已荡不起一丝血性的风暴。是因为我没有身在其中吗？我为什么不能真正地"身在其中"一次呢？忽然间有一种醍醐灌顶般的开悟——趁着手上富足的大好春光，我为什么不去工厂流水线？给报社跑工厂这条线的记者朋友在微信留言，让她想办法把我塞进一家工厂。对方的回复是：塞壬，现在东莞的工厂大多都缺人手，工厂门口就有大把的招聘信息，进去非常容易，我用关系帮你反而对你不利。然后她发了一个坏笑的表情，并祝我一切顺利。

我不知道这件事能够给我带来什么，但是，在决定的那一瞬间，一种久违的振奋与激情流遍全身。

危机重重的面试

我一年四季都喜欢穿裙子。记者朋友给了我几个建议，香水、红指甲、口红、细高跟鞋都要戒掉。脸必须素颜。穿普通牛仔裤和衬衫、帆布鞋。眼镜最好换成隐形的。她还告诫我，最好把苹果 8Plus 手机换成一千多块的旧款 OPPO，除了换眼镜我觉得没有那么必要外，其他的，我还是能够毫无障碍地接受。毕竟，于我而言，这件事太重要了。事关我能否重新归来，从颓败、钝化的人生中醒来。当我几天后正式进了工厂，我发现，几千人中只有我一个人戴着眼镜。多么惹眼的败笔啊。这个眼镜带给我的祸害还远不止是外表上，我后面会慢慢写到它。

突然发现，我生活的周遭被工业园区包围。除了镇中心广场的商业步行街那条主干道外，星罗棋布的五金模具厂、电子厂、塑胶厂、玩具厂、鞋厂、印刷厂密密麻麻地将城市的缝隙填满，它们充塞在万达广场、万科广场、青少年宫、行政办公厅、沃尔玛、电脑城、街心公园以及长途客运站之间，几乎无处不在。有时，我站在自家阳台上眺望，那些外墙漆成深蓝色的长满纽扣般窗口的成片建筑里面到底有些什么，它们在那里很多年了，毫无表情，一片死寂。仿佛存在于另一个世界，尘埃将它们覆盖。在此之前，一直生活、工作在镇中心的我从来都没有意识到，它们才是这个城市的主体和主场。八十多万人口的城镇中，那些我们平常看不见的人，那些隐身在这些神秘厂房里的人，才是这个城市真正的主人。

我突然领悟了东莞制造是一个什么样的概念。全部的声音是一个声音，全部的意志是一个意志。它是一个绝对的存在，笼罩着整个东莞的天空。制造业的帝国，它将向我徐徐敞开大门。等待我的是耳光，还是一种回炉重生般的脱胎换骨？

小区旁边就有一个大的工业园。大型电子厂伟达电子在园区的外面有一个醒目的蓝色路标。出了小区的大门，横过马路，对面的公交车站牌就是伟达电子站。每天上下班打那里经过，却从未留意过它。我去的那天上午，厂门口的保安亭外摆着一张长条桌，一个中年保安坐在那里，桌上有一摞入职表和一支水笔。一张大大的红底黑字招聘广告牌支在工厂的门边，几个年轻人围在那里看，保安桌边也围着几个咨询的人，他们应该都是过完年刚从家乡返回这里重新找工作的。我简单说一下工资待遇。我得说，我们时常提及的八小时工作制，相比工厂那简直就是人间天堂。伟达厂常年无休，包食宿。每天工作从早上七点半到晚上九点，午休一小时，晚休半小时，每天工作十二小时，含加班四小时。每小时工资十元，平常加班是一点五倍工资，双休日算全加班，是平常工资的两倍，法定节假日是三倍，也就是每小时三十元。我算了一下，一个新工人不缺勤、不迟到早退，一个月下来刚好能拿到五千块钱。加上全勤奖七十块，每月15号准时出粮。

这是东莞普工的价格。十块钱一小时，而且极少有工厂会高于这个价格。这五千块钱并不好拿，它很重很重，像命运那样重。凡是能熬过三个月的人，工厂就会给予一千块钱的奖励。站在广告牌前，我仿佛就感受到了一股重重的力量猛地往我的身子骨压下来，我战栗了一下。这意味着，每天我最多只有三个小时属于自己。其他的时间，我只能是一个机器。可怕的是，对我来说，成为一个机器是一件非常痛苦的事情，我知道那意味着什么。我身体的每一个细胞都是不安分的，它充满了质疑、冒犯和对抗的基因。即使我全程只需要演戏。有那么一瞬间，只是一个闪念，我想抽身离去。然而，我还是径直走到了保安的桌前，拿起了入职表。

总算，那股一直伴我多年的狠劲还在。

我能感觉到保安的目光整个地覆盖着我。我在学历那一栏犹豫着，是填大学好呢还是就填个高中？突然一根被香烟熏黄的食指猛地戳在我的表格上学历那一栏。头顶一个不容置疑的声音说，这里，填上初中。呛人的烟味袭来，我抬起头，别过脸去，然后站起身不知所措地看着这个保安，他把头歪了一下，盯着我，瞬间，仿佛明白了什么：哦，你小学是吧，没有关系，就填初中，没人查的。放心。

我感激地朝他笑了笑，复又坐下填表。那双眼睛依然在头顶注视着我的笔尖。突然，他一把我拉起来，你1974年的？今年四十五岁啦？我有点紧张起来，心里嘀咕：糟了，年纪太大会不会不要我。那保安又歪着头盯着我：不像啊，顶多三十七八吧，不像啊。他突然向我伸出手掌，以制止我继续填表：你等会儿，我打个电话。

几分钟之后，一个微胖的中年女人走过来。她穿一身半旧的黑套裙，西服领子镶有两条白筋，袖口那里也是，头上梳着一个矮马尾，一丝不乱。她面色黑黄，两颧有黄褐斑，浓黑的眉毛中间连在一起，目光凌厉深邃，仿佛能洞穿人的心底。她的薄唇撮着。这一看就知道是个狠角色。保安说，她是人力资源部主管武姐，还兼管女工宿舍。

女人上上下下打量着我，那仿佛就是把刀子在我身上比画来比画去。令人窒息般的局促。我从未被人这样放肆地查看，那目光露骨地针对着身体的每一个部位反复翻拣。那感觉，就好像我不是一个人，而是某个物品。最后，她把目光落在我的手上，说，把手伸出来。我只得照做，把手掌面朝上伸在她面前。

　　她一把抓住。那是一双冷硬而有力的手。她那大大的拇指反复揉捏我手掌，然后又查看了每一根手指。我的手柔若无骨，小巧白嫩。你以前是干什么的？她一直盯着我的眼镜看。我早已准备好了标准答案，回答说，在一家工厂负责仓库领料。这是记者朋友教我的。那为什么不干了？听说这里工资有五千块，我在那里只拿二千二百块。理由充分，她不再说什么。紧接着，她掏出手机，啊，是四十五岁没错，手脚还是蛮灵便的。她又扫了我一眼，对着电话那头说，头脑也还清醒。干活没有问题。

　　这是对我的描述，纯物理性的。我先前觉得自己像被当作了某个物品，此刻，我被当作了牲口。就像在市场买牛买马，看牙口，看蹄，看它的体格够不够壮。此前，我待价而沽，现在，我具备了每小时挣十块钱的资格。

　　明天带着你的身份证和两张一寸照片一起去门诊体检。女人说，上午九点在厂门口等，别迟到。我如释重负，这么容易就进厂了？不，我得多挑几家看看。于是我跟她扯了个谎，说要处理一些私事，只能后天上午过来体检。她脸上有些不情愿，横了我一眼，用鼻音说，行吧，别耽搁太久。她转身离开，我注意到她肉色丝袜下那粗壮有力的小腿肚子。

　　保安的脸一直挂着笑容。看上去，他在为我的顺利通过而高兴。"有合适的老乡帮忙多多介绍进来，介绍一个奖励八百块呢。"我没有回他话，看了看他胸前的名牌，他的名字是：李银火。他应该比我年纪小，四十上下，五官，不必细说。这就是在尘世中我们必然会遭遇到的那一类人，友善，好相处。但是，一旦离开，我会迅速地把他从记忆中擦去。相反，武姐却留在我的记忆库里。我跟她的故事注定不会这么早早收场。

当天下午我去了美泰。美泰是全球最大的玩具厂，它在长安的工厂还有工人五六千人之多。美泰的产品是芭比娃娃，就是那种衣着华丽、性感，大波浪卷发、长睫毛、大眼睛、粉红唇色的女郎。在国内卖场看不见它的踪迹。我记得第一次去香港，我的女同事突然指着橱窗的一个芭比娃娃惊叫起来：看，那些芭比娃娃是我们东莞长安生产的。那语气，满满的自豪。相比伟达电子，我更倾向于去美泰这样的大厂。想想，光是五六千人的午餐，那个场景该有多么壮观。

填完入职表，交了身份证，我被带进了一个宽敞的培训教室，里面已经有四五十人候在那里了。大多是女性，中青年都有。只有我一个人是独自前来的，她们都三五成群地结伴而来，女人扎堆就是一群麻雀。教室一片嘈杂。她们把行李箱、红蓝大蛇皮袋、装着洗漱用品的塑料桶放在座位边的过道上。

"美泰一个月休四天，晚上加班不到九点就下班，赚个狗屁的钱。"

"电子厂工资高，累死人，还不让辞工。"

这是我听到的旁边两个女人的对话。这话里，我听出居然还真有人嫌弃加班时间不够长的。百无聊赖，起身走向饮水机，不料一次性纸杯没有了。忽然墙角喇叭喊出我的名字，让我去一下招聘办公室。

人事部消息，让我停掉现在正缴纳的社保。因为我没有辞去图书馆的工作，所以身份证可以查出图书馆在给我缴纳社保。我还在职。跟我交接的办公室女人目光越过金丝边镜框向我投射过来，意味深长地说，现在很难钻这个空子喽。

我被揭穿了，沮丧而归。同时，我也清楚地意识到，大的正规工厂，诸如OPPO、加多宝、劲胜，如果我不辞掉图书馆的工作，那就根本进不去了。而且，即使是已经通过面试的伟达电子，我也最多只能待一个月，一旦涉及缴纳社保，我就会露馅。幸好，我请了一个月的假。

仿佛在心里听见一扇扇大门向我重重关闭的声音。我身子往后倒退了两步。

我只得去工业园碰碰运气。工业园里面是多如牛虱的小厂子。园区门口有一个大大的电子显示屏，上面滚动着工厂的招聘信息。三两个年轻人在那里驻足观看。我也凑了上去。因为文字滚动太快，还没读完一条完整的信息它就跳走了，我只好拿出手机拍下一整个页面的文字。忽然听到旁边的年轻人说，不用拍啦，直接进工业园挨家挨户去问就行了。我收起手机，扭头朝年轻人笑了笑，然后走进工业园。

有一家玩具厂门口聚集了十来个人，想必是一家不错的工厂吧，吸引了这么多人。这家工厂很特别，它并没有要求填入职表。一个年纪三十多岁的女人站在他们中间，说着一口广东话。她说，先进工厂试试看，真心想留下来再填入职表，做工作牌。

因为省去了面试，没有门槛，也因为好奇，我们十来个人一起进了车间。整个车间是一个大通间，大概有三四百平米。有六条作坊线，拼起的长条桌有十几米，一字排开，上面堆满了产品和材料。五颜六色的塑料材料堆成小山，一垄一垄地延绵在长条桌上。整整一面墙层层码起的大塑料筐有一人多高。空间充斥着报警的鸣声。呜呜的声音此起彼伏，那声音比嗡嗡的蚊蝇声要大，颇让人心烦，感觉身边的一切都是乱糟糟的。产品是一种蓝色的塑料小汽车，巴掌大，里面有一个小电池，小车拼好后，按下红色的钮，它就立即发出呜呜的鸣声。屁股那里的红灯还一闪一闪。

工作很简单，就是把三块材料拼成小汽车。那女人为我们作了简单的示范，她啪啪两声，两只手往拢一并，就把车拼好了。最后检验是否鸣叫，按下红钮。这些材料之间是有卡槽的，只要一对准往里一并就成。质量标准是掉到地上不会散架，衔接处的线条摸起来不割手，外形流畅完美。我看了看车间，有一百多人，那些埋头工作的女人们，有的可能有五六十岁了，头发已经花白。只有几个中年男人，他们像一尊神那样坐在那里，岿然不动，双手机械地拼着小车，目光呆滞，面无表情，匀速地往筐里扔着成品。

我身边的一个男孩，应该不足二十岁，染着一头黄发，左手腕文着一朵红玫瑰。他站在那里，拿起拼材，咔咔两声就拼好了，接着又拼了一个。他拼完第三个的时候，看着手中的小车，它呜呜地鸣叫着，后面的小红灯一闪一闪。他愣在那里，片刻，把小车扔进塑料筐，然后头也不回地走了。从进门到他离开，整个过程，他连坐都没坐下来。

我这笨手笨脚的人，拼好第一个足足用了两分钟。但我很快就掌握了，一连拼出十几个。一回头，发现一同前来的人竟走了大半。只剩下两个年纪大的中年妇女和一个个子矮小、长相黑丑的男子。我看着手中呜呜呜叫、闪着红光的塑料小车，听到车间此起彼伏的、乱糟糟的嗡嗡声，忽然觉得这一切非常荒谬。不，准确地说，我突然看见了自己人生的荒凉和悲凉。对于这个技术难度近似于白痴的工作，我丝毫没有歧视的意思，它清澈如水地照见了众生，我看见我也身在其中，我跟他们一样，卑微地为搵食而活，这可怜的肉身。有太多人活着，他们不需要有思想和个人意志。

是的，我是有选择的人，不必留在此处。可是，我去任何一个地方能改变低伏肉身只为谋得一口饭食的命运吗？

走出工业园，忽然对再试试其他工厂的兴趣已灭。明天上午九点，我将随伟达电子的新员工一起去门诊体检，然后入职。

晚上失眠了，凌晨三点还在床上煎饼。我被患得患失的情绪左右。在流水线，如果我陷入了另一种人生的荒芜与麻木，那会不会比现在更糟？我一遍一遍地回忆白天那劳作的场景：巨大的沉默，压抑的空间，耳边挥之不去的嘈杂，而人只是机器。忽听得外面下雨了，点点滴滴打着窗玻璃。探起头往外看，街灯在雨雾中昏黄暗淡，周遭一片宁静。这样的春夜是温柔的，我也安静下来，慢慢合上眼。早上九点的体检，我绝不能误了。

有人在体检中离开

面包车一行有十几个人，我们去一家社区门诊体检。只有正规的大工厂才会有体检这一项。体检查三样，血液、胸透、照CT，体检费四十元自己出。武姐坐在前面，与司机并排，她刚点了名，清了人数，这会儿扭过脸来大声呵斥那些不满自费四十元体检费的人：谁不想体检现在就滚，马上滚，做个体检反而是害了你们？

我听见底下一堆激烈的回应：老子健康得很；我打小就没生过病；这叫白白浪费钱。声音虽不高，但表达的语气很绝对，而且充满不屑。我笑了。环顾了一下这十几个人，大多年轻，95后，他们来自乡村或者是小县城。有几个染着黄毛，黑沉的脸，头发很油很脏。他们低头玩手机，从后面看，那露出的一截脖子也是脏黑的。他们中有人在看视频，车厢嘈杂一片。我听见视频中传来岳云鹏的声音。

坐在我前面的女孩不停地跟她的邻座聊天。她的侧影很美，眉毛细而拱，鼻翼两边有淡淡的雀斑，皮肤有点黄，没有擦粉。奇怪的是，这么一张素脸，她却涂了桃红色的口红，口红看上去很劣质。这种直接往素脸上涂口红，我以前还真没有见过。但是她在笑的时候，鼻翼在微微地抽动，月牙儿般的眯缝眼，笑意从眼中流泻出来，亮晶晶的。我竟被这无遮无拦的笑容打动了，虽然她只是被刚才车厢里男人们的黄段子逗笑的。她叫赵妮，湖南人。她有我喜欢的直性子，身上透着一股打工生涯的油滑历练。邻座女孩跟她年纪相仿，肤白，馒头脸，肿眼泡，也跟着笑得打颤。上车前，我们几个在厂门口等车，那个时候，赵妮就跟我搭讪。她说我不像是来打工的人。

我听赵妮说，她在伟达干了一年多，春节前从伟达辞工的，这是她第二次进厂。伟达厂有一种福利，第一次进厂的新工人，干满三个月有一千块钱的奖励。所以，她一直都在惋惜。我心里暗想，我也领不到，顶多一个月，我就得走人。这女孩眼里跳闪着莹莹的异光，一接她茬，她就问东问西停不下来，她突然把目光停在我手腕的绞丝银镯上，要我撸下来给她看，我试了试，假装镯子很紧，撸不下，我很担心她要求加我微信。好吧，即使她要加，我也只能屏蔽她。半个多小时的车程，赵妮就已经加了五六个男孩子的微信了。

我其实不愿意为了一个什么目的去靠近一个人。这是底线。或者说，我可能更害怕把自己暴露给别人。

乌沙社区门诊。武姐把我们当幼儿园的小朋友，在那里喊要我们排好队，就差要求我们手拉手进去了。我有两个朋友在这个门诊工作，希望今天不要碰到。体检很顺利，不到二十分钟就查完了。我们回到车上等着回工厂。

"李明凯，你下来。"武姐站在车门口，朝车厢里喊，她手里拿着一摞体检表。一个三十岁左右的男子应声走出座位，下了车。我们都好奇地把头伸出车窗外。

这个男的肯定得了病。他完了，工厂不会要他的。旁边的赵妮嘀咕着。

果然。这个叫李明凯的人最终没能跟我们一起回工厂。我们看到他的哀求被一只手无情地甩开了。武姐上了车，吩咐司机开车。车启动了，把那个叫李明凯的男人扔在了门诊门口。我至今没有看清那个男人的样子，但是，我却无比清晰地记住了现实的残酷是如何伤害了一个人。赵妮觍着脸笑问武英姿：哎哎，武姐，那个男的得了什么严重的病啊？武英姿瞪了她一眼，没有作答。

伟达厂也是怕了，听说以前有个女的猝死在岗位上，赔了好多钱。赵妮压低了声音跟她的邻座聊着，她做出夸张的表情表示吓得要死。作为看客的我和她，包括车上所有的人，除了冷血，我们没有其他选项。而我似乎只能在心里把武姐的称呼改成武英姿。在她拂下那双哀求的手，转身离开的时候。

如果我在武英姿那个位置，我也一样，绝不会把有病的人招进工厂。面对一种悲剧，没有人是错的，我们不知道该恨谁。可是，就是有人被损害了，就是有一块巨大的东西梗在胸口，它让人那么难受，说不出话来。

培训中的小插曲

我先前以为培训是针对工作的技能，好让我们熟门熟路地上岗。我们被带进了一个大教室，一个胖保安坐在黑板前的讲桌边，见武英姿进来忙站起身，把她迎上讲台。武英姿坐在讲台上给我们讲她的个人打工经历。

并无特别之处。但她表现出的得意让人不适：相比你们，我是成功的。她摆出的那种所谓高级蝼蚁的嘴脸，我太熟悉了，那些文化人的文章里头称它为：底层互害。四川人，二十多年的打工经历。十几年前在一家鞋厂打工，工厂搬去福建莆田后，她就进了伟达。但她说了一句有点信息量的话：别看我今年四十八岁，已经当了奶奶的人，一旦厂里缺人手、活太忙的时候，我也时常会顶上流水线。在我年轻的时候，一个女人过了三十五岁就很难找到工作，现在，只要你健康，手脚灵活，五十岁还有工作的机会。这话听起来也特别让人讨厌，仿佛工厂给了五十岁的女人多大的恩典似的。原来东莞招工已经到了如此严峻的地步。我还知道，劳务市场的中介引进了很多越南人。

在工厂听到一个说法，全世界最能吃苦、最聪明、最守规矩的是中国工人。他们是全世界最优质的工人。我想起我们的父辈，我们这一代，以及当下中国的年轻人，最根深蒂固的一个品质是勤劳。这也是中华民族的优秀品质。一听到这话，眼泪就要来了。我们的工厂什么时候招了这么多越南人？

紧接着，她开始讲劳动纪律和福利待遇。她突然提高了嗓门，这表示下面要讲的内容十分重要。纪律严苛，我后面会专门提及。但有一条我觉得有意思，值得一说。辞职得提前半个月申请，否则算自动离职拿不到一分钱，工资是第二个月的 15 号发。难怪先前就听到电子厂辞工难的说法。理由是，你得给出时间让工厂招到顶替你位子的人才能离开。

突然，我后面一个女人站起来问武英姿，可否放弃社保的缴纳？她的话一说完，竟有一干人站起来附和，表示不愿意交社保。

赵妮冷笑一声，社保每个月扣一百六十多块，扣得肉痛。谁想交啊？

这是我万万没有想到的。如果不是亲眼所见，我不知道天底下居然有这种事情。了解其缘由后，我只能沉默，我忽然觉得自己活在另一个世界里。

谁能不知道缴纳社保是自己的福利呢？谁愿意放弃福利呢？是他们

短视吗?

"我只想现在多拿点现钱,我父亲一直有病,在吃药。"

"家里俩孩子读书,重要的是多拿钱回家。"

"以后受益,以后的事谁知道呢? 一百多块钱够我回趟老家的车费了。"

"扣一百多块钱是我孩子两个月早餐奶的钱。"

……

那么多人站起来,他们要求放弃社保。理由让人心酸,他们甚至具体到这一百多块钱可以用在何处。我已经很久很久没有意识到,一百多块钱居然这么重。我曾经熟悉那样的日子:放在枕头下面的几百块钱,一百一百地破开,打开后,它就十块十块地消失,直到为零。我熟悉那样的感觉:那种像是被扼住咽喉的生活。武英姿双手拍着桌子,大声呵斥着让他们坐下:你们以为工厂愿意交啊? 工厂交的比你们多得多,你们以为企业的压力不大吗?

再一次面对那种无奈,不知道该恨谁。唯有心里的难受是真的。

大家只得快快地坐下。接下来,我们做了一张奇特的考卷。我说奇特,是因为这张考卷的主要意图是想知道我们是不是文盲或者白痴。试卷上有一道四则混合运算的算术题,还问我们从东莞去郑州是往北还是往南,火锅在广东叫什么,辨认禁烟标志,毛主席是哪里人,端午节是农历的哪一天,写出几个英文字母的大写,最后,要求我们写出工厂的全称,可是这个全称就在试卷的抬头上。

教室一片混乱,众人交头接耳。让人难以置信的是,这个考题大部分人都拿捏不准。武英姿也不管。想来,即使是文盲或是白痴,都没有什么太大关系吧。招人,到了饥不择食的地步了? 我后来才知道,的确有轻微的智障者在工厂。

接下来,就是登记住宿。我是一定要住宿舍的。见我登记,赵妮就笑我:凡是住宿舍的女人是没有性生活的哦。这句话,非常精辟。我反问她,你住吗? 这女人扭出一副风骚的表情,吐着舌头说,我男朋友一天都离不了我。我笑了,这算是整个上午稍稍愉悦的一个时刻了。这个上午，居然这么沉重。

　　下午拿到了工卡，我的工号是：39336号，光学部无尘车间。宿舍非常简陋，而且肮脏。四张铁架子床，上下铺。已经住进了三个人，上铺堆满了杂物，地下的蟑螂见有人来吓得四处逃窜。一张大长桌摆在正中间，上面摆放着各种洗漱用品和塑料脸盆，还有两桶吃剩没有倒掉的方便面，上面浮着红油。充电器、镜子、梳子、雨伞、食物保鲜盒，还有一些不知名的药瓶也全堆在桌上。墙边立着一个没有门的破木柜，塞满了衣物，从柜子牵了根绳到蚊帐，那上面也挂满了厚衣服。一股方便面味夹杂着洗漱用品的气味，瞬间使我清醒。地板有陈年的老黑垢，后门通着晾衣的阳台，地上有块砖头别住门脚，以免它被风吹得哐一声关上。铁架子床裸露出锈迹斑斑的床沿和扶手，上面就一块木板，一端还翘起来了。我铺上棉褥子和浅蓝色小花的床单，被套是白底蓝花，粉红的荷叶边小枕头。白色提花蚊帐拉好后，看上去倒有几分朦胧的温馨，竟有一股小闺房的味道了。洗澡堂跟厕所是一起的，洗脸台那里常年提供热水，用桶接了热水后，提到蹲厕的位子，关上门洗。这厕所有八个蹲位，女工们结伴洗澡，偶尔还能听见有人唱歌、打闹和喧哗。她们还会趁着充裕的热水顺手洗完内衣，这大概是一天中最放松的时光吧。接热水的管子很粗，一拧，一股很大冲力的热水打进桶里，发出巨大的声响。我家就住在对面的小区，步行仅七八分钟的距离。但是，我还是选择住进宿舍。

　　下了场雨，春寒侵体，我看见隔壁床位上只铺了张苇席和一条起满了球的薄毯。

　　武英姿反复强调，一旦住进了宿舍不可以夜不归宿，更不可以带陌生人来宿舍过夜。东西被盗概不负责。这可不是校园的宿舍啊，这里有底层成人世界的欲望与混乱，黑暗与孤独。

我进入了无尘车间

　　A. 三分钟，我顶进了线位的坑

所有的新员工都被安排进了新厂区的无尘车间。带着好奇，带着体验另一种人生的亢奋，我满面春风地随着上班的队伍打了卡。滴的一声，七点二十五分，我的指纹显示在打卡器上。一切都是那么簇新，我像是刚踏进大学校区的新生，心里充盈着清脆的阳光。保安亭的入口很窄，工人们鱼贯而入。一个大大的篮球场，一溜长长的自行车篷，绿化带种着一圈矮丛的四季桂和三角梅，四周围着七层楼的白色厂房，临街的是高高的白色围墙，铁门是关闭的，正好形成一个巨大的矩形。我看见那些如工蜂般涌进各个楼层的工人，他们都渐渐消失在那些方格子里。四千人，我仰望环绕着操场的厂房，感到不可思议。每一天，有四千个活人无声无息地在这毫不起眼的建筑里。

在外面，我们很少有机会能够看见他们。一个近百万人口的城镇，绝大多数都隐在这些方格形建筑里。我忽然觉得头顶在响彻一种巨大的合唱，像大海淹没着一切。我感受到了一种绝对的意志：你必须从属这里。

你发什么愣啊？我一回头见是赵妮，她催促道，快点去领工服。赵妮分在二楼，我在三楼。还是挺遗憾的，我其实很想跟她在一起工作，毕竟她是这里的老员工，可以听她说说八卦。今天，她没有擦口红。

我领到了一套白色的无尘衣，外加鞋帽。号码是297，印在左袖的胳膊处，两只鞋的后跟写了一个名字：郑秋香。用圆珠笔写的，非常醒目。这套行头的前主人是一个叫郑秋香的女子，她应该跟我差不多的体型，瘦小的身体，还有小小的脚。这无尘衣是用特殊的材料做的，防静电、防尘、无菌。洗的时候用的是纯水及专业的设备烘干消毒，所以不论它曾经有多少个主人，一旦洗过之后，一切的过往归零。可是，因为看见了那个名字，我就没法把它认作是我的了。

无尘服是蛙式连体的。从中间开链，先套裤子，然后再从袖里伸直双臂，拉上拉链，竖领直顶下颚。鞋是连袜式，侧拉链，它包住裤腿，在小腿肚那里绑紧。长发要盘起，箍上发网，这东西很像浴帽，其实是一张极薄的半透明纤维丝网。浅蓝色的口罩是一次性的。接着套上无尘帽，帽平顶，连肩，戴上后很像修道院的嬷嬷，它还遮住额头、下巴和半侧脸颊。最后用嘴从反面吹鼓橡胶手套，然后把五指伸进去，用腕口的橡筋扎住袖口。一整套上身后，只有眼睛露在外面。

我是郑秋香还是黄红艳或者是别的什么人，根本没有区别。我们没有性别，没有性格，没有体型，唯有一个抽象的轮廓，我们只是高高矮矮的轮廓。我第一次试穿的时候花了近六分钟，而正常工人穿、脱总共不到五分钟。我先前听说，要适应无尘衣至少要三天。主要是口罩的不适。我没想到的是，直到辞工的那天，我都没能适应。我穿上的那一刻，感觉到一种速疾融入这宏大整体的力将我拉伸，压扁，压薄，直到个体的我完全消失，直到我成为那一堆轮廓的一部分。

更衣室的门被拉开，一个高个子男人走出来，他是拉长助理。拉，是英文 Line 的中文读音，流水线，拉长即线长。在进入车间之前，他跟我们讲无尘车间的纪律。纪律最严苛的有两条，手机不准带进无尘车间，上班时间只能出车间两次。上午一次，下午一次，每次不能超过十五分钟。你可以上厕所、喝水、打电话，超时以迟到论处。

我已经有很多年没有让手机离身片刻。

男人说话的声音低沉而纯净，他的话听起来就像是为你一个人说的。他长着细长的单眼皮眼睛，目光温柔。虽然看不见他的脸，但是在最初的印象里，这个声音让人有信赖感，仿佛是，你有任何问题都可以找他。拉长助理在车间实际上充当着"搭子"的角色，所谓搭子，就是随时可以顶替任何岗位的人，只要车间突然有一个人没来，他就得顶上去。搭子必须熟练操作每一道工序，正常情况下，他充当普工、不良品的修复和技术故障处理。而拉长，只是监工。

他把我们带进车间，去见拉长。车间是一个大平层，可能有七八百平米。不锈钢工作台像庄稼一样一字排开，目之所及，应该有十垄，放眼望去，一大片低伏的白色脑袋，像是被整齐安放在固定的格子里。工人们低头忙着手中的活，专心致志，听不到人说话，他们跟机器一样。车间异常地亮，那种亮不是阳光的亮，它不刺眼。工作台上面、左边、右边全都装着三根并排的细长 LED 防尘灯管，因为手中的产品器件非常精密，小小的污迹、毛发、折痕、小气泡都被照得纤毫毕现。可是，面对这样的强光，我只觉得头顶像是被凿开了一样，光，一泻到底，从头到脚，无一处可以隐藏，仿佛我的脏器、骨骼全都暴露于他人视野中。我定神之后才意识到，在这里，没有人关注你的身体，你不存在，你是流水线的一个岗位，是机器的一部分。每个人都有清晰的岗位描述。

工作台的下面通着压缩空气的管子，这十几条流水线同时开了气，它发出嗞嗞的声响，无处不在，很像是管子破裂了，强烈的气流从那里喷出来的声音，但又似乎被一种力量摁住，变得喑哑。我后来才知道，习惯了的人，是听不见这声音的，它已经融进了一种环境的背景中，剥不开了。无尘工作室的禁尘程度的要求是空气中的微粒子、细菌每立方米将小于 0.5 微米粒径的微尘数量控制在 3500 个以下。我虽然不懂这个数据意味着什么，但我已然清楚女人化妆的粉底、口红、睫毛膏已不再是尘埃，它们是巨大的固体颗粒。头皮屑、说话产生的唾沫、手与手的接物传递产生的菌、汗，全都被这一身无尘衣挡在门外。最变态的防尘防菌莫过于此，靠墙的地板约半米宽处涂了一种深蓝色的胶，为的是掉到地上的尘埃，它再也没有机会扬起。至于每天的紫外线杀菌、酒精消毒，以及保洁人员全天候拖地只是日常的防护。绿色的油漆地板发着光，在灯光的阴影处，它就变成了黑色。头顶，是一堆奇奇怪怪的装置，粗大的弯管子，像油烟机一样的大罩子，它们全都被包裹成银白色，看上去有一种太空的效果，也很像达利的超现实主义的绘画，这些怪物在头顶俯视着我们。

我看了那么多的打工文学，却没有发现有人写清楚他们的工作环境。我认为除了人能够造成压抑的场之外，环境也一样。尤其当呼吸都不能够随心所欲的时候。我们车间有近两百人，感冒和拉肚子的人是不准进入无尘车间的。因为请假无薪，所以得了轻微感冒的人舍不得请假，拉长助理就经常帮助他们隐瞒病情。

见到了拉长。她的大眼睛有着浓密的长睫毛和很宽的双眼皮，它几乎不眨动，一动不动地盯着你，时刻充满质疑和问责。这眼睛看上去不年轻了，眼珠发黄干涩，但眼神专注严厉。她看了新工人一眼，然后把嘴一努，示意助理安排线位。待到看我的时候，她盯着我的脸，说了一句，口罩要遮住鼻子。然后对着我做了一个往上拉的动作。我只得照做，可是，我心里叫苦不迭，因为从口罩呼出的气往上走，居然喷到眼镜上形成雾，直接让我视物不明。所以，我刚才因为难受，偷偷拉下来了，瞬间就觉得呼吸顺畅，空气清新。

从未在无尘车间工作的人，习惯口罩最快需要三天时间。

可是她并未像对待其他人那样放我走。她继续盯着我的脸，问道，你以前是干什么的？我按事先的答案回答：仓库管理员。不像！她当即果断地否决这个答案。她并没有挪开目光，我只得再编：我先前在老家的民办小学当过老师。读了大学？不，我只读了中专师范。只因我太好奇了，一进车间就东张西望，甚至一个人走到了工作台那里，弯着腰看人家工作，还问东问西，是助理把我喊过来的。这已经引起了她的注意。

她迟疑了片刻，最终还是信了。我如释重负。只因今天是第一天，工作柜没有安排到位，所以手机还在身上，我突然掏出手机跟她说，这是我第一天进工厂，特别有意义，我们合个影吧，以后请多关照。她猛地扭过脸来看着我，表情特别震惊，一瞬间，她可能明白这是当代人交往的基本礼仪，只是在这样的环境下显得很怪异。但她还是同意了。我挨近她的脸，左手举高手机，右手比了个 V，笑脸盈盈，就这样，我跟这个叫张淑云的女人合了张影。我的确表现得跟所有人都不同，这里面没有一丝刻意的成分。

我身上关于性情的东西在自然流露，我属于另一个世界的特质也在发散出来。在这里，实际上是最不需要的。它显得特别惹眼，像一股刺耳的岔音。我感受到了，同时暗自下决心：谨言慎行。我现在是女工黄红艳。

助理把我带到一个女工面前，跟我说，你就跟着她吧。这算是我的师傅了，我上前打招呼，她抬起头，眼带笑意算是回应了我。她放下手中的活，让我坐在她的对面，然后过来跟我讲活怎么干。她说话的声音很细很轻，还时常干咳几声清嗓子，唯恐别人听不见，但她眼波流转机灵，是一个瞬间就能意会他人眼中之意的聪明人。她比我小，大概三十五岁左右。

我们这个厂是日本人开的，生产的这个产品叫背光源，供货给日本的索尼、佳能、东芝这些大品牌。我跟师傅的岗位叫：看外观。意思是从外观上检查产品是否合格。目前就我们两个人。这个叫背光源的东西具体的原理我至今没弄明白，它是一个不到巴掌大的长方形塑胶薄片结构件，厚度不到两毫米，很轻，正面是一层闪着七彩荧光的彩虹膜，边缘拖着一条细细的尾巴，它叫 FPC 柔性线路板。我上一道工序的人负责组装这个结构件，实际上具体的操作就是贴膜，贴各种我叫不出名字的膜，顺序、正反面、朝向皆不能弄错，如果装倒了就算是废品。这个工作需要细心、熟练、手快，不能出丝毫差错，膜片有折痕、污迹、出位的现象都要返工。到了我这里，最重要的检测指标就是查看增光膜和扩散膜是否装倒了。从外观上看，如果装倒了，它的背板就看不到一个白点。

一版无色透明的模具盒里装有九块背光源的结构件。这岗位要求我五秒钟扫完一版。除了背面的白点，还有看正面的膜和 FPC 板是否有歪斜、溢胶的现象。装倒的废品拣出来直接交给拉长张淑云，其他仅有小小毛病的拣出来送给助理修复。

非常简单。我师傅三秒看一版。她跟我解说完毕之后，眼睛露出叹气的神情，仿佛在说，远不止如此简单呢。这是我第一次读懂眼睛的这个表情。等到我们看完五百版之后，还要将产品用手推车拉去扫尘，扫一次要二十多分钟，用手举起扫枪，打开压缩空气的阀门，抬高手臂，一版一版地扫，用强大的气流将产品的尘埃扫走，很像洗车用的高压水枪的工作原理。这才是这份工作最累的环节。每天，我跟她至少要各扫六趟。扫枪有两斤重，枪管是铜做的。

我先前觉得手工装一个塑料小汽车的工作很荒谬，然而，我现在手上这份活的难度丝毫不比它大，奇怪的是，我却没有荒谬感。我想，这应该是缘于整个环境带给人的那种仪式感和压迫感，直白地说，那种煞有介事和不容置疑的气氛把人唬在一个电子高科技的幌子里。实际上，整个工作流程是贴膜，以及看这个膜是否贴得合格。无尘车间的任何一个人的工作都只是简单的手工活。但是，它的产量要求，你必须要手快，并且不能停歇。我一回头，发现拉长张淑云坐在一个高两米的操作台上，上面的高脚圆凳可以旋转，隔着玻璃她俯视着下面的每一个人，像一只敛翅的鹰。

导光板、FPC、五金结构件、反射盖，这些名字都是我第一次听到，它们散发着一种性冷淡的工业气质，整个无尘车间都散发着这种冰冷而残酷的气息，身着无尘衣的人其实也很像做外科手术的医生。我没有料到的是，仅三分钟授徒，刚坐到那个位子上，我就正式顶下这个坑，跟所有人一样，严格考核标准的工作开始了，没有给我们任何缓冲的时间。它们像一个庞大的、饿极了的怪物，迫不及待地把我们这些新人吃了进去。

墙上挂钟指向早上八点五分。我开始了我的工作，看外观。反面一扫，一版九块外盖皆有白点，正面，端正、干净。看好后，在右手边一版一版地往上码，二十格为一组，然后贴上货单，那上面有我的签名和日期。

这个工作只需用眼。但是稍一分神，手就会按照惯性的机械操作，把没看过的也一版一版往合格的右手边码。它要求你注意力绝对集中。就好像是，有时候在家择扁豆，可心里边在想事情，我们就会把没有剥筋的扁豆往筐里扔一样。

可是，这么无聊、枯燥、无休无止的工作，谁能做到整天不分神呢？我试了一下，仅五分钟，我都无法做到聚精会神，我的思想里各种纷扰在奔窜，耳边仿佛有嘈叽虫在叫，而且它们不以我的意志转移，要我彻底地把意志定在这么乏味、犯困的活上面，那简直是不可能的。可是，每天十二个小时，我重复着这个动作，必须心无旁骛。坐在我对面的师傅，她是如何做到的？她在想什么呢？

我看了三分钟，脑子里突然想到微信里跟我暧昧的那个男人是不是又给我发信息了，他会发什么内容？发了他的航拍照片？还是截图我书里的某个段落，说他反复看了好几遍？我又跳到自己未写完的文章，被卡在一个别扭的细节里，找不到解决的办法；淘宝的购物车有单品今日减价；我心仪的电子竞技战队 RNG 在春季赛的糟糕战绩，偶像选手 UZI 面临退役；美剧《曼达洛人》更新了，我还没有追；我甚至在心里还惦记着一个已入围的文学奖还没有揭晓……

在不知不觉中，我往右手边码了七八版产品，我根本没有细看，只是机械地重复那个动作。回过神来的时候，我将它们全部拿到左边返工重看。

因为是第一天，我看过的产品，师傅会复检。两个小时以后，她的眼睛已经开始横我了，满满的嫌弃和鄙夷，毫不掩饰。

你知道这些没有白点的产品落到拉长手上会是什么结果？她没有抬头，扔给我这么一句话。

是炒掉我吗？我挑衅地问。对于第一天上班才工作两小时的人就给这样的脸色，我心里颇为不满。

要不你试一下？她依然没有抬头，但我相信蒙着口罩的嘴角一定有一丝冷笑。我偷偷地抬头去寻找俯视我们的那个人，此时，她的方向没有对着我这边，但它正在缓缓旋转，马上要转到我们这边了，我低下头，心里对于落在她手上的那个下场非常好奇。我告诫自己，这个想法已经不是女工黄红艳的心态了，没有哪一个女工会对找抽这件事情有好奇心。

如果我不能成为一个为了谋生只能出卖体力的女工，不能成为那个在艰难搵食的人生中别无选择的女工，那么，我根本就没有办法干好手中这份简单的工作。

可是，"作家塞壬"的身份就这么一直干扰着此时的我。我要解决的是，必须成为一个纯粹的、每小时价格十块钱的女工，简单、空白，人生没有别的妄念，安于此，服从这既有的规则。我知道，坐在我对面的师傅，以及无尘车间里的所有人皆服从于此。

这是一个令人心碎而残酷的认知。他们是作为这个巨大的分母而存在的。他们隐身在一串串亮眼的数据背后，隐身在国家崛起的背后。此时，我看见了他们，并成为他们的一员，我突然觉得这里的所有人一下子变得庄严起来。我为自己的种种怠慢感到羞愧。

我清空了自己，现在只剩下了女工黄红艳。直到耳边听到嘈杂的声响，工具的叮当碰撞，还有人伸懒腰的声音，我抬起头，师傅说，下班了，看墙上的挂钟，十二点。时间居然过得那么快，我竟毫无察觉。有人关了压缩空气的阀门，整个空间陷入了巨大的寂静中，灯也灭了，我们站在黑暗里，各条线排着队，依次往外走。犹如蚁群流向出口。

在更衣间脱无尘衣。那浓烈的脚臭，避无可避。玩笑声起：同样的配方，这酸爽！换好的无尘衣挂在墙边的架子上，鞋柜在另一边，排得密密麻麻的鞋，我发现，所有人的鞋后跟都写了名字。我的叫郑秋香。因为第一天没有来得及准备拖鞋，我只好赤脚下到一楼。整栋大楼，地板、墙、窗口、楼梯、扶手皆一尘不染。

在保安亭打完下班卡，我们去饭堂就餐。

凭借脖子上的工卡，我打了一份青椒炒肉、一小份青菜和一点米饭。米饭盛在一层一层的铝屉里，木勺铲，不限量。汤盛在两个白铁皮的大桶里，木柄长舀斜躺，紫菜蛋花汤，上面漂着星点般的油珠子，打汤的人拿起勺子都要搅上一搅。午餐和晚餐皆是免费。也有私人入驻的小炒窗口，品种很多，有鸡腿、扣肉、烧鹅、牛肉和红烧鱼，还有面食窗口，有水饺和各种面食，这些得付钱。

饭堂很大，能容下两千多人就餐，就餐分两批进行。三排大吊扇呼呼地吹着，墙上还有转头风扇。连椅桌能坐四个人。不锈钢套餐餐盘、筷子、汤匙从一排排消毒柜中自取，这场面，有茫茫人海的壮阔与虚无。我没有伴，独自一人哑默就餐。

忽然觉得肩膀被人撞了一下，是赵妮。她惊呼：你怎么吃这么少？

她在我对面坐定，我看她的餐盘，分量足足有我三倍还要多，满满一盘，米饭堆成一座大山，除了青椒炒肉和青菜，她还打了西红柿炒鸡蛋。也就是说，赵妮把免费标准中能打的全打了。

我颇为不屑。这种恶意报复式的伎俩，是品格的下作。

赵妮看懂了我的表情，她冷笑道，你以为工厂会给你浪费粮食的机会？没什么油水，只能多吃饭而已。我看了看邻近的女工，扫了眼远处黑压压低头用餐的人，无一例外地，所有人都把头埋在堆成大山一样的餐盘里，男人用筷子快速扒食，呼哧作响。赵妮从老乡处弄来两块腐乳和一匙黄豆酱，她分给我一点，然后熟练地把它们拌在米饭中，就着西红柿的酱汤，拌了拌，大匙大匙地进嘴，鼓着腮帮子大幅度咀嚼，十几分钟，她的餐盘干干净净。她是一个身架纤细的女孩，锁骨高突，肘弯尖削。她把一顿简陋的工作餐吃得如此豪华，没有放过一粒米饭。

三天之后，你也会像我这样吃饭的。她说。

这里的每一个人都给予粮食足够的尊重，一块肉、一粒米、一滴油，刮干全部吃光。我想起一整天十二小时那心无旁骛的劳作，粮食在他们心中的分量。对肉的渴望，对肉的舍弃，在他们的生活里，也许都要反复掂量。赵妮告诉我，厂里有几个特别厉害的大神，他们从来没有花钱吃过一次小炒。

我已经忘了对肉的渴望是个什么滋味。

我们打完上班卡，离上班还有四十分钟，赵妮说去四楼走廊眯上一会儿。我赤脚跟着她上楼。四楼是仓库，楼道和走廊里坐满了人，他们靠着墙，坐在地上伸直双腿，有的玩手机，而更多的人闭着眼睛打盹，还有一些情侣，女的枕在男的大腿上。我毫无睡意，忽然记起手机整整一上午未看，待我打开时，看到那些无聊的、荒谬的闲聊，微信群里的种种链接、视频，有人拜托我帮忙转发他的公众号、文章，有人让我点评她的新作，市作家协会的活动邀请，还有一两个男人不明就里的搭讪，我摇了摇头。我已经没有兴趣回复他们任何一个人了。一瞬间，我感受到了生命之重。

赵妮挨着她的工友睡着了。墙两边的女工们也都歪倒着睡着了。四处静悄悄的，我也试着闭上双眼。可是，我听见巨大的轰鸣冲击着耳膜，静不下来，茫然四顾，依然寂然无声。我为自己此行的动机感到羞愧。我羞辱了这里的每一个人。

打铃了，突然地巨响，仿佛整栋楼都颤了一颤。被惊醒的工人们缓缓站起身，挨挨擦擦下楼去到各自的楼层。

B. 可怕的遭遇

我是最后一个穿好无尘服的人。在手忙脚乱中勉强跟上了工友进了淋吹间。这是进入无尘车间最后的一道除尘工序。二十秒，人立在那里，任四面八方吹来的强劲巨风淋透，轰鸣震耳，我们不能把一粒尘埃带进车间。

师傅已经擦好工作台，准备工作了，她见我姗姗来迟，轻声地说，以后尽量提前五分钟到。这句话是不能够容她说第二遍的，我深感它的分量，尽管那是一种非常轻柔的声音。

上午积压的产品没有扫尘，她为我做了示范之后，就把活扔给了我。扫尘的动作很像是画符，横三下竖三下，连起来一气呵成，一版就扫好了。可是，铜管枪是有点重量的，一趟活，要扫半个小时。幸好，扫尘的地方刚好在拉长视线之外的角落里，无论张淑云在头顶怎么旋转，她也看不到我。发现这一点后，我立即把口罩扯到鼻子下面，清新的空气瞬间灌进鼻孔，我感到每一个毛孔都振奋了一下。

扫尘可以机械地凭借惯性去操作。这意味着，我的内心世界可以神游。解除了神经的"紧绷咒"，这种释放妙不可言，仿佛肉身轻灵起来，有一种欢快的旋律在血液里流动。

那个身躯轮廓笨拙的清洁工蹭到了我的身边。她来接水洗拖把，水龙头就在墙角。她跟我们一样每天要在车间工作十二小时，不停地用宽幅的湿拖把拖地。在这近一千平米的车间，她的活漫无边际，没有尽头。她动作迟缓，从这里到那里，没有人留意到她的存在。

这日复一日的枯燥生涯足以磨灭一个人所有的锐气与激奋。我看到，她的每一个动作，仅仅只是推着时间缓缓地挪动。那种慢，放大了生命的荒谬。

她把拖把巾拆下扔进桶里。我的目光一直停留在她身上，这时，她把目光迎向我，仿佛在说，啊，我总算可以歇会儿了。

你哪里人啊？她问。

湖北人。我应道。同时我瞬间意识到她很清楚，这个地方是拉长视线的盲区。她还知道我是新来的。

许晶晶让你扫这么多啊？她可真够坏的，欺负新来的。她瞥了一眼推车上的产品，足足有一千版。原来我的师傅叫许晶晶。我笑了，跟她说，我倒是愿意扫尘呢。这角落里自由很多。

她把眼睛睁得老大，充满诧异和不解：你说什么？自由？这里哪有什么自由？扫尘比看版累多了，你还真是傻，我好心提醒你，以后有你受的。说完一副好心没好报的懊恼表情，扭过脸，不再想跟我聊下去了。

这笨拙滞重的躯体原来藏有如此活络且斗志充盈的灵魂。她的眼睛是往里凹的，有深黑的潭，此刻它处在一种她是唯一正确的坚定认知里：你觉得在这个角落自由放松可以偷懒吗？不，你必须在规定的时间范围内扫完所有产品，你偷不了这个懒。她看透了我对角落自由的肤浅理解，并且在内心嘲笑了我。

我呼吸的自由，我内心飞翔的自由她怎么会知道呢？但我不想放弃跟她聊下去的机会。当我们屏蔽了整张脸，我第一次发现，一个人的声音也是有表情的，用眼睛交流已经足够了，甚至意会得更准确。

我还是应该做一下妥协，让这个天聊下去。

哎，你知道吧，这个地方张淑云监视不到，我可以边扫边哼着小曲儿，还可以跟你聊会儿天呢。我近乎是赔笑的表情了。

她眯着眼看着我，一副"你就这点出息"的不屑表情，然后问我是正式工还是中介工。我回答说，我是自己应聘过来的正式工。

在这里，我简单说一下中介工。中介工是劳动力中介公司输送给工厂的工人。他们的工资由工厂转包给中介代发，钱一旦经了中间环节，那少不得要拔毛的，所以说，中介工的工资比正式工要少。还有，他们的身份证全部扣在中介那里，也就是说，你混熟了，翅膀硬了，也没有办法转成正式工。中介公司也不给他们买社保。这里面有多少猫腻和肮脏的勾当暂且不表。

这位清洁工告诉我，整条线，绝大部分都是中介工。

你凡事都要顺从一点，许晶晶她们都是中介工，你工资比她高，要是哪儿刺激到她了，那你少不了要吃闷亏。

对于她的谆谆劝导，我报以频频点头以示受教。她看上去十分满足。最后我们聊了一些私话。她姓沈，江西赣州人，是正式工。她两个孩子在家乡读书，自己跟老公一起在东莞打工十五年。由于她劈头问我有几个孩子，老公在何处，我一时间懵住了，考虑到如果回答至今未婚，恐怕会显得更加古怪，甚至可能引发不必要的舆论枝蔓。于是，我选择了最普遍、最安全的那一类答复：老公在虎门一家模具厂打工，儿子在读大学。她不再说什么，推着拖把走了。我觉得，我跟这位沈女士，仅用半个多小时，几乎说完了一生所有的话。

整个对话里，她多次提到我的师傅许晶晶，那个善于藏奸耍滑的女人，让我务必要有所戒备，因为我看上去是个老实人。作为正式工的她，即使是个清洁工，面对许晶晶，她也有明显的优越感。在这样一个世界里，我看到了熟悉的人与人之间那种咬啮性的烦恼，一股子酸臭味。这一点跟我先前认知的精英阶层没有什么不同。

终于扫完了，手臂酸麻。我把口罩拉上来，推着手推车经过师傅的身边，她抬起头，看了看墙上的挂钟，然后叫住我，柔声说我足足慢了十分钟。我抱歉地笑了笑，诚恳地表示下一趟一定会加快速度的。我看到她的眼睛流露出一种欲言又止的表情。显然，我诚恳认错，及时止住了她正要进一步指责我的意愿。沉默片刻，她淡淡地说了一句，我第一天扫这么多产品只用了半个多小时。

一瞬间，我感受到这个女人的锋利。

我回到位置上看版。我的师傅许晶晶推着满满一车产品走向扫尘处。拉长已从高处的旋椅上下来了，此时她趴在工作台上写着什么。我终于发现了一个废品，像是收获的第一枚战利品，好生兴奋，是膜贴倒了。按照要求，我将它交给拉长张淑云处理。

她把结构件拿到手上正反两面看了看，确认这的确是一个废品。

"你去把刘倩叫过来。"她说，第三排倒数第二个线位的女孩。我依言走过去，把那个叫刘倩的女孩带到张淑云的跟前。

我永远也无法忘记那个场景。公然出卖、侮辱、霸凌，这种粗暴的傲慢人性足足上演了五分钟。这个叫刘倩的女孩子一直低着头默默忍受。我也是。

"又是你，你已经瞎了为什么不给我早点滚，你这粒老鼠屎要祸害我到什么时候？你长记性了吗，你要脸吗？这里不养猪，再出错就给我滚蛋，见不得你这样的蠢货，碍眼……"

这可怕的声音持续了五分钟。那语调，那利刃般的谩骂足以成为一个人的噩梦。它形成一种暴力的场，扼住你的喉管，令人恐惧、窒息。我从来没有见过这么赤裸的当众羞辱。

更可怕的是，我被当成了一个告密的功臣，当着刘倩的面，她这么表扬我：你看看人家，才第一天上班就这么用心，要不是她发现得及时，这废品流到下游，被质检投诉，我的脸就被你丢光了。可是，这刀锋般的侮辱，打得人脸生疼，我一样是一字不落地接受了。我不明白的是，张淑云处罚刘倩，完全没有必要暴露我，她为什么要用这么下作的手段？太无耻了。整整五分钟，我全部的思想，全部的意志，全部的身心，每一根毛发都在愧疚，对刘倩深深的愧疚。

她的声音很大，有一两句像炸雷一般在空气中炸开，整条线的人都听见了。奇怪的是，没有一个人感到讶异。人们都在忙着各自手中的活。这是司空见惯的场景吗？

终于放我们回线位，我避开拉长张淑云，追上刘倩跟她道歉。她扭过脸来，居然是笑着的：没什么的，你第一天来吧，让她骂骂就完了，只当她放屁，又不扣钱。她再次笑笑，还拍了拍我的肩膀。她眼里的笑意很温柔，流溢着明媚的光，完全是一副没有受到过伤害的样子。

我僵住了。我不相信有人面对刚才那地狱般的五分钟会毫不动容。

下午的时光好像要慢一些。一阵浓浓的倦意袭来，我想打哈欠，可是口罩蒙住了嘴。无休止地重复同一个动作加重了困意。我想上洗手间，可是瞥了一眼挂在工作台边上的白色墙板，离岗证还没有归还。墙板上显示八分钟前，一个叫伍唯唯的人签的动态，她还没有回来。无尘车间不能同时两个人离岗。

终于轮到我了。伍唯唯在墙板上写了她回来的时间，我看着墙板，上面写满了工人们离岗的时间动态，歪歪扭扭的字，用粗黑的水笔写的。我拿过离岗证，迅速写上自己的名字和离岗时间，十五分钟，我必须返回，超时以迟到论处。迟到一次扣除全勤奖七十元。

火急火燎地脱无尘衣。偌大的更衣室只有我一个人，臭鞋的气味依然浓烈，但此刻我如此雀跃，迫不及待想要冲出那致密压抑、束缚身心的无尘车间。洗手间在走廊的尽头，蹲式的，关好门，马上给记者朋友打电话。

我迫不及待地讲了刚才的那一幕，语气很夸张地说，如果我是刘倩肯定第二天就辞工。电话那边先是劝我不要激动，关于拉长骂人，最近几年普遍收敛了很多，就是害怕有人辞工。以前都是雷霆之势，绝对压制。小姑娘、小伙子被拉长用手指戳额头，直戳得人往后打趔趄，现在至少不敢动手了。最后，她反复叮嘱我，你是女工黄红艳，身份不可僭越。不要做奇怪的事情。

聊完。时间很紧，我翻看了一下微信的留言，基本来不及回复。我突然感觉到，原来有太多的事情在人生中并不是必要的。就像这些可以不必回复的留言。如果面对的是生与死，我想，可以删除的还会更多。

返回车间，我的师傅许晶晶已经扫尘归来。有一个问题我必须要请教她。

如果您发现了不良合格产品，把它交给张淑云处理，那要如何避免背负告密当面被戳穿的尴尬？

师傅的眼里是盈盈的笑意，显然她已经知道了我历经了那场劫难。

本来我想明天再告诉你的。她说，这也是我必须要交代你的东西。你听好。

我从来不会把不合格产品交给张淑云。一旦发现了我自己会修好它。如果难度大，我就把它交给拉长助理小莫。她眼里依旧是笑，但是，你刚来，你得要让她知道你掌握了这个技能，而且是认真地对待工作。明天或者后天，张淑云会安排人故意做出废品流到你手里，如果你没有看出来，那才叫真正的恐怖。所以，你最近几天看到的废品必须拿给她。

背脊一阵凉意。我对故意做出废品来试探我感到震怒。这手段好下作。

如果我没有看出来，她会炒掉我吗？我问。

不会，现在缺人得紧，哪能炒人啊。这么简单的工作你都不会，她就在每天早会上当众羞辱你。

明白了。我领教过，非常可怕。仿佛是有人用言语当众脱你的衣服。

许晶晶幽幽说道，你习惯就好，其实她再怎么羞辱人也只是徒劳，又不会扣钱。时间长了，你会知道，没有不骂人的拉长。你做了拉长，也会是那个样子。

我很震惊，对于这种当面羞辱居然可以做到毫不上心。这是徒劳的。我反复琢磨着这句话，有这么多人活在这世上，被迫丢弃了伪饰的尊严，仅保留着最后的价值底线。扣钱才是天大的事，分厘必争。我看到人性的强大、坚韧，那种紧紧握实命脉永不撒手的力量。我抬眼看着整个车间，一大片低伏沉默的头颅，我看到了真正的尊严。劳动兑换金钱，这种事情不容一丝让步的尊严。

不同的是，我做拉长，绝不会是那个样子。

但我要成为那样的人，活着只坚守自己认定的价值，不受干扰。其他的可以全部删除。而事实是，在我生活的世界里，太多人为鸡毛蒜皮大打出手，一言不合就翻脸。想来，那都是太闲的缘故。下午余下的时光在我无奈的慨叹且更为熟练的操作中迎来了下班的钟声。

C. 致命的试探

晚餐在饭堂我看见了拉长助理，他有一张白净的刮骨脸，瘦削，眉眼小巧，却长着个直挺的大鼻子。只是眼神活泼了很多，大抵是年轻人。无尘服敛了他的性情，他很爱笑，说"我×"的时候声音依然温柔。说话间，正看见他招呼另一个同伴前来与我和师傅同席。出于礼数，我在小炒部给师傅许晶晶点了爆炒猪肚、牛肉炒蒜苗、红烧福寿鱼和一盘饺子作为答谢，她喊来了拉长助理一起分享。助理姓莫，他说，以后就叫他小莫就好。师傅许晶晶说，小莫，这是新来的黄姐姐请你的，有什么事你多担待些。那边一连声说好，也不抬头，正用筷子大把大把地夹肉吃。末了，小莫突然跟我说，我提醒你一下，你把口罩拉到鼻子下面千万别让张淑云发现了。

我也吃了一大碗饭。明显有了吃肉的欲望，这是一个特别好的感觉。

打完卡，正往车间走。许晶晶从后面追上来告诉我，明天和后天留意一个叫梁维栋的人送过来的产品，试探我的废品就出自他手。她诡异一笑，不再多言。啊，我才回过神来，这是小莫的人情啊！我被一种善意的温暖包裹，它汩汩地在心底涌动。我并不认为这是一顿饭买来的。

晚班开始了。一切与白天并无不同。唯一的敌人依然只是时间，唯有忘掉它，专注手中的活它才不会静止。我已经很熟练了，甚至找到了属于自己的经验。我让眼睛在视觉上习惯一整版有九个白点，扫一眼，只要缺一个，它就会特别醒目地自己跳出来。

晚班，我扫了两次尘，数量比师傅许晶晶要多得多。我是徒弟，多做一点是应该的。只是连连的哈欠，让我的手越来越疲软。清洁工小沈从我身边走过，我耳边飘过这样一句话：扫尘这个活，别那么认真，即使没扫的也没有人能查得出来……啊，所有取巧的、偷懒的、懈怠的智慧，我相信，早已被人摸了个透。即使高空有旋转椅的鹰眼，依然阻止不了那些暗地里的种种小把戏。张淑云的气急败坏，缘于她深知这一点却苦于无法彻底获悉，一旦被她发现，那种狂怒，那种无处发泄的愤懑就找到了闸口……

在昏昏欲睡的倦怠中听到张淑云拍了拍手掌，说是下班了，要开始清洁桌面。我听见对面师傅许晶晶轻微的叹息，我听见整个车间如潮的叹息，仿佛如释重负，一直紧绷的弦终于可以松弛了。有人开始捶肩膀，人群的嘈杂声起，助理小莫拿来沾了酒精的湿巾，我们要把桌面、椅子，包括桌腿、椅子的扶手，每一个背面都要擦到。压缩空气的阀门和壁上的一圈大灯关掉了，空间陷入巨大的寂静。夜，涌了进来。

打最后的一道卡，指纹显示在绿色的指示屏上，滴的一声。一天，我要打六次卡。

回宿舍。工业园区的路灯如同白昼一般。夜宵的摊子占满了整整一条街，我闻到了烤鱿鱼的香味。姑娘小伙子结伴走向那里，吃烤串或者麻辣烫。小超市都还没有关门，里面贩卖着大量的伪劣产品。做促销活动的店员往路人手上塞着广告传单，拿话筒的主持人站在临时搭建的小舞台上声嘶力竭地喊着抽奖。穿着超短裙、涂着口红和眼影的厂妹像鱼群一般穿梭在这明黄的街边，她们把欢笑洒了一地。这个时候的园区仿佛刚刚醒来，在夜色中，蓝紫的霓虹灯招牌交替闪烁、劣质的街边音响鼓噪着低档生活区的审美。

　　四万多人的工业区，他们生活的全部都在这里。你在其他地方见不到这个群体。严格来说，真正属于他们的时间，每一天，也就只有三个小时左右。就像现在，九点多了，我回宿舍，要洗澡、洗衣服，如果十二点上床睡觉，每一天，我只有三个小时真正属于自己。

　　这意味着我没有机会走出园区。我是一个隐身人。这里的每一个人，都是隐身人。他们活在另一个世界。三个小时，没有人能够想象这里面的巨大深渊。它包含着太多的关于人的欲望、孤独和放纵。混乱的出租屋、地下麻将室、三无小门诊、女人和酒、彩票、老虎机，人群伴随着震天的叫嚣。有一些漂亮的厂妹兼职卖淫，还有一些人，那种铁打的人，居然骑摩托车去外面拉客赚外快，他们干到午夜时分才回宿舍。这一切，全部充塞在这短短的三小时里。

　　宿舍又搬来了一个女工。她睡我上铺，我进去的时候她已经和衣睡了，没有盖被子。现在有五个人了，有两个上夜班，要早上才回宿舍睡觉。这是我在宿舍的第一个夜晚。此时，疲惫的我渴望家里那张柔软、舒适、有薰衣草香气的大床。我想在浴缸里泡澡，想喝冰箱里的柚子茶。如果步行回家，只要七八分钟。

　　我上铺的女人在咳嗽，她没有盖被子。下过雨的春夜，还是有些寒凉的。

　　她醒了，翻身坐起来跟我说话。她告诉我今天晚上才来报到，没有想到今年都三月中旬了，晚上还这么冷。然后她问我是否有手机充电器，我从包里拿给了她。女工姓王，贵州人，不到四十岁，看上去很憔悴，一脸的黑斑，这黑斑连嘴唇上都是。她从上铺跳下来，一阵风，我闻到她腋下刺鼻的馊臭味。她的床只垫了一大张打开的纸板。这应该是一个走投无路的人。她床尾的那个帆布大黑包就是她全部的家当了吧。听她说话的语气，潜台词有这样的意思：兜来兜去的，最终还是这里好啊。伟达厂有一个特别有意思的地方，即使你三番五次地离开过这里，只要你再来，它依然欢迎你。武英姿肯定对她不陌生。

我庆幸，工厂一定收留了很多这样的人。一个食宿有着的落脚点，一个可以让人喘息的安身地。工厂，它也许是你最坏的选择，但是，你可以在这里缓过来。这里有充沛的热水，饭菜管饱。不依靠任何人，按小时取得酬劳，人人平等。你可以身无分文地来到这里，过往所有的失败、落魄都归零。你的人生，在这里可以从头再来。

我忽然觉得有了一种底气，我畏惧什么呢？即使遭遇再大的厄运与失败，我最后依然有一个去处。我不会流落街头，更不会乞人脸色过活。当我置身于几万人的工业园，当我的人生以每小时十块钱的价格出售，我却有一种无边的安宁与自在，在没有人认识我的地方，过着安静、简单，近似于零的生活。就像刚才回宿舍的路上，一个人在内心盘算着：啊，今天，我这一百四十块钱就这样到手了呀。那种瓷实的成就感是可以触摸的实物。它清澈、纯净，也特别久违。

我大可不必同情上铺的舍友。明天，她就会好起来的。只是，我如何能够绕过那一声一声的咳嗽，去装聋作哑？我得回家一趟，为她取一床毛毯。

一回到家我就后悔了。我面临那诛心的选择，巴西花梨木的大板桌上，晓芳窑茶器，养得玲珑可爱的小薄胎朱泥紫砂壶，二十年的冰岛生普，水沉香暗浮，炫酷的电脑游戏桌面闪着光影，玩家向我发出邀请的信息在右下角跳出来，还有我柔软舒适的大床，它们都向我伸出魅惑的钩子，紧紧地攫住我。再次走向那脏乱粗陋的宿舍是一件多么艰难的事情。我想喝一杯红酒，听一曲爵士乐再走。我的手停在空中，忽然一阵难过。这就是我吗？看看，多么可怜，这生命之轻，沉溺于此，已然感受不到痛感的人生，已经脆弱到经不起任何试探了吗？把心一横，我决

114

然地拿着毛毯走出家门。

我对面的宿友也回到了宿舍。两个女人在说着话。姓王的贵州女人说起她春节前的一次旅行，第一次坐飞机去的云南大理，说到飞机起飞时的眩晕和耳鸣。语气很是兴奋。我看着她，一个连铺盖都没有、落魄到几天没有洗澡的女人，她的谈笑风生是在演戏吗？不，完全不是，人的笑是无法掩饰的。这正是我要弄懂的地方。也许，你觉得落魄的境况在别人那里恰恰是一种常态。四十岁才第一次坐飞机，谁又可以说，她的快乐就会比别人的廉价？

她推辞不肯接受我的毛毯，说是明天就去超市买。可我很坚持。她最后接受了，很隆重地说了声谢谢。我对面的女人来自四川古蔺，姓邹。南方人发音不太讲究卷舌，她怕我不认得这个"邹"字，反复跟我强调不是周总理的"周"，还拿出工卡给我看。我笑了。她的床拉了布幔，遮得严严实实。三十几岁的年纪，体格健壮，滚圆的腰腹，长着一张扁平的宽脸，厚嘴唇特别惹眼。她从床底的纸箱里拿出一件旧棉袄递给我上铺的女人当枕头。她们，即使在年轻的时候都没什么姿色。正因为如此，她们的经历才真正具有代表性，而非戏剧性。

我加入了聊天。两个女人皆有孩子在老家读书，私事没有聊太多。但她们说起以前待过的工厂，居然还在同一家工厂干过。工厂太大，人多，如果不在同一个车间那有可能完全不认识。听她们说的这些，有一个共识，加班越多越好，低于四千块的工厂现在不好招人。我插话，钱少，人没那么累啊。结果我被反击：出门在外，你图轻松有个啥子用嘛？在车间日不晒雨不淋的，还有空调，累啥？我赶紧一迭声地应和：那倒是，那倒是。显而易见，她们热络得非常快，跟我似乎总有一丝隔阂。关于我私人的那部分，我说的全是谎言。

洗完澡上床快十二点了。整整一天，我几乎快忘了手机。上面的所有信息对我来说，其实都没那么重要。这是一个惊人的发现。我曾经沉迷于它不能自拔，一刻都不能离身的。现在，连王者荣耀这样的游戏都可以彻底戒掉。作为女工黄红艳，哪会有那么多外面的信息通向你呢？一天就这样过去了。这是一个模板。以后的每一天都将跟今天一样。这么多人都是这样活着的，我一定也可以做到。那么，塞壬，加油吧。

我和拉长张淑云吵了一架

她是矮壮的，但行动敏捷、迅猛，然而更快的是她从远处就劈面而来的声音。她那一连串的叫嚣停止后，余音依然在很长一段时间盘旋在每个人的头顶。它制造了恐怖的场，令人压抑、窒息。我不知道大家是如何习惯了它，并无视了它。对我来说，那种语言的当众羞辱是一场噩梦，我要跨越怎样可怕的内心地狱才能做到无视它？人说这叫佛系，但一个群体的佛系是如何练成的？

她的眼睛露骨地表现出这样的意思：你们这些人每时每刻都在想着偷懒，在混工时，被我逮到那就死定了。她在高空转动着鹰眼，高度戒备。我必须要在一种变态的心理中去理解这种快感：迫切等待一个倒霉蛋撞进她的视野，然后享受一场豪华的语言暴力。

每天开工前都有近十分钟的训话。几十个人站成六排背着手站在进门的小黑板前，她用左手掀开口罩的一角，好让声音更有效地散发出去。但那只手一直架在那里，这个姿势怪异极了，脖子扯在一边，梗着，让人觉得她说出的每一个字都加重了偏执的力量。

先是通报昨天个人产品完成的情况。鸦雀无声，一片阒寂。紧接着十分钟是暴风骤雨般的雷霆之怒。拉长张淑云似乎没有对谁感到满意过，即使产量超过预计目标的人也依然在她的怒骂中。理由是比二楼的差远了，比她当年差远了。

没有完成的，她会挨个拎出来——上演她的语言狂怒表演。我们每一个人都身穿着只露双眼的无尘衣，然而，我却感受到最赤裸的语言暴力。每一个人都没有面具，无法伪饰。我非常震惊，在我认知的人际交往里，即使想用语言打人耳光，那也只能是在心里，而面上，我们彬彬有礼，握手，甚至谈笑风生。真正的野兽，我们都会把它摁死在灵魂的深处。文明和教养，它需要虚伪的体面。

不想干了都给老子滚，想混工钱，门都没有。你们这样跟小偷有什么区别?

食堂的饭倒是喂饱了你们,这个月比二楼差得太多,你们丢我的脸,让我抬不起头,那谁都别想好过。

×××,叫你滚蛋你还厚着脸皮赖在这里,连续几个月拖后腿,我要是你早就一头撞死在墙上。

×××,别以为我看不出你偷偷化了妆,在这里你化妆给谁看啊,你想勾引谁啊?就你返修得最多,你这样的效率还得专门配个人给你擦屁股,你以为你谁啊?你趁早给老子滚蛋。

×××,小聪明耍多了以为我是傻子?哪一次上厕所你没超时?给你宽容你还蹬鼻子上脸,这半年你都掉在后面你还有脸?别以为你低着头发呆偷懒我不知道,像你这样的小混混到哪里都让人厌恶,不要脸。

这是地狱般的十分钟。问题是,这在流水线是一个普遍现象。我师傅许晶晶曾说,你要是当了拉长也是一样的。言下之意,她当了拉长也不会有任何不同。这是一种传承已久的丑陋文化。即使我真当了拉长,也无法凭一己之力去改变。我印象中,在很多年前,一所乡村小学,有一位女老师也是这样在课堂上咆哮。她时常蹭到一个调皮学生跟前揪着他的耳朵,把他提拉出来,站定后,又让孩子卷起裤管露出小腿肚,然后她用竹条教鞭用力往上抽,一道道血印子赫然在目。这么多年了,过往的人事纷繁,但我依然清晰地记得她那张丑脸。

现在,我再一次看到了这张丑脸。每一天。

我曾经问过许晶晶,张淑云有没有将这些汇报给办公室,然后工厂就扣了谁的钱?许晶晶怪异地看着我:那当然没有,都是血汗钱,扣钱人家找她拼命。

一瞬间,我似乎懂了。这仅仅是一个人的脱口秀,自我高潮,狂怒表演,以及俯视众生的幻觉所产生的高烧式口嗨。因为一切都未涉及根本。

我跟她的正面交锋出现在上班的第三天,也就是测试我能否合格的那一天。虽然我提前已经得到信息,但我对这种方式的测试并不认可。

它有一种上不了台面的卑劣气息。我不喜欢这样的阴谋。要测试，大可明着来，为什么要用钓鱼的手段？但这其中有一个小小意外令我震惊。那天上午十点钟的光景，那个叫梁维栋的小伙子把他做好的产品送到我手上。他说，你新来的吧，我今天做的产品你可要看仔细了，千万千万。他的眼睛始终没有看我，话说完就速速转身回到了线位。

我师傅许晶晶也轻轻扔过来一句，你看完我复查一遍吧。我回她，不用了，复查的话今天上午完不成任务。

最终，我查到三个废品，把它交到张淑云手中。她确认后看着我笑了，她笑的时候眼睛有一丝挑衅的成分：不错，你还可以啊。可是，我忍不住了。因为我知道，如果没有查出来我将要受到什么样的羞辱。

"这三个废品出自梁维栋之手，我去把他叫来。"我失控了。可是已经来不及，我身体里，塞壬这个人在这个时候跳了出来。

"不用了，这次不用。"

"为什么，上次发现废品你不是让我叫人了吗？"我不依不饶。

"我说不用了，你没听明白？"她显然有点恼怒了。

"那为什么梁维栋出三个废品就可以不用挨骂？"我准备死磕到底。因为在我看来，那种当众揭穿告密的丑陋行径，那种钓鱼测试新员工的下作伎俩都让我无法沉默。

她一听这话有所指，腾地站了起来。用一种极轻蔑的眼神看着我说，是我让梁维栋故意出的废品来测试你，你满意吗？

我毫无畏惧地直视她的眼睛，一字一句地跟她说，因为你这丑陋的规则，上次我成了揭发刘倩的小丑，这个规则在挑拨工友的关系，非常恶劣。张淑云，你要测试我，就该光明正大地来，背后搞小动作，我瞧不起。还有，早上的训话，你像一个泼妇！我拂袖而去。

回到线位，我的师傅许晶晶都吓傻了：你疯了吗，你搞什么幺蛾子？顶撞她有你好果子吃。我不想理她。我知道我对抗的是什么，这种由来已久的流水线文化，不会因为我的一两句顶撞就会改变。我甚至做好了跟张淑云在车间打一架的准备，用女人的方式。撕咬、扯头发、在地上扭滚。

然而没有。我所想象的那种更为恶劣的激烈后续都没有发生。只是第二天早上的训话加了这么一句，有的人自命清高嫌弃这里的规矩，适应不了就给老子滚蛋。然后眼角余光扫到我脸上，仿佛在得意地说，在这里你必须服我管，有本事你去告我啊。她连续五个早上贬损了我。这气也算是出够了。

　　那么，塞壬的这次身体出离并没有起到任何效果，各种制度依旧。我依然是女工黄红艳。但是，做与不做我必须要有选择。我要有态度，这很重要。

　　此后，她当然没那么便宜就放过我。比如我把口罩拉下来露出鼻孔透气；比如扫尘的时候我替换左手；再比如上厕所超时了一点点，归还离岗证，在小黑板前写动态作假被她逮个正着……她的反应都异常激烈，那白眼都横破了，说话直接打脸毫不留情。羞辱完了之后还会来这么一句：我就是一个没有文化的人，您看，您不照样在我手上打工吗？这话是附在我耳后根说的，阴森得可怕。看来，关于文化素质这个点，的确是刺激到她了。

　　我终于练就了死猪不怕开水烫的耐性。而她，渐觉无趣，也不再死啄我。只是，我们相看两厌。

　　在这样的环境中是鲜有人迟到的。因为，你没有离开过工作的环境，也就没有机会迟到。我师傅许晶晶说，车间有超过一半人五年下来从来没有迟到和缺勤，除了年假（也叫探亲假）。这些人生活在工业园，每天生活只有三个点，车间、饭堂和宿舍。每个月全勤奖是七十块。绝大部分人都拿到手了。用他们的话说，这个钱简直就是白给的。

　　然而，经历了懒散的办公室制度的职业生涯，零迟到、全勤，于我而言，相当于就是地狱了。此刻，我的定力，我的意志，我全部的身心都被要求遵守这严苛的纪律，我发现，真正去做到却并没有想象中那么难。当我的人生减至零，切断过去和未来，只是保留活着的状态：吃饭，在于饱；衣，在于蔽体；屋，在于栖身。那么，太多的所谓难，皆是一个伪命题。

　　难道我从这里出去后不是一样可以这样活着吗？如果这算是人生困

境的底线，那么，此刻我已经触到了。这一个接一个的工业园，成千上万的人都是这么活着的。你的难，你的困境，是他们人生的常态。他们隐身在此，却是这人间最为坚实的底部力量。

有一天中午，我在手机上看一篇文章入了神，碰巧那天上班的铃坏了，没响，打卡迟到了七分钟。走进车间的时候，我觉得所有人都抬起来头来看着我，仿佛我是一个异类。

我师傅许晶晶眼神全是焦灼：你七十块钱没了。她看着我，仿佛这是一个天大的灾难。我耸耸肩，觉得小事一桩。她跑到另一个女工那里，两人嘀咕着什么。可是，整整一个下午，跟我在工作上有接触的人，全都是那句话：你七十块钱就这么没了？尤其清洁工小沈，她露出一副仿佛剜了一块心头肉的剧痛表情：七十块钱就这么没了，这本来就是白捡的钱呀。

一时间，仿佛整个世界都在窃窃私语：你七十块钱没了，你怎么就弄丢了这七十块钱呢？这怎么可能？我不知所措起来，区区七十块钱至于这样吗？看到所有人都在痛惜白白丢掉的七十块钱，我如果再表现得无所谓，那更像是一个异类。

是的呀，太可惜了，有什么办法呢？我只好一一赔笑着。

拉长助理小莫来到我身边，他四处看了看，然后压低嗓门悄悄地跟我说，拉长张淑云有一个权限，她可以出一个证明——证明你的迟到是因公。那么这个钱就不会扣掉。所以……

"你让我去求她？我才不去，扣就扣吧。"一想到我跟她的相处，一点就着的僵局，近乎白热化。真开口求她，那难免是劈头一阵羞辱和嘲讽。不要说七十块，就算是七万块，我也绝不会开口求她。

"被她说几句有什么关系呢？拿到钱才是最重要的。她说一万句无非是废话，又不会让你有真正的损失，你计较这个有什么用？"小莫都跟我急了。

真正的实处是钱。钱才是最紧要的事。唯有钱才是一个人的尊严和底线。在这里，唯有钱才是绝不能妥协的正经事。扣钱，是多大的事啊。工友们在窃窃议论的应该就是拉长张淑云有权限免单的事。

见我毫不动容，他摇摇头走了。我看见我师傅许晶晶也对我摇摇头。

后来，那些窃窃私语都消失了，我周遭也都安静了。在快下班的时候，张淑云把我叫到她跟前，递给我一张便签条，她说，你把这个条子交给人力处的武英姿，迟到的事她会处理的。

我一时懵了。

"再怎么着，我也不能看着你被扣钱啊，要不然，你不恨死我？"她这回居然用一种恳切的眼神注视着我。对，是恳切。

这到底是个什么鬼人啊？啊，真的是。不过，我可是不会轻易跟她和好的。

然而，撇开那些遮蔽的枝蔓，我似乎看到了一些事物的本质意义，一块肉，七十块钱，一盒牛奶，一个烧饼，它们都在自己的位置上有着沉甸甸的分量，它们对应着工时、人力，凝结着你实打实的付出。它们厚重而庄严，不容轻视和鄙薄。现在，如果再加上一样，我愿意它是一个人——拉长张淑云。我感受到她灵魂的质地。

工油子阿坚和他的爱情

二十三岁的阿坚是唯一给车间带来阵阵快活空气的人，他哼着歌儿，在车间摇头晃脑，有时走个路，背着双手，并腿一蹦一蹦，还时常蹭到姑娘们面前作轻薄状，用手托人家下巴：来，给爷笑一个。要不就把口袋里的备用橡胶手套拿一只出来，吹满气，然后摁折四个手指头，只保留竖起的中指，他拿这个中指到处戳人。因为大家都懂得那个竖起的中指意指什么，都笑得直摇头，小姑娘们害羞，缩颈拼命躲它。啊，大家都是那么喜欢他的，连拉长张淑云也很喜欢他。他喜欢不停地说话，笑得很大声。有时来料太多，张淑云也得来帮忙撕产品的外包装，扎进工人堆里，阿坚就挤到她身边贴近她的脸：淑云姐姐，听说你女儿满十八岁了吧，要不介绍给我得了。滚蛋。张淑云嗔他，把他从身边推开，然而他又像牛皮糖一样黏过来，继续嬉皮笑脸。她时常也笑得喘不过气，捶着胸口，指着阿坚，嘴里不停地骂着，你个臭小子，该死的臭小子。阿坚还经常搞些恶作剧，比如突然大声宣布大家安静，然后用尽全身力气放一个长长的响屁。趁姑娘们举拳过来打他的时候，他就抱着头大声说，哎呀，刚才不小心崩出屎糊裤子了。说完，也不拿离岗证，径直往厕所里跑。

也只有他犯些小错张淑云不计较。仿佛是理所当然的事。当然，每天的早会上，未完成任务的名单里从来就不会有他。他活干得漂亮，只是从不肯多干。

我是在饭堂见到他的脸。他有一张好看的脸，眉目清朗，有少年气，眼波灵动，心思活络，倔强的唇角隐约透着讥讽；他头发茂盛，大卷大卷的，有一大撮旋成一个钩子垂向额头。漂亮的厂妹们围着他，争着要跟他坐一桌。阿坚可不像那些勒着裤腰带过活的人，他频繁光顾小炒部，餐盘时常有烧鸡翅、牛肉，还会有大肘子。人说，这小子大概是不存钱的。还有人压低声音悄悄地说，阿坚的饭票是有女人倒贴给他的。

我后来也变得嗜肉，常在小炒的窗口碰到他。他对我露出不可思议的笑容。因为，像我这个年纪的人，应该上有老下有小，经常舍得额外花钱吃肉太不寻常，尤其是中年女人。从他的笑容里，我突然意识到自己应该收敛。

我是说，他有一种不属于这个空间的外部眼光。他的意识应该探到了厂区的外部世界。他把做好的产品交到我手上，小声跟我说，我做的东西几乎是免检的，绝对不会出废品，这样你就可以看得快一些了。他做的货，先前一直都是我师傅许晶晶亲自去交接，没让我碰。我后来才知道，许晶晶留给我的都是新手做的，废品率相对较高。

这个举动，他后来跟我解释说，我是第一个敢正面开罪张淑云的人，而且我那天说的每一句话都让他震惊。他说，你不像是这里的人。你谁也不怕，而且你不在乎扣钱。

我吓得不敢跟他太接近，只是沉默。他后来要求加我微信，我拒绝了。

我的师傅许晶晶比我快，跟我搭伙干活，她总是觉得吃亏。但她从不明着抱怨，只是试探性地跟我提出，任务平分，各干各的。我同意了。阿坚把他的货转到我手里，是当着我师傅许晶晶的面交给我的。后来阿坚像往常那样去"轻薄"我师傅，去挠她的脸，她不再像过去那样娇嗔一句"别闹了"，这回她突然黑脸，翻着白眼：滚开，一边去。只有我知道，她是真生气了。

这一定会迁怒到我身上的。我后来知道，我师傅许晶晶对我，对这件事有一种非常肮脏的判断。她似乎带有一种淡淡的醋意。

阿坚是第三次进伟达厂。这个工业园区，但凡大一点的工厂都有一个福利，第一次进厂干满三个月的员工有一千块钱的奖励。据说，阿坚把这附近有这个福利的工厂全都干遍了，他待过的工厂有鞋厂、五金模具厂、玩具厂、制衣厂，最多的还是电子厂。他经常做三四个月就辞工，然后消失一段时间，当人们快要忘了他的时候，他又带着他流里流气的笑容出现在车间。

我们管他这样的人叫工油子。他说，还是伟达好啊，漂亮的姑娘最多了，食堂的菜不错。阿坚不住宿舍，在工业园附近租了房。他二十三岁，出来工作快五年了。我觉得，他在车间制造的种种欢快的气氛里，有一种对抗无聊人生的荒诞味道，无奈、嘲讽、无力又有点悲伤。

成为一个麻木的机器，这一事实在年轻的生命中太过醒目了。他不愿意用沉默去放大、刺痛自己，所以才选择做一个跳梁的活宝来消解吧。至少在一个短暂的时刻会忘记它，不去面对它。他跟我说，他一直在寻找离开的机会，几次尝试都失败了，最终还是回到工厂。

有一天晚上八点的光景，因来料不足，我们提前下了班。打完卡，时间尚早，我跟阿坚说想请他吃个夜宵，理由是感谢他在工作上帮助了我。他一听就乐了，搓着手说太好了太好了。我们沿着园区的小吃街走着，最后他选了一家烧烤摊，我们正要坐下，忽然听见身后拉长助理小莫在喊阿坚，你们吃夜宵也不叫我吗？

三人坐定。我往后面看了看，寻思着，如果看见梁维栋也一并叫过来。那个叫梁维栋的小伙子曾经在测试的那天暗示过我。作为一个陌生人，他的善意让我觉得温暖。人群都散了，我没有看见他。

两个男孩子不太好意思多点，我站起身，点了炭烧生蚝、脆骨、秋刀鱼、鸡翅、鱿鱼须、串串虾、烤茄子、玉米还有炒田螺和水煮毛豆，满满一桌，然后我又叫了六瓶啤酒。才吃一会工夫，忽然头顶有隆隆的雷声滚过，瞬间就下起雨来，起初不大，我们是坐在露天的帆布篷里，小雨飘着倒无妨，可是雨越来越大，篷下坐不住了。阿坚说，打包吧，去他的宿舍吃。

三个人冒着雨，提着打包好的烧烤一路快跑，几分钟，就到了一栋出租屋的楼下。工厂的附近，全是当地农民盖的出租屋，密密麻麻，楼间距很窄，房子采光不好，有的没有阳台，头顶是乱七八糟的电线，墙上、路边电线杆全是性病门诊、夜店服务、工厂招工、赌博秘笈的牛皮癣广告，它们贴得一层压一层。地上有流过的脏水迹，阴暗墙角的潮湿处长着青苔和不知名的蕨类，肥硕的老鼠在人眼皮底下蹿进蹿出。我太熟悉这样的出租屋了，十七年前，广州的石牌，我在那里的城中村住了两年。因为淋了雨，头发湿了，样子有点狼狈，小莫对阿坚说，要借他的热水器顺便洗个头。工厂的宿舍是没有淋浴的。

那是一间十来平米的单间。有小小的厨房和洗手间。房间非常简陋，床就是一张旧席梦思，没有床架，床头贴着几张女明星露胸的旧海报。一个简易的塑料折叠衣柜。一张玻璃矮几，上面摆着一台旧的三星显示器和油腻肮脏的黑键盘、半包香烟、两桶方便面、水杯，还有几个不知名的小药瓶子。没有凳子，地上只有一个圆形的棉垫。我环视了一下，总体来说，这样的房间看不出主人有什么样的兴趣和偏好，一片空白。就是一个睡觉的私人空间。阿坚说，这房子每月的租金三百块。

我忽然发现墙上的挂衣钩有一件红色的灯芯绒外套，很是眼熟。没错，这是赵妮的外套。很自然地，我把目光投向那张床，虽然被子没有叠，但的确有两个枕头。然而，房间却并没有女性留下的其他任何信息，没有化妆品，连女式拖鞋也没有。只有一件红外套。正出神，阿坚喊我吃东西。他们已经把电脑移开，将烧烤全摆在玻璃茶几上，地上垫好了报纸。

有意思，这里面藏着一个剪不断、理还乱的故事。

酒喝开了，他们全都说到了家乡和少年的记忆，在他们的述说里，我居然感受到一种朴素的文学气息。小莫是广西贺州人，初中毕业，十八岁就来东莞打工，已经七年了。今年春节回家，父母催着相亲。因为喝了酒，他的脸很红，低头讪笑着说，我一直觉得相亲很土，不愿意去，可是，被我妈逼着去了，没想到我居然相中了那个姑娘。说完他抬头，抿嘴，但完全憋不住笑，最后放开，笑得毫无教养，一脸痴相。他还说到家乡，那里的山是别处没有的，平地而起，一座挨着一座，雨后如同仙境，无数的小尖峰在雾气里若隐若现。阳朔算什么，桂林算什么，它们都比不了我们的黄姚古镇。

你们一定要去我的家乡贺州看看。

我读懂了这些话的深情。同是漂泊在外的人，故乡是一碰就会痛，就会让人内心充满深情的一个词。

阿坚在一旁追问他相中的姑娘漂不漂亮，性不性感。小莫喝着酒，带着醉意说，他在东莞见过很多漂亮的厂妹，没有一个能比得上她。只是赚钱太难了，他叹了一口气说，我在东莞打了七年工，只存到一点钱，可是回家乡，我根本找不到一份一个月能挣四五千块钱的工作。种地不赚钱。在家乡贩菜、跑摩托车拉客、做建筑小工，都不如在东莞打工。小莫还说，因为自己在东莞打工，家里才没有被列入村里的精准扶贫对象。那多丢脸啊，他笑了笑。

话题沉重起来。这个大男孩的话传递出太多的信息，他尝试过很多的工作，最终却留在了东莞的流水线。我听出这些话里居然有一丝暗自庆幸的成分，即使是在只有工号没有名字的无尘车间，即使是每天工作十二个小时，即使是稍微犯错就会遭到劈头盖脸的辱骂，相比在家乡尝试过的种种可能，那还是要强上许多倍。在相中了一个姑娘后，他开始有了对未来人生的憧憬，带着他的傻傻的醉意。

我陷入质疑中。在我以往读过的那么多的打工文学里，极少有作家提到，选择流水线并不是一种最坏的人生。那些铺天盖地的文字里满是愤怒、屈辱、受虐、怨恨、不公和不甘。我深信，这些苦难是真实的。

但是，它同样安抚了太多的人，它有卑微的甜蜜和心安的自足。明码标价的薪酬，无欺、无诈，精确到每一个工时。永远对你敞开怀抱，你可以吃饱饭也可以睡得安稳，你永远不会走投无路。它是一碗干净的饭，而且，理直气壮。

在流水线待久了，最可怕的是，人会对它产生依赖感，养成惰性，害怕去外面发展。你只要在外面稍微一遇挫就会迫不及待地回到这里。阿坚说，他快要撑不住了，这些年，他从来不敢在工厂作更多的逗留，就是害怕失去离开它的勇气。他不断地离开，不断地回来，但最终，好像也只能留在这里。

这是一句非常伤感的话。离开工厂，阿坚尝试过去夜总会当跑堂小弟，去家具城当导购，去做销售，他还替别人开过黑出租车，甚至差一点卷进了传销的黑窝。然而，一次次地，他最终还是回到了流水线。

"我真害怕最后离不开工厂，再也走不出去了。"这句话，让我们三个人黯然。这个工油子，这个宝器，小小年纪，每一次铆足力气振翅，想往高处飞，最终都折翅跌落了。他还会尝试多少次？他会不会累了，倦了，最后成为一个沉默的、规规矩矩的打工者？

"在工厂外面做事，稍有不慎，你很容易迷失自己，去变成一个坏人。成为一个坏人，你就有可能赚到钱。但——我不愿意。"

他的家乡在徐闻。他也谈起了那个地方，产菠萝，整个徐闻就是"菠萝的海"呀。他双手比画着，土地是红的，种了很多香蕉和木瓜，还有大片大片的盐田。有时台风来了，雨横着打，白天秒变黑夜。徐闻的海是最漂亮的海，我从来没有在别处见过比那儿更蓝的天空。只是——它能给我的机会太少了。"我的同学家里托关系走后门去镇政府当个小职员，每个月不到三千块钱。他们也只是混日子。我瞧不起他们。"

玻璃矮几上已是一片狼藉，酒也残了。小莫去卫生间洗澡去了，我指着墙上的红外套问阿坚，这是你女朋友的吗？

他没有回避这个话题。"我跟她分手了。我这么不靠谱的人，现在都无法安定下来，今天都不知道明天会在哪里，什么都不能给她。还是别误了人家。"这种话，如果是别的人说，我会觉得有一种很重的外交腔，面上的敷衍。但是，从他嘴里说出来，我能感受到一种无奈和凄凉。

我后来留意了一下，想看看这分手的两个人在同一屋檐下如何自处，直觉是，他们并没有彻底了断。有一天中午，赵妮跟一个女孩子在饭堂打了起来，看热闹的里三层外三层，都在起哄。她们嘴角都撕开了血口子，头发蓬乱，衣衫不整，两个女孩都凶相毕露，彼此咒骂着最恶毒的话。臭婊子、狐狸精、骚货、贱人……你来我往，满天飞。

阿坚茫然地站在她们中间，他劝架无果，那些拳头、飞踢没少落在他身上。我听得旁人八卦，一字不落：听说最近这一楼的肖盈盈跟阿坚睡了，前任小赵捉了奸，两个姑娘开撕，够狠，阿坚这小子有得受了。

保安进来止住了这场架。我陪着赵妮吃饭，她什么都没有吃，只是泪水涟涟：我其实不计较他有钱没钱，也不计较他将来有没有出息。我只要能够跟着他就足够了。他去年说分手，我就辞了工，可是我忘不了他，只好又进了这家工厂。我们明明就要和好了，就快要和好了呀……

她自顾自地说着，可是，听的人却一阵心酸，这分明是爱情的裸露，竟带着贞洁的气息。那个工油子，那个浪子，那个多次离开工厂想要寻找机会却最终失败的男孩，赵妮竟如此深爱着他。我先前以为赵妮肤浅、轻佻、拜金，我其实……挺看不起她的。我没有想到她竟珍藏着如此深沉的爱情。

逃离的尴尬

一个月的假期很快就要到了，我必须离开。原本，我可以不跟任何人打招呼，换掉手机，然后凭空消失。如果不告别，就这样莫名地离开，那样更坐实我只是一个骗子，这种感觉特别糟糕。还有，我在无尘车间跟一些人相处的那些时光，那些无法归类的交情（我们也许只是工友，彼此都不算是朋友），不告别，会显得有点失礼，造成种种猜测。

我得口头告个别。

我先跟师傅许晶晶说，两天后我要辞工，家里出了急事，必须走。她震惊地一把拉下口罩，环顾了一下四周，压低声音：辞工？两天后走？你知道这样走就一分钱拿不到吗？

我不要钱了。不不，是来不及了，我只能走。

你说什么？你不要钱？她的眼睛由于过于震惊瞪得老大，僵在那里，一眨不眨。我心里一阵打鼓，完蛋了，我原以为只是告别一下，完全没有料到这一层。上次因为要扣七十元钱引起的小小风暴，此刻历历在目。

她缓过来，拉着我的手，不要着急，让我想想。不，你可以请假，你可以请假的，不用辞工，这样你的工资就可以保住。

可是请假超过三天也会视作自动离职。

三天都不能把事情办完吗，你家里到底出了什么事情啊？

是——是，我支吾着，我家里有老人病危了，要回家护理（此处，我亲爱的爸爸妈妈，很对不起，在这种情况下，我只能如此撒谎，我希望你们永远健康）。我非常清楚，当你撒了第一个谎的时候，你就需要后面无数个谎去圆它。

许晶晶不作声了，显然她的脑子也一片空白。原本，我跟她在工作上还有一些磕磕绊绊，一些小疙瘩还未解开。然而此刻，它们全都烟消云散了。忽然间，我有点感动。

我犯了一个极大的错误，接近五千块钱，我竟然不在意，我轻描淡写，我无所谓。我的这个态度嘲讽了每天十二个小时的劳动，它看轻了每一分每一秒的付出，它无视了每小时十块钱这个价格的重量。它贬低我自己，也贬低了这里的每一个人。

这关乎劳动的尊严。我太傲慢无礼了。我应该对属于我的报酬据理力争。

我跟张淑云讲了这件事。问她有什么办法可以拿到那份薪酬。她沉默了一会儿，说，像你这个情况以前从来就没有发生过。一般情况下，辞工要提前半个月申请，即使家里有突发事件，三天假回来，到人力资源部销假，你就可以正常拿到工资。除非……除非你是被工厂解雇的。

被解雇的人可以拿到工资。

那要如何做才能被工厂解雇呢？我问。

一般是做小偷，从事色情活动，传销……总之是一些违纪犯法的事儿吧。她摇摇头，这个不行啊。不对，你明明工作了一个月，干了活就要给钱，这是硬道理啊，到哪儿都得要讲这个道理啊。为什么现在讲不通了呢？

她陷入了沉思中，显然没有前例可参考。

阿坚蹦出来，黄姐，我有办法，我向上面去告发你性骚扰我。这个一定行。我白了他一眼，一回头，原来线上很多工友都知道了。他们开始了窃窃私语。

黄姐，你从现在开始就消极怠工，在车间闲逛，什么都不干，或者恶意旷工。助理小莫也发话了，这个一定行的。我和淑云姐马上向上面反映，让工厂开除你。

我双手交叉，做了一个抗拒的动作。这旁门左道的伎俩，我怎么能去做呢？

最后，张淑云跟我说，可以先去找人力资源部的武英姿，看她什么意见。她忽然露出一个不可思议的笑，你态度要好一点，那个女人——她顿了顿，然后说道，是出了名的难缠。

我这是真的要走了吗？怎么就这么突然呢？我换下无尘衣，穿过空无一人的长廊，下楼，四处静悄悄的，这是上班时间，从外面看，整栋楼像是空的，它吸走了所有的声音，一片死寂。篮球场冷冷清清，建筑倾倒的阴影把阳光切成两截。从现在开始，这里的一切将不再跟我有关系，我从未来过这里。我只是一个陌生的过客。从来没有想过，离开会让我觉得伤感。我以为我会心无挂碍地离开。

外面的车水马龙，人声喧嚣，没有人注意到这里面有四千个人。他们隐身在这里，他们有情感，有爱，他们懂得每一分钱的分量。而现在，我也成了这样的一个人。关于劳动的尊严，关于那些最朴素的真实人性。

再次见到武英姿。这是多么有意味的会面啊，她是带我进门的人，又是送我离开的人。她听完我的陈述，还没有等我开口请求她就直接打断了我，黄女士，按照厂里的制度，你没有在半月前提出辞工申请，我们只能按自动离职处理。

武姐，您其实可以开除我的。您完全有权限这么做。而且……

而且什么？她突然暴躁起来，显得很不耐烦，我为什么要开除你？你一走了之，我一时半会儿去哪儿招人填坑？

我一连声地说抱歉，向她说对不起。但我还是怯怯地说出，我是实打实地工作了一个月，按道理，工作了就要付薪酬，不是吗？

她果然被我激怒了。因为这是最硬核、最令她无法反驳的一个点。她更加强硬地重申了自己的态度。我知道跟她再无沟通下去的可能。我想，一定有很多人吃过她的苦头。我极力劝说自己相信，她只是按工厂的规矩办事，而不是故意不通融，使绊子。

我万万没想到的是，这件事，张淑云当成一件重大事件去办了。她向日本管理层的渡边课长反映了情况。她告诉我，武英姿不松口是意料中的事。但是，今时不同往日，东莞早就没有黑工厂了，这类事件只要找东莞劳动部门，你最终也会赢回权益。日本管理层也非常清楚。只是有一件事，她非常郑重地拜托我，千万别去网络上去吐槽武英姿这个人。因为，最终还是工厂的声誉跟着受牵连。

我转念一想，武英姿似乎也没有什么值得吐槽的吧。

没有跟他们一一告别，太多的假话，我说不出口。要走的事已经传播开了，至少，已经不能算作是不告而别，凭空消失。

从宿舍搬走的那一天晚上，放行单需要宿友签字，证明我的确只是拿走了自己的东西。邹女士和王女士很快就签了，她们没有问我的去向，甚至都没有问我离开的原因。我历经了太多这样的告别，在广州、在深圳，漂泊在外的人，萍水相逢，告别只是人生的常态。

这一场逃离，本质上是一个骗子在配合着表演。然而，这个曲折的过程却让我无比羞愧。这些隐身的人，他们把活着这件事看得如此有尊严，不容一点渣子，生命之重，源于一种昂扬的精神内质。他们并不卑微。

后记

外面的世界依然在轰轰烈烈地对抗新冠病毒。我出来之后觉得恍若隔世。那真是一个雷打不动的世界啊，它在永不停歇地运转，它为某些数据的稳定提供着我们看不见的保障。我在（2020年）六月中旬收到了一笔款子，那是我的工资，四千七百元。当我走在街道上，我没有看见他们的身影，他们活在城市的另一面。直到今天，我才意识到，正是这成千上万的人隐身在那一面，才稳稳地托住了这个城市，这庞大的底座根系，它源源不断地向四面八方输送着经济能量和永不枯竭的活力。这隐在暗处的传送门，这些城市的隐身人，他们是中国大地上最坚不可摧的一种力量。中国有近三亿农民工，我们的父老乡亲身在其中，我也身在其中。一个月的流水线生涯，我像一个偷拍者那样描摹出原生的流水线场景，还原他们的生活状态，这种记录是否有意义，我说不好。然而，作为亲历者，我感受到我的精神仿佛掺进了一种异样的东西，它厚重、热烈、激昂，它让我更加强大、开阔。我看到人生的上限有了更多的可能，下限有了稳当的托底。对于我以后要走的路，要选择的活，我似乎可以无所畏惧。我害怕什么呢？即使是失败，我还有最后的归属地，那儿的门永远向我敞开。

（《天涯》2021年第3期）

南太行自然记

杨献平

风中的石头之夜

好像是一群猛兽在持续不断地奔袭，从远处来，到更远处去，其情境，宛若好莱坞影片《博物馆奇妙夜》中的万兽狂奔。略微不同的是，兽蹄砸地的声音较小，也没有特别沉重的气息，倒是多了一些恐怖。我躺在新房子里，在巨大的连绵的风声中噤若寒蝉。这房子，是我十三岁那年冬天修建起来的。父母亲的目的极其明确，即将来给我娶媳妇用。在我们南太行乡村，父母亲一辈子将为子女起房盖屋再娶妻成家、为双方的老人养老送终视为人生两件大事。要是哪一家没有做到，或者做得不够好，他们会觉得活了一辈子很失败，常常哀叹，在同乡面前，抬不起头、直不起腰来。

在我还没成年时，母亲就督促父亲，趁冬天闲暇，冒大雪在河沟边采石头，为我盖新房子。20世纪80年代中后期及至90年代中期，南太行乡村人家的房屋大都还是沿袭古老的传统，就地取材，用山间层叠的岩石，修建一生的安居之所。

太行山岩石大致有两种颜色，一种褐红色，在阳坡，一种为青色，在背坡。所谓的阳坡，也是依照"山之南河之北称阳，山之北河之南称阴"的古老认知法则而命名的。阳坡承受日照多，岩石也接近太阳的颜色，背坡日照少，涵养水分的能力很强，其上的石头也如清水之色。

凡是农耕的活儿，父亲都会。打石头看起来是一件粗活，只要用钢钎、铁锤就可以了，其实不然。南太行的石头，大都很坚硬不说，而且面积大，多以悬崖的形式，悬挂在庞大的山坡的某一个部位。上面是土，还有一些树，要想把大块的岩石采下来，危险系数很高，需深谙石头纹理，尤其是石头和石头，石头和土壤、树根之间链接关系的人，才可以避免被砸伤。父亲和其他的农民一样，天然地对岩石及其纹路的走向有一种敏感，并会根据现场的情境，做出正确的判断。这些，都是只可意会不可言传的。

人和大地，尤其是人在某个地域的生存生活，熟悉其地理地形，似乎是与生俱来的一种天赋。每年冬天，不论是寒风呼啸，人在石崖上下被风吹透，还是一身热汗之后，又是一阵冰冻，即使大雪如盖，人在岩石上打滑，父亲也没过早地停过工。当然，他也累，非常想回家里躺下来歇歇，坐在火堆旁，抽着烟，静静地坐几个小时。

可母亲不让。女人看起来柔弱，可一旦强悍起来，就有了猛士的意味。我总是看到，父亲在大雪中抡着铁锤，母亲蹲着，手握钢钎，"当当当"的声音在空旷的河沟里，像是苦难的敲门声。如此持续了三四个冬天以后，父亲和母亲，一个男人和一个女人，采了足够盖三间房子的石料，又利用一个冬天，把不规则的石头，用铁锤敲掉多余的棱角，再按照石头自身的形状，分别凿成长条形状，以便用于垒墙。

石头房子的结构，也是一个技术工程。尤其是垒墙，石头和石头之间要相互严密咬合，再用另外的小石块塞住无法填补的缝隙，里外要垒两层，方才结实牢固，不容易塌掉。房顶上，也用石板，大的如门扇，小的如簸箕，门扇状的用来敷顶，簸箕状的则用来弥补大的石板之间留下的缝隙。因为，岩石自然形成之后，是一个不可分割的整体，人一旦将它们揭开（从中水平分裂出来），就再也不能够弥合了。因此，在用的时候，只能以拼接的方式，大致整齐，以下雨不漏水为最终目的。

前后用了五年时间，专门给我的新房子就立起来了，敷顶之后，内墙再用掺杂了麦秸的黄泥敷上厚厚一层，再用黄泥水抹一层，房子就算全部落成了。但这是从前的方式，到了20世纪90年代中后期，乡村的人们也开始学习城里人，即使早前修建的石头房子，也要做成白墙，即用白灰（白腻子），其主要成分，也是一种石头烧成的粉末。

距离我们村三十里开外的，与冀南平原接壤的丘陵地带，多的是灰釉石，用高温的炭块将它们烧得肝胆俱裂之后，整个石头，就成了细腻的齑粉，手一触，就散了开来，拉回家里之后，再掺上水，里面放些羊毛或者很细的棉絮之类的，和成黏稠的白泥之后，用工具一点点地抹在墙上，一两天时间，就全部干了，看起来又坚固又平整。这种石头，在唐宋时期就大规模使用了，冀南邢台驰名的白瓷当中，灰釉石也是其中主要成分之一。

再打了水泥地，置办了家具，我就住进去了。此时，我已经十六岁了。第一次住在距离父母亲较远的新房子里，在一股新鲜的木头香味与黄泥的腥味中躺下来，蓦然觉得整个世界都是自己的了，可也暗暗地害怕。小时候，常听爷爷和其他村人说，这黑夜里，有许多与人不同的东西，它们有的善良，多数是邪恶的，并且，它们还具有非凡的超能力。

可我想，我已经长大了，还有什么东西可以随便给予一个人额外的欺负和苦难呢？

这是深秋，凋零的大地上充满无休止的风声，尤其夜里，风的倍速和力度越来越高，越来越大。我入住新房子的第一天晚上，盯着在黑暗中也发白的新屋梁和椽檩，我想这房子是我的，再过几年之后，究竟是谁和我住在一起，成为夫妻呢？我想到了几个女同学，其中一个，我对她表白过，但被人家嗤之以鼻，还禀告了班主任。班主任是一个长我们几岁的同乡年轻人，那时他还没成家，一接到那位女同学的小报告，立马在讲台上跳起脚来，说，谁干的？站出来，这时候还可以原谅，要是负隅顽抗，接下来他将得到更严厉的惩罚。同学们面面相觑，一时间，教室里充满了猜疑的气氛。

尽管如此，我还是按住自己怦怦跳动就要飞出来，跳到教室挂满灰尘的房梁上的小心脏，一声不吭，最终逃过了班主任所谓的惩罚。因为，在向那女同学表白的纸条上根本没有任何落款。再一个女同学……当然是排在第一个女同学之后了，要是第一个女同学回心转意，愿意嫁给我，我肯定先娶她。第二个，也是女同学，人也漂亮，但就是有些傻里傻气的，但看起来还不错，起码在我心里，莫名地觉得她还是可以配上我的。

就这么想着，毫无知觉地睡着了，梦里边全是花花绿绿的，还有锣鼓花轿。这当然是假的，幸亏呼啸的大风把我惊醒，这庞大的无形之物，在我们南太行乡村，在我们家前后左右的山岭和众多的树梢、枯草上，进行着狂暴的袭击与屠戮。我听到树枝折断的脆响，好像夜的骨头应声而折，随后，又闷闷地摔在地上。窗户上连续响动着疯狂的打击乐。而其中最脆弱的，大致是尘土，再就是各种荒草，以及丢在田里的庄稼秸秆。岩石和沙砾，还有我们坚固的石头房子，是侥幸的。哦，还有河里的流水，以及流水中的苔藓、细沙，过冬的螃蟹、青蛙和蛇，它们早就预知了这一年一年的规定性的灾难，早早地遁入地下的巢穴或者岩缝里过冬了。

而枯草和树枝成了狂浪北风中被斩首和被高强度震慑的事物，我似乎能够听到无数在春夏秋三季把自己的身子挺得直直的蒿草们，在风中纷纷折断，如被腰斩般的痛哭叫声，有的像是婴儿撕心裂肺的哭喊，有的如壮士般大声嘶吼，有的如妇孺那样嘤嘤而泣。我觉得惊悚，不敢翻身。我在想，那风一定是有什么东西在控制和指挥的，而且，那个人，一定凶神恶煞，毫无怜悯之心，长相很凶，还必定有一只长满獠牙的大嘴巴和两只犹如蒲扇的耳朵；眼睛好像庙里神仙塑像那样，盯着每个进出之人；也可能，他的手里一定挥动着一把可大可小的法宝，大的时候，满世界都是鼓荡的大风，小的时候，人间就会风平浪静。

这使我想起老子的"物壮则老"和"坚强者，死之徒；柔软者，生之徒"等话，觉得这太有智慧的，就像人，远的不说，就说我的父母爷奶，他们都在壮年，可是，他们承受的苦难也最多。比如父亲，他在采石头和垒房子的时候，手上布满血口，一张开，就可以看到里面红艳艳的肉和血。我听奶奶说，有一次，父亲在采石头的时候，不小心从四米高的地方摔了下来，两根肋骨断了，休息了不到一个月，就又开始采石头。也像我的母亲，她一个妇人，为了给我盖新房子，也像一个男人一样去采石头，甚至扛石头。而那些草，生长的时候多么柔韧，镰刀有时候都割不断，身子看起来很挺直，有一种宁死不屈的慷慨，可在这如屠的北风之中，一根根地断了，有的不止断为一截，甚至成了草屑。

最可怕的是房顶上的风，有很多次，我听说，几户人家房顶的某些松动的石板，都被大风掀了下来，摔在院子里或者房背后，成为碎石头。我想，这么大的风，这新房子顶上的石板不会被风全部掀翻，甩在地上吧？风要是再大一点，会不会把这房子也吹倒了？想到这里，我的心脏发紧，有一种透不过气来的感觉。我打开灯，可还是黑黑的，这才想起，大风的夜晚，供电所早就拉了电闸，整个山区的村子，都陷入了原始的黑暗。关于这一点，村人都很理解，也知道，电力局怕哪里的线路出问题，造成大的火灾。因为，从市里到村里的电线杆子，多数栽在荒坡上，荒坡上覆满了枯干的茅草和树木，一点的火星，就会成燎原大火。我只好躺在风吹地动的黑暗中，等待黎明。也不知道什么时候又睡着了，黎明时分醒来，一切安好，日光打在窗棂上。我起身，打开房门冲出去，到院子里查看一番，所幸，父母住的老房子和我的这座新房子，房顶和四周的石板和石头都完好如初。我兀自笑了一下，心里想，爹娘修建的房子，真是结实，它真的能够替我们遮挡风霜雨雪，尽管日子苦一点，但有安全的栖身之所，这人生，当然是值得欣慰的。而这房子的每一块石头，都经过父亲母亲的手掌。

月圆之夜

梦里其实什么也没有。

倏然醒来，还没来得及回想梦境的悬疑及其素常意义上的暗示或者预兆性，就被一阵奇异的明亮惊呆了：这……天明了吗？不可能啊！那时候，我没有手表，更没有手机，只觉得奇怪，外面还是那么静，静得好像全世界都被封闭了，连平素彻夜闹腾的老鼠们也都停止了偷窃活动，但屋子里面大部分地方还是黑的，请木匠新打的写字台、组合柜等还在阴影中，只有轮廓。窗帘之外的天地亮如白昼，可我不敢掀开。我猜测，这时候大抵是午夜一点左右。

也就是子时，是一天和另一天的交替时刻，按照古老的五行的说法，子时暗冥，是子鼠的牙齿在不断咬破浓黑，逐渐走向淡冥的过渡期。在乡村传统意识中，子午相对，一个在极黑之夜，一个在中正之午，两者冲突而刑克，也是充满诡异意味的。因此，我害怕，甚至不敢掀开窗帘，朝外面看。此前，爷爷就对我说了很多关于子时和夜里的恐怖故事，如死去之人游荡的魂魄，山里修炼成精的各种动物，夜间行走和活动的各种邪祟等。我怕一撩开窗帘，就有一张脸贴在窗外面，朝里面窥视，正好与我的目光撞个正着。

可是外面明亮得令人生疑，不敢相信，肯定是月亮，可月亮怎么这么亮呢？尤其天光乍亮的时刻。也或许，神仙们趁着无人之际，在进行一场盛大的宴会。此时，万物回避，风清气朗，普照的月光是天地之间的明灯，也是天庭往返人间的走廊。我早就听爷爷说过，每年春天的月圆之夜，村子里新生的梨树枝叶的嫩尖，都会无故失踪，齐刷刷地，再多的梨树也无一例外。我问爷爷这是咋回事。爷爷说，梨树嫩尖是神仙最喜欢吃的，他们都是在梨树嫩尖被露水浸满的时候，统一采撷，然后带到半空中的宴会上去，分享给更多的神仙。爷爷还说过，月亮特别亮的晚上，连坟地里都是明亮的，咱们的列祖列宗都会醒过来，然后，在村子里走走转转，如同他们当年那样。

我觉得神奇，更害怕。我躺在新打的床上，盯着明如灯照的窗外。院子里的梧桐树早就挂满了叶子，蒲扇大的叶子往常总是摇摇摆摆，像是给谁扇凉。而现在，那些叶子竟然一动不动，一枚枚的，像是集体突然僵住的手掌。我翻了一个身，面朝里墙，却又觉得后背有一些眼睛在盯着我，有的不怀好意，有的显得迷茫。我急忙再翻过来环视，除了触手可及的大块大块的寂静，以及寂静中明亮如镜的均匀月光，连平素里总是在月圆之夜嗥叫的狼也鸦雀无声。

那些狼，大都在对面的南山。那里山高水长，林幛茂密，极少人去，当然是狼们理想的生活和捕猎疆场。冬天，下了大雪之后，狼嚎声彻夜不断，从对面的山上，穿过一道纵深的河沟，在村子内外激荡。家家户户都垒了严密的围墙，对猪圈的防备更是缜密，石头墙壁垒得高不说，还加了一层酸枣树枝。酸枣树枝长刺密布，密密麻麻地在墙头上压一层，再凶悍的狼也难以突破。

尽管如此，还是有人家的小猪无故失踪，不用想，肯定是被狼叼走吃了，大的被开膛破肚，早就命归西天。人就骂，又让那畜生祸害了啊！惋惜之心，犹如割肉。其实，猪也是畜生，但猪对人有用。而狼，这野生的猛兽，人难以驯服，就把它们狠狠地叫作畜生。想报复，却又无从下手。倒是有一年，有人打死了一条狼，还扛回来，炒了一大锅狼肉，叫村里所有人来吃。人吃了，说不好吃。父亲也让我去吃。我说我不吃肉。吃了狼肉，狼就会在我胃里边咬我。

可怎么就没有了狼嚎声呢？这么亮的月圆之夜。

再睡着，也不知道什么时候，公鸡的鸣声从村子的四面八方传来。我长出了一口气。爷爷说，鸡鸣的时候，就是万物从黑夜重回人间了，一切的事物，包括神仙，也都回到了他们原来的地方，不再占据人的地方。我拉开窗帘，发现月亮已经偏西，光亮也暗淡了许多，院子里飘浮着一层薄薄的黑，像是一层轻纱。这时候，也听到了诸多人家开门的声音。南太行乡村人家的门扉，大都是两扇门，很笨重，无论关上还是拉开之时，户牍都会发出"吱吱呀呀"的响声。再后来，有人咳嗽，有人说话，有人拿了农具，在石头上磕土。天要亮了，我安下心来，才觉得很困。这时，距离天色大亮起码还有一个多小时，我闭上眼睛，再次进入睡梦。

要是夏天，每个月的月圆之夜，就成了人们乘凉的天堂。坐在月亮底下，有小风不紧不慢地吹，那种凉爽，是现在的空调难望项背的。我则窝在自己的房子里，看书，或者躺在床上胡思乱想。十几岁的孩子，想的无非是将来怎么生活，做一个啥样的人，娶一个啥样的闺女做老婆。如此等等。但这些，却不是自己能够决定的。到夜里，还可以听到村里一些人的咳嗽声。因为热，又没有空调，电风扇吹久了，人很难受。不少人就索性扯了羊皮，或者毛毡子，睡在自家房顶。那个时候，南太行乡村已经开始流行平房，即水泥钢筋浇筑的。但人人都怕潮湿，就把极防潮的羊皮和羊毛毡子放在身下。

夜间的乡村是敞开的，无遮无挡，人的轻微的咳嗽，也会在空气中变得锐利，明亮的月光大致也是一种加速。一个人在自家房顶咳嗽几声，全村人都听到了，就连鸡和狗、猪和牛羊等，也都会睁开眼睛。

而秋天，特别是深秋的月圆之夜，大抵是一年中最明亮的，只比白昼暗淡一毫米。就连阴暗的茅房里，也明堂堂的。但秋季风大，时不时有狂浪的大风，也不知道从哪里开始，更不知道到哪里结束，呜呜地刮着我们的村庄，贫穷者的哀叹在其中湮没无闻，富有者也在其中毫无声息。我们村里有很多人趁着月明之夜，到山里去砍木头，扛到路边，天没亮就运到其他地方卖了。还有一些人，好像也是夜里的生物，睡不着觉，东家西家地跑，不是明目张胆，而是蹑手蹑脚，或是趴在人家的窗户根儿听夫妻之间的异常声响；或者偷听其他家族人员聚会议事；或者到其他人家的果树园和田里，把不属于自己的粮食和果子扛回自己家。那些年，属于我们家的三棵已经成梁的大白杨树，月圆之夜过后，就只剩下了圆圆的树桩，上面还有着清凌凌的水。

还有一年，父亲和弟弟都出去打工了，家里只剩下母亲和弟媳妇。也是月圆之夜，弟媳妇带着孩子，夜半，听到房顶上有响动，而且还很清晰地听到，是人在偷我们家新打的玉米，可弟媳妇不敢吭声，第二天一早，房顶晾晒的上千斤的新玉米没了。母亲听说后，责怪弟媳妇。弟媳妇也生气。我听说后，说，这事谁也不怪。妇道人家，贼早算定，你们不敢开门捉他们。而且，这偷玉米的贼，肯定是咱们一个村的，不然，不会知道父亲和弟弟出门打工去了。母亲叹息。我说，这没啥，也不是被偷了就饿死了的年代。以后，只能加强防范罢了，其他的，还真的没办法。

这显然是一起月圆之夜的偷盗事件，甚至，我们都可以猜出来是谁，可没有证据，无法证实；即使证实了，都是乡亲和邻居，怎么做都不合适。只能说，月圆之夜，有人在不择手段地获得，有人在忍气吞声地失去。自此之后，月圆之夜好像也成了人间的了，很多人在月光之下行动，各取所需，各奔目标。神仙和邪祟似乎都消失了。爷爷说，鬼神开始怕人了。我问他这是为啥。爷爷说，以前人心里还有点禁忌和敬畏，现在，禁忌和敬畏都没了。我点点头，并对他说，爷爷，你真不愧是咱村唯一读过书的秀才。我的这句话，爷爷显然很受用，笑着说，唉，那时候，俺读的都是四书五经，没有你们现在学的那些好。语文数学物理化学都很明确……这也是好处，可啥都太明确了，也不好。

对于爷爷的话，我似懂非懂。

直到他死后，有一次，我在月圆之夜偶尔路过他的坟地，才忽然顿悟，无论何时，人都需要敬畏感的，也要有些禁忌。人把一切都打破之后，就会以为天地之间唯我独尊，以至于为所欲为，毫无顾忌。正如《道德经》所说："人之所畏，不可不畏。天之所予，不得不受。"大抵，这话至今还是正确和有益的。只是现在，我极少能够在月圆之夜，在南太行乡村体验那种"夜间的变迁"了，一切的事物，都在无形地流徙与革新，这是大自然自身的能力，也是天地之间永恒的定律。

（《福建文学》2021 年第 6 期）

天工开壶

徐 风

精华在笔端，
咫尺匠心难。
日月中堂见，
江湖满座看。

——唐·张祜

序章：晨课

清晨是从一炷袅袅上升的烟气里开始的。

这是他每天必做的第一件事。给师父的坐像点燃一炷香。并不飘忽的青烟里，他的目光与师父似有会心的交融。

用干湿相宜的毛巾，给坐像轻轻地擦洗一遍，也是天天。紫砂的材质，经年累月，在纱巾的摩挲与清水的淘洗下，已然现出一层薄薄的包浆。

一份时光的旧气，一种时间与空间交融的肌理，让一张饱经沧桑的脸，具有了丰富的层次与质感。

时光就这么一天天、一年年过去。师父的目光有时冷峻，有时温煦，有时凝重，有时明快。他知道那是自己心念的折射，但又何尝不是师父在冥冥之中传递给他的信息，或者，是自己把相应的信息传递给了师父所引起的碰撞。

一天的工作，就这样开始了。

时间久了，就变成了一种内心的需要。他知道，这一节晨课于自己非常重要，因为它直通十八年的师徒生涯。然后，师父离去二十余年。他为师父焚香祈祷，从无一日间断。

师父名叫顾景舟。

这个名字带走了一个紫砂时代。而且，他留下的壶，还在继续书写新的故事。那些故事与年代、与手艺史有关，与地域、与紫砂江湖有关，与收藏、与紫砂壶的身价有关，与当年跟他的徒弟们，更是休戚相关。

早先，师父非常重视晨课。那并不是一个工艺科目，也不是机械划一的程序，而是酝酿一种饱满的精神状态。比如，你怎么进门，怎么坐下，坐在椅子上的姿态，是蓄力待发，还是松松垮垮。在师父看来，你是什么样子，壶就是什么样子，每一把壶都有自己的精神状态。那种状态，都是制壶的艺人给的。比如，你的工作台（业内俗称"泥凳"）是干净的，还是邋遢的；工具的摆放是凌乱的，还是井然有序的；装水的陶罐里，水是隔夜的，还是新鲜的；水笔帚是干净的，还是拖泥带水的，都有讲究。

这些，都是晨课的内容。

然后，做好了这些，你就听到一声咳嗽，不高，也不威严，但很有穿透力。就是这么一声咳嗽，让大家顿时就安静下来。静到什么程度？一根针掉到地上，你都能听到一声巨大的轰响。那是顾辅导的气场。那个年代，没有什么大师的说法，辅导，是紫砂业最高的称谓。顾辅导，一直被徒弟们叫到他临终的那一日，然后，一直叫到今天。

徒弟葛陶中，说在师父身边的十八年改变了他的人生，并不是一句空话。

"跟我的人，有文化的，得我艺；没文化的，得我技。"

这是顾景舟的原话吗？显然，是被一个写他传记的作家善意地改写了。顾景舟不会那么自负，拿文化来说事。但是，这句话准确地传递了顾景舟当时的心情。如果要恢复原话，那就要换上两个人的名字。此话是顾景舟私下与朋友说的，如果征求他的意见，他未必愿意公之于世，换上"文化"，他最后会同意的，因为那原本就是他要说的意思。

做顾景舟的徒弟，是不是都要被放进太上老君的炼丹炉里，煎熬七七四十九天呢？

炼成丹，太难了。不就是做一把壶吗？不就是一门手艺吗？

说到底，师父心里自有一本账，徒弟们心里也都有一本账。

艺与技，两者之间能剥离吗？顾景舟说，紫砂壶的形气神，形是第一位的，没有精准的形，遑论其他。

用什么来支撑"形"？那就是绝妙的技。

技，是一种用肢体语言演绎的术语，它背后的支撑，是用时光打底的。顾景舟说，学做壶，起码的功夫是十五年；最终呢，没有最终。就像人只要活着，就要呼吸、就要吃饭；有一天，做壶人突然走了，留下的器与工具，还在替他说话。然后，那张他用了几十年的、满是包浆的泥凳前，又来了一个人，拿起了他的工具，又留下了很多器。

是的，做壶人走了，壶还活着，工具也还活着。

第一章：记得

一日，得一梦。师父问他：陶中，我教你的古法制壶，你可都还记得？

陶中不假思索地说：师父，记得。

师父：打一个身筒给我看看。

继而，又说：就做一把茄段壶吧。

陶中以为，师父会让他做一把满瓢壶。但是，当师父说出茄段二字时，陶中心里顿时明白了。

这是师父的壶。

在他之前，有真正的茄段壶吗？翻遍紫砂古籍，没有。从明代开始，时大彬、陈鸣远、邵大亨、杨彭年、黄玉麟、程寿珍，都没有做茄段壶的记载。

第一个把自然界的瓜果花卉做到壶上的人，是明末清初年间的陈鸣远。是他让一把饮茶的器皿有了儿女情长。他的"东陵瓜壶"，看似一个老南瓜，实则是个气节故事。说的是秦代，有个前朝的官员召平，曾经做过东陵王，不肯为新政做事，甘守清贫，在城南种瓜谋生。他种的瓜又大又甜，人们称之为"东陵瓜"。

清代的"曼生十八式"里，匏瓜壶是有的。匏瓜是什么瓜？其实是葫芦的变种。它是一个丰满的几何体，化到壶上，体现着一种田园牧歌的乐趣，象征着丰收与圆满，从器型的角度看，也向壶手提供了一种挑战。

匏瓜壶在江湖上走了一百多年，它后来的名字叫"匏尊"。

清代制壶名手何心舟，做过一把瓜形壶，那是比较接近茄段壶的器型了。何心舟一生制壶无数，好壶自然要流进宫中。"造办处"有记载的，是他的瓜形壶。此壶饱满，圆融，趣味横生。

清末的制壶高手范大生，也做过瓜形壶，风格与何氏壶比较接近，都是走圆润丰满这一路的。但是，与顾氏"茄段"相比，出入还是大的。"茄段"一词，在师父之前，向无查考。师父的制壶履历里，年轻时，为谋生，给上海"铁画轩"古董店赶制过"瓜梨壶"，顾名思义，那壶似瓜若梨，器型自是饱满温润。顾景舟从来自爱，制作这批壶时，因有帮手，非其一人所为，故在壶底打款"自怡轩"——此乃师父上海仿古回乡后，在谋饭的"商品壶"上专用之印。从今天的眼光看，那批壶虽然是急赶的活儿，但不失工稳与老到。但是，跟后来的茄段壶相比，气度和器型上，还显得有再造之处。

徐汉棠是顾景舟的大弟子，在谈到茄段壶的时候，他也认为，紫砂的历史作品里，并无"茄段壶"之说。

那么，茄段壶是师父的原创作品吗？

师父却从来没有这样说过。

制壶这一行里，有句术语叫"自体伸缩"。对一个既定的器型，可以拉高，也可以压扁，可以把弯流改成直流，可以把圆纽改为扁纽；可以把筋囊改成抽角或圆柱。唯一的底线是，和谐、圆满、对称、得体。

显然，顾氏茄段壶是从古器中的瓜形壶、匏瓜壶中演变过来的。这个"演变"，要能让人服气，你得有自己的理念支撑。古人之古器，板上钉钉；无数法眼，过目不忘。你凭什么来折腾一把古壶？也就是说，你把前人的作品改来改去，能比他高明吗？你得说出点道道。

于是师父有了这样一句话：能改掉古人的毛病，也是创新。

茄段壶当如是。

如此，又出现了一个问题。既然此壶是演变的结果，或者，已然带有创新的意味，那么，为什么还称是"古法制壶"？

古人在承继前辈作品的时候，都遵守着一个默契，也是制壶的"根本"——矿料天然风化、石磨碾碎、打泥片、镶身筒……的制壶方法。古人认为，壶乃为茶而设。清虚足以侔古，廉白可以当世。这是古人心目中，人性的最高境界了。茶修，则是古人通向此境的一条栈道。通过饮茶，润喉吻，破孤闷；进而上升到肌骨清、通仙灵，欲乘清风而归去——通向"清虚"境界。

茶之真香，要靠茶壶来催发，所以，"宜茶性"，是一个壶手首要考虑的东西。茶性是通人性的。所谓古法制壶，就是古人在制壶的时候，总是想着，如何让饮茶者，通过这样一把壶，最大限度地焕发茶的灵性与韵味，并且，把这种灵与味传递给饮茶者。

然后，茶也一定会以它的灵气来熔铸壶魂。一把壶的气质，天定佳质之外，还要茶来养。壶魂也是一团气。瓯露弥山味，清欢远世尘。茶人壶中，要对味，就像一对伉俪，处到最佳处，会有夫妻相。茶和壶的气息融到一起，还会熏染持壶人的气息，壶面即人面，所有的气息加到一起，便是包浆。

所以，你可以改壶型，可以变气质，可以塑灵气。前提是，你得尊重自然法则，把最大的"真"还给真。

这应该是顾氏赋予"古法制壶"的内涵。

山云犹淡泊，安者乐清虚。假如这是一幅超脱的仙境图卷，你一定不难找到，仙者身畔会有一把壶。

明代陈继儒的《小窗幽记》里，把"一轴画、一囊琴、一只鹤、一瓯茶、一炉香、一部法帖"当作是缺一不可的人间妙趣。这其中，"一瓯茶"应该是清心醒脑、提神回甘的主打。

做壶的人，应该有这样的自信。

那一日，陶中俯下身来，拿起一块泥，正要开始打泥片。师父叫停，说，从选矿土开始，一步也不要落下。

说完，看着他，目光清癯。

那个梦境的最后一个画面，是师父的略显佝偻的背影，踽踽远去。

茄段壶，陶中心里慢慢地升腾起一把壶来。师父断断续续地教他用古法制壶，一共教了六七把，比如，满瓢、双圈。茄段壶，于他是最紧要的一把。

那是很多年前的事了。

第二章：茄段壶

【黄龙山】

记得当初到师父身边的时候，老听他讲起两个古人，一个叫周高起，一个叫吴骞。

起先，他不知道他们是干什么的、是哪里人。后来，他慢慢知道，周高起是明代人，籍贯江阴；吴骞就在宜兴本土，一个清代的文人。师父提起他们，神态是敬重，也有淡淡的惆怅。

有一天，他看到了师父的一摞手稿，是用工整的小楷，抄在毛边纸上。他扫了一眼那稿子上的标题：《阳羡茗壶系》。

他没敢多问。

直到有一天，师父给徒弟、学生们授课，说到了紫砂历史，提到了那两个人。说他们各写了一部书，讲紫砂的，是紫砂历史上最早的两部书。

然后，有一次，师父带着他上了黄龙山。

那山不高，就在丁蜀镇的边上。不远的地方是青龙山，也不高，山上出青石，可用来烧石灰。黄龙山到处都是黄石，烧不了石灰，但能用来砌屋，捣碎了还可以铺路。它的岩石层里，藏着紫砂矿土，这个秘密，是让一个叫周高起的明代人说出来的。但是，紫砂矿土在哪里，一般人并不知道。

原先，紫砂泥并不是泥，而是含铁量非常高的矿石。这么说吧，在你没有遇到它并将其从地底下挖出来之前，它是沉睡的，或者是死的。在地底的时候，因为地壳压力是无机的，周遭便是它的万古长夜。然后它被你触摸到了，这非常偶然。你一锄头下去，它松动了，然后被你搞定。为什么是你，而不是别人，这件事，没有谁能讲得清楚。有一点可以确定的是，自它松动并且被你拉出矿洞，就开始沾染人的温度。

天日，这也是一个关键词。阳光和空气让它有了呼吸，一阵风一片云一场雨，它就开启了生命的旅程。相信那里面有无数生长的菌丝，把砂颗粒联结起来，产生了塑性，使得泥砂有了很好的延展性，这和做面食的面粉发酵的道理是一样的。

然后是风化。冰霜雨雪都来了，让时光来摆平一切吧。矿土里的火气土气就被降服而消融了，相信那是古人的智慧。有的艺人性子急，今天挖出来的矿土，明天就碾碎了用来做壶了，结果放进窑里一烧，开裂了。于是懂得，应该让矿土放在露天里风化，任凭雨水冲刷。长久的风雨剥蚀，会去除自然界中的矿物含有的可溶性的盐，这种可溶性盐经过高温会变成釉，但紫砂是无釉的，独一无二的透气性，让它一直牛到今天。

记得那一次到了黄龙山上，在一处岩石上坐下，师父环顾四周，朗声念出一段文字：

"相传壶土初出用时，先有异僧经行村落，日呼日：卖富贵土。人群嗤之。僧曰贵不要买，买富何如。因引村叟，指山中产土之穴去。及发之，果备五色，烂若披锦。"

你们可知道，这段古文是什么意思吗？师父问道。

徒弟们面面相觑。

师父开始了讲述，他讲话的语速，跟迎面吹来的风很搭，是缓慢的，温煦的。

"相传，陶土初出土时，先有一个模样怪异的和尚出现在附近的村落，见到行人就喊：卖富贵土啊，卖富贵土啊！村上的人没有一个是相信他的，反而都取笑他。那怪和尚又说：'贵'不要买，买'富'总可以吧。村上的几个老人半信半疑，便跟在他的背后，往上山的路径而去。走着走着，果然来到一个很大的坑前，但见五光十色，仿佛披上了锦缎一般。"

这个故事，陶中似乎在哪里听到过。但是，经师父一讲，味道完全不一样了。师父的讲述，是一种接通——非但链接到古时，也让你浮想联翩到未来。此时每个人的想法应该是不一样的。陶中觉得，一个古老故事匣子打开了，但故事并没有完。师父在讲古人的时候，实际把自己也摆进去了，余下的故事，是他自己在续写。

想来，明代的那位周高起先生，是做了很多功课的。他还知道，紫砂陶土并非只有黄龙山有。比如，嫩泥出自赵庄山，此泥可以调和一切颜色的泥，好比是一种黏合剂。赵庄那个地方有山吗？有，跟黄龙山一样，不高；今天的人，可能会说，那算什么山啊，不就是个土坡吗？可是，有人推测，明代的时候，它可能还是蛮像一座山的。关键在于，那山上还出一种石黄泥，当它还在山中岩石夹层里时，它其实就是尚未风化的石骨。古人的记载是这样的：接触到了空气，它立马就变了，坚硬的质地，慢慢地风化，变成碎片。而烧制出来的颜色呢，是纯正的朱砂色。

"土出诸山，其穴往往善徙。有素产于此，忽又他穴得之者，实山灵有以司之，然皆深入数十丈乃得。"

这段话里，是不是包含着一个古人内心隐约的迷茫？可以想象，周高起先生写到这里，笔端有点滞。他的意思是，陶土原本是在各自的山里待着，它们是不带翅膀的。但是，在此处矿洞里发现的土，忽然在彼处山上也何其相似地发现了。

这是怎么回事？

仿佛它们有灵性，是跟着人们的脚步走的。在作者看来，这是个谜。然后他做出了一个判断：上佳的泥料，应该都在地下数十丈的床处。它们是否会像走亲戚一样，相互串门呢？

后来的人对周先生的说法，给予了一种尊重基础上的否定。他还是对此地的山势不熟。其实，早期的黄龙山东段属于台西，西段北面属于赵庄，南面属于白宕，西段与青龙山交界处是宝山、团山，东南一块是蠡墅。所以，后人说到的赵庄山什么的，都没有跑出黄龙山矿区的范畴。

说来说去，还是说的黄龙山。

那本书上还写了什么？师父那天兴致高，说，想听的话，再给你们讲一段吧。

"造壶之家，各穴门外一方地，取色土藏于窖中，名曰养土，取用配合，各有心法，秘不相授。壶成幽之，以候极燥，乃以陶瓮庋五六器，封闭不隙，始鲜欠裂射油之患。过火则老，老不美观；欠火则稚，见沙土气。若窑有变相，匪夷所思。倾汤贮茶，云霞绮闪，直是神之所为，亿千或一见耳。"

那些造壶的人们，都会在自家门外辟出一块地。把他们取来做壶的矿土，按照老祖宗的做法，筛捣加工，藏进地窖里。老祖宗说过，这土要养，伏它几年也不晚。民间有句话是：心急喝不来热白粥。

何时取用？自己琢磨去吧。所谓各有心法、密不授传，说的是人做事，要靠心情，也要琢磨章法。壶坯做成，置于专用库房通风阴干，待完全干燥，放入专用匣钵，入窑烧制。过火则老，美观则无；欠火则稚且嫩，呈沙土气。运气好的时候，会有意想不到的"窑变"，那只怕是火神爷秉承上天的意志，给予某一把壶额外的造化吧。当一注香酽的茶汤从壶里倾泻而出，壶身受热，经茶水浸泡而产生的那种云霞绮闪的视觉效果，太让人惊呆了。

师父说到这里，微微一笑，不再言语。

很多年后，陶中回忆起当年往事，心头温热，仿佛就在昨天。

取矿土，要懂得眼口与宕口。

想那早先，去黄龙山上掘矿土，大都是在山脚下，南坡或北坡，先要找矿石露头处，沿泥层，步步掘进。其裸露的矿口，如同一只眼睛，便称眼口。

眼口做大了，就成了宕口。也有做不大的，挖下去没几下子，寡味得紧，看不出什么稀罕，这眼口就瞎了。

早年掘矿，无非一把榔头、一把楔子、一根钢钎，至多再加一把尖嘴锄。

那尖嘴锄，仅半截手臂大小，却锋利无比。挖矿的人都知道，蜀山北街黄麻子铁匠铺里打出来的尖嘴锄，最是得手好用。

黄麻子邻居马先生，断文识字的塾师。有一天给黄麻子讲了一个段子，说是有一本古书，极神妙，对挖掘类器具的制作，是这样说的：

凡冶地生物，用锄、镈之属，熟铁锻成，熔化生铁淋口，入水淬健，即成刚劲。每锹、锄重一斤者，淋生铁三钱为率，少则不坚，多则过刚而折。

黄麻子哪里懂得文绉绉的词儿？马先生还得一句句翻译给他听。黄麻子一拍大腿，说：知道了！生铁与熟铁要搭配起来，锋口才最厉害。

这个道理，他要马先生不要告诉别人。

马先生山羊胡子一撇，说：书，又不止我一个人读。

黄麻子跺脚：你不说，哪个知道啊？读书人，就你眼刁。

马先生哼一声，说：老祖宗早就把道理教给天下人了。

后来，马先生过世。临终前，说要把心爱的几本书带走，其中一本，就是被他翻烂了的《天工开物》。他对黄麻子说：教你的道理，就是这书上说的。这本书，本想带走的，还是给你吧。

黄麻子眼泪掉下来，说：我不识字，但我会让儿子识字的。

双手将书接过，深深一拜。

都知道，蜀山地带，还是黄麻子铁匠铺打出来的器具好使、得用。

生与熟，要搭配。就像阴阳、黑白、虚实、凉热之间的互补、平衡关系，天知地知，你知我知。

这话不是黄麻子说的，也不是马先生说的，是懂壶的文人说的。文人不会做壶，但他们懂这个世界。

古人与古壶，是在历代文人留下的文字里，才活到今天。

像鹰嘴啄地一样，慢慢地，掘土者把身子钻进矿土层中了。

看准了泥层的走向，采掘进深约二三十丈，左右观照，此中有否上等矿土，彼时已然明了。若尚有开采潜力，便可稳扎稳打，步步推进，凡挖进丈余，便要以石砌拱，以防塌方危险。宕洞不可大，否则容易倒塌，能容一人之身即可。坑道口，也用黄石块砌成相互支撑的拱券门洞。靠掘土养家活口之人，彼时已将一条贱命系在腰间，这跟下煤窑有点类似。宕洞黑暗，愈往里走，空气愈稀薄，不可掌大灯。否则，火苗与人争夺空气，灯熄了，人也透不过气来。但若不掌灯，黑咕隆咚什么也看不见，只能掌一豆油灯，衔在嘴里，门齿紧咬灯把，不敢有半点松动。所谓一灯如豆，仅照见眼前方寸之地。

掘土的人里，也有自己做壶的。他是要省下买土的钱，弄几两白酒喝喝吗？这倒是其次；紧要的是，做壶的人须懂得泥的脾性。他要做什么样的壶，要选配什么样的泥，只有他自己心里明白，他不会跟人探讨，哪怕失败了重来。最后的秘籍终在他手，他的造化即是壶的造化。

都知道，黄龙山上，北坡宕口的泥，品性比较纯良，性子温和，像女人；南坡一带的泥，性子暴躁，像汉子，更像不肯驯服的野马。柔与刚，于紫砂壶，都是要的。一把壶里，北坡的泥放多少，南坡的泥放多少，壶手心里有数，但从来秘而不宣。

此地人骂人的时候，禁不住会用南坡的泥来形容："臭脾气，南坡纳泥！"

纳泥，是当地方言，泥巴的意思。

一口最原始的矿井的形成，是颇费时日的。哪能几锄头下去就挖到好土呢？除非你走了狗屎运。不过，既然有这个词，就会有这样的运气兑现。一般来说，挖到一个好泥的宕口，就可以喝一阵子小酒了。这宕若是挖得久长，经年累月，他的名字，也变成了这个宕口的名字。通常，此地人习惯，第一个做原创茶壶的人，那壶就随了他的名姓。是敬重，也为好记。比如，最早的供春壶、吴经提梁壶，后来的曼生石瓢、子冶石瓢，都是人名。壶是人做的，宕也是人开的，于是，北坡南坡，就有了二喜宕、苦根宕，就有了庆生宕、德宝宕。后来，也有用姓氏做宕名的，如葛宕、鲍宕、陈家宕、白宕等。

　　即便是最好的泥宕，一点一点往外掏的，也并非全是可以做壶的矿土。

　　所谓好土，好比五花肉中的精肉，一层一层的，隐藏在甲泥当中。甲泥，是深藏于地层中未经风化的页岩，紫褐色，似铁甲，故名。说甲泥是五花肉里的肥肉，还是过于抬举了，它其实就是次于紫砂矿土的泥料，砂感差些，可塑性差些，做壶会养不出包浆；但用来制作花盆杂件之类，还是好的。而"精肉"——紫砂上等好泥，要小心翼翼地从甲泥中剔选出来。于是，文人便说它是：

　　岩中岩，泥中泥。

　　早先人们的记忆里，黄龙山上并没有想象中的那种疏竹密林、冈峦重叠的风情，所谓落霞孤鹜、秋水长天的景致，都是《芥子园画谱》里古人的精神标配，此间还真是难觅踪影。就算给这里的人们送"富贵土"的始陶异僧，也并没有留下他的半个脚印。文人没有给他写诗，也许是因为他只给手艺人饭吃。而诸般雕虫小技，又难入文士法眼。环顾四周，类似于风雨剥蚀的古朴茶亭，卧龙高士般的敞亮茅舍，牧牛的孩童吹响的竹笛，以及小仙女的裙裾飘拂，都与黄龙山没有关系。

　　民谣或山歌会有吗？

六月溪山日头黄
乌龟出洞赶黄狼
黄狼逃开千里路
乌龟饿到肚皮光

六月溪山日头黄
茶壶跌破好心伤
千补万补修不好
换把好壶心舒畅

六月溪山日头黄
新开茶壶八面光
老板官人都欢喜
添财进宝昼夜忙

　　显然这调调与黄龙山有点沾亲带故。但从文字看，已然经过了搜集者的"整理"，某些过于"工整"的文字与韵脚，暴露了些许缺乏野趣的拘泥。

　　显然我们找不到这山歌或民谣的原始传唱者。从字面看，有一点尚可确定，茶壶乃是该地陶瓷圈里的主打。无论老板还是官人，乃至平头百姓，对茶壶都有欢喜心。而且，一把好壶的被摔破，给其主人带来的"千补万补"的遗憾，说明它已然是有身份人的心头宝爱，早就超越了一件喝水器皿的范畴。

　　有一个民间细节，或可表明挖宕矿工是不甚快活的。此地人的娱乐里，"克牌九"是一种流行的玩牌方法。克，就是押，赌注的意思。卖劳力的人，空闲时也可以去"克"一把，试试运气，也调节一下疲惫的身心。可是，挖宕的人，忌讳这个"克"，此地方言里，克即是倾倒，就是塌方的意思。就像烧窑的人不能说"熄火"，装窑的人忌讳说"破"

一样。所以，从你挖宕那天起，你便不能克牌九了。

苦命，并不是单指干活累，而是即便有点小钱，也不能玩自己爱玩的东西。如此说来，黄龙山带给挖宕人的幸福指数，确有些偏低。

举目东眺，离此不远的地方，有一座蜀山，苏东坡到过那里，是留下传说的。《阳羡茗壶系》这样写道："陶穴环蜀山，山原名独。东坡先生乞居阳羡时，以似蜀中风景，改名此山也。祠祀先生于山椒，陶烟飞染，祠宇尽墨，按《尔雅·释山》云：独者蜀，则先生之锐改厥名，不徒桑梓殷怀，抑亦考古自喜云尔。"

蜀山无陶土，山坡上陶穴环绕。每到夜间，但见陶烟滚滚，火龙飞舞，映照夜空，叹为观止。按字面理解，陶穴，是烧制陶器的土窑，还是烧窑汉子的居所？

应该是土窑群吧。

此文想告诉我们，蜀山原名独山，北宋时，苏东坡卜居阳羡，徜徉于蜀山脚下，见此山颇似家乡山景，故改独山为蜀山。后人建苏公祠于山椒，以兹纪念，如今陶烟飞染，祠宇尽墨，作者偶阅《尔雅·释山》，至此处，发现竟然写着"独者蜀也"。则苏东坡当初改独山为蜀山，并不仅是怀念桑梓，而是有考据，独与蜀是通的。

说来也是，苏东坡在阳羡留下的故事颇多。他对百姓总是谦恭有加。比如，他置田买地，曾买下一座乡村宅邸，不料此宅的贫寡老母不允而呼天号地。东坡闻知内情，当即撕毁房契，向老太太赔礼。又因老太太贫病交加而未索回买房之银两。如此慈悲心肠，他不至于会把当地的一座山贴上自己家乡的标签。

后来，有当地民间传说，说东坡见此山，脱口说了一句：此山似蜀。当地人赶紧将独山改为蜀山。

他犯得着吗？

尽管，所有的附丽皆是善意。

总之，此山与一个叫苏东坡的人搭界了。此地俚语，稻草绑在龙虾上，便是龙虾价。这话用在蜀山上有点损。因了东坡，它是得了许多浮名，却不是它自己要的。人们附加给它，其实是为自己，因为他们靠蜀山吃饭。蜀山脚下，芸芸众生，俱是制壶与烧壶，以及陶器买卖的名利之场。又因蠡河关切，山与水盘绕互动，各自滋生活力，变成一个无法替代的活色生香的巨大气场。几百年过去，哗哗响的金银，流向了它的每一寸空间。春风沉醉，岁月不居。人们在享受蜀山、消费蜀山的时候，谁也不会忘怀，几乎所有的传世茶壶，都是黄龙山的矿土制成的。

后来紫砂壶就变得越来越金贵了。

当然是文人在鼓捣。

"人间珠玉安足取，岂如阳羡溪头一丸土？"

写此诗句的文人，并没有来过黄龙山，他叫汪文柏，清代浙江海宁人。他的意思是，人间的珠玉有啥意思呀，还不如阳羡溪头的一丸紫砂土呢。

汪公写此诗，乃是遇到了制壶名家陈鸣远。作为一个喜欢出游的制壶艺人，陈鸣远的腿比较勤快。古时有本事的人，在家里总是待不住。他怀里揣着些壶，心里总想着，要给它们找到可以托付的知己。一路走啊走，就到了浙江。遇见汪文柏这样的壶痴，应该是彼此的造化。汪某人家世富贵，金玉之类甚多不怪，俱是闲抛闲掷；紫砂好壶，却是稀罕之遇。在他眼里，一枚陈壶，哪里是人间珠玉可以相比的呢？有看客发嘘声：饿你一个月，看你还怎么说。

其实，真要是价超珠玉的紫砂壶，想必早就脱了泥胎，得了真气。那还是壶吗？但是，它若不是壶，喜欢它的人，怎又会恨不得将自己的命融进去，须臾不离地宝爱呢！

不管如何，汪诗落地，紫砂壶便有"寸土寸金"之说。

看客又说，有那么金贵吗？

且慢，汪公说的是壶，并不是专说的砂土。这一把土，在谁的手里，做成什么样的壶，才最重要。

紫砂矿土不是田黄，不是鸡血石，也不是翡翠。就原料而言，它并不金贵。

说它不金贵，也是有历史资料佐证的。二十世纪五十年代初，一百斤"底槽青"紫砂生泥的价格，是一元钱。

底槽青，是紫砂泥里的极品。

略次一点的"中槽青"泥，一百斤的价格是八毛钱。再次一点的"野山红棕泥"，一百斤的价格只有五六毛钱。

也就是说，由于太贱，紫砂生泥是以百斤为起码单位出售的。到了一九六二年，一块上等的二十五斤重的紫砂生泥，长长方方，做成年糕形状，颇有礼品感，它的身价也只有三毛五分钱。

今天看来，这是一个令人沮丧的价格。

查阅资料，那时一把"甲等"紫砂壶只卖三毛钱，略低的壶，只卖一毛五分钱。

不过，同样的一把泥到了顾景舟手里，他的一把洋桶壶，最低的价格也没有少于八斗米。

民国战乱时期，货币不值钱，江南地带民间交易，都是以大米来结算。那时一个乡村教师的薪金也不过五斗米，所以才有"不为五斗米折腰"之慨叹。

不过，后来有一种来自权威机构的说法，让紫砂泥又金贵起来。说是除了黄龙山以及毗邻矿区，别处都没有紫砂泥。

别处没有，外地更没有。

有外地人来，风尘仆仆捧着一抔土，看着像紫砂泥，他们要争个理，别说这土只有宜兴有。陕西延安有，广东潮州有，浙江长兴、宁波有，安徽广德有，广西钦州也有。

做把壶一试，气孔、色泽、感觉、味道，怎么看都不一样。

不一样，外延很大。

砂感、透气、可塑，是紫砂壶的关键。烧成后的紫砂壶，内中有大量的团聚体，布满大量的气孔群。所谓发茶之真香，就是要靠壶体的透气孔，茶水不可能通过气孔渗出来，水蒸气却可以。那是千千万万个水分子的倾情蒸发。随之蒸腾而起的，是人的愉悦心情。

再做一个试验。外地的"紫砂土"，可以用来拉坯、灌浆；宜兴紫砂土不行，它必须经过打泥片、镶接身筒方法来制壶。早先也有人突发奇想，用紫砂泥拉坯，结果惨败。那壶是漏水的。顾景舟传记《布衣壶宗》一书，写到当年紫砂厂为了赶上"大跃进"的步伐，用紫砂泥做拉坯壶，放高产，在"广交会"上出了洋相。顾景舟忍不住拍案骂人了。

后来有"紫砂拉坯壶"问世，那是在紫砂土里加进了其他材料，它的脸，怎么看都不太舒服。老实说，它已然不配为真正的紫砂壶了。

还有一个关键是，一把壶背后，要有诸多支撑。

你有貌似"差不多"的矿土，行，你做壶吧。可塑性、透气性之类且放一边，你有文化底蕴、手艺史、饮茶史、风俗史的支撑吗？

如此看来，一把壶的背后，绝不是空的。

【开始做壶】

谨遵师嘱，做一把茄段壶。

就器型看，那是光器里古朴的一种。前些年故宫出过一本《宜兴紫砂》，都是明清时期宫藏的紫砂器。明代中后期起，文人的审美，讲究宁古无时、宁朴无巧、宁简无诘。体现在紫砂壶上，就是返璞归真、不事雕琢。在几百件打入宫中的紫砂壶里，并没有茄段壶。类似的壶型，找来找去，只有一件瓜梨壶。

无疑顾景舟喜欢这样的壶型。早年在为上海"铁画轩"赶制一批紫砂壶时，特意向"铁画轩"老板推荐了它。不过，当时他并没有称其为茄段壶。

仔细观察，当时以"自怡轩"为壶款的那批壶，跟后来他做的"茄段壶"相比，风格趋近，但细部的变化还是大的。

最大的区别在哪里呢？

葛陶中认为，瓜梨壶，还是瓜果的概念。演化到壶上，它的肩颈丰腴、壶体丰盈，过渡到壶底，却慢慢下沉。这个沉，是沉潜，是沉穆，也有些许的厚拙与沉郁。当时顾景舟要养家。虽然他自己并没有成婚，但父母和几个弟弟，除了租种别人的一点薄地，并无其他收入。做这批壶正是盛夏，乡下闷热难当。上海在催货，一天也等不得。按顾景舟的性格，急火饭是不做的。但是，人家付了定金，你一点办法也没有。是夜，寂寞的乡村如一口焖锅，蚊虫飞舞，顾景舟等在昏暗的油灯下，挥汗如雨。只能把双脚放进灌满凉水的陶瓮里，这样不仅可以降温，还让蚊虫叮咬不着。肩膀上搭一块湿毛巾，是吸收汗水的。特定的情景，人的心情难免留在壶上。纵然，从壶面上，你看不出半点心急火燎的印记，但是，略略下沉的底部，却传递了这样的信息：人在低处时，任何的高蹈、优雅都只能在念想中回味，不气馁、不沉沦便是气节超拔。

按照约定，顾景舟没有在这批壶上打自己的印款，一是因为还有其他帮手，最重要的是，这壶于他，只是说得过去的商品壶。"自怡轩"是他从上海仿古回来自起的斋号，有信心满满的内涵。

等到顾景舟再做此款壶时，瓜梨消隐，茄段从容登场了。

茄段壶，像一个立在那里的团茄，整个散器型所散发的，是一种拙朴、圆浑的气息；与瓜梨壶相比，则增加了劲挺、高蹈的气度。

是的，劲挺与高蹈。彼时的顾景舟早已不是"自怡轩"时期的那个乡村壶手了。茄段壶，保持了瓜梨壶的简练与厚拙、沉穆与凝重，底部的拉高，使得壶体蓄满劲挺的力道，气质里的高蹈，是要有内涵支撑的。顾氏人生到了晚年，已然登高远望、一言九鼎。

从最早的瓜形变成茄段，连接着历代艺人的心结。师父没有讲过，最早的匏瓜，到后来的瓜梨，为什么到他手里，就变成了茄段。

古人与后人，并不能颔首相望。但是，他们能在存世的一把壶上，找到先人的精神脉络，以及做壶时的精神状态。那层层推展、环环相扣、收放自如的线条，演示的是无止境的生命律动，一生二，二生三，三生万物。

现在，由葛陶中来做茄段壶了。

他选了存放多年的黄龙山老紫泥。

老紫泥，也有生、熟之合。生泥的概念是，它是陌生的朋友，但并不是刚进屋的陌客。它和熟泥一样，老家都在黄龙山。最早的时候，它坚硬如铁地待在山肚子里昏睡。一昼如万年，万年如一昼。某日某刻，它是在一种懵里懵懂的状态下被唤醒，随即离开万丈昏暗的老家的。假如它有眼睛，那么，在它的身躯刚露出地面的时候，一定会在突然的炫目中兴奋到差点休克。在空气、阳光、雨露、风雪的拥抱与肢解下，它慢慢变成无数形状不一的石块，然后被磨成粉末，然后加水，然后被一双粗糙的大手反复调和，垒成泥块。然后它进入到一个葛姓的制壶人家中。此时它还不知道自己的运气如何，同样是一块泥，制壶高手可以让它变得寸土寸金；而"乡坯"（此间艺人对一切孬壶的统称，它们的出生地大抵在偏僻的乡村，故名）之手，却可以把一块同样品质的泥料糟蹋得一文不值。之前的经历表明，虽然它还是一名新兵，但已经不需要受苦了。不过，它对自己的期待还是有些偏高，它听到了制壶主人的嘀嘀咕咕，它终于明白，即便它此刻已经是一块方方正正的泥块，有模有样，有着绅士的腔调和派头，也不是立即就可以用来做壶的，它还要在制壶主人的阳台上或院子里接受第二次伏土。

取回的泥，照例要伏土。

伏土，说白了，就是把矿土或泥块晾在一边，通常是通风而不受暴晒的阴凉处，一年两年不去搭理它。此处的伏，不是攻城略地前的埋伏，也不是心怀叵测的潜伏，而是老老实实的匍伏。你就伏在那里，一年两年不要有什么动静，不要让人们感觉到你的存在，你便是修了功德。如果给一块砂土赋予灵性，它会知道这是成大事之前的必然功课，它是等得起的。时间稀释、分化着它身上残存的顽劣脾性，也昭示着它未来巨大的可塑前程。伏土还有一个好处，只有经过充分的伏土，泥料才能经得起反复的捶打。

所谓熟泥，就是之前做壶多下来的边角料，它跟做壶的人已经相当稔熟；像打球，它已经做过至少一次以上的替补队员，满身的活力，却轮不到上场。不做进壶里，它就只是一块泥而已。现在，机会终于来了，它再一次登堂入室，有一种被重新获用的期待。

那一日，整泥块，也是吃紧的活儿。

记得当年师父教徒弟做壶时，对泥料特别讲究。

生泥的性子硬，就像未满十八岁的愣头青，走路都横冲直撞的；熟泥呢，已经经过了捶打与晾伏，原先火勃勃的气息，在反复的捶打与阴干的交替中，品性已经趋于温煦，说难听点，也是老江湖了，而泥料该有的韧劲，却昂昂地还在。此时，将它们与刚入伍的生泥和在一起，体现着制壶主人的一种考量，生与熟，就像刚与柔、黑与白，本身就是一对。生中有熟，熟中带生，刚柔相济，方显本真。最好的泥料无非是这样：它是可塑的，有丰富的质感，也有相宜的干湿度。而所有这些，必须让熟泥和生泥来联袂完成。

生泥和熟泥如何融合？并不是说把它们搅拌在一起就成了。葛陶中备了一只水缸，里面是半缸清水。某日清晨，他把生泥和熟泥一块块地轮番放进水缸里，顿时，水面上泛起了一串串泡泡。这声音会让人想起小时候一个猛子扎进水里的感觉。它们是在交头接耳吗？或许，它们想象的江湖，要比这口水缸大很多。也不知道，这口水缸是不是它们最后的归宿。既来之则安之吧。出来混都不容易，谁知道明天我们会在哪里呢？

最后，用一层薄薄的塑料膜，把缸口扎紧。这是为何？它们难道会跑掉吗？不是的，是为了让它们更好地发酵、膨胀、融合。两天两夜过去，相信它们就真是患难兄弟了。

把覆盖在水缸上的那层薄膜揭开的时候，已然分不出生泥与熟泥了。说它们是"混搭"应该不很确切，实际的情况是，它们在过去的两天两夜里相互渗透，相互成全，确实分不出你我了。

从质地看，它们现在已经不是泥块，而是泥浆了。如果你用手去抓捏，它们会纷纷从你的手指缝里钻出来，嘀嗒嘀嗒地落到水缸里。然后你用一根木棍在水缸里（此时应该叫泥缸了吧）用力搅拌，泥浆们就会根据你的手势和惯性，随着木棍，现出一种旋转的涡轮状。

带有弧线的搅拌。葛陶中说，这样的搅拌，是为了充分地将熟泥和生泥融合。熟中有生，生中有熟，是一种"刚刚好"的状态。

然后，晾晒。此时需要阳光直射。泥浆们以四仰八叉的姿态，接受着舒坦的阳光浴。在阳光的照射下，它们呈现着各自原有的风姿。可惜，在没有成型与烧制之前，人们的肉眼还难以分享。明代有个叫吴梅鼎的人，写过一部《阳羡名陶赋》，其中有一段文字，是谈紫砂泥色的，翻译成白话文：

"说到那紫砂泥色的变化，有的阴幽，有的亮丽。有的如葡萄般的绀紫，有的似橘柚一样的黄郁，有的像新桐抽出了嫩绿，有的如宝石滴翠，有的如带露向阳之葵，飘浮着玉粟的暗香；有的如泥砂上撒金屑，像美味的梨子使人垂涎欲滴；有的胎骨青且坚实，如黔黑的包浆发着幽明之光，那奇诡怪谲的窑变，岂能以色调来命名？仿佛是铁，仿佛是石，是玉吗？还是金？远远地望去，沉凝如钟鼎列于庙堂；近近地品味，灿烂如奇玉浮幻着精英。那是何等的美！世上一切的珍宝，都无法与它匹敌啊。"

从语气看，这是一个古代文人玩壶玩到"痴癫"状态的一种感叹。他在为大家打开并描摹一个未知的世界。

毫无疑问，此时阳光是一位神力满满的塑造师。它在蒸发人间的水分，提炼那些在它看来有价值的干货。落实到紫砂泥浆上，那就是，把多余的水汽删除，留下最饱满的各种元素，为一场造壶的盛宴做好必要的准备。

此时如果有能力把泥与浆分开，你会发现留下的是一些有棱有角的粉状，直到最后它们还保持着原始的姿态，以致让我们确认，浆是它的肉身，砂是它的筋骨。

这便是紫砂的真髓。

把生泥和熟泥调和在一起，原理是从哪里来的？这里又要说到明代那位宋应星先生了，他在《天工开物》一书里，说到了丝绸的纺织。大凡丝织品，织成后还是生丝，要经过煮练之后，才能成为熟丝。煮练的时候，用稻草灰加水一起煮，并用猪胰脂浸泡一晚，再放进水中洗濯，这样丝色就能很鲜艳。然后，用早蚕的蚕丝为经线，晚蚕的蚕丝为纬线，煮过之后，每十两会减轻三两。如果经纬线都用上等的早蚕丝，那么十两只减轻二两。煮过之后要用热水洗掉并绷紧晾干，然后用磨光滑的大蚌壳，用力将丝织品全面地刮过，使其现出丝绸的光泽来。

这个原理，做紫砂壶的人借过来用了。

世上的事，都讲究因缘际会。一物降一物，一物补一物；一物克一物，一物配一物。都是缘分。

生泥和熟泥，就这样变成一家了。

【捶泥】

砂泥，天生就是用来被捶的。

陶中记得，当年跟师父学做壶，光是捶泥，就学了小半年。一起进厂的学徒，别的师父都教徒弟做壶了，这里还在捶泥。这要捶到猴年还是马月，不知道。师父说，泥是死的，要把它捶活，要听到它的呼吸，听到它的叫唤，才可以做壶。

泥、壶坯，都是生命。同样，师父认为，不得法的捶泥，是可以把泥捶死的。

泥怎么捶？记得当年师父说过一句话：先要把泥捶和。

一个字：和。

数十年后，葛陶中捶泥，对这个"和"字，又多了一份心得。

和，不光是捶泥，也是制壶的根基；这个和字好厉害，说白了，大到一个世界，小到一局麻将，和了就赢了。

就捶泥而言，虽然生泥和熟泥已经融合了，但气还没有被理顺。这里的和，就是把泥里的各种野气、土气、火气、戾气理顺，把各种不和的元素，通过捶泥来摆平。

如同一个镜头的闪回，记忆闸门打开了。

大家要看仔细了。师父说了一声。他讲捶泥的原理，一字一句，像珠子落到盘子里。不过，他只教一遍。

但见平时斯斯文文的他，突然举起那重重的木槌，以一种貌似不对称的力量，像一记弹子落地，有非常轻捷的弹性；又如重器出击，刚猛有加。你可以说他是举重若轻，事实上他的举起非常快捷；而落地时，有稳如泰山的凝重。这个由快转慢，大约在一秒钟里完成。

然后，木槌纷如雨点地落到泥块上，似急管繁弦，若影劈落江。慢慢地，又若灯草而千钧，疾徐有致，水落石出。

　　平时师父走路，踽踽而行；与路人招呼，转颈迟缓。但一旦抄起槌把，突然发力的时候，那爆发的力量从何而来？

　　和，是捶出来的。捶泥当然是一门重要的技术。你得首先给它一个饱满的精神状态，也就是说，当你拿起槌把的时候，你的两只手，要像过电一样，把你的能量传递给木槌。所谓木槌，当地人称"纳泥榔头"，纳泥就是泥巴，榔头是一段被截取的完整的枕木，实实笃笃，蛮重。

　　它被举起时，仿佛集合了千钧之重；有节律的捶打，让它变得亢奋，像一个上场的拳手，它在持续的跳跃中不断寻找出击的落点。在力量不减的弹跳中，它强势地左右着局面，将它的力量遍及整段泥料的每一个毛孔。

　　经历了和风细雨，也承受了风暴雷电。此番那般地捶打，泥变了，遗憾的是你不能将它放到嘴里去尝，否则你会感觉它很筋道，很有嚼劲。做壶的熟手，此时再把紫砂泥抓在手里，一切都是刚刚好，那泥的活劲，给人一种放手便会游走的感觉。

　　光是一团泥，师父就让陶中捶了三个月。

　　姿势不对，落点不对，声音也不对。顾景舟不用眼睛看，一听就知道了。

　　"你是在锄田，还是在掘地？"

　　这句话分量够重的。

　　葛陶中吃不下饭。他原先的师父叫李碧芳，功力颇深的紫砂女艺人。葛陶中"逃"回李碧芳身边，说，真受不了，我不想回去了，还是继续在您这里学徒吧。

　　李碧芳说，小子，这样你才能学到东西啊，别人想被顾辅导骂，还轮不上呢。对你要求严，也是看重你，要是有一天你做错了，他也不骂你，那你就完了！

　　于是，葛陶中又回去了。他不敢表现出委屈的样子，但是顾景舟全都知道。琴弦绷得太紧，也会断的。偶尔，他也会跟徒弟们放松一下，唱一段京戏，讲个紫砂江湖上的段子。

"早年某壶手在上海仿古，想看梅兰芳的戏，票价十块银洋。省吃俭用几个月，把攒下的钱换成一张戏票。看戏的时候，眼睛也不敢眨。晚饭吃的泡饭，戏刚开场，就想尿尿。坐在那里不想动，撒个尿，一来一回的时间，等于一块钱没了。憋到第五场，实在憋不住了，撒腿跑出去，黑暗里摔了个跟头，一吓，尿裤裆里了，也不管了，赶紧回头，这一跤摔得好，少走一半路，只损失五毛钱。"

尿了一裤子看戏，还是享受吗？

徒弟们笑翻。

某人是谁？不知道，也没人敢问。师父讲此故事，神态俱是幽默，他自己不笑，但听的人没法不笑。

后来有人说，师父那是调侃裴石民——七老艺人之一，也是顾少有的挚友。他早先在上海待过十年。

葛陶中否认。他说，师父不会这样调侃自己敬重的朋友。

然后，醒泥。

泥被捶累了，跟人一样，需要歇一歇。醒泥的过程非常重要，就像文章里的闲笔。你写得太紧、太满，文章就不透气了。

醒泥的时候如果再放一首古曲，师父一定会选《阳关三叠》。

师父说，紫砂壶的生命，就是手工拍打，泥本来是死的，需要震荡，才能活，呼吸才能匀称。当然，泥要正宗，才经得起捶打。

所谓正宗，从粉碎矿土开始。早先，是用牛和驴拉石磨，来碾碎矿土，终日粉尘飞扬。老辈人回忆，干活的人用棉花塞住鼻子和耳朵，衣服是不穿的，光着身子干活的好处是利落。夏天的时候，干完活儿，但见一个泥人走过来，走到面前也看不出他是谁。汗水一条条往下挂，往蠡河里一跳，扑通一声，人钻进水里，一圈泥粉随着涟漪荡漾开来。

真空炼泥机是工业文明的产物。那是二十世纪五十年代末，"大跃进"，机器炼出来的泥，把人力解放出来了，但是，紫砂泥的特性，在机器的飞速分解下消弭了很多，与石磨碾粉的感觉相比，壶面上容易产生细小的波纹。像顾景舟这样的老艺人们，在乎的还是石磨碾碎的泥料以及手工捶打的那种气场。

把手工石磨碾出来的泥，和真空炼泥机炼出来的泥，放在一起比较，最大的区别在哪里呢？顾景舟当年曾经对葛陶中讲过一句话：

"一边是糯米，一边是双季稻米。"

他说的是口感。生米煮成熟饭后，一边是饱满晶亮、既香且糯、黏性十足；一边是颗粒瘪塌、难以抱团、口感粗粝。

为什么会有"双季稻米"？那并不单是特定时代的产物。早在公元前三世纪，《山海经》一书就说到"两熟稻"，其实它就是后来的双季稻的祖宗。

中国人多，要填饱十几亿人的肚子不容易。特定年代还要"备战备荒"，原来一年收成一次，变成两次，生长发育都得日夜兼程。稻米的产量是提高了，但口感不敢恭维，这是事实。

无可阻挡的机械化大踏步地来了，它的好处实在很多。但紫砂壶贵就贵在全手工制作。这不是老艺人们执拗，而是紫砂矿土的特性决定的。既然制壶还是要用手工，那么就先废除用牛和驴来拉石磨吧——这就是当时的现实考量。

怀念那一盘冷兵器时代传下来的石磨，说出来会是一种跟时代脱节的旧思想。所以，嘴上不说，那是肯定的。私下里，他们还是会找一盘碾米粉的小石磨，悄悄地、慢工出细活地碾出他们想要的泥料。粗与细，各碾几遍，什么泥和什么泥调和搭配，都在他们心里装着。真空炼泥机的马达在古南街的另一头——北厂，持续地轰响着，他们也会去瞅个热闹。在汹涌潮流般席卷而来的机械化面前，他们淡定的心情也会受到影响。不过，大凡自己决定要做一把可以留下来的壶，他们肯定会选择石磨碾粉和手工捶泥。

被捶打完毕的泥，师父还会放到缸里去，养上数月甚至数年，用的时候拿出来再捶，这个过程和"醒面"何其相似。我们的日常生活里，古人留下的手工艺，常常和生活、饮食的经验融会贯通，比如，卤水点豆腐、淬火要入水，那可是先辈的智慧啊。

收膏，这是中药房熬制膏方时的专用术语。

经过反复捶打的泥料，已经被"捶和"了。这个时候，跟熬了几天几夜的膏方一样，可以收膏了。

用木搭子，把分割成一块一块的泥料敲平整，彼时的它，棱角笔挺，浑身通透，表面泛着幽光。像蓄力待发的绅士，可以从容应付任何场面。俨然，它已经跻身礼品级别，作为一份礼物，会给识货的行家带来欣喜。但"膏方"里自有秘籍，一个真正的紫砂艺人，不会舍得拿它当礼品送。同样，即便一个壶手偶尔得到一块并非经自己手捶的"膏方"，他也会一时无从下手，因为，看似密不透风的"膏方"里，有着别人设计组合的密码。这块泥的性情如何，是用来做什么壶的，在窑里大约要烧几次，第一次烧多少度，第二次烧多少度，只有做"膏方"的人自己知道。

这也是紫砂的魅力所在。

很多年后，陶中悟到了其中最重要的一点，就是顺应自然。征服是一个生硬的词，做壶的词典里，应该屏蔽它。顺应，就是延伸、发挥、利用泥性的长处。把泥看成有生命的东西，这体现了人对自然、对材料、对物质的尊重。和烹饪一样，好的厨师最擅长了解原料的特点，并且能把它放大。这其实也是对材质的尊重。同样是青菜，沤化肥和农药，跟用自然肥料，味道能一样吗？再比如，绞肉机里绞出来的肉，跟手工剁的肉，味道能一样吗？

制壶本身，也是一个顺应自然的过程，把紫砂泥的本质和优点最大限度地发挥出来，这就是对它最好的成全。

【泥凳】

泥凳不是一张凳子，它是艺人做壶施展身手的一个平台。

看上去它是一张矮矮的台子。但它的造型确实像凳子，难怪人们会顾名思义。

做壶所有的活计，都得在泥凳上进行。

从前，饭也吃不饱的制壶艺人，手下那张泥凳是很寒碜的，他用不起那种质地坚硬厚实的木料。不过，泥凳的厚重扎实，对于做壶，却又是起码条件。你进入一个老艺人的作坊，一眼就看到了他的泥凳，它的高矮，与端坐在它面前的主人，是成正比的。也就是说，泥凳跟主人要匹配。喧宾夺主，是不可以的。凳面的厚度，不能少于约定俗成的八厘米，否则就单薄了。壶手在上面打泥条，泥凳要稳稳当当地承受，哪怕有轻微的晃荡或移动，这活儿就干不下去。

泥凳即气场。此话不虚。当年，师父的泥凳，选了一棵几十年的老榉树。合抱粗，居中锯开，取其一半，翻过来，底部装了四只脚，便成了一张泥凳。

老榉树的质地特别细腻，其分量又特别沉。任凭你木槌死捶，纵然你用千钧之力，它也岿然不动。师父的那张泥凳，是所有艺人中间最大的，用的时间久了，台面变得愈发细腻，四边的轮廓都有了包浆。因为师父后来到了紫砂厂研究所，主要工作之一是给壶手们打样、做工具。原先的泥凳嫌小了，但是师父不让换，这张泥凳跟着他很多年，也处出感情了。就在泥凳边上加了一块硬木，等于是泥凳的延伸部分。师父在这张泥凳上，做出了很多传世的茶壶，此是后话。

在师父身边十八年，陶中深知泥凳在师父心中的位置。即便是在干活的时候，师父的泥凳上都是井井有条的。什么工具放在哪里，都有相对固定的位置。他不用看，手伸过去，就能拿到。用过了的工具，一时再也用不到的，马上就从泥凳上拿走，放到它原来的位置。你不可能发现师父的泥凳上有乱七八糟地摆放的工具，所有的物件，都有它摆放的理由。甚至，你也见不到别人泥凳上四处散落的边角泥料，他是一边干活一边清理，一把壶做完，泥凳上什么东西也没有，除了一把刚做好的壶。

葛陶中当初的泥凳，没有那么讲究。他进厂的时候，泥凳都是厂里分配的。能不能分到一张硬木的分量重些的泥凳，全凭运气。后来他自己做了一张泥凳，也是老榉木的。这是受师父的影响。他的泥凳，自然没有师父的那么厚重，心理上的感觉是，徒弟的泥凳，总该比师父的薄那么一点点。但是，有一点，那就是恪守师承，干净——无论做什么壶，做什么工具，泥凳上不可能有多余的东西。师父认为，一张泥凳，就是壶手的精神状态，干净、利落、井井有条。若壶手的精神软塌萎靡，泥凳上必定是垃圾成堆的。这种状态，必定会传递到壶上。所以，师父有句话，看一个艺人的壶做得好坏，瞄一眼他的泥凳就知道了。

【套缸】

可以用来做一把壶的泥，何处安放？

套缸。从字面看，它是漫不经心的，甚至是土里土气的。

然而这小小的套缸，竟然是个容纳壶坯以及各种"零件"的大本营。

当然，在制壶人眼里，它本身也是一件工具。这一口小小的缸，集聚着隐秘的匠心与以谋生为起点的种种希冀。

一个壶手要做壶，先要置一只套缸。这是谁都知道的常识。

陶缸是现成的，套缸却是专门制作的。

除非是粗货，工艺繁复的紫砂壶，几天才能完成一把。像顾景舟这样的老艺人，几十天甚至几个月才做完一把壶，也是常事。江南的天气，早春阴湿，秋天干燥。壶坯虽是泥质，却也有独一份的娇惯。太湿了肯定不行，壶身会塌下来；过于干燥也不行，壶没法做下去了。不干不湿才是正好。

如何让没有完成的壶坯保持适度的干湿？紫砂的老祖宗们想出了一个法子：选一陶缸，不大不小；底部放置青砖，容易吸湿；一半放水，上边铺以平整的泥片，挖若干小孔，使上下气息相通。没有完成的壶坯以及各种零部件，都可以放在里面。其作用，等于是紫砂壶坯的保温保湿间。陶缸的口部，放一层薄薄的衬盖布，上面的缸盖是两个半圆的木盖子，打开和关闭非常方便。

通常，套缸就置于壶手的身边。天气干燥的日子，壶坯容易发干。就将其放进套缸，让底部的水汽慢慢上来，滋润壶体。等到适当的时候，壶手用手一摸，就知道干湿度如何，可不可以继续做壶。

收工的时候，没有完成的壶坯，当然要被放进套缸里。水汽的氤氲，在套缸里，是以不经意的方式，慢慢滋润的。原本有点发干的壶坯，经过微妙的水汽浸润，变得特别精神，就像一个人，一夜好觉，比平时的酒足饭饱还管用。如果壶手要出门几天，或者这阵子身体有点不适，眼里没神，手里没劲，那就更应该把壶坯放进套缸里。

即便是不动手做，有时候壶手也会打开套缸看看，摸摸那些只做到一半的壶。

套缸在，就一切都在。壶手尽可以把心放下。客散门闭，风微日落；茶炉火红，酒瓮初开。这日子，与壶要搭配，才好。

套缸保湿，断水是万万不能。一块闷缸布，非常关键。这块布，终年是湿的，这是必需；如此才能保持套缸空间的湿度。

套缸的另一个作用，是一般壶手不愿意说出来的。

所谓艺不外传，其实还是怕自己的饭碗被别人夺走。比如，你正在干活，突然一个熟悉的壶手朋友来访，你怕做了一半的壶让他看出破绽，或者，你壶上的独绝功夫不想让别人知道。这个时候，壶坯就藏进套缸了。

还有一些壶上的零件，比如，刚搓好的壶嘴、壶把、壶盖之类，都还是毛坯，有些物件还没个说法，像刚出窝的雏鸡。这个时候，是无论如何不让外人看的。

壶界的人，一般不作兴掀开别人的套缸看的。就像你在别人家里，不能随便进入别的房间。而且，即便你突然造访，门总要敲的吧，正在干活的壶手一听敲门声，不慌不忙，顺便就把壶坯放进套缸了。这个动作，只消三秒钟。你进来的时候，他的泥凳上横七竖八放着很多制壶的工具，当然还有一些被裁下的泥条、泥屑，但是，正在制作中的壶坯，肯定是不见了。你的套缸告诉他，宝贝都在这里，就跟你家里一样。你是空城计也好，十面埋伏也罢，都闷在套缸里。别的都可以打开，套缸不行。这是个大家都遵守的规矩。所以文人见到了，会感叹，潘多拉的匣子啊，你到底藏了多少神秘的器物。

第三章：手之延伸

【心结】

不会做工具，就不会做壶。因为，好壶都是好工具做出来的。

做一把壶，要多少工具？往多里说，一百多件。往少里讲，五六十件。

并不是说，所有的工具都可以一劳永逸。有一些主要工具，是单为一把壶准备的。做另一把不同型款的壶了，工具还得重做。

你做出的工具是什么样子，你的壶就是什么品级。所以，每个壶手的工具，看似差之毫厘，实则失之千里。

师父有个理念，一直没有说出来，但是，在他身边十八年，陶中悟出来了。在做一把壶之前，你要想一想，这把壶，是打算放到哪里的。这话有点玄，一个壶手，天天待在自己的工坊，他怎么知道，手上要做的一把壶，会流到哪里，是给谁用的呢？

但是，一个壶手如果不这么想，或者说，你心里根本就没敢想过，你的壶本该遇到冥冥之中的那些造化，比如说，能在江湖上遇到一个真正懂壶的藏家，能在一个好人家的厅堂甚至书房案头、博古架上占据一个亮眼的位置，虽然那个位置只有一点点大，但是，有与无，于一个壶手，非常紧要。没有那个一点点大的位置，你心里就会没劲。反之，气就提起来了。壶手做壶，靠一股精气神。气，要自己养，经年累月。你得抚慰自己，你的壶就是那些地方的标配之一。你的壶旁，可以放置经史子集、古玩祭器。壶跟它们在一起，眉眼不低，气宇轩昂。尤其是紫檀木的茶几卧榻，旁边若是少了一把与之匹配的壶，还就是少了点精神，少了点念想。

紫砂壶与红木，特别是紫檀木，气息相通，特别搭。但是，紫檀木也很挑剔，遇上百年甚至千年的老紫檀，那高古气，阵阵逼人。有瑕疵的、嫩生的壶，搁它身上，它会发出不屑的气息。而壶自己，趴在紫檀木上，浑身不自在，精神上已经松垮，断不了被人指指戳戳，最终，会被主人无情地放置到一边去。

只有遇到品位高古、气场强大的壶，紫檀木才会默默地低眉俯首。它释放的气息是温煦、平和；它甘心情愿地为壶站台，用它的幽光雅气给壶打底；它愿意给出自己内敛而沉潜的底色。其实，一把品级高的好壶，同样会照顾到给它站台的紫檀木架，气息这东西，是会传递，并且相互感染的。紫砂壶的灵气、贵气、大气，最终会与紫檀木的潜在气质接通，器与物，会在一种默契的融通中变成一种内涵丰富的组合语言。

做一把可以放在顶级紫檀木架上也一点不丢份的壶，何尝不是一个优等壶手内心的神圣理想呢？这是一个心结。你可以一生一世不说出来，但是，你内心必须每时每刻都惦记着这件事。光荣与梦想，就从选泥、做工具、做壶开始吧。

【明针】

明针并不是一根针。明针是一件做壶的工具。

既然不是针，为什么要称明针呢？

那先说一说针吧，古代是怎么制作它的。

又回到了《天工开物》。书上说，一根细细的针，做起来蛮费事。先要把铁片捶成细条，另在一根铁尺上钻出小孔，作为针眼。然后，将细铁条从眼线中抽过，便成了铁线。再将铁线逐寸剪断成为针坯，一端锉尖，一端捶扁，用硬锥钻出针鼻，也就是穿针眼，再把针的周围锉平整。彼时入锅，用慢火炒；炒过之后，以泥粉、松木炭和豆豉加以掩盖，锅底再以火蒸。然后，留两三根针插在混合物外面，作观察火候之用。当外面的针已经完全氧化到能用手捻成粉末时，表明混合物盖住的针到达火候了。开封，淬火，便成为针了。

大凡缝衣服和刺绣所用的针，都比较硬；但是福建有个马尾镇，那里的工人缝帽子、皮服所用的针，却比较软。这是因为，有一些特殊的缝制，质地坚硬的牛皮、猪皮，以及马皮、羊皮，太硬的针容易折断，那怎么办呢？

春天的柳条随风起舞的姿态，让万物钦羡。就是突然来一阵狂风，也不会把它折断。它的无可比拟的柔韧度，给了人们启示，能不能做出一种不那么硬却又柔韧适度、不易折断的针来呢？

于是就有了"柳条针"。

这个柳条针的原理，无疑给明针的诞生提供了依据。

做紫砂壶，明针的作用非常关键。

紫砂泥经过手工拍打和震动，"泥门"就被打开了。泥门不是一扇门，而是坯体的气孔被打开了，说泥门开了，是艺人们催自己干活的一种说法，就像你煮一锅饭，煮到锅巴都香了，那火候就到了。

泥跟人一样，也有状态。彼时泥已被捶得欲罢不能，如果它能够呼唤，它一定会大叫：师父啊，我等不及了！

砂泥的颗粒在反复的捶打中，经历了一次重新排序，很细的砂颗粒会慢慢沁出来，当用竹片压形的时候，水分带着细砂浆也会渗出来，当用牛角片去压光它的时候，目的就是让渗出来的细泥浆稳定下来，在坯体表面形成一层薄薄的膜，这就是好壶的皮肤：内部结构疏松，表面细腻绵密。一把好壶的有机构造，如同皮肤与血肉的完美粘连。这对于真正的泡茶人来说，至关重要。

这个时候，打理紫砂壶表面的光洁度和处理整个壶体和谐的工具，就数明针了。

乍一看，所谓明针，就是一张薄薄的牛角片。艺人的心思和手感，要靠它来传递。没有它，壶体表面的光洁、气韵就无从谈起。葛陶中记得，当时师父顾景舟教他做明针，先是把从常州乡下某地（似有专售）买回的牛角片，剪成像古代战国刀币的形状，放在凉水里浸泡两三天；然后用一块玻璃，将带刃的一面，轻轻地修刮其形状的边沿，使其薄而润；接下来的一个关键字是：刮。所有的要求，都是用一块玻璃的锋刃，一记一记刮出来的；要让这张刀币形的明针片，从尾部到头部，一点点地均匀地薄下去，这太不容易了。如果你不懂做壶，那你就不知道什么是适度的厚薄。被刮下的纤维卷曲着掉到地上，一圈一圈，一张小小的牛角片，竟然可以被刮出一堆纤维。

明针，其实就是手的延伸部分，人的手掌不可能有那么薄，手指有那么尖，那么有韧劲，那么有弹性，那么张弛有度，那么随心所欲地弯曲到任何一个所需的弧度。所以，做明针，就是做自己的一只可以延伸的手，那是灵性，是手感的托付，是只有自己知道的习惯在一个器物上的演示。这只手应该怎么用力，特定的手势又是怎样的，只有明针知道。

于是就有了一个词：明针功夫。

壶上的光与润，都要依仗明针。就像写文章的人，纵然你有万般才情，也要通过文字来表达。懂行的编辑几行字一看，就知道作者的文字功夫了。这里的明针功夫，不光关乎壶体的光洁明亮以及转弯抹角的周全，还与茶壶日后的包浆有关。厉害的制壶艺人会刮得恰到好处，那就是，少一刮则腴，多一刮则瘦。明针使用不当，那就是跑气，壶韵就给弄没了，而且还把壶体的泥门给淤塞了。这听上去有些玄乎，事实是，泥门的淤塞，会导致一把壶越养越脏，像人的脸，皮肤毛囊堵塞了，就会起痘痘。壶其实是一样的，这种壶，你喂它十吨茶叶，也休想养得出，包浆之类，早就跟着别的壶私奔了。

用明针修刮壶体的时候，分不清是明针在刮，还是自己的手指在刮，然后，刮着刮着，你会不由自主地把壶坯移到胸口，移到离心脏最近的地方，这时你突然明白，是用自己的心在刮了，那是真正的心手合一了。

葛陶中的一把明针做了足足两天。一张生硬的牛角片，最后变成一个精灵。它是柔软的，它是韧性的，它是跳跃的，它是静止的。它到了葛陶中手上，就变成了他的手中手，它时而婉转，时而舒展，时而大开大合，时而细雨风生；游走时峰回路转，回旋时桨声灯影。它把心性落到实处，它把韵味铺满全壶。

【线梗 线石】

线条是线梗做出来的。

线梗又是什么做出来的呢？

选一根窄窄的牛角条，用锉刀锉出一条线槽，这根线槽需要多宽，全在手里掌握。行内的人，称其为"起底线"，壶界的人说，你若不懂壶，就做不好线槽。

你得知道，什么部位的线条，是怎样的走势，它的作用又是怎样的。壶贵气息，线条很关键；壶贵气质，其实更多的是线条的气质。

线梗，几乎是线条的摇篮啊。

一曰：子口线梗。方言里的子口，就是壶的口部，它的边沿，或宽或窄，因壶而异。要明晰它的线条，就要用专门的"子口线梗"。

子口的平整度、光润度，决定着与壶盖的吻合度。所谓严丝合缝，只是它起码的要求。一把好壶，壶盖旋转时，子口是没有一点声音的，像轻风拂过河面。涟漪荡起时，风是贴着水面走的。如果你把它放到耳边，再度旋转的时候，你会听到若有似无的回旋之声，那是声音吗？再旋转，却一点点也听不到了。原来，是你自己的耳朵营造的一种假设的声音。

相反，不平整、缺乏润度的子口，壶盖旋转的时候，那种板滞的、咯咯愣愣的声音，像一辆散架的拖拉机从你窗外开过去，那声音不但刺耳，也太煞风景。

二曰：壶盖线梗。顾名思义，那就是专门管壶盖的。壶盖好比一个人的脑门，若说壶的气韵，壶盖是贯气的，没有气，何来韵？壶盖也是冠首，真力弥满，万象在心。其重要的程度，不言而喻。

三曰：壶脚线梗。壶有脚吗？当然有。壶脚不是用来走路的，而是用来支撑一把壶的气场的。或三足鼎立，或四足八稳。月出东斗，好风相从。从壶盖贯下之气，此时要收得住。壶脚是收场的角色。所有的惊艳都在壶体、壶把、壶嘴上表现过了，总不能没完没了吧，到壶脚这里，是最后一个造型了。它得配得上，也要扛得住。这时候，就靠线梗来撑一把了。

做线梗，并非单为规整线条，还要兼顾线条与壶坯的上下衔接，这是一个手指与手掌的关系，也是气与脉的关系，无脉则无气。这里的九九归一，指的是来路与出处的清晰过渡，也是一种只可意会、不可言传的功力。

制作线梗时，线槽上的锉刀印痕，用什么来摆平？粗针大线的艺人，会选择颗粒比较粗的砂皮来打磨，而顾氏一脉的艺人则选择用一种老瓦片。按照顾景舟的要求，去找那种上了年纪的老房子，架梯爬上屋顶，取一张品相好的老瓦片。干吗？这种老瓦，经受了太多的日晒雨淋，火气全没了，质地变得非常细腻。把它磨成一个椭圆形或长圆形的片子，再把它浸在水里三五日，捞出来，放在手上摩挲，会有一种玉感。世上的事，都是一物降一物，用它来轻轻地打磨线槽上的锉刀印痕，会有一种不动声色就摆平的效果。最后，你再看那条线槽，就像天生的一样了。

葛陶中悄悄告诉我，它的名字，如今知道的人很少了。

它叫线石。

【竹篦只】

顾名思义，竹篦只，是竹子做的。

曾经，师父让葛陶中削一双竹筷，要求是，让竹子的质地，削出象牙筷子的感觉。

怎么可能？竹子能等于象牙吗？亏老头子想得出啊。

那时，葛陶中还没有见过象牙筷子。师父告诉他，光润细腻还不算及格，手感上要玉觉觉的。这个"玉觉觉"是方言，拆开了说，就是温笃笃、润滑滑、圆嘟嘟、凉津津的老玉感觉。

方家说，你真累赘，说珠圆玉润不就成了吗？

不成。这四个字是好看，但没有温度。

在师父看来，削一双竹筷，并不容易。一丝一缕，牵动心意。那不仅是手上的功力，更需要内心的定力。

竹篦只，也要有这样的玉觉觉。它的作用，是用来规整壶体身筒的。取十年以上的老毛竹片，要腊竹，深冬时砍下来的。腊竹的好处是，经过一冬的风霜雨雪，竹子的肌理会变得细腻，没有火气，且没有蛀虫。将其放在屋檐下，让它闲着，两三年不要动它。然后，某一日，截取其最好的一段，根据壶体外形的不同，制成不同的弧度。因为，制一把壶，需要各种不同弧度的竹篾只。

老一辈的艺人，喜欢用破旧的老竹床的床柱子，截取一段，做竹篾只。睡了几十年的老竹床，火气全没了，皮壳会发红，有一种暗亮的包浆。那是人气，也是时光，是年轮。只有人的气息熏染，才会让竹子变得不再是竹子。

陶中听老艺人们讲过，空闲的时候，去乡下转转。到了村上，专门找那堆放柴火的茅屋，或者上了年纪的老房子。有时，在旮旯里，会找到一张被废弃了的老竹床，它像一副颓败的恐龙架子，完全被人们遗忘了。在缺少柴火的年代，它很难不被人们塞进灶膛——那竹床让老人睡了几十年了，烧它，老人感觉等于是烧他自己了，于是从小辈们的手里抢过来，放到了角落里。其实是安放自己的一颗已然老去的心。

然后，某一日，做茶壶的老艺人来了。

东聊西聊，就注意到旮旯里那张破竹床了。

老艺人眼睛尖，一打量，再用手擦了擦灰尘，就知道，那竹床虽然散了架子，床骨也断了，灰尘吃得太饱，看上去卖相很差。但是，懂行的人细细打量，却发现它深红的皮壳，幽微的包浆，在灰尘的深处散发着看上去微不足道的光亮。床架虽已颓败，但浑身上下，没有一个蛀洞。

只有老腊竹，才会不蛀。这极为难得。

不动声色地提出，用个什么东西，换这张破竹床。

民间的交易，都是以物换物。比如，给把壶，给几只碗，甚至给一只可以装一担水的陶缸。都是窑上出的。

老人出来说话了，死活不肯。

后来松口说，除非你拿一张新竹床来换。

当时，一张新竹床要七块钱，等于是一个人一个月的饭资。

老艺人转头就走。不过，走出几步又返回，居然咬着牙说：行！

破竹床的主人高兴坏了，生怕老艺人反悔，说，先把这个拿走吧，新竹床过几天拿来不迟。

只有这家的老人心里不高兴，他坐在门槛上，像一尊雕塑。破竹床从后门被搬到河边的船上，好像把他的一副骨架搬走了。

这张三十年以上的破竹床，拆开来，可以做多少制壶工具啊。在老艺人的心里，时光、岁月、器物，可要比钱还值钱呢。

无论如何，竹子总是毛糙的。

即便是老竹床，被截取的部分，毛糙的感觉依然有的。做竹篾只，毛糙肯定不行，如何把它磨光，这在师父这样的老艺人来说，已经不是问题。玉觉觉，是一种约定俗成的要求，它在哪里？有人说，它就藏在竹子的心里，清高是其本性，如何把它请出来呢。

陶中记得，当年，有一天，师父带他去了湖父山里，在一条干涸的涧滩边，师父看似漫不经心地捡了几块鹅卵石。陶中问师父，要这些石头干吗？师父答，做工具。第二天，师父从捡来的石头里选出一块适中的，放在磨刀石上反复打磨。他一点也不着急，磨起来慢吞吞，但很有力。磨了半天，自言自语：成了。然后，对葛陶中说：

"竹篾只上的毛糙，要用砂性大的涧滩石来打磨。为什么呢？竹子长在山里，它依靠山土和涧滩里的水活命。涧滩里的鹅卵石跟它是邻居，说不定还是亲戚。它的砂性跟竹子的质感是相通的，它的砂性，就能对付竹子的糙性。它们是相克相生的，不伤感情。这样的竹篾只，磨出来肯定是玉觉觉的，用来制壶是最自然不过了。"

不但把泥当人看，把竹子、把涧滩里的石头也当人看，然后，把制成的工具更当人看。至于制成的壶，那还用说吗？

竹篾只做好了，并不立即使用。葛陶中曾经学师父的做法，把它放进抽屉里。这一放，又是两年。师父当年对他说过，苏州的折纸扇骨，也是竹子做的，一把扇骨，要放二十年。为什么呢，你自己去想。

【木鸡蛋】

乍看就是个硬木的蛋。

做圆形壶，壶口的圆，要圆得地道。滚圆之中，有那么一点点几乎不易察觉的棱角。靠什么？木鸡蛋。原先，做小水平壶，要整壶口的圆，就用鸡蛋壳，那是天然的弧度。可是，鸡蛋壳容易破，终究不是耐久的工具。于是，木鸡蛋来了。

选老榉树，若有黑檀、紫檀，当然更好。年份要老，新砍下来的木头没用。起码阴干了几年，用刀砍一下，砍不出汁水了，树皮一剥就往下掉。才用一把锋利的小刀，一记一记削出来的。做圆口壶的艺人都知道，壶的圆口规整不易，会做木鸡蛋的艺人，他心里就会有一个可以把控的圆。他知道，他要的圆是什么样子。圆口壶有大有小，木鸡蛋亦然。他做的木鸡蛋上，留下了他的手势、他的习惯；他规整壶口的方法，木鸡蛋都知道，这不是什么秘籍，他拿起它来，壶口的圆整便变得可以期待了。而且，木鸡蛋是自己做的，特别好用，所谓手感，就是手在动起来的时候，特别顺畅。木鸡蛋激发了人的手感，落到壶口上，就是想怎么圆，就怎么圆。他的手成全了壶口的圆，木鸡蛋成了一个媒人，它很开心。

【的棒、的屁股】

茄段壶，是圆形壶的一种。壶上的"的子"怎么做？艺人想出了一个办法，选那种圆润的"刚竹"，比毛竹细小很多，劈开，选中间最饱满、圆整的半截，依然是用鹅卵石来磨光。做"的子"的时候，先把紫砂泥搓成一根很圆的细泥棍，而"的棒"就像一根擀面杖，它是利用竹子本身的弧度，不断地在泥棍的头上均匀地擀着。不一会儿，半圆形的"的子"，慢慢成形了。而"的屁股"，是一根一头四方一头尖的小竹钉，看上去很不起眼，但无疑它是"的棒"的得力助手。"的棒"在一头干活之前，它先在另一头钻进这根细泥棍了，艺人的一只手抓住它，另一只手才好从容干活。这个小小的"的屁股"，已然是另一头擀出"的子"

的有力支撑。因为它的工作岗位局限在泥棍的尾部，所以它的名字不太好听。做紫砂壶的工具太多，所有的名字都实打实的，没有矫饰，但形容词是有的，所谓"的屁股"，就是让人们不要搞混了，这枚像竹钉一样的小东西，是做"的子"的时候，顶在泥棍屁股上用的。

可别小瞧它。做"的子"的时候，光有"的棒"不行，因为"擀"的时候没有轻轻旋转的支撑，活儿就无法进行。有时，要用的时候，突然找不到"的屁股"了，就得满世界找。然后，被埋在一堆工具里的它兀自暗笑，哼哼，你们头头脑脑的厉害，少了我"的屁股"，能成吗？

【独个】

葫芦见过吧，它一截粗、一截细，腰身是婀娜。但这里说的"独个"，只是有点像葫芦，它的身子，要比葫芦灵巧得多。

若是用书面语言，会比较无趣，通常的介绍是："独个，硬木制成，变形之圆柱体，整理壶嘴用。"

这十七个不够精彩的汉字，遮蔽了它精灵般的作用。

说壶的精气神，壶嘴是绕不过的。相当多的艺人，败就败在壶嘴上。为何？没精神，没味道。你看他做一把壶，从上到下熟门熟路，没有任何悬念，装壶嘴的时候，并没有特别的感觉。好了，一个中规中矩的壶嘴，看上去没有什么错误，就是不耐看，不经看，让人没有一点想头。

想头是个什么东西呢？就是壶手心里想要的那个壶嘴的样子。也许那是可望而不可即的。但是，它应该经常走进他的梦里，撩拨他，诱惑他，让他尽最大的努力，把最想要的那个壶嘴做出来，装到壶坯上去。

提升壶嘴的精气神，工具太重要，独个，可是一马当先的。

当然也得是硬木的材质。把手的位置，留出了一截细腰，这个腰细得啊，跟十八岁姑娘的腰肢有得一比。

关键是它的两头。一头非常地尖，像一根针；另一头，也是尖的，但尖得缓慢而饱满，像蘸饱墨水的毛笔，手一动，那墨汁就会滴下来。

独个，是要到壶嘴深部工作的，届时与之一起干活的，还有挖嘴刀

（另文介绍）。所以它的一头必须尖而锐利；另一头呢，是管壶嘴的口部，是场面上的活儿。壶嘴的圆润、刚挺、婉转、含蓄，都落在它的肩上。有的壶嘴，还要性感。怎么做得出来？不急，有独个在。通常的情况是，它的一头伸进壶嘴，另一头就在做准备，有时候，相互替补，忙活得很。逢上难伺候的壶嘴，独个却是不买账的，当然它不能抢挖嘴刀的饭吃，但是，该它出阵的地方，它肯定是当仁不让的。你行吗？不行就一边去，让独个我来包场！

谁让它叫独个呢。

【木转盘】

从形体看，它是一个半圆的锥体，木质，圆底朝下，很符合人体工学。像一个人，摆开马步，两肩平衡，双手垂直，有一种蓄势待发的力度。

师父曾经告诉陶中：木转盘是全手工制作紫砂壶的根本。远在明代的时候，老祖宗就使用木转盘了。它的作用是平正，上准片，使形体不扭曲变形。

做紫砂壶，是慢轮制作，这是远古的制作方式。和做瓷器的快轮驱动不同，做紫砂壶，需要这样一个圆形的木转盘。它本身并没有动力，靠木拍子拍打时的力量驱动那个轮盘转动，形成紫砂壶独特的圆，它不是物理的圆，而是中国人理想中的圆。不论怎么看它，都有人手的温度，是有人情味的饱满的圆，自然中不存在这样的完美，是紫砂艺人在追求完美的过程中成就的一种不完美。

在葛陶中看来，能不能娴熟地使用木转盘，是衡量一个制壶艺人基本功的起码要求。二十世纪五十年代，从中央工艺美院来了一个教授，此公甚牛，名叫高庄。据说国徽是他当时参与设计制作的。他喜欢紫砂，手也勤，搞出很多名堂。他认为在木转盘上制壶，技术难度太高，一般人不易掌握。当时强调技术革新，他就设计出一种可以旋转的碌碡，说白了就是铁转盘，一般艺徒都极易掌握。慢式制壶，果然变快了。木转盘就被大家弃置一旁，慢慢地淡出了人们的视线。

但是，顾景舟等老艺人私下里认为，用木转盘制壶，符合泥性，那种慢，是从容，是淡定，壶里会生出一种天生的古朴味道，更符合天人合一的理念。手工制作紫砂壶，天生就是慢的。片面追求快，壶上就会有火气、暴气、戾气。

顾景舟几十年一直坚持用木转盘制壶。他曾经对葛陶中说，木转盘上做出来的壶，有高蹈的风度，有内敛的气质。无论别人怎么"革新"，我们不能把老祖宗的法宝扔掉。

那个被几代人熟练使用的铁转盘，俗称"辘轳"，顾景舟不屑一顾。在他的泥凳上，别想看见这样的东西。

现在说这些，蛮轻巧。当年要秉持这样的理念，并不容易。

如今的人喜欢用坚守二字。葛陶中说，当年没有人用这个词。但是，无论刮什么风，风刮得有多大，顾氏一脉的徒弟，都没有把木转盘扔掉。

现在很多艺人的案头，都放着一个木转盘，但他们未必会得心应手地使用。很多人是作为摆设放在那里。葛陶中对此有些忧心，因为，木转盘的失传，就是紫砂传统手工艺的消遁。

【搭子】

枣木疙瘩，蛮沉的。这就对了，紫砂艺人要的就是它的厚与重。

"搭子"，是紫砂工具中，体量较大的一个。看上去像一个刀切馒头。因为要靠它打泥片和泥条，所以手柄要留出一截，留多少，艺人自己有数。它也不是巷子里拉木头，直来直去。根据主人的手势和手感，它需要有一定的弧度，手抓住它，就会激发出一种跃跃欲试的动力。手感之于制壶，非常紧要；只有手感好的工具，才会在制壶上成为你的帮手，说不定还能创造奇迹呢。

搭子有搭背和搭面，还有搭柄和搭头以及搭跟。所谓搭面，就是直接击拍泥条、泥片的那个掌面。它不是常人想象的那种水平面，它的中间要微微凸起，像人的腹部，当然不是大腹便便，而是略微的丰腴。这是因为，人在打泥片时，身体会有一定的倾斜度，用力点也会因人而异，产生一定的角度。手势的左右摇摆，用多少力气，变换成多少角度，是根据泥条、泥片被打开、打匀的情形而定的。孰重孰轻，要的都是张力。结果，是让一根泥条或泥片，迅速地展开并且舒展出它们的活力。

如何让一根泥条变成泥片，如何让厚厚的泥片变得薄如蝉翼，都在搭子的功夫上。

搭子功夫，是一种真正的功夫。没有入门的人，一把搭子拎起来，落下去，完全无知无觉。如何将搭子运用自如，可不是三天两天能够搞定的。手上的力气如何在一个特定时刻，迅速集聚到搭子的手柄上，让其产生爆表一样的力量，那是要吃一阵子萝卜干饭，才能有数的。

【木拍子】

打身筒是制壶的一大秘籍。

用什么来打身筒？你见到了一件过于轻巧的工具，它叫拍子。因为是木制，它的书面语言叫木拍子。不过，艺人说到它时，总是很随意地说，拿把拍子来。

拍与打，是打身筒的关键要素。木拍子形状，颇像人伸出的一个手掌，必须是浑圆的。手柄的部分，略厚些，拍子的主体部分，你可以把它想象为一个微微收拢的手掌。艺人喜欢选用上了年纪的柏树，或有年代的青皮榉；有的喜欢红木或枣树的材质。

拍子的首端很薄。那种薄，是薄得刚刚好，而不是单薄。拍子的掌面呢，要有点"玉气"。这个"玉气"跟之前讲的"玉觉觉"是一路的，但彼此还有区别。玉觉觉用在这里有点偏重了，玉气，就是有那么一点玉的气息，太实笃笃，肯定不行。它要的，是一种略微有点玉感的坡面，那是肉眼也几乎看不出来的。几分几厘，要根据艺人的手势习惯、手掌的大小来定。你举起拍子拍打身筒的时候，没有足够的力度支撑，是拍不下去的。开始，你会觉得自己是用一把拍子在拍打，正确的拍打会让壶体发出愉悦的声音，那是有张力的节奏带来的一种韵律。慢慢地你进入状态了，你就感觉不到拍子的存在了，或者说，它变成了你的一只手掌。拍子的角色转换，在绵密而连续的拍打中，它以抽身而去的假象，激发着艺人的击拍热情，然后在艺人的亢奋中它却始终保持着冷静。

【竹拍子】

又来了一位伙计，它叫竹拍子。

木拍子跟竹拍子，是一对兄弟吗？

木拍子是用来打身筒的，竹拍子是用来镶身筒的。为了让一个身筒立起来，它们各司其职，从来不会越位。竹拍子看上去有点亭亭玉立，但它从来不是一个花架子。它不一定非得是腊竹，但是必须有十足的韧劲。有经验的艺人，通常会取那种五年以上的竹子，它的皮壳青中泛黄，这表明它经历了风霜雨雪。竹节比较长的，韧劲自然就足。竹拍子的形状，有点像古时军帐里的令牌，它的两头都是圆圆的，中间手柄的地方略凹下去，是手柄。竹拍子的厚薄，是一头厚，一头薄，都是手工削出来的。手柄的部分略厚些，用力时候，靠它支撑；另一头圆而薄，是灵巧的。它可以拍身筒，也可以镶身筒。拍与镶，都是让一个身筒立起来的必要手段。说到这里，即使你不会做壶，也该明白了。制壶工具，都是艺人顺着壶体的脾性，顺着泥性的特点，想出来的招数。最好的工具，从来都不招摇。直到用它的时候，它才突然变得容光焕发。竹拍子从大到小好几种，都知道自己该干什么，该在哪里。镶身筒的时候，竹拍子在忙乎。它像一个和事佬，这边求协调、那边帮对称，说白了就是补台。它拍打的声音比木拍子要小很多，它习惯了和风细雨，它习惯了修修补补。最小的竹拍子，如一柄尖利小刀。它如一支伏兵，不到做壶嘴的时候，需要掠脂泥等活计，它不会轻易出手。

【虚砣】

虚砣是什么？好比是写文章的草稿。

说草稿也不尽然。作家的第一稿和最后的定稿，有时相差会很大。但是虚砣，基本就是壶型的母坯。

全手工制作紫砂壶，是不用模子的。但是，壶手心里有一个既定的壶样。他必须先把它做出来，当然是实心的。就像飞机和舰船，也会有一个相似的母模。壶手的母模是自己做的。壶手们在制作不同的壶型时，就会先做出一个母模来，壶手们称其为虚砣。这里的虚与实被倒过来了。本来是一个实心壶的东西反而被称作虚的；而真正的壶里是空的，人们却把它称为实壶。

虚砣的质地是紫砂的。

做虚砣的时候，壶手心里明白，他要做的壶，正在他心里走出来。它有点矜持，步履也有点缓慢。一个实心的虚砣，对于壶手制作真正的茶壶是有引领的。他可以从虚砣上发现问题，也可以对虚砣进行修改，内心里，虚砣已经成为他们制壶时一个牢靠的伴侣。所以，虚砣并不虚，它是实实在在的。细心的壶手制壶，讲究步步为营，于是虚砣也被分解成很多个局部。一个成熟的壶手，手边会有各种类型的、大大小小的虚砣。是的，那些被做出来的壶，一个一个都走了，有的富贵，有的风光，有的落寞，也有的孤寂。只有虚砣，和其他工具一样，年年岁岁，待在主人身边。它实实在在地顶着虚砣的名字，如果它能开口，也许会嘟噜一句：天地良心，我可没有一秒钟是虚的！

【挖嘴刀】

前面说壶嘴，主要还是从精气神的角度。一个人的指头长得好，要跟手掌连起来看，和谐、协调，那是最重要的。

不过，壶嘴并不是光用来看的。沏茶的时候，壶嘴的出水能不能成一条线，力度够不够，水柱冲进水里，能不能不泛花，对于一把壶的名声很要紧。"三尺不泛花"，是壶界衡量壶嘴出水爽利与否的标准。旧时的茶馆里，一把新壶当众开壶，几十双眼睛盯着。那壶嘴一动，水流飞快地出来了，是聚是散，有力无力，端的是一目了然。

壶嘴做得好，全凭挖嘴刀。

于是挖嘴刀登场了。它的脖子很细很长，像鸬鹚栖息在岸边。刀头子很尖，两面都很锋利。当用手工搓出来的壶嘴里还有什么不干净时，挖嘴刀上场了。它可以从容地深入到壶嘴的任何地域,清除那些赘生的碎泥。壶嘴里的通道,不能太窄,也不能太宽,如何保持壶嘴的出水爽利,就靠挖嘴刀了。

比如一个人的牙齿,虽然像鲜贝一样漂亮,但牙缝里嵌进了一些大快朵颐时剩下的残渣余孽,那太煞风景,嘴里的不舒服,还会影响情绪。如果你注意观察,你会发现,在一些高雅的场合,不乏优雅的人士背地里急得团团直转地找一样东西:牙签。

没有它还真的不行。

不过,说挖嘴刀是壶嘴里的一根牙签,那是轻慢它了。说到底,它毕竟还是一把刀。

壶嘴里的赘泥,无论藏得多深,总是要挖掉的,只有锋利的挖嘴刀,才能挖掉影响壶嘴出水的任何一点障碍。

优裕自如地使用挖嘴刀,对于一个熟练的艺人来说,并不是个什么事儿,因为他懂得出水爽利的秘诀。水道不能太窄,否则像人得了前列腺病;也不能太宽,野野豁豁的,水柱散了,壶的精气神就没了。

【滋泥 鳑鲏刀】

看官问,紫砂壶有几多绝招?壶手一笑,伸出三根手指:全手工泥片围接、打身筒成球体,此其一;用篾子、线梗等工具,使壶身规范,此其二;还有就是,复滋泥在制壶过程中的运用,亦是一绝。

滋泥,也是紫砂泥。因为需要,它就被分出来,做成滋泥了。能把紫砂壶各个部位的零件黏合起来的,就是它。然后还有一个术语,叫复滋泥,怎么讲呢?那就是,一把紫砂壶的里里外外,转弯抹角的部位太多,有的地方,手指是够不到的;复滋泥,就是二梯队了,把那些手工延伸不到的死角填补起来,抹平,抹到一点痕迹都看不出,那就叫复滋泥。

此时有一位铁将军——鳑鲏刀出场了。这是滋泥的请求。因为它是靠一把鳑鲏刀调匀出来的。鳑鲏刀也是做壶的工具,它很锋利,也很苗条,说它是鳑鲏刀,乃是它的身段很像蠡河里的一种鳑鲏鱼,扁而阔的体形，肉质鲜嫩，但刺比较多。其实它的身段并不像鳑鲏鱼那样阔，用它将制壶时多余的边角泥头切成薄片，洒上水，泥质就软了，鳑鲏刀这个时候灵活得真像一条欢蹦乱跳的鳑鲏鱼一样，反复地来回搅拌调匀，滋泥就变得有张力了。这一点并不容易，你得懂壶，否则你不知道滋泥的湿度。太硬了，不起作用；太烂了，它自己都趴下、崩溃了，还黏合别人呢！你不用它的时候，它就慢慢风干了，但那不是它消极怠工，它睡个懒觉，等你再来。然后你想起它，要用它了，就给一点点水吧，搅和一下，再调匀一下，它要求不高，就那么一口水，浑身就都来劲。然后，它就活起来，并且很听话，你让它粘在哪里，它就粘在哪里，无论什么缝，什么接口，要么不粘，要粘一口就上去了，绝不松懈。自然它没有自己的身段，就是一摊泥。但是，粘在哪个部位，那就是它的身段了，因为没它不成，所有的部位与身段都认它，没有一处接缝的地方不留下它的血肉滋养。

【矩车】

老艺人爱说一句话：没有规矩，不成方圆。

师父说这话的时候，手里总拿着一把矩车。

所有的方与圆，都是这矩车摆弄出来的。

回想起来，每个人的学生时代，上数学课的时候，都会用到一件工具：圆规。

矩车应该是圆规的升级版。它是规矩的制定者。如果我们来分解一把壶，最早的时候，它只是一些大大小小的尺寸，是一堆阿拉伯数字。如何来分解并把这些神秘的数字落实到一把壶上，都是矩车在操作。

做一把壶，需要不止一把矩车。

比如，做茄段壶，大大小小，要用七把矩车，分别是：底矩车，满矩车，墙矩车，壶颈矩车（内外两把），盖板矩车，盖虚矩车。

把这些写出来有什么用？我们又不懂。这且慢慢来。我现在能告诉你的是，做一把壶，矩车很重要。而矩车的制作，是考量一个紫砂学徒起码的动手能力。想当年，徐汉棠欲跟顾景舟学徒做壶，顾景舟只说了一句话：做把矩车给我看看。结果徐汉棠一口气做了十把。顾景舟喜怒不形于色，但他心里是高兴的。从一把小小的矩车里，他看到的是一个人的手感和造型能力。

这么说吧，一把壶从何做起，就像一个故事从何说起一样，矩车是第一个讲述故事并且规范故事走向的那个角色。它在平整的泥片上画了一个圆，好比是被新开垦的处女地上的一道灵光，行神如空，行气如虹。然后，在故事的发展中，它不断地出来画圆，又像是在制造一个又一个包袱。它喜欢掌控并演绎着所有既定的尺寸，画完圆圈它就走到一旁，所有的冷眼相向只传递着四个字：一丝不苟。使用矩车的那只手，对它是有敬畏的，一分一厘都不能马虎。壶手之间的竞争，往往是无言的。这一行的权威就是这样，他只需比你高明一点点，就把你的饭碗抢过去了。有时的输赢，就在矩车上。所以，矩车是个毒咒，它画圈的时候，就是在决定一把壶的生死。你想想，做一把壶要用七把矩车，那岂不是连锁的责任吗？任何一把矩车出了问题，都能导致一把壶出现纰漏。所以，一个壶手在使用和保管矩车的时候，都会格外地小心。

【顶柱 小木槌】

这两个伙计在制壶工具里，堪称"相公"。为何？因为它们出场的时候，壶已经做好，它俩出来打完底印，就完结了。

就像文章里的最后一个句号。

多么风光且轻巧的活儿啊。小槌敲敲，小印打打，都是场面上快活的事。

那柄小木槌，黄杨木质，说重不重，说轻不轻。

那个叫顶柱的物件，乍看像一个圆形的印章。它的身价不高，并不需要沉实的木料。但它的两头都很圆润。一头伸进壶体，直接顶住壶底，间接地接受着小木槌的敲打；另一头，是直接敲打印章的顶部的。此时小木槌与顶柱默契很好，它们之间是老搭档了，小木槌用力的时候，顶柱就屏住了呼吸。小木槌敲一下，顶柱就顶一下。那种顶，需要一把撑力，却又让人一点也感觉不到。

此等用力，波澜不惊，连眼皮都不眨一下。

如果小木槌和顶柱能够开口，它们一定会这样为自己分辩：什么相公啊，每一口饭吃起来都不容易。你打身筒需要功力，我打印章还得有定力呢。

【篦只】

外人说壶体，业内称身筒。

一个身筒立起来了，它还需要经过打理。壶界的人，把身筒分为三截，打理它们的工具，叫篦只。它们各自的名字，其实就是壶手对它们的分工，分别是：上脱、中脱、下脱。再往细里分，还有直脱、盖板、肩脱。这些名字，只包含最简单的意思，但内中却也别有意味。壶手对它们的熟悉，就像自己的手指头一样。如果把张三和李四的篦只放在一起比较，你会发现，它们之间的差距很大，大小不一，形状亦有异。这是因为，张三和李四的出手不一样，他们的手势、手感也不一样。

篦只，这个"篦"如何解释？从字面上讲，它是一种可以榨油的植物，跟制壶八竿子打不着。另一种说法是，离宜兴不远的常州，出产一种用来梳篦头发的器物，用牛骨和竹子做成，中间有根梁，两边是密齿。此物称篦子，古时还是情人之间的信物。古人的一头长发容易打结，男人女人俱是如此。经常用篦子来梳理，是生活里的日常。篦子还能疏通头部的血管，这就上升到了理疗的范畴。做壶的人，就是取它的梳篦之意。在壶手看来，这个身筒立是立起来了，不过，毛病还挺多，需要一点点来梳理它。

所以就有了一个词：篦身筒。

既然与篦子相关，篦只的式样，便保留了篦子的诸多成分。方方的竹片，自然的凹度，所有的边角都变得温文尔雅，但细细一看，棱角还在，只是锋芒已然消隐。

只有壶手自己知道，在篦身筒的时候，哪个部位需要多大的篦子，哪里需要圆一点，哪里需要阔一点，都是干活的手在悄悄告诉你。你把篦只做到刚刚好，手感就把酣畅的密码发到篦只上了。你于是知道，为激发自己的手感做一款特别好用的工具，是对干活的手的最好馈赠。手就是这样，你待它好，它就待你更好。你做的篾只又灵巧又好用，手干起活来，会频生灵感，且格外卖命。

【泥扦只】

打好的紫砂泥片或泥条，躺在泥凳上的姿态，貌似安妥。

肌理深处，却还有隐约的瑕疵。

并不是像你想象的那么服帖。

不服帖怎么做壶？不摆平它们，壶就会出纰漏。

壶手不急。他拿过一根细竹扦。扦，是一种针状的器具。但泥扦只可不是针。它瘦长的身姿，像极了鹭鸶的腿的投影。反正它已经瘦身到了极点，那么窄窄的一长条，稍稍用力，就可以折断。不过，它的厉害，就在它肌肉收紧的瘦。打好的泥片，有的地方看上去泥门不那么紧，这不行。泥扦只来了，壶手拿着它，看似轻轻，实则紧密地刮过去，还有细微的不够平整的地方，被它这么轻轻地、力量均匀地一刮，行，平复如初，明镜般的熨帖。

用刀子削一根泥扦只，并不容易。你要让它有足够的韧劲，有弹性的张力。它瘦，但它不弱，它是四两拨千斤。此话怎讲？略烂的泥片会粘连在泥凳上，拎又拎不得，卷也卷不起。泥扦只瞄一眼，哼也不哼，忽地从泥片的一隅出击，它扁下身子，兜底般地插到泥片的底部，放心，它半点也伤不到泥片本身，它只是专门对付那面积不大的粘连部分，把它们铲起，并且在铲起中修复，半点也不伤筋动骨，甚至，所有的面子都统统顾及。

它有不太锋利的刃口。锋利不是它的职责，但刃锋的恰到好处，可以让它对付所有的问题。至于那些深藏在肌理里的瑕疵，以及那些老资格的粘连在泥凳上不肯起底的游兵散勇，唯有它身手敏捷、手到病除。

它如何运作？不急，本文的后半部分，它还会出场。

【水磨布 皮磨布】

一块普通的布，居然也是一件工具。

水磨布，是壶手们的随口俗称。其质地是白细布，折叠而成。柔软中有一点点挺括，是布质的经纬，被弄成刚刚好。这块布，最好是不新不旧。新布有浆水，太硬；太旧的布，没有骨力，起了毛头，也不合用。

在壶口、壶底、壶嘴和壶把的安装过程中，有的接口处，会有一些毛糙的痕迹。此时，明针正准备上手，但还缺少一个铺垫，水磨布默契地上手了。看上去它是为明针抹桌扫地的，有点像个店小二。把那些明显的瑕疵摆平，它便知趣地离去。但你真以为它就是个扫地的角色吗？它的所到之处，奠定着最初的定型、不走样。被它抹过的部位，不安生的安生了，毛糙的部位有了光洁的初样。

布的走了，皮的来了。

皮磨布是干啥的？如果水磨布是初稿，皮磨布就是定稿。

它是轻而薄的羊皮，很柔软。它出场的时候，壶手会用一个很牛的词：了坯。

这里的"了"，是了结，是终结。它走过的地方，别人不能再动了。自然，它的厉害处，就是在一个"了"字上。

就像我们写文章的润色。你会一边默读，一边把每一个不顺意的字、词、标点改掉。

然后，你再也不改了，也不会让别人动一个字。因为，这关乎气息、节奏、韵味、腔调，等等。

做一把壶，少则几十件、多则百余件工具，最后，工具们集体立正、稍息、解散，让位给一块"了坯布"。

够有意思的。

【尺寸】

按理它不是工具的一部分。

但是，它是一些工具制作的依据。

制壶的"尺寸"，实际就是一种秘不宣人的"秘籍"。一把壶的各个部位，是否呼应、协调、和谐，都是由一个个最合理的"尺寸"构成的。尺寸，往简单里说，只是一组数字、线条、符号；往高深里讲，好比魔法，人人眼里有，人人心中无。你看到一把非常好的成壶，觉得它的整体是那么和谐，且有着迷人的手感。但是，它在制作状态时，各个部位的具体尺寸，却是无法知晓的。

早先，老艺人们制壶，尺寸也讲究的；所有的尺寸都在他们肚子里。也有记性不好的艺人，尺寸就记在泥凳背后的墙头上。那不是暴露给别人了吗？不用急，别人看不懂的，比如一个黑点上用矩车划几道印，天书一样，鬼知道那是什么意思啊。

顾景舟当然也有尺寸簿。对诸多壶品的制作，摸索出了一整套的"尺寸"。包括泥料的收缩率是多少、泥料干湿度的掌控，以及壶体各部位的搭配、线条的走向，成型的角度，在他给出的"尺寸"里，都有权威的诠释。其准确性，一丝不苟，不容置疑，因为，"尺寸"里的每一个数字、每一根线条、每一个角度，都经历了无数次实践，包括千度窑火的冶炼。

最后，浓缩在一张图纸上。

这个就厉害了。当时的紫砂艺人，不用说画图纸，就是看懂图纸，也很费劲。有些草根艺人的"尺寸"，带有极大的随心所欲的成分。你向他要尺寸，他掐根稻草，用手比画一下，用牙齿一咬，成了，拿去吧。至于工具，有的艺人连指甲也用来代替工具使用。

顾景舟的尺寸，全是用几何三角原理制成的。简洁、精准，没有一定的实践经验、文化基础，看懂也难。

会得到顾氏"尺寸"的徒弟，能有多少呢？

葛陶中说，想要顾辅导给你尺寸啊，那是有前提的，你要学到他的手法，让他认可；否则，尺寸给了你，也没有用。因为，一步不到位，步步不到位。

这个说法，难免让人联想到武林江湖。想到那些空前绝后的招式背后，冰冻三尺非一日之寒的苦功修炼。

后来的艺人都有一本尺寸簿了。每一种壶的围片、满片、底片、假底、盖片、线片，等等，都有具体的尺寸要求。

但是，支撑这个尺寸的，是功力，是修行。很多老艺人走了，他们留下一些壶、一些尺寸。那是供养子孙的庇荫，也是他们对这个世界的交代。

第四章：发力

【三不做】

坊间传说，顾景舟有点懒。

他做得少，别人做十把，他只做一把。甚至，连一把壶也拖拖拉拉。时间最长的一把壶，放在套缸里，前前后后做了十九年。

阴天落雨不做。身体不适不做。心情不好不做。顾氏这"三不做"，在壶界，是公开的秘密。

问葛陶中，是真的吗？

他笑笑。

中国的成语里，有"以一当十"甚至"以一当百"的说法，仅以数量计算并评估一个艺人的功力，是片面的。

一个关键的问题是，你把做壶当成了什么？

大多数人，是把它当成一个饭碗。

顾某人不是。

早年为稻粱谋，全家的肚子系在他一把壶上。商家来订壶，不做也得做。但是，即便是不打自己印章的"商品壶"，拿到市面上，也还能看出顾氏风范。

一旦有口饭吃，壶，绝不肯多做一把。

一九四八年的时候，上海铁画轩老板戴相民专程来宜兴乡下，到顾景舟家里拜访。他对顾说，你的茶壶很受欢迎，一上架，很快就有客户来买走。还有的顾客，三天两头来打听，说什么时候有顾景舟的壶？

当时顾氏在铁画轩的一把壶价是八斗米。这颇不错了。想当初，陶渊明五柳先生，为了不愿"正衣冠"去伺候一个上边派来的官吏，曾经发出"不为五斗米折腰"的喟叹。可见这五斗米是个约数，内中的含义，表达了文人雅士的一种守志的清高与气格。

顾景舟当时依然家贫。按理，这是一个好消息，换了别人应该日夜赶工。可是，顾某人淡淡一笑，说，多做何益？

一句话，把自己的气格提上去了。人，不能没有饭碗。但是，他清楚，靠做壶发不了财。壶做多了，难免会滥。很早就把做壶看得很神圣，完全超出了"饭碗"的范畴。

戴相民后来回忆，顾氏的家里虽然清贫，但整洁干净。尤其是他的那个以"墨缘斋"命名的小书房，到处叠放着书。记得有一本枕边书是《长物志》，还有一本是《文会堂琴谱》。

《长物志》的作者，是文徵明的重孙文震亨。

《文会堂琴谱》，钱塘文士胡文焕编。

他很诧异，这黄土乡村，几乎没有一个识字人，如此边缘的闲书，怎么会进入顾景舟的视野？

从这两本枕边书上，我们似乎可以找到顾氏"三不做"的出处。

文震亨在书中写"琴室"一节，甚讲究。安置一张琴，古人要在平屋中埋一口缸，缸悬铜钟，与琴音产生共鸣。他还认为，弹琴最好的位置，是在阁楼的底层，下面很空旷，琴声就很透彻。当然，如果能在野外山坡边，挺拔的松树下，或茂林修竹间，山间的岩洞里，或天然的石屋中，安置一个琴室，那简直是天籁般的所在了。

不过，这与顾氏做壶有何相干呢？

在他看来，古人弹琴，需要一个安谧的环境；做壶，亦是雅事，也要一个相应的氛围。

万历二十四年，钱塘文士胡文焕的《文会堂琴谱》问世，此书比文震亨的《长物志》出版，要早二十五年，其精神脉络与文氏非常相近。胡文焕在书中说，弹琴是雅事，而日常生活，有时是浑浊的。为了维护弹琴的雅洁，他提出"五不弹""十四不弹"。

五不弹：疾风甚雨不弹、尘市不弹、对俗子不弹、不坐不弹、不衣冠不弹。

十四不弹：风雷阴雨、日月交蚀、在法司中、在市尘、对夷狄、对俗子、对商贾、对娼妓、酒醉后、夜事后、毁形异服、腋气臊臭、鼓动喧哗、不盥手漱口。

古琴与紫砂壶，似乎相去甚远。但是，顾氏认为，其精神上有共通之处。琴要有室，茶得有寮，壶也要有精舍。僧人住的房舍，佛教中称为"寮房"，最早的茶事，多半是在风景绝佳的深山寮房里进行，茶与壶，从来地位相等，何可厚此薄彼。

做壶，是一个运气、贯气的过程。人之气，受天气、心情、身体的影响，若不精壮饱满，必然辐射到壶上。

选择不做，恰恰是对壶的尊重。

【打泥片】

做一把壶，首先要打泥片。

当年，葛陶中的泥凳位置，在顾景舟的背后。他打泥片的时候，知道前面有一双耳朵而不是眼睛在盯着他。只要听到捶打的声音，顾景舟就知道，哪里多打了几下，哪里少打了几下。

果不其然，那个不高却威严的声音响起来了：陶中啊，你又多打了几下了！

徒弟打的泥片、泥条灵不灵光，顾景舟瞄一眼，或者伸手一摸、一捏，就知道了。

手感，在顾景舟这里，是第一要素。

葛陶中这样回忆：

"一分钟打四块泥片，一块泥片打十二下，多一下不行，少一下也不行。"

这些量化，都是顾景舟在长期的实践中，得出的结论。每一下用多少力气，也是有要求的。多年之后，葛陶中在自己的工作室演绎这些技艺的要素，觉得有一种穿越的意味。

力量的均匀与手法的灵动，要结合得不着痕迹。起手落点，都有讲究。泥片不能打僵，也不能打散，要含住泥性里的一份活力。葛陶中称之为"活泥"。一个制壶艺人，对泥料的感觉来得准。硬烂、干湿、粗细，不到最恰当的时候，绝不下手！

做生活拿得起，并不稀奇，要拿得住，才是本事。当年师父如是说。

有一次，一位新来的厂领导，想考一考顾景舟的壶艺到底有多神，遂让他同时做五把洋桶壶。放进窑里烧成后，拿了一杆磅秤来称，其中四把分量完全一样，只有一把，分量重了一克。顾景舟知道是哪把壶重了一点点，略带遗憾地说，哦，那张泥片，我少打了一记。

徒弟们服了。厂领导假咳了一声，笑笑，走了。

好多年后葛陶中不愿意带徒弟。为什么？因为当年在顾景舟身边，师父对徒弟要求太严，时光长了，他不知不觉就有了师父当年的心境。但凡有年轻的艺徒到他这里来问艺，他会让对方打一张泥片来看。然后，对方刚打了几下，他就叫停，说你回去练半年再来吧。

不愿意带徒弟，是不愿意内心太纠结。江湖上的说法是，一日为师，终身为父。你要对徒弟负责，不能耽误他。而他如果自己耽误了自己，你也会心痛。他不愿意让那些自我感觉往往很好的年轻艺徒受太多的委屈。

【打身筒】

紫砂老祖宗时大彬走在前往娄东的旅途中，当是一五七六年的春天。

他身背一个土布织成的大褡裢袋，是玄色的。袋中，用几层棉絮包着几把壶，是他做的壶。他要去访太仓文人王世贞、松江名士陈继儒。

紫砂艺人多半是不出远门的。趴在作坊里做壶，一趴几十年，外面的世界是什么样儿，他都不知道。

时大彬不一样。他是紫砂名家时鹏的儿子，但是他称自己的父亲"老兄"，因为他觉得，父亲的壶不如他；还因为多年父子成兄弟，父子的心是相通的。

父亲指点他，要出去跑动，跟文人结交，功夫在壶外。

王世贞与陈继儒，俱是当时江南名流大咖。他们与时大彬之间有一些对话，后来被一些文人写到文章里去了。

文人的建议很给力，一是要他坚持用全手工制壶，切勿用模型敷衍，否则千壶一面，性情俱废。

二是将大壶改为小壶。茶壶以小为贵，每一客，壶一把，任其自斟自饮，方为得趣。还有就是，壶小则香不涣散，味不耽搁。

三是要在壶底打上印章。之前紫砂壶就是个喝茶器皿，壶手随便在壶底用竹签写个名字，就是个记认而已。不识字的艺人，连名字也不留。文人认为，书画作品都是落款钤印的，紫砂壶要进入收藏级别，在行头上，应该与书画平起平坐。

四是壶手也要习字，要养文气。

时大彬回去就把大壶改为小壶了。印章也专门请人镌刻了。他并不知道，他这么一改，他的壶就身价百倍了。史笔，也黏住他不放了。与文人比肩，他是第一人。全手工制壶，他也是第一个。所谓全手工制壶，就是以拍打身筒为主的成型方法，那是时大彬多年琢磨出来的，别人夺不去。

欲扬先抑，是文人的一种笔法。文人取笑他"其状朴野，鬶面垢衣"。但是，说到他的壶，却极为赞赏。

就这样，紫砂壶有了自己的"撒手锏"。

就这样一代一代传下来了。

开始吧。

葛陶中气定神闲地坐在那儿，说，先讲一讲打身筒之前的规矩。

因为打身筒是做一把壶的关键的关键，所以，老一辈艺人有个规矩，心情不好不做，泥料的干湿没有调匀好不做，尺寸没有配准不做，工具没有备好不做。因为，心情不好，会把彼时的状态带进壶里，打身筒后面紧接着擀身筒和篦身筒，需要连贯的精气神，一口气是不能断的。

身筒，就是壶的主体。打身筒，就是把打好的泥条围起来，用泥拍子一记一记拍打。如何把一个直筒子通过手工拍打，变成一个有优美而自然过渡的弧线，有和谐圆满的壶型的身筒，不借助任何模子，太难了。这就是紫砂壶的绝妙之处。

然后，葛陶中开始动手了。

突然变了一个人。

这是一个很难用文字描摹的场景。你看到的是两只手协调地，一里一外地，在不知不觉的旋转中拍打。这种拍打的声音非常清脆悦耳，张弛的力度在起落之间弹跳，既不能太轻，又不能太重，这轻与重的标准只有尚在"襁褓"里的身筒知道，还有就是自己的内心知道。而内心的知道，是从木知木觉的混沌里突围出来的，那不仅是要千百遍地练习，还要更多遍的领悟。就像一只闹钟，它会在你指定的时间突然醒来并且昭告天下。打身筒的起承转合里，深藏着中国人对宇宙秩序的浪漫构想，然后用一种最简单、最丰富、最自然、最漫不经心而又最锲而不舍的方式呈现出来。

你看到了什么？简练、淳朴、厚拙、凝重、雄浑、圆润、沉穆、劲挺、柔婉、空灵。

外边的手，拿着木拍子，拍打的力量是均匀的。看上去并没有用什么蛮力，但一记是一记，力度很到位。旋转的节奏与拍打的节奏是成正比的。

里边的一只手，貌似衬托，只以四根手指，若即若离地扶住内壁，实际上，整个拍打都由它来掌控。它用多少力来托住，外边的那只手才能用多少力来拍打。

两只手之间的默契，太难得了。

一个弧形的圆，是在它们的调教下，慢慢形成的。

慢慢地，一个壶体出现了。像一个"窝"，它的形成，是壶手内心的那个壶体与手里的坯体的切换。

此时，"技"已经退到一边。

见不到的技，才是最恰当的技。慢慢地，身筒变成了一个气场。它像一个"心"，此时此刻，你的心性与它完全接通了，在无数记拍打后它有脉搏了，有呼吸了，丑也好，俊也罢，它是一个生命了。

【线条】

看一把壶，讲究没有一处直是直，没有一处曲是曲。它要的是天然，要的是砂泥本身的张力所形成的曲线。这和普通的曲线板不一样，不是凑合出来的，是制壶人顺势而为，利用紫砂泥本身那种自然的力度做出来的。当手感的力量和自然的力量之间达到一种完美平衡的时候，所产生的形，才是紫砂的形。

没有线条的优美，何来形体的优美？葛陶中说，紫砂壶上，那些优美的曲线，不是老天爷白白恩赐给你的。每一根线条看似天然，其实都有来路出处。内中蕴含着手艺人的慧根。一种被制壶艺人称为"文武线"的线条是这样的：一根线细，那是文线；一根线粗，那是武线了。她们像是孪生姐妹，是妥帖的，相依为命的；制壶艺人通常把她们用来置于壶的口盖组合和口沿处，一般为上粗下细，武姐姐说，我就在上边了；文妹妹说，好吧姐姐，我就乖乖在下边挨着你。两根线条，一文一武，齐头并进，通畅开去，壶颈线条的流动感和上下呼应感，就是这样来的。

云肩线，多么美妙的名字。云一样的纹，然后还有肩，那是少女的肩，婀娜，圆润。她一般被安置在壶的颈部以下，壶口下沿等部位，这种线条具有韵律和节奏感。壶体在那里淡定不动，但壶的肩，壶的身，是在律动中的，只要你看懂了，你的心也在这律动中旋转了。

还有凹肩线，是一种双曲线，她是被用来配合云肩线的，为的是加强那种丰富的节奏变化。而灯草线，是因线条细如灯草而获名，或将其用于口沿部，或用于足部，那是具有贯通气韵的效果。

一生二，二生三，三生万物。一把小小的壶上，层层推展、收放自如的线条，演示的其实是无止境的生命律动，是岁月赋予的灵性与力道。

【一捺底】

"一捺底"，是做"茄段壶"的一道至关重要的工序。葛陶中回忆，起初他总是做不好。顾景舟耐心给他讲解要领，说，"一捺底"的关键，是要让壶底具有千斤顶力，若无力度，势必软塌。至于如何收口，如何使壶的肩部开张有力，顾景舟亲手示范了。

一双看上去文弱的手，顿时青筋暴露。一旦动起来，其力道，让人顿生敬畏，一招一式，干净利落，无半点多余。

这就是秘籍。文字无法传递它的力量。从字面上解释，捺，需要用拇指，一捺底，就是要一下子捺到底部，不能有半点犹豫，而且要一记到位。

这样的解释，肯定不能让艺人们满意。但是，完全把他们口述的关于"一捺底"的概念记录下来，读者却又看不懂。怎么办呢？

那就把它放一放，像伏土一样，交给未来的时光吧。

【龙窑】

最后的成全，在龙窑里。

这一把茄段壶，完完全全，俱以古法制作。故而茶壶完成，古气扑面。

在古龙窑里烧成，当是对它最后的成全。

宜兴前墅有牛角山，匍匐一座龙窑，迄今六百年，窑火不歇。有风的日子，窑场上到处弥漫着松枝被燃烧后特有的香气。

窑烧，是制陶古法之一。烧窑师傅很牛，但比他们更牛的是看火先生。烧窑、装窑用的是体力，看火要用眼力。一窑货，什么时候用什么火力，都是他说了算。

清代的几位皇帝都喜欢"窑烧"这一口。根据宫中"造办处"记载，紫禁城和圆明园里，都有专供皇帝烧着玩的小窑。烧窑的过程熊熊烈烈，表明着千年火气稳当，陶器烧成，表明土性承足俱在。皇上很有满足感。北大学者赵为民先生认为，这很符合中国文化特质。一是土性，即本源，是不加修饰的生活习性；二是气性，烧窑所需的风水，燃起一窑完美的火场，孕育生命，是英雄之本色。

古龙窑用松枝烧窑。烧窑师傅们奋力将松枝填进鳞眼洞，它们一进入火口，瞬间就变成白色的精灵。然后像飞蛾一样，在火中狂舞。然后飞快地化烟成灰。烧窑师傅说，只有用松枝烧出的陶器，才会有古气扑面。

为什么呢？

因为松枝的油性与陶器的土性是吻合的，它催发陶器骨子里那点拗劲。所谓古气，就是沉着含蓄，是低处的高，是高处的低。

一天一夜，茄段壶被成全了。

它的高古，在于一出窑就有几百岁的年纪。

那种老到，仿佛修炼了几世人生。

葛陶中捧着壶，从窑场上走到坡下去。他听到了一声咳嗽，是清亮的，那么熟悉。师父高兴的时候，咳嗽声也听得出。然后，一个清晰的背影，递给他一个表情，那就是，壶做得还行。

这几乎是师父最高的评价了。

他站在那里，如释重负。

【发力】

很多年后，陶中懂得了一句话：用时间换取空间。

一个会说话的人，从来不多说一句话；或者外人在的时候，他基本不说话，眼神也不乱扫，就知道低着头，干活。心，可以敞亮，嘴巴要紧闭。那不是哑巴，也不是硬憋出来的缄默，而是一种慢慢修炼的内功。

那些年，在师父身边，很多名头大的客人来访，葛陶中在一旁，默默地给客人沏茶，然后退下，默默地做自己的活儿。师父也不向客人介绍他。师父不说，别人也不好问，于是访客中没有人或者很少有人知道他是谁。关键是，师父和来客的谈话，不管他听懂没听懂，只当没听到。师父制壶有很多讲究，在壶底打章的时候，他就悄悄走开了，师父打什么章，打几颗章，他不知道。师父的印章有几十颗，随便地散放在半开的抽屉里。他从来没有去碰过那个看似随意半开的抽屉。

很长的时间里，许多人以为他是个哑巴。私下里也有人纳闷，顾辅导怎么身边弄了个哑巴啊？

有时，葛陶中的朋友会替他抱怨，这样下去，你什么时候能够出头呢？葛陶中说，能跟师父好好学艺，我知足了。

一九九三年，顾景舟师生代表团访问台湾。这在壶艺界，是件大事。开始，领导定的名单里，并没有葛陶中。师父知道了，淡淡说了一句，加上陶中吧，我要他照顾我的生活。

领导起先有些为难，当时的台湾，还是李登辉管事，限制很多。去的人，都是选来选去，几番斟酌。论资排辈，无论如何也排不到葛陶中。

况且，名单已经报到省里。但顾景舟的话一言九鼎，他就撂那么一句，也不多解释。上上下下一阵折腾，葛陶中的名字添上去了。

临行前，师父又撂了一句话：配好泥料，带上工具。

葛陶中嗯了一声，也不多嘴，闷着头去准备了。

到了台湾，盛大的欢迎场面，给足了顾景舟面子。洗尘的宴会结束，宾主兴致很高。师父突然说，陶中，把泥料和工具拿出来。

原先代表团的行程安排里，并无现场紫砂手工制壶表演一项。

葛陶中以为师父要亲自表演制壶，赶紧取出备好的泥料和工具。谁知师父对着麦克风说，诸位朋友，下面由我的徒弟葛陶中为大家表演制壶技艺，博大家一笑。

然后，师父朝他笑笑，说，陶中，你做个壶模给他们看看。

葛陶中没有一点心理准备。但他在师父身边多年，耳濡目染，慌乱是没有的。他取过一张白纸，众目睽睽之下，用几十秒钟画了一个最简洁的圆珠壶型，然后坐下，摆开架势。他看到师父正向他投来温煦的目光。那道目光很亮、很暖，把他们十几年的师徒生涯照亮了。

葛陶中干净利落地打泥片、围身筒、打身筒。他每一个动作都是轻巧、迅捷、利索、稳当的，手感从来不是凭空的恩赐，而是十几年水滴石穿，冬练三九、夏练三伏的结果。一个外人眼里的"哑巴"，今天发力了。谁能知道他内心的潮汐汹涌、阴晴圆缺。

恍惚之间，又回到了厂里的工作室，师父身后的那张泥凳上。师父低沉的吆喝，像鞭子，像戒尺，跟空气一样同在。那么多年，没有一日懈怠。

一阵阵的掌声像雨点一样漫过他的头顶。几十架摄像机、照相机，犹如长枪短炮，对着他不断闪光咔嚓，他一点也没有感觉。

然后他站起来，一手端着壶坯，一手拿着壶图，向大家深深鞠躬。那圆珠壶图，已然矗立在他手掌之上，简洁空灵，亭亭玉立。

然后他看到师父笑了。

然后他的名字飞快地传遍了台湾岛。

他并不知道自己会有这一天。但他想起师父说过的一句话，做壶，就是要修成正果。

就像一位作家写的那样：中国的手艺人，自古就有对器物的崇拜，但对器物的崇拜里，包含着对自己的崇拜。

离开台湾的前夜，师父应邀做了一场《论紫砂壶的形气神》的学术讲座。一个多小时的讲座意犹未尽，听众都不愿离开。师父又对他说，陶中，再做一把壶给大家看看。

这一次，他更从容了。什么是中国紫砂，什么是知行合一、天人合一，请来看制作一把紫砂壶吧。什么是端庄、古典，什么是庙堂之上的尊贵和文人的雅致之美，请来看制作一把紫砂壶吧。

紫砂壶，这是最典型的中国式表达。

（《人民文学》2021 年第 8 期）

船　娘

苏沧桑

"早春花时，舟从梅树下入，弥漫如雪。"

西溪如一个透明的结界，由水、空气、绿意构成。前往西溪，像前往另一个人间。

我一直在等一场雪。我曾与船娘虹美相约，乘她的摇橹船看雪落，梅开，吃火锅，喝酒。

普鲁斯特说，生命只是一连串孤立的片刻，靠着回忆和幻想，许多意义浮现了，然后消失，消失之后又浮现。此刻，雪停了，炭火的吱吱声、雪压梅枝的吱吱声，高低错落，水上的往事一一浮现。

酒酣的两个同龄女子坠入了时空深处，水天一色，人舟一体，"我"是沧桑，"我"亦是船娘，抑或是千百年来湮没在湖光山色里的她，他，还有它。

西溪静默，"我"开口说话。

一　酒窝囡囡

谁也不知道，船是什么时候漂走的。

一万道阳光盛满我左脸颊的酒窝，一万道油菜花的光芒盛满我右脸颊的酒窝，两万道金光结成一个梦魇，将九岁的我罩住，只留下耳蜗里的一些声音。

鱼跃。

枯叶碎裂。

白鹭惊起，芦苇被它蹬弯了腰，低声叫。

渔网撒在水面上。

船过的欸乃声。

捣衣声。

越剧。

老人轻轻咽下最后一口气。

太阳炉火般轰鸣。

每一个梦的拐弯处，都藏着一声声清脆的鸟鸣，娘声嘶力竭的呼喊被挡在梦的外面：

虹——美！虹——美！你在哪里啊？

"松木场入古荡，溪流浅狭，不容巨舟，自古荡以西，并称西溪。"与西湖一山之隔的西溪，是"芦锥几顷界为田，一曲溪流一曲烟"的江南水乡、城中湿地，自古和西湖、西泠并称"三西"。明清时，以十里香溪、百家庵堂、明月蒹葭著称于世，与灵峰、孤山并称杭州三大赏梅胜地，也是无数文人墨客和达官贵人隐居的世外桃源，留下过苏轼、秦观、唐寅、张岱、顾若璞、李渔、厉鹗、洪升、钱谦益、柳如是、康有为、郁达夫等无数名士的足迹和传奇。

深潭口，古往今来赛龙舟的地方，也是我祖祖辈辈的家。早春直至霜降，每天凌晨三四点，娘就把我们三姐妹喊起来，摇着小船从深潭口出发，去武林门或笕桥割草喂鱼喂羊。小船穿破曙色，穿过一座座拱桥，一个个芦苇荡，由古荡至松木场，停泊在京杭大运河北大桥。

娘静静摇着橹。橹在水里搅起一轮轮鱼尾形的波光，倒映在娘的脸上，如掠过一片一片羽毛。摇船的娘，比山山水水还要好看。

九岁的我坐在船头，将右手垂到水面。"溪鸟吾前身，溪花吾故人"，我用指尖轻轻弹拨着一轮轮波光，一一问候我的"前身"和"故人"。

先问候水花生、水葫芦、金铃花、梭鱼草、空心莲子草，还有香入肺腑的白姜花。岸边匍匐着一丛丛湿漉漉的蕨类，卷曲的、毛茸茸的芽上，露珠一明一暗眨着眼。

我也眨眨眼，一睁一闭间，就会看到无数双黑亮的眼睛，嗖的一下亮起，又嗖的一下全都藏进绿色深处。我跟妹妹说，那是西溪精灵们的眼睛。妹妹不信。

船出了深潭口，我问候了宋高宗赵构。南渡时，他见西溪"其地灵厚，欲都之，后得凤凰山，乃云'西溪且留下'"。这一留，就留了一千年。

船过杨圩时，我问候了宋代曾权倾朝野的杨统制。他"功成名遂身退"，说服兄弟一起在西溪各置一圩之产，晴耕雨读，直至九代同堂。

明清易代，导致了众多隐士隐居西溪。船过秋雪庵，我问候了第一个将西溪比作"桃花源"并题写"秋雪庵"的明代隐士吴本泰。明亡后，七十余岁的吴本泰卜居西溪蒹葭深处，"性淡泊，无嗜好，绳床棐几，朝齑暮盐"。秋雪庵附近有一个庄园叫泊庵，是明代三个邹姓兄弟建造的，他们耕读艇钓，最喜欢在梅树下置放蒲团，吟诗作画。

船过以梅花闻名的安乐山，我问候了明末清初"西溪二隐"孙蕉田和包太白。两个才华横溢、喜好吟咏的钱塘（杭州）人，常结伴登山临水，选胜探幽，著有《采薇子》和《蕉田集》。

船过一座古桥，小伙伴们玩倒栽葱跳水的地方，我问候了两位同名同龄的本地人"西溪两晴川"——经学家孙晴川和家有藏书楼的沈晴川。两家一河之隔、一桥相连，志趣相同，家朋常聚，著成《南漳子》，详细记载了西溪的一切，一个写书一个作序，人称"河渚陆地仙"。

清末太平军攻占杭州时，家有万卷藏书的丁氏兄弟携书避居西溪，为抢救《四库全书》呕心沥血。父母过世后，兄弟俩索性舍弃红尘，在西溪停放父母灵柩的家祠盖了一座风木庵，布衣草履，终于此庵。

……

这些人，这些事，都是精瘦精瘦的单爷爷告诉我的。单爷爷摇着橹，晃着看上去很轻的脑袋，说，虹美啊，这些人，这些花啊草啊鱼啊鸟啊，都是咱们的先人。你在心里时时念着，你的先人就不会死，西溪就不会死。

那时候，我不知道，他说的"你"是泛指。我当真了。

可是，那么多先人，哪一个是我们吴家的祖先呢？反正搞不清，就全都问候一遍吧。反正这里的山这里的水这里所有的一切，我都觉得亲。

娘一下一下摇着橹，橹是不是也在问候一个个祖先？娘用橹问候着祖先们，用橹延续着祖祖辈辈的生计，延续着早已注入一代代西溪人基因的深居淡泊、与世无争。

北大桥到了。晨曦中，排成一串的进香老太太们每人背着一个黄香袋，叽叽喳喳穿过油菜花田，前往一个个庙宇——她们的渡心之船。娘带着姐姐妹妹上岸割草，让我看船。

"君家何处住，妾住在横塘。停船暂借问，或恐是同乡。"

一位面目模糊的白衣少年，站在一条小船上迎面而来，船与船擦肩而过时，我脱口而出：

哥哥，把船停一停好吗？你家在何方？我家住在西溪深潭口，听你口音，我们是同乡呢！

两千年前《长干行》里摇船的女孩，一定像我——壮敦敦的小身板，黄喇喇的羊角辫，圆圆的脸，大大的黑眼仁，一笑两个酒窝，那么傻，那么天真。

可是，少年是谁？为什么他的面目如此模糊？

虹——美！虹——美！你个囡囡啊，吓杀我哉！

阳光刺痛了我猛然睁开的眼，一张大脸盘正对着我的鼻尖——娘泪水汗水横流、红通通、怒气冲冲的大脸盘。

起得太早，太困了，我躺在小船上睡着了，谁知船绳没有系好，小船随着微波沿着古运河，从北大桥一直漂到了武林门码头。娘急死了，一路狂奔一路呼喊，一路打听一路找，终于看到自家的小船，在两块油菜花地间的水面上打转转。

我说，娘不怕，我要是掉水里，闭着眼睛都淹不死，要是迷路了，闭着眼睛都能把船划回家!

二　龙舟伢儿

造物深藏着一个个伏笔。当小船载着我一次次从他家门前的河埠头经过时,我从未想过,那个低头默默刻着龙舟的少年,会是和我风雨同舟一生一世的那个人。

"桥门印水,幻影如月,舟行入月中矣。"

船走在开满紫色水浮莲花的水巷里,穿过一座又一座拱桥,仿佛从一个开满鲜花的月亮到另一个开满鲜花的月亮。月亮脚下窝着一座老屋,老屋门前的水波里,一个少年默默刻着龙舟的倒影,总让我想起西溪传说里的一个少年。

西溪是佛教圣地,明清时有曲水庵、秋雪庵、云溪庵等一百四十多座寺庙。传说清光绪年间,东天目山昭明寺的年轻居士惠仁奉方丈之命到西溪代为探望老友,遇见了一位在云溪庵竹林深处吹笛的素衣少女,一见如故。每日午后,两人一个在船上,一个在竹林,隔水相望,聊天,吹笛,听笛,整整四十一天。令惠仁不解的是,素衣少女的笛声依旧,话一天比一天少,话音一天比一天弱。

第四十二天,素衣少女再也没有出现。惠仁苦苦等待,等来了一个噩耗:少女早已身患重疾,家人送她来云溪庵静养,希望有奇迹发生,无奈红颜薄命,临终前,她对家人说,原以为就这样走了,却遇到了惠仁,给了我两个月最美的时光。

为了纪念她,惠仁打造了一口铜钟,送到了云溪庵。如今庵堂不再,据说有人在昭明寺里发现了一口古钟,静静悬挂于寺院正殿,夏日阳光透过枝叶洒在古钟上,散发着金色光芒。

我的惠仁是谁? 在哪里? 有一天,我会离开西溪远嫁他乡吗?

老屋河埠头前的那个少年,瘦瘦的,不高不矮,白白净净,他总是低着头,默默刻着龙舟上的部件,有时是龙尾,有时是龙头。村里人说,沈家的独生子玉法特别老实,不爱说话,要是他主动理你,太阳就从西边出来了。

他侧身刨着木头，刨花卷起来，替他说话。

他刻过的龙舟、花板，做过的八仙桌、藤椅、木菜、橹替他说话。

摆在西湖二码头展示的龙舟也经过他的手，也替他说话。

龙舟会上，他坐在最漂亮的龙舟上，使出全身力气敲锣打鼓，鼓点锣声替他说话。

都替他说好话。

媒人把十九岁的玉法带到十七岁的我面前，说，这小伙子一点儿都不像咱农村人，特别有涵养，到人家家里做木匠，有烟酒招待，他不吃不拿，不打牌，就只会干活。

他仍然不说话，干净的眉眼、指甲，指肚上厚厚的老茧替他说话，我听进去了。

从此，他天天来，一声不响地坐着，看见有什么活，就上前默默帮着干，不卑不亢，不管做什么事，好像心里早就打定主意。多年后，他说他早就看上了我——斗笠下油菜籽那么黑亮的短发，一笑，映山红那么红的嘴唇，河蚌里壳那么白的牙，旋涡那么圆的酒窝，蜜蜂那么纤巧又壮实的身材，脏得分不清颜色的粗布衣裳，天天摇着船从他家河埠头经过，那么好看，那么勤快，那么……通情达理。

好看吗？单爷爷说过，张岱的《夜航船》里说天上有一颗小星星叫"始影"，女人在夏至夜祭拜它，会变得美丽。与它并排的一颗星叫"琯朗"，男人在冬至夜祭拜它，会变得智慧。我问他是哪颗星，我也要拜拜。他看看天，摇摇头，说他也不知道。过了一会儿他说，勤快的女子就是美的。

勤快倒是真的，村里人家里人都这么说我。有田要种，有猪羊鸡鸭鱼蚕要养，要没完没了地去割草喂它们，最远的，是走路一两个小时到桃源岭，翻过山到灵隐白乐桥的茶地割草，再挑着草翻过山回到家。半夜骑着三轮车，拖着鸡鸭鱼肉去菜场早市卖。

我问他怎么看得出我通情达理呢？他低头说不知道，就是感觉。

那一夜，二十岁的满是老茧的手，握住了十八岁的满是老茧的手，结着一层层硬痂的两只掌心贴在了一起，摩挲着，像小舟贴着西溪水走，无比熨帖。

眼前闪过无数双西溪精灵的眼睛，它们都弯成了月牙形，在笑，在祝福我。

我对它们说，这下好了，我不会离开西溪了。

谁能料到呢，多年以后，我会食言，会背井离乡，深潭口会成为最痛的伤口。

三　在西湖

二十岁，我成了玉法的新娘，也成了第一个西湖船娘。确切地说，是1949年至20世纪80年代末，杭州西湖船队的第一个也是唯一的船娘。

朋友带我到西湖游船公司应征，说，你勤快，机灵，体力好，方向感好，应变能力强，当船娘自由，收入高。于是，我跟着住在岳庙旁的男师傅学看云识天气，学礼仪、救生、导游知识，还学英语、日语、韩语。从此，501号船、一顶斗笠、一身米色粗布斜襟上衣和咖啡色粗布裤子，陪着我在西湖风里来雨里去，整整二十五年。

老话说，人生有三苦：撑船、打铁、卖豆腐。更何况女人撑船。

西溪灵气，西湖大气，湖面宽，水深，摇橹船和手划船都比家里的小船大多了，摇橹船可坐十个人，手划船可坐六个人。摇橹船的枇杷橹有三四十斤重，加上水力，人要使出浑身力气，脚步也要跟着橹走，一天下来，不知不觉走了千千万万步。

我不怕花力气，就想趁年轻赚钱养家，孝敬老人，生儿育女，让儿女圆我们的大学梦。

坐船游西湖，是自古以来钱塘（杭州）人的最爱。《西湖志》载，"西湖巨丽，唐初未闻"，后因白居易、苏轼等名士才名闻遐迩，"南渡后，英俊丛集，昕夕流连，而西湖底蕴，表襮殆尽"。南宋遗民周密在《武林旧事》中详尽描写了"西湖游幸都人游赏"的盛况。

无论春夏秋冬朝暮晴雨，杭州人无时不游湖。皇帝游湖，坐大龙舟。达官贵人和老百姓游湖，游船"皆华丽雅靓，夸奇竞好……龙舟十余，彩旗叠鼓，交午曼衍，粲如织锦……都人士女，两堤骈集，几无置足地。水面垂楫，栉比如鳞，亦无行舟之路……既而小泊断桥，千舫骈聚，歌管喧奏，粉黛罗列，最为繁盛"。

　　凡缔姻、赛社、会亲、送葬、经会、献神、仕宦、恩赏等，不管普通百姓还是达官贵人全都嗨翻了。千金买笑，豪赌百万，老小出游，私下约会，都喜欢来湖上，直到花影黯淡，明月东升，才点着大红的灯笼，乘着车骑着马争过城门。还没玩过瘾的，干脆点起绛纱笼烛继续浪。杭州甚至有"销金锅儿"的称号。

　　属于我的每一天，都是眼睛的天堂，身体的地狱。早晨六七点出门，傍晚收工，夏天有夜游，要到十点或更晚。最苦是夏天，衣服湿了又干干了又湿，如果突遇雷暴，湖上起大风，即使温度高达四十摄氏度，也要赶紧将篷拆掉，在二十分钟内顶着烈日拼尽全力将船靠岸。最累的是"十一"长假，当时我是唯一的船娘，生意特别好，每天累得腰酸背痛腿抽筋，脖子被衣领磨出血，脸和手臂晒得火辣辣的痛，一层层蜕皮，一块块晒斑，整个人又黑又瘦。例假来了也不休息，想上厕所，忍着。不敢多喝水，渴了，忍着，饿了，忍着。抽空扒拉几口冷饭冷菜，又急又快，常常犯胃痛。有时饿极了，觉得那嫩绿的、软软的西湖水，就像凉米糕一样，恨不得切几块下来吃。

　　有一次洗澡，突然发现右手臂比左手臂粗很多，腋下也大一点，吓死了。去医院检查，医生问我是做什么工作的，我说摇船的。他笑了，说，没问题。

　　大多客人都客客气气，欢欢喜喜的，也有的客人不可理喻，能把人气死。一个冬日，一位外地游客上船听我讲解了几分钟，就说你不要介绍了，然后就不理人了。过了一会儿，又说，你怎么不介绍了？过了一会儿又说，你带我去钱王祠。

　　有些航线摇橹船是规定不能去的。我耐心跟他解释，况且湖上起风了，得赶紧回去了。

他站起来冲我喊，我花了钱，要你去哪里就去哪里！

我连说着不好意思，顾自把船划了回来。我不跟他一般见识，就当他是心情不好吧。游客是我的衣食父母，我怎么能跟"父母"吵架呢？吵架伤元气，伤和气，伤财气，还伤美景。

他骂骂咧咧地上了岸，没付一分钱，说，你等着，我要投诉你！

我将船带回船坞，又饿又累，想想白划了两个小时没赚到一分钱，心里憋屈。夜色像一个家人，为西湖脱去了喧嚣的外套，给了她一个幽静的怀抱。此时的我也想要一个怀抱，而我咫尺之外的水面上，那个和我同龄的二十岁新娘，她也想要一个怀抱。

靖康之难后，赵构迁都临安建南宋。赵宋王朝延续的一个半世纪里，只有八位公主出生，且只有宋理宗和贾贵妃的女儿瑞国公主活到了出嫁的年纪。自然，为掌上明珠选婿成了极重要的事。宋理宗专门召集大臣开会，拟定将新科状元配给公主。一大臣看中来自安徽当涂的三十岁英俊男子周震炎，不惜私下给他透题，点为状元。然而，他年龄太大，公主不肯。

转眼公主已年满十八，拥立宋理宗为皇的杨太后选定了她的侄子、年轻武官杨镇为驸马。宋理宗明知这是一场政治联姻，他不敢说。瑞国公主明知这是一场政治联姻，可父亲是她唯一的亲人，有苦难言，她不能说。

景定三年春正月，瑞国公主晋封为周汉国公主，出降驸马杨镇，出游西湖，场面极为隆重，杭城万人空巷，没有人看到新娘眼里的凄凉。

为了时时见到女儿，宋理宗在官苑旁为公主建造了豪华府第，他常乘坐布顶小辇，从公主府的后门进出。可没过多久，公主就病了。传说有一天飞来一只簸箕大的黑鸟，停在公主家的捣衣石上，啼声凄厉。秋天来临时，公主便去世了，未满二十二岁。年近花甲的宋理宗失去唯一的孩子后悲痛万分，不到三年也病死了，本已内忧外患的南宋王朝也慢慢迎来了最后的厄运。1279 年 3 月 19 日，崖山海战，宋军惨败被围，左丞相陆秀夫背着年仅七岁的南宋末帝赵昺跳海而亡，十万军民也相继投海殉国，南宋覆灭。

惊涛巨浪里，又一次响起凄厉的鸟啼声。传说赵昺养的一只白鹇在笼中悲鸣奋跃，摇脱笼钩，坠入大海殉葬。

白鹇穿越时空化为一只白鹭，惊飞而起，刺破西湖越来越浓稠的夜色。我看见，那个集万千宠爱于一身的同龄女子已转过身，正目光灼灼地看向湖岸——一对夫妻携着三个孩子挤在湖堤之上伸长脖子眺望着她和驸马都尉，妇人极胖且容貌丑陋，夫君极瘦，却抻着瘦弱的胳膊，死命挡在胖妇人身前，生怕她掉入湖里。

她灼灼的目光里，是艳羡。

一辆破三轮车穿过夜幕歪歪扭扭停到了我面前。玉法从车上搬下来一大堆东西，船舱、船板、矮凳，都是他亲手做的，涂着清漆，摸上去光滑，清爽。

我坐上三轮车，将冰冷的双手伸进他的胳肢窝里取暖，听见他闷闷地说：

我也来做船工吧，两个人有个照应。

水面上，她将灼灼的目光转向了我——一个累成狗的乡下丫头、一个满腹委屈的西湖船娘。

她灼灼的目光里，仍是艳羡。

我问她，我们俩换，你愿意吗？

她低头想了想，摇了摇头。

西湖不动声色，盛着人世间无数悲欢，从不会溢出来。西湖水日日融化着千千万万个过客丢给它的心事，融化不了的，就化成荷花、水鸟，漂浮在水面上。多少年前，西湖在，我在哪儿？多少年后，西湖还在，我在哪儿？西湖于我是永恒，我于西湖只是永恒之一瞬。这么一想，还有什么委屈是过不去的呢？

关于西湖，有的，我说给游客听，有的，我藏进心里。潜意识里，我一直在等一个人，一个从古代穿越而来的谦谦君子，懂西湖风月，也懂西湖风骨，懂湮没在时光深处的那一个个灵魂，岳飞、于谦、张苍水……我会带他进入西湖的更深处，仿佛把偶遇的故人领进家门坐一坐。

我相信，每一个来我船上的人，都曾是西湖的一朵荷、一只鸟、一片云、一滴雨、一缕月光、一支香、一叶柳、一句诗。

我是时空之间的摆渡人。我愿我的船，和那些庙宇一样，是渡心之船。

四　擦肩

湖面上远远过来一叶小舟，我望望摇橹人的姿势，就知道是他。两条船擦肩而过时，我朝他笑笑。他悄悄瞥我一眼，嘴角微微往上牵动一下，继续不疾不慢地摇着橹，给客人讲解着。

像九岁那年做的梦。

玉法不做木工了，做了西湖船夫。漂在偌大的西湖里，我不再感觉孤单无助了。

如果他没在讲解，我会问他去哪里？几个钟头？几点下班？他会面无表情一一作答，生怕客人看出来什么。

有时远远过来的不是他，却有他的口信，说几点下班，哪里等我。或者说，几点会起风，小心点。

像两只水鸟整日滑翔在水面上，日落时分或者更晚，在西湖某一个码头会合，有时他等我，有时我等他。有时风大，他帮我把船划回船坞，骑车带我回到西溪的家。

大儿子出生了。小儿子也出生了。除了我怀孕坐月子，三百六十五天有三百来天都出船，家里事全靠公公婆婆操心帮忙。天气好，干得勤，一年能赚不少。

心境不一样了，看西湖就更美了。春天的清晨，白雾慢慢升起来，太阳慢慢升起来，几只小鸊鷉互相追逐，拍打起一长串浪花。夏日空闲的午后，将船躲在阴凉的桥洞下打个盹，常被偷偷游泳者的跳水声惊醒。秋天叶落时，杨公堤旁的西里湖聚集着数不清的白鹭和夜鹭，光秃秃的树枝上全是黑乎乎的鸟巢和白乎乎的鸟屎。下雪的时候，船犁开薄薄的湖冰，湖冰碎成片片翡翠。

西湖也会突然变脸，如果风吹过来是阴的，就要注意了，船就要贴着岸走。浪特别大时，会卷上岸，甚至将岸边的船拍碎，如果在湖心来不及靠岸，会有快艇把客人接走，小船只能随风漂着，一路惊魂。每晚七点半的中央台气象预报，别人看的是晴雨气温，摇船人看的是风力。

一天傍晚，我把客人送到断桥边上岸后，刚把船划出去，天突然暗下来，风一下子大起来，把白堤上的柳树都吹斜了，声音呼啦啦很吓人。我赶紧掉头回岸，也就是两三分钟的时间，船却靠不上岸了，浪变成了白浪，船被浪推着走，一直往楼外楼方向漂，我两脚直立使劲想稳住船，船却在剧烈颠簸，好几次差点翻了。

所有的力气都使尽了，恐惧将我紧紧箍住，突然，不远处传来一个熟悉的声音：

别慌！我来了！

玉法看到西湖北高峰方向乌云骤集，感觉不对，赶紧将船靠岸往我这边赶，从郭庄一路跑到刘庄。刘庄的警卫不让他进，向来文静的他急赤白脸地跟他解释，警卫还是不让。谁也没想到，玉法突然一把推开警卫，一下子冲了进去，直冲到湖边，跳进水里，折腾了半小时，帮我把船拉回了岸边。

后来才知，西湖上翻了二十多条船，好多船互相挤压，一片狼藉。

一直忘了问他，那么黑的天，那么大的风，那么多小船，他是怎么认出我的？

五 樱花国来的人

满头白发的他上船时，我第一感觉他不是杭州人，也不是中国人。

碰到外国人来坐船，我说得最多的英语是"多少钱""几小时"，几个小时一般比着手表画几个圈，或者拿出导游图，比画从哪里到哪里，要多少钱。他们很好玩，大多一上船就要求把船篷收起来，即使大夏天，也要在太阳底下晒着。

那时候坐船可以议价，我从不宰客，生意特别好时，价格稍微提高一点，生意差，就降低一点。西湖船娘少，我一笑两个酒窝很有亲和力，玉法沉稳礼貌，讲解得好，又守信用，预约的客人如果堵车了，也会等。绝大多数客人都喜欢我们，回头客很多，安缦、香格里拉等高档酒店的总监都来找我们夫妻俩为贵宾服务。当我把美景介绍给海内外游客，他们惊艳的眼神，兴奋的欢叫，一再的致谢，让我幸福指数爆棚。

日本老先生七十岁左右，满头白发，西服笔挺，整个人特别清瘦、干净。他微微哈着腰，用不太标准的汉语说："您好！"

他想去三潭印月。我说，那儿人太多，不如我把船慢慢划到新西湖杨公堤，既幽静，又有味道，你一定会喜欢的。

我是真心的，我自己特别喜欢那儿，他的样子和那儿很搭。

他说好。

船沿着湖堤蜿蜒前行，穿过一个个桥洞，穿过一树树盈着新绿的柳枝，早春的微风将片片桃花拂落，漂满湖面。我说，苏堤也是情人堤，据说两个人如果还没找到恋爱的感觉，手牵手走完将近三公里的苏堤，一定会成为情侣的。

他微微一笑。

船沿着上香古道往茅家埠走，像进入幽深的湿地雨林。我说，为什么船夫船娘都背对着游客划船呢，是因为当年乾隆皇帝坐船经上香古道去灵隐，船夫知礼，避免和他面对面，就背对着他划，后来，所有的船夫船娘都背对着客人划了。

他哈哈一笑。上岸时，他给了我一张名片，地址是他在杭州开的一家公司。他微微哈着腰，说了声："多谢你！"

大约三个月后的夏日，我把船停在百合花饭店附近等生意，忽然看见一个眼熟的身影向我走来，还是那个清瘦干净的样子。我心想，真有缘分啊，居然在这里碰到。

他看到我，小跑着来到我面前说，我问了很多人，一路找过来，真的找到你了！

他的话、他眼里的惊喜让我心里一暖。

周密在《武林旧事》中这样描述杭州人避暑游湖的情景："六月六

日，都人士女，骈集焚香，已而登舟泛湖。"人们带上奉化项里杨梅、聚景园的秀莲新藕、新荔枝、白醪凉水等冰雪爽口之物，戴着香囊、涎花、珠佩，女人们在头上戴簇茉莉花，多至七插，最为时髦。一艘艘游船停靠在蒲深柳密的宽凉之地，纳凉、喝茶、闲聊、钓鱼，直到月亮升起才回家。有些人还准备了凉席卧榻，又是洗头发又是洗澡，留宿在湖心，整夜不归，裸泳想必也是有的。

自然少不了酒肉，南宋各类吃食繁多，名字让人听了都要流口水。酒也有很多美妙的名字，比如蔷薇露、流香、宣赐碧香、凤泉、玉练槌、雪醅、真珠泉、琼花露、齐云清露、十洲春、清心堂、丰和春、清白堂、蓝桥风月，等等。

中秋夜，人们还在湖里放"一点红"羊皮小水灯，数十万盏水灯浮满湖面，烂若繁星。

日本老先生和我一一细数着那些美食和美酒的名字，感叹无论中国还是日本，如今都找不到了那些实物和那份风雅了。他说，为什么没有人开一家"南宋酒肆"，把那些美食美酒，让如今的人们继续享用呢?

我答不上来。我想，无论从时间深处捞什么，捞上来都会变味吧。

他打电话约船；一开口就是"莫西莫西"，我就知道是谁了。他一般一个人来，静静坐着，看着远处，拍几张照片。偶尔，他会讲几句他自己的事情，像是给我听，像是自言自语。

有时他带两个日本朋友来，请我带他们去龙井买茶叶。我把船停靠在茅家埠，陪他到茶农家喝茶买茶，他们非让我同桌吃饭，叫我"妹妹"。

他问我都去过哪儿，我说哪儿都没去过。可我常听世界各地的游客讲家乡的风土人情，听各种教授学者作家在船上聊西湖文化，就好像我自己走了很多地方，看了很多书一样。

他问我最想去哪儿，我说，北京，大草原。

他说，京都樱花开的时候，和西湖一样美，你去看看吧。我的妹妹也和你一样美。

我说好的，我不敢问他妹妹是否健在。至于出国，我从不敢想。

船至湖心，他每次都问我，我给你拍一张照片好吗？

时隔多年，我们已失去联系，我的相册里留着几张他给我拍的照片，是我唯一的摇船的照片。他专门洗好，坐船时给我带过来。

我爱美，爱打扮，在意皮肤好不好，皱纹多不多。新衣服很少有机会穿，两三年都不去买，穿的都是工作服，夏天一身汗，要换好几套。春节最忙，去烫个头发就算过年了。我喜欢穿裙子，摇船没机会穿，晚上穿出去逛街散步臭美一下。有一次娘住院，我在医院陪她，正巧穿着连衣裙，单位里来电话说排班排到我了，匆匆忙忙赶过去，裙子都来不及换就上船，不敢坐，怕走光，只好一直站着划船。从来没有一个西湖船娘穿着连衣裙划船，客人上岸后，同事们全都拿手机拍我，哄笑说，穿着连衣裙划船的，你是西湖船娘第一个！

我不羞不恼，说，我还要穿着旗袍划船呢！

最轻松的辰光，是收工后，裹着夕阳或星光月光慢悠悠划着船，划回郭庄码头。近处空无一人时，我会哼几句越剧：

"西湖山水还依旧，憔悴难对满眼秋……"

"夕阳西下晚霞红，骊歌声声催归鸿。劝君子，临行更尽酒一盅，愿与你再向人间陌路逢，重叙离衷……"

五音不全的我，不唱给别人听，也不唱给自己听，就是唱个高兴。

下雪时，真想生一盆炭火，请日本老先生喝一次酒，像张岱在《湖心亭看雪》里写的那样，"拿一小舟，拥毳衣炉火，独往湖心亭看雪"。请他再为我拍一张照片。他是真正懂西湖的人，也是最尊重船娘的人。

六　湖上的洞箫

古人说："西湖之胜，晴湖不如雨湖，雨湖不如月湖，月湖不如雪湖。"我觉得，月下的西湖最神秘，像藏着无数个不俗的、不安的、不甘的、不羁的灵魂。

当我一个人划着船，从白娘子的断桥，往白居易的白堤，绕林和靖的孤山，经苏小小和秋瑾的西泠桥，至苏轼的苏堤，定会遇见时光更深处的她——王朝云。

一〇七一年的某个月夜，西湖的月光沁入了一颗黯然的心。被贬至杭州任通判的苏轼，坐一叶小舟游于月色之中。

《西湖志余》曾记："苏子瞻守杭州，春时，每遇休暇，必约客湖上，早食于山水佳处。饭毕，每客一舟，令队长一人，各领数妓，任其所之……至一二鼓，夜市犹未散，列烛以归，城中士女夹道云集而观止。"

当时风气，官宦名士的风流多情几乎都是公开的。"西湖船娘"与如今的概念也截然不同，旧时所指的"西湖船娘"和扬州瘦马、大同婆姨、泰山姑子是四大娼妓群体的暗喻，凝结着旧时代女子的血泪。据说，从白居易、元稹宦游杭州，"西湖船娘"便开始名闻天下，并盛极于宋，"歌妓舞鬟，严妆自炫，以待招呼者，谓之'水仙子'"，一直延续到明清、民国。她们娇小玲珑，秀丽温婉，擅琴棋书画，各有"花船"，一般分上下两层，供达官富商设宴、聚赌、抽鸦片、留宿，进行着军事、政治、经济诸方面的秘密交易。辛亥革命起至民国，"西湖船娘"渐渐淡出直至绝迹。如今的"西湖船娘"，是真正意义上的船娘。

一千年前的月色，与今夜的月色别无二致。湖上的月色像一曲幽渺的洞箫，带着竹的青涩和清香，哀婉，悠远……西湖的月色之美，如洞箫的难言，适合一个人在夜里静静听，耳朵是听不到的，心才能听到。当心听到时，明月清风就从天上来到了心间，两袖一甩，天地间再没有大不了的事了。

醉卧小舟的苏轼不由吟诵道："水枕能令山俯仰，风船解于月徘徊。"

一切恍若梦中……梦中，少女长袖徐舒，轻歌曼舞。一曲舞罢，少女来到了他身旁，一袭素衣，铅华洗净。

十二岁的王朝云，才华卓群，气质脱俗，瞬间打动了苏轼的心。也有人说王朝云并非歌舞伎，而是友人托孤。总之，王朝云仰慕苏轼已久，决意追随他，哪怕只做先生家的婢女。

从杭州到密州、徐州、湖州，再因"乌台诗案"被贬黄州，王朝云

"一生辛勤，万里随从"。直至苏轼再贬惠州时，他已年老体衰，她却风华正茂。他曾作一诗，序中说："予家有数妾，四五年间相继辞去，独朝云随予南迁。"唯有她陪着他，长途跋涉，翻山越岭，来到蛮荒烟瘴之地，过着缺米少柴、躬身耕种、缝补浆洗的清苦生活。

较之王弗和王闰之，王朝云最懂苏轼"一肚子的不合时宜"，她常抚琴轻唱他的《蝶恋花》。一次唱到"枝上柳绵吹又少"时，想起他宦海浮沉，命运多舛，泪如雨下。他问何因，她答，妾所不能竟（唱完）者，"天涯何处无芳草"句也。

仿佛有某种预感，不到两年，她便病逝了，年仅三十三岁。苏轼写下了悼念朝云的诸多诗词，终生不再听《蝶恋花》。

最好的爱情是什么样的呢？在我看来，开始是男女之爱，慢慢兼友情亲情，而后风雨同舟，最后相濡以沫。

他俩是。我和玉法也是。

此时，我和玉法正沉浸在无比的辛劳和快乐中。我们做了一件大事：用摇船挣的所有钱加上公公婆婆的积蓄，在深潭口老宅基地上建一座五层楼房，将来给两个儿子娶媳妇用。我们白天摇船，晚上回家后，一船一船将建筑材料运到自家埠头，然后从埠头一点一点往上搬，每天忙到深夜。每一根钢筋每一块砖每一片瓦每一粒沙，都是我们在西湖一橹一橹摇来的，都是我们一块一块亲手搬上去的。

散乱的头发，困得睁不开的布满血丝的眼，手上裂开的血口子，痛得抬不起的胳膊，流成一道道沟的汗……太苦了，太累了，可是，多么幸福啊。

七 "哥哥"

假如161号船牌、搪瓷果盘、留言簿会说话，玉法为张国荣划船的故事，它们会讲得比我更好。

新千年的第一个秋天，杭州又进入了最美的季节。那天上午天气很好，玉法像往常一样，将船泊在杭州香格里拉饭店对面的码头等生意。

奇怪的是，从八点一直到十点，没有一个游客，平时早就有五六条船出去了。

一位船工说，今天怎么回事啊？听说张国荣明天在杭州开演唱会，就住在这里，难不成他会来坐船？

玉法说，不可能，他那么忙，哪有空来坐船？

话音刚落，玉法看见码头上远远过来五个男人，其中一个是他在碟片里、电视里见过无数次的人，正径直朝自己走来。他没有戴墨镜，墨绿色上衣，白色长裤，黑色皮鞋，步子悠闲随意，穿过一树树秋天的梧桐，让玉法想起戏里的小生。

直到"哥哥"和两位摄影师跨上他的161号船，玉法还不敢相信。

先去了三潭印月。"哥哥"斜靠在背对船尾的靠背椅上，玉法只能看到他的侧面，浓密的头发、眉睫，长长的鬓角，真像戏里的英俊小生。一只胳膊随意搁在椅背上，拇指和食指轻轻揪着下巴短短的胡碴，凝神望着远处，不说话，也不喝茶，只静静地听讲解。有时笑笑，有时点点头，像一个乖乖听课的孩子，有时把两条腿都搁到长椅上，像一个神魂早已游离的顽童。

本想再去其他岛走走，"哥哥"虽戴上了墨镜，仍被认出来了，几十个游客一下子围了上来，他们只好匆匆回来上船。

两个小时很长，又很短。快上岸时，玉法鼓起勇气说，张先生，能不能冒昧请你把这几张三潭印月的门票送给我？

"哥哥"笑了，说，好啊。

玉法又说，那你能帮我签个名吗？

"哥哥"说，好的。随即伏在茶几上，在门票上签了个英文名，又签了个中文名，他很少签中文名。然后又在玉法给游客准备的留言簿上签了名，抬头对他笑了笑。他无比温柔、干净的目光，像雪后西湖上的暖阳。

两个萍水相逢的人，彬彬有礼地告别。

两年后的愚人节，传来了那个令世人震惊、令粉丝无法接受的噩耗。一位"荣迷"把玉法的手机号码贴到了张国荣百度贴吧里，从此，每年四月一日前后，玉法的游船就会被"荣迷"们订满，从七十多岁的老奶奶到"00后"，从世界各地赶来，就为了坐一坐"哥哥"坐过的船，走一走他走过的线路，听一听当年发生在161号船上的故事。

一位日本歌迷连着坐了两天船，一坐就是一整天，一路看，一路哭。

一位重庆小姑娘从码头一直跟到我们家，哭着求玉法送她一张"哥哥"游三潭印月的门票。我们都很不理解，架不住心软，留她吃了饭，把门票给她。女孩流着泪走了，不一会儿又回来了，手里提着在街上买的芡实糕送我，回去后还寄来好多火锅调料。

"哥哥"刚去世那几年，他们一上船就会流泪，玉法就安慰他们。近些年，粉丝们不哭了，有时风大船不能出去，他们就在船上坐会儿，央他再讲讲二〇〇〇年秋天的往事。大概是爱屋及乌吧，他们爱"哥哥"，也喜欢上了玉法，前两年，得知玉法快退休了，粉丝们急了，一个多月前就排队来坐他的船，每天都有人加他的微信，过年过节不忘问候他，举办纪念会时还邀请他去参加。玉法在船上用的保温杯，是美国张国荣歌迷协会为他特意定做的，上面用英文写着：谢谢你 沈先生。

玉法常在闲时打开船坞休息间的柜子，将那些物品一件件取出来看：161号旧船牌，六张"哥哥"游览西湖的照片，一张"哥哥"亲笔签名的三潭印月门票，那天用过的桌布、搪瓷果盘，还有四本厚厚的写满粉丝留言的纪念册。大多留言是写给"哥哥"的，也有写给玉法的，有中文英文日文韩文，感谢他善待那么多爱"哥哥"的人。

"哥哥，终于来到161号船，沈先生人真好。我坐在你坐过的地方，感受到椅子上的温度、你残留的气息。天人永隔，但思念能越过千山万水的阻隔，就像哥哥说的，分开也像同度过。"

"哥哥，今年高考成绩并不理想，但是今后我将成为一名警察，我会越来越好的，希望您在天堂一切安好。"

……

玉法最后一次在西湖划船，是2017年12月30日，天气很好，很冷。他将船从外西湖划回来，过桥洞时接到一个电话，一位武汉女粉丝说，我在火车上，马上到了，我来找你，让我坐最后一次，好不好？

玉法说，真抱歉，以后你到西溪来找我吧。我会把"哥哥"留下的东西都带到西溪的。

他把小船带到船坞，放下橹，陪着这条跟了他二十三年的船静静坐了一会儿。小船也老了，它见证了众生的欢愉悲凉，见证了玉法二十三年的苦乐年华，也见证了他与"哥哥"和"荣迷"的奇缘，让他此生有幸感受到另一种人间真情：哪怕素不相识，哪怕被你爱着的人根本不知道你的存在，哪怕那个人早已到了另一个世界。

哀愁是人生必中的毒，爱是唯一的解药。一抬头，玉法看见夕阳在云层中溺水般挣扎了一下，瞬间沉入西山。

给费玉清摇船，我也没有想到。

"一身琉璃白，透明着尘埃……"他唱到"埃"时，从炫目的舞台上走下来，跟在两个提着灯笼的女孩后面，跨上了我的小船，从容地继续唱。

灯光如瀑，万众瞩目，倾泻在我的小船上，倾泻在费玉清和我身上，世界好像只有我和他两个人——和名字一样温润的他，和名字一样土气的我——素颜，马尾辫，蓝花布衣裳，黑布鞋，双手紧握船橹，心怦怦乱跳，假如橹有知觉，定会感到窒息。

二〇〇七年秋天杭州西博会开幕式，费玉清站在船上演唱《千里之外》，我被选中为他摇船。排练时用的替身，我天天盼着正式演出能见着真人，又生怕自己出错，他唱到哪一句歌词，船就要停到哪个位置，一点都不能错。

我轻轻摇着橹，生怕船晃动吓着他。隔着船篷，看不到他全身，当他回过头来，唱到"我送你离开"的"你"时，我感觉他的目光和我对视了一秒，眼神那么熟悉！怎么会呢？

他唱完了，聚光灯骤然熄灭，黑暗中，他冲我微笑一下，点了点头，转身上岸了。

自始至终，我们没有说过一句话。短短的几分钟，屈指可数的几句歌词，于他，转身便忘，于我，犹如梦境。在水上漂了那么多年，谁会注意斗笠下一张船娘的脸，谁会关心一个船娘的悲欢。竟然有那么几分钟，西湖上所有的灯光、所有的目光齐齐聚集在我的小船上，多么不可思议！

多年以后，在一个电视节目里，他唱了最后一首歌后宣布封麦，开玩笑似的说着告别词，观众们却流着泪。在世人淡忘他之前，他选择全身而退。我忽然明白当年为什么会感觉他的目光、气场那么熟悉，他与隐居西溪的祖先们多么相像，也许，溪鸟也是他的前身，溪花也是他的故人。

八 回西溪

小船行进在西溪，如小鸟飞翔在天空，橹是船的翅膀。九岁时，我曾潜入深潭口的最深处，仿佛潜回母亲的子宫，听到了另一个世界的嗡嗡声。此刻，搬离西溪十五年后，我回来了，回到了生命的来处。白发已爬满双鬓，鱼尾纹已爬满眼角。

二〇〇三年起，西溪湿地综合保护工程开工，房子拆了，村民搬了，我们一家老小也搬到了城郊的回迁房。西溪从二十一世纪初主要由养猪造成的臭气熏天、污水横流，变回了我儿时的山清水秀。明清时，西溪有千顷蒹葭、十里桃树、十八里香溪，花开时笼罩水面，小舟行在其中，篷背碰落无数花瓣或花絮，芦花名"秋雪"，梅花名"香雪"，桃花名"绛雪"，并称"西溪三雪"。如今，这些极美的景致也都在慢慢恢复。

从西湖游船公司退休后，正逢西溪湿地招船工船娘，我和玉法又回到了心心念念的故园。正是深秋时节，小船进入万顷芦苇荡，芦花怒放，船篷轻轻一碰，顿时花飞如雪。

一对恋人上了我的船，女孩眼睛红红的，男孩气呼呼的，显然在吵架。船进入又一个芦苇荡时，他俩又吵了起来。

我笑着说，吵什么吵啊，我给你们讲一个故事吧。

他们似乎才想起船尾还坐着一个我，顿时住了口。

清朝的厉鹗是历代吟咏西溪诗词最多的文人。他一生清贫、清闲，常流连于西湖、西溪。一天，他和好友在西溪一处楼阁前喝茶，听见芦苇荡深处传来一阵哀婉的古琴声，便驾起小船循着琴声进入了芦苇荡深处。琴声忽然停了，传来一阵低低的抽泣声。只见一条小船上，一位年轻女子正趴在琴上抽泣。

朱满娘，从此走进了厉鹗的生命。她原是一大户人家的女儿，乳名"月上"。前两年一场大火致家境败落，误入青楼，决意卖艺不卖身，可最近一位地方官绅硬要纳她为妾，老鸨爱财答应了。

厉鹗人脉甚广，遂动用各方关系将此事圆满了结。满娘感恩，更感佩他的为人为文，成了他的红颜知己。两人或月夜泛舟，雨中漫步，或凭栏远眺，吟诗作画，成为西溪一段佳话。

所谓情深寿浅，没过几年，朱满娘便病重，厉鹗不惜典尽财物为她请医问药，却回天无力，第二年正月初三，她溘然长逝。

正是梅花将要绽放的时节，厉鹗将万千伤悼凝结在了十二首悼亡诗中。

"双桨来时人似玉，一奁空去月如烟。"

"十二碧栏重倚遍，那堪肠断数华年。"

"故扇也应尘漠漠，遗钿何在月苍苍。当时见惯惊鸿影，才隔重泉便渺茫。"

人去楼空，满娘用过的团扇仍搁置在原处，落满了灰尘。满娘戴过的首饰静静弃置一旁，在如烟月色中显得无比凄凉。无穷无尽的哀思缠绕着厉鹗，贫病交加蝼蚁般啃噬着半截朽木，没过几年，便追随她而去了。

茫茫人海中，相遇，相爱，相守，多么不易啊，所谓良辰美景奈何天，不好好珍惜，吵什么吵呢？

我自言自语着，已然忘了那对年轻恋人的存在。

不知道男孩说了句什么，女孩扑哧一声笑了。

没有人看到斗笠下我的眼里已噙满泪水——深潭口——不敢轻易触碰的那道伤口猝不及防地出现在了视野中。

九　深潭口

时隔多年，第一次重新踏上深潭口，感觉回到了三十年前的梦境里。

《南漳子》曾记："深潭口，非舟不渡；闻有龙，深潭不可测。"每年端午节，深潭口必人山人海，锣鼓喧天，浪花翻飞，龙舟竞渡。记忆深处，有一条最美的龙舟在"咚咚锵咚咚锵"的锣鼓声里劈波蹈浪向我驶来，停到了我家河埠头前。玉法伫立在龙舟上的大鼓前，双臂奋力舞动鼓槌，平日那么文静的一个人，此刻意气风发，气势如虹。

父亲喜气洋洋地端上一个礼盘。龙舟盛会传承着一套古老的仪式，有"喝龙船酒""请龙王""披红""赛龙舟""谢龙王"。龙舟上如有你的家人，便是你家无上的荣耀，龙舟会经停你家河埠，家人们就要捧上一个礼盘，礼盘里铺着米，米上放着红包、鞭炮、红绸布。龙舟后跟着的小船会下来一个人，接过礼盘，将红绸披到龙头上。只有三姐妹的我家，无人上得龙舟，儿时一到端午节，我总是又兴奋又羡慕嫉妒恨，恨不得自己飞上龙舟去和小伙子们一比高下！

我和玉法定亲后，他便是我的家人了。

船尾的艄公是总指挥，脚一蹬，头一抬，手一挥，顿时鼓声雷动，众桨齐出，所有的桨齐刷刷把龙舟龙头下的水瞬间掏空，艄公在船尾一蹬，水就从龙头哗哗吐了出来！赛龙舟不比速度，比花样，玉法的龙舟赢得了最多喝彩。

婆婆最爱看赛龙舟，年年都要看，搬离了西溪那么多年，每次都会赶过来，每次都带回家两行浊泪。

此时，曾经的家就在眼前。樟树蓬勃，白墙隐约，曾经的五层楼房像被活生生腰斩了，只剩了两层。门前的桂花树散发着熟悉的香味，已经不是我家的树了。

门厅外挂着一个生态研究中心的牌子，走出来一位工作人员，抬眼看了我一下，顾自走了。他哪里知道，他们天天走进走出的地方，是我的家，我的家！

靠在门厅前的柱子上，我感觉它微微颤抖了一下。这根柱子是我造的，白色的瓷砖是我用船一块块运回家、一块块亲手贴上去的。那道齐眉高的细缝里，还沁着我的汗，留着我右手拇指的血。

泪眼模糊中，又一次浮现了婆婆的泪眼。

西溪全面治理改造工程启动后，所有的原住户都要搬离祖祖辈辈生活的西溪。我家两代人呕心沥血建成的五层楼才住了两年就要被拆掉了，给两个儿子准备的新房，永远都不会迎来张灯结彩了。

我想不通啊！

我天天失眠。婆婆天天哭。我和玉法天天去找公家单位理论。

等来的，是三套城郊的拆迁房，还有十元一平米的超面积补贴，我赌气不去领。

静下心想想，公家也是好意，也不容易，我们为国家做点牺牲也是应该的，看到西溪变得这么美、这么干净，心里也是高兴的，自豪的。

住不惯离地百尺的楼房，夜深人静时，总有一个声音在我耳边嘀咕：如果有一天能回到西溪，像老屋那样安安静静趴着，像船那样像祖先那样，安安静静泊着，多好啊！

西溪的精灵们一定听到了我的愿望，年已半百的我真的回来了。舍不得船娘这份职业，更舍不得对故园的眷恋。

游人来来往往，永远不会知道，那个黝黑的西溪船娘，为什么会时时冲着那些水鸟浮萍点头，她的橹从两朵水浮莲中间划过时，为什么那么轻柔，像是怕碰痛它们。

十　雪霁

雪后的西溪，冷，幽，野，是一年里最宁静的时分。

玉法踩着积雪咯吱咯吱走到船坞，将他的船划出来，停到摇橹船码头，又踩着积雪咯吱咯吱走回船坞，将我的船划出来，也停到码头。

有时候他等我，有时候让我在家歇着，他顾着两条船。

天冷没有客人时，船夫船娘们聚在码头上聊国家大事、讲八卦笑话，黄段子也讲，一点都不难为情。大家基本上是原来同村的，关系好，说说笑笑，便不觉得累，没生意时也不会太心焦。

　　我们常把船划到芦苇荡深处吃午饭，用力把橹插进淤泥，让船停住，把保温桶摆到茶几上，我每天早晨五点多起来做的米饭和一荤一素两个炒菜，再从船篷和船梁的夹缝间取下饭勺。我把豆壳菜梗虾壳等食物残渣直接扔进水里，看鱼儿虾儿跳起来抢，像回到小时候。吃好饭，橹拔上来，能撸下一大把螺蛳，有时船走着走着，鱼自己会跳上船，抓了养在桶里，带回家吃。

　　回到家一有空，玉法做木工，我打毛线。

　　楼道下的杂物间里，堆满公婆从西溪带出来的农具，还有玉法做木工的工具，摆得整整齐齐，谁也不许动。家里的八仙桌、角几都是他纯手工做的。前几天他照着从文澜阁拍回来的照片，花了七天时间做了一张特别漂亮的角几，只用榫卯不用钉子，雕着四条小龙和朵朵祥云，说准备给当警察的大儿子结婚用，还要给正在读大学医科的小儿子也做一张。

　　他不会甜言蜜语，我穿新衣服给他看等于白看，从来不说好不好。冬天生意淡，他就说你不用划船了，去买几件新衣服穿穿吧。我给他买，他不要，说儿子穿剩下的衣服鞋子够他穿了。

　　我上班自行车骑不动，他带我。我脚扭了，他每天背我爬六楼。

　　偶尔吵架了，船从对面过来，我不理他。一到家，他就主动问，今天做饭了没有啊？做的什么好吃的啊？

　　两人同一个工种，更知冷知热，也更默契。比如节假日太累了，我们一到家就闷头吃饭，倒头就睡，谁也不说话。

　　夕阳西下时，西溪逆光里的芦苇特别美。当船娘很苦，也很快乐，看看风景，和客人聊聊天，烦恼就忘了。如果身体吃得消，我想一直划下去。以前是为挣钱，现在是挣开心。别人健身要花钱，我又看风景又健身还有钱挣。况且，现在划船的年轻人越来越少了，西湖船娘越来越少，西溪也只有五个船娘了，可能是最后一代船娘了。

曾经有一位湖南客人问我，你知道小说《边城》吗？

我说不知道。

他说，沈从文描写的"优美，健康，自然，而又不悖于人性的人生形式"，就是你这个样子的。看起来你的行当很古老，可你走在大多数人前面了。你真幸福。

我说，我也觉得很幸福。咱俩换换，你愿意吗？

他有点愕然，想了想，说，呵呵呵，呵呵呵。

我说，我也不愿意。

沧桑，你冷吗？来，再喝口酒吧。西溪的冬天特别冷，游人都冻跑了。古人比我们风雅，一下雪就提着竹筐上船，一只放满酒菜、干粮、零食、水果，另一只放上被褥、枕头、靠垫。他们随风漂荡在开满梅花的十里西溪，有时候一天一夜，有时候十几天不归。

他们经过的每一条河道、每一个小岛、每一座亭子，都不一样了。西溪不一样了，世道人心也不一样了。

可我觉得，有的东西，它永远不会变。

像一场梦。

像一席梦话。

二〇二〇年小满，我在西溪的鸟鸣声中醒来。东边初阳已升，西边圆月已淡，日月如苍天两只温柔的眼睛俯瞰着人间。西溪千百个湖塘，如千百只清亮的眼睛齐齐睁开，与苍天两只眼睛温柔对视。想起《三体》大结局，刘慈欣送给两位主人公一个小宇宙，水珠般飘浮在正在坍缩的宇宙中。在那个透明的结界里，他们过着古人般诗意的田园生活，延续着人类最后的文明。

西溪如一个透明的结界。船娘微微弯曲着背，轻轻摇着橹，穿过晨雾和晨雾般浓稠的时光，驶向湖的更阔远处。她的生命形态，古老，柔韧，恣意，隐忍，美如雨中匍匐的蕨类。

（《十月》2021 单月号-2）

活着就是冲天一喊

陈年喜

小渣子

老鸹岔这地方的天亮得特别早。也不奇怪，山那么高，峰那么绝，和天离得那么近，突兀的一道屏障，空无遮拦，不早亮都不行。

这时候，远远地向山下望去，陈村镇隐隐约约，高的楼，矮的屋，庄稼与树木，分不大清楚，朦朦胧胧一片。唯一分得清的，是时不时的公鸡打鸣声。鸡鸣如一把新刀，从鞘里缓缓拔出来，在风里画一道弧线，那道弧亮而弯，像一支射偏了的箭，又"唰"地落了地。

鸡鸣十里，老天安排公鸡报晓是有道理的。狗叫也是听得到的，却远没有鸡鸣明亮、入心，像一盆少油寡盐的炖白菜。

巷道已掘进到了八百米，还不见一丝矿脉的影子，按那发黄的牛皮纸图纸资料，已经过线了，老板有些着急了。昨晚的生产会开到凌晨一点，也没个结果，最后不得不做出的结果是向北六十度急转。这是我的主意，其实这也不是我的主意，是王二的主意，我替他说出来而已。他对我私下说出的理由是，你听北面炮声每天那么急，一天至少三茬儿炮，显然是见着矿脉了，抢着圈矿呢。我也说，是见脉了。我没有对他说出来的一句话是，见鬼了，岩里头的事儿，谁能说得准呢。

因为急转，二米六的钎杆直接用不上了，要打套钎。我喊小渣子把两根一米的短钎杆带上，他答应一声听见了，就去换工作装了。我递一根烟给王二：你要北转，转不出矿咋办？他说不怕，转不出矿能转出活儿也行，收麦还早呢。

王二到底是哪儿的人，我也不大清楚，也用不着清楚，能搭伙就行。也确实，这老小子不错，能吃苦，脾气好，技术也好。这座山的石头硬得要死，掘进面没有十个掏心孔拿不下来。我俩每人抱一台钻机，掏心孔差不多都是他完成的。

他每天几乎九十度弓着腰，机器在怀抱里又跳又叫，嘴巴上叼一根烟，目不斜视。一弓就是四五个小时，孔距毫厘不差。麻黑的断面岩石上，规整有序的钻孔如一朵好看的素绘梅花。

小渣子是四川巴中人，那地方，和陕西隔着一道岭。他十七岁，原先是出渣的，嫌出渣苦，人也机灵，偶然碰到一块下班时，就替我们背着工具包，到宿舍抢着打洗脸水。我和王二就收下他做助手了。

第一个班下来，我说，二，小子行，给他开三千，王二说三千五，我说为啥多五百，他说他值得五百，我想半天，说行。小渣子跟随我们从三百米掘进到八百米，快五个月了。今天，他穿了一套崭新的军训迷彩服，领标都在，只是有些肥大，这是他一个月前下山买的，一直没舍得穿过。我问小渣子带了几颗钻头，他比画八颗。王二点点头，够了。我说今天活儿麻烦，渣子，你把空气压缩机调到八个。他麻利地奔去空压机房。

王二说，这小子机灵，下个月教他手艺。我说你别害人家，挣俩钱还是让他回去读书。王二把扳手一扔，屁，读书能咋的，能挣过咱手艺？说话间，气流就到了。风管像蛇一样跳起来，管头喷出一股白雾，气流吹得石头乱飞，我一把抓了起来，它愤怒地在空中乱舞。

我说今天我来打掏心，再不练练手艺就荒了。王二抓起钻机，先让小渣子开了边眼。按说急转，是要先剥邦的，就是在拐弯处形成一个宽大些的空间，不至于架子车因角度太急而进出困难，但任务紧，为了省事，就免了这套手脚，反正将来车子拐角不够，可以再补。

王二的机器消声罩吐出的气流直冲我的脸，冰碴儿打得我睁不开眼睛，我只得把帽檐压低。两台机器吐出的雾气让工作面伸手莫辨，我只有把头灯调到最亮，还是看不清钎杆和标杆的间距。在风压的巨大作用下，钎杆甩出一团弧光，如戏台上的飞舞银枪。这样很危险，弄不好就会窜孔，前功尽弃。

打到第六个孔时，还是窜孔了，钻头突破了两孔间的隔阂，拐了个弯窜到了另一个孔里。这种情况非常麻烦，边孔和辅助已经完成大半，重新布掏心孔将牵一发而动全身。我收了钻机的腿，扛住机头往外拔，钻机震得我头疼欲裂，钎卡一跳一跳地要脱落，钻杆只是空转，纹丝不动。王二说，把空压机停了，出去拿把洋镐来。小渣子停了机器，出去了。我说恐怕不管用，孔里全是石末子，钻头已经卡死了。王二说管用，递给我一根点着的烟。

小渣子把去了柄的镐反套在窜孔的钎杆疙瘩上，又插上一根钎杆去使劲别着，让镐孔的边沿部分死死地卡住钎疙瘩，王二抡起大锤在镐上向外猛砸，这就形成了巨大的向外拉力。这是我们惯用的方法，非常实用。

王二抡着大锤一气儿砸了二百下，汗珠四溅，小渣子被震得龇牙咧嘴，窜孔的钎杆依然纹丝不动，仿佛从岩石里长出来的一棵甘蔗。

王二大概也长不了我几岁，甚至并不长，就是个头比我高好多，接近一米九。这身高干巷道，真是活受罪，也不知道他的手艺是从哪儿开始学的，这些年是怎么熬过来的。爆破也是一个江湖，他在这个江湖上有些声名。

最传奇的一个故事是，他在塔什库尔干时，一人独战五个来抢炸药库的坏人。坏人抢炸药库干什么，长什么样，谁都不知道，但坏人有多坏，大家看了王二大腿上的疤都知道了。据说当时一把英吉沙刀刺进了他的大腿。

故事原因无考，但刀是真的，刀无槽，银柄，铁波银浪，纹饰美过所有工笔雕版画。王二老是用它下班了削苹果，有时也削厨房的大白萝卜解渴，我用它偷偷削过脚指甲，真的是削甲如泥。

老鸹岔是秦岭南坡河南灵宝段的一个山岔子，距华山不远。那天我从老家陕西来矿山，车过华山不久就看到它了。外窄里阔，像一把打开的扇子，一些扇条的顶端接着天际，云蒸雾绕。每条扇肋上都有不等的矿洞，白花花的矿渣流出好远，像一排排鼻孔涕泪长流，远远望去，却也好看。

我那天到的时候王二已提前到了三个月，他和他的两个伙伴三个月里掘进了三百米巷道，两个伙伴受不了石头的硬，骂骂咧咧地走了。那天王二劈头就问我，你怕不怕石头硬？我说我是石头它老子，不怕。其实我也怕，不怕是假的，我不怕，两只手的虎口怕。

我又从王二手里接过大锤，小渣子显然有些吃不消了，我每扬一下锤，他就"哎哟"一声，那川腔还带着童声的哎哟和大锤碰撞铁镐的声音搅在一起，有一丝说不出的涩苦味。那应该是若干年后一个成人才该有的味道。

我扔了锤，对王二说，不行了，崩了它。王二扔了烟头，也说，崩了它。崩了它，就是在被窜的孔里填上少量的炸药，利用炸药爆炸形成的后坐力，把钎杆拽出来。好处是省力，坏处是一根钎杆报废，这是万不得已的招数。

记得我初到矿山时，一律使用的是 TNT 炸药，那玩意儿爆炸性大，毒性也大。初开始，我还是架子车工，就是把爆破下来的矿石或毛石用架子车拉出去。滚滚烟尘里，和伙伴们装车、拉车，一趟又一趟。空气又热又呛，常常有人晕倒，倒下了，没倒的人就找来冷水在他头上整桶地泼。泼不醒，就装上架子车拉出洞口，扔在渣坡上让风吹，待一排渣清理完，晕倒的人也醒过来了，喝一大碗白糖水，躺下睡好几天，嘴里不住地骂，狗日的太毒了，太毒。也有永远没醒过来的，也不知道疼不疼，一声不吭就走了。

小渣子从铁皮箱子里取来了一包炸药、一根雷管和一米导火索。他现在也是材料管理员的角色，腰上挂一串钥匙。只是他还不够资格，材料签收单上用不着他签字，也不用他负责。王二有些不高兴，用小刀割下一段扔向小渣子：一半就够了，真是败家子儿。

我低头看了看笔直的巷道，一眼可以看到洞口那拱形的亮光。光并不灿烂，有些弱，洞口对面山坡上，有要开未开的桃花树。旁边别的树叶子已经显绿了。显然，我们已经耽误了很久。我有些内疚起来，虽然这也是常常碰到的情况。

据经验判断，我们现在所处的地方已经到了山体的中部，如果直线掘进，再有八百米山体就可以打穿了。现在石头的质地、硬度、含水度也证明了这一点，越是山梁下面，石头硬度越高，同时承受的挤压力也更大，被挤变形。否则也不至于钎杆被卡得这么死。

王二一下子填进去了四管炸药，他是担心少了拿不下来。现在矿山普遍使用的是硝铵炸药，它产生的毒气相对小一些，威力却一点儿没有减弱。我再次看看笔直的巷道，隐隐有些担心，它爆炸产生的冲击波该有多大？沿着枪管一样的巷道，它的杀伤力将延伸到多远？

在若干年后使用导气雷管之前，干爆破的我们一直在和导火索的燃烧速度练速度，和爆炸产生的冲击波比赛跑。赢了，继续干，输了，就回家了。这家，有时在陕西、四川，有时在河北、山东，有时在很遥远的地方。

王二嗜酒，刀头舔血的人，没有几个不喜欢酒的。我初到的当夜，王二为我接风，三斤猪头肉、两瓶西凤和一包花生米，我俩一下子干到半夜。他用大杯，我用小杯，有点儿欺负他，他也不在意。东一句西一句的交流里，我知道他的历史大致如此：五岁爹死，十岁娘嫁，有一个妹妹已经嫁人，夫妻关系不好，三天两头闹离婚。

他喝到脸色发红，我也耳根发热时，他脱下皮袄，用筷子敲打桌沿，给我来了一段：

> 一见娇儿泪满腮，
>
> 点点珠泪洒下来。
>
> 沙滩会，一场败，
>
> 只杀得杨家好不悲哀。
>
> 儿大哥长枪来刺坏，

你二哥短剑下他命赴阴台，
儿三哥马踏如泥块，
我的儿你失落番邦
一十五载不曾回来，
……

是京剧《四郎探母》。

王二嗓音发沙，但音准不错。到悲怆处，突然拔高调门，低处时，似要断绝，越发显出杨门的忠烈和不幸。王二已显秃顶，只有胡子茂盛，一百瓦的白炽灯照耀着他发红的脸，荒山野水粗硬的风，早已削尽了他青春的颜色。他眼里有些悲戚。

我知道他已经走了，去到了另一个地方，那地方遍地狼烟，他正横刀跃马力挽山河，而江山破碎，残阳如血……

我突然无由来地想起了另一个人，曲从口来：

三更里英台怨爹娘，
只怨爹娘无主张，
不该将奴许配马家郎。
梁兄待我恩义广，
我待梁兄空一场。

那一天，小渣子还没有来，或者说，我们还不知道世界上有这个人，会在颇长的时间里，成为我们的一部分。那夜空空的帐篷只有我和王二，杯盘狼藉，最后我们都吐了一地，猪头肉的腥味，让大家多日都不愿进门。

小渣子接了电话，是工程部打来的，问怎么回事，半天不听炮响？他有些生气，把电话筒一扔，电话听筒像一只荡秋千的猴子，不停地荡来荡去，在石壁上碰了几下，终于停了下来。

一切妥当。

王二割导火索用的小刀却怎么也找不到了，他掏出打火机，点了十几下也没点着导火索头。我为他打着灯，看见他握打火机的手微微有些颤抖。这一刻，谁都紧张，谁都怕，不管你干了多少年，点燃过多少导火索。只有初入道的人才会没有恐惧感，那是还不知道怕。

有一年，在克拉玛依的萨尔托海，那是一口竖井，三中段巷道已经打到六百米深，矿很富，矿苲有两米厚，每天提上来的矿石有百十吨，选厂日夜加班也忙不过来。工人常常可以碰到颗粒金，大块的有赤豆大小，金灿灿的，纯度很高，拿到金店，直接能加工成饰品。

百十米长的采区，有近二十个溜矿斗，溜矿斗很陡，一开闸"哗"的一下就是一矿车，这一车推走，另一辆马上顶上。矿槽有一个问题，就是老堵，大块的矿石挤在一堆，都要下来，谁也不让谁。工人就用炸药包炸，用一根木棍，包一个炸药包，顶上去，点着，轰的一声，矿石就下来了。

后来矿上有了规定，除了爆破工，别的人不能碰炸药，矿部就让爆破工下井值班。那天正是八月十五中秋节，中午干活儿，下午放假，吃月饼和红烧肉。差几车才够八十车，就让一个姓李的下去顶炸药包。他用打火机点导火索，点了几十下，也没点燃，打火机受不了，不发火了，就打电话上来让放一个打火机下去。打火机才放到井口吊斗上，下面轰的一声。

上面的人下去一看，没见到人，只见汹涌的矿石已把通道堵死了，三班人日夜不停，扒通了巷道，见一个人完完好好地在里头坐着。他是缺氧死的。当时我在另一个矿口，离得不远，经常在一块儿打"三带"，总赢他的钱。

老板赔了十万也不知道为什么炸药包会自爆，其实我懂得，不是自爆，而是导火索内燃了，看着没有起火，其实内部已经燃烧。这是一种次品产品。有经验的人在不能确定导火索燃没燃时，会用手捏一捏，如果某截发热，那就是已经内燃了，得快跑。那是个假货遍地的年月，好多人命送在这类假货上，让你防不胜防。

王二是死在我手上的，也是死在他自己手上，我不该不小心窜了孔，他不该把导火索弄得太短。

我醒过来时，右耳再也听不见了，从此世上的许多话语，别人只能靠手来说出，我靠眼睛来听。

小渣子一直没有挣到钱，也就没有机会回去复读，他一直还待在老鸹岔，我第二年再返故地时，他已成了一名正式爆破工，嘴唇上一层薄毛，手下带了两个徒弟。原来的矿洞一直打到一千多米，七拐八弯，把山体打成了迷宫，一直没有见矿。老板倾家荡产，在陈村镇上开了一家小饭馆。被欠了工钱的，可以吃饭不要钱。这是小渣子告诉我的。

我们在另一个矿口再次结伙，他仍喊我"师傅"。

老鸹岔像一把打开的扇子，扇子的一头常年被云雾罩着，谁也没到过那些最高的地方。据说某个山顶有一座庙，叫狐仙顶，住着狐仙，狐仙有时会下山到陈村镇上购买些脂粉和鸡鱼，只是谁也没有见过。倒是漫山遍野，生长着许多香椿树，有说不出的肥嫩。工人们常常把芽头掰下来，炸面饼吃。为了保存，有时候会满满地窝一罐浆水菜，一直吃到来年花开。

萨尔托海

一

北疆绝大部分地区都缺水，尤其是乌鲁木齐以西，凡有点儿水的洼地，常常被当地人称作海或海子，含着一种期望和寄托。有"海"的地方，就有人烟和牲畜。

我们到的时候，天已很晚了，四望不辨东西。远处的砾丘在未尽的天光下影影绰绰，偶尔有白影飘忽，那是被大风吹荡着、挂在荆棘上的编织袋子或塑料膜。目力极尽的地方，有一片灯海，据说那就是有名的乌尔禾。

三支井架呈鼎立之势，相距都不太远，直直地戳向天空。它们都挂着大功率灯棒，照耀得四周亮如白昼。罐斗上上下下，矿石不停地哗啦一声倾倒在矿仓里，腾起一阵白尘。

选厂的灯光更有点儿夸张，宣示着它作为工程生产的霸主地位。在料仓口，两个人抡着大锤奋力砸矿石，大锤高高扬起，重重落下，他们的影子在地上被灯光投成巨人，隔着暴扬的灰尘和机器声的帷幕，有如皮影戏的画面。

我们在铁厂沟吃的羊肉饺子，才两个小时，竟有点儿饿了。背包里还剩下火车上没吃完的半包花生，你一把，我一把，梁子和我一会儿就给解决了。

工头这时拿来一瓶酒，瓶子上贴着"小白杨"三个字的商标，说，喝两口，几千里路，都乏了，解解乏，早点儿睡。又说，他还要下井看看夜班情况。他是四川人，精瘦精瘦的。说完，带上门出去了。

这是一间地下室，十几平方米，不到五尺高，我和梁子都伸不直腰，但非常隔风，暖和。后来，我们才知道当地人称它地窨子。

有一天，给老婆打电话，说这回住得高级，是地窨子。老婆说，地窨子里没好人，你们可得当心，接着讲了一个有点儿遥远的故事。说有个山上有座庙，香火旺得不得了，上香的有男人，也有女人，女人都是富贵人家的妻妾，花枝招展，和尚们就起了歹心，在地下修了地窨子，凡姿色好的女香客就关进去，供自己糟践。

这事儿做得很神秘，好多大户人家丢了家眷却怎么也找不到人，后来事情还是败露了，被官兵一把火烧了寺庙。地窨子至今还在，唯周遭的草四季不死，人说那是浸染了阴气。

梁子是真乏了，不一会儿就打起了鼾声。我盯着天花板却怎么也睡不着。天花板是一排杨树干，再上面是芦草，顶上是沙土，不知道有多厚，但可以听到呼呼的风声。风一会儿从东往西刮，一会儿从西往东刮，有时候能听到东风与西风在地面碰撞、缠斗、撕裂，把一些东西推倒了，又把一些东西扶起来。戈壁隆冬的深夜，风是唯一的活物。

咚、咚、咚……接二连三的炮声，夜班爆破工上班了。我听见石块在空空的采场间飞起来，采场就在地窨子的下边。它们冰雹一样在岩石上撞击，有的力度很大，有的力度很小，有的发出呼啸声不知道飞到哪里去了。接着，鼓风机开动起来了。

二

离选厂五十米的地方，有一个水塘，那是选厂排出的污水沉淀而成的。池水不断被乱石沙土渗掉，活水不断注入，水塘因选厂生产而生，不久也将因矿山废止而逝。

水里面含了说不清的工业原料，但水色异常清澈，像一片小湖泊，也像一匹缎子铺展在地上。

我们每天上下班，进出罐笼时会远远地看见它。每天工作时间非常长，矿石硬得一根钻头钻到一半的深度就报废了，震得虎口肿痛，出了罐笼，人已经累得半死，看见那一方蓝玻璃似的东西，止不住长长地舒一口气，立刻轻松了许多。仿佛因为它，我们得以再次安然无恙。

有一种叫鹅喉羚的羚羊，经常到塘子的注水口喝水，那里是唯一不结冰的地方。它们一群群、一队队，像一群野孩子，一点儿也不怕人，但谁也近不了身。

萨尔托海早已没有了海，只剩一个空空的地名。除了这里，不知道哪里还有可供它们喝的水。

慢慢地，它们越来越多，白天来，夜里也来。它们跑动起来，像一道影子，忽闪而逝。在不远处的砾丘上，有人捡到过它们的角，细而长，坚硬锐利，简直可做武器。

梁子有一只相机，他说很贵，我们都不懂。他经常给我们拍照，一分钱也不收。相机用的是胶卷，听说也很贵。梁子好这一口，说钱不钱的无所谓。

他给我们拍了很多照片，吃饭的，出罐的，换衣的，打麻将的，荒天野地的，什么都有。

他给我拍过两张很有意思的照片，一张题着：长天落日圆；另一张题着：大漠孤烟直。苍凉的天空下，我无助地站在荒野里，背后是无尽的天空，像是失败归来，又像是要讨饭远行，神情里透着一股暮气。

它让我发现了我的神情与这片大漠如此匹配，仿佛彼此为对方而生。这些照片成为我在这里六个月矿山生活的唯一见证，可惜后来都弄丢了。

梁子说，我一定要把鹅喉羚的鹅喉拍下来。

确实，对于我们所有人来说，那个鹅喉是一个巨大的谜。谁都见过，谁都没有真切地看清过，它是怎样的结构，里面装的什么，成为巨大的诱惑。

但这是一个几乎不可能实现的工程，它比采场高空采矿作业都要艰难得多。鹅喉羚太机警了，它从来没有让人走近过。梁子端着相机，一有时间就守在坑塘边，他的耐心比一蓬骆驼草更坚韧。

有一天，我们放了假，炸药用完了。矿山放假是非常难得的事儿，不到万不得已是不会放假的。

梁子挎着相机，我骑着哈萨克牧人的摩托车载着他，我们去拍鹅喉羚。牧人们经常来矿上卖牛羊肉，或者来找放丢的牛羊，有时候，他们会四仰八叉地睡在空压机房的泥地上，天亮了不辞而别。

离年关还有一个月，天冷得要命。我们沿着各种蹄迹，骑过一座又一座裸丘，鹅喉羚的蹄印好像与羊群的蹄印并无差别。我们看见山坳里羊群在啃食草根，浑身污脏，像活动的石头。牧人睡在石头间，像另一块石头，看见我们过来，只是懒懒地抬一下头，又睡下了。

他们日复一日，每天都睡到太阳下山或羊群消失。直到下午，我和梁子连一只鹅喉羚也没发现。也许是天太冷，它们藏了起来，也许是摩托车声太大，惊到了它们。

我坐在丘顶上抽烟，山丘被常年的风吹得寸草不生，不仅没草，一粒沙子也不见。石片一层一层的，下面被风掏空了，它们层次分明地悬着，仿佛小型金字塔。石头大概含了铁，锈红色，上面落满了鸟粪。

我想起有一年在陕西安康看到的石板房上鱼鳞般的石板，它们一模一样，梁子站在我身后撒尿，在戈壁旷野，撒尿一般是蹲下来撒，他没蹲。尿液被一阵风带到半空，它们飞过我的头顶、周围，在太阳光里晶亮异常，落下来时，变成了小小的冰粒。

直到工程结束，梁子也没有拍到鹅喉羚的鹅喉。后来某日，他的相机永远落在了池塘里，与泥沙金属混为一体。

那个黄昏，夕阳浓得像黏稠的胶水，涂满了戈壁和天空。野地里，不论什么样的衣服，什么样的物体，一律呈现出金黄，不是浓黄，而是浅黄，世界仿佛一帧老照片，陈旧又真实。

有人喊，鹅喉羚又喝水来了！

哈萨克人老哈，开动起摩托车载上梁子往水塘里冲去，既然无法接近，就强行接近吧。老哈其实不叫老哈，叫什么，我们都记不住。他在料仓口砸石头已经两年了，十八斤的大铁锤，被他玩得龙飞凤舞。他有个妹妹，经常骑马来给他送肉干。有人开玩笑说，把你妹妹嫁给我，他说，那是你们的事儿。那女孩子不说话，骑马绝尘而去，去了哪里，没有人知道。梁子和老哈箭一样飞过去，鹅喉羚箭一样跑开去。梁子挥着相机兴奋地大喊：这回拍到了，拍到了！摩托车返回时，冰面咔嚓一声破裂了。

梁子是个大胃王，在萨尔托海矿山的半年时光里，他吃光了我一次次从颇远的铬矿商店费力买回来的零食，大到面包，小到糖豆。他后来去了祁连山某地，捡到了一块狗头金，从此身价百倍，改了行，去了南方某城市，后来加入了摄影协会，天天培训班、研讨会，拍出的作品再无生气和灵魂。梁子原来是个有灵魂的人。

三

四川工头姓吴，他的工牌上的姓名栏写着：吴德。除了能挣钱，他喜欢赌博。他已经五年没有回过老家了。他从出渣工干起，再到领班、工头，这个过程堪比攀登天梯，在这里，老板已换过三任。这些，是别人告诉我的。

那时候流行诈金花，下了班，他就带领我们诈金花。有时候五毛起底，有时候五元起底，他大小都不论。但他老输钱，输了钱就拿一瓶小白杨或肖尔布拉克，一口气干了，睡觉。牌场上，大伙儿叫他"菜农"，我猜那是"送菜的"意思，"送菜的"通着"送财的"谐音。

吴德死抠。比如爆破使用的导火索，长短不是我们爆破工做主，是他做主。该用一米五的，他裁成一米二，该用一米的，他裁成七十公分。看起来节省不了多大一点儿，但长年累月就不得了。其实包工头的利润差不多都是这样偷工减料节省下来的。我们干的是竖井，从采场到地面有二百多米，有一段要爬梯子才能到罐笼口。有几回刚到梯子口，下面炮响了，石头像蝗虫一样擦着我的屁股飞上来，我手脚并用，像导弹一样从井筒往外发射。

记得是腊月二十七的晚上。

那一年，腊月二十九过年，再有两天就过年了。矿量很富。矿石很硬，爆破下来的矿石块太大了，漏斗下不去，要解炮，就是在大块矿石上打孔，填上炸药，炸成小块。这本来是爆破工的事情，但吴德全揽了，他已经揽了好几年了。

那一晚上，他给六十多块矿石打了孔，装填了炸药，孔很浅，他就把导火索全裁成了一尺来长。他依次点燃，在点到最后一根导火索，刚转身，前面的炮响了，一块石头飞起来，穿透了他的胸口。

我们赶到采场，吴德还有一口气，采场浓烟滚滚，头灯的光柱无力地穿透尘幕里的浮游粉物。我把他揽在怀里，用上衣堵住伤口。我紧张，心里更恨，问他，为什么要把导火索弄得这么短？他声音弱下去，但我还是听清了：这是没有办法的事情。

吴德的房间墙上，有一个玻璃框，里面有一张照片，一男一女两个少年人，笑得烂漫。背景是一块一块的高山稻田，稻禾在阳光下泛着金色，那是南国阳光难得充沛的秋天。我把它摘下来，挂在了地窖子里，因为那儿暗无天日，它一定会存放得更久一些。

铁厂沟的饺子

托里县铁厂沟镇盛产铁矿、风电、红花，也盛产饺子。

第一次吃到铁厂沟的纯羊肉饺子是十年前的事儿了。在此之前，我吃过东北蒸饺、甘南荞面饺、河南扁食，大尾巴狼似的四川云吞，那其实是饺子的一个变种。

作为一个走南闯北的人，那些年真是吃尽了天下面食。归结起来，南北面食都差不多，无非是做法与味道上的差异，而铁厂沟的纯羊肉水饺，那个好，没法儿说。

那个下午，雪下得有些突然。在奎屯下火车时，天晴得像水洗过似的。由于常年风的作用，街边的树一律倾斜，树都落光了叶子，而枝条，因吸足了常年的光照而茁壮。

它们伸展在天空，铁戈银戟，分明而苍劲。据说奎屯是有直发铁厂沟的大巴的，车次少，没赶上，我们包了车，过克拉玛依往矿上赶。

来迎接我们一群人的是我的初中同学天明。三年前，他随一支工队来到这儿，血肉打拼，如今是一个坑口的负责人。他在铁厂沟一家饭店等待已久，并为我们点好了饺子。铁厂沟镇并不大，与所见到的所有街镇并无不同，现代而古老，繁华又破旧，区别在于，这儿的饭店比商店还多，街面巷陌全是夸张的招牌，都以水饺和拌面为主打。

天明说，大家可劲儿吃，到了矿上，是吃不到饺子的。他为我们每人点了一斤半纯羊肉水饺。那时候，我们都是好吃家。水饺的皮儿很薄，盛在一只只长方形的、雕着纹饰的不锈钢盘子里。饺子是干饺，北方人的常规吃法，蘸料是蒜泥和醋，不含辣椒。

饺子们拥挤在一起，却并不粘连，透过皮子，可以清晰地看到里面的肉馅，但绝不破损。北疆产春小麦，我不知道这是不是春麦面粉的奇异之处。肉馅因为纯粹而紧实，紧实里又裹着汁儿，这汁儿，显然是肥瘦相间的那个肥变化成的。

挑开皮，发现馅是由一个个肉颗粒组成的，粒与粒之间被汁填充、黏合、再生与变幻。是粒而不是末，这是一种打破，它产生了奇妙的筋道感，馅的筋道与皮的筋道又是同步的。世界上很多美味都产生于筋道。

街上飘起了雪，是飘，不是落，它们在空中划着斜线，纷纷扬扬。地上很快就白了起来。起处，褚红的远山、无边的天际不见了。牧人牵着马或骆驼从街头走过，帽子上白绒绒一层。天明开过来吉普车，说，赶紧走。这里到矿上，还有四十里。

此后的日子里，我无数次见过哈萨克人的羊群，它们丰满、浩荡，仿佛跑动的饺群。它们在矿区周围的戈壁滩上啃草，或到矿山上专用的水池里喝水。牧羊人骑着摩托车或马到处游荡。天特别冷的时候，牧人用皮袍包裹住身子和头部，倒在乱石堆里睡觉，一睡就是半天，像一块风化的石头。鹅喉羚有时候经过他的身子，跑向天边。

　　第二次吃羊肉水饺是半年后，依然是这家饭店，依然是天明埋单。不过这次是送别，工程结束了。他留下来结账与扫尾。时序正是阳春三月，风光浩荡，西行的人、下山的人，让这里的生活沸腾起来。吃着饺子，天明讲了一个故事，那天时间还早，他讲得很慢：

　　"那一年，我读初一，你还在老家那边读书，那时还没并校，你没有过来。有一天，是夏天，天热得要死，我和同学们去河里游泳。那时候解决热的办法就是去河里洗澡。游泳结束了，到了岸上才发现鞋子不见了，我的鞋子让水冲走了。

　　"二班张麦的鞋子还在，和我的鞋子一个号，就是新一点儿，他还在河里浪，没有上来。我穿上他的鞋子回了学校。我怕星期天回家如果没了鞋子，我爹会把我揍死。上课了，我看见张麦被老师拉出教室站在台阶上，问他为什么光脚，张麦说光脚凉快。他不敢说游泳把鞋子丢了。老师打了他一顿，把他打哭了。

　　"我想给张麦买双鞋，但我没有钱。那时候有抽血的，给的钱也多，但镇上没有，只有县城里有。我撒谎请了一天假，去县城卖血，两地真远，一来回走了一天半夜。卖血的钱买了一双鞋，还有多的，又吃了一顿饺子。可能是血抽多了，我再没有长高。"

　　天明说到这儿，我俩都笑了，笑着，笑着，又都流出了眼泪。

　　铁厂沟镇，新疆维吾尔自治区塔城地区托里县下辖镇，地处托里县东北部，东与克拉玛依市为邻，南、西与乌雪特乡接壤，北接额敏县喇嘛昭乡，行政区域总面积达二千三百平方千米。2011年，铁厂沟镇工业总产值达到十四点六亿元，比上年增长百分之三十四点四。2011年，工业企业有九十七家。这是百度词条上多年前关于铁厂沟的资料，现在，大概早已天翻地覆了。

天明再也没有回老家，一家人留在了铁厂沟。如果有机会，到了那边，一定回请他吃顿纯羊肉馅饺子，只是他的电话号码连同他的青春早已忘得一干二净了，只剩一双岁月纵横的眼睛偶尔看过来。

我的春节回乡路

我拉拉杂杂地记录下它们，这是我的春节回乡路，也是许多人的回乡历程。

一

2019年1月30日，即农历腊月二十五，贵州省绥阳县这座黔北小城，已经有了浓浓的新年气象。

早晨起来时，十二背后旅游区所在地温泉镇双河村天还没亮，远山的峰峦和山脚的双河客栈笼罩着重重的雾气，雾气偶尔被吹开的地方，依稀望见青山苍翠。一夜小雨，水泥地上一摊一摊地汪着水渍，倒映着乌瓦木格的建筑群和彻夜未熄的灯火。

客栈前台的姑娘还没有上班，但门开着，这是客栈服务的一贯风格，方便客人进出和求助。我把房卡放在了桌上的电脑键盘上，带上门，匆匆赶往村里的客车点。昨晚已经沟通过了，第一趟回县城的班车六点半发车，先到先上，满员即走。

我将乘坐的由遵义至重庆西再倒车中转西安的火车晚上八点发车，按说时间还十分充裕，但眼下是回乡客流高峰期，什么情况都有可能发生，昨天下来参加景区春节活动就在路上堵了三小时。更何况，火车票一票难求，手里的票还是半月前网上抢的，错过了，连改签的机会都没有了。

绥阳——遵义——重庆西——西安——丹凤——峡河，这是我此次回家过春节的路线图，与往期不同的是增加了重庆西的转车。不知道什么原因，往日遵义直达西安的车次停运了。

在遵义打工提前几天回家的表哥听说我也将转车，急得在电话里直叫，他与我的乘车路线基本相同，从重庆西转车重庆北，打车花了一百多，差几分钟上不了火车。我告诉他，我比较幸运，这次是同站转乘。

要提及的一点是，从2017年1月，我结束了四海为家的矿山打工生活，开始了在贵州绥阳县这家新开发的旅游区营销中心的文案工作。多少年打工生涯里，回乡的节点和事由各不相同，但归心似箭的急迫心情永远是一样的。

从绥阳至遵义的国道上，返乡的车流急急撞撞，像一阵阵波浪奔涌。从车牌看，它们来自浙江、福建、广东、广西等不同省区的不同地区。

邻座的当地青年说，这些都是成功的年轻人，他们在外面挣到了钱，有了事业，车是他们的回乡工具，更是身份颜面，只有那些混得不如意的人才乘汽车乘火车，乘飞机和高铁，多数也不如这些自驾的有出息。我看到有一些车已经面目全非——由于急迫或路况不熟，它们撞车了。

车窗外的细雨一路沥沥不断，两边的田地里，油菜、白菜、小葱碧绿如茵。这是南方人最值得让人羡慕的地方，一年四季绿菜不断。

不得不承认，经过这些年的发展，尤其是旅游业的大力投入，十万大山的贵州早已不复往日模样。城市的规模与灯红窗碧自不必说，路途的农舍建筑一律是别墅式的了，虽然样式千差万别，格调不一，但面积都很阔绰。

偶尔几幢古旧的木板式黔北民居风格的老房子夹杂其间，作用似乎只在用以唤醒人们对这片土地过去的记忆与想象。

我弄不清遵义高铁新城在遵义市的哪个方向，好在客车站与火车站只相距了两百米的距离，一会儿就到了，也好在我只背了一个简单的行李包。电话里家里年货已买齐，我不用再劳神费力，只负责吃就行了。

候车室人潮如海，一部分人抢了座位，一部分人只能站着或坐在随身的行李箱上。车站的座椅从来没有够用过。

车站是一个回归和出发的地方，车票如一件信物或暗号，人们用它与下一个人或故事接头。年关的时刻，似乎每个人背负的接头任务都格外沉重。

二

刘鑫是陕西安康人,算是我同省不同地区的老乡。陕西人习惯把老乡称作乡党,我至今弄不清"乡党"一词的由来和确切含义,党者,即同党、同志,党同伐异,大概是比老乡更亲近可靠的一层意思。乡党,是陕西人称呼老乡的专用词,别的省份没见用过。

刘鑫告诉我他三十五,看着三十不到,显年轻。安康是陕西的南国,鱼米之乡,水土养人,岁月的风尘在环境和人面前就变得迟滞一些。他在贵阳打工,在一家酒吧做调酒师。2018 年 6 月入职。此前,在广东、江苏都混过。

遵义至重庆西,车程近三小时,他讲了一路,也许是服务工作的长久熏陶,他特别能说话,从他的家庭一直讲到工作以及将来。

刘鑫只读到高二就辍学了,以他的成绩原本是可以上大学的,但高二那年,家里出了变故,故事的开头是喜剧,后来变成了悲剧。那一年,刘鑫家的房子被拆迁了,修高速公路,国家一下补偿了三十万。十八年前,三十万不是一个小数目,那是一个天文数字,几辈人都没见过这么多钱。

钱是壮胆物,有了钱,人的心就变得大了,不安分了。刘鑫的爸爸和几位村邻商量修发电站,那时国家上下都鼓励创业。村子旁有一条大河,水量丰沛,白哗哗地日夜流过。

本来刘鑫的爸爸也不懂发电站的事儿,起因是他在甘南的白龙江上给福建老板打过工,算是有点儿见识。福建老板在白龙江上修了许多发电站,入了网,国家每度电补给两毛多钱,一天一夜发十万度电,就是两万多元,钱哗哗地往包里回流。这是一劳永逸的事业。

但村旁的河水远没有白龙江的流量和落差,这就需要修坝引流。大家请来了省里的专家,勘测、论证、设计、施工,用了一年多时间,集资花去了一多半,电站也建成了一多半。接下来要买发电设备,就是机组设备,集资人没一个人懂这方面的事,他们半辈子懂的只有庄稼。

悲剧就出在这里,他们通过一个熟人,联系到广东一家工厂,说是这家工厂专门生产这类设备。厂家也派来了人,考察了电坝,同意供给机组设备，但要一半现钱，余下的，可以边发电边给付。大家背水一战，把几十万一下子打到了对方的账户上。接下来，故事的下文如一些人所料，就是肉包子打狗，有去无回。

家里赔光了钱，刘鑫也无法继续上学了，退了学，开始南下打工。这也差不多是陕南无数青年选择的路。

车厢内水泄不通，空调的热力加上人体散发的、嘴巴呼出的热气使车厢热如蒸屉。人们脱了外套、敞开了衣扣。车厢外面的世界已经黑透了，一闪而过的是家家灯火、公路上飞驰的车流。人们打起了瞌睡，有一些人在甩扑克，有一些人在低头看手机，一闪一闪的屏光映着神色各异的脸。我发现行李架上堆积的多是拉杆箱、双肩包这些，已几乎看不到十年前的编织袋、布包裹这些了。这是物质丰富和生活前行的实证。

我和刘鑫各要了一桶方便面、一袋乌梅干。在我翻钱包时，刘鑫抢着扫了收费微信二微码，替我付了。

刘鑫说，这次回来就不打算再出去了，父母年龄都大了，家里的山坡地再也种不动了。他打算在县城租个店，办一个现代型酒吧。他说，在外面闯了十七八年，钱也没挣下多少，要说收获，就是还说得过去的调酒的洋手艺。这是每天数百只酒瓶甩出来的，有时把胳膊甩得差点儿要脱节。

重庆西站到了。我和刘鑫以及一大群人提了行李倒车，而更多的人继续奔向成都、巴中、西昌、乐山，以及更远的地方。

三

K1034 恐怕是中国当下所有火车中最慢的一趟，这样的速度只有在十年前的河西走廊里经历过。那时西安到奎屯，茫茫大野，两天三夜，那时候，对于大部分人来说，时间和耐心有的是，而钱怎么省也没有多余的。用时间换钱就是最现实的经济学。

夜已经深了。座位上的过道上站立的打坐在马扎上的旅客们东倒西歪着。车轮声铿锵，重庆北、华蓥、广安、达州从窗口一闪而逝。沿途村庄的灯火已渐渐熄灭，当灯火闪耀陡现，那是某个小镇或县城出现了。

列车服务人员推着车，挎着包，做一天最后的产品推销，皮带、充电宝、果干、陀螺、凳子、袜子……过道里的旅客们被迫一次次站起来，为推车让道，一脸的无奈。这些服务员，也许一天的任务还没完成，也许想为明天的销量任务减轻点儿压力，总之，生活，没有一件事是轻松的。

车到广元时，"咣当"一声刹车，我被从梦中惊醒过来，抬眼望向站台，地上茫茫一层大雪，天空中的雪花还在急急匆匆地飘落着，在灯光中显得清晰而凌乱。山上黑洞洞的白，那里的雪一定更厚、更密实。

广元，是陕川两省的分野地，也是主要的交通站口，下车的很多，上车的也很多。下车的由此转车回川地，上车的多是在四川打工归乡的西北人，他们大包小包，挤挤挨挨，全然没有南边归来的人群洋气。地域的工作、经济状况的差异由此可窥一斑。

乾县姑娘小刘上来时，身上带着一股冷气，头上顶着几片雪花，她在车门上挤了很大一阵，才挤上来，而一些人，只能等待下一趟车了。车厢更加拥挤，车厢接头处也站满了人，厕所总显示着"有人"二字。小刘头上的雪花很快就化了，变成了水滴，她用手擦了一把，因为用力过大，有两滴甩在了我的脸上，她抱歉地说了句"对不起"，我们就认识了。

小刘面容姣好，一双有神的大眼睛，不相称的是那双手有些粗糙，这是野外长时间作业的结果。果然，在闲话中，她说在一家预制品厂做水泥活儿。这让我多少有些吃惊。她看出了我的诧异，一笑，这有啥，既然是打工挣钱，哪行挣钱就干哪行呗。我连忙说"是的是的"。

邻座的另外两个人看手机直看到息屏，没电了，不住地打起哈欠。小刘提议打牌，她从包里抠出一副扑克。我们四个斗地主，惩罚手段是在输者脸上贴纸条。

我打得心不在焉，输得最惨，脸上被贴上了一片又一片，从车窗玻璃上看，像电影里的妖怪。我想起十年前也曾有过这样的待遇，那是第一次去新疆，寂寞长途中打扑克，打发饥饿和时间。

车过了安康，天渐渐亮了起来，两个人终于支持不住，趴下睡了。窗外的雪更加紧急，也更加厚了，山坡上白雪皑皑，枝头垂银挂素。

我一直担心由西安至丹凤的班车会不会停运，这是雪天秦岭段常有的情况，就在朋友圈发了求助问询。不一会儿，一位在商洛公路系统工作的微友回复，昨天已封路了，今天有个别路线开封，中午时间丹凤方向估计可通车。

小刘快要到家了，显得有些兴奋。长期体力劳动的人，都有一副好体格，何况又年轻，虽是长途劳顿，她并无一丝憔悴。她问我老家在哪里，我说商洛丹凤，她更加有了兴致，说她就在商洛读的卫校护士专业。我知道，商洛卫校很不错，来这里求学的外地学生很多。

小刘说她卫校毕业回到家乡镇卫生院当护士，一干五年。她业务素质很强，开始干得顺风顺水，后来就不行了，卫生院分来了很多大专毕业的卫校生，而她只是中专生，文凭上差着等级。后来医院实行淘汰制，文凭越高越有把握留下来，大家都无心服务病人，拼命复习去考级。

小刘考了两年没考过，越来越没希望，受大家白眼，而那些拿到高级文凭的，不要说用药，连扎针都找不到病人的血管。小刘一气之下，不干了。

讲到后来，小刘有些激动，她大着声音说，乡党，你不知道有多气人，那情形，是个人都受不了。现在好了，虽然出力，但讲真本事吃饭，我还是厂里的大工哩。

四

2月1日，天终于晴了。

由丹凤县城通往老家峡河的公路一律是崎岖山路，峡河地处丹凤北部，人称北山，北山高峻，雪就积得更厚，每天一趟的城乡班车前一天就停运了。早晨六点给车主打电话，回复说今天上面通知让发车了。利用早晨班车未至的时间，逛逛县城街道，顺便买点儿用得上的东西。

县城条条街巷，挤挤挨挨，热闹非凡，卖菜的，卖鱼的，卖对联的，卖电器的……喧喧嚷嚷。但留心看，物品的丰富性较往年已单薄了不少，人们也是看的多，买的少。不得不承认，春节这个重要了千年的节日，已经不那么重要了。虽然在外者不远千里万里地赶回来，目的已不仅是吃和穿了，人人都有一本春节经，其中的内容只有个人知道。

与我工作了两年的黔北县城比较，家乡县城的发展已显迟滞，这不仅表现在建筑规模上、私家车辆的规格上，也表现在客运部门服务观念和意识上。

比如面对客流高峰，运输部门没有应对的方法，也许是限于财政、限于物力，没有安排加班车辆，没有实实在在的提速措施，大量回家的人在车站滞留，以至于怨声不断。这在很大程度上影响了人们对家乡的亲近感、认可感，回乡创业的梦更加只能是梦。这是一道悖律循环题，似乎无解。

在车站拥挤了大半天，下午五点多终于挤上了开往老家的车。班车把第一拨人转运到半路，再转回来接下一拨人，目的是躲开交警的检查，也为了不至于使回家的人落下。两拨人挤在一块，车厢如同柴房，司机不敢开得太快，站立的人更加辛苦而焦灼。

据相关消息说，中国西部很多条高铁线的营收已不够电费，还在大力投入高铁建设，而许多乡村只能靠车辆严重超载来应对回乡人流。

通往家乡的每一条小路、每一座山、每一支溪水都是那样熟悉、亲切，这些山、这些路、这些溪流中有我的童年、少年、青年的悲喜。我们这一代人，无论走得多远，是永远也走不出这些记忆和印迹了，而车上的小青年们已全无这份感觉了，他们在挤挤挨挨中低头专注地看着手机。他们是失去乡愁的一代人，像鱼一样，记忆越来越短。或者说，他们的乡愁已经换了内容和形式。

到家时，天已经黑透了，原本只有七八户人家的小村子，灯火更加寥落。家家窗户上伸出一支铁皮烟囱，烟囱里冒着白烟，这是柴炉的烟。整个冬天，家家户户靠它取暖。

接过爱人端来的碗，这是一碗浆水面，面条柔细、匀精，汤面上漂着碧绿的葱花。喝一口汤，一股酸辣的清香直冲喉咙。整一年光景没有吃到过它了。

　　吃着饭，我想起父亲，在荒草掩映中，在那边世界，是不是也孤单寒冷？

　　明天，该为久别的人烧几张纸了。

　　　　　　（《活着就是冲天一喊》台海出版社 2021 年 6 月版）

画 师

傅 菲

冬雪一层层堆下来。雪无声而有韵。回字形的老院泛着炭灰色的白。瓦垄上，雪铺起来了。老院中间的圆井，也被雪掩藏了，露出黑咕隆咚的井口。井水腾起白白的水汽，雪旋扑下去。灯光淡黄，从玻璃窗户映射出来，卷起一团雪光。风呼呼呼，自山梁咆哮而下，灌入院中。

"你妈今天真美，容光焕发。我想起五十三年前的冬天，我和你妈结婚的那个晚上，你妈穿一件大红棉袄，头上盖着红纱巾。掀开红纱巾的那一刻，我决心一生好好待你妈。可我没有做好，亏待你妈，让你妈一生劳累。如今你妈先我而去，我怎么放得下。我的敏善……"说着，英浩跪在床沿下，双手合握敏善的手，低着头，颤动着身子，哽咽地哭。

床前，英浩的儿子东锦坐在一把罗圈椅上。东锦架着画架，在给妈妈画遗像。中午，东锦给妈妈换了一身红棉袄，梳了头发，补了妆容。东锦是个小儿麻痹症患者，站不起来，他便一直跪在床上给妈妈做最后一件大事。他用温热的毛巾，反复擦洗妈妈的脸，轻轻地细心地擦去脸上的尘垢。他擦拭妈妈的鼻翼，擦拭妈妈的眼睑，擦拭妈妈的发际线，擦拭妈妈的耳垂。两个耳垂各有一个小孔，东锦摸摸索索，从口袋里摸出一对耳饰，扣在小孔上。他开始给妈妈梳头。他左手绾起妈妈的发束，两个指头夹着，右手用牛角梳慢慢梳下来。梳完了一束，又夹一束，轻缓地梳。头发梳好了，绾起来，盘成一个莲花状的发髻，如一座莲花宝塔。东锦在发髻上，插了九朵菊花。

菊花是冬菊，铜钱大的一朵。冬野茫茫，雪刚刚稀疏飘洒，雪花还没形成粉团。灰白、苍莽的视野里，饶北河边的树林多出几分生涩和沉郁。林中有许多金黄的冬菊，缀在斜缓的沙坡上。天越寒冷，冬菊开得越灿然，花朵有着天然的寂寞和热烈，似乎在说，即使是冷寂的冬天，大地也并非是一片荒原。

在他拿起画笔，在白纸上落下第一滴水墨时，东锦控制不住地哭了。他看着床上安静的人，抱着画架，撕心裂肺地叫了一声："妈妈。"床头火盆上，草纸还在烧，轻烟一缕缕往屋梁绕，烛火忽明忽暗。吊灯轻摇，灯光倾泻。他的弟弟东屏一直跪在蒲团上，往火盆里添纸。

雪簌簌落下来。冬野一层层白。东锦的手在哆嗦，他落不了笔。他感到有一种冷，从心脏到骨头透过皮肤散发出来。他感到房子在晃动。他的手指如冰柱。他的泪水还没流出眼眶，已结冰。他知道冷来自哪里。他无法承受这样的冷。他再一次抱住了妈妈，好像只有妈妈可以给他供暖，绵绵不绝地供暖。可现在妈妈供给他的，是更寒的冷，冷得心脏无法搏动。

他是一个画师，他还没遇过这样的艰难时刻。每一笔落下去之前，他仿佛需要涉水百里，翻山千重。他的心里，像是垒起了四方高墙，把他埋在深深的黑里，看不到光，看不到人——他有一种溺水的感觉。无边无际的水，包裹着他，拖拽着他，让他下沉，让他窒息。他能抓住的，只有水流，而水流推搡着他，使他下沉得更快，陷入无际的恐慌，乃至绝望。

爸爸英浩抱起他，放在圈椅上。在爸爸的手上，他如一团浮云。他想起了师傅的话：死，不是生命的寂灭，而是超越，超越了肉身，获得恒久的安宁。东锦抱住了爸爸的腰，说："把妈妈的长棉袄给我披上，我就不冷了。我给妈妈画最美的像。"

但他一直坐在圈椅上，看着自己的妈妈。他要把妈妈看进心里去，藏着，用心脏里的血裹起来。他的女儿，十三岁的明珠，紧紧地拽着她妈妈美珍的衣角。美珍在收拾着婆婆的衣物。那些衣物在明天早晨，会烧在大火盆里，以灰焰的方式，代替曾穿过它们的人告别。灰焰，最轻的一种消失物，比雪还轻，比风还轻。

每一次告别，都是艰难的，有割肉之痛。别过的人，都不会原路返回。人世间，返回的路，从来就不存在。

东锦是一个常常面对告别的人。他是镇里唯一画遗像的人，在他师傅离家之后。

他的脸上常年长着红红的酒刺，剃一个毛楂头，穿靛青劳动布裋子。他用拐杖走路，两支拐杖拄在双腋下，撑一拐，迈出去的脚往外晃一下。晚上，他通常在院子里下象棋。和他下象棋的人，通常只有元顺。元顺比他年长二十来岁，是个堪舆师。元顺下棋不悔棋，把被吃掉的棋子用牙齿咬着，再被吃一个，再咬，咬了三个，吐出来。有人请东锦画遗像了，东锦顺带推荐元顺去勘墓地。下象棋的时候，东锦在桌边摆一个大茶缸，落一个子，喝一大口茶。茶是苦茶，来自灵山深处的森林。苦茶不是茶，也不是药，是穗花栎树的新芽以茶工艺做的，当茶泡。苦茶不苦，微甜，去腥去腻，清凉解毒。

东锦的师傅就是元顺的长兄和顺。和顺是绢绸扇厂的画师，画花鸟虫鱼，画盆景，画仕女，画道士僧人，画灵山。扇是木骨扇。绢绸扇厂在街东，四栋土房围成一个大院子，和顺在绢绸扇面上作画。作画的工作间在一栋木板搭起来的大阁楼上。阁楼通一个逼仄的巷子，巷子口锁着一扇铁门。平日里，和顺在阁楼上画扇面。他是一个不苟言笑的人，但和蔼。他衣着整洁，喜欢穿圆头大布鞋，两撇眉毛半黑半白，右边嘴角缺了一个口，说话漏风。他五短身材，偏瘦，画画之余，一个人坐在窗户边喝半杯小酒。他的画桌下，始终放着一个圆肚的扁矮酒缸，要喝酒了，舀半杯酒上来，嘬几口。阁楼上，只有他一人。一个扇面要不了两分钟，寥寥几笔，画完了。画好的扇面，晾在楼板上。

扇面小，绢绸柔滑，对画师要求很高，郑坊偏远，没有画师来，和顺寻访适合的人做徒弟。

谁会去学画师呢？事是轻巧事，可没坐三年冷板凳的韧劲，上不了台面，带了几个徒弟，没到半年便走了。敏善对读初二的儿子东锦说，你腿脚不方便，干不了重活，妈照顾不了你一辈子，你跟着和顺师傅画画吧，谋一条生路。东锦说，我念完了初三就去绢绸扇厂。就这样，东锦当了一个画工。

当了画工，东锦学得用心。他知道自己和别人不一样，别人可以跋山涉水，可以肩挑背驮，自己只能拄拐。和顺师傅对他也用心，看他聪慧刻苦，对他也多了一份严格和慈爱，不但教画，还教他吟诵古诗。师傅说，理解不了古诗，也就理解不了中国画。

阁楼是和顺最喜欢的地方，他晚上在这里画画。他画灵山长卷水墨，画甘蔗田，画蹲在街边吃饭的人。他一天繁忙，只有这个时候是清静的。他喝着浓茶，看着自己的画，嘿嘿地笑。东锦给他磨墨、洗笔、添茶水。"找一个地方，躲起来，天天画画，比神仙过得还舒坦。"他对东锦说。

东锦当了七年画工，绢绸扇厂日渐衰落，工人背着扇子去周边县市卖扇。和顺也背着扇子外出卖扇。

和顺名声响，常有人请他画画像。请他画画像的人，拿一张小照片来，临摹，画成一张大遗照，装在相框里，挂在厅堂。他画的遗照，和照片一模一样。也有人请他去东家家里画老人。他的画像，大多很相似：香火桌前，老人坐在圈椅上，手交叠放在并拢的大腿上，衣服是灰色或黑色，男性戴一顶呢子帽，女性围一条毛线围巾，神态可掬，笑容微露，面目慈祥。

也有刚刚离世的老人，料理后事的人发现老人没画像，急匆匆地把和顺请去，当场作画。

第一次随师傅去死者家现场作画，东锦二十三岁。东锦不知道师傅为什么要带自己去。师傅骑一辆载重自行车，来到东锦家，东锦还在午睡。师傅说，带你去一趟楼村。东锦坐在后车座，也不敢问师傅去干什么。师傅也不说，埋头骑车。骑了半个小时，到了一个大村子，拐进一条小巷子，又拐入一条很狭窄的弄堂，在一栋青砖瓦房前，师傅说：

"到了。"屋里有十几人坐在厅堂，低声地议论着什么。其中一个人出门迎接，说："八十多岁的人了，相片也没留下一张，和顺师傅辛苦你跑一趟了。"东锦拄着拐杖，站在门口往里面瞧。在弄堂口，东锦就嗅到了一股酸臭的气味，是猪肝翻晒了之后的那种气味。他不敢说，也不敢问。他捏了捏鼻子，捂紧了嘴巴，松开手，吐出一口酸水。他的胃在泛酸。

屋子并不大，有些矮，屋内阴沉沉。"东锦，进来吧。"师傅喊了他一声。他应了一声，拄着拐杖，撇着脚进去了。师傅在厢房门前，端给他半碗酒，说，嘬几口。他接过碗，酒进了喉咙，又哗啦啦吐了出来。酒辣，针尖一样刺蜇咽喉。他从来没喝过酒。师傅推开房门，东锦看见一个头发散乱的老婆婆，躺在床上。一只黑白毛色的花猫，在老婆婆身侧，喵喵喵，轻轻地叫唤。莹白的烛火在跳动，加深了东锦内心的恐惧。

这是一个孤寡老人，离世已经四天了。老人是被一个广丰人发现的。中秋刚过没几天，广丰人来收鹅毛鸭毛，推开门，发现老人没了鼻息。

东锦进了房间，又退了出来。房间里的气味，他忍受不了。那是一种混杂的气味，糜肉和腐肉混杂的气味。他哗哗地吐。师傅把老人的头发往两边理顺了一下，用一张白布盖了老人全身，反身骑车，带着东锦回了镇里。

东锦不明白师傅为什么带自己去楼村，自己什么事也没做。但他怎么也忘不了这一天，忘不了散乱头发半遮下的苍白釉黄、近似于枯萎的面容。这是他有生以来，第一次见死人。在差不多三个月的时间里，这个面容经常出现在他梦里。他惊吓得汗水涔涔。从楼村回到家，他坐在木桶里，泡了一个多小时的热水澡。那种气味，让他发呕，让他感受到死神藏在肉身，而非凌空降临。

但他没有想到，有那么一天，他会对死神无比尊重。

过了两年，绢绸扇厂关门了。和顺在家里开了一间画店，卖丰收画、年画、观音画，画是他自己画、自己装裱的。东锦给师傅打下手。

镇里有一个木雕厂，主雕骨灰盒、菩萨像，主销日本。敏善对儿子说："东锦，木雕厂常年有活儿干，你还是去学木雕。你师傅糊口都难，带着你，他更难。"东锦思虑了两天，对师傅说："我想去木雕厂当学徒，师傅给我参考参考。"

"木雕和画画同源，你上手快。你去学木雕，更好糊口。过两天，我送你去木雕厂，找个好师傅带。"东锦没想到师傅答应得这么爽快。

在木雕厂干了半年多，一天，和顺的弟弟元顺来木雕厂找东锦，一脸焦虑，问："你师傅这两天找过你吗？"

"我十几天没看到师傅了。"东锦说，"师傅怎么了？"

"你师傅有三天不在家了，也不知道他去了哪儿。"元顺摆摆手，跨上自行车，走了。东锦放下活儿，去了师傅家。师娘坐在画店门口，显得有些痴痴傻傻，说，你师傅去了哪里，也不留一句话给我，我们都急死了。"师傅带了衣服走没有？"东锦问。

"一件衣服也没带，也没跟我要钱。你说，他能去哪儿呢？亲戚家都问过了。他外地有什么朋友，你师傅平时说过吗？"

"一个天天在家里画画的人，哪有什么外地朋友。"

"那你师傅在外面是不是有什么女人呢？"

"师傅那个性格，你又不是不知道。他除了一口酒，就想着卖画挣钱。卖画的钱，也都由你收着，他买包烟，都是向你伸手的。"

"那就是我不好，他讨厌我，他宁愿离家而去。我的天啊，这个日子怎么过啊。"师娘拍着大腿，呜呜哭了起来。

"师傅是个心重的人，肯定有别的心事，在外面逛几天，心事散了，也就回家了。师傅离不了师娘。师傅洗一件衣服比搬砖还难。"

过了半个月，师傅还没回家。再三个月，师傅还没回家。又一年，师傅仍然没回家。家里人当他死了。这个和顺，不声不响地离开了家，离开了郑坊，是死是活也不知道。师娘对东锦说，你师傅不明不白地离家，比死了更让我难受，他若是死了，我还可以挂个画像，还可以上个坟，能明明白白地守寡，我这个寡守得好冤枉啊。

琢磨了半年，东锦也没琢磨出师傅为什么离家而去。他在师傅身边打了九年下手，他了解师傅。实际上，他不了解师傅，他看到的只是表面。师傅像镜子里的人，蒙上一层雾水，镜子里的人便不见了。他非常难受。他不明白，一个正常人，怎么会突然失踪？

　　一天下午，木雕厂来了一个人。是一个三十多岁的矮个子女人，扎两条粗粗的柳辫，穿一双黑头布鞋，鞋头缝了一块四角白布。她站在小院门口，声音颤颤地问："东锦师傅在吗？"

　　"有什么事吗？"东锦从窗户里探出头，瞧了瞧来人。

　　女人来到窗户底下，低声说："我想请你画个遗像。"

　　"我没画过遗像。"

　　"你画过菩萨，画过钟馗。我请你画一张遗像。"

　　"遗像不能乱画。我没画过。画菩萨画钟馗，只是画个样子。"

　　"帮我画一张。我得给我男人留一张像。"女人哀求他。

　　"你用照片放大，挂起来一样的。照片更真实。现在大家都用照片作遗像了。"

　　"我男人没留下照片。"女人抹抹眼睛，慢慢低下身子，蹲在地上，低声地哭了起来。

　　东锦默默抽了一根烟，说："我跟你去吧，试试看。假如走相了，不能怨我。"

　　她男人是上午断气的。她男人在德兴万村一家石材厂磨花岗岩面板，干了八年，患上了尘肺病，治了一年多，还是扔下三个孩子走了。他蜷曲在床上，嘴巴张得快裂开了，眼睛圆圆地瞪着。他的脸颊深深地凹陷进去，颧骨突出来，咽喉完全干瘪下去，喉结算盘子一样凸。三个孩子畏畏缩缩地站在一个双目失明的老婆婆身边，呜呜呜地哭盖在男人身上的白布，显得空荡荡。男人略显狰狞的面目，让东锦有些害怕。他对扎柳辫的女人说："给我倒半碗酒来。"

　　闭着眼睛，他一口喝干酒。他长长地叹了一口气，一手拄着拐杖，一手撑着床架，坐在床沿。他看见床头墙上，贴着一张鸳鸯戏水的剪纸，尚未完全褪色，窗台的收音机被红布盖着。他摸出一支烟，捏了捏，又把烟塞回烟盒。他的手轻轻地盖在男人双眼上。他的手长久地盖在男人双眼上。他的泪水，泡泉一样涌了出来。

他坐在房间里，静静地坐了两个时辰，也下不了笔。他喝着酽茶，画笔在两指间转着笔花。他看着窗外黑幕般的田野，死者的面容清晰地闪现在他脑海里。

但他不能那样画。那是一副不堪的面容。他不能把不堪的面容作为遗像传给死者的后人思念、供奉。

死者是一个尽责的父亲，是一个尽职的丈夫，是一个体格强壮的石材厂工人，是一个久病焦虑的人，是一个无数事未了的人，是一个常年外出谋生的人，是一个日日牵挂在心的人，是一个有许多美好愿望的人……这样的人，应该有一副什么样的面容？东锦想象着这副面容。死者未患病的样子，应该是这样的：性格坚忍，身材魁梧，目光温和，神态憨厚，皮肤粗糙……

他画了开阔的面部轮廓、粗粝的眼眶、宽厚的嘴唇……

画完画稿，天麻麻亮了。他把画稿镶嵌进了木质玻璃框。这是他画的第一幅遗像。早早地，东屏骑车载着东锦去了女人所在的余村。余村离镇不远。扎柳辫的女人抱着遗像，身子哆嗦着，号啕大哭。

是的。东锦从没想过自己会去给人画遗像。他学过八年素描和水粉，他学的是应用美术。他不擅长人物画。他看到扎柳辫的女人蹲在墙角抹眼恸哭的样子，已无法拒绝。一个死者，对于生者来说，是多么重要。一张遗像，不仅仅是一幅画，用于纪念、供奉和追思，而更是对生者的一种陪伴和激励。遗像不是沉默、冰凉、蜇心的画像，是一个在屋里温情地注目周遭的人。以前，东锦从没想过这个道理，也不会去想。他师傅画过上千幅遗像，他看过师傅画了上百幅遗像，十几次陪师傅去死者现场。但他从没想过自己会去画遗像。

他以为师傅画遗像，仅仅是当作糊口的手艺，和画年画是一个理。师傅也不叫他动手画。师傅作画，他在身边看。师傅会告诉他：死，不是生命的寂灭，而是超越，超越了肉身，获得恒久的安宁。有一次，街上一个糖尿病患者死了，请师傅画遗像。师傅哭得很伤心。死者是师傅的发小，是一起玩了几十年的人。但患者被疾病折磨得不成样子，形如枯槁，神如枯井，死得非常挣扎。师傅对东锦说，久病而死的人是快乐的，死神拯救了人，他的遗像应该满面笑容。

在没画遗像前，东锦并没有把师傅的话当真，或者说，他没有去领会师傅的话，也领会不了。他太年轻。人，需要时间去完成自己。时间是一种特殊的发酵剂。

遗像送去之后，东锦没去上班，想好好睡一会儿。他合眼躺在床上，可怎么也睡不着。院子里，落枣的声音很清脆。他才想起初秋已经到了。风吹一阵，枣落几个。鹊鸲在树上，嘘嘘叫。它叫得欢快而婉转。树叶在它的振翅下，沙沙作响。他翻身下床，拿起画笔，画昨日去的那个房间，和房间里那张床上的死者：高高的门槛内，一张敞开的平头床，床头有一张墨黑脱漆的木桌，门边墙上靠着一件画了大丽花的衣柜，衣柜上搁着两只深红的木箱，遮收音机的红布绣着两只飞舞的彩凤凰，床头一对鸳鸯戏水，床上的人脸庞黝黑、胡楂密密……

画完了，装进了镜框。在阁楼木墙，东锦把相框挂了上去。他默默地看了一会儿，下了楼。夕阳遥挂远山。他略感虚脱，在床上躺下，无知无觉地睡去。他梦见了灵山，他站在灵山顶上，望着金色稠密的盆地。太阳炙烤着万物，风轻轻地把他掠起，移向飘浮的云团。大地厚重，湖山漫卷。

木雕厂有二十几个师傅雕木件。木是老樟木，从德兴、婺源等地收来，堆在仓库里。电锯在锯木，吱吱吱，整日响彻。木雕师傅在院子后面的简易排屋干活。这里安静、通透，阳光充足。排屋有一条石板小路通往饶北河。排屋有一个小院，三棵石榴树和两棵梨树，比屋子还高。初春，梨树一浪一浪地开出白花，芽叶尚未肥厚，花从枝上一节一节地往上冒，如蚕吐丝。花开得很是挑眼，远远就能看见。暮春了，石榴才开花，在翠绿的密叶间，绽出嫩红嫩黄的花蕊，花瓣伞一样撑开。伯劳成群，栖落在树上，啄食蟑虫。站在窗口，可以看见饶北河从山边田畈弯弯地绕过来，形成半个圆弧。东锦喜欢这个小院。他借来解剖医学书慢慢读，了解人体结构。他专雕菩萨像，他喜爱观音、弥勒佛。菩萨是人的神性升华，雕菩萨也就是雕具有神性的人。他这样想。

在家里，他用陶泥捏各种各样的菩萨像，捏好了，又把泥化成泥坯。这是他每天晚上要做的。和他同年段的人，差不多都结婚生孩子了。他恋爱还没谈过。他是残障人，没办法四处玩乐。他喜欢过一个街上的女孩子，给她写过很多次信。信是一沓画，由东屏递过去的。女孩子有些麻脸，但娇美。

女孩子在街上开饰品店，穿长长的裙子，唇珠圆润饱满。吃了晚饭，东锦有意无意经过她店铺，和她搭话，站一会儿，或坐一会儿。只要看她一眼，他便觉得心里很舒服，生出酸酸甜甜的柔情蜜意。女孩子是个大方的人，和他说说笑笑，但从不给任何暗示或特别的眼神。东锦暗地里，给她画过很多画。画了十张，由东屏送过去。东屏还是个高中生，每天经过她店铺。每次经过，她看见了他，都笑得很甜美，偶尔还给他水果、酥麻饼吃。东锦还送过化妆品、太阳镜、磁带给她。她都收下了。收下一次，她给东屏买一双球鞋。过了一年多，女孩子和镇上的一个医生谈了恋爱。

东锦再也没有喜欢别的女孩子了。可能有他喜欢的，但他不写信了，藏在心里。敏善托人给东锦说亲，媒人请了好几拨，也没说定哪一门子。东锦劝慰妈妈，说，姻缘由天定，哪个菩萨是有老婆的？雕菩萨的人也可以没老婆。这时，敏善很自责，说，你四岁时高烧，我当成了感冒，也没上医院，害你走不了路，是我造的孽。

有人请画像了，东锦也去。老人忌照相，但喜欢画像。抱着孙子画，站在大屋前画，坐在圈椅上画，和老伴一起画。东锦画各种各样的老人画像。画像给了老人，老人笑呵呵，孩子一样快乐。画像不收钱。他只收装裱的工本钱。老人提两斤土烧给他，他也乐呵呵地收，和老人一起喝。

一次，邻镇马车村一个六十多岁的妇人，来到东锦家，说，请东锦师傅画一张像。东锦摆开椅子，给妇人坐，架起画架，抄起笔给她画。妇人却一直站在井边，说，想请你给我儿子画一张。东锦说，你儿子可以去照相馆照相，哪有年轻人留画像的。妇人说，儿子死了十八年了，我想儿子想得很慌，我想看看儿子。妇人抖着肩膀哭了起来。她边哭边说："你给我儿子画一张像吧，我很想儿子。我头发都想白了。"

妇人坐了好一会儿，才缓过神来。东锦说，老伯娘，我没看过你儿子，怎么个画法呢？妇人说，我儿子很乖顺的，就是不爱嬉闹说话，闷头做事，砍柴很快，割稻子也很快。东锦问："你儿子几岁过世的呢？怎么会过世呢？"

"我儿子叫世仁，初中没读完，和他爸一起下田了。他从小胆子小，不爱和人交往，长大了，也不爱和人交往。他懂事，家里的田都是他种的。有一次去砍柴，他架起柴火垛，爬上去，把柴火点了，活活烧死了。我哪知道他会干这样的蠢事呢？事后，我翻他房间里的东西，找出一封信，他说他活得很痛苦。我拿着信问医生，世上有哪种痛苦，比死更痛苦呢？医生说，孩子得的是抑郁症。我哪知道这个世上，还有这样的鬼病呢，让人寻死的病呢？"妇人哆哆嗦嗦地从口袋摸出一封信，给东锦看。信纸已经发黄，纸边乌黑黑，有些翻毛、破损。信折起来，包在一张手绢里。

信捏在手上，东锦来来回回看了好几遍，一句话也没说。他不知道怎么说，不知道怎么安慰来人，更不知道如何回答。一个未曾见过的人，他怎么画得了呢？东锦摸出一根烟，抽了起来。他不敢也不忍看来人的脸。烟抽完了，东锦详细地问了她孩子的出生年月、入学时间、小学毕业时间、成年后的长相，对妇人说："老伯娘，我现在答复不了你，过半个月，你来我这里一趟。"

第二天，东锦告了假，早早去了华坛山镇小学，恳请校长开了一张需去县教育局查阅档案的证明，坐上客车，去了县教育局。教育局有小学毕业生的底档，底档有照片。查阅了半天，终于查到了"张世仁"的档案。他带着档案，去照相馆翻拍照片，加速取相。档案员问东锦："这个照片上的人，是你什么亲戚？"东锦说，从没见过，不认识。

这是他第一次到县城。他挂着拐杖，撇着脚，拐过一个一个街口。灵山路把县城分成两半，自南向北，横切而过。他低声对自己说："这条街，至少有五条郑坊街那么长，街边梧桐树望不到尽头。"

在县城住了一夜，清早取了照片，东锦回到了郑坊。

半个月后，妇人来了。东锦给了她三件东西：一张放大的孩童照片，一张青年画像，一尊孩童骑牛的樟木雕像。

东锦的画像传神，有生命风采的神韵。老人收了画像，舍不得挂，卷起来，压在木箱里。老人要水粉画，他就画水粉画；老人要素描画，他就画素描画。他的遗像画不阴沉，不会给人沉重感。人在最后，言语消失了，体温消失了，眼神消失了，感觉消失了，记忆消失了。人最后带走的，是属于个人的东西，而留下的，均不属于个人。人离世与出世相同，都是坦荡荡的、赤裸的。人的一生是碎片拼凑的过程，也是呈现的过程。碎片就是生命力瞬间凝结的闪亮晶体。东锦在画遗像时，用这些晶体展现面容。他这个想法，源于一个死者。

有一次，东锦和元顺在下象棋，有一个小青年请他去方家坞画遗像。东锦还没进屋，一阵血腥味涌出来。血腥味来自新血，很刺鼻。东锦进了屋，看见床上的被单沾满了血。死者是一个四十来岁的男人，脸被炸掉了半边。他是片石场的放炮工人，凿炮眼、塞炸药、点雷管、爆破片石。中午，点雷管，噗噗噗，引线燃了，却又没了燃声。放炮工人等了几分钟，没听到炮响，他站起身子，想去再点火，这时，轰的一声，石岩下塌，一块碎石飞出百米，击中他右边脸，半边头部不见了，头盔飞出十余米。他晃了晃身子，倒在藏身坑道。

死者的脸，虽然清洗了，但毛孔里仍有血迹，头发上也有。东锦喝了大口酒，用酒泡湿毛巾，给床上的人擦脸、洗头发、颈脖、肩膀。擦洗干净了，东锦在厅堂坐了一会儿，抽了一根烟。东锦对放炮工人的老婆说，哪有让他带半个头走的呢？他又不是一个无恶不作的人，请人去掏半盆黄泥来。

黄泥松软，有一股秋气。东锦给黄泥泡浆，手搓黄浆。浆水慢慢沥净，泥黏稠。合着放炮工人的头型，他慢慢捏，慢慢捏，捏出半个头。半个泥头和半个人头，合成一个头。东锦又用长白巾，扎在放炮工人的头上。他开始在放炮工人的脸上画京剧脸谱，大红大白大黑，三色蜿蜒起伏，把他画成了《鱼肠剑》中的专诸。

回到家里，东锦琢磨着怎样给放炮工人画遗像。东锦想了大半夜，也没想出个头绪。第二天早上，他妈妈敏善对他说，秋分过了两天了，得预备割稻子，今年的稻子很丰收，看着稻穗就心里很舒坦，你也去看看。东锦说，有什么看的，看了也就那个样子，不看也知道。他妈妈说，不去现场看，哪感受得了？东锦看着妈妈，停下了筷子，对东屏说："你骑摩托车，带我去一下片石场。"

片石场在古城山下。晨曦退去，秋阳如一块出炉的热铁。河边沙地的高粱迎风摇曳。河水清浅，潺湲而流。烧石灰的工人在拉碎石。拱形的石灰窑如土堡，隐现在两个废渣堆之间。东锦站在片石山下，仰望着坍塌的山体，苍鹰在崖边飞旋，崖顶黄松葱郁。凿石工人抡着铁锤在凿石，喊着号子：

> 大铁锤啊，
> 砸下来。
> 有劲头啊，
> 迸出来。
> 大碗酒啊，
> 端过来。
> 大姑娘啊，
> 抱上来。
>
> 大水牛啊，
> 下田来。
> 大麦子啊，
> 进磨来。
> 大公鸡啊，
> 叫亮来。

大男人啊，

干起来。

"苍凉的生命，挺拔的生命。"东锦喃喃自语了一声。

木雕厂下班了，东锦回到家里，开始画遗像。他理解了这个放炮工人的劳动，也就理解了这个人。放炮工人是个豁达的人、吃苦耐劳的人、面容粗糙但内心细腻的人、粗犷却敏捷的人。他有了这样的构思："石山下，放炮工人望着滚落的石片，眼前石尘四起，他绽开葵花般的笑容。他头上粉红色的头盔，闪射太阳的亮光。他脸上毛孔粗大，胡楂粗黑，鼻梁淌着汗液。他粗壮的手上握着一把短柄圆锤，锤把有一层油亮的包浆。他浅红浅黄的工服，半解扣子，露出铜色胸膛。他的身边到处是碎石，脚下是石灰废渣，稀稀的荒草遒劲地生长，苍耳结出刺毛。河畔蜿蜒，樟树林稠密。"

泡了一大碗苦茶，他开始画。他体悟到，画出死者生前的生命精华瞬间，是对死者最好的敬重。每一个努力生活的人，都是有光的人。

她是一个特别细心的女人。她戴上白口罩和一双白手套，用砂皮细细地磨雕件。每一尊菩萨，都经过了她的打磨。她曾是一个土面师傅的老婆。土面师傅送货去望仙乡，喝了酒回来，摩托车翻下路边樟涧水库，第二天被人捞了上来。她尚未生育，在婆家待不下去了，来了木雕厂食堂烧饭，烧了七个月饭，上车间做了打磨工。她是个温和沉静的人，围一条蚕豆花图案的围裙，跪在蒲团上，给菩萨木雕打磨。她是石峡人。石峡与郑坊街隔一条河。河水哗哗。

有一天，她去县城走亲戚，带回了一辆残障人士专用电动车。电动车红色，三个宽胎轮子，有一顶油布雨篷，有一个可坐两人的后座。电动车是送给东锦的。东锦说，我哪敢受这么大礼呢？她说，有车方便点儿，比走路轻松多了。东锦说，我又不会开，开车比赶牛还困难。

"你那么聪明，我教你吧，教半个小时，你就会了。"她说。

"你送我电动车，我送你什么东西体面呢？我送你一条金项链吧。"

东锦说。

"你不为我戴上，我是不会收的。"她说。

就这样，她成了东锦的女人。"美珍，美珍。"东锦叫她叫得很甜。女人坐在后座，腿上靠着两根拐拐，东锦开着电动车，一起上班下班。

第三年，美珍生了女儿，女儿白白胖胖，眼睛乌黑，笑起来咯咯响。东锦给女儿取名明珠。

吃了晚饭，东锦载着美珍、明珠，在街上游一圈。回来，再和元顺下三盘棋。有时也去田畈玩。田畈椭圆形，散发清新的草青味，晚归的鹌鹑，三五成群，边飞边叫，喊喊。若是禾苗泛青的时节，又脆又薄的晚空，白鹭一行行飞过，飞往偏僻的塘边樟树林。这样的景象，一滴滴地渗透进人的血液，会成为终生的记忆。

明珠七岁的那年冬，疏雨冷风的夜晚，东锦做了一个梦。他梦见一个老僧坐在大雪之中，雪覆盖了老僧。雪一直下，老僧的头上开出一支红梅花。东锦坐起来，低声哭了。美珍问他怎么哭了。他说他也不知道为什么哭。他说，他很想去找找那个老僧。

第二天中午，有一个外地人，开着柳州五菱面包车，来到东锦家里，说，请你去一趟河口，有一个老人等你见见。东锦感到莫名其妙。河口是铅山县城，距郑坊百公里，他从来没去过。东锦问："老人找我有什么事？"

"老人是孤寡的，在河口老街开茶铺，有十多年了，也卖自己画的画。老人刚过世。老人生前有留言，说，他死了，请你画一幅遗像。"来人说。

"老人叫什么名字？"

"北河。我是开古玩店的，和北河叔两对门，也是至交了。"

东锦带着美珍，一起坐上面包车，去了河口。河口是信江第一码头，江水滔滔。雨飘飘洒洒，江面迷蒙。到了茶铺店，上了二楼卧房，东锦看见一个头发花白的老人躺在床上，面容苍白，神情慈祥。东锦跪了下去，说："师傅，这么多年，你也不告诉我们一声，你去了哪里。你为什么要走得这么远啊？师娘临走，也没见上你一面。"

和顺给东锦留了一封信。信是小楷写的：

徒儿东锦：

我不日将离世，有诸事告知与你。

一、有两箱画，是我所画所喜，由你保管，以作纪念。

二、离家已十九年，皆因孩子已成家立业，我需过心中所愿生活，安静画画，脱离繁事羁绊，唯有离家。生而为人，尽家责尽公职之外，还得尽愿。

三、我的后事，由你料理，所需之钱，在我茶叶木桶里。骨灰撒在信江里，不要带回去。我的死讯不要告知别人，当作我十九年前已死。不要给我作画像，也不要画遗像。生命依托肉身而存在。

四、我一生只爱三个女人：母亲、妻子、女儿。但终究事了拂衣而去。

五、你好好生活。好好活着，是活着的唯一目的。

二〇一一年冬，河口。

和顺。病中。冷雨。

读完信，东锦呆坐在木地板上。北风拍打着玻璃窗，哐啷哐啷。

美珍陪着他，在师傅床前，坐了一个通宵。这是一个冗长寂静的夜晚，只有烛火在飘忽，北风呼啸而过。一个无尽的长夜，江水远逝。他把美珍抱在怀里。他的泪水，滴在她的脸上。他没有感觉到过多悲痛，而是苍凉。或许，生命的质地就是苍凉。孤独、坚韧的苍凉，崖松的苍凉。苍凉感，让人扎根在大地之中。否则，人会被风掳走、被水推走。

给他安慰的是，师傅的面容很安详、洁净。师傅走得无憾，也无痛苦，如树老死山中。师傅过了近二十年隐姓埋名的生活，依本心而活，活得很满足。从师傅的面容中，他看出来了。人离世，最后的面容，浓缩了一生的经历。

美珍在他怀里睡去。炭火在烧，火星轻溅。火星微弱炸裂的声音，嚓嚓嚓,很是悦耳。他看看炭火,看看美珍。他觉得美珍如火一样美。他抱她抱得更紧了一些。他一遍一遍地抚摸她的头发。

雨不但没有停歇的意思,反而下得更热烈了。

这是早春的一天,河水油亮,篱笆墙上挂满迎春花。枯柳的根部滋生出鲜绿的苔藓,两只银雀叽叽地叫,叫着跳着。田野漾起绿汪汪的春水。放鸭人高声吹起口哨,用竹梢赶着鸭子下田。白菜开黄花,萝卜开白花。和风柔软,催促草木抽枝发芽。东锦的院子里聚满了客人。屋檐挂着红灯笼。暖阳高照。

这一天,东锦木雕工作室开业。东锦没想过离开木雕厂,独立干一份事业。师傅过世之后,他开始琢磨这件事。他想带徒弟,想得很迫切。他是个手艺人,以手艺养家。但也不是一个单纯的手艺人,他有许多想法,需要传给下一代人。和顺师傅也是这样传授他的,师傅传不了的东西,自己在经历中慢慢体悟。木雕是一门聪慧人干的苦工手艺。传承一门古老的手艺,需经年累月。

第一批,东锦选了三人,都是残障小青年。东锦这样想,三年带一批,一批带三个,连帮带。美珍负责开木雕网店,实行网上销售。工作室开了半年,生意火起来了。

东锦是个手艺人,但更多的时候,他把自己当作一个画师。他画过九十二张遗像。每一张遗像,他都画两幅,一幅给死者家属,一幅挂在自家阁楼。阁楼上的遗像,他都注明了时间、地名,及死者姓名、寿数,并落款。其中五十六幅遗像,他去过死者现场。

每次去现场,东锦都非常纠结,却又无法拒绝。谁也拒绝不了死者的最后一次请求。给死者家属美好的安慰,也是告慰死者。每一次落笔画遗像,他都无法平静。似乎他每落下一笔,死者会消失一点儿,遗像画完了,死者彻底消失了,仅仅化作一团墨。大多数遗像中人,他不认识。但他熟悉死者的生命历程,熟悉死者带不走的光影声色。他触摸到了遗像中人的脉搏、体温、气味。遗像中人仿佛是一条秘密的地下河,他深入了下去,蹚着水,感受河流的脉动。

在清明、除夕，东锦登上阁楼，给每一幅遗像拜香。在阁楼中央，他立了一尊罗汉像。每画一幅遗像，都是他深度认识生命的艰难过程。他曾为其中的几幅遗像彻夜哭泣。生命，是一个幸福欢乐的旅程，而有时候，又是那么令人痛苦、绝望、孤立无援。曾有一个男人，抱着因肺炎而死去的幼女，整整抱了三天，不喝不睡。他给可爱的女孩画了水粉遗像。女孩不足四周岁。还有一个女孩，婚礼刚结束，就死了。她患了骨癌。她的男人抱着她举行婚礼。他给女孩画了一个宏大的婚礼现场，作为遗像。

每一幅遗像，如一扇黑暗之门。进入黑暗之门的人，在夜空中以星星的名义显现。透过门孔，可以看见火光、海洋和环形山。

（《人民文学》2021 年第 4 期）

电影院

赵荔红

1

　　我"看"第一部电影，是被妈妈抱在怀里，在露天操场，在大山深处。天地是个大影院，上演人世间的悲喜剧，那么多的角色参与，我也在其中；投向屏幕的光柱，上达天宇，与星月辉映。

　　年过半百的我，"回望"第一次看电影，写下这些文字。在妈妈怀里"看"电影的我，只有两岁，自然是记不得那个露天电影院，却"记住"了电影散场后的情景——是夏夜啦，没错，下过一场雨，天空是极纯粹的黑蓝，星子才是小小的，半个月亮洗过头脸、翻过山峰，将清冷谦悯的目光投向山坳田畴；月光被水田分割成一块一块银片，溪流间跳跃着无数碎银子；跳跃的还有蛙声，这里一下那里一下，一颗一颗圆圆地落在水田中；树叶子还在滴水，有时滴在头顶，有时在脖颈、胳膊、脚踝，冰冰凉。妈妈抱着我，爸爸牵着四岁的姐姐，一家四口的影子，在稻谷未割的田畴簌簌移动——电影在农场场部放映，我家住在红光作业区，从场部步行回家，要走五里山路。

　　雨后的泥石山路，尚有湿滑处，凹洼还积着水，映出银镜似的月亮，我的姐姐便去踩水洼，要将一个个银镜踩碎，她一路踩过去，将鞋子弄湿了，将裤管也弄湿了，妈妈就斥骂，骂一骂，她就哭了，一路哭到家。爸爸这下可真恼了，拿来一根筷子，去打姐姐的手掌心，一面打，一面说：再哭，再哭就把你关在门外，外面黑黑的，不许进来睡觉。不知是打疼了，还是被"外面黑黑的""不许睡觉"吓坏了，姐姐整个人抽搐起来，小手蜷成个拳头，无论如何也抚不平。这可将爸妈吓住了，轮番柔声柔气地来安慰：小红不怕，乖，都是骗你的——

是真？是幻？是爸妈叙说的？抑或只是影像？但我分明看见那晚的星星、月亮，听见那一颗一颗的蛙声，分明嗅到了空气中的雨意、草木蓬勃的香气……银色夏夜，我们一家四口走在泥石山路中，爸妈谈说着刚刚看的电影，我在妈妈肩头，竖着小脑袋，双手胡乱揪着她的大辫子，她那穿小碎花的确良短袖衬衫的年轻身子，又香，又软……

能够记起的山中露天电影院，应该是七八岁光景，我已上小学了。

过了秋收"双抢"，即是国庆节。晒谷坪一早就打扫干净，空中流逸着新鲜的稻谷香气。晒谷坪中间是水泥地，西面高出公路的斜坡边上种有楝树、黄连木，胡须垂地的小叶榕树，枝丫扭曲的龙桑树，斜坡上还种有一排萱草，春末夏初，长长梗子吹奏起鲜艳黄花，我摘了花来别在辫子上、纽扣上，不知那花亦名"忘忧"，戴了可以忘记忧愁吧？大人们只当是可食的金针菜，开不了几日，便全被摘光了。晒谷坪南面是个仓库，北面为办公房，东面挨着山，春日采了新茶就在晒谷坪过秤晾晒，秋天晒稻谷、玉米、花生等，什么都不晒时，就是篮球场，当然，还是露天电影院。

国庆节那天，全区老少都聚到晒谷坪，早上篮球赛，下午拔河赛。参赛的、加油的、起哄逗乐的，吵吵嚷嚷了一整天，小孩子却眼巴巴等着晚上"加餐"。食堂在第三排宿舍边上，离晒谷坪远，十几张圆桌就直接排到公路上——那时节，既无上山的卡车，也无运货拖拉机，顶多有几头水牛、一群黑猪，慢腾腾绕过桌椅、甩着尾巴走过——"加餐"四点半就开始，夕阳打得桌椅通红发亮，区里能出门的老太、抱在怀里的宝宝，全都围桌上席；年轻气盛的爸妈去寻人斗酒，我便扒着印有"建设兵团"字样的搪瓷杯喝，喝醉了，往桌边一趴就睡着了。稍大点，就晓得不能喝醉！因为晚上要放电影。

当天边的胭脂红被烟灰墨侵染，天色由青白转成黑蓝，天就黑将下来了。月亮尚未升起，星子站得很高，山中的黑，是完完全全的浓黑，山中的静，是完完全全的寂静，村舍间漏出的三四点灯光，山坳里挤出的一二声犬叫，好似山神的呼吸——席面已撤去，人如珍珠般，从公路边又滚回到晒谷坪。从仓库拉出一根电线，吊着两个 60 瓦大灯泡，将晒谷坪照得通通亮，似乎人世间所有的光亮、所有的生气，全都汇聚在这一方天地。靠近仓库一边，排着高矮大小不一的木板凳、竹靠椅、方凳圆凳，都是从各家各户搬来的，惯例是头几排留给小孩老人，青壮年坐在后头，或索性站着。一块白幕布张挂在离第一排凳子两米多的位置，幕布两边用绳子拉撑在两棵树的枝丫上。电影放映机架在最后一排居中位置，小孩或大人，总好奇地围着放映机，放映员就赶：去去，去坐好。照例是吵吵嚷嚷，磕碰了，踩脚了，拉家常的，小孩子哭闹的，跑来跑去的，像是溪水在礁石激起的浪花，直到放映员大喊道：不要吵了，不要说话了，开始了——声音才平下去，不时还有鱼从水面跳了几下——大灯突然熄灭，晒谷坪一下子全黑了，失明了似的，大家被这种黑吓了一跳，就真的一点声音也没有了——突然，一道光柱，如此神奇，从放映机大张着的方口吐出来，像是巨龙长长的吁气，在两棵树间的白幕布上凝聚成一面正方形亮光，跳闪着许多光点，也有蛾子没头没脑撞向光柱，幕布上便映出飞蛾的影子，又依次现出工农兵标志、电影制片厂名、影片名——《铁道游击队》《小兵张嘎》《冰山上的来客》《五朵金花》——什么片名、什么人物、讲的什么故事，儿时的我，全然不记得，只是惊讶，白幕布上在动在说话的人是从哪里来的？是从天上来吗？我总是惊异地回过头去，听放映机"嗒嗒"地转动胶片，看那道微微泛蓝的光柱——人是如何顺着光柱走到幕布上的？月亮从屋檐那探出头来了，它是来看电影的吧？星星睁大了眼睛，它们也是来看电影的吧?!

胶片转动的"嗒嗒"声，突然中断，幕布上的人消失了，光斑乱闪，一会儿就全黑了。一卷胶片转完了，大灯亮起来，等下一卷胶片。

原来每次农场只借一部电影拷贝，分几卷胶片，农场四个作业区，一个区一二卷胶片，轮着放，比如我们红光区放完一卷胶片，就等下一卷，运送胶片的职工，骑自行车将另一个区的胶片送来，换走我们区的，再送到另一个区去。所以，我们看的电影，有时不是从头开始，而是从中间哪段，好在小孩子无所谓演什么，只要是看电影就好了，大人也无所谓，因为每部电影都看过许多遍，连对白都能背出来，也只要是看电影就好了。但经常是，我们的胶片放完了，新的一卷迟迟没送到——另一个区还没放完？放映机出问题了？抑或送胶片的自行车坏在半路上了？——从一个区到另一个区，大约五里山路，若碰上前一天下雨路滑，自行车还可能摔到水田中去——种种状况，都是司空见惯的，大家就耐心等。等胶片时，大人说话，小孩子叫，猫狗也凑热闹，晒谷坪上又是吵吵嚷嚷的，若是超过半小时还不来，小伙子们就吹口哨，跺脚，小孩子就开始围着晒谷坪追逐乱跑了——月亮已高挂中天，星星汇成了银河，月亮的光辉，电灯的光亮，将晒谷坪变成了水晶宫，群山之中，那是唯一的光明之所，这光明，照彻我的一生，犹如那个七八岁孩童，我时时回首，看人们是如何顺着神奇光柱，走到历史的幕布上。

父亲喜欢的电影，应是《冰山上的来客》，儿时常听父亲用浑厚的男中音唱影片插曲《花儿为什么这样红》《再见吧战友》《冰山上的雪莲》。这部电影，我后来在20世纪80年代重看，觉得杨排长没系好的领口很潇洒，古兰丹姆与阿米尔的爱情很动人，相当唯美，洋溢着革命浪漫主义激情，连同《五朵金花》《阿诗玛》，在情节推进、镜头剪辑、演员表演上，都相当美好、富有艺术感染力，让人想起苏联《这里的黎明静悄悄》之类的影片。

借来拷贝到场部放映的电影，究竟是少。若要看时新电影，还得走到山下的晒口电厂，或更远的邵武县城去。农场的知青们，大多二三十岁，年轻有力气，下了工，便结伴走下山去看电影。我曾在《芳香年代》中，写过1972年仲夏夜妈妈去邵武县城看朝鲜电影《卖花姑娘》的事：

16点30分，之前一声不吭阴沉着脸的队长终于宣布提早收工。红光作业区的二十来个年轻人从田间急吼吼蜂拥回宿舍。男人在自来水龙头那大咧咧脱得只剩裤头洗澡洗头，女人打水回房。阿顺治（妈妈）擦好身子，不用照镜子双手翻飞就编好了辫子，穿上唯一一件没有补丁的的确良白底小蓝碎花短袖衬衫，深蓝哔叽长裤过于肥大，究竟是半新的。女人们嬉笑着出门时，公路上已经歪歪扭扭散站着十来个男青年，有穿海军套头衫的，有在腰上扎一根军皮带的，或在衬衫口袋时髦地别上毛主席像章，斜背一个印有"福建邵武煤矿建设兵团"红字的军布包……

一群人闹嚷嚷地、斜穿上红光区山坡翻到焦阳岭，下到晒口电厂，沿晒口溪岸一路走到邵武县，大概十六公里路、三小时。《卖花姑娘》有夜场，他们错过了晚上八点的，就等十点那场。阿顺治听说这个电影很苦，看过的人都哭了，早准备好了手帕子。那一夜，阿顺治和伙伴们放声饱哭：一开始只是小声啜泣，左右前后都在啜泣，啜泣声如花粉飞扬而打喷嚏一般传染，很快，整个黑暗电影院，陷落在汪洋哭声中，泪水河流滚滚向前，席卷了一切。连男人都号出声，有的女人哭得缓不过来、不得不走到电影院门口透气。电影里的花妮姐妹真的太苦了太苦了。是她太苦了，还是他们都太苦了？号啕大哭与其说是感同身受，毋宁是乘机发泄——这样的同情的哭泣是正当的、值得赞赏的，是一场安全的集体情感放纵，甚至比亲人死去的哭泣更安全。电影结束电灯亮起来时，大家害羞地偷偷瞧着彼此红肿的眼睛，男人们装模作样大声嚷嚷地推搡着、掩饰着，女人们则心满意足地用手绢揩着眼睛叹着气。然后，他们轻松地走出电影院，回家路上，几乎是欢快地唱起了《卖花姑娘》里的主题歌：

卖花来呦，卖花来呦，朵朵鲜花红艳艳，从小河边摘来了粉红色的八仙花，从山坡上采来了美丽的金达莱。/卖花来呦，卖花来呦，快快来买这束花，让这鲜花和那春光洒满痛苦的胸怀。

回农场照样是摸黑翻山，人多，倒也不怕。只是一场大雨，将大家淋了个透，虽是仲夏，深夜山中，不免也寒津津的。这样走到红光区宿舍，已是凌晨四点多。却了无睡意，就有人露地点起一堆火，阿顺治和姑娘们解开湿了的辫子，就着火烤起来……

　　妈妈去看《卖花姑娘》的 1972 年，我才三岁，姐姐五岁。后来姐姐回莆田老家，我在那个农场一直待到十岁，却始终没能与父母去晒口或邵武看场电影。去城里看电影，对于我，是遥不可及的事，如同童话世界般迷幻、美好。每次爸妈进城看电影，就会把我反锁在家。妈妈说我小时候好乖，不哭，不闹，总是乖乖地睡觉。其实我并没有睡着。我清楚地记得，一天夜里，又是一个人待在家，黑暗中，我躺在宽大的架子床上，一直竖着耳朵听门口动静；也许已凌晨三四点钟，窗玻璃透进一点点朦胧灰，有什么东西"唦唦唦唦"响，我用被子蒙住脑袋，又忍不住露出眼睛去看，原来是一只黑猫，它拿手将窗户推开一条缝，挤了进来，在书桌、橱柜那逡巡了一圈后，就跳上床来，"呼哧呼哧"地来嗅我的头顶，我将脸蒙在被子里，它嗅完一遍后，就窝在我的脚后，"呼噜呼噜"睡起来……我也终于睡着了……

2

　　再一次看托纳多雷的《天堂电影院》，再一次沉浸、感动。西西里岛金色阳光下，黑色散聚的蚂蚁人，瘦长毛驴，洗发女子，蓝色大巴缓慢而笨重地停在广场……年少的"多多"是我，那些淳朴、欢乐、饶舌的人们，也正是我的故乡亲人——陷落在黑暗影院，惊讶于那个大张的狮子嘴射出的蓝色光柱，如何能将男人女人的欢爱、将可怜可叹的人生，投放在一小方块白色幕布上？奇奇欧，阿尔弗莱德，随影片或哭或笑，将整部台词背下来的……他们，都是一个个"我"。

　　在电视到来前的日子，电影院是一个中心，一个充满人世欢爱喜怒的场域。人们在那里出生，起居，相聚，恋爱，争吵，老去，一个个瞬间，在电影院里汇聚成时间之长远，偶然的碰撞构成命定之必然。托纳多雷以其忧伤温暖的镜头，怀旧美好的音乐，叙述自身成长，缅怀亲人、爱者，纪念广场、大海和石头房子；他所唤起的，是我们所有人，对逝去时光、对爱、对故乡的无限依恋和追忆。时间不会消失，时间在呼吸，在树叶上，花瓣上，在鸟的翅膀上，在爱人甜蜜之吻上，在墙面发黄蒙尘的纸片上，在棺木上、祷告上，也在建造与摧毁的名叫天堂的电影院上，在一截一截的胶片上……

《天堂电影院》摄于20世纪80年代，那个时间，在我的南方故乡小城，我也拥有一个"天堂电影院"。多少个时日，在那个封闭的黑暗空间，我秘密地沉溺着、放纵着自己，与荧屏上的人，同哭同笑、同喜同悲，跨越时空，经历不一样的人生，丰沛迷人、跌宕起伏。

县人民影剧院位于两条商业街交会处，我家在凤山街，顺街直走，跨过十字街，就能看到电影院。电影院对面有个极大的农贸市场（在小孩子眼中，一切尽是大的），中间隔着一条宽大马路，与电影院前地坪相接，越发显得开阔。地坪中间是通道，两边设有报栏，报栏前还有小人书摊子、古玩字画摊子、花草鱼鸟摊子等，端午节有粽叶艾草，中秋节又特别有桂花枝叶卖，到春节时就会摆上春联、鞭炮、灯笼，等等。爷爷携我去菜市场买小菜，总会到电影院前的报栏兜兜，看看报纸新闻，在小摊前站站停停，与人说几句闲话，或看人斗牌、下棋。售票处在电影院入口与报栏中间，新电影出来，会拿粉笔写在黑板上，至于张贴明星照、电影海报，那是后来的事情了。新电影到来的消息，如蝴蝶般瞬间就飞到县城所有人家的饭桌上，一部电影又往往放映个把月，这样，不独全城人都知道有新电影在放，且有半城的人看过不止一遍，看过的又有一大半会唱电影主题曲，而关于这部电影的话题，要谈论大半年。

有个同班同学，叫一平，她的父亲是县人民影剧院经理，她的家，也在影剧院边上。有了这个便利，只要放电影，我们就去看。总是提早去，先待在一平的小房间，两个女孩，一起缩在床上，絮絮说话——一平，头发细黄，穿小领子小碎花宽腰衬衫，小脸总挂着一缕忧伤，笑容在她薄薄的唇边，一闪而过——电影开始了，灯全暗下，厚厚门帘垂放下来，神奇的蓝白光柱，从二楼一个方形空洞打出来，投射在白色幕布上，我和一平，猫一般钻进影剧院——居然能找到空位，暗喜；更多时候，座无虚席，我俩就站在最末一排，或两边走道，直站到电影结束——那时，我的理想是当一名影剧院领位员，手电筒扫来扫去，很是威严，想看多少电影，就能看多少——因为一平父亲，我们不必担心会被领位员赶出去，满可以放心大胆、美美地看完电影。若是一平不在，又恰好放映我很想看的电影（其实什么电影我都想看），便咬咬牙，买票进去，一张票一毛五分或两毛钱，花去我当月的大半零花钱；但买票看电影的感觉真是太好了——啊哈，我终于占据了一个宽宽大大的座位，陷进去，窝在那，真希望自己从此长在那个位置上。

当时在县城里放映的电影，几乎全看过了。诸如反敌特片《黑三角》，爱情片《庐山恋》（这是新中国大陆第一部吻戏，女主角张瑜换了26件衣服），而《泉水叮咚》的插曲"泉水叮咚响"、《小花》插曲"妹妹找哥泪花流"，如果你不会唱，便不是80年代生人了。最吸引我的，当然是国外译制片，苏联的《列宁在1918》《夏伯阳》，南斯拉夫的《桥》《瓦尔特保卫萨拉热窝》，墨西哥的《叶塞尼亚》，日本的《追捕》（杜丘带着真由美骑马那段太酷帅了）、《望乡》（太苦了，少女时很不愿意看）、《远山的呼唤》，西方的《基督山伯爵》《尼罗河上的惨案》《佐罗》，等等。

让我印象深刻的，有一部后来再也没看过的影片：大陆与香港第一次合作的、李翰祥导演的《画皮》，后来禁播了。惊悚而恐怖的一部片子。当王生趴在窗户，看女鬼将一张美人画皮抖擞着往身上一披，全场一片惊呼；当女鬼将血喷向宝剑、扑向王生、挖出心脏时，黑暗中有孩子吓哭了，我如同所有少女，捂着眼睛，又从指缝间将这些细节尽数看了，夜晚无数次回忆那些场景，吓坏了自己……这是我第一次体会到人鬼之间的幻变，体会到恐怖的存在。年少的我，将电影中的幻，当作了真，不知那个吓人的鬼面孔，不过是一种"像"，大凡多一点知识与经验，便不会害怕；而在往后岁月中，在现实世界里，会遇到比那鬼怪还要吓人的人，会见到比那画皮的鬼脸还要恐惧的人的"面孔"，那种恐惧，却无法凭知识或经验去克服。

但卓别林教了我爱与怜悯。当时我看的是卓别林最早的一批译制片，包括《寻子遇仙记》《摩登时代》《大独裁者》等。往后岁月中，又陆续看了卓别林的大部分影片，包括早期的众多喜剧短片，而几部长片代表作，不知道看过多少遍。卓别林电影的经典性在于：年少时的喜欢是直接的感性的，有了一定知识、阅历、品鉴能力后，再去看，无论是熟悉的重复，还是新奇的解读，都令我一如既往发自本心地欢喜。未经历世事之时，看卓别林电影，只觉得好笑、滑稽，充满欢乐。稍稍长大，再看，笑了也哭，感知温暖，也体会到悲悯。每次看到同样的细节，比如《寻子遇仙记》中玻璃匠夏尔洛与儿子逃避警察那场戏，儿子皮球般滚到父亲身边，好似有根线牵着，父亲拿脚踢开他却如黏糖怎么也甩不掉，都要笑；看《城市之光》中盲女摸着流浪汉夏尔洛的手，"认"出他，说"是你"，都要哭。至今想来，技艺娴熟至于无的状态，似乎还不那么重要；最重要的是，卓别林的心，如此柔软，满含对人、对世界的爱与深情，他是如此深刻地洞察世界、预知未来，如此深切地体会到人性之种种……正是卓别林的电影，让年少的我，最早体会到爱、温暖、怜悯，让那个南方女孩知道快乐本于悲伤，而悲伤都是为了寻求无尽欢乐；也正是卓别林的电影，让年过半百的我，渐渐衰老的我，体会到爱人与被爱，体会到更多的孤寂，体会到四处弥漫着的不安与恐惧……

从黑暗电影院出来，进入阳光鲜艳的南方街市，有短暂的眩晕。市声喧哗，人车流过，现实如幻象，似与我全不相干。我还沉浸在电影中的悲欢、险境，那颗含愁多感的少女心，还在怦怦悸动着。有时因为流了太多的泪，眼睛红肿肿的，生怕撞见人，也不好意思回家，我就顺着十字街走。那是一条青石板路老街，尽头是古谯楼，街两边排着各种吃食店面摊点，燕皮馄饨、香菇炒米粉、油炸春卷，以及海蛎锅边糊的香气，我就是闭着眼睛，也能分辨出不同香气。但少女时代的我，对饮食并不怎么感兴趣，只为了稍稍平复一下看电影后的情绪。有时我会拐进十字街与凤山街交界的一个小人书店，租一本小人书，缩在角落里看起来。

更多时候，我会多走几步，走到十字街中间位置，拐进一条仅容一人的小弄堂，在一个大门前停下，砰砰敲门，会听见娟或她弟弟大声应道：来了，来了——进门是个天井，穿过天井，步上二级台阶，便是个宽大客厅，铺着齐整的大红方砖，两边各有两间厢房，娟的闺房，在右边靠后一间。在晚饭前的时间里，我和娟就缩在闺房，她听我讲刚刚看过的电影（其实她已看过），有时，我们一起收听电影《简·爱》的广播，我扮演罗切斯特，她扮演简·爱，跟着广播，一句句念诵着对白……这样，南方的天空，就慢慢地暗了下来……

3

20 世纪 80 年代的复旦大学，无论什么时间，都是极舒适的。尤其在春天。虽说风景无甚新奇，草坪平平整整好似一块块豆腐。但若在合适的时间，顺着有趣的路线，就会碰到正在盛开的花。

二月里，曦园小土坡上的梅花就开了，挨着梅花的是两棵日本单樱，梅树花叶相杂时，樱花就盛放了，远望一片白，近看是种忧郁的藕色，一歇开，一歇就落了，风吹吹，满地都是花瓣。我才刚十八九岁，一切都向着明朗的方向思想，花落了只觉得美，撑开格子裙，站在樱树下拍照，没有花之落、春之逝的伤感。何况，樱花落了，理科图书馆前的桃花就开了。那是棵极大的桃树，枝丫极尽张开，罩着一片平坦青绿到惹人爱怜的草地，满树粉花不杂一片叶，真真美好到令人怀疑。若是晚来一周，桃花将就看两下，目光得投向斜对面的一丛丛垂丝海棠上，那些密密绽放的轻薄小花，清淡，羞涩，低垂着少女的脸，花树也是密密挨挤在一起，围着小小一方草坪，可以躺下一人，那是个绝妙所在，极隐秘，我是偶然钻进花树发现的。坐在小草坪，花树环绕，别人发现不了我，我却可以透过枝丫看见外头动静，最重要的，我在里面读书、发呆，嗅着花香，花瓣就极轻极薄地落了一身，梦一般。待在垂丝海棠丛里，直到花谢，才挪到对面一排紫藤花架下，白色靠椅上，垂下一串串紫色的梦，那是成串幽暗的宁静。紫藤花开的时候，水杉全都泛绿了，穿过密集的水杉林子，向燕园走去。

去燕园路上，会看见几棵紫荆浑身上下挂满了紫花，紧挨着的，是棵恣肆绽放的西府海棠，这两种花，差不多同时开放，颜色错杂，衬在蓝天下，油画一般。越过这一带，就是燕园了。我喜欢坐在燕园东面高处的一副石桌凳那儿，包裹在竹丛与迎春花之中，只要起得够早，就可以占据这片高地，大声念诵论语章句或英文，从那里，燕园一览无余：朝西一处假山，流泻着一挂小小瀑布，下行成溪，自西向东流淌，小溪两岸堆叠起犬牙交错的假山，南面与高起的土坡相连（我曾将一只小鸡埋在那），北向与草坪相接。溪流在我坐着的石桌椅下，折向北流，最终汇聚成一方池塘，几棵大香樟树将池水倒影得斑斑斓斓。溪流池水环绕着一片平整的青绿草地，草地之北，矗着一幢三层红砖小洋楼，那是日本研究中心（如今改成灰白调，寡淡了许多）。小楼边有条小石径，植有茶花、桂树，绕过小径，就能看见两块大草坪，那是相辉堂的区域了。

我的目的地是相辉堂。其实从望道路，越过三教、一教可直通相辉堂，我却要绕这么一大圈，曲曲折折抵达那里。我去相辉堂，多是为了看电影，而电影放映季，又多在四五月。看了花开，于花树间读了书，再去看一场电影，还有什么比这一天更幸福的？20 世纪 80 年代末 90 年代初，校园里充满"自由而无用"的氛围——也许学校围墙尚未透绿，外界压力尚未侵入校园；也许，当时的大学生，特别单纯幼稚，对未来既无过多考虑，也尚未承受生活的压力，校园，就是一个独立自由的象牙塔。当时的我，也只如花草树木，在春日阳光雨露下，自由地呼吸、蓬勃地生长。在那四年时间，我尽着自己喜好，海绵吸水般，饥渴地吸收知识、艺术，如水流般向着美善奔去——唯独忽略了世故的生活哲学、圆融的处世技艺、高超的攀爬手段；而时间流逝，年龄加长，我依旧没能学会这些技艺与哲学，故而别人都在进步，我却停在原处——在那样一种"自由而无用"的校园氛围下，课余活动特别多，讲座、戏剧、电影、音乐会，种种。从周三到周五晚，三教有各种讲座，随便哪一场，都挤满学生。电影是周三开始售票，周五、周六晚间放映。就是在"我的大学"里，我疯狂补看了许多世界经典电影。相辉堂就是我的电影院。

暮晚，相辉堂前的两片大草坪，染上了一层橘金夕光，散着或坐或躺的人，有独自拿了本书看的，有喁喁私语的情侣，有一起过生日的姑娘们；草坪间水泥路上有打羽毛球的，也有歪歪斜斜学自行车、连人带车撞向草丛的……东草坪尽头，几排水杉最先暗下来，笼罩着一层淡淡烟紫，早晨或暮晚，我喜欢在水杉间的幽暗小路，来来回回走着，背诵着诗歌或英文。傍晚时分，有时还能见到老校长谢希德，绕着相辉堂草坪散步，头发银白，面容安详。因为病腿，她走路缓慢，一瘸一拐，却简朴雅致，同事或同学向她打招呼，她就含笑站住、应答着。她的工作自是极繁忙，据说她常搭校车上班，为了能在车上与员工随意交流。这位卓有成就的科学家，倡导"独立之思想，自由之精神"的办学理念，无为而治，她任上的复旦，却洋溢着生机与活力。多年后某天，我为杂志"大学的理念"专辑去采访她，为大雨所阻，竟迟到了，她丝毫没流露责备的神色，安详答完，将我送至楼梯口，我不知那时她已重病在身，这是我最后一次见到她，我留下的是她最后的采访录音；我每每后悔竟然迟到，大雨不是借口，也每每想起她站在楼梯口，因为智慧、宽和、慈祥，而显现的从容优雅的姿影。她是我们永远的校长。周五、周六的傍晚，她站住了，会问同学："今晚相辉堂演什么电影?"或者，她会与我们坐在一起，一起看电影。

　　相辉堂是幢两层的青灰色多功能礼堂，开学或毕业典礼，教职工大会，电影、话剧或音乐会，全在那里举办。礼堂极大，放电影时依旧是满满当当座无虚席，当时没有宽屏幕，影像也并非高清，有时座位又在后面几排，论观影效果，显然与现在不能相比。但简陋的条件并不影响观看的热情。如今回想起，与众人挨挨挤挤一起看电影，似乎是天底下最有趣也最幸福的事。黑暗之中，即使不交流，涌动的热情也会相互传递，一起欢笑，一起哭泣，一起受到鼓舞，一起感动至于哽咽，那方小小屏幕，展现出怎样一个神奇而辽阔的世界? 音乐，色彩，光线，故事，人性，心灵与思想。看完电影，会和同学坐在草坪上激烈争论，也会和他绕着草坪走，细细分析那些经典桥段，草坪深处，有情侣暗影，有吉他弹唱，白栀子花开了，风带来浓烈馥郁的香气，若加上有月亮，就近乎完美了。

相辉堂时代，我看了许多外国电影，诸如《阿拉伯的劳伦斯》《宾虚》《桂河大桥》《乱世佳人》《西线无战事》《猎鹿者》《野战排》《莉莉玛莲》，等等，这些大多是已译制，或较普及、商业化的经典电影，大导演们的小众艺术电影，当时尚未接触，后来能够看到，归功于 VCD、DVD 的大量复制。20 世纪 80 年代末 90 年代初，世界电影各种艺术探索已走到了尽头（《天堂电影院》是一曲挽歌），中国电影却勃发出生机，陈凯歌、张艺谋等第五代导演正以其丰沛的创造力，拍出许多优秀作品，诸如《黄土地》《孩子王》《老井》《红高粱》《菊豆》《大红灯笼高高挂》《霸王别姬》《活着》，等等。假如说世界电影的黄金时代是 20世纪 40 年代到 60 年代，八九十年代就是中国电影的黄金时代，除了第五代导演正处于创作巅峰，还有如我一般正在生长、如饥似渴观看电影的第六代导演，如贾樟柯（1970 年生）、王小帅（1966 年生）、娄烨（1965 年生）、姜文（1963 年生）、张元（1963 年生）等。可惜中国电影艺术勃发的春天，仅仅十年，与世界电影接轨的同时，也一并卷入90 年代后期消费主义技术主义大潮，更兼别有缘故。

陈凯歌的《霸王别姬》，是我整个读书生涯中，印象最深的一部影片。当时，影片刚刚在香港上映，大陆这边尚未公演，不知是谁又是从哪里获得拷贝，我们就在研究生礼堂观看。环境非常嘈杂，音响效果又极差，我在最后一排，总被前面的同学挡住，就索性站起来看完了电影。震撼！无法用别的词语来形容我的感受。后来，我又看过几遍，才能比较全面地分析这部电影。我清楚地记得：

程蝶衣说："什么是从一而终？从一而终说的是一辈子。少了一年，一个月，一天，一个时辰，都不算一辈子。"

段小楼回答："你可真是不疯魔不成活啊。……我是假霸王，你是真虞姬！"

可惜，世上多的是假霸王，极少有真虞姬。一旦情形变化，假霸王立马脱下戏服去卖西瓜，不断妥协、原谅自己的结果，便是从此败坏与堕落，再也无法向上。故而，"文革"时，互相揭发，互相批斗，程蝶衣嘶哑着嗓子含泪悲愤地说：

你当是小人作乱，祸从天降。是咱们自个一步步、一步步走到这个
田地的，报应啊……

当他和段小楼都化了舞台妆被抓去批斗，旁人皆胆战心惊，唯独他
冲到师哥跟前为他勾勒脸谱，任何时候，霸王的脸谱都要"美"，这才
是顶顶要紧的。直到他惊诧地听段小楼对他的"揭发"，才黯然神伤
叫道：

你们都在骗我——我也揭发，我揭发姹紫嫣红，我揭发断垣
残壁——

看到这里，怎能不泪眼婆娑？程蝶衣这一辈子，太热爱他为之生死
存亡的虞姬，太热爱这些"姹紫嫣红""断垣残壁"的美，这就是他的
罪，他不与众人苟合，按照菊仙说的，就是他与这个世道的"别扭"。

因为这部影片，我认识了张国荣。从一而终的张国荣。若非张国荣
的精湛演绎，《霸王别姬》虽构思精致、沉郁厚重，也要大打折扣。张
国荣、程蝶衣、虞姬的姿影融在一起，都是为艺术而艺术，为爱情而爱
情。这也是我的追求与热爱。故而，我找到张国荣的大部分影片来看，
他是为每个角色而生的：《阿飞正传》中那只"一出生就死去的鸟"，颓
废想飞而不能的浪人旭仔；《春光乍泄》里总将"让我们重新开始吧"
挂在嘴上的何宝荣；《夜半歌声》中十年生死两茫茫的多情宋丹平；《胭
脂扣》里难为情死却敢偷生的十二少；《霸王别姬》中那个戏痴戏疯子
程蝶衣；以及对着唐唐唱《为你钟情》，"用那真心痴爱来做证"的 Les
lie。都是张国荣自己。真挚的，多情的，妖娆的，妩媚的，眼神迷惘
的，颓废沉郁的，他为男人倾国倾城，也为女人倾国倾城。《霸王别姬》
中的程蝶衣，最契合他从一而终为爱情为艺术的精神。若干年后，张国
荣如《阿飞正传》里那只疲倦飞鸟，自空中坠落，据说，其他都摔碎
了，唯面色完好。"不疯魔不成活"啊，有了虞姬的死，这"姹紫嫣红"
"断垣残壁"的爱与美才有了微茫的希望，这"四面楚歌"的霸王才有
了千古传唱的可能。至少还有一个虞姬！

4

　　盛夏白昼，阳光炽烈，暑气蒸腾。在城市的堡垒中，每个窗户就是一个洞穴，我们，一个一个原子，缩在某个洞穴，相互隔绝，互不相通。既无引领者携带穿越各种苦刑，连制造幻象的人也不曾见到。于是我关闭门窗、拉上窗帘，为自己营造一个密闭的单人影院——用一台糖果盒大小的极米投影仪，将电影投到一堵白墙上，在"屏幕"变幻的光色里，我进入到影像世界中，触摸那些动人面孔，试图抵达那些伟大导演的秘密内心——

　　我沉浸在独属于伯格曼的魔幻世界中，体会他的焦灼、紧张、幻觉，一个现代人的孤独感，精神的分裂隔绝，对宗教的恐惧痴迷，对情感的极端渴求，渴望抚慰、爱人与被爱……我试图贴近他，好像贴近我自己，试图倾听他的喃喃絮语，好像倾听自己内心……内心如深湖，如潮涌，如火山喷发……

　　我追随塔可夫斯基的摄影机眼：大风撼动枝叶起伏、荞麦田奇迹的战栗的瞬间，隐约锯木声、纽扣掉落地板的有魂灵的声音，雨漏过窗台、渗进地板、渐暗的背景、起伏的白纱帘，巴赫、达·芬奇在流动的影像中，焦灼的内心、莫名的恐惧、死亡与再生，神秘的宗教气息，蓝灰、暗绿或深褐色调，长镜头缓慢而通透地追寻、穿越俄罗斯忧郁而诗性的大地，骏马，水草，富有节奏地呼吸着的时间……追随塔可夫斯基的"眼睛"，如此幸福又痛苦。

　　我痴迷于小津安二郎的静而不寂、默而有声：阳光倾斜，在移门、窗户几经折叠，投入室内，光线显得特别透明，与格窗、白色窗纱、窗前的花草，以及门窗外被光线雕刻的颤动的竹枝影子，形成一种空而不寂、不动如流的感觉。在貌似静默的空镜头中，微妙难言的情绪，悄然传达。

　　我如同埃里克·侯麦，午后三点钟坐在巴黎的咖啡馆吃点心，从咖啡馆望出去，窗外所有的一切都是迷人的，街道、车、人，尤其是女人。在这样散漫的午后，她们，孤独的、焦虑的、心事重重的、安详的、匆忙的、有伴侣在身边甜蜜走过的，全都那么迷人……我既是一个被侯麦呈现的女子，又是一个旁观者，还是一个阅读者，我有着他的女人们所有的痴迷与困惑、期待与失落、爱与被爱。

……

什么是真？眼所见，耳所闻，我现实经历过的是真的呢？抑或屏幕上呈现的影像是真的？生活是真呢？抑或梦幻是真？有时，我更相信后者。

"过去的真实画面一闪而过。"本雅明如是说。掐断光柱，影像消失，记忆中断，时间不再延续，一切如梦似幻。而定格的画面，又似乎将瞬间凝固成永恒。

21世纪，人类朝着进步道路一日千里、头也不回地狂奔着，斯芬克斯不再站在路边等待俄狄甫斯，他张着技术的翅膀快乐地翱翔于黑暗天空。我这粒微小的原子，深深恐惧于随时被吞没进黑暗宇宙的可能，于是试图在胶片中，在影像的黄昏里，重温逝去的时光，电影，好似黑暗中闪耀的一点点星光，一束束微暗的火，我观看电影，接近光与火——在电影中，穿越时空，经历重大事件，为情所感泪流满面，我有千百种身份，死过千百次，又复活了千百次。

但本雅明又说："没有一首诗是为读者而写，没有一幅画是为观看者而画，没有一部交响乐是为听众演奏。"因此，没有一部电影是为观众诞生的。唯其如此，每一个观众，都在重新创造一部电影。

我在我的电影院里，再造一个世界。

《天堂电影院》中的萨尔瓦多，一个人陷落在黑暗中，观看那个老去的西西里小镇电影放映师，将无数剪切下来的"吻戏"胶片连接成一部完整的电影。那么多的吻，喜悦的、含满泪水的、充满渴望的、离别无限伤心的，在沙滩边、草丛里、礁石上、树林中，那么多的吻……我在我的电影院中，感受那么多的爱，那么多悲伤焦灼，那么多同情与怜悯，那么多不一样的瞬间而永恒美好的人生，那么短暂，那么长久……

（《雨花》2021年第11期）

沉入热汤

王　恺

一

　　格鲁吉亚的漫长公路上，没别的可以卖，沿途只见西瓜、哈密瓜，两种瓜类构成了主要的物质，也是路边摊的最大主题。至多，还有一种塑料袋和木头构建成的垂椅，非常廉价感，既不乡土，也不时髦，就连蓄意混搭进现代展览空间，作为一种丑的存在，类似马丁·基彭贝尔格在美国做的展览《卡夫卡的快乐大结局（美国）》都嫌多余。那个是找个办公空间放满桌椅，类似大杂院的中介机构，象征卡夫卡的某种生活，可是连那里都放不进去。

　　这种椅子是生产简单宜家风格的累赘物，不知道把它放在哪里好，一种残存的农业文明的耻辱的存在。

　　路边总有。就只有这三样，瓜是硕大的，旁边坐着沉闷的高加索妇人，她们是已经没有劳动力的老人，也不高声喧叫，只等你默默下车。一点不让人想起她们遥远的高加索祖先，包括希腊神话里的美狄亚——我们都没见过，只看过卡拉斯在帕索里尼电影里扮演的美狄亚公主，阴沉沉的大眼睛，里面装得下嫉妒、仇恨和死亡。

　　任何一只瓜的大小，足够一车人吃。一定非常甜，老式的花纹，墨绿加黑，像一种一扭一扭的斯特莱德的绸缎纹样，隐忍着，有点尊严感。看到那种硕大，只觉得吃的无能，像中年男人面对丰美的肉体的些微畏惧。被抛弃的遥远世界的农产品，默默无声，存在于斯。

真的一次都没有叫车停下来，去买只瓜上来。只在脑海里杀掉那只瓜，想着就一定会有快感。

广大的连片的乡村是格鲁吉亚的主体地带，农田之外，还有简陋的客栈，几乎看不到别的，农田里散布着牛羊，所以"农林牧副渔"俱全，也算是完美的前现代生活样本。苏联时期应该还有工厂，2008年发生在俄罗斯和格鲁吉亚之间的南奥塞梯战争——这般耳熟，总在《新闻联播》里听过的名字，熟悉、轻松地就写了出来——让一切停止了下来，使之变成了一个没有工厂的国度。后来在首都想买点面霜，居然都匮乏，还是从德国进口的，可见工业荒到什么程度。本国只有肥皂厂，我买的肥皂，厚重如砖，满是奶油的质感，真是好东西。

有一家矿泉水厂深入人心，商标上面印着雪山的矿泉水，设计感非常好，据说是斯大林最喜欢的牌子，他是格鲁吉亚人，这是他家乡的牌子。轻啜，有点涩口的感觉，是不熟悉的人的陌生感，微小的敌意。它们还有一种梨子果汁，棕色啤酒瓶装的，有清甜的气泡。

这家工厂是最有存在感的。路边小店都有它们的影子，除此之外，一切付之阙如。

我们包的车，也是奔驰，很少看到这种款式。方型，沉闷，没有大都市习见的流线感，坐进去，座位也狭窄。不禁想是不是奔驰特供版，专门给欠发达国家。每次下来就不想进去，有一种被关进棺材的沉闷，非常无聊。唯一能做的，是和邻座聊天，大家都是陌生人，无法深入，只能进入漫长的睡眠。每到路边的车马店，都惊喜一下，觉得是监狱放风。

其实和一般的长途旅程也没什么两样。不过格鲁吉亚路边的车马店却不让人失望，里面的高加索人显然还是有着中亚民族的特质，男人圆头圆脸上的胡子，中年妇人艳丽的纱巾，还有粗壮的腰肢，往往会让你以为到了喀什的一家小店，细看又是不同，这里的更粗犷，更落寞。不像我们国家的一些人，露着生意的狡黠；他们是笨拙的，一张菜单，往往多算或者少算，大手一挥，算了——就从来没有付对过一次钱。后来和朋友讨论，倒也喜欢，有种未被驯化的粗粝感。

好看的是墙壁，粉红的、淡蓝的，虽然简陋，可明亮如同夏加尔的画，接触了几家下来，顿时觉得车马店的食物简单好吃，没有城里餐厅的烦琐，连餐具都简单，只有凉菜和热汤，还有各种硕大的馕。他们的馕有专门的坑，却显得笨，是一个巨大的半圆坑，无论是在放置馕还是取出来的时候，都需要费劲地把半个身子放进去，明显的笨，却也没有改。还有漫画专门做招贴，圆滚滚的师傅半个身子在馕坑里，双脚离地，简直人都能进去——从中可以看到高加索人的简单。

简单到最后都傲慢了。

馕，冷吃热吃都可。我在斯大林纪念馆附近的小店买了一个，瞬间吃了半个，热辣辣的饱胀感，基本的食物满足，像饥荒时期的人过年。后来又在卡兹别克雪山脚下买了，还不是完全圆形，有个脚，像一只火腿的形状，拎着拍游客照最好。馕在当地确实是基本食物，远不如新疆的馕丰富多彩。他们在食物上，不喜欢多动脑筋。

车马店里的馕是冷的，其他冷的菜还有凉拌茄子泥、凉拌黄瓜、凉拌西红柿——后两者加"凉拌"两个字都多余，简单地切开，浇上橄榄油。汤有两种，撒满香草的蘑菇汤、加酸菜煮的牛肉汤，刚开始吃，简直都是熟悉感，完全是东北乡村食物，一种慵懒的满意感蔓延开来，整个人不再那么焦灼。可是我们远在中亚，离开土耳其只有一站之隔的中亚，与希腊隔海相望的中亚。

两种汤，完全是为亚洲胃设计的，我们养了三只猫的晕车小同伴，喝了蘑菇汤之后，彻底恢复了活力，亮出了自己的肌肉。

老板点菜时，有种虚张声势的热情，大概也真是人不多，看到闹哄哄的中国旅人有一点刺激。不像我们的高速公路休息站，一车一车的人，这里只是门前冷落，不过性格上的疏懒很快占了上风，冷冷地，看着陌生而又怯怯的我们，很快恢复了平静。

我们拍照，装腔作势的惊喜，或者吃到好吃的时候得意的笑闹，在他看来，都是旅人的常态。有的店大，增加了一项内容，现场包饺子——格鲁吉亚人用包包子的方式包饺子，一只只大牛肉包子，扔进锅里煮熟，一大盘端上来，是适合壮汉的饮食。

二

在柏林住的酒店，在"裤裆大街"上，西德时期著名的商业街道。到的那天晚上出去逛，心生快乐，物质刺激的简单快乐，沿街都是商店，橱窗里纸醉金迷之外，还在街道两旁设置了玻璃展柜：一双金光灿烂的鞋、隔着玻璃也能闻到的百合香水、专供皇室的"茜茜公主"戴过的皮手套，还有小巧玲珑的皮鞋，感觉到皮面的柔软，想穿着走在雨天的柏林大街上，践踏出泥点，有种"世间好物不坚牢"的残酷快感。

酒店照例有柏林熊，我的酒店这只是彩虹色，缤纷妖娆，和车站出来的大棕熊截然不同。不禁想到"二战"前的柏林，纳粹虽然兴起，但20世纪30年代却是柏林的疯狂时期，满是歌舞场，满是寻欢客，是经济停滞阶段的社会性发泄？也许是走出了资本初期积累阶段的人类的纵欲？依修伍德的小说《告别柏林》，被改编成音乐剧《歌厅》，放纵大胆，让人面红耳赤。

原谅我再次用了"纸醉金迷"这个庸俗不堪的词语，除此而外，也没什么可以形容。纸醉，应该是指花钱如流水？金子则到处都是，舞台上、手指上、男人女人的灿烂头发上，还有晒过的肌肤上，金子都在流淌，蜜一样的景象。

当然，我是小市民的浅薄，喜欢这些。真的柏林哪里会这么单薄？酒店不远就是珂勒惠支纪念馆，不知道是因为她住过这里，还是后来政府的划拨。我在柏林经常困扰，当年西柏林是被围绕在柏林墙里面的，但我完全不知道哪里是西柏林的属地，哪里是当年社会主义国家东德的属地，照说这片地区应该属于资本主义的西柏林，他们也纪念这位贫苦的画家？

当然是值得纪念。她出名的是版画，也是鲁迅先生最推崇的版画家，但三楼展出的却是她的雕塑，有她雕塑的别人，也有自己。很少见过女性雕塑家的力量，这里就是明证，一个个金属的、泥土的雕塑，都如同从地里长出来，重大、沉闷，体量不算大——一间小小的博物馆，整个面积如同一户普通人家的三层楼，可想而知这些雕塑的压抑的体积，但都有千钧之力，压得我喘不过气，想了想，真正压迫人的是贫穷，彻底的贫穷。

如果不是"一战"后的贫困，柏林也许真可以避免纳粹的横行。我半猜半蒙地看女艺术家的生平简介，看她的版画或者雕塑里自己经历的地狱般的生活，几双饿眼盯着面包，饥饿的骨瘦如柴的手伸在虚空中，完全没有出路，应该是她幼小熟悉的生活。我不懂版画，但是她的版画线条粗大的后面，是力量，一种跨越了性别的力量。看到她青年时期的一张黑白照片，明亮早熟的双眼，完全没有欢乐可言，似乎人世间等待她的就是残酷的生活。

新婚期的她还是愁苦，衣服之寒酸，隔着照片也能感受到，据说是嫁给了服务贫民窟的医生，也许能解决温饱，但多年来对贫困的感受，对穷人的同情，一点没有丧失。"一战"之后更是生活的下坡路，随着丈夫、儿子的离去，围绕着生命的，都是最本能的挣扎：贫困、求生、反抗，作品里的生命力，一大半是源于生命本能吧——一点不虚饰的艺术。

到了那尊她自己的塑像前，还是震动，年轻时候的粗粝生活成为日常，她接受了，但并没有停止自己的反抗，于是一点点雕塑出她一生的残酷，以及对着残酷的呼喊。完全是省略的艺术，粗大的五官，眉眼还是清晰，漠然地看着生命，这悲惨的人世间。唯有漠然，才有更大的慈悲，有人说她的作品是古希腊和罗马时期不曾有的，确实，那时候，只有伟人和富人才有被雕塑的权利。

有作家写她："她的作品是现代德国最伟大的诗歌，它照出穷人和贫民生活的困苦和悲痛。这有丈夫气概的妇人，怀着阴郁和纤秾的同情，将这些尽收眼底，表现在她慈母般的手腕之下。"

这位阴郁的伟大的母亲，同属于那个纸醉金迷时代的柏林。自己的雕像旁，是她的一些手稿、皮箱，皮子褐色中带有黑色，打开来，里面是一些磨损的线条，阴郁而强韧，感觉不是炭笔的作品，完全是刀子划在皮肤表层。现在都放在地上展陈，一个时代，吞吃生命的时代——我们以为自己逃离了吗？远着呢，现实世界歌舞升平的背后，不照样是贫富悬殊？只不过我们蓄意视而不见罢了。

窗户外倒是平安的秋天，金灿灿的落叶，在绿色的大草坪上，一切都平和如许。这种平静，又有多少真实？

相比起那些苦难的版画，她的雕塑更浑然有力，简直相信磁场一说了，被罩在里面，喘不过气。小博物馆里没有外人，只有我一个漫游到此地的中国人，并没有什么理想和情怀，却被她的作品捆绑于窒息之中。

走出门，久久不能释放。正好看到一家越南河粉店，继续热汤安慰。冲进去，在一个刻板的只会说英语的中年越南妇女的安排下，坐在角落里，奋力地点了盘春卷，加一份热滚滚的牛肉河粉。

这里的河粉算是前菜的汤，可并没有入乡随俗变得小到难言，还是一大碗，只不过没有那么滚烫，青菜和薄荷叶都是事先煮熟的，牛肉汤刺激得薄荷香味弥漫，一口下去，灵魂方才归来。这些越南小店的存在，倒要感谢曾经存在过的东德时代，当时大批越南难民逃亡欧洲，东德敞开了怀抱，使得不少越南人留了下来，不过现在开店的应该是第三代？刻板的姿势，有点德国人一板一眼的架子，骨子里却还有些东方人依稀的热情，会问你，好不好喝。刻板开始融化，一寸寸的东方开始出现，我也从窒息中醒来。

当然好喝。热汤，确实是亚洲人的灵魂伴侣。幸亏不是在荷兰，一杯热水都不能免费的荷兰。

三

就想不到在京桥地铁站附近还有这么便宜的酒店，帮我们做翻译的女士，在日本也待了近四十年，因久在京都居住，完全不熟悉东京，定的酒店都不合适，我用一个在国外常用的订酒店软件一搜，找到一家，嗯，价格不贵，一间房二十平方米，在东京可以说是豪奢了，且离开涩谷，不过几站路而已。

到了才知道，这是一家中国人在经营的酒店，楼下只有一位苍老的长发女郎，一开口，却是东北口音，和我们的翻译认了老乡后，更是亲热，很认真地带领我们看房间。我们是团队，拍摄一个花道节目，一下子要了四间房，对这家新酒店来说，是不大不小的生意。进去就很惊喜，果然是刚开张半个月的酒店，全白的家具，白色的大床，白色的储物柜，透出了洁净，不过住下来才发现，未必比一般的连锁经济型酒店方便。那种酒店考虑周全，什么都有，按照日本文化的习惯，人体动线考虑很清晰；而这一家，往往在最应该有什么的地方什么都没有，楼下的女郎也在日本生活了十多年，是这家酒店老总聘请的首位员工，也并没有提醒他。

我不得不在床上放电脑，在窗台上喝茶，好在六层楼顶有个狭窄的空中花园，可以在夜里喝酒，站在高楼俯瞰，远处是东京特有的光辉灿烂的夜景，好在还保留了很多低矮的老房子，破坏了那种高楼大厦的天际线，形成了新的节奏感；近处则都是下地铁的急匆匆的人群，他们像鱼儿从地铁口游泳而出，散进了各种小商店里，就像鱼儿进入了泥堤上的洞窟，商店就是他们的欲望洞穴。

地铁这一站不在传统游客区，少见游客项目的大型药妆店，及各种各样的电器行，反而都是最朴素的居家小店，给郊区人民的小清新超市，还有一些有机蔬菜店。一定要逛街也就逛这些，鲜艳的果实旁边是朴素的格子围裙，柚子胡椒酱下面则是桃子酒，此刻正在屋顶上小口喝桃子酒，可惜没有冰块，日本本地的这些花果酒，包装都带有天真的少女气息，简直不忍心看穿背后蓄意的商业伎俩。

想起了在福建乡下小餐馆里的猕猴桃酒，纯粹的猕猴桃糖化再酒化的产物，远比这个香醇，可是眼下，只有这个，工业化美少女风格的桃子酒，细看配比，桃子汁加酒精的产物。

配合着下面熙熙攘攘的地铁里涌出来的人群，在楼顶上喝粉红少女酒，像村上春树小说里面妻子走失的无聊中年人。

这附近有些传统的居民餐厅，有一家拿着券可以半价的神户牛肉烧烤；还有家日式意大利料理，提供山梨县的甲州种白葡萄酒，所有的菜里，放大量的茴香而少奶酪；还有一家中华面，里面有非常咸的榨菜肉丝面。住了几天，我就觉得我了解这个地方了，其实和一切城市的非商业区一样，有种朴实而无聊的气质，满足的是基本需求，胃，身体，躺平休息，乃至土气的灯红酒绿的放纵，只不过都和心灵无关，指望无聊城乡接合部拯救心灵太奢侈了，大城市的核心地带，都拯救不了你的心灵——肉体倒是随时随地能放松，只能曲线救国，从肉体抚慰心灵，这也是我们现代人的贫瘠之处，孤独无时无刻不如附骨之疽。

古人有宗教拯救，我们没有。

京桥线其实通向了更远处的东京，一个不那么传统的东京，根据我不灵光的分析，京桥类似于上海的宜山路地铁站，北京的草桥地铁站，本身还属于城市地带，但连接的地区，属于远处的东京，就是那些郊区，现在已经划归新城市，大量的新移民，还有少数的本地原住民，乏味的商场和乏味的居住小区，也有健身房和按摩院。

但显然我错了，我们的翻译有一本日本的温泉旅行手册，翻出来之后就开始惊喜地叫嚷，原来就是这条地铁线，可以去到日本不多的一个黑温泉所在地，还有招财猫博物馆。招财猫算了，很难构成博物馆的陈列结构，但是黑温泉，这是什么？看日语说明手册里隐约透露出来的信息，原来是地里含有大量的矿物质，造成温泉发黑，而不是一般的乳白或者透明的水体。这个有意思，开始想方设法地琢磨线路，从我们住的地方出发，经过漫长的地铁，可以到达一个有接驳大巴的车站，去往温泉。自从摸索出这条秘密线路，就开始盼望着甩开团队去玩，终于，有一天，收工比较早，可以去玩耍了。

我上了地铁，一路上晃晃悠悠，到了站却没有传说中的接驳车，好在并不远，手机地图随时随地告诉你距离，步行而去，没想到要走过一个小山坡，心底惊喜地叫了起来：正好是早春，零落的野樱花刚开，寒冷中瑟瑟发抖，并没有全部绽放的那种芳姿，倒显得寒门小户，格外拘谨，到处是阴沉的绿色，走在里面，像走进了一幅早春画卷，虽然并不是新绿。

山坡之上有条小路，走过去，一步步突然不那么荒野气息，原来有座白色的小教堂破了常规，大门紧闭，只有门口有小的雕像，笨拙雕刻的圣母抱着婴儿，被嵌在神龛里，默默看着外面的行人，走过去，在灯光下看到教堂的全貌，是西班牙式的建筑，可是簇新，不会是古董，日本的教会情况我一点也不了解，只是对那个素朴的婴儿说，嘿，你好呀。

倒有点像东方的石刻，也对，肯定是本地的雕刻手法，秃顶而憨厚的孩子，垂辫子的圣母，半跪着坐在石龛之上，就是这个动作，让我觉得这里是东方的石像。

过了教堂往下，又是典型的日本景色了，低矮的房屋，混乱的电线，像小津电影里的那些家，突然心里暖意生起，什么郊区啊，这里也是很多人的家啊，他们下班回家，脱掉西装外套，懒洋洋地和家人商量着是在家里煮碗面，还是出门泡个温泉，我实在是喜欢这个黑温泉的大门的调调，处在一片杂乱的街巷里，一点不显示自己的稀有特质，大门简陋得近乎没有，就那么着，我和一群刚下班的中年男女们混杂在一起，脱衣换鞋，进入到一片热汤里——都说日本的上班族精致，可是在浴室的更衣室里，大家都疲态倍显，廉价的黑色套装，沾满尘土的皮鞋，里面裹着松垮的肉体，都是无聊的本地人，到了家门口的温泉来寻找今日救赎。还是我说的，肉体放松，心灵能稍微舒服一下吧。

温泉不是纯黑，是半透明的棕褐色，没什么添加物，像是一个古怪的药汤，把自己扔进去浸泡需要一定勇气。进入其中，但觉身体滑爽，终归是不同的温泉啊，今天的男汤位于户外，几个不太规则的池子，泡着些过于随意的身体，既没有黑社会型的大哥，也没有模特型的美少年，都是疲惫的中年，头顶就是山坡，开败的山茶花瓣有掉下来的，落在温泉里，也没有人打捞，我们是谁，居然也能泡上满是花瓣的温泉，这个古风真实又尴尬，可是一点不网红，却又是真实悍然地美丽着。

也有一棵大山茶，正当盛时，粉色的大骨朵，开在我们的头顶上，任是谁走过，都会瞬间面色发亮。

胡冬林和他的森林王国

邰 筐

0

冬林兄离开我们已经三年多了，但他送我的《野猪王》和《青羊消息》两本书却一直在。夜深人静的时候，我偶尔会把其中一本从书架上拿下来读一会儿。读着读着，就感觉有一丝熟悉的烟草味从书页间飘出来。

那熟悉的烟草味最初来自一个栽满烟屁股的硕大烟缸。那是 2012 年的秋天，在长春的冬林兄家里，他向我讲起了他的森林奇遇：譬如如何在长白山上"蘑菇课"，如何在森林里与星鸦约会，如何胆战心惊地穿过熊的领地，他还讲起在森林里遇到的一个"戴面纱的女人"……

那是一次彻夜长谈。漫长的秋夜，我俩你一支我一支，最后烟屁股把一个海碗一样大的烟缸都栽满了。冬林兄一说起他的长白山森林就刹不住车，等天蒙蒙亮的时候，我把一个厚厚的日记本全记满了。

2018 年 8 月，冬林兄的妹妹联系到我，嘱我写一篇小文。下面就是我根据和冬林兄彻夜聊天的笔记整理的。

1

你知道"大窝集"是什么意思吗？冬林兄问我。他看我直摇头，就接着说，"在满语里，就是'黑森林'的意思。"

冬林兄说的"大窝集"真的很大，清代最大的一个有 5000 平方公里，位于现在的辽宁。而在清代，像这种"大窝集"中国有大小 48 个。有敦敦窝集（小蝴蝶的意思）、勒富窝集（熊的意思）、纳秦窝集（绿色的海的意思），还有库勒克窝集、阿尔哈窝集、毕尔罕窝集、呼里马尔窝集，等等。后来，中俄北京条约和中俄续订条约划走了 17 个；伪满时期，日本人砍伐了 25 亿立方；中华人民共和国成立以后，毁林开荒、大炼钢铁，又被我们自己砍了 88 亿立方。现在只剩了小兴安岭和长白山两个自然保护区。而小兴安岭上世纪五十年代也是被砍过的。

这些数字有些是胡冬林听他父亲著名诗人胡昭讲的，有些是胡昭听老一辈讲的。有些是胡冬林自己翻阅资料查来的。

胡冬林说，出产松子的红松只分布在北温带一条狭长地带，从我国东北到朝鲜半岛到俄罗斯远东。长白山保护区里的红松阔叶混交林，原本是中国最大的未经人类干扰的原始处女林（小兴安岭的那一片在上世纪五十年代被砍伐过），大约生长着挂果的成龄红松 70 余万株。这个数字也依然在减少。在这个 2500 平方公里的狭长地带里，直径超过 30 厘米的就有被砍伐的危险，树快没了，森林快没了，熊甚至找不到可以冬眠的树洞。再这样下去，人也快完蛋了。

除了砍伐，还有一种行为对森林的危害也很大，那就是采松子。个大仁香的松子不但是众多鸟兽和森林昆虫食物链上重要一环，而且由于松子属深休眠性质，落地后第三年春天才发芽，它因此也成为可食松果菌、耳匙菌、鼠尾小孢菌等真菌类生长的营养基。在松苗发芽和长大的漫长过程中，树苗和幼树会遭到各种虫害，啮齿动物与食草动物的啃皮、采枝侵害以及自然灾害，造成幼苗和幼树的大量死亡。因此，平均二十万颗松子落地，最后才有一棵红松存活。而熊、野猪、松鼠、花栗鼠、紫貂、狗獾、星鸦、松鸦等一大批动物都靠食用松子生存。随着树木的肆意砍伐，保护区的黑熊只剩十几头，马鹿二十几头，紫貂、野猪、星鸦、松鼠数量下降一大半，棕熊、兀鹫、水獭濒临灭绝，远东豹、东北虎、原麝、青羊、梅花鹿彻底消失。

2

很长时间，胡冬林一直不明白自己为什么那么喜欢大森林。后来他经过考证家族史料，认定自己是赫哲族人，他一下子就明白了，这个民族自古与森林有缘。那是一种源自血脉的东西。

七岁时母亲给他买了《森林报》《昆虫学（纽约时报科学版）》，后来他又看了《塞耳彭自然史》《动物志》《野兽之美》《瓦尔登湖》《长白山史话》等许多书籍，让他对大自然产生浓厚兴趣。真正对他有启蒙作用的是美国生态作家卡逊，1979 年，科学出版社出了译本《寂静的春天》，按他的话说，"头脑发生了一场地震，并且至今余震不断"。

胡冬林住在离保护区大约有十分钟路程的二道河镇一间租来的房子里。每天阳光一照到书桌上，胡冬林就会做五分钟激烈的思想斗争。是先在洒满新鲜阳光的书桌旁写完 500 字再上山，还是马上上山？对于老胡来说，长白山的吸引力太大了，整个林子都是他的书房。

只要一上山，胡冬林的心情一下子就好得不得了。他说，"我仿佛是整个林子的主人，所有动物啊鸟啊昆虫啊植物呀都是我的同类。我喜欢它们，欣赏它们。"

每回胡冬林上山都要套上一身旧迷彩，背一个帆布背包。背包里装有必带的几样东西：帐篷和高瓦数的手提矿灯是必需的，因为碰上大雨天或者黑夜回不去，随时可能要在野外安营扎寨。相机是必需的，每次出去，他都能新拍到一些没见过的植物啦蘑菇啦昆虫的图片，七八年下来，他已积攒了几万张。望远镜也是必需的。笔和本是必需的。

随身带的还有一个不锈钢杯，用它来装山泉水喝。当然还会带适量的咖啡、干粮、水果、香肠以随时充饥和补充体力。还有就是一个糖尿病患者每天必须吃的药。

枪和刀，胡冬林是决不会带的，他不仅仅是一个环保主义者，而是一直把森林里的所有动物，把大自然的一草一木都当成朋友看待，决不会去伤害它们。

但唯一一件武器他是万万不敢忘的，那就是警用防暴催泪喷射器。里面装的是美国进口的喷熊剂。那是用来对付棕熊和黑熊的。万一在原始森林里和它们狭路相逢，对准它们头部猛喷一下，可以对它们造成十几分钟的麻醉，又不至于真的对他们造成伤害。可就是这短短的十几分钟，就足够你迅速逃命了。

胡冬林每次上山一趟大约要走 15 公里，每一次他都觉得是一次全新的旅程，是大自然对他最慷慨的一次赐予。他走一会儿拍一会儿，总觉得前方有更美的东西在等着他。他期望深入探索众多物种之间共生共荣、协同进化的关系。

胡冬林原本抱着体验生活的目的进的长白山，没想到他渐渐真正爱上了那里，甚至到了离不开的地步。

几乎每个晴天他都会进入原始森林，认花识鸟记树辨蘑菇；寻访前猎手、挖参人、采药人、采野生菌和采野菜的人，听他们讲述放山打猎和野生动物的故事；体验观察自然四季美景和动植物生活，了解森林生态奇妙而复杂的关系……

"晚上在海拔 1200 米的暗针叶林中休息，这里阴凉安详静谧，间或有旋木雀羞涩文弱的嗞嗞轻鸣和褐头山雀肆无忌惮的喳啦啦长调。空气中弥漫着冷杉散发的特有的松脂香气。这片原始森林地面覆盖着一层厚达一尺的翠莹莹的塔藓或长发藓，远看似一片凝固的平稳起伏的碧绿湖水。青苔层低洼处和倒木湿朽的树身两侧，遍布着数不清的五颜六色的各种牛肝菌，仿佛整个牛肝菌大家族全都来这里聚会。远远近近的枯朽松杉枝上，缠挂着一团团细线似的老绿色短松萝，把每一根枝条都变成毛茸茸的绒棒。横七竖八的陈年倒木身上覆盖着暗绿色青苔，更显出这座森林的原始与沧桑，令人感觉来到了一个古老童话中的森林……"

这是胡冬林《山林笔记》里的一段，几年下来，他记下了 50 多万字。每天少则千余字，最多的时候会记满六七页，抽屉里已经积攒了六大本记满文字的笔记。他平时用锁锁着，宝贝得跟命一样。

3

在河边灌木丛边缘，他有一个天然的办公桌：一棵直径一米左右的大青杨的平整圆盘根座当桌面，从旁边搬来一个伐木工丢掉的原木轱辘当凳子，这是从 2007 年起，他在原始林中找到的最别致的写字台。

他的许多山林笔记和《蘑菇课》以及《野猪王》中的两章草稿就是在那台子上完成的。从住处走到这儿约 40 分钟，每天走山路到那里"上班"。他在那里的邻居有高山鼠兔、一对褐河乌、一对棕黑绵蛇、多对鸳鸯，一窝四只麝鼠，一窝花尾榛鸡及四头狍子。

在那里，他还遇到了一个"戴面纱的女人"，"她是我这辈子见过的最美的女人"。

他看我露出疑惑的表情，就哈哈大笑起来，"'戴面纱的女人'其实是一种蘑菇。"

那是一个深秋的夜晚，他为了拍蘑菇的图片，就在森林里住下了。他把帐篷扎在一块空地上，矿灯一晚上也没敢灭。

一个人在山上太孤单了，那种感觉随着夜色的加深越来越强烈，各种阴影黑魆魆的整得挺吓人。各种响动，各种叫声，比如鹿、狍子、绿啄木鸟……凌晨三点开始，各种鸟叫就开始了。

胡冬林在那一蹲就是一两个小时，他要拍的这种蘑菇叫"戴面纱的女人"，也叫"鬼笔"。能长半米高，平均每分钟长两厘米，从帽底下长出裙网，发出绿莹莹的光，妩媚而吊诡。

这种蘑菇原本长在巴西热带雨林，在长白山温度这么低的地方也长，他说如果不是亲眼看到，打死也不会相信的。

"记得后来下起了雨，我躲在帐篷里避雨，正好女儿给我发来了短信，手机屏幕一闪一闪的，也发出绿莹莹的光，整个帐篷似乎一瞬间也变成了一个巨大的'鬼笔'蘑菇，别提多美了。"记得胡冬林和我说这些的时候，幸福的神情像个孩子。

他还经常随当地科研所专家王柏上山考察学习。慢慢地他也变成一个"森林通"，可以辨认180多种鸟，200多种植物和100多种蘑菇。

胡冬林说，若干年后，这些森林笔记将是他留给后人的最珍贵的财富。

胡冬林还有另外两笔财富：一是30多年来收藏了自然生态以及东北民俗、方志等诸方面的书籍2000多册。二是多年保存下来的各种剪报和随手记在纸片上的各种资料和笔记，足有两个大皮箱。

4

在森林中远没有想象中那么浪漫，因为危险无处不在。

究竟遇到过多少次危险，胡冬林已经记不清了。

有两次，差点把命给整没了。一次是他写《青羊消息》的时候，为了寻找青羊的踪迹，在坡上一脚踩空滑倒了，顺着坡往下滑，后来被悬崖上的一棵树给挡住了，往下一看，底下就是深不见底的深渊。

还有一次，因为走道急，差点一脚踩到极北蝰。它盘在路中间，就像一堆大便一样。很不容易发现，他的一只脚都迈出去了，幸亏悬在空中没落下，拣了条命。

那是一种剧毒蛇。一旦被极北蝰咬伤后，伤口附近会有剧痛，二十分钟后受害者就会产生肿胀、晕眩、呕吐，最后导致昏迷，在荒郊野外一准没命。

胡冬林前后受过多次伤。一次是为了拍摄能滑翔四五十米的小飞鼠，扭伤了腰。一次是为写散文《拍溅》，扒着岩石近距离观察水獭，致使膝盖韧带拉伤。还有一次是为拍照举报养殖大白鹅而霸占中华秋沙鸭食场的养殖户被树枝划破了上眼皮。

现在全球仅有中华秋沙鸭1100对，中国有250对左右，而长白山就有100对。2005年深秋，有6只栖息在头道白河水库，那是它们最后的食场。它们将从那里养精蓄锐，飞去江西益阳的湖里过冬。后来头道白河水库被人承包，养了 1000 只大白鹅，把中华秋沙鸭的食场霸占了。有几天晚上，那 6 只中华秋沙鸭甚至闯进胡冬林的梦里，让他放心不下，他前后去了头道白河水库两趟，拍了大量图片，并及时向有关部门反映了情况。

<h2 style="text-align:center">5</h2>

在胡冬林书房里，摆放着一个母棕熊的头骨标本和一个钢丝套勒住的马鹿的胫骨……它们用红布蒙着，仿佛来自远古部落的图腾。

每一个标本都有一个残忍的杀戮的故事。那是胡冬林有生以来听当地猎人讲过的最惨烈的故事。

第一个故事讲述的是一头三岁母棕熊和两头幼熊的悲惨遭遇。

在长白山森林里，一头母熊领着两头幼熊，被猎人追杀。猎人一直追了一天一夜，母棕熊被射杀（也许母棕熊是因为不忍丢下两个孩子才遭了厄运）。两头幼熊还那么小，看到倒在血泊里的妈妈再也不知道逃跑，站在那儿一动不动，眼睁睁被射杀。一家三口，三分钟被灭门。杀死的熊头被制成标本，叫价 7000～8000 元。这个母棕熊一家三口悲惨的命运让他犹如雷击，让他热泪盈眶，他托人辗转数次，想尽办法终于把那个母棕熊的头部标本要了过来。

第二个故事是胡冬林到火山峡谷时听一个向导讲的：那是 1979 年的盛夏，向导独自到了那里，循着一阵臭气前行，猛然看见二十七八只马鹿的尸体横七竖八地躺在峡谷漫坡上。那是一条通往谷底的马鹿喝水的小径。盗猎者在鹿群的必经之地布下层层叠叠的钢丝套阵，勒死了这些马鹿。盗猎者长时间没来遛套，致使这些死鹿一个个腹胀如鼓，内脏高度腐烂。更可怕又可悲的是，一头黑熊嗅到腐肉味赶来吃鹿肉大餐，结果也钻进钢丝套被勒毙。

许多年过去了，有些钢丝套仍留在原地。长白山北坡现存马鹿仅有二十多头，但盗猎仍时有发生。后来就在那个地方，胡冬林捡到了那根被钢丝套勒住的马鹿胫骨。

胡冬林时刻把两套标本放在自己书桌上，每当他写东西的时候，他就感觉有两双绝望的眼睛在看着他。他后期的几篇散文都是在它们的陪伴下写出来的，而成为他绝笔的《熊冬眠树》就是为棕熊一家三口悲惨命运的立言和呼喊之书。

我从没问过胡冬林隐居长白山那么多年的真正原因，难道仅仅是一个作家为写作体验生活吗？也许最初是，但后来肯定不是。否则他也不会一次次不畏恐吓，冒着生命危险去举报偷猎者和对当地环境的破坏者。

但有一条毋庸置疑，射杀母棕熊一家的炸子同时也击中了他的灵魂，从此把他和长白山那一整片森林连在一起。

6

有段时间，为给《熊冬眠树》的写作积累更多的素材，胡冬林频繁爬到海拔 1000 米以上的针阔混交林带，那里是熊经常出没的地方。

有一次，他在一片松软的细沙上，发现有三四枚类似人的足印，其中一枚相对清晰。他感到一阵狂喜，熊的足迹！

他激动地趴在地上，反反复复观察，这枚清晰的掌印是一头未成年黑熊的后掌（熊掌前掌宽，后掌长），掌边缘有一圈厚毛，无形中扩大了足印的面积并使足印边缘压痕相对模糊，去除这个因素，裸掌约长十六厘米，宽七厘米左右。由此他得出结论：这是一头去年二月中下旬出生的小熊，年龄一年零七个月左右。

母黑熊生下小熊后要带两年左右，教给它独立生存必要的常识与本领。估计它身边有母熊陪伴。果然，随后又发现了稍大一些的足印。其中有的足印凹处有落叶松干针叶或落叶，大概是两天前留下的。此外，循足迹走出没多远，它们停了下来。现场的足迹较凌乱，有双脚并拢驻足观望的脚印，也有侧转身改变方向的足迹，似乎嗅出前方有某种危险状况，表现出踌躇不安的心态。然后果真改变方向，掉头沿峡谷的斜坡往侧上方行去，在火山灰形成的漫坡上留下两行斜行向上的足迹。它们选择的路线坡度较缓，完全可以走出峡谷，进入森林。

熊的领地是不可侵犯的。它是一种相当灵敏的动物，嗅觉是人的2倍，而听觉大约是人类的1200倍。它的领地意识特别强，在它出没的地方，以它为中心，方圆50平方公里都是它的领地。

胡冬林说，你若不小心把帐篷扎在一头熊的领地，那就等于无意中侵犯了它，麻烦就大了。

除了闯入熊的领地，还有几种情况同样也会惹怒它。一种情况是你无意中从两头熊中间穿过。这种情况往往发生在一头母熊带一头小熊出来遛弯的状况下，它们一般不会一前一后，而是一左一右，彼此相互照应。它们中间会空出一段距离，比如它们走的是一条小道的两边的草丛，如果这时候你恰好从小道经过，你看不到它们，而它们能看到你，你就随时可能会受到攻击。

在接下来的行走中，胡冬林发现了两个沿着河床上行又调头返回的足迹，似乎觉察到前方有熊，吓得马上转身折回。他意识到，前方很可能已经进入熊的领地了。

公熊的领地约五十平方公里或更多，母熊的领地小一些，但可与公熊的领地重叠。

有一次胡冬林在暗针叶林南侧的林中小路上，看见过熊的大摊粪便，全部是嚼碎的松子壳。还有人多次看见一头熊从地下森林方向出来，穿过公路进入森林保护区。根据上面这些情况，他基本可以断定，这头母熊就是这片广阔森林的主人，眼看着保护区内外黑熊种群在缓慢增长中，这是最令胡冬林感到高兴的事情。

7

从全球的视角看，面积两千五百平方公里的原始森林保护区，只不过是一小块野地。如今它被四个林业局下属的十六个林场重重包围着，被不断扩大的旅游设施、机场、公路、高尔夫球场、度假村和数不清的大小旅馆酒店重重包围着，被无边无际的农田和星罗棋布的村镇重重包围着！而在保护区内，由于开发旅游项目，建设别墅群，在核心区搞林下参栽培、林蛙养殖以及盗采松子，采菜挖参等人类活动，近一半原始森林受到干扰和破坏。

保护区附近的路必须是砂石路，而不能有硬质化路面，否则，不同区域的动物会被隔绝开，基因信息也无法交流。

人类已经逼得动物们无路可走，无处可退了。

如今的长白山自然保护区已经很难见马鹿成群，熊、野猪、青羊、獐子、狍子和貂，这些森林里最活跃的动物已很难见踪影。为数越来越少的野生动物为躲避人类的追杀不知都躲到了哪里。

动物少了，大部分猎人改行了。然而偷猎的事情依然在发生，偷猎者如鬼影，给森林下了魔咒。又一头黑熊被猎杀，又一头棕熊被猎杀……野生动物的生存空间越来越小。

火山峡谷是长白山野生动植物命运悲喜交织的一个缩影。自从禁止在保护区采松子的禁令实施后，很快就迎来松子大收年，星鸦种群随之迅速壮大，黑熊、野猪、狍、松鼠等动物数量明显增多。事实证明，只要人类不去破坏和干扰这片中国唯一的温带原始森林，自然万物在数亿年进化史形成的自我修复与再生的神奇活力将重新焕发出来，再过二十年、三十年，必将出现点石成金般的奇迹，这是胡冬林生前最希望看到的一种景象。

如今冬林兄虽然离开了我们，但他一定不愿意离开他的长白山，不愿意离开他的森林王国。森林里每一棵松树都有可能是他的化身，那林中奔跑着不断回头的小鹿，它分明有着和冬林兄一样温柔的眼神。

（《作家》2021 年第 6 期）

南方故事集

向　迅

一

妹妹毫无征兆地出生了。

新年之后一个春寒料峭的晚上，我和哥哥已经睡觉。三声婴儿的啼哭，把我们从梦中吵醒。那啼哭声，像夏日的花瓣一样绽开。夏日攀在篱笆上的喇叭花。握着紫色拳头的喇叭花。我们从床上坐起来，趿拉着母亲做的灯芯绒布面鞋子，摇摇晃晃地走向楼梯口。灯光刺眼。我们不知道发生了什么事情。

是谁在啼哭？我们吐出来的话像是梦中呓语。我们虽然醒来，可仍有一部分停留在长长的梦境里。我们只是从梦境里探出了脑袋。这个脑袋里装满了疑问。也有可能是沙粒。偶尔晃动脑袋，沙粒在里面沙沙作响。沙粒碰撞着沙粒。

妈妈给你们生了一个妹妹。祖母冲着我们探下楼板的脑袋说。妈妈给你们生了一个妹妹。父亲把祖母的话重复了一遍。他们的话，用金色的喜悦之水浸泡过。他们的嘴巴，也用金色的喜悦之水浸泡过。他们的脸庞也是。像喝了玉米烧酒。

父亲更像是中了头彩一样高兴。他欢快的脚步声像是在唱歌。他一定在偷偷唱歌。用牙齿唱，用舌头唱，用眼睛唱，用鼻子唱，用耳朵唱，用手指唱，用脚趾头唱，用肩膀唱，用头发唱，用变得轻盈的身体唱。

父亲一直盼望生个女儿，而女儿在这个晚上来了。

我们要和妹妹一起睡。

今晚不行。

就要今晚。

不行。快点睡觉去。

我们重新钻回被窝。被窝里还冒着热气。好像我们根本就没有离开被窝。可脑袋里的疑问还没有散去。疑问像雾。乳白色的大雾，总是从河谷里漫上来，伸长脖子，张开嘴巴，吃掉村子里所有的房子和成片成片的玉米地。

我们不知道母亲怀孕了。我们没有发现任何异常。白天，我们沉浸于陌生世界的缤纷色彩和游戏制造的喧哗与浪花之中。夜晚，我们纷纷长出巨大的翅膀，在村子上空练习飞翔。只有在午饭和晚饭时间，我们才见到母亲。

生你的那一天，我在麦地里割了一天麦子。麦芒针尖一样扎手。那天天气很热。汗珠子在我的脸颊上，雨水一样往下滚。我的眼里进了盐。咸得我涌出火辣辣的泪花。我的嘴角也进了盐。咸得我不停地吐口水。母亲后来对我说。

生你的那一天，我上午到水井里挑了好几担水，直到水缸装不下更多的水。下午在厨房用筛子筛了一大堆煤灰。煤烧完了。我们不得不从池塘挖来黑色的淤泥，把和着淤泥的煤灰捏成煤球。母亲后来对妹妹说。

妹妹出生的第二年，四婶给我们生下一个弟弟。过了两年，五婶给我们生下一个弟弟。过了两年，四婶又给我们生下一个妹妹。过了两年，五婶又给我们生下一个弟弟，六婶给我们生下一个妹妹。过了两年，七婶给我们生下一个弟弟……

婴儿不停地出生。可在他们出生之前，我们没有一次发现异常。母亲们像以前那样，出没于厨房、猪圈和玉米地之间。她们的双手蘸满草绿色的汁液。她们围裙的纹路里浸满油烟味。她们的衬衫上游荡着汗臭味。她们从来没有去过医院。她们很少走出荨麻在路边投下阴影的村子。她们到镇上去一趟，都像是过节。

我们从哪里生出来的？

你们猜？

从肚脐眼里吗？

是的。

从胳肢窝里吗？

是的。

从耳朵里吗？

是的。

从鼻子里吗？

是的。

到底从哪里？

从小溪边捡来的。

你骗人。

从牛屎堆里扒出来的。然后是一长串咯咯咯的笑声。父亲也跟着笑。他们的笑声缠绕在一起，像一条正噼里啪啦燃烧的绳索。

我们的眼睛开始变绿。

我们的哭声从胸口上升到嗓子眼。它们像冰凉的井水，在喉咙里咕噜咕噜响。但我们闭紧了嘴巴。于是，牙齿咯吱咯吱作响。

我们感到被遗弃。

我们的肩膀和胸脯慢慢垂下来。

整个世界慢慢垂下来。

我们的耳边又响起一串咯咯咯的笑声。

另外一条噼里啪啦燃烧的绳索。

当妹妹也被这个疑问所困时，我们口径一致地声称，"你是从溪边捡回来的。"妹妹挥舞着小手据理力争。她小小的脸庞，因为激动而涨得通红。在母亲口中得到同样的答案之后，她开始伤心地哭泣。她把变得苍白的脸庞扭向一边，不再理会我们。一连好几天，她都不同我们说话。

村子里的每一个孩子，都是从小溪边捡回来的。

二

雨天，孩子们都喜欢在屋檐下玩雨伞。灰色雨伞。红色雨伞。紫色雨伞。方格子雨伞。长柄雨伞。短柄雨伞。我们站在湿漉漉的走廊上，把雨伞举过头顶，旋转着手中的伞柄。珍珠做的帘子扑打在旋转的雨伞上，也跟着旋转。一朵"雨伞之花"在我们手中绽放。透明而又无辜的雨水，在晕眩中被带到更远的地方。雨脚在地上碎裂。易碎的雨脚，是童话中穿在公主脚上的水晶鞋。

这是不被允许的。雨季来临的时候，墙壁上的石头渗出指肚大的水珠。石头在流汗。潮湿的地面，拧得出水来。潮湿的空气，拧得出水来。桌子的腿和脚，椅子的腿和脚，都爬上了灰色霉斑。霉斑也有生命，也有腿和脚。干瘪的玉米里长出飞蛾和棉虫，胚胎那里是一个虫眼和一串令人恶心的粪便。我伸出手抚摸自己的腮帮，里面多出两颗难以忍受的虫牙。看不见的蛀虫，日夜折磨着我。

大人们不允许孩子把更多的雨水带进房间。雨水会带来霉运。

不被允许的事情还有很多。

不允许在室内把打开的雨伞罩在头上。"如果那样做，头上就会长癞子。你们看看村子里的那些癞子，有多丑。"大人们总是这样警告我们。可是趁他们不注意的时候，我们总是会飞快地打开雨伞，怀着隐秘的兴奋与恐惧，把它罩在头上，然后又飞快地把它收拢，看看是否真的会长出癞子。夜晚来临，我们感到头皮发痒。我们担心的事情正在发生。爬满床铺的恐惧和噩梦让我们感到痛苦。可是第二天，我们就将这件事情忘记得一干二净。

不允许下雨的时候在室外玩耍。一场跑暴雨离村子还很遥远，我们就被母亲唤回家。"下雨的时候，不要到外面去玩。小心感冒。"可是大雨真正到来时，我们总是会打着赤脚飞奔到院子里的两棵女贞子树下。我们喜欢在树冠下躲雨。我们喜欢凉飕飕的雨珠子猛不丁地落进我们的脖子。我们喜欢把双脚踩进充分发酵的泥巴里。我们喜欢泥巴从脚趾缝里像泥鳅一样钻出来。我们喜欢揪出泥团，制作各式各样的面包，坦克和汽车。太阳重新露脸时，让它们接受高温的炙烤。

不允许到溪边去。野蛮的牛群，在溪涧里咆哮。轰隆轰隆的响声，像战争片里坦克的履带碾过村子。据说原来那是一条很小很小的小溪。名符其实的小溪。我出生的那一年，雨季尤其漫长，山洪暴发，无数巨石，在电闪雷鸣中，从天上滚落而下。它们撞开小溪的皮肤，粗鲁地奔向山脚的大河。小溪从此变成深涧。

有人在那里丢失过一只鞋子，也有人在那里丢失过魂魄——一条黑皮肤的蟒蛇吸走了他的魂魄，他开始胡言乱语，颠三倒四，整日整夜圆睁着眼睛，然而眼神空洞，直至巫师把他的魂魄重新召唤回来。

还没有孩子和羊群被暴涨的洪水冲走的先例。但是大人们总是担心自己的孩子和羊群会被洪水冲走。他们禁止我们在雨天靠近那条小溪，也禁止我们在雨过天晴之后，赶着羊群跨过那道还没有瘦下去的洪水。

我们对洪水的恐惧，来自大人们的"禁止"。

不允许到森林里去。森林里有野猪。野猪吃人。它们闪着寒光的獠牙比镰刀还要锋利。森林里有蟒蛇。蟒蛇也吃人。它们用又长又粗的尾巴缠住你的脖子，让你无法呼吸。如果你反抗，它们就把你捏碎。它们捏碎你，就跟捏碎一颗鸡蛋那么容易。森林里有魔鬼。魔鬼会障眼法，让你大白天的也会迷路，永远走不出黑色的森林。有的时候，成精的藤蔓植物，也会趁你不注意时，猛不丁地伸出无数只手，把你困住，然后一口一口地把你吃掉，连骨头都不吐。

可是森林里也有甜甜的野枇杷和野葡萄，有酸酸的野樱桃和野山桃，有多籽的八月瓜和九月红，有会把嘴唇和双手都染成紫色的桑葚，有被蛇吐过唾液的悬钩子和覆盆子，有全身布满红点花纹的虎杖，还有大片大片的鸢尾花和老鸹叫。

有一次，我在森林里被一片望不到边际的老鸹叫迷住了。

它们是那样美，美得我不敢呼吸。每呼吸一次，它们就变得更美。这么美的花，为什么要用丑陋的老鸹为它们命名？老鸹在村子上空叫来叫去的时候，老人们就会彻夜难眠，他们担心自己一旦闭上眼睛，就再也醒不过来。因此，他们禁止孩子学老鸹叫。"不要学老鸹叫，否则嘴巴会变臭。"他们总是这样吓唬孩子。

它们是那样美，美得我不敢挪动脚步。每挪动一步，就会踩碎其中一朵。我不想踩碎它们。我知道它们也会喊疼，只不过它们的声音太细弱了，我们听不见。它们也会流血，只不过它们的血液是绿色的，我们不认为那是血液。

我忽然感到害怕。害怕那些花会张口说话。害怕那些花是魔鬼变的。害怕那些花会伸出长满触须的手臂缠住我的脚。我不顾一切地奔跑起来。它们在身后以同样的速度追赶着我，嗡嗡嘤嘤，喧哗不已。当我因为更大的恐惧停下来，猛地转过身去时，它们又安静下来，无辜地注视着我。

我的鞋底，被染成了草绿色。我还打碎了许多无辜的露珠。我感到罪恶。我高昂脑袋，望着头顶的天空，请求宽恕。可是被树冠遮挡的天空，空无一物。我不知道向谁请求宽恕。于是，我俯身摘了一把老鸹叫，让它们绚丽的色彩陪伴我。

后来，我才知道老鸹叫又叫曼陀罗。这个曼妙的名字，才配得上它脆弱的美。

不允许大清早说梦。不然美梦会破碎。

不允许下午剪指甲。也不允许下午梳头。不然记性会越来越差。

不允许晚上照镜子。不然会噩梦缠身。

不允许深夜吹口哨。不然会招来鬼。

三

母亲很晚才从地里归来。暮色跟在她身后。暮色是一条深灰色裙子。母亲穿着这条深灰色裙子，从地里归来。她一手挽着父亲编织的筐子，筐子里装满了热乎乎的鹅儿肠，一手握着锄头光滑的把柄。锄头在她肩上一动不动。她迈进院子时，那条裙子在她身后变成了颜色更深的裙子。整个村子，都被穿进那条黑裙子。

母亲身上，混合着汗臭味和鹅儿肠的清香，白衬衣上还染着油菜花亮黄的花粉。她把油菜花馥郁的芳香也带回来了。森林附近的油菜地，已经噼里啪啦地燃烧起来了。燃烧成一片花海。蜜蜂整天嗡嗡嗡地围绕着花朵鸣叫。它们从来不知道疲倦。它们永远哼唱着同一支歌。它们总是把小小的脑袋，深深地埋入花蕊里。

这一天，母亲在土豆地里除草。土豆已经长出墨绿色藤蔓。枝叶粗糙，虎头虎脑。再过两个月，它们就会在枝丫间开出漂亮的紫色花朵，结出并不常见的青色果实。鄂西方言里，我们把这种果实称为"牵吊果"。母亲偶尔会从土豆地里带回一串湿漉漉的牵吊果。拿菜刀切开它们，里面除了绿色的果肉，什么也没有。

傍晚的时候，母亲钻进潮湿的油菜地，把细长的鹅儿肠连根拔起。游走在她身后的筐子越来越沉。暮色加重了它的分量。母亲不得不把筐条挪到胳膊肘那里。她的胳膊肘，一定火辣辣的疼。她的胳膊肘，一定留有一道筐条的勒痕。第二天，那道勒痕也不会消失。它就像长在了母亲的胳膊肘上。

油菜花的花期很长，成熟却是一夜之间的事。有一天，母亲愤怒地对父亲说，蜢子来了。不用去地里，我们就知道是油菜灰白色的菜籽荚上黏满了密密麻麻的小虫子。它们的生命很脆弱，只需用两个指头肚轻轻一捻，就尸骨无存，却会让所有的油菜都生病，都坏死。它们身上携带着看不见的病菌。可怕的病菌。

父亲戴顶颜色发黑的旧草帽，背着一个草绿色的喷雾器去了地里。他变成了医生，蜢子的克星。他摁动黑色的手柄，刺鼻的雾气从喷头里喷出。油菜变得湿漉漉的。父亲也变得湿漉漉的。他的衣裳上残留着那股刺鼻的味道。他拒绝我们靠近。那股味道，令你头晕目眩，令天空与村子旋转，令你夜晚噩梦连篇。

油菜细长的藤蔓由青变黄，躲在菜荚里的菜籽由白变黑。赶在雨季到来之前，父亲和母亲手握雪亮的镰刀将油菜收割。成捆成捆的油菜和它们潮湿庞大的影子，跟随父亲沉重的脚步迈进宽敞的堂屋。最高处的藤蔓，直顶到天花板上。

羊群般雪亮的光线，被赶了出去。逼仄的堂屋里像黄昏一样昏暗。

雨季如期而至。油菜藤蔓在黑暗中发酵。空气中弥漫着森林里陈年落叶的气味。我把手伸进未知的黑暗中，潮湿的高温让我立即缩回手。可那股潮湿与温热，像蜗牛可恶的黏液，爬在我的手臂上。在我的注视下，它显得笨拙僵硬，不敢确认刚刚触摸到了什么。我把耳朵靠近藤蔓，耳朵里沙沙作响。

我飞快地跑出堂屋。我没有告诉任何人，我听到了什么。

雨季过后，油菜籽在烈日下滚动，沙沙作响。黄昏时分，我和父亲把它们装进口袋里时，它们在我的脚底滚动，沙沙作响。我的脚底发痒。我不得不弓起脚背。脚趾头蜷缩在一起。我想咯咯笑。可只是偷偷地笑。我不敢让笑声冒昧地越过牙齿的边界。我怕父亲说我是疯子。无缘无故的笑，总是让人一头雾水。

我和父亲干活的时候，谁也不说话。只有油菜籽在口袋里沙沙作响。只有星星在我们头顶沙沙作响。我们的表情越来越僵硬。我们的动作也越来越僵硬。像沉重的暮色一样僵硬。像暮色中群山的轮廓一样僵硬。谁也不想说第一句话。

父亲带着我去村子里的作坊"打油"。油菜籽在父亲的背上沙沙作响。石子在我的脚下沙沙作响。阔叶林带树叶在微风中沙沙作响。还有看不见的东西，在我的心底沙沙作响。我们穿过一片长满丛树的山冈，穿过空旷的村委会广场，穿过大半个村子来到作坊。

菜籽饼热烘烘的香气，四处游荡。

还轮不到我们。我们像鸟儿一样收拢翅膀躲进巨大的树冠里。我们张开嘴巴，大口呼吸。好像我们刚刚在来作坊的途中，忘记了呼吸。父亲的肚子一起一伏。烈日炙烤着村子。宽大的树叶镶着金边，变得透明，黑色的叶脉跟父亲手臂上的毛细血管一样纤毫毕现。我的凉鞋发烫。坚硬的皮质材料软乎乎地贴着我的脚。

我不想穿鞋。我想打赤脚行走。但这是不被允许的。"那样会感染真菌。"父亲总是这样告诫我们。

我们大口呼吸的时候,一位头戴草帽的农妇,挽着一只篮子,从白色的烈日下向作坊走来。可能是作坊主的妻子。她一边像村子里其他农妇那样漫不经心地行走,一边往嘴里喂着一颗红色的果子,偶尔有鲜红的汁液从她的嘴角淌下来。

我从未见过那种果子。我盯着她宽大而粗糙的手,看着它怎样把那颗陌生的果子送进嘴巴。我盯着她的嘴巴,看着它怎样咬下一块多汁的果肉。我偷偷地吞咽了好几次口水,可是我想象不出那种果子的味道。也许是苹果的味道。

父亲也不认识那种果子。因为他的目光里也流露出好奇。而且他的好奇一点也不比我的少。至少农妇经过我们身旁时,我没有张开嘴巴向她询问。

这是什么果子?父亲伸长好奇的脖子,问那位中年农妇。

西红柿。中年农妇把最后一口果子喂进嘴里。她布满细小皱纹的口腔蠕动着。

这个烈日炎炎的夏日中午,我们认识了西红柿,并幸运地得到了一把种子。父亲把种子小心翼翼地包在香烟盒内侧的锡纸里,然后把锡纸揣在裤兜里。他行走的时候,裤兜里沙沙作响。我紧盯着父亲的裤兜。我担心种子会溜出来。

第二年夏天,我们种的西红柿丰收了。结实的果子,又圆又大又红,压弯灰绿色枝头。收获的时候,有的果子还裂开了皮,绽出鲜红的果肉。父亲把第一轮收获的七八个又圆又大又红的果子,陈列在厨房,像展品。它们在一张简易餐桌上继续成熟。没有人时,它们在餐桌上跳舞。也许是墨西哥舞,也许是西班牙舞。

据说是从墨西哥引进过来的。也有人说是西班牙。那个农妇曾这样对我们说。

母亲计划在晚餐时用白砂糖拌上两个墨西哥西红柿。或西班牙西红柿。剩下的，明天再吃。我们希望一日三餐都能吃上西红柿。

母亲还没有开始准备晚餐，堂伯父和他的女儿来访。我们的一切计划被迫中止。这就是鄂西人的待客之道。我们不能慢待客人。父亲兴高采烈地把他们带进厨房，参观我们刚刚收获的西红柿。堂妹得到了最大最圆最红的那一个。

我的目光长久地停留在堂妹脏兮兮的手上。我想把那个西红柿收回来。

黄昏时分，伯父讲完最后一个迷人的故事，把茶盅里最后一口茶水灌进他爬满胡须的嘴唇后欲起身告辞。堂妹却踪影全无。伯父一遍遍呼唤着堂妹的名字，没有任何回应。我们帮忙寻找，最后发现她躲在光线黯淡下来的厨房里。

她一声不吭地坐在那张简易餐桌前，嘴角淌着西红柿鲜红的汁液。见到我们难以置信的眼神，她飞快地用手抹掉那些汁液。但它们继续在她手指上流淌。她细长的脖子变得很粗。蓝色的毛细血管，从褐色的皮肤下面钻出来。像小小的蚯蚓。西红柿一个也不剩。餐桌变得更加简陋，厨房变得更加黯淡。

第三年夏天，邻居们的菜园里都出现了西红柿。母亲慷慨地送给他们种子。只不过，西红柿发生了变异。它们不再像第一年那样又圆又大又红。它们的个头变小了许多。有一些，甚至变成了波浪形的番茄。我们不认为番茄是西红柿。

当牵吊果再次出现在我们眼前时，我们就会不假思索地说，"假西红柿"。

我们厌恶一切假的东西。

四

雨天，父亲抱着一台晶体管收音机回来了。

父亲额头闪亮，眉毛里挂着细密的雨珠，下巴上缠着一块渗出几缕血迹的医用纱布。他从姨妈家回来的途中，搭乘的拖拉机发生了侧翻。

可能是路太滑了，也可能是司机前一晚喝多了玉米烧酒。他像一袋沉重的玉米，被猛地抛出敞篷车厢。他爬满胡茬的下巴在玉米地里磕出一道口子，鲜血像蚯蚓一样钻进泥土。

另外一个雨天，父亲搭着梯子在檐廊上叮叮当当敲打着什么。地面像冰块一样湿滑，梯子正如父亲担心的那样，滑倒了。父亲从高空坠落，下巴被磨刀石坚硬的牙齿咬碎，鲜血染红了地面的一滩积水。在乡卫生院，母亲被父亲的伤口吓晕。父亲只好咬着牙，用手撑住破碎的下巴，以便唯一的一位医生给他缝合伤口。

还有一些清晨，父亲站在窗前高昂着脖子，手握刃口雪亮的剃刀对着镜子刮胡须的时候，也会有一两滴鲜血从他的下巴上像杏子树的花骨朵一样冒出。他毫不在意地用手指肚擦去，立即会有新的一滴冒出。他的下巴总是受伤，可是他从不吸取教训。有一道蜈蚣形状的疤痕，永恒地爬行在他渐渐变窄的下颌上。

这个上午，父亲把晶体管收音机抱得紧紧的，十根粗糙的手指紧扣在一起。好像只要松开其中一根，收音机就会从他怀里砰然落地。我想，他的每一根手指，都被汗水打湿了。他的每一根手指，都因被摁在长久的沉默里而窒息。他的每一根手指，都不容易。它们变得僵硬而又苍白。要过好一会儿，它们才恢复血色。

父亲身后，跟着姨妈家的表哥。表哥漂亮的嘴巴会像蜜蜂一样嗡嗡嗡地唱歌，两只轻盈的脚，会在水泥地板上起起落落，忘我地踩着节拍。好像他嘴里哼出的歌声来自那双脚。我也想拥有那样的一双脚。父亲把他从那个遥远的村子请来，是为了让他手把手地教我们调试收音机的频道，播放储存着歌声的磁带。

表哥拥有一双无比灵巧的手。它们旋转收音机上一个边缘刻着刻度的按钮，就会有不同的人在里面说话。它们把一盘磁带放进收音机的肚子，摁下一个银色的键，就会有动人的旋律在房间里回旋。它们把银色发亮的天线拔高或者缩短，收音机里模糊难辨的说话声就会变得无比清晰。我也想拥有那样一双手。

父亲把晶体管收音机小心翼翼地放置在卧室的窗台上，母亲则用一条刚刚从集市上买回的红纱巾罩住它。他们总是把最贵重东西放在卧室。各种证件和钢笔锁在箱子里，白糖罐放在窗台，鸡蛋储藏在第一格抽屉。父亲做木工活的那些工具，塞满了另外三格抽屉。抽屉和墙壁之间的空隙里，放着锯子和斧头。抽屉脚下，是一盒生锈的铁钉。床底下，是两双雨靴。

卧室越来越小，它只能容得下父亲自己做的那张嘎吱作响的床，只容得下他不规则的呼噜，母亲不知道收敛的笑声——偶尔是比裹脚布还要长的抽泣声。我们被早早地赶出卧室。我们不被允许在他们睡觉的时候出现在卧室。我们在二楼的另一间卧室睡觉。我们的卧室，头顶挂着玉米棒，脚下堆满了土豆，也很小。

每天早晨，他们中的一个，刚一起床，就站到窗台前，掀开红纱巾的一角，打开收音机，旋转按钮，转动天线。他们听新闻联播，听天气预报，听准点报时，午间和晚间也听广播剧和音乐节目。准点报时的时候，我们都被一个手势禁止说话。谁要是在此时说话，母亲就会噗嗒噗嗒地跺脚，脸上划过一道可怖的闪电。

她心情好的时候，会一边做着家务活，一边低声跟着音乐节目里的歌手哼歌。但我们不能看她哼歌。偷偷看也不能。如果看她，她的脸就会像夏日的西红柿一样迅速变红，她就会自嘲般地大笑起来。她扫地的手，就会变重。她打毛衣的手，就会悬在半空。她洗菜的手，就会浸在水里。

如果心情不好，她会沿着一条直线咚咚咚地走进卧室，啪的一声关掉收音机，然后谁也不看，再咚咚咚地沿着一条直线返回，最后消失于一扇门后。她所经过的地方，总是会掀起一阵小小的旋风，接着陷入可怕的寂静。

父亲从不唱歌，也没有谁见过他偷偷地哼过一句。他巨人般的身影在房间里移动的时候，我们把正要说出的话紧急收回，让它们在舌头上打转，让它们顺着发痒的喉咙回到肚子里。我们还会用牙齿把笑声咬住，而笑声太多了，脸被憋得通红。他是那样严肃，严肃得连空气都感到窒息。我们都离他远远的。

有一个冬天的晚上，父亲忽然来了兴致，坐到我身旁，命令我朗读课文。我把屁股钉在椅子上，十指紧扣，低头观看火焰玩变脸游戏。母亲正往炉子的嘴巴里添玉米芯。她每扔进去一个玉米芯，橙色的火舌就跟兔子一样呼地窜出炉子。我用沉默拒绝父亲。他火了。他大声命令我去把课本拿来，大声朗读，"否则今晚不许睡觉"。

我哭了。我哭着从书包里掏出语文课本，哭着朗读完一篇课文。朗读的时候，我不得不读两句就停一次。因为我声音哽咽，因为我不得不揩掉眼泪，揩掉鼻涕。泪珠打湿了课本上的方块字。黑色的字开始像蝌蚪一样游动，最后变得一团模糊。

父亲无名的怒火和炉子中干燥而又粗糙的火焰一样，渐渐熄灭。可他起身去卧室时，我感觉他身上的每一寸皮肤都还紧绷着。他的每一寸皮肤都还在生气。因为他走路的姿势，笔直而又僵硬，冷酷而又无情，见不到一个柔软的动作。

每次去镇上，父亲都会站在路边小店的柜台前喝一杯玉米烧酒，还会从唯一的一家音像店带回一盘磁带。有的只试听过一次，就再也没有播放过。有的被从早播到晚。可能是太累了，收音机的肚子里忽然发出一长串尖厉的叫声——咯噜咯噜咯噜咯噜咯噜咯噜——破碎的歌声，像绳索一样绞在一起。

母亲小跑进卧室，一边啪的一声打开收音机的肚子，终止让耳朵饱受折磨的尖叫声，一边低声诅咒——"这个背时鬼"。

她站在窗前，垂首低眉，把衬衫衣袖挽到胳膊肘的双手抬到胸前，花很长很长的时间，如同一位缺少经验的母亲侍弄婴儿那样，使出浑身解数捣鼓磁带。

打满结的歌声，被她富有耐心的双手解开。

它们像以前那样，从我们家的窗台飘荡到村子里，最后消失在密不透风的玉米地里和村子空空如也的上空。它们无力抵达更遥远的地方。

我们也无力抵达更遥远的地方。我们把土豆皮削厚了，我们把米饭烧煳了，我们把新买的裤子磨出一个洞，我们不小心打碎了一只碗，我们没有把地扫干净，我们忘记了揩鼻涕，我们把手弄脏了，都会受到母亲的指责。

她指责我们的时候，我们不敢顶嘴。

我们沮丧地低着头，马着脸，像收音机那样，任母亲在冬天总是会裂开一道道闪电的手指，在我们身上摁下一个个沉默的键。

五

疯狗在村子里横行。它们像受到刺激的酒鬼一样四处狂奔乱叫，它们毛茸茸的长嘴边缘淌着令人恶心的涎水。它们的眼睛是直的，视线是直的，耳朵也是直的，它们白森森的牙齿，能够撕碎村子里所有坚硬的东西。如果不幸被它们咬一口，你就会和它们一样汪汪汪地狂叫不已，最后不得不在痛苦中死去。

每天下午集合放学的时候，校长都会站在长长的队伍前再三叮嘱，"一定要避开那些狗"。他大声说话时，飞沫从他的嘴角喷溅而出，雾一样游走在第一排学生的脸蛋上、脖子里和回忆里。校长拥有一口铁锈色的牙齿，一张方方正正的脸。他下巴上的胡须，从来没有刮干净。他嘴中的故事，从来没有结局。

人贩子在村子里横行。他们披着善良的外衣，口袋里装着花花绿绿的糖果。只要发现落单的孩子，他们就会亲热地迎上去，掏出糖果递到孩子喜欢甜食的嘴里，然后趁孩子失去意识时，把孩子拐走。孩子再也见不到自己的父母。他们经常对孩子说，你不是我们亲生的，而是从马路上捡来的。

器官贩子在村子里横行。他们披着善良的外衣，口袋里装着花花绿绿的糖果。只要发现落单的孩子，他们就会亲热地迎上去，掏出糖果递到孩子喜欢甜食的嘴里，然后趁孩子失去意识时，掏出刀子，剜出孩子漂亮的眼睛，桃子般大小的心脏。许多天后，人们将会在荆棘丛中发现一具孩子的尸体。

每天下午集合放学的时候，校长都会站在长长的队伍前再三叮嘱，"一定不要吃陌生人的糖果"。他大声说话时，飞沫从他的嘴角喷溅而出，雾一样游走在第一排学生的脸蛋上、脖子里和回忆里。校长拥有一口铁锈色的牙齿，一张方方正正的脸。他下巴上的胡须，从来没有刮干净。他嘴中的故事，从来没有结局。

没有疯狗、人贩子和器官贩子在村子里横行的下午，校长就会把我和另外几个同学请到长长的队伍前，让全校师生认识我们，记住我们，议论我们，孤立我们。校长咳咳嗓子，再三叮嘱，"明天一定不要忘了缴学费"。他这样说话的时候，飞沫从他的嘴角喷溅而出，雨水一样游走在我们的脸蛋上、脖子里和回忆里。

我的回忆里，确实是一场又一场冰凉的雨水。我站在雨水中，脸忽冷忽热，像风干的牛皮一样紧绷。我不知道该把双手放在哪里，把双脚放在哪里，也不知道该把窘迫的目光放在哪里。我只好低着头，盯着自尊心受到伤害的鞋子。

我的鞋子里，藏着十个小矮人，它们并排躺在一起，一动也不动，却被细密的汗水打湿了脸颊。其中一个，就要拱出黑色的宫殿。

我的鞋子里，还游动着许许多多条鱼和许许多多的水草。母亲用红绿两色丝线绣在鞋垫上的鱼和水草。我走路的时候，它们咕噜咕噜地吐着气泡。

校长每天都起得很早，然后背着双手在空旷的操场上散步。早到的学生见到他，都会面露羞涩地停下脚步，毕恭毕敬地叫一声"校长好!"他把双手抱到胸前，笑眯眯地点点头。他给我们上数学课。每堂课，他都会留下十分钟，给我们讲故事。孙悟空三打白骨精。鲁提辖拳打镇关西。美妙的十分钟。

我们听得入了迷，忘记了他铁锈色的牙齿，忘记了自他的嘴角喷溅出来的飞沫，也忘记了那些不愉快的下午。我们希望所有的课，都是数学课。我们还希望所有的那最后的十分钟，都能变得无限漫长，秒针永远抵达不了终点。

有一天，校长心血来潮，把我们班分成两个片区，每个片区又分成两个组。这样，每个同学都有了自己对应的新身份：班长、副班长；片长、副片长；组长，副组长；中队长，小队长；语文课代表、数学课代表、美术课代表、音乐课代表……

校长点名让我回答问题。我支支吾吾，面红耳赤。他问我在班上担任什么职务。我低声回答，副片长。"副片长？谁给你封的官儿？我看你就是个骗子。"他这样说话的时候，那口铁锈色的牙齿格外醒目，也格外丑陋。

校长忘记了几个星期以前的事。我再也不想听他的故事。

六

门外响起一个单调而又尖锐的声音，停顿了一下，许多个单调而又尖锐的声音紧接着蜂拥而至。是金属在嘎吱嘎吱尖叫。它们灌进我们昏昏沉沉的脑袋，并在我们昏昏沉沉的脑袋里继续尖叫。母亲用短促的声调命令我：快去把门关上。

父亲正背对着我坐在空旷的院子里矫正锯齿。他把黑色的锯条固定在两只木马上。他弯着被太阳晒成紫色的脖子，侧着瘦削的半张脸，专心致志地工作。他的脚边，摆放着锈迹斑斑的虎口钳，黑色的三角锉，可以涂抹润滑油的刷子，受惊的空气，进射着火星的嘎吱声，从他的前臂下发出，从他的胳膊肘下发出。

父亲制造出这些单调而又尖锐的声音，让我们的耳朵感到痛苦，让母亲以不容商量的语气命令我：快去把门关上。当我关上那扇吱嘎作响的门，它们即刻变钝。它们被一双手推远。它们环绕着房子。如果我不知道它们是父亲制造出来的，我会以为它们来自村子上空，我还会以为，它们来自遥远的山谷。

村子里的每一个人都听到了它们，但没有一个人走出房间。就像雨季，无数块乱石滚过屋顶时，所有的耳朵都被颤抖的双手捂住，所有的眼睛都在黑暗中因为恐惧而暂时失明，所有的嘴巴都发出了一声尖叫，但不会有人走出房间。

只有成群结队的蜜蜂嗡嗡嗡地飞过村庄上空时，人们才会纷纷走出房间，在蜜蜂的必经之地用干燥的艾草叶制造出大股浓烟。他们戴着草帽，身披透明的薄膜衣裳，在浓烟下方高高举起打扫庭院的扫帚。

只有成群结队的乌鸦呱呱呱地飞过村庄上空时，人们才会纷纷走出房间，把厌恶的目光箭镞般射进黑漆漆的云块，低声诅咒：该死的乌鸦。

只有成群结队的飞机飞过村庄上空时，人们才会纷纷走出房间，睁大疑惑的眼睛，沉默地目送它们消失。想象中的战火，在他们的脑袋里蔓延。

整个漫长的下午，父亲就那样坐在院子里矫正锯齿，直至黄昏的羽毛从石楠树浓密的树冠里纷纷掉落，堆积在他脚边。偶尔也有例外，父亲会把那些带着金属质地的嘎吱声，深深地嵌进暮色里。晚上，它们还在我的耳朵里嗡鸣。好像梦中还有一个父亲，正坐在星空下矫正锯齿，直至每一颗锯齿都闪闪发亮。

没有人去打扰父亲。他俯身拾起那把棕色刷子，给牙齿闪闪发亮的锯条涂上润滑油。润滑油冰凉如蛇的皮肤，散发着铁屑的苦涩味。有一次，因为不小心碰到滚烫的开水，我的手指跟胡萝卜一样红肿。父亲跑进卧室翻箱倒柜，什么也没有找到，最终，他犹疑地拿起那把刷子，给我的手指涂上一层油乎乎的油脂。

没有人去打扰父亲。他把木马放到檐廊上，拎着油光闪亮的锯子和虎头钳推门而入时，房间里扑进一股清新的凉意。我闻到了润滑油的味道。我闻到了父亲身上的烟草味儿。我闻到了十一月的气息。十月的云彩，刚刚在山顶燃烧完。

晚饭熟了。依然是土豆饭，依然没有菜，依然不需要餐桌。每个人端着一只碗，围坐在火炉旁。铁锅里的土豆，被一把锅铲翻来覆去地翻炒。每个人都拥有一个好胃口。咀嚼的声音，响彻灯光暗淡的房间。没有谁说话。没有谁讲故事。

晚饭后，才是故事时间。

父亲好几次差点死于自己的故事。一次，他差点死于一条河流。一次，他差点死于酒。一次，他差点死于一个事故。每一次，都是"差点"这个词语把他从死神冰冷的手里拽回。如果不是这个词语，他就不会坐在我们身旁。我们得感谢这个词语。顺带还要感谢发明这个词语的人。

下一个故事的眉毛刚到父亲的嘴边，我们就被母亲赶去睡觉。

明天一早，父亲将扛着长柄斧头、宽条锯子和一捆绳索，到森林里去伐木。

（《大家》2021 年第 4 期）

带灯的人

草　白

　　祖母的一生致力于制造炊烟，即使在年老体衰、摇摇晃晃的暮年，还习惯像先人们那样生火做饭。古人用木和金燧火、用石头敲出火，祖母用的是火柴，那种涂着红色易燃物的火柴头，很方便制造出火花，也很容易因受潮而覆灭。当火柴逐渐退隐，打火机取而代之，祖母娴熟地用打火机点燃松针、麦秸秆、铁狼萁，或许还有烟蒂。她习惯在喂柴的时候吸烟，火光和烟雾在她脸上聚拢起来，又慢慢散佚开去。她对木柴、灶台和烟熏火燎的岁月的挚爱，是一个从小使用电炒锅、以吃外卖为主长大的人所无法体会的。她本能地弃绝电饭煲、燃气灶等一切可以使饭菜快速熟透的烹煮工具，并表现出顽固的对抗姿势。那张皱纹密布的苍灰色的脸因长期暴露在烟雾之中，而分辨不清到底属于哪朝哪代。偶然看到那张脸庞的陌生人，大概是要惊吓得狂奔而去；就连熟识之人也不忍细加打量，就像创作者不忍对一个可怜之人过于苛责，那将是双重的打击、加倍的残忍。

　　说什么都太晚了，祖母已至老境，耄耋之年，不能一口气说太多话，不能一下子走太久的路。我在不算遥远的童年时代所遇见的那个人，比眼下的她可要年轻得多，至少腿脚灵便，说话之声哪哪响，将山核桃和脆锅巴也咬得嘎嘣响，还没有到要人搀扶和庇护的地步。很快，她就到了这一步。不知从什么时候起，或许是当所有的时间都浓缩成一股风吹向她的脸庞和发梢，她便成了那副让人害怕的模样。

一阵轻飘的风或一片摇摇欲坠的树叶，都可能让她摔跤。即使没有风，她也能将自己绊倒在床沿前、井台边，哼哼唧唧，无法动弹。她齿牙脱落、肌腱受损、骨头断裂，最终一劳永逸地将自己送到病床之上。即使到了这一步，她还如此傲慢，不近人情，拒绝暴露自己的身体，拒绝以任何途径让自己获得他人关注，并将此视为奇耻大辱。最终，她只能将自己化作一道温热的火光、一阵轻盈的烟，飞往另一个世界。

整个过程迅疾、酷烈，让人不忍卒视。即使如此，她仍然是那间宅屋里待得最久的人。是上天选择了她，让她成为最后离开的人。在独子和丈夫相继过世后，她房门紧闭，独坐阁楼之上。她避人耳目，将自己藏匿起来。现在回想起来，无论多么长寿之人，人世的日子都是短的。人们要死那么久，却只能活短短几十年，甚至比不上木头里寄居的虫蚁，只要木头不腐，房梁不倒，便生生不息。

如果不是断骨，不是要将身体隐私毫无尊严地暴露在人前，她或许还能活得再久一些，哪怕只是苟延残喘，哪怕胸膛之内只有微弱的气息流淌，她也会活下去。她并不排斥活着的日子，她熟悉那种感觉，并多少拥有一些算不上宝贵的经验。她知道如何将樟脑丸包裹起来，放入衣柜的四个角落里，不让它们直接接触薄软、滑凉的衣物。她还知道最好的引火物是干燥的松针、质地松软的木柴以及所有含松脂的木料。至于如何救活一簇奄奄一息的火苗，如何在炎热难耐的长夏午后只以一柄蒲扇来对抗蚊虫和酷暑，如何在滴水成冰的日子给饭菜和自己的膝盖保暖……所有这些，她都有自己的一套。

只是，现在的冬天越来越仓促，往往是寒冷还没真正开始，便传来衰竭的信号。水缸被冻裂的辰光、屋檐下悬挂冰凌的时日，早已一去不复返。下雪的日子越来越少。即使是越来越稀薄的雪，像一条破毯子似的丝丝缕缕的雪，祖母也独自看了很多年。

从前，檐下有燕子呢喃，后院有哑巴学语。现在，家人、哑巴和燕子都离开了。窗户被垒起的木柴封住，只够漏进一些微光。光线落在陶罐、酒瓮、瓶子和碗钵上，也落在油腻腻的毛状灰尘上，它们板结成团，不轻易挪动位置，衰老的人早已学会与其和平共处。某次织网或诵经的间歇，祖母倚靠窗前休憩，将花白的脑袋无限靠近外面的声响和光，但绝不探出头去。她不想被注视、呼唤和谈论。

每次想起祖母，脑海里浮现的总是那个小小的身体在灰暗屋宅里踽踽独行的场景。一个头发灰白的老太太，在堆积着南瓜和土豆的角落里走来走去。丰收的果实充满她的小屋，时间的蛛网结在椽木与屋梁之上。一年四季，步履蹒跚地从她窗前爬过。青苔趴在石头缝，最终爬上高高的墙头。不远处是日夜奔走的溪流，永远在那里流着，不停地流着。生老病死、婚丧嫁娶，不过是枝上结出果子，又坠落了果子。她的世界破败却完整。那间屋子也是完整的，处于孤独的上升期的屋顶与阁楼，充满梦幻色彩的廊檐、天井、马头墙，还有楼梯和雕花门窗所通向的往昔的旖旎世界，不期而至的风雨、冰霜、闪电和月光也属于这间家宅的馈赠物。不能没有这些。这座有空间根基的宅屋，好像是大地之上长出的植物，是人心中的宇宙中心。无论从梦境还是现实的角度看，它都是完整的，一座房屋该有的它都有。

祖母在老家屋宅里安然入睡，我却在无法忍受的噪音里失眠。一开始是租来的房子，许多人共处一室，别人的脚顶着你的脑袋，说话之声嘈嘈切切，不绝如缕。这世上真有如此逼仄的空间，这空间里全是密密麻麻的人，交换着站立与躺倒的姿势。后来，情况好些了，可以找到离阳光近些、站在窗前能看见绿树的房子，幸运的话，还能看到河水。无疑，离家之人从来没有放弃过对家宅的寻找。很快，他们就找到了那样的地方，比鸽子笼更大一些的地方。那是由不同功能的房间所组合而成的套间，所有物品都可以找到它的摆放位置，沙发、床、书桌椅、台灯，还有书架，都在视线之内一览无余的地方。它类似于蜗牛的壳、虫蚁的洞穴、乌龟身上的硬质铠甲。即使小，也是宇宙的核心，各种力量的汇聚之地。你以为自己真的找到了那种地方——全宇宙最静谧的所在，但你很快发现，你的左边、右边，你的头顶和脚底下全是人，是深夜里的人声、下水声和油锅爆炒声，你们之间以管道相连，以电线相连，以深夜里的呼噜声和梦话相连。

当然，最重要的连接来自那种叫作"电视机"的家用电器。那些年，它们在无人的房间里代替人与观看者讲话、互诉衷肠，制造"高朋满座"的假象。祖母的房间也有电视机，起先是十四英寸，后来变成十七英寸、二十一英寸，由黑白换作彩色，电视节目更是换了一茬茬，老演员生下小演员，这个剧里的小女孩在另一个剧里当了小孩的妈，甚至还有年纪轻轻就死去的女演员，某著名主持人以及专门以逗乐为能事的小品演员也赫然列在死者名单上。当然，电视之外，这个屋宅里的人也在一个个离去，他们在体育解说员的慷慨陈词中、在保健品和汽车广告的轮番轰炸下进入弥留之际。祖母是家里唯一能把众多电视连续剧看到"剧终"的人，谁也没有她看的电视多，连广告也不放过。很多年后，祖母也进入弥留之际，她躺在那个没有电视机的临终的房间里，叫嚷着要把电视机关掉，说里面的人吵到她了；从前是那些从来没有见过面的人陪伴着她，到了最后关头，也是那些从来没有见过面的人打扰了她。

　　当她在电视里看见高楼、街道、红绿灯、穿梭往来的汽车以及从汽车里走下来的人时，大概也会想起我。我十六岁那年离家之后，便住到一个她从来没有去过，也永远不会去的地方。她知道，我就住在她在电视里经常看到的那种"鸽子笼"里，还会坐那种车身很长、车上设有广播装置的车子去上班，有空的时候去那种有一点点水的公园里划船。说是"船"，不过是改造成动物形状的小铁皮，大多是鸭子造型。岸边还有拍照的人，这样的照片在被塑封后大概不止一次寄回家里去——被祖母耻笑为旱鸭子戏水。电视让她见多识广，让她轻松识破骗子伎俩，也让她失去部分自己的生活。

　　很显然，那个伸着触须的黑匣子所提供的生活更加绚丽多彩。它可以提供任何地方、任何种类、任何维度的生活，古代的现代的、凄惨的欢乐的、虚假的真实的，应有尽有，但不负责提供具体的感受。当然，祖母老了，也不需要这种无用的东西。足不出户的她在编织渔网的同时，就能将整个世界一览无余，这在过去无论如何都无法办到。

　　祖母仰面凝望小匣子里的生活，目光在玻璃窗、水泥楼梯、曲曲折折的管道上攀爬，眼神投注在一个个长形或方形的格子上。某个时候，她忽然发出轻蔑的笑声。她环顾自己的家宅，再看看那些被整齐分割的、像抽屉一样的格子——它们还没有她家里的谷仓大，还不如她后院的兔子房大，反正它们看上去都好小。她全然沉浸在自己的世界里，认为屋宅之外的空间混乱不堪、一无是处。那个世界的老人好像不是自己的同类，居然住在那么高的地方——比她房前的楝树还要高，就像是住在高高的树权上。总有一天，他们会像熟透的果子那样落下来，像树梢上的絮状物被风吹到深深浅浅的沟渠里。

从祖母的视角看世界，世界在一刻不停地滚动着、旋转着，风风火火，摧枯拉朽，却一无是处。那是别人的世界。她的世界在尘埃弥漫、蛛网遍布的角落里。她甘愿缩作一团，她的脸和身体也渐渐成皱缩状态，就像很多年前她曾饲养过的蚕茧。可她毫不在乎。

祖母睥睨众生的表情至今还清晰地印在我记忆的板壁上，不知是谁给了她那样一副骄矜自满、不可一世的神气，难道是来自电视的无上馈赠？一个蜷缩在犄角旮旯里的老人面对鲜乐缤纷、花香馥郁的世界应该感到羞愧才是，而浮现在祖母脸上的表情除了骄傲还是骄傲，这实在毫无道理可讲。

我曾萌发过带祖母到我生活的地方去见识一番的念头，坐白色的快车或绿色的慢车都可以。我还有时间给她讲讲未来人类可能经历的生活，那是我和她都没有办法抵达的生活。但是我终究没有这么做。每次从外面回到古老的屋宅里，满脸羞愧地站在她面前——我等着回答她的问询，哪怕是领受她的训斥，我为自己居然过上了与过去完全不同的生活而庆幸而自得而羞愧。如果这时候祖母提出什么要求，哪怕是让我难堪的要求，我也不会拒绝。很多老人千里迢迢跑到某个地方，只为了拍照，他们占有这个世界的方式就是不停地拍照，把世界缩影在一张白纸上，便于随身携带。这是一种很好的安慰心灵的方式，我以为祖母也需要这样的方式。

可她在观看了足够时长的电视节目之后，连对此也产生了厌倦。在此之前，她可不是这样的。她总是得意扬扬地说，这是东方明珠，这是天安门广场，这是万里长城！可它们看上去并不怎么样啊——后来，当她这么说的时候，我即刻打消了带她去远方"遨游"的念头，她只在自己的屋宅里"遨游"就够了。另有一些时候，相似的念头又会顽固地生起，她真的应该去外面看看，哪怕仅此一次，哪怕她实际感受到的只有喧嚣的噪音和肮脏的尾气。

毫无疑问，我不会真的鼓起勇气提出这样的建议，除非提出这个建议的人是她自己。但她永远不会这么做。祖母有一根竹制的"痒痒挠"，她对它的喜爱甚至超过任何一个儿孙。儿孙不可能时时刻刻在侧帮她解决难忍之痒，"痒痒挠"却可以。激动欢喜之余，她肉麻地称之为"我的宝贝""我的如意"。她总是说，我从不求人的！言下之意，如果真的要求，她求的也只是"痒痒挠"！不用说，这个长柄、一端有弯形梳齿的小物件帮助祖母解决了几乎所有难题。那些隐秘角落里的岁月，亲人离散的日子里，她唯一能倚靠的也只有它了。

既然有了这件"不求人"的器物，有了它可暗通款曲、互诉衷肠，既无限信赖于它，也将隐私向它无尽敞开，祖母怎么会与他人（哪怕是亲人）提及不切实际的要求呢？所以，她能铁骨铮铮地说，我从不求人！她只求己，求"痒痒挠"，求时间的馈赠与流逝，求手上的梭子穿越墨绿色的渔线时最好不要发出任何声响，她不要听见大海的咆哮声、风暴中船只的触礁声，也没有深夜里双眼紧闭时所产生的声音幻觉。

祖母的一生依赖双手和嘴来劳作，她先是以双手编织渔网，后来则是不间断地诵经。她织网，编织着一个又一个充满漏洞的世界——这是她的祖母、祖母的祖母都可能涉足的营生。它不再是营生，而成了先人之间的对话方式。她们通过无数的网结、孔隙以及作为标志物的红绿布头，通过自相矛盾、无法被拆除的方式，彼此联结在一起。祖母不分昼夜，打下一个个、无数个结，那些纵横的结合、经纬的交点，既是现实世界存在的印证，也是对自身所属角落的心灵定位。

与先辈们不同的是，祖母生活的时代是所有时代的总和，也是它们的终结。她的编织生涯戛然而止，它被打断了，准确地说是被无情地取代了。渔网不再是古老的渔猎工具，它成了速成品，是流水线上的一环。相应地，它所对应的猎捕事业也成为杀戮和牟利的工具、商业时代的资本增值魔方，再也听不到来自深暗世界里的呐喊。

不多久，祖母以念经取代织网。她整日端坐阁楼之上，双眼微闭，好似在用另一种方式聆听。窗外，蜿蜒的青色山脉似回忆中的往昔，亲人故交慢慢进入那草木葳蕤的世界。头脑中的经文源源不断奔流而来，无须任何思索，便自动呈现。那些声音使楼阁上的空间变大，一切都在增大，好像她不是坐在宅屋的阁楼之上，而是在不断生长的树木与树木之间。她占据了中心地位。这么多年，她始终以为自己占据的是这个世界的中心。

祖母所在的屋宅属于海边山地一隅，在它四周常年演奏着风与大海的乐章，无穷尽的山林环绕着它，并从高处俯瞰着它。对这一切，祖母一无所知。她去过的最远的地方如今成了谜。有人说她去过上海，也有人认为她脚步所及最远之地不过是镇上混乱的街市。她织好的渔网就是送往那里。某一天黄昏，她从那里回来之后，再也没有在距离家宅五十米开外的地方活动。

那些年里，祖母好似成了远古时代的人物。当母亲告诉我她开始诵经并且以此为生时，我毫无障碍地接受了这个新形象，好像这就是祖母该走的路，她总有一天会走到这条道路上。颓败屋宅里的人从渔网的编织术中挣脱出来，开始致力于给远去之人送去最后的安慰。那些被反复念诵的经文，与当初打下的结一一对应，有多少网结便需要多少重复出现的诵经声，它们在祖母干枯的胸膛里涌动着，如汩汩不息的暗流。

一开始，那些找她购买经文的人，还会狐疑地望着她。怎么回事，难道这些堆积如山的东西，它们都是真……真的？真的有用吗？真的有神圣的经文附着其上？

他们对金黄色的、来自干燥大地的麦秸秆的质疑，惹怒了祖母。她不知道世道的衰微是从人们开始怀疑一颗土豆、一枚松果、一粒麦子的真实性开始的。他们从祖母手里接过东西便惊慌失措地逃走了。他们被她的怒气吓着了，暂时忘却了内心的质疑。

离家渐久，我逐渐忘记祖母的脸，甚至无法回想她怒气冲天的模样。但祖母阁楼之上诵经的形象却在不断放大，它逐渐脱离阁楼和她所置身的天地，成为我熟悉的书本里的形象。我常常将过去时间里的人与熟悉的书本里的人物进行比较，并将两者混为一谈。自十二岁离开祖母的屋宅，我在回忆中不断修订她的形象。它们不断增多、放大、逸出，一种不断变化的关于祖母的形象已经在我的脑海里扎下深根，死亡只能让这个形象进入更加迷离、恍惚的状态，而不是彻底消失。

祖母的一生几乎没有离开过自己的屋宅，只有在那里，她才可以随心所欲，可以骄傲蛮横，可以怒气冲冲。那里才是她的宇宙中心，生命能量的聚居之地。我应该用构建一个空间的方式来想象祖母形象的多变性与统一性。重要的是后者。时至今日，脑海里的祖母仍坐在一个封闭的空间里，或织网或念经，或编织竹篮或纺织棕榈线。她做着这些古老的营生，它们不仅是营生，还涵纳着她对这个变化莫测世界的所有想象。

有时候，我甚至认为她随时可以抛下它们，去做别的事，去过另外的人生。她可以轻松地把自己放入另一个世界，如元宵之夜，人们把河灯放在黑暗的河床之上，让它顺水流走。

祖母停灵的日子，他们要我回屋宅里去取一盏灯。在那个屋子里，祖母给自己留了一盏灯，现在，她要走了，必须带着那盏灯上路。我不知道那是一盏什么模样的灯，除了祖母本人，谁也没有亲眼见过它，但所有人都异口同声地肯定它的存在，特别是母亲。当我忐忑不安地打开祖母生前的宅屋，发现那里早已成了堆积如山的旧物陈列馆，十几二十年前使用过的物品层层叠叠堆放在一起，散发出一股古怪的、属于另一个世界的气味。最多的是经文，以红纸覆裹的经文、各种形状的经文，在幽深、静谧的角落里给人一种火光跳跃的悸动感。没有灯。我脑海里浮现的是纸灯笼，元宵夜的纸灯笼，烛光在青石板上跳跃和闪烁。

母亲知道那盏灯，说祖母一定准备好了，她可以忘记别的，唯独不可能忘掉灯。不知从哪个夜晚起，母亲也开始和她那个年纪的老人们围坐在一起通宵达旦地念经。她这么做，据说也是为了得到那盏灯，为了在离开尘世之时将它带在身边，照亮黑暗的路。这是我没有想到的。连母亲也在做这样的事，她是怎么忽然想起做这样的事？

关于那盏灯，母亲并没有告诉我更多。她只是说在某些夜里，她要丢下家务和放弃一整夜的睡眠，去某个地方——大概是去一个信仰虔诚的村民家里，她和她们在那里度过了一个个不眠之夜。说起这些，母亲的神情是坦然的。她已经是这个家里年纪最大的人了，那盏灯也应该属于她。她总有一天会用得着它，这是迟早的事。

最终，我找到了祖母的灯。它就挂在板壁上。它不是纸灯笼，而是一盏小小的、可以收起来的布做的灯笼；它看上去甚至不像是灯笼，而像两块可以折叠的、看不出明确颜色的布。其实，它一直在那里，在整个屋宅最干燥、最孤独的角落里，从祖母获得它并安放它的那一刻起，再也没有挪动过位置。

在我的家乡，所有六十岁以上的人都要有一盏属于自己的灯——这里所说的是女性，好像男人并不需要那种东西。我从来没有听说过谁家的祖父或外祖父带着这种东西上路。他们总是骂骂咧咧或唉声叹气，脚脖子一伸，眼睛一闭，便去了那个世界。只有祖母和外祖母们才带灯。对她们来说，余生没有比准备一盏灯更重要的事。

童年里，停电的时刻，祖母的屋宅里点着油灯。棉线做的灯芯浸在煤油里，豆大的火苗获得了灯油的滋润，但并不发展壮大，它的光影在墙壁上和屋梁上颤抖、闪动、跳跃，试图照亮更多的角落。

油灯之前是蜡烛，那是更为微弱的火焰，随着时间流逝随时可能终止的火焰。它们放射出的微光只在事物表面打转，这给人一种恍惚感，好像这个屋宅里的时间永不会终结，它是循环的——因为黑夜也是循环的。

祖母很少打开那盏十五瓦的卡口灯泡，她宁愿在黑暗里进食、织网，或者念经，做所有这些事都不需要太过明亮的光线。她讨厌浪费，不需要弥布整个空间的光。她喜欢的可能是火苗，垂直向上的火苗由古老的油灯、蜡烛释放而出，灶膛里也有它的踪影——伴随着木质纤维的断裂发出噼啪响声。

晚年的祖母，越来越少发出声响。她直挺挺地摔倒在水缸边，不呼喊求救，不大声嚷嚷，甚至不让自己发出难听的哼哼声。隔壁宅屋里就住着一对夫妻，两家可以听见彼此油锅的爆炒声、胸膛里的咳嗽声。祖母完全可以大声求救于他们，想必对方绝不会袖手旁观。但祖母一声不吭。她惯于把自己伪装成一个没有困难的人，这样做的后果是，当真的困难来临，她便只能沉默以对了。

离家之后，我搬过无数次家，短暂的寄居之地终将成为遗忘的对象，唯有老家昏暗的宅屋及祖母弓腰驼背的形象时常在脑海里闪现。直到有一天，我发现自己的人生居然与祖母之间存在某种程度的耦合，惊诧不已。我从未想过去学习祖母的生活，尽管我也会织网，对《心经》早已耳熟能详。我以为自己过的是另一种生活。毕竟，我早已离开祖先的宅屋，不断学习外面世界的生存技能，住在电视机里的人们所居的屋舍里，过着大多数人都在过的现代生活。但我明白，事实并非如表面那样一目了然。

祖母对火光的执念，让她熬过了最艰难的岁月，也让她受尽苦头。尤其是暮年，哪怕仅仅是将最简单的食物煮熟，也绝非易事。被无限放大的自尊和对单调事物的沉迷，让她的人生撑到最后，并终结于此。而我呢，这些年过着近乎避世的生活，并越来越安于这样的现状。

祖母跌断的是左侧股骨，人体最大、最重要的骨头，在她这个年纪，这根起支柱作用的骨头不可能在没有任何外力作用的情况下自己长好。当她果断拒绝来自他人的帮助时，便也自行掐灭了生之焰火。

祖母去世后，我在一本书里无意读到以下文字：

多年以前，有人问美国人类学家玛格丽特·米德："在您的研究中，您认为人类文明最初的标志是什么？"

询问者心里想着，玛格丽特的回答或许会是类似鱼钩和陶罐等器具或是类似衣服的东西。然而，玛格丽特给出一个令人始料未及的答案："一段愈合的股骨。"

玛格丽特解释说，在古老的年代，如果有人断了股骨，就无法生存，会被四处游荡的野兽吃掉。除非他们得到别人的帮助，否则就不能打猎、捕鱼或逃避野兽的伤害。

那天，担架来到祖母床前。母亲和我都站在那里。我们早就知道祖母的选择，但救护车和抬担架的人还是来了。随行医生说，断掉的股骨不会自己长好，除非借助手术或医疗器械。祖母充耳不闻，无论他们说什么都与她无关，甚至奉劝那两个从救护车下来的年轻人赶紧回去，别在这里浪费时间。

——我不去医院。

——我这辈子从没有去过医院。

她神情镇定，没有坐以待毙者的哀怨和沮丧。她仍然是大嗓门、睥睨的眼神，表情执拗而不屑。她放弃医院和他人救助，她放弃了生，选择死。

她在床上又挣扎了二十一天。退烧药、止痛片、白酒在她体内轮番上阵。她昼夜疼痛，白天喘不过气，夜里睁不开眼，渐渐油尽灯枯，于腊八节晴朗的冬日黄昏辞世。彼时，窗外溪水淙淙，山林沐浴在夕光里。彼时，我在城市屋宅所在的小区里散步。眼前没有河面，却有水汽弥漫，白腻透亮，如在梦中。黄昏回到家中，静坐片刻之后，手机铃声响起，告知祖母已逝。家人发现时，她双目微闭，唇口微张，好似刚刚喘出最后一口气。而脸颊、下巴上仍留有温热的气息。她刚刚离开，去了另一座山坡、另一片梦境。

那天午后，我和母亲从山上下来。冬日的阳光罕见地温煦，风吹在额头上并不冷，还有树木的清香从空气里渗透出来。我们在一条山溪前停下奔走的脚步。那一刻，母亲脸上流露出如释重负的表情，说祖母真会挑日子，多年诵经，终于功德圆满了。

一个断掉股骨的人只活了二十一天。从断骨的第一天起，生命便开始了它的倒计时。祖母被搬离旧宅，安置在新房二楼的卧室里。朝北的房间，可以望见远山，但没有阳光。阳光只停留在房子的另一面，不越雷池半步。他们会在固定时间给她送来水和食物，并更换尿不湿。后者引起她强烈的羞耻感，比断骨本身更让她痛心疾首。这让母亲感到不可思议，一个人行将就木，怎么还在乎这些。

断骨事件发生后，我回到家里，像个客人那样站在祖母的床前。我努力说出安慰的话，但没有成功。她让我赶紧去休息，不要管她。任何到她床前探望的人，都遭到她的驱赶，好像她什么事情也没有，根本不需要别人的探望和照顾。

二十一天，五百零四个小时，三万零两百四十分钟。一个人在断骨之后，在不接受任何医治的情况下，可以活二十一天、五百零四个小时、三万零两百四十分钟。这是我们之前所不知道的。祖母终究没有等到下雪的日子，她在最寒冷的时日到来之前悄然离开。

她带走了灯笼，还有经文——那是她给自己准备的"盘缠"，也是带给那个世界家人们的礼物。在白雪覆盖大地之前，她步履轻快地赶往那里，好像是去履行某项重要使命。

那年冬天，祖母屋宅所在的地方，寒冷依旧，却没有一片雪花落下。这之后很多年里，冬天都没有雪。很多时候，你会沮丧地发现，雪或许正在寻找适合它的世界，它将我们遗弃，去了一个更加明亮、温暖的世界。

（《人民文学》2021 年第 3 期）

蝴蝶效应

羌人六

一

生活的栅栏之中，我不算愚钝，只是不善言辞，嘴上的表达跟不上内心的节奏，因而说话总是前言不搭后语，语无伦次。有时，又像急于归家的人，找不到回家的门，自相矛盾，牛头不对马嘴，说的话会把自己堵死。反射弧在交流中被拉长，脑袋显得不够用。感觉起来，从嘴里说出的话，像是拖着毛茸茸的尾巴，一丝不挂走在大街上的原始人，滑稽可笑又伤自尊。偶尔，遇到开会发言、讨论，我总是恨不得用脚尖在地上划出道缝，钻进去，把自己藏起来。

二〇一六年腊月与我正式步入围城的鲁欢女士，作为跟我生活距离最近的人，曾用言之凿凿的语气告诉我："我发现，你每次说话只说半截，说话不是写诗，半截子话，别人怎么听得懂？"这样的话不听还好，听了难受，头顶仿佛亮着一盏超级聚光灯。"我发现……"，她就是这么说的，拖着某些"砖家"惯有的学术腔调，看似客观、克制、诚恳、小心翼翼，实则绵里藏针，无形之中，已在我说话方面的"缺陷"，在我咕嘟嘟流着血水的伤口上，撒了一把白花花的盐。把话说完整，仿佛会要了我的命。蛰伏在我身上的隐痛自打被另一半公开之后，我心里其实

335

很不舒服，浑身上下的不舒服，被人在身上扔了一支火把火似的，烫得我手心出汗，面红耳赤。

二○一七年春节前夕，儿子出生，我当爸爸了。给儿子取的小名，叫"石头"。我成为父亲的时候，我的父亲，这个当年经常拿我的同龄人给我当镜子、浇冷水的硬汉，已经从我们的生活里消失。消失是表面的，并不意味着我已经失去父亲，在没有父亲的这部分时间，我仍是他的孩子，他只是过早地在我们生活里沉默，他只是再也爱不动我们。事实上，在我成为父亲以后，我比从前更加理解父亲了，母亲的爱具体、琐碎，父亲的爱隐晦、微弱，形如空气，形如鱼儿的呼吸。我曾误解父亲，因为他经常不在家。

"沉默让我们令人不快，说话让我们变得可笑。"几年前，读到赫塔·米勒这句话，激动万分。它像一面镜子，把我整个儿地擦亮，暴露在空气的皮肤上。我记住这句话，记住赫塔·米勒，我爱屋及乌，读过她全部的作品。

细细回想，在断裂带读初中那会儿，沉默已经在我身上端倪初露，露出冰山一角。二○○四年，初三毕业那年，我暗暗喜欢班里一个女孩。她家在清漪江上游一座山上，来自断裂带最偏远乡村，但她的衣着打扮甚至容貌没有丁点泥土气息，人很漂亮，活泼开朗，成绩好，爱笑，这些优点，以生命的形式集中一般，构成她的存在，让我惊艳。后来，读沈从文的小说，从那些乡下女子身上，我隐隐发现到她的影子。她的笑拥有一种魔力，能把我的魂从我的身体里扯出来。她笑，春天变得温暖，夏天多了凉爽，秋天充满希望，冬天也不冷了。

情窦初开的少年如同挂在树上的青梅果，在那些灿烂而又贫瘠的岁月，我从未想过表白，浪漫的念头缥缈而不切实际，尽管，梦里全是那种白头到老生死相依的唯美画面，我甚至期待过，如果到了世界末日，只剩下我们在这颗老星球上，也是不错的结局。然而，好景不长，伊甸园之梦被人打碎了。原因是，有天晚上，半夜，同班同寝室的刘金虎说了句梦话，那时，我们好几个同学尚未入睡，耳朵虽然醒着，但没人说话，寝室里静得像是一片声音的沙漠，在这样一种背景下，刘金虎说了句石破天惊的话，他说的是："ZJ，你往里边睡点嘛！"寝室里睡的是铁架子床，上下铺，一人一铺，刘金虎睡的是上床，里边是墙。并且又是男生宿舍，就算ZJ胆子再大，也不可能跑进男生宿舍，和刘金虎共度良宵。唯一的可能，就是刘金虎癞蛤蟆想吃天鹅肉，说的是梦话。空气瞬间凝固了几秒钟，然后，寝室有人笑出声来，撕破空气的笑声，是那些没有睡的同学发出来的，紧接着，睡的人几乎全吵醒，寝室里四五十个人，都跟着笑，这些肆无忌惮的笑把声音的沙漠变成了一小块欢乐的海洋。寝室里几乎所有人，都变成鲁迅小说笔下的看客和观众。大家都在笑，只有我的心在滴血，整个人四分五裂。刘金虎在梦里喊到的那个人，就是我暗恋对象，刘金虎短短一句，就把他和我变成了情敌。第二天，刘金虎的梦话在班上传开了，人人都说刘金虎喜欢ZJ，置身于那些怪话中间，我成了怪物。这件事对我打击很大，我郁郁寡欢，只能沉默，在沉默中，消化着刘金虎留给我的那块痛。

"时间流逝。人间事往往如此，当时提起往往痛不欲生，几年之后，也不过是一场回忆而已。"法国小说家勒克莱齐奥在一篇小说结尾如此写道。二〇一二年冬天，刚大学毕业不久的我在北川新县城一家旅游公司上班。说是工作，其实等于混日子，浑浑噩噩，正处于人生的迷惘阶段，没有希望，没有未来。那时，大学寝室要好的兄弟伙小涂刚出校门，家里就给掏钱买了一辆十多万块钱的车，而我，荷包里空得像是刚被人打劫过一样，穷得叮当响。就是在那样一种背景下，一个寒风呼呼作响的夜晚，我忽然接到一个电话。在电话里，她轻声告诉我她是ZJ，然后哭了起来。我说，听出来了。她说，我想给你做女朋友，你答应不，你现在就给我回答，行，还是不行，都给我一句话。我完全蒙掉了，搞不清楚状况，可以肯定的是，我没有女朋友，但我优柔寡断，花了很长时间考虑……ZJ也在电话里等了很长时间，最后，我想清楚了，我叹了口气，告诉她，还是算了吧。还是算了吧。二〇一二年冬天，不知是ZJ挂了我的电话，还是我挂了她的电话，我们没说再见，就挂了电话。那以后，我们再也没有联系，没有联系好像也是因为，我们没说再见。后来，我换了手机，换了电话号码。眼下，除了养家糊口，我已经没有精力"朝花夕拾"。当然，让我"安分守己"的不只是内心的责任，还因为一把剪刀。媳妇曾大义凛然地警示我："要是朝三暮四，我就拿剪刀给你咔嚓一下……"

"过去的一个个瞬间，如果我在当时就已参透，便不会鲜明而又焕然一新地穿过我的当下。或许当时我应该不断重复经历或者干脆避免让它们发生。每一个时间都会有一段空隙，这段空隙里我们绞尽脑汁思量，何时何地在谁面前说什么话，还是应该选择沉默。"重温过往，重温断裂带赋予我的悲欢冷暖，赫塔·米勒的话语会在我的脑海升起。

记忆和经历的构成，无非是一堆散乱不堪的细节，泡沫，碎片。我聚气凝神，试图用它们拼凑出一幅画面，一个意象。这是可能的。近来，一些个人经历或作为旁观者的所见所闻，让我意识到，在断裂带，在亲人们生老病死的这片土地上，每一件事都不是孤立的，每一件穿过当下的事实际上也与过往息息相关。即是说，每一件事都有迹可循，并非空穴来风。于是，当我写下"蝴蝶效应"，这个近来一直在我心头神出鬼没的幻影，我知道，我迎来了契机，如同孤岛上的鲁滨逊和星期五终于等来一艘大船。我必须打破沉默，穿过它抵达词语内部，去看见，去仔细观察。疼痛、苦难和变迁，在时光封闭又敞开的空间闪烁着幽光。眼下，居于时间内部的我，仿佛置身于一场风暴之中，制造风暴的"蝴蝶"，在岁月深处，也在人心深处。

二

在断裂带，或者把范围再缩小一点，在我们那个村子，每年秋后核桃成熟，家家户户都要打核桃那段时间，父亲的名字、脸孔和遭遇就会混在那些核桃树灰绿色的枝叶中间，若隐若现。风一吹，核桃叶子便沙沙作响，核桃们则开始瑟瑟发抖，更加死死地紧抱着自己的命运，以免从树上落下去。可以肯定的是，在父亲没出事之前，断裂带的核桃不会如此小心翼翼，心惊胆战。

核桃仁补脑，人们喜欢吃核桃。

核桃皮上的汁液如果沾在手上，手就会显现出命运的本质，变成黑色，很难洗掉。

在断裂带，一个家庭有多少棵核桃树，一棵核桃树上有多少核桃？没人数过。很多时候，核桃以集体的方式，被装进蛇皮口袋，在秤杆和秤砣的配合下，论斤数买卖。在父亲出事以后，这种传统本质上没有发生任何变化。只是单个的核桃受到了比以往更多的敬畏。核桃的数量，能够统计出我父亲在人们脑中浮现的频率，这是因为，父亲和那些核桃是混在一起的，冥冥之中，他仿佛就是那些核桃的"另一种皮肤"。当然，核桃和核桃树是不一样的，在熟人们印象中，核桃更能代表"当事人"，而核桃树，则被视作"罪魁祸首"，埋藏着某种祸端的源头。

很多核桃即便熟透，穿着的紧身衣不会因为死亡的膨胀一下子裂开，或者一下子掉在地上，不像活在岁月里的人，一旦停止心跳和呼吸，就会被及时地埋进土里。

落在地上的核桃往往会被摔得稀烂，有的仅仅是落了皮，有的则是壳也裂开了。露出核桃仁的那种，只能被当场吃掉，无法卖钱。无法卖钱的核桃也就失去了价值，只能被吃掉。

在我父亲没有因为核桃从树上摔下之前，核桃与核桃之间没有区别，没有人与人之间的那种世俗的眼光，和高低贵贱。核桃之间的绿皮、硬壳以及核桃仁，在核桃的世界是一样的，在家乡人的心目中，是一样的。核桃有着显赫的家庭地位，是因为，它们能给一个普通农民家庭带来一份实实在在的收入。

二〇一二年八月出事当天，父亲早早起床，走到我们家下面转盘路的小卖部买了包烟，来回不到十分钟。那些年，为供我和弟弟读书，父亲总是抽经济烟，断裂带人把最便宜的烟叫经济烟。我曾亲眼所见，父亲兜里平时都揣着两种烟，一种经济烟，一种好烟。这两种烟某种程度上显示了父亲的敏感和自尊。经济烟是他留给自己抽的，好烟则是用来散的，散给熟人和帮忙的人。父亲是热心肠，优点很多，缺点也不少，比如烟瘾大，也好喝酒。有些人喝点酒软得就像是身体被抽掉了骨头，父亲正好相反，酒是他的加油站，会把他变成大力士，我曾见过他喝酒之后，扛着一块足足两百斤重的木头，健步如飞。

"那包烟他给别人散了一支，自己站在树底下抽了一支，就开始上树打核桃，天刚亮，树上还有露水，滑得很，一下子就落下去了，梭溜溜板一样……"母亲谈及这场意外，目光总是落在家门前枝繁叶茂的核桃树上，耿耿于怀。

家门前的核桃树就在水泥院子边缘，和父亲一样，它正值盛年，丫字形的树干挺拔苗壮，墨绿色的树冠远远望去像一朵等待腾空而起的云。水泥院子下面，是一道将近二十米的堡坎，倾斜的堡坎下面，是硬邦邦的水泥路，水泥路下，清澈见底的河流昼夜不息歌唱。那天，父亲就是从这棵核桃树上摔下去的，先是跌在堡坎上滑行了一小段距离，然后重重摔在公路的水泥地上。脑袋重重磕在水泥地上，挤出血的语言。瘫在水泥地上的父亲，再也没能睁开眼睛。

母亲说，你父亲当时只是"哎哟"了一声。就这两个字。"哎哟"和"一生"之间，等号和句号之间，再也没有差别。在那一声"哎哟"后面，父亲被送至江油九〇三医院 ICU 抢救整整一周时间，最终，医生建议我们放弃，父亲的脑袋摔碎了。那时，我们别无选择的另一个重要原因，就是没钱，二〇〇八年地震，家里房子没了，修新房已经欠了一屁股债，抢救花了很多钱，我们走投无路了……最终，我们采纳了医生的建议，同意放弃治疗。挂着氧气袋的父亲被救护车送回家里，把奄奄一息的父亲送回家里是为了让他在属于他的这一小块天空下，跟尘世做最后了断。到家时，鼓鼓的氧气袋已经瘪了，父亲的生命，进入倒计时……临别之际，弟弟和母亲陪伴着父亲，乡亲父老们也来了很多人。一直昏迷不醒的父亲落气之前，似乎也意识到了什么，眼角湿湿的，他已经没有力气流下眼泪……我看不下去，转身钻进卧室。知道父亲走的那一刻，我没有掉泪，磕了三个重重的响头，磕响头的时候，我想到了落在地上的核桃。生命如此脆弱……

这些年，无人的时候，偶尔想到父亲，我会不由自主地冲着空气喊几声"爸"，仿佛他就在我的生命附近；我会在我的想象里用超过闪电的速度狂奔，然后伸出自己结实有力的胳膊，做好一切准备，我百分之百相信，父亲还在空中，如果他掉下来，我会不计一切代价稳稳地接住他，抱紧他，不让他掉在地上。

赫塔·米勒在一篇散文中讲述过这样一个故事："它在河水的涟漪中，把一个孩子从身上甩下，然后用自己的蹄子把孩子踏死了。闻讯而来的孩子父亲操起斧子便向马脑袋上砍。马倒地之后，孩子的父亲仍旧不停地砍，直到马脑袋崩开。斧子每砍一下，人们就能看得更清楚，马头是由什么构成的。他通过乱砍宣泄内心的震惊，此后而来的悲痛才让他住了手。"这匹二战时期的战马，并非死于战争，而是死于复仇，死于怒火。

和这匹战马不同的是，我们家的核桃树没有受到惩罚。父亲下葬后那几天，从部队请假归来的弟弟，数次想提着斧子砍掉那棵核桃树，为父亲复仇。母亲既不支持，也不反对，父亲的死亡似乎跟核桃树直接挂钩，但她显然弄错了，她没有意识到，核桃树并非故意或者说恰好站在那个地方，恰好属于我们家。最终，我拦住了弟弟，掐灭了他内心的怒火，这样做没有任何意义。死亡是唯一的，逝去的时光不会变成生命，父亲不会因为一棵核桃树的死亡回到我们身边。

假如弟弟砍掉了那棵核桃树，我们会看清一棵核桃树的构成，会看到那些涟漪一样层层散开的不规则的年轮，看到它走过的春夏秋冬和历经的风风雨雨。当然，我们也可以看到，核桃树即使被砍掉了，离开了它站在的那个地方，它依然是存在的，它不可能连根都不剩下地离开，它会留下一截树桩，如同一块永久的伤疤。

为核桃付出生命代价的父亲，成了前车之鉴，父亲去世的第五个年头，也是打核桃那段日子，村里代叔叔的媳妇，我不知道她真实的名字，平时碰面也就是下意识点点头，算是打过招呼。当人们再一次说起，这个女人背着背篓独自出门打核桃，实际上，已经有了某种暗示。那天，她大清早出门打核桃，傍晚不见人归家。代叔叔在自家地里找到人的时候，她已经在树下趴了大半天，眼泪汪汪，说不出一个字，也动弹不得，她从核桃树上摔下来了，那块地比较偏僻，人迹罕至，叫天天不应叫地地不灵，那些蚂蚁、昆虫、蚊子陪着她，在剧烈的疼痛、孤独和煎熬中，她等了大半天时间。送往医院，命是保住了，却落下残疾，身体再也没法恢复到从前的样子，余生只能在轮椅上度过。

父亲的遭遇，代叔叔媳妇的遭遇，在断裂带带起一股冷风，吹遍角角落落。村里的核桃受到了冷落，很多人家宁愿核桃烂在树上，愿意出门打工挣钱，也不愿再打核桃了。这几年，果梅经济效益快，形势大好，断裂带许多人家把地里的核桃树都砍掉了，种上梅树。我们家的那棵核桃树依然果实累累，提起核桃，母亲总是眉头一皱，说："真是倒了八辈子霉！"

核桃，我最不愿意触碰的，核桃。我吃很多东西，但我已经很久不吃核桃，我再也不吃，我坚决不吃。不是我讨厌核桃，我只是害怕想起父亲，想起那个坐在轮椅上下身瘫痪的女人，想起断裂带上那些核桃般摇摇欲坠的生活和命运。

三

一个国家，一个地方，消失一个人，就如同在我家门前的河流里取走一滴水，我能想到与之并列的三个成语是：毫发未损，微不足道，不值一提。消失，是一种撤退，本身意味着离去，清空，无关，不在场。在断裂带，对一个普通家庭而言，一个人消失又是另一回事，不再是数量上的可有可无或无足轻重，消失的那个人通常会变得格外醒目，也加倍清晰。

消失仿佛是一面放大镜：一个人消失以后，他的脸孔、语言、行为、思想的确不在了，但是他作为记忆中的个体，存在感是不会"人间蒸发"的，人们用自己的方式纪念他。纪念不是中性词，既有升华，也有沉沦。一个人消失之后，得到的，会比没有消失之前更多。

父亲走后，我们一家四口变成一家三口，因为父亲带走了一个家的四分之一，我们剩下的四分之三，虽说依然保持着数量上的优势，但在气势上已经完全输掉了，输给了父亲，他一个人就把我们的四个人的完整打败了。

那几年，家里人就母亲、弟弟和我。当然，我要是跟外人这样说，母亲会不高兴的，因为她不喜欢我们把父亲说漏，虽然，对父亲的"抛妻弃子"她一直耿耿于怀。

　　我一直都有这种印象，在母亲那儿，在这个断裂带其貌不扬的乡下女人身上，我消失的父亲就像一朵云，一直没有离开过母亲的天空，没有离开过我们家。日常生活中涌现的种种迹象似乎都在表明，父亲一直都在，父亲没有从我们的生活里消失。有一次，到街上移动营业厅去给母亲充话费，营业员问我，你妈名字是不是叫"刘金成"？营业员忽然说出我父亲的名字，让我心头微微一震，这个消失的人，似乎就在身边。那时，我才发现，母亲用的电话号码，其实是父亲原来用的那个，母亲原来是有自己的手机的，她自己的号码没用，她用的是父亲的电话号码。父亲已经不在了，母亲却在用另一种方式表达她的立场，她不允许父亲"消失"，不允许他"停机""欠费"。这样的事虽不难理解，后来，我还是没心没肺地几次建议母亲把这个号码注销，母亲没同意，瞪着我，有些愤怒，从她的目光，我看到一匹"白眼狼"，长着我的模样。

　　那几年，逢年过节，是家里最冷清的时候，通常只有我和母亲围着桌子吃饭，弟弟那时在部队服役，也很少回家，母亲却不甘寂寞似的，每次，都要在桌子上搁四副碗筷，多余的两副碗筷是留给弟弟和父亲的。我们一边吃，她一边给那两副盛着白米饭的瓷碗夹菜……

　　母亲从来没有忘记父亲，父亲也从来没有在她的生活里消失。在她卧室里，一直搁着一个相框，里面有父亲去世那年，专门洗出来的照片。父亲在相框里微微笑着。无论春夏秋天，无论天晴下雨，父亲都是那样，微微笑着，在母亲的卧室里，在她身边。

　　我和弟弟很少在家，也很少回家，平时，母亲独自一人守在家里，忙里忙外。母亲不容易，我父亲不在了，生活仍然是从前的生活，负担也依然是负担，家里没了可以依靠的肩膀，母亲的肩膀就重了，里里外外的事情又不可能因为一个人消失打折。坚韧的母亲，一个人挑着一个家的担子在岁月里走。

　　我的作家朋友阿贝尔曾经跟我说："你母亲那么年轻，可以再找一个。"是啊，母亲那时不到五十岁，不算老，我和弟弟也不是"想不开、看不开"的人，母亲愿意再找一个的话，我们绝不拿出反对票，有个伴，嘘寒问暖，比一个人强多了。但是，我告诉阿贝尔："她不情愿。"其实，私下里，我已经试探过，跟她说过这事，母亲满脸通红，然后，几乎尖叫着说："你要把你妈羞死啊！"嫁鸡随鸡嫁狗随狗，母亲是铁心守着这套老规矩，也不愿改嫁了。

母亲身体里的蝴蝶，是只枯叶蝶。一天，母亲跟我闲聊到一个亲戚。亲戚跟我母亲说了一番话，母亲把话又转到我的耳朵里："勤姐嘞，我不像你，没个男人哪里得行嘛?!"亲戚刚刚失去丈夫不到一个月，就给自己找了一个伴。其实，她自杀身亡、留下谜团的丈夫消失速度并不算快，在速度的心脏里，似乎秘密隐藏着一只花蝴蝶，花蝴蝶把风吹向死亡，然后这风就继续吹，在村子里吹，在断裂带的耳朵和眼睛里吹，直到她的脸也被风吹得模糊不清。

现在，我们家算是人丁兴旺。母亲，弟弟，弟媳妇，我，我媳妇，弟弟两个女儿，我一个儿子，一大家人加起来，八个人，算上父亲，就是九个人。以前只有两个儿子，现在生活里多了两个女儿，三个孙子孙女，儿孙满堂，母亲更忙了。我们在家，是母亲最忙的时候，我们的嘴和胃，需要她从冰箱里取出各种肉解冻，需要她洗菜生火烧水做饭。很多事需要母亲操心，母亲常常忙得分身乏术，仿佛她是这个家唯一的主人，即便如此，母亲也不许我们参与其中，她说的是："莫给我添乱！"

为了不给母亲添乱，我们只好和孩子们玩。刘子涵，我大侄女，小小年纪，不满三岁，已在语言方面显示出惊人的实力，她满口流利的普通话，是从动画片《熊出没》里学来的。她没有属于自己的声音，她的声音更像是熊大、熊二和光头强的"合体"。

那天，我钻进卧室，打开衣柜里的抽屉，取出那本薄薄的相册，随意翻看。相册里住着我们一家人过去的时光。大侄女忽然摇摇晃晃来到身边，用瓮声瓮气的普通话问我："亲爱的大爸，你在干什么?"

我指着二姨的照片问她："跟大爸说，这是谁呀?"

刘子涵回答："大爸，这是我的二婆。"

说完，大侄女拍拍胸口，告诉我："大爸，我好想好想我的二婆哦！"

于是，我又指着我的照片问。刘子涵无比肯定地回答："大爸，这是我的大爸。"说完，她再次拍拍胸口，告诉我："大爸，我好想好想我的大爸哦！"

我差点笑出眼泪来，说："大爸就在这里啊！"

刘子涵说："可是，我还是好想好想我的大爸！"

人都要化了。我又指着我父亲的照片问她："这是谁？"

照片上的父亲穿着军装，背靠着一辆吉普车，意气风发。大侄女肯定不认识她爷爷。她看了看，说："嘻嘻，这是鬼子！"

我听了，赶忙告诉她："这是你爷爷，不许乱说。"

大侄女高高兴兴叫了一声"爷爷"，就不说话了。我又指着我弟弟的照片。这张照片，弟弟也是穿的军装。大侄女从未见过她爸穿军装的样子，因此，她又认错了："大爸，这是鬼子，嘻嘻！"

我只好告诉她："这是刘军！"

大侄女的眼睛一下子亮了起来，欢天喜地地说："哦，刘军，大爸，刘军是我爸爸，大爸，我好想好想我爸爸哦！"

大侄女的"普通话"给我留下的印象太深刻了，多可爱的童心！另一方面，我不得不为此深思：一部分记忆消失，一部分记忆生长。在从小就开始说普通话的侄女身上，我观察到一种跟我们儿时截然不同的表达方式。这不是个案，更像是"大势所趋"，普通话作为一种交流方式，已经如同雨后春笋，在断裂带的"下一代"普遍盛行，人人都说普通话，而方言，则变成了"枯叶蝶"。我无力判断，从小就说普通话，好还是不好，谁知道呢？我只是有点遗憾，方言这只蝴蝶早晚会在语言的丛林飞走，或许，只是因为一部没什么营养的动画片。

四

醉倒在幺爸家门前边沟里的大伯如同一截枯枝，在初夏的树梢上嘎

345

嘎作响，在这个喧哗又饥饿的深夜里嘎嘎作响。

"一截枯枝嘎嘎作响"，印象里，这是一个希腊诗人的诗歌标题。对大伯而言，这却是他难以逃避的"现实"。在春天的时候，人们提到大伯，总是说，春天长不了了，现在是夏天，我们又开始担心，夏天长不了了。当然，这样说，绝不是出于诅咒或者恶毒，而是基于某种了解。

大伯是父亲的大哥，一个嗜酒如命的人，一个病入膏肓的人，一个眼下的可怜人，一个曾经的恶人。

"在幺爸家门前的边沟里，大伯差点就摔了父亲那个样子。人当场就昏过去了，脑袋上摔出一条一拃长的口子，淌了好多血，送到九〇三医院，缝了好多针，又醒了过来，就送回去了。"

坐在小区楼下闹哄哄的烧烤店里，弟弟面对着一碗蛋炒饭，几十串烧烤，和一瓶百事可乐，一边吃喝，一边不咸不淡地跟我说起白天的事。和弟弟一起来的还有舅舅，和我一起来的有我那不想在家带娃的媳妇。

弟弟打来电话那会儿，我正在家里看书，对大伯的事一无所知。听弟弟说着大伯的事，我想起我的白天，是白的。

这次到绵阳，弟弟当然不是为了来跟我说"大伯的事"，他是到绵阳审车的。断裂带在修绵阳到九寨沟的高速公路，弟弟退伍后买了一辆大车，在一个隧道工地上拉碎石。弟弟说还没有吃饭。我们已经吃过。便约好小区门口会合，在楼下随便吃点。

已是深夜了，似乎，听到的事，也有深夜的含义。弟弟忽然说起了大伯。

赫塔·米勒："去听和阅读自己认识的人和故事，会让人感到额头发痛。头脑中会组合成一幅由在场和不在场组成的画面。这是一种中间有林间通道穿行的亲近。"

亲人们，总是带来断裂带的风吹草动。

前些日子，母亲带侄女到绵阳玩，也说到过大伯，母亲告诉我："现在你大伯没事就到我们屋头串门，但我们都不想理他！"

听说大伯到我家串门，我不由得想到一句话：不是坏人变好了，而是坏人变老了！大伯以前是从来不会串门的，母亲说大伯到我们家串门，我只有一种感觉：大伯是真的老了。又老又可怜。但就是这样一种人，也害怕孤独。

在我看来，大伯今天的"悲催"，其实是他过去造成的。当我试着组织语言，把关于大伯的事梳理一番，脑子里却一团混乱，仿佛过去的时光颠倒了一切，让人不知身在何处，也不知从何说起。我记住的，只是一些浮光掠影：

1. 大伯性格暴戾，动不动就用"打"来解决问题。为了点芝麻小事，无理取闹，年轻时敢撕破脸皮动手打亲生爹娘，六亲不认。父亲当年本来是可以留在部队的，正是为了照顾父母，保护他们不受欺负，父亲毅然退伍还乡。

2. 大伯有小偷小摸的习惯。

3. 在散文作品《食鼠之家》，我记录过一次"打赌"：我和弟弟在大伯家跟堂哥玩，堂哥赌我弟弟不敢把嘴张到他的××下面，后来，堂哥故意把尿直接撒进弟弟嘴里。当时，大伯在场，正是大伯的怂恿，堂哥才跟弟弟开出了这样恶毒的玩笑，大伯不但没有阻拦，还在一旁哈哈大笑。我那时年纪也小，不敢伸张正义，害怕大伯打我们。

4. 父亲下葬当天，喝了点酒的大伯不顾逝者情面，跟为父亲丧事忙前忙后的五爸大吵大闹，想动手打五爸，被大家拦住。

5. 大伯酗酒，有家暴情结，印象最深的有两次，一次是伯娘有次挨了打，跑到河边"跳河"，未遂，但我从大伯那里，学到了一句话，叫"大河没盖盖子"；一次是有年春节不知大伯家发生了什么矛盾，堂哥打电话报警，恳求警察把大伯抓去坐牢。

6. 上梁不正下梁歪……

今年春节，曾经人见人怕的大伯，被在上海工作归来的堂哥、女儿还有伯娘，结盟按在地上揍得鼻青脸肿。人心齐泰山移，大伯虽有余威，但终究寡不敌众，吃了亏。打完，"扬眉吐气"的堂哥就带着伯娘远走高飞，到上海生活去了。大伯的女儿艳，则抱着二婚刚生下的孩子，也在断裂带消失了。自此，大伯成为孤家寡人，一个人成了一家人。可以相信的是，只要大伯还在，伯娘也不可能回到他身边了。

大伯春节挨打的时候，我在媳妇娘家过年，其实，在断裂带也无济于事，毕竟是人家的家事。我也没办法说清，一个父亲恶到什么地步，儿女心肠硬到什么地步，才会发生这样的事？虽说可怜之人必有可恨之处，但是，打自己的父亲，怎么说也是不应该的。对于远走他乡的堂哥，我深深记得一件小时候的事，有次河里涨洪水，我们一院子小孩在河边钓鱼，那天，我们钓了很多鱼，唯有堂哥运气差，一条都没有钓到。大伯来了，大伯看见我们钓了很多鱼，堂哥却一无所获。大伯，作为一个父亲，不知出于什么心理，居然铁青着脸走到堂哥身边，抬腿照着堂哥就是一阵猛踢，瘦弱不堪的堂哥就这样莫名其妙地挨了一顿打，跌倒在地上的堂哥委屈得泪花闪闪，大伯，把我们吓得不轻，都不敢继续钓鱼了。我还记得，当时年纪稍大的波哥，在大伯走后，伸手去拉堂哥时跟他说了句："莫理那个神经病！"所以今年春节，听说大伯被打的事，我首先想起的，就是当年大伯对堂哥那一阵莫名其妙的猛踢……

我相信，再多细节都无法呈现大伯的"别样人生"。因为酗酒，不到六十岁的大伯已经进了好几次医院，下巴上忽然冒起拳头大的肿瘤，迅速走向衰竭的肠胃，醉酒后摔得鼻青脸肿……都挡不住大伯喝酒的那份执着与激情。写到这里，我不由得想起江油诗人蒋雪峰的一句诗："李白的战士最听酒的话。"所以，在春天的时候，人们提到大伯，总是说，春天长不了了，现在是夏天，我们又开始担心，夏天长不了了。

我问弟弟："那给堂哥和伯娘打电话了没有？"

"打了。人家说的是，不管！"

弟弟说完，又继续补充："还说，死了算了！"

在我们说话的间隙，面色疲惫、有些邋遢的舅舅坐在一边，一声不吭，安静地吃着一串烧烤。舅舅老了，脸上皱纹纵横交错。舅舅不缺钱，缺的是一个贤内助。逢年过节，一大家人聚在一起，说得最多的，就是"身在曹营心在汉"的舅妈，不安生过日子的舅妈，把村里条件最好的日子过成了生活质量最差的舅妈。母亲的话再次在耳畔响起："你当初就不该把那台电脑卖给你舅妈。"这句话是去年舅舅家房子被大火烧得精光，母亲背地里亲口跟我说的，她是在责备我。〇二年我卖给舅妈的那台台式电脑，为她缺氧的精神生活打开了一扇窗子。我明白母亲的意思，舅妈的不三不四的网友，沉迷唱歌、跳舞、白日梦，不安心持家，仿佛，都是因为那台电脑。这几年，沉迷在网络的舅妈没少闹腾，动不动就跟舅舅闹离婚。如果没有那台电脑，舅妈兴许不会有那些"爱好"。去年冬天，家里房子失火，就是因为舅妈开车出门到山脚下的转盘路跳舞去了……损失惨重。外婆搁在铁盒的几万块钱也成了灰烬，吓得缩成一堆的灰烬，还没有我家石头的拳头大。

吃饱喝足，话也拉拉杂杂说了一堆。迎着不知从哪儿吹来的风，穿过沉默的街道，我们缓缓走向家门。路灯在深夜里发呆，眼神疲惫、朦胧，一些幻影在周围悲伤地浮动，翩翩起舞。

在深夜，有时能够看见蝴蝶。

（《红岩》2021 年第 3 期）

对　岸

孙莳麦

一

　　我说不清这一切是怎样发生的。前一秒还笑着，后一秒就哭起来了。她蜷缩在沙发的角落，抽噎着，面前堆满狼藉的杯盘。她必定同我一样想不明白，自己做错了什么，母女之间的关系又何以变成了这样。似乎先是在饭桌上，好好的，我提起了喜欢的男生，用小女孩般娇嗔的口气："他怎么还不来找我说话呀？他要再不来找我，那我也不喜欢他了。"本是个玩笑，谁知母亲却当了真，正色起来："人家男孩儿要不喜欢你，你也别上赶着去追，世界上好男孩那么多，哪里就缺他一个了。"

　　当然也是句善意的提醒。我的倔脾气却偏偏在这时候上来了，笑容僵在脸上，嘴边的空气开始冷却。一边怪她玩笑话何必那么认真，更多的还是埋怨她扫了自己的兴。于是抓住那些话里的细枝末节不放——有时越得不到什么越想要证明什么的——"他怎么就不喜欢我了？不知道情况就别乱讲。"过了一会儿觉得不解气，又追加道："好好地说一件事，你老拿莫须有的事情泼人冷水，有意思吗？"遂搁下碗筷不吃了。

　　她必然没料到自己一句话能激起这么大的波澜，先是错愕，继而疑惑自己是不是说错了什么，接着几种复杂的情绪混杂在一起，在胸腔里酝酿出巨大的委屈——临到嘴边又失了火力，嗫嚅道："我不过是提个醒，让你给自己留条后路。还不是怕你受伤，要不是你妈谁在意你怎么想？"

话单拿出来自是句句在理，无懈可击。却偏偏触到了我的"着火点"："为你好""留退路""我是你妈"。每一句都足以让我爆炸。要知道有时候爆发的根由并不在眼前的一事，而是几件事，乃至长久以来的情绪和生活共同作用的结果。于她如此，于我亦如此。先是一双袜子，再是一对没擦干净便穿出门去的鞋。从口红颜色到恋爱、学业，从不经意的提醒到拌嘴再到夺门而出，一团乱麻层层抽开，偃旗息鼓之时我们都忘了出发点是什么。

印象中上一次跟她吵架，是为着这个男人走入我的生活，她埋怨我不跟她说。我说，不是不说，而是觉得不是时候，时候到了我自然会说。

后来不知怎的吵了起来：

"和你有什么关系？是我结婚又不是你结婚！"

"好啊，你现在长本事了，妈妈管不了你了，你想和谁结婚就和谁结婚不用跟我汇报！"

"跟你汇报？不是你先来问我的吗？谁愿意给你说？"

"好，说了你不听，吃了亏别回来找我！"

"不找就不找！咱俩各过各！"

……

事情早在情绪的推动下变了样子，说出口的话好像射出去就再难回头的箭。她像被布头塞住了嘴巴，半晌说不出一句话，扭头走进了屋里。我说不好她是不是哭了，她的眼眶是不是红了。她的嗓门大得好像能掀掉屋顶，哭起来却总是无声的。

这次还是一样。同在一个屋檐下二十二年，我早已熟练掌握此类场景的应对方法：沉默。

房间里突然响起我弹钢琴的声音。

——那是很久以前我拍成视频发给她的。

二

正月里的一天早晨，妈冲进房间，问我："昨晚你梦到你爸了吗?"

我说，没啊，怎么了?

她显出有点儿着急的样子："坏了，这两天我连着几晚梦到你爸。以前你一回来我们就去看他，这回没去，你爸肯定急了，催我呢。"

于是，虽然嘴上说着"哪有那么玄乎"，我们还是在当天上午就去了墓地。许是来过许多次的缘故，路盲的我终于也能够轻车熟路地来到这里，像受着某种神秘的指引。

墓地坐落在离家很远的一座荒山上，我们只得驱车前往。一条几近枯竭的小河擦着公路溜过，过了桥便是山。山很大，很秃，直挺挺地立在路边。走近一看，树种了不老少，却生气全无，胡乱地堆在坡上，灰蒙蒙地覆着一层。远远地望见一座座枯冢，倒显得有些人气似的。也无妨，墓地这种地方，总归是不能太热闹的。

心头掠过一丝诡异的熟悉。我想起几年前，也正是路过离这儿不远的高速路口，父亲开车，接我回家。

拨开树丛，没两步就看见了父亲的名字。是从哪儿开始的，鲜活的脸孔突然变成了石碑上的几个字? 僵硬，冰冷，覆着灰尘。

用抹布拭净石碑。慈父，孝女，血红的大字。是高速路口的风将我们刮散了吗? 还是说父亲的家原本在这里? 如今，也轮到我送他回家了。

摆上鲜花。买花的时候母亲笑说："要买的，你爸爱浪漫。"

父亲活得讲究，闲暇时爱侍弄些花草，养些小动物，爱在自己搭的"小花园"里读书饮茶。他曾幻想过退休之后回乡下，回到他出生的地方去，过闲云野鹤的生活。

他也有过另外的打算："麦麦，以后你留北京吧。你妈给你做饭带娃，我就每天开车接外孙上下学，偶尔吃吃庆丰包子。"

我笑说："想得倒长远得很。"

也许世事就是一场猜不对结局的游戏，费尽心机追求的梦想常不得兑现，偶然的谶语却总是一语中的。

后来，在他坐过的地方，母亲摆满了花。

点火，上香。一切进行得有条不紊。二月的寒风像一张隐形的大口，三番两次地吹灭烛火——像两年前那场席卷而来的大病，有预谋地带走父亲摇摇欲坠的生命。

从两年前那个寒冷的冬夜听到电话里父亲异常苍老的声音开始，我便开始着手准备面对他的死亡。于母亲或许更早：接二连三的应酬与晚归，疲惫的身躯与来不及脱下就散落在地的皮鞋，还有出现在寂静的夜里，那个清晰可辨的电梯开门声——"咔嗒"。

自我记事起的无数个日夜，我都能看到等待的母亲。母亲像灰姑娘一样等待着午夜十二点，等待着南瓜马车，等待着父亲，等待着那声象征父亲回家的"咔嗒"。

那个声音现在是不会再有了。

出于一种直觉，两年前的那个电话，我几乎是在一瞬间嗅出了父亲声音中的枯朽与衰败，问他怎么了。他当然不是告诉我病情，而是通知我手术成功的消息（若非如此，他甚至准备瞒我至死）：

"麦麦，悬在爸爸头顶的那把剑没啦！"

那时他还欣喜地将希望寄托在那次移植手术上，殊不知未清理干净的癌细胞已在他体内悄悄作祟。后来的日子里我总算渐渐搞明白了，任何事都绝非一朝一夕促成的。也许中途存在些许波动让你错觉事情有了转机，但只消把目光拉长一些就会发现，那不过是人生长河中一些微小的波流。命运还是会带着你浩浩荡荡地冲向终点，仿佛你之前所做的全部努力不过是为了最后能够坦然地赴死。

手术成功——那是一个顶点，接着事态以不可控制的速度走了下坡路：我回家，去了医院，见到了一夜老去的父亲。病房的环境让我感到陌生，但父亲在那里却显得毫不违和。

他和病房一样让我陌生了。

穿过狭窄的过道，撞进眼中的是一张带轮子的病床。床的两侧卡着吃饭专用的便携式小桌，床下是拖鞋、尿壶，还有印着"囍"字的脸盆。两张病床之间夹着个矮柜，放有水壶和一台不知名的仪器。床头挂有空白号牌，再往上可以看到高耸的天花板，拐角处已变了色。

消毒水的气味和仪器一样坚涩而疏离，父亲身处其中，自然如一个摆件。

一切仿佛生来就是为他准备好的：那高高的天花板是让他一天天看的，那空白的号码牌将写上他的名字，那矮柜上的仪器将和他的身体相连，后来一台不够又多了几台。床头柜被一样样东西挤满，不过他也渐渐学会了怎样把它们拾掇整齐，在满满当当的柜台上再见缝插针地放一本书。那狭窄的过道刚好可以容纳一位护士和一台装有各种药品及针管的小推车。护士和小推车一天来无数次，他和护士都烦了。而其他的时候，过道里刚好可以摆一把椅子，那是为母亲准备的。

某个夜晚，我突然看到了父亲的背影。坐在母亲身边，瘦弱如少年。他的双手直直地扳住床沿，颤巍巍地撑起上半身。病号服薄薄地覆在身上，清晰地勾勒出他背脊的轮廓。这件棉质的条纹衫变成了他最常穿的衣服，以往的西装已在他身上显出不合时宜的滑稽来，使他看起来像个偷穿了大人衣服的孩子。我时常感到恍惚，仿佛想让他由内而外融入这个环境似的，每日以"治疗"之名插入他身体的那根巨大的针管，一天天抽走我记忆里那个高大的父亲。而眼前这个轻飘飘的、小小的父亲，仿佛连跟他讲话，都要小声一些。

烧纸。花式各一、面额巨大的纸钱，一沓沓地丢进桶里。纸钱触到火苗迅速化为灰烬，像面对某种不可抗拒的命运。一天天过去，生命力从父亲身体里加速撤离，而我一无所知。

父亲临走前的最后一晚，我在病房陪他。他斜倚着枕头坐着，跷着脚。呼吸罩像矿工帽一样箍在头上，露出高高的、光秃秃的发际线。眼袋重重地从下眼睑拖拽下来，长长地耷拉在脸上。

我终于也有机会照顾他了。此前尚有丁点自理能力的时候，他都不许我动手，说医院的东西，脏。

癌细胞最终还是击垮了他作为父亲最后一点别扭的尊严。

听老人说，人临死前身体是会自我清洁的。凌晨时他开始拉稀，每隔十几分钟就要清理一次。我一手抬起他的屁股，一手迅速把尿不湿塞在他的腰下。在我生命的起点，那块曾经茂密的丛林不知什么时候脱落成了一块不毛之地，他的脸上闪过了一丝不易察觉的尴尬。我装作不经意地拿了张抽纸盖在上面，再替他掖好被子。他叹了口气，像是为了掩饰尴尬似的笑了笑，又好像仅仅是因为满足。

一时间我差点掉下泪来。父亲是那样注重仪表的一个人，以往出门时，衬衫要扣好，西装要熨平，皮鞋要锃亮。如果还有能力，他是不会允许自己这么狼狈的。

第二天一早，我听见他叫我名字。冲过去一看，他挺着身子，双手抓着床栏杆，大口地抽气。我赶紧叫大夫过来。大夫过来后，没有抢救的意思，只是扒开了他的眼皮，用手电照他的瞳孔。一共照了两次。第一次大夫说他的瞳孔扩散了，我还不信。第二次大夫说瞳孔又扩大了一些。父亲已说不出话，嘴大张着，呜呜哇哇地发出声音，只有出气没有进气了。

病房里骚乱起来。我怀着必死的决心，和置之死地而后生的侥幸，平静又不知所措地坐在床边，一边看着心电仪，一边看着父亲。

我问医生："我爸能不能挺过今天？"大夫摇了摇头说："这就是最后的样子了。"

我感到奇怪，又毫无情绪。我本能地继续低下头看着父亲，仿佛所有的困惑都只是针对医生口中这个怪异的词语——"最后"？什么最后？"最后的样子"是什么样子？我不明白。

父亲还是老样子，大口大口地抽气，仿佛毫无目的地重复一项单调的运动。他紧抓着栏杆的手好像没了力气，跌落在被单上。我握起他的手，慢慢地，机械地抚摸着。他的手很凉，苍白，肿得像个包子。因为待在病房，太久不见阳光，他的皮肤变得非常细嫩。但每天的输液却让他的手背没有一块好皮，他的血管太细，有时候一针扎不进去要扎好几针。我记得摩擦生热，我想把他的手搓热。我把他的手握在我的手心，朝他手上哈气，想让他逐渐冰冷的身体暖和过来。

可是无济于事。他瞪大了眼睛，盯着天花板。我想让他看看我，就欠起身，把脸凑到他的面前，用手在他眼前挥了挥。可他的目光并没有聚焦在我的脸上，仍然死死地盯着刚才那个位置。突然他一皱眉，使劲闭上了眼睛，然后咕咚一声咽了口气。我心里一沉，心想结束了。没想到他很快长长地倒抽了一口气，又睁开了眼睛，弱弱地喘着气。我更紧地握住了他的手，像要抓住什么似的。

病床边渐渐聚集起了人。医生、护士。有准备帮父亲清理、换寿衣的，还有帮忙料理丧事的。各司其职。他们都在床边站着，不说话，只看着父亲。似乎万事俱备，只等着他的死亡。

心率 43。

他缓缓地呼出一口气，又长长地倒抽一口气，如此循环。他的眼睛变得焦黄而浑浊，一滴浓稠的眼泪堆积在他的眼角，但没有落下来。

血压 30。

太低了。但我好像听谁说只要有压差就是好的。我安慰自己，有压差的有压差的，父亲还活着。

血氧 26。

长时间的抽气运动让父亲的嘴歪在一边，接着一串一串的白沫源源不断地从他嘴里流出来。我赶紧抽出一张纸把流出呼吸罩的白沫擦掉。我不敢拔掉呼吸罩，罩里聚集起一团一团的白沫。

心率 22，35，28，19……

我看一眼心电仪，再看一眼父亲。电波在一条直线上偶尔起伏，他在缓慢地死着。

慢慢地，他原本瞪大的眼睛有点睁不开了。我想他也许是累了。除了心电仪上的几个数字，没有什么能说明他还活着。丧事师傅显得有点不耐烦了，就冲床边的护士挥了挥手，说了句"走了走了，轻轻地走了"，示意可以拔管子了。护士站在仪器后面不敢轻举妄动，征求意见似地看着我。

我说："不，仪器上还有数值，波浪还会起伏的。我爸的心还在跳。你等它跳完，你等它跳完。"

"我跟你说，一会儿事情还多着呢。尸体硬了衣服都穿不上了。"师傅放大了嗓门对我说："欸？你看看你看看，没数值了。"

我扭头一看，心率变成了两道短杠，呼吸15。

跳动的火焰渐渐熄了下去，消失在一层厚厚灰烬里。

父亲终于还是没能说出一句话。他对我说的最后一句话，是我的名字。

三

"孙莳麦"。父亲在给我起名字前，曾目睹一位男性给女孩饮料里下安眠药，为了达到某种不正当的目的。然后有了这个名字。莳，种植；麦，小麦。种小麦。即便种小麦也不要依靠男性生活的意思。

但他一定忘了，一朵温室里成长起来的花，可能幸福却不独立，或者独立却不幸福。在父亲离开后的那些时日里，我时常做一些无用的假设：如果父亲还在呢？如果我做一个"好女儿"，能不能换回他哪怕只有一天的活着？如果他还活着，我又能否做一个"好女儿"？为他做点什么，一些适时的关心，一些不停留在口头上的挂念，一些不从自己出发的考虑，少些任性的讲话以及无谓的索取，或者再退一步，至少是，自己的事情自己来。

他常说他什么都不要："我只要我姑娘开心就好。"我也总是相信。当然这不过是个自私的借口，我长期沉溺于一种慵懒而温暖的快乐中，懒得问这一切背后的原因。直到他离开后我才开始考量我们之前的关系，我对父亲的感情，到底是"需要"，还是"爱"？

按道理我应该是爱他的，哪有女儿不爱自己父亲的呢？只是这爱总要有付出，至少是不单单是索取，我在自己身上可一点也没看到。我对外人慷慨大度，对父母却自私，以自我为中心。每年他过生日，我问他想要什么礼物。他总是说："你把自己照顾好，别让我们操心就是最好的礼物了。"于是我知道了，这是一种不费吹灰之力就可以获得的高纯度的爱，而真诚地耍嘴皮子是应对他最好的办法。细数我以往送给爸妈的生日礼物，竟然都是"××大赛获奖""被老师夸奖""身体好多了"这类只和自己有关的名义上的"礼物"。而当收到这类礼物时，他总是比我还高兴，喜滋滋地拿出去炫耀，仿佛有了这女儿便别无他求。

一个笑话是这样讲的：一位妈妈想让女儿夸夸自己，女儿说："妈妈，你的女儿可真漂亮啊！"这般笑料在我身上真实上演而我却以为理所当然，浑然不觉。也许是依赖之深蒙蔽了爱，也许是爱根本就不存在，总而言之一直到了今天，当一双无形的大手从我身后抽掉父亲这个靠山之后，我才真正感受到了一种难以遏制的落寞和虚空。而这虚空，到底是因为需要而不得，还是因为爱而不能，还是两者兼而有之，依旧是不得而知。

唯一能够确定的是，我感受到的所有情绪：痛苦、想念、后悔，以及更多时候萦绕在心头的难以名状的落寞都是真实的。即便知道无用，有时我仍然希望能给爸做顿饭，和爸逛菜市场的时候主动提菜，在他很累还强撑着教我完成作业的时候告诉他："爸，你去休息吧，自己的事情我自己来。"

"后悔药"一词的存在，从来不是为了治愈和得救，它只是更加深刻地反映了挽回既定现实之不可能，是使后悔情绪更加刻骨铭心、使人一步步堕入深渊的毒药。

有时我仔细忖度，真正让人感到痛苦的，究竟是"最后一次"的事实，还是有关"最后一次"的意识？诚然，我们生活的每分每秒都充斥着"最后一次"：你保不准这是不是你最后一次踏进这家牛肉面馆，是不是你最后一次与家门口的擦鞋匠擦肩而过，是不是你最后一次走进银行，还清了最后一份信用卡账单。但我们并不因此感到难过，一方面是因为这些事在我们的生活中并不必要，另一方面也更重要的是，我们深谙生活之道：运动是物质的本质，正如变化是生活的本质。正是由于变化无时无刻不在发生，每一个"第一次"都有可能是"最后一次"，所以"最后一次"并不使我们感到痛苦。

那么，引起日后连绵不绝痛苦的到底是什么？那绝不该是痛苦的事物本身，而是有关"痛苦"的意识。也就是说，当我们切实经历某件事时不会感到痛苦，只是因为我们并不知道它即将是"最后一次"。这也是为什么人们总说死亡是病人"歇了地上的劳苦"的原因。说实在的，死亡对被病痛折磨的病人来说并非不公平，甚至可以说是贴心到家。病人一旦撒手西去，尘世间的一切从此都与他无关。若一定要说痛苦，那恐怕是行将就木想活而不得活时最痛苦，是活下来独自面对往后日复一日熬煎的那位最痛苦。

总有这样的心理测试：如果人生只剩三天，你最想做什么？还有一些鸡汤："把每一天当成人生的最后一天来过。"一群人持着生命终结的危机感玩得不亦乐乎，甚至感激涕零，但仔细想想，这类"如果有机会，我一定会……"的假设在逻辑上就不成立。有些事就是这样奇怪的，距离产生美感，亲近生出厌倦。有了陪伴就不会想念，产生想念是因为没了陪伴，想念和陪伴不可得兼，彻悟永远滞后于当下。

这必定是生活同我开的一个玩笑：一个赋予我名字"自力更生"含义的男人，却只有用自己的离开，才能换取我瓜熟蒂落的成熟。在二十岁的当口，我恍若一个一无所知的婴儿，父亲连同我过去二十年的人生一起带走了。

一起带走的还有母亲接下来几十年的人生。

四

人们用刻度将表盘划分为十二个部分，企图以空间来捉住时间。但实际上时间是一种流体，与感觉相连。时间从一个人流向另一个人，总量无增无减。这是我后来才发现的：父亲死于五十二岁，之后，他被掠走的那部分生命似乎以补偿的方式加在了我和母亲的生命里。从此日子被拉长，除了正常的工作和学习，每一个漫长的白日都被母女俩用来做同一件事：怀念那个逝去的人。

说不上为什么，对那个磕绊远多于恩爱的人，母亲如今的想念，却要更多一些。

夏季的一个傍晚，吃完饭，我和她出门散步。天已经完全黑下来，我们沿着一个土坡上了马路，深一脚浅一脚地走。身侧一丛灌木刺拉拉地长下去，最底下是火车轨道。火车驶过的时候一阵风刮过，她说："你爸要是在就好了。"

近两年她常说这话，吃饭的时候、打扫房间的时候。有回我忘了行李箱密码，待在家中手足无措。她下班回到家，一进门就嚷嚷着，听说你行李箱坏了，我以为你爸又闹着玩儿，赶紧回来念叨念叨让你爸给你开锁。接着，她又提起父亲走后一些亲戚不敢来家里住，坐在沙发上，绘声绘色地模仿人家的神态。

"我也不怪他们。我不怕，你爸对你那么好，不护着你还能害你咋地？"

我笑说是，不做亏心事不怕鬼敲门。

她又想起什么似的："你爸对我不好吗？"

我说，也好也好，爸不会吓唬咱娘俩的。

她半晌不语，又说："你爸要是在就好了。"

"你爸要是在就好了。"我一边走，一手拨拉着围栏，说了声嗯。察觉到气氛有点尴尬，她又嘿嘿了两声。不声不响地她走进西北民大校园，融进黑暗走进人群，绕着操场，她又一圈圈翻来覆去地讲曾讲过无数遍的，爸从生病到离开那段日子里的事。说到动情处，我听到她急促的呼吸声，以及喉头呼之欲出的哽咽，像被人扼住了脖子。群山寂静，我分不清灯火和星星。天空没有边界，夜色大到好像可以容纳所有的心事。

她说："你爸走的时候，来了几百号人，殡仪馆小厅装不下，我包了中厅。"

她说："你爸也就是走了。但如果他还活着，再照顾多久我也能坚持。"

她说："你妈不是不行。"

我说是，那时爸也说过。她忙问："你爸说了什么？"为了避免尴尬，我推说忘了："就说你行呗。"她显得有点失望，但话题一转，也就自顾自地忘了。

我没对她说的是，在医院的某个我和她剑拔弩张的时刻，她夺门而出。父亲走了出来，让我别跟她吵。

"今天你妈被大夫骂哭了。"

"我准备做检查，排了一上午队，拖着这俩管子，站都站不稳了。你妈有点着急，就找了大夫，让给催催。是个小大夫，估计人多挺不耐烦的，让她边儿上候着去。你妈一急，就哭了。"

"搁过去我能让人这样欺负你妈？可现在这样，唉。"

"你妈脾气是急了点儿，但能这样不离不弃地照顾一个人，除了你，我想谁也做不到。"

最后他说："你妈是个伟大的女人。"

但，女人还是女人。

终归不是男人。

五

一个男人在女人生活中所占的分量到底是多少呢？

我并非独身主义者，我需要丈夫，也需要父亲。但是，如果做一假设，假设一个女人的生命里一辈子都不会出现一个男人，健身、读书、旅行……她选择了一切丰富自己生活的方式却独独绕开了爱情，那么她的生活，是否会被视为残缺的，甚至不正常的？

答案多半是会。"老处女"之类的词语已屡见不鲜。然而"正常"又是什么呢？在同等情况下，对一位除了配偶拥有一切的男性的称呼则体面许多："黄金单身汉"。而有关其私人生活的联想也要乐观得多：他可以拥有很多，暂时没有只是因为他不想。男性永远拥有更多选择权，而一个没有男性依靠的成年女性则常被认为是弱势的、不完整的、值得同情的，甚至，设若日后该女性身上表现出来异乎常人的特征，无论事实是否如此，都恰恰可以成为"缺乏男人而造成的生活失常"的证明。主动选择的结果尚且如此，更何况，被"抛下"的两个女人。

以关爱为由施加于人的同情仿佛温柔陷阱——这甚至更加残忍，因为它将你的生活状态固定在了关爱者的臆想里，根本不给你翻身的机会。从那之后，有真心的亲人和朋友，也有这样的一群人，他们站在你面前，代你设想了日后的生活场景，播撒下高高在上的爱，动情之处还不忘洒下几滴热泪。一番自我感动的表演过后，满意地咂咂舌，拍拍屁股，走了。除了这个节点，你之前和之后的生活都与他们无关。

而用来形容母女俩的，是那个温情却刺耳的前缀：相依为命。

六

后来，另一个男人走入了我的生活。

研究生录取结果出来，未来三年的生活尘埃落定。无所事事的春天，我整日在校园里游荡，心情像柳絮般飘忽不定。然后他出现了。一个小说中的漂亮男孩，会弹吉他，在足球场上驰骋的样子像匹健康的小马。说话像唱歌一样温柔动听，会看着你的眼睛，为你唱自己谱写的歌曲。

没有人会拒绝这样的一个男孩，遑论一个几无恋爱经验的女孩子。

谁又能将爱情说得清楚呢？当我们谈及"爱"，有多少指的是爱的对象，有多少指的是产生于特定情境的特殊情绪，而这"爱的对象"中，又有多少是真实的他本身？一段靠网络维系的恋爱关系，我像建筑师般从手机屏幕上撷取字句，又在脑海里为它们加上温柔的语气。我孜孜不倦地构建着，用想象勾画出未来的形状。真诚、善良、爱干净、有礼貌……我将自己认为的所有美好品质都投射到他的身上，然后无法自拔地爱上了那个脑海中的幻象。

于是当知道了他对我所说的所有言语都在和另外一位女孩分享后，我几近崩溃。一段靠言语搭建的"爱"，言语的崩塌就意味着"爱"的崩塌。最最致命的是，我竟然把这份自以为是的"爱"当作信仰。所以，当过往的词句碎片一样从屏幕上脱落，他从社交网络上消失，我无法忘记也无法理解的还是那句："我会保护你。"

我曾在一篇文章中这样写过："后来的这几天，这对母女始终保持着心照不宣的默契：她们谁也没哭，甚至经常开玩笑。她们的心脏在一次次希望与失望的拉扯中变得越来越硬，也越来越脆弱。借用个她刚学来的词：纤维化。在这长达半年的心理战中，她和母亲的心都纤维化了：就像放了很久失去了水分的柚子，外表看起来和正常柚子毫无二致，但谁吃谁明白——只消一碰，柚子瓣就会碎成一粒一粒干瘪的颗粒。她们像柚子一样干瘪了，这对柚子母女再也流不出一滴眼泪，取而代之的是扑面而来的虚空和荒芜。"

多年过去，我和母亲已经可以笑着谈及父亲。

有天闲聊时母亲突然说："你爸要再活五年也好啊。"

我说："有些东西是没办法的事。这样说起来，等五年过后又想再活五年，到时候可怎么办呢？"

"好歹那会儿你工作了。"

我说："没事的，我也不指望我爸帮我安排工作啊。"想了想又补充："不是不用找工作就可以让我爸去死的意思。"

母亲大笑。顿了顿又说："有些东西的确是没办法的事。"

大抵是终于明白了许多事是"没办法也只好……"，所以只好转向自身、建立，以便承受这重击。忘了从什么时候起，我们都坦然接受了这个事实，那个曾以为要用一辈子消化的事件似乎也变得举重若轻。开始的一段时间倒总是逞强，表演出强硬的样子以隔绝那无用的关心，甚或无谓的同情，仿佛无论何时，"坚强"总是个值得赞扬的美德。

但我了解自己，也了解我的母亲——我们都不是那么坚不可摧的人。

我开始意识到无论如何我的人生都需要一个支点。父亲去世后这种感觉变得尤为明显，从那以后，我清晰地感知到我身体的某个部分正在悄无声息地下陷。就像沙漏，又像我之前在父亲的悼文里曾写过的——"说不清具体哪里，到底怎样，我只是感到突然地手足无措，突然地茫然无助，像抽掉自己的两根肋骨，冷风嗖嗖地刮进来，心里有一个地方忽然觉得空。"那时我无意识地写下这句话，时至今日我才知道这句话有多么准确。只是空。两年了这个洞不仅没能修补，我反而愈来愈清晰地认识到它的存在——就在那儿、不可转移、不可改变、不可掩埋。

而这时候他出现了，告诉我："我会保护你。"

一个女人想要的究竟是什么呢？所谓"女性主义""女权主义"，我是不懂的。我从不排斥生育，不畏惧生育的苦痛，甚至向往一种传统意义上安稳和乐的家庭生活。一个未曾生育、没有过性经验，甚至与男性都接触甚少的女孩，"男性"对我则意味着，一个像父亲一样的人，一根顶梁柱、一把保护伞。

过去二十年里，"保护"于我，是男性存在的意义。我渴望建立一段相互交托的关系，试图找到一双手，在我坠落的时候，托住我。创口自愈是需要时间的，在那之前，我们下意识会先找创可贴。如果创可贴的出现，能够让生活一如既往地进行下去，创口的自愈还是否如之前那样重要而紧迫呢？

其实哪有那么多需要捍卫的东西，说要捍卫什么，也不过是让自己开心而已。

分手之后，我像发了疯似的寻找那片"创可贴"。在与另一个女孩的对比中，一种强烈的不被选择的焦虑攫住了我。不被选择，进而是不配被爱，由此引发的价值恐慌将我不断拖入自我否定的泥沼里：到底是哪里出了错，是我错了还是爱本身错了，如果我有错你告诉我我可以改，如果爱本身错了那我之前感受到的又是什么……我每日周旋在此类毫无意义的问题中，无暇顾及选择权凭什么可以被交到那个事先背离这段关系的人手里。

我试图找到能使破镜重圆的方法。

自我欺骗。承认自己是个普通人，于是一切懦弱与卑劣都有了前提。承认一切情绪存在的合理性，以及在不理智的情况下做出的不理智决定：包括为对方开脱和无底线的谅解。

迎合"标准"。高考作文的规则是，总分结构，虎头豹尾，语言流畅，论据充分。一种只看标准不看头脑的考试机制，纵使再才华横溢，因离题万里而被判死刑的试卷也不在少数。温良贤淑，知书达理，端庄大方，女人的标准。我笨手笨脚地拿那套子套在自己身上，以期获得高分（谁又是裁判呢？）——我哪里做得不好你告诉我我可以学。你忘了，我最擅长做好学生了。

　　甚至做自己。是的，是那个早已不鲜见的口号"女人要活出自我"。较之"迎合标准"更为体面的手段，然而它的动机却很可疑。当"女人味"不再被狭隘地定义为"温柔、端庄、莲步轻移的大家闺秀"，"做回自己"因其内含的自信、洒脱意味被大量营销号推崇为主流价值的一种，而那之前往往要再加上一句，"男人喜欢的是你本来的样子"——重点不在于"你本来的样子"，而在于"男人喜欢"。

　　其实哪有那么多需要捍卫的东西，说要捍卫什么，也不过是让自己开心而已。

　　"自我"，一种更为隐晦的迎合。一场以男性审美为标杆、以占有为目的的自我塑造，最终却造成了自我的陷落。

七

　　我时常回望自己的童年，企图按图索骥，找到这一切究竟是因为什么。小书包、马尾辫，家与学校两点一线，填塞着数学题、钢琴课与母亲严肃的脸。我看到自己像株温室里的树苗，在悉心照料下抽了穗拔了节，又在一脚踏进二十岁的门槛时忽地失去了父亲。

　　很长一段时间，我反思自己过去的人生如何活过，以及未来的人生要如何去活，惊恐地发现自己脱离了父母几乎是个一无是处的废物，甚至打理不好基本的个人生活。父母全权安排下的前二十年人生，我由一系列标签组成：乖巧、懂事、成绩好。——典型的"别人家的孩子"。除此之外并没有一个真实的"我"存在在那儿——像被套上了一个漂亮壳子，然而生硬、死板、毫无弹性和蔓延。

　　"失去"或"未得到"是质疑存在的前提，否则不是不识好歹，便是无病呻吟。许多事情都是如此。当你深谙应试教育之道，在标准之中游刃有余，成为被标准规训的范本——甚至成为标准本身，又有谁会去质疑"标准"存在的必要，有谁会在意"标准"本身的对错呢？

　　其实哪有那么多需要捍卫的东西，说要捍卫什么，也不过是让自己开心而已。

只是，过去成就我的如今也能击溃我。

好女儿、好学生、好女友。我人生的前二十年里，所有"好孩子"的标准构成了我，我的价值，以及价值实现的满足感全部来源于一张张试卷上的分数、各项考试的排名以及老师、家长的夸赞。在我不断从别人口中获得肯定评价的同时，这评价也塑造了我：这是对的，事情原本就应该是这样的。我长期沉溺于死水一般的满足和快乐中，看不到世界原本的样子。

或许我也从不曾在意答案究竟是什么，从不曾在一段感情中思索自己即时的感受，以及感受出现的原因。我想要的唯安定而已，像期末试卷顶端耀眼的分数，和家长会上被大声念出的名字。只是后来站在路的尽头，我却忍不住回头看，自尊、冲动、说不清道不明的喜欢、安全感，到底是哪里出了差错，让我明明白白感受到的"爱"变得面目全非？我总以为所有事只要努力就有回报，我总以为所有事像考试一样都可纠偏。我甚至试图想找到一样东西，证明并不是自己的"信仰"崩塌，而是另有原因。

"我哪里做得不好你告诉我，我可以学。你忘了，我最擅长做好学生了。"

跌跌撞撞、恍恍惚惚我才算搞明白了，成年男女的世界里，不是所有事都可以用成绩证明的。

"我不过是提个醒，让你给自己留条后路。还不是怕你受伤，要不是你妈谁在意你怎么想？"

我只是不明白，从什么时候起，女性开始不自觉地将评判自我价值的权利交到男性手里，使用一系列标准界定自己的价值，通过与这些刻板而生硬的标准的比照，确认自己被爱的权利？又到底是哪里出了问题，让女性勇敢求爱本身，都成为一种错误？

仿佛生来就要接受的一场考试。

我与母亲的矛盾，或许永远也无法达成完全的和解。我试图建立那根让我成为"我"的柱子且永远不会为此妥协，但母亲的那根柱子却是我。我终于意识到我们是不一样的了。我尚处在人生的前半段，注定是要有新生活的。我仍然可以信心十足地想象，描画出未来的形状。我可以十分有底气地说："我可以有……"而她却只能不断回头看，然后说"我姑娘怎样怎样"，以及那句，"你爸要是在就好了"。

八

"你为什么总想管着我呢？生活是我自己的，提意见可以，但决定我要自己来做。"

"你现在翅膀硬了，有自己的主意了，你想怎么着就怎么着，吃亏了别说，生病了也休想让我给你寄药！爱咋地咋地！"

"你要不天天问我愿意跟你说？药是我让你寄的？"

"好！以后再别让我管你了！"

"莫名其妙，我让你管了？"

"你瞎操的什么心，没有自己的生活吗？"

……

正月十五的月夜，在返校的列车上，我反复循环寺尾纱穗的《狂女》，想到了独守空房的母亲。火车疾驰着驶过平坦的原野，故乡逐渐远去，消失在我视线的末端。

我再也看不见她的背影。

父亲的离去死死地缚住了她的双脚，让她再也无法过到对岸去。

她停留在岸的这头张望我，而我只是海上漂浮的船。

（《天涯》2021年第2期）

诸位此时的神情不是还要向前走吗

杨 潇

> 已经听到蝉鸣了—教授太太们的美意—满街是南国的风情—昆明似北平—勿从摩擦和倾轧中求得自由—在 1937 年许多事情都是偶然的—猪油和玫瑰糖熬制的稀豆泥—同学多有醉倒者—自觉精神上痛快与光荣—时时修改我们的理想

4 月 28 日，旅行最后一天。大家照例早晨 6 点起床，黄师岳训话后，由黄钰生报告学校近况，谈及个人旅行感想，说西南只可作暂避之区，不是长久安息所，东北、华北、沿海是国家命脉所在，不可丝毫有所缺损。这正是杨式德心中所想，他心里高兴，又微微有点感伤，"因为不能再作可爱的徒步旅行了"[①]。

这一天晴暖多云，路程不到 20 公里，旅行团整队行进，情绪甚高[②]，钱能欣看着道旁枝叶繁茂的杨柳梧桐，高兴异常，偶尔也能听到蝉鸣，但并不使人心焦，"初夏了！冬之沅水，春之桃源已匆匆留在我们后面，前面是夏日，是我们更要追求的正气的秋天"[③]。

走了 10 公里左右，天上传来机声，是迁到昆明的中央航校的训练

---

① 杨式德日记。
② 余道南日记。
③ 钱能欣：《西南三千五百里》。

机，机身黑色，翼黄色，有青天白日图样，因为心情愉悦，震耳的轰鸣声在杨式德听起来也像是交响乐。距离昆明城还有 4 公里，旅行团在一处私家庭院休整，这里林木幽美，主人彭禄炳偕夫人备了开水和点心，学生们"乱抢着吃光了"①。联大常委、北大校长蒋梦麟夫人陶曾谷领着诸教授夫人和女同学专门在此迎接。"远游无处不消魂，今日风尘仆仆，征衣未浣，忽而鬓影衣香，风光旖旎，"余道南在日记里写，"一刹间换了一个环境，反倒觉得有些突然。"②

这个庭院叫贤园，在此休整是教授太太们的美意。旅行团到达前几天，陶曾谷与黄钰生太太梅美德、赵元任太太杨步伟相商，上街买了许多鲜花，准备献花给他们，后来章元善太太提议在城外她妹妹的贤园设个打尖处，这样师生们可以洗把脸吃点东西再进城。素来嘴快的杨步伟说，那不跟路祭似的？其余人认真地告诉她，不要说不吉利的话③。在贤园，杨步伟给学生们发了油印的歌词，是赵元任根据英国一战军歌 It's a long way to Tipperary 改编的 "It's a long way to 联合大学"（迢迢长路到联合大学）。④

我没能找到贤园留下的任何痕迹，决定直接进城。从长水机场开往市区的轻轨 6 号线在大板桥设有一站，轻轨一路钻隧道，直达东部客运站，外面是熟悉的昆明淡蓝多云的天，没走多远看到一辆孤零零的摩拜单车，想到在长沙时忧虑益阳和常德有没有共享单车，我决定骑一小会儿，作为手中那听冻芬达外又一个小小的庆祝。

沿东郊路、拓东路进城。下午 3 点多，太阳从前方射来，眼前一切染上一种不真切的白色，像过曝的照片。路边最多的还是各种楼盘广告：亲湖墅王，珍惜发售，领域中央，绽放璀璨云云，和长沙中山路的蜡味语文连用词都多有重叠。

休息后湘黔滇旅行团整队继续前进，昆明街市渐入眼帘，许多市民

---

① 杨式德日记。
② 余道南日记。
③ 杨步伟：《杂记赵家》，沈阳：辽宁教育出版社，1998 年 3 月，第 129 页。
④ 杨式德日记。

驻足围观，道路拥塞①。"三千里的奔波，阳光和风尘使每一个尊严的教授和高贵的学生都化了装，"前来迎接的《云南日报》记者写道，"他们脸孔是一样的焦黑，服装是一样的颜色，头发和胡髭都长长了，而且还黏附着一些尘芥。每一个学生的身上都斜挂着一柄油纸伞及水壶、干粮袋之类的家伙，粗布袜的外面套着草鞋，有些甚至是赤足套上草鞋的。他们四个一列地前进着……态度是从容的，步伐是整齐的，充满在他们行伍之间的是战士的情调，是征人的作风！在陌生人的心目中，很会怀疑他们是远道从戎的兵士，或者新由台儿庄战胜归来的弟兄"②。

走海路先抵达昆明的男女同学也来了，他们举着"国立西南联合大学慰劳湘黔滇旅行团"的横幅，高呼欢迎口号，又唱着"It's a long way to 联合大学"引导旅行团前进，领唱者是南开外语系大一学生吴讷孙③，他就是后来写出了小说《未央歌》的鹿桥。一位联大女生向黄师岳团长献了束红花④，曾昭楣（曾昭抡的小妹）等穿着鲜艳，在献花堆里笑容满面⑤，四位穿着白底浅蓝花长衫的少女，祖臂抬着一个足有半人高的大花竹篮献给旅行团，由同学代表接受，抬着继续前行⑥。这是教授夫人们准备的又一礼物，献花的四位少女是杨步伟赵元任的女儿赵如兰、赵新那，和章元善的女儿章延、章斐。"章延姐姐最近去世了，我姐姐也去世了，就留着章斐跟我两人在了。"2018 年 4 月 8 日，我从长沙出发当日，95 岁的赵新那指着迎接旅行团的老照片回忆，"这些就是我父亲拍的了，这是我母亲，拿着伞……（花布长衫）都是自己做的。""这是谁的手艺?"我问。"你别说手艺，"她说，"这是我手做的，没有艺术。那时候的布啊，一段一段的，土布印的，所以（能看见）那个接头，不像现在连续的。我母亲咔嚓咔嚓剪，针线就是我来做。我为

① 余道南日记。
② 特写《联大旅行团长征抵省印象记》，《云南日报》1938 年 4 月 29 日。
③ 齐潞生来信，张寄谦编《中国教育史上的一次创举——西南联合大学湘黔滇旅行记实》，第 330 页。
④ 杨式德日记。
⑤ 齐潞生来信。
⑥ 杨式德日记。

什么说你别说手艺，我姐姐后来到了美国，她出去见男朋友什么的，穿新衣服，来不及钉扣子，我就给她缝的衣服，就出去玩儿去了，回来才拆线呢！"

赵新那哼了一小段"It's a long way to 联合大学"，大部分歌词她都记得。八十年前，这些年轻人就唱着这首歌继续前进，一直走到位于拓东路迤西会馆的联大临时办公处兼宿舍，同样暂住拓东路的中央研究院同人打出了"欢迎联大同学徒步到昆明"的欢迎横幅，还有人坐在屋顶上观看行军，献花的四位少女挎着小篮，里面是各色的碎纸屑，和花瓣一样争着投向行军队，摄影的人很多①。联大常委蒋梦麟、梅贻琦（张伯苓尚在重庆）和诸教授、同学在迤西会馆迎候，"热烈地欢呼，热烈地拍掌，热烈地握手"②，蒋梦麟代表常委讲话，称此行向全世界表明，我国青年并非文弱书生、东亚病夫。③

次日，云南《民国日报》在报道中特别提醒读者，"他们不是洋场才子，不是乡学究，而是……脚踏实地的走了几千里路的真真实实的大学生"，又描述这群徒步者中，有一位留着一口美髯，"沿腮青葱可爱，上须短胡"，"恰是鲁迅先生所说的：'神似一个隶书的字'"④。闻一多的胡子也很长了，在给妻子的信中，这位清华中文系教授不无得意地写道："你将来不要笑，因为我已经长了一副极漂亮的胡须。这次临大搬到昆明，搬出好几个胡子，但大家都说只我与冯芝生的最美。"一路走来，闻一多没生病吃药，"现在是满面红光能吃能睡，走起路来，举步如飞"，在昆明见到嘲笑他"应该带一具棺材走"的杨振声，也终于可以反戈一击："假使这次我真带了棺材，现在就可以送给你了"，彼此大笑一场。⑤

我在一场急雨过后来到拓东路的迤西会馆旧址，这里后来成了联大

---

① 杨式德日记。
② 特写《联大旅行团长征抵省印象记》。
③ 余道南日记。
④ 《记联大学生步行团抵滇》，云南《民国日报》1938 年 4 月 29 日，龙美光《八千里路云和月——长沙临时大学播迁记》，云南人民出版社，2018 年 12 月。
⑤ 致高孝贞，《闻一多全集》第 12 卷《书信·日记·附录》，第 326 页。

工学院所在地，吴大昌吃着盐水煮萝卜怀念长沙油豆豉就是在这儿。他1988年回昆明参加联大50周年校庆时，那些平房包括戏台都还在，等到1997年再回去，就只剩高楼了。现在这里是拓东第一小学，保安告诉我，门廊处的介绍——要秉承西南联大工学院"刚毅坚卓"的精神之类的话——是新近加上去的。如今的昆明非常乐于展现它与联大的历史关联，虽然当年的老建筑已所剩不多。

下雨前我在得胜桥附近转悠，按桥头的介绍，这座横跨盘龙江、平平无奇的短桥居然始建于元大德元年（1297），后毁于战火，明洪武年间重建，因处于云南要津，改名云津桥。清康熙年间平定三藩之乱，清军由此桥攻入，道光年间重修后改名得胜桥。1937年，滇军58师誓师出征，正是通过此桥往东奔赴抗战前线。1938年4月28日，湘黔滇旅行团也由此桥往西进入昆明城，钱能欣还特别提及他们经过了滇越铁路站大门。①

我在桥上向一位白发老人询问，问他是否知道老滇越铁路的终点万南府站，没想到他是铁路子弟，1950年代初从四川调来昆明铁路局工作。跟我比画半天后，他干脆放弃散步，带我回河东岸的铁路大院转了一圈，给我指哪里是从前的大门，哪里从前有许多法国风情的小楼。现在大院里还残存一段一百多年前的法式建筑，是原来机车库的外墙，现在加高一层，改作了棋牌室。米轨早不在了，但大致方向还能辨认，就是那条两旁是小店的窄巷，"火车就在这里分出几支轨道进站"，他指着一处停车收费哨卡说，又跟另一个路过的老人打招呼："他们来寻根！"那位老人上海口音，提醒我看路旁，是铁路留下的垫高的路基，"我们这里从来不淹水！"

转一大圈往回走，过了"欢天洗涤"洗衣店，就是从前云南府客运站的位置，当年走海路的临大师生，由海防登陆，转滇越铁路一路向西北行，多数就在这里下车（也有人提前在碧色寨站下，直接去了文法学院所在地蒙自）。如今昆明市铁路局的七层大楼就建在老站台之上，那

① 钱能欣：《西南三千五百里》。

372

株巨大椿树很可能是当年唯一遗存。按照吴宓日记，火车抵达时间大约是下午 6 时，在此之前，人们有一整个白天去饱览沿途的滇南风光，"见云日晴丽，花树缤纷，稻田广布，溪水交流。其沃饶殷阜情形，甚似江南。而上下四望红黄碧绿，色彩之富艳，尤似意大利焉"①。八十年前，师生们抵达终点，出站后，经过椿树的荫翳，就正对我的方向走出来，两旁各有一个水塘（现在变成了体育馆和食堂），走上百来米，左转再左转，就上了拓东路，离迤西会馆的联大临时办事处不远了。

从迤西会馆到得胜桥还有一里多地，湘黔滇旅行团沿着宽阔的石板街道继续前进，过桥入城，踏上了槐荫满街的金碧路，街两旁房屋整齐，行人已是夏天的装束，"白色遮阳伞间夹着安南的三角顶草帽，苦力们来往奔跑，挥着汗，满街是阳光，满街是南国风情"②。因为紧邻火车站，金碧路附近教堂洋行云集，成为近代文明在昆明的入口，"滇越铁路这条大动脉，不断地注射着法国血、英国血……把这原是村姑娘面孔的山国都市，出落成一个标致的摩登小姐了"③。最显眼的建筑是始建于明代、光绪年间重修的"金马碧鸡坊"，金马碧鸡是昆明的吉祥物，这四个烫金大字让杨式德觉得像北平的东西，昆明的晴天、风和尘土也像，就连人力车夫也像——至少不像长沙——"比较客气而跑起来很快"④。不止杨式德一个人有此感觉。"云南如华北，我们一入胜境关，看见大片平地，大片豆麦，大片阳光，便有这个印象。"这是钱能欣的记述，"在途中尽量幻想昆明，是怎样美丽的一个城市，可是昆明的美丽还是出乎我们意料。一楼一阁，以及小胡同里的矮矮的墙门，都叫我们怀念故都。城西有翠湖，大可数百亩，中间有堤、有'半岛'，四周树木盛茂，傍晚阳光倾斜，清风徐来，远望圆通山上的方亭，正如在北海望景山"⑤。

---

① 《吴宓日记（1936—1938）》，北京：生活·读书·新知三联书店，第 316 页。
② 钱能欣：《西南三千五百里》。
③ 艾芜：《人生哲学的一课》，《滇越铁路百年史（1910—2010）——记云南窄轨铁路》，昆明：云南美术出版社，2010 年 3 月。
④ 杨式德日记。
⑤ 钱能欣：《西南三千五百里》。

下午 4 点 45 分，我到达金马碧鸡坊，正是蓝花楹盛开的季节，到处都是紫色的浮云，2018 年 4 月 8 日长沙出发，5 月 17 日终抵昆明，买了只圆筒冰激凌作为小小犒劳。大概十年前的冬天，我第一次来到这里，当时在滇西北晃了一大圈，准备在文化巷附近住一晚就飞回湖南老家过年。那晚下着毛毛雨，落在人行道上也不知是不是冻住了，滑得很。我在一个敞开口脸的苍蝇馆子吃了份有"锅气"的炒米粉后心满意足，四处溜达，小心翼翼踩过云南大学高高低低的台阶，又穿过街道，进了云南师范大学。校园静谧，路灯昏暗，走了一段我看到路牌：联大路。顺着联大路往前不远，夜色中看见了门楼上"国立西南联合大学"几个字，意识到自己撞上这所已不复存在的大学旧址后，心里好像被某种巨大的东西击中（或者填满），以至于，不知怎么回事地，也非常刻奇地，哭了。这些情感多数已经模糊，有些还记得，因为语境无法找回也显得生涩，但某种东西始终还在。由当时再往前五年，刚刚毕业进入新闻这一行，那时有非常单纯的信念感，相信写得好本身就是价值，相信写下去就可以改变某些东西。我也是在那几年读了不少西南联大校友的日记或者口述，你不需要刻意寻找，当年的时代精神会把他们推送到你面前。而今再谈论这些，几乎"古典"到不合时宜，才多长时间呢，此间的问题意识已经天翻地覆，其中又有多少真实、错置和自欺欺人呢？

我想发条朋友圈，掏出手机又有点意兴阑珊，便只是简单报告一下自己到了昆明，附上 It's a long way to Tipperary 的链接，再往北沿着正义路继续行进，让那旋律在脑海中回响，再改填上赵元任改编、赵新那在长沙哼唱过的歌词：

It's a long way to 联合大学（迢迢长路去联合大学）

It's a long way to go（迢迢长路）

It's a long way to 联合大学（迢迢长路去联合大学）

To the finest school I know（去我所知最好的学校）

Goodbye 圣经学院（再见圣经学院）

Farewell 韭菜 square（别了韭菜园）

It's a long long way to Kunming City（迢迢长路去昆明城）

But my heart is right there.（那是我心之所在）

　　八十年前正义路就是昆明最繁华的路段，湘黔滇旅行团经过时，这里的退街改造刚完成两年多，路面拓宽，铺面统一以浅绿色粉刷，雕龙画栋的中式风格①，难怪钱能欣会觉得这里与金碧路"异乎其趣"。在正义路北段，旅行团应该能瞥见文庙一角，自 1381 年朱元璋 30 万大军平定云南后将近三百年这里都是沐英——就是曲靖白石江之战中立下首功的那位——家族的府第，直到 1645 年，第十三代世袭"黔国公"沐天波出逃永昌，标志着明朝在云南的统治结束②。十七年后的 1662 年 1月，一路追击南明残余势力的吴三桂进入缅甸首都阿瓦，缅甸被迫交出流亡于此的永历帝，5 月底，被押回云南的永历帝与其子在昆明被害，有可能是被勒死的③，遇害地点就在不远处的华山西路，余道南后来还专门去看了那块"明永历帝殉国处"碑④——由蔡锷于民国元年（1912年）所立，难得地保存至今。我在那块碑前站了半天，八十年前那群流亡的师生看到它又会作何感想呢？"昆明很像北京，令人起无限感慨。"闻一多在给妻子的信中说⑤。一种说法是，明永历帝在云南三年，明末士大夫流落入籍者颇众，蓄意想把昆明摹拟成故都，遂有此结果。⑥

　　由华山西路继续往北，右拐入圆通街——令人高兴的是八十年前的路名得以保留，我可以毫不费力地循着他们的路线前进——再走上一段路便是圆通公园，现在的圆通山动物园。这是 1938 年 4 月 28 日湘黔滇旅行团的最后一站，团长黄师岳在这里进行了最后一次点名，双手捧着

---

① 杨树群：《老昆明风情录》，昆明：云南民族出版社，2006 年 10 月，第 38 页。

② 杨树群：《老昆明风情录》，第 37 页。

③ 可参考：（美）司徒琳（Lynn A. Struve）著、李荣庆等译：《南明史：1644—1662》，上海：上海人民出版社，2017 年 5 月。

④ 余道南日记。

⑤ 致高孝贞，《闻一多全集》第 12 卷《书信·日记·附录》，第 326 页。

⑥ 可参考："昆明像北平"考，余斌《学人与学府》，昆明：云南民族出版社，2003 年 10 月。

花名册交给联大常委、清华校长梅贻琦，表示他未辱三位校长的重托，把学生全部平安地带到昆明，此时此刻结束了他作为团长的使命。在场的师生用雷动的掌声向他致谢。①

梅贻琦在四方亭的石阶上做简短训话："诸位从长沙起程六十八天，今天到达目的地了，沿途辛苦。风雨不曾欺凌了你们，土匪也不敢侵犯你们，完全是你们的精诚感召所致。记得你们都是翩翩年少，今日相逢却怎么都'于思于思'，长出了胡须？……但是……你们所走的程途，全都是中国的大好山河，所遇的人们，全都是我们的同胞。所谓'险阻艰难，备尝之矣，民之情伪尽知之矣'。这对你们将来的责任和事业，是有如何伟大的帮助啊！"②

梅贻琦讲话时，落下一阵小雨。"诸位此时的神情不是还要向前走吗？是的！你们是要向前进的！文法学院的同学，三数日后就得往蒙自去，那面都预备齐全，即可开学上课了。你们此次长途跋涉，没有发生意外，与其说是'洪福'，毋宁说是'黄福'，因为团长是'黄'师岳团长，辅导委员会主席是'黄'子坚先生，他们辛劳地率领你们安全到达此地，真是不容易呢！这应该向此次全团的教职员深深致谢！末，希望你们本着'忍苦，耐劳，服从，合作'几字，好好地继续做下去，勇往迈进！"

雨停了，"不科学地说一句，"在场的云南《民国日报》记者后来写道，"因为群情振奋竟把沉郁的阴霾打开了，这丝丝春风雨，恰好替他们洗尘。"云南教育厅代表徐绳祖和团长黄师岳也先后致辞，后者表扬学生的毅力，谓众团员好比唐僧上西天取经，自己是孙悟空美猴王，语毕，笑声大震。话讲完了，太阳也出来了，兴奋的清华大学教授、体育部主任马约翰手舞足蹈领导着大家高呼"中华民国万岁"——学生们一定记得，整整 68 天前他们在长沙圣经学院的操场上喊过同样激动人心

---

① 高小文：《行年二十步行三千》，张寄谦编《中国教育史上的一次创举——西南联合大学湘黔滇旅行团记实》，第 233 页。
② 《记联大学生步行团抵滇》，云南《民国日报》1938 年 4 月 29 日。

的口号。①

走海路经香港到昆明的燕卜荪认为徒步是"学生们的志愿与热情的某种象征",它给人们心中灌输了尚武精神和团结抗日的决心,"你会听到反对学生步行来云南的声音,但实际上没有人敢拿这件事开玩笑,因为那是以一种戏剧化的姿态安排的行动;它在一定程度上是一种政治宣传"。他还注意到,"至少有一位很优秀的学生因为没有选择参加这个具有象征意义的团体,而没有获得额外一年的奖学金"②。以这样一种戏剧化的方式,湘黔滇旅行团在精神上的转化得以暂时完成:"救国"与"启蒙",鱼与熊掌在特定时空下可以兼得。

"前尘往昔已成了不能挽回的回味,"一位参加旅行团的学生几个月后发表文章说,"自动发生而不可遏抑的青年政治运动,变为由政府领导而纳入有目标有秩序的路线上去,深深地觉悟了过去两种传统的误解:一、以不满政府中少数人之故,而持着反政府的态度。二、单凭情感的冲动,从摩擦和倾轧中求得自由。年来事实的指示给予同学们有力的启发是:中国此时绝对需要以现在执政党为中心,由各党各派及无党无派者共同促进国家真实的统一,然后再以此力量来捍卫民族国家的生存。"③

"一开始写这本书(《战争与革命中的西南联大》)的时候,我会认为学生是天然的反抗者(rebels),这种想法来自我的第一本书,研究的是1927—1937年的中国学生运动,"易社强告诉我,但后来他对中国知识分子的看法变化很大,"其实中国的知识分子和学生是忠诚的爱国者(loyal patriots),他们真的希望支持政府。'一二·九'运动的学生挑战南京政府,也是因为他们认为国民政府不抗战,而当国民政府开始抗战后,学生的态度也就变了。你知道吗?我想起了何炳棣,他1930年代支持国民党,1980年代又支持共产党,这是同一个人,我也不觉得这

---

① 《记联大学生步行团抵滇》,《联大旅行团长征抵省印象记》。
② 《在名流中间:威廉·燕卜荪传(第一卷)》,第568页。
③ 天水:《联大的今昔》,《云南日报》1938年12月3—5日,龙美光编《绝徼移栽桢干质——西南联大问学拉杂谭》,昆明:云南人民出版社,2018年,第25页。

有多大的自相矛盾，他就是一个爱国的中国人。"

　　不过易社强仍然做了一个区分，那种"忠诚的爱国"与"从小被教导要听话"是不同的，前者缘于一种身份认同：我是学生，也是这个国家的公民，我对这个国家负有责任。"那时的学生要独立得多，他们对老师非常具有批判性，看看胡适，大家都尊敬他，但当他反对学生运动时，学生就反过来反对他……"

　　在云南师范大学正门外、一二一大街的一家小面馆里，我和易社强继续谈论着湘黔滇旅行团与西南联大的关系。他提起 prosopography（群体传记学）中代际的视角，让我想到，湘黔滇旅行团这一代学生，出生在 20 世纪第二个十年，五四运动时他们刚刚出生或者还是幼童，"九一八事变"时他们也只是少年，1930 年代中期以后救亡运动轰轰烈烈展开，他们开始成年，塑造他们人生的是"卢沟桥事变"和此后的流亡经历。毫无疑问，穿越中国最贫困地区的三千里长征提高了他们的阶级意识，但很难说那些更激进的观念对他们有什么吸引力，就像吴大昌告诉我的，"当时认为贫困是现实，但贫困怎么解决，并没有想到革命，而是要想到现代化。知识分子想到的是现代化，真正的农民，可能想要革命吧，但我们当时接触到的农民，都还是想要勤奋发家的多，至于说把富人的东西都夺过来，好像还没有这个想法。但是呢，有钱的人越来越有钱，土地都集中在少数人那里，对这些富人，怎么说，（中国人）有佩服的口气，但好像并没有一个他应该得到的这个思想，不像在美国，美国人就认为他有钱，是因为他有能力，应该得到"。当然，随着国内形势的变化，联大本身也在发生剧烈的变化，到了 1945 年，在易社强看来，参加"一二·一运动"的联大学生和 1938 年参加徒步的联大学生已经是完全不同的两代人。至于新一代的革命学生，那是又一个复杂的故事了。

　　燕卜荪 1939 年离开西南联大回到英国，为 BBC 远东部门工作，1942 年，在一篇分析中国政治前景的文章里，他假借一位来自流亡的公立大学、亲现代中国，但不那么左倾的教师的口吻，谈起阶级问题，"当然，他们都在谈论着民主。那是个聪明的事情。如果一首诗不是无产阶级的，他们就会提出反对。但是他们会愿意穿上苦力的套服吗？你如果提出这一点，他们就会非常震惊，甚至不知道怎么才能原谅你……如果民意不存在，如果在从上到下的统治与无政府主义之间没有中间选择，那么最好还是接受从上到下的统治……不要以为他们都腐化了。一点也不是"。——不要误会，燕卜荪不是要否认中国人的民主志向，更不是在谈论什么"伪善"（这真是廉价的指控），他是在指出一个事实：中国仍然在承受着剧烈社会失衡的后果，在受过良好教育的领导者与工人农民之间存在着一个历史性的、教育性的鸿沟，任何希望使二者建立联系的进步的统治者都需要开展多年的文化重建工作。①

　　"战争可能使精英和大众前所未有地团结起来，"这是易社强的总结，"但这种经历对他们有不同的意义。对于知识分子，贫穷困顿是为了国家事业作一时的牺牲，对于群众，这种牺牲是长久的，贫穷也是长久的……一场抗战还难以把这种观念转变成国家政策。"② 想象一下，假如是你，你愿意为弥合这道鸿沟做点什么？愿意为此走多远？以及，到底应该走多远？你也许无动于衷，认为它天然合理，或者干脆选择闭上自己的眼睛。"中国人尤其擅长于此，"易社强说，"中国的历史有太多困苦了，如果你不闭上眼睛，你怎么活下去？你怎么存在呢？"你也许对此心怀内疚，那么你可能是一个温和的改良主义者，苦苦探索或许并不存在的第三条道路；也许你认为改良的光与热不足以照亮黑暗的社会，你可能就是后来振臂一挥的闻一多。史景迁说，人们可以在某种意义上把中国的知识分子比作希腊歌剧中的合唱班，"恐惧而又着迷地注视着舞台中央结局已定的人与神的搏斗"，但他们还是和传统的合唱班不一样，仍拥有离开自己的既定位置走向舞台中央的巨大力量，当他们选择走向舞台时，结局往往是"比别人早些死去"。当然，你也可能幸存，你继续往前走，往前走，最终，你帮助舞台中央的人把"平等"的观念变成了国家政策——十一年后的解放，至少在观念上，就是这么

---

① 《在名流中间：威廉·燕卜荪传（第一卷）》，第575页。
② （美）易社强：《战争与革命中的西南联大》，第431页。

发生的，那是对"富强"之梦最激烈的一个回应。

拍完最后一张合影后，湘黔滇旅行团宣布解散，在圆通山接引殿前的茶铺里，风尘仆仆的师生吃着学校准备好的茶点五个包子一碗面[1]，和迎接他们的故旧、爱人与同窗握手、叙旧，"'久违久违'、'你好你好'，一片欢笑声交响在风和日暖的氛围里"[2]。次日，学校通知，旅行团经费尚有节余，可为全体成员每人做衬衫一件、裤一条，以补充旅行中的磨损[3]，此后几年，这些参加了文军长征的高年级同学自豪地穿着印有"湘黔滇旅行团"字样的衬衫在校园出没。"从长沙到昆明的长途跋涉，它最深刻的影响，可能不是近三百名团员后来的工作，而是这座大学的校风。"易社强在《革命与战争中的西南联大》一书中写道，"毛泽东从江西开始的长征成就了延安精神，与此相同，从长沙出发的长征对联大精神至关重要……联大学生会经常想起那次坚苦卓绝的跋涉。联大在昆明八年，无数学生用自己的长征加入这所著名的大学。"[4]

如今圆通公园已经变成了昆明动物园，大概是气候温和，这儿的动物看起来相当健康，亚洲象狂啃胡萝卜，非洲狮懒洋洋地环视游人，小狐狸们脸贴脸挤在一块儿午休，孔雀们比赛似的开屏，长臂猿不知疲倦地飞檐走壁。我在它们中间穿行，试图寻找八十年前那最后一次聚会的历史信息。那段残破的城墙是不是旅行团入园那张照片的背景？有没有古木见证了他们的大合影？这个无字碑的亭子是否就是梅贻琦发表"黄福"演讲的所在？各种牛啊羊啊鹿啊就在周围毫无戒心地散步。只有旅行团吃茶点叙旧的地点可以基本确定，就在"万山在抱石"附近的一块空地上，在这里你可以俯瞰昆明一角，城市是凌乱的，天光是肃穆的，岩壁之下圆通寺红色的圆锥塔顶让人想起佛国缅甸，而上面又落满了白色和灰色的鸽子，所有的城市都世俗而神秘，而我感到自己与那群风尘仆仆的师生前所未有地接近。

---

① 钱能欣：《西南三千五百里》。
② 《联大旅行团长征抵省印象记》。
③ 余道南日记。
④ （美）易社强：《战争与革命中的西南联大》，第64页。

至此，我从长沙出发前的种种好奇都得到解答了吗？我不确定。我沿着这样一条公路踏上全新的土地，遇到了友善的人、警惕的人、热情的人、在桃花源里忧心忡忡的人、等待记者如同等待戈多的人。我生了一场小病，大脚趾疼了若干天，和人吵了两架，被挂了三次电话，在肮脏的棉被下做了一次噩梦。我喝到了无比甘甜的山茶，吃到了大数据不会告诉你的鲜美米粉，还数次被陌生人邀请吃饭。我触摸到了已经在城市里消失的"附近"，或者说，一种亲密的人情社会，但当一场大雨过后县城每个角落都被下水道气味（斯坦贝克曾心系于此）灌满时，我知道自己又该出发了；我亲眼看到了那些"空心化"的乡镇，我遇到了许多老人，他们是那么孤独，你只要一张口，他们就能和你说上半天；我体会到了李继侗当年说的，为什么每年总要过若干天最简单的生活，试试一个人最低生活究竟可以简化到什么限度，因为那会让你知道自己究竟为何所累；我发现了游客永远不会见到的风光，通常是在漫长的乏味的等待之后，我也看到一条条河流被拦腰阻断或者开膛破肚。我见识了官僚体制的刻板，也发现了它的裂缝。我有多为留下的历史痕迹庆幸，就有多为失去的遗憾。我意识到浩劫来临时无人幸免，连最不重要的人和最小的庙宇也不能例外；我想起了一些遥远的往事，我目睹了记忆的变形，也体察到了它的坚韧。我经过了城市与乡村，在其间旅行，与其说是空间的穿越不如说是时间的穿越，我品味着时差，也借助它来重建一座座城池。我一路都在阅读、检索、翻找，有的时候我觉得我们的历史没有故事，只有周而复始的重复，有的时候我又被那些短暂却闪光的生命感动得简直要掉下眼泪。我想起易社强告诉我，他是一个"偶然论"者，"当我说起我的偶然论而非必然论时，一个完美的例子就是联大，在1937年，许多事情都是偶然的，并不必然会导向联大在昆明的成立，完全也可能就地解散，就此消失"。的确如此，就在旅行团出发前一个多月，柳无忌不还在担心临时大学可能作鸟兽散吗？但倘若如此，我们要赞美的是偶然性吗？我想不是。接受这偶然性，然后去做事，用行动来包抄自己，创造自己，这是值得我长久咀嚼的收获。与此同时，我也开始重新理解一些更大的东西，譬如"家国"，本来，在很长一段时间里它已经被空泛的口号与潜在的强制消耗得差不多了，但这趟重走，我一步步踏过那些历史现场，慢慢填充起某些空洞的概念，并重新发现了一种"壮阔"，那壮阔是一个一个具体生动的人和他们不受拘束的情感构成的。这里头有真正的爱和自信。和八十年前比，物质之进步已不可以道里计，"富强"似乎已在掌中，但精神世界里，我们究竟前进了多少？而重温当年的炮火、激愤与泪水，亦是对我们曾经有过的那些情感结构的检视之旅。抗战期间我们"以感情承受灾难"①，无比脆弱又无比强韧，十年后，二十年后，七十年后，或许八十年后，我们的情感世界仍在重复这样的故事，这究竟是幸运还是不幸，我也没有答案。

4月30日到5月1日，完成护送任务、即将东归参加抗战的黄师岳连续两晚在昆明著名的海棠春酒家以个人名义②设宴，先宴理工，再宴文法，请全团师生聚餐话别。海棠春1927年开业，老板是川味厨师出身的袁炳奎，他融合浙江口味与四川口味，创造出改良的滇味菜肴。饺底海参、锅贴乌鱼、油淋鸡都是名菜，这里的汤汁八宝饭也独具特色：不加豆沙的八宝饭翻入大盘，再浇上一大勺用猪油和玫瑰糖熬制而成的稀豆泥，拌匀后食用③。黄团长的宴席每桌10人，按9元的标准上菜，"吃了什么忘了，但那一顿是最好的"。吴大昌边回忆边笑。酒更好，有1.2元一斤的最好的杨林肥酒，味甜，"绿澄澄的，带着强烈的香蕉味"④，可能还有茅台，据说是黄团长在贵州买了一大坛，搁在车上一路运到昆明的⑤。宾主共同举杯，预祝抗战早日胜利，"来干杯！"的声浪到处都听得见。团长到各桌敬酒，同学们则以班为单位回敬，而后，或三五人，或单人，"几乎是排了队等候着向团长敬酒"，"团长则来者

---

① 可参阅吕芳上：《抗战期间的迁徙运动——以人口、文教事业及工厂内迁为例的探讨》。
② 高小文：《行年二十步行三千》。
③ 张佐：《滇川味名店海棠春》，《昆明百年美食》，昆明：云南美术出版社，2011年9月。
④ 董奋日记。
⑤ 《黄培云口述自传》，长沙：湖南教育出版社，2011年1月，第40页。

不拒，一饮而尽"，这时人们才发现，黄师岳团长不但记忆力惊人，酒量也惊人。最后大家和团长以干杯的约定，下次痛饮黄龙。两天宴请下来，"同学多有醉倒者"①。

5月2日，旅行团师生赴大观楼举办游艺会，回请黄师岳团长——除了回请，联大还赠他金表一只及川资500元，但被婉拒。在一封写给蒋梦麟、梅贻琦两常委的函件中，黄师岳表示此次率旅行团到滇，"虽云跋涉辛苦，为民族国家服务，与数百青年同行三千里，自觉精神上痛快与光荣"，联大的礼物他只留下了纪念像，"什袭珍藏，永远存念，以纪此行"②。

大观楼在昆明城西南二三里，杨式德顺着麦田里的小道一路走去，周围是很大一片平原，麦子将熟，日暖风和，一股干燥清爽的味儿，这让他又一次想起了北方的家乡。"昆明，不，就说云南吧！一年前我做梦也想不到要到这里的……更远的像美国，像英国，我都曾幻想着将来要去游一趟，却是想不到要居留在云南这中国的堪察加境内，而且又来的这么凄怆。我的故乡我的亲属都在敌人践踏下呢。我的心摇荡着，直等到走到大路的时候，才被美丽的景色催醒了。"③ 大观楼公园西面是山，东望是水，亭榭很多，还有疏落的小洋房点缀着，不止一位学生想起了当初在长沙时读到的《国民日报》劝他们不要迁校的社论，"昆明湖不在颐和园，大观楼哪如排云殿"④，呵，如今真的来了昆明湖畔的大观楼了啊。

大观楼公园里头有一方场，中间是唐继尧骑马的铜像——八十年后，方场尚在，铜像不存——联大常委、北大校长蒋梦麟在这方场内发表了讲话，"你们的长途跋涉是很令人满意的，我以为你们要遇到土匪，而你们遇到的是火牛洞，事实和理想相去这么远，我未来昆明时，以为房舍一定不成问题，因为总可以找到，不然也可以用竹子制或用木头

---

① 高小文：《行年二十步行三千》，董奋日记、余道南日记、杨式德日记。
② 西南联大博物馆档案。
③ 杨式德日记。
④ 齐潞生来信。

建，不是经济而便当的吗。长沙圣经学校的大食堂是用木制的，用了七百元钱，拆了再卖二百元，只费去五百元，多么经济。然而一来这里没有间房舍，也没有成材可用的大竹子，木材也很少，以至于我们的校舍发生极困难的问题。于是又想到蒙自……这也是处处说，没有经过详细考察的理想与现实是不相符的。然而做人的方法就是要时时修改我们的理想去适应现实。这应该是诸位长途步行所应得的一个教训，一件最大的收获"①。

团长黄师岳作了最后一次训话，游艺茶点便开始了。众人轮流上台分享故事，或者笑话。李继侗代表全团向黄师岳作答谢词，闻一多把途中趣事选了七件，作成七绝，其中有倪副官玉体演捉放（凶绝），许维遹凝视诸葛洞（憨绝），曾叔伟白吃五碗酒，还说路上以曾叔伟（昭抡）先生风流韵事最多，害得曾昭抡十分不好意思起来②。毛鸿副参谋长分享了黄团长与苗女的合影，调侃"苗家有女初长成，养在深山无人知，天生丽质难自弃，一朝选在团长侧"，又后续两句："回眸一笑百媚生，团长太太无颜色"，时团长太太亦在席，全场哄堂大笑。③

这是昆明暮春的普通一日，天气晴好，物价平稳，电力充足，一所名叫"国立西南联合大学"的学校还有两天正式上课，而它刚毅坚卓的八年才刚刚开始。

（《重走：在公路、河流和驿道上寻找西南联大》上海文艺出版社2021年5月版）

---

① 杨式德日记。
② 杨式德日记。
③ 董奋日记、杨式德日记。